Friedrich Luft

Über die Berliner Luft

Extradrucke der Anderen Bibliothek
№ 405

FRIEDRICH LUFT

Über die Berliner Luft

Feuilletons

Versammelt und mit einem Nachwort versehen
von Wilfried F. Schoeller

Inhalt

I
PROLOG

Prolog, im Februar 1946 gesprochen 11
Berlin vor einem Jahr 13
Über die Berliner Luft 18

II
LUFTBALLONS

Die Lücke in der Wissenschaft 23
Die Komik des Ernsthaften 28
Göttlicher Stumpfsinn 32
Sehnsucht – unterbelichtet 37
Der Mann vor dem Koffer 42
Die Eisenbahn als poetischer Ort 47

III
TAGESBLÄTTER VON URBANUS

Feuilleton 55
Der mit der Zigarette 57
Trauer in Grün 58
Eine Frau weint 60
Spazierengehen 62
Meine Bildung ist weg 63
Herr Olgers 65
Schlangestehen 66
Alles neu 68
Mr. Kricks 70
Der Pathometer 72
Das entfesselte Staubtuch 74
Brief von Allan 76
Platitude im Lenz 78
Auf Draht gezogen 80
An Gärten entlang 82
Sieg des Abendlandes 83
Das Herz sei wach! 85
An der Klagemauer 88
Lärmender Schwachsinn 90
Soweit – so gut 91
An der Theke 93
Urbanus betritt Neuland 95
Applaudite, Amici! 97
Lob des Stumpfsinns 98
Guter Mond 101
Hundstagsmeldung 103
Leerlauf 105
Löbliches 107
Am Gelde hängt 109
Revolution am Briefkasten 110
Gera non cantat 112
Blick über den Zaun 114
Achtung – wir leben 116
Dilemma in Boston 117
Sportbericht 119
Anfechtungen 121
Positive Melancholie 122

Die abgebauten Kühe 124
Geschehen – passiert 126
Vom edlen Weidwerk 128
Ohne Friedenspfeife 130
Antifluchvorsatz 131
Wahlfieber 133
Gesinnung im Knopfloch 135
Päckchen zum Mond 137
Heiraten 139
Streit um den Bart 141
Aufruf zur Güte 142
Neujahr 144
Anreiz zur Tugend 146
Verfehltes Experiment 148
Dabeigewesen 150
Auf ausländisch 151
Coda 152

IV
FLANEUR UND REISEMANN

Bericht eines Sportfremden aus Olympia-London 157
Möwen fliegen über Edinburgh 162
Drei faule Tage im Frühling von Paris 168

Bruchstücke aus einem amerikanischen Reisetagebuch
I: Kaum in New York angekommen 174
II: Miniaturen von der Ostküste 182
III: Amerika, du hast es anders … 188
IV: Glanz und Elend in Hollywood 195
V: Mormonen, Berge, Küsse im Jasmin 201
VI: In den wilden Bergen von Colorado 208
VII: Auf Stippvisite beim kleinen Mann 213

Als ich wiederkam 220
Die unerträgliche Hölle der Publicity 225
New York zeigt sein Herz 230

V
LUFTSPRÜNGE

Quatsch in schöner Gestalt 237
Ich lese jeden Dreck 242
Was mich gar nicht interessiert 248
Die Literatur ist ausverkauft 253
Auch Krisen machen glücklich 256
Sokrates beim Bier 260
Vom Wasser nicht gelernt 267
Der Wink zum Pagen 273
Der lädierte Mensch 280
Der neue Anzug 287
Plädoyer für den Schlager 292
Wider den Hochmut der Frühaufsteher 294

VI
HEITERKEIT IN EINZELHEITEN

Philippika mit Augenzwinkern 301

Der Druckfehlerteufel: Ein böser Geist aller Autoren 304

Wer kann noch lesen? 309

Aber nun wollen wir zur Diskussion schreiten 315

Verschämte Meditation auf der Bettkante 320

Ein modernes Traumbuch 323

Palaver unter »aufgehörten« Rauchern 325

Vom schönen Unfug des Amüsements 328

Daran glaube ich 333

VII
BERLIN

Berlin: Es war eine unheilige Nacht 339

Zweite Emigration nach innen? 341

Uns kann keener – kann uns keener? 345

Brief an einen Schwarzhändler 348

Berlin, Uhlandstraße 351

Der Süden war Norden 354

Es bellt in jedem Haus 357

Laus im Sprachpelz 360

Künste und die Kälte 361

Mokka auf dem Trottoir 363

Abschied vom Kramladen 366

Strandbad Wannsee: das große Berliner Volksfest 369

Aus der Mode, aus der Hand, aus dem Sinn 373

Der Schlaf im Theater ist Gewissenssache 375

Nachruf auf den perfekten Zuschauer 378

Der Sputnik als Christkind-Ersatz 383

Das Leben unter der Kapsel 387

Hier geht Kafka 400

Wachsamkeit und Schweigen 404

Nachwort 409

Textnachweis 427

I

Prolog

Prolog, im Februar 1946 gesprochen

Wir werden an den Sonntagen der kommenden Wochen um diese Stunde wieder zusammentreffen. Wir werden öfter miteinander reden. Wir werden uns aneinander gewöhnen müssen. Vielleicht ist es gut, daß ich mich Ihnen da vorstelle:

Luft ist mein Name. Friedrich Luft. Ich bin 1,86 groß, dunkelblond, wiege 122 Pfund, habe Deutsch, Englisch, Geschichte und Kunst studiert, bin geboren im Jahre 1911, bin theaterbesessen und kinofreudig und beziehe die Lebensmittel der Stufe II. Zu allem trage ich neben dem letzten Anzug, den ich aus dem Krieg gerettet habe, eine Hornbrille auf der Nase. Wozu bin ich da? – Ich soll mich für Sie plagen. Diese Stadt Berlin ist von einer ununterdrückbaren Regsamkeit. Was die Theater, die Kinos zudem betrifft, so kann ein einzelner schon jetzt nicht mehr übersehen, was sich auf den Brettern und den Projektionsflächen unserer Stadt tut. Wer hätte Zeit, die vielen Kunstausstellungen zu besuchen? Wer könnte entscheiden, welcher Opernabend einen Besuch wert ist?

Sehen Sie – da komme ich nun in den Lautsprecher, etwas atemlos vielleicht von dem letzten künstlerischen Erlebnis, etwas ausgekühlt vielleicht in dieser Jahreszeit. Aber das ist meine Aufgabe: für Sie sozusagen der Vorreiter und Kundschafter zu sein. Ich stürze mich von Beruf und Leidenschaft in den Strudel der Künste und Vergnügungen und gebe Ihnen Rapport und Bericht. Jede Woche. Um diese Zeit.

Ich erzähle Ihnen, was ich gesehen habe. Und da Kunst erregbar machen soll und mitteilsam: nehmen Sie es mir nicht übel, wenn ich es auf meine Art tue. Wenn ich mit meinen Augen sehe.

Kein akademischer Vortrag. Das kann ich nicht. Der Himmel behüte! – Kein leidenschaftsloser Bericht – damit wäre niemand geholfen. Sondern: ich komme aus dem Theater, dem Kino, der Ausstellung, der Oper. Und ich berichte meinen Eindruck. Es gibt keine absolut treffsichere Kritik. Aber es gibt auch hier ein sauberes Handwerk und einen Willen zur Redlichkeit und zum Wahren. Das wollen wir treffen.

Gestern hatte ich Gelegenheit, einmal im Wagen durch die ganze Breite dieser Stadt zu fahren. Es war gespenstisch. Man ist an die Trümmer seiner Umwelt, seines Weges zur Arbeit, seines Bezirkes gewöhnt. Aber da wurde mir einmal bewußt, wie wenig von Berlin noch da ist. Ich fragte mich, ob wir uns nicht eigentlich nur etwas vormachen. Ich fuhr an einer Litfaßsäule vorbei, die beklebt war mit unzähligen Ankündigungen von Theatern, Opern, Konzerten. Ich sah nachher im Inseratenteil der Zeitung: an fast 200 Stellen wird Theater gespielt. Tatsächlich. Überall. In allen Bezirken. Täglich finden mindestens ein halbes Dutzend Konzerte statt. In allen Bezirken. Zwei Opernhäuser spielen ständig – welche Stadt der Welt hat das noch? Ob da nicht eine ungesunde Hausse in Kunst ausgebrochen ist – ob es nicht nötiger ist, Handfestes zu tun –, ob der Drang vor die Bühnen und in die Lichtspielhäuser nicht etwas Leichtfertiges und Frivoles an sich hat? Ich habe es mich gefragt. Und ich habe geantwortet: Nein! Wir sind tatsächlich durch ein Tal von Schweiß und Tränen gegangen, und zu Übermut, weiß Gott, ist auch heute kein Anlaß.

Die Nöte stehen dicht an unserer Schulter. Die Arbeit bleibt zu tun.

Aber gesegnet die Stunden, die uns über uns hinausführen. Die Stunden, die wieder Musik in unser Leben bringen und die Töne der großen Meister. Gesegnet die Stunden, die uns nachdenken lassen, die uns Ideen zeigen, die uns die Welt öffnen und uns über unseren kleinen, staubigen Alltag hinausführen in die Welt.

Die Dichter – laßt jetzt endlich hören, was sie uns zu sagen haben! Der Krieg hat uns geschlagen zurückgelassen, in einer geistigen Dürre, voll Hungers nach guten und füllenden Gedanken und voller Neugier in die Welt hinaus, voll Aufhorchens nach dem neuen Ton der Güte, der unerbittlichen Liebe zum Nächsten, nach dem neuen Ton einer Menschlichkeit, die nun endlich laut werden muß, nachdem die Luft verzerrt war von Haßgesängen – zwölf lange Jahre hindurch.

Nein, Kunst ist nicht Sonntagsspaß und Schnörkel am Alltag, kein Nippes auf dem Vertiko. Kunst ist notwendig, gerade jetzt in der Not. Erst der Geist füllt das Leben, und ich will in keiner Welt leben, die ohne Musik ist. Was nutzt es, wenn wir uns nun das neue Haus bauen, und siehe: wir haben den Inhalt vergessen, den Geist, der in ihm wohnen soll. Nein, Kunst ist notwendig. Und kein Gedanke an sie, kein wirkliches Bemühen um sie ist zuviel. ×

Berlin vor einem Jahr

Über die ganze Stadt in den letzten irren Tagen des Krieges war kein Bild zu gewinnen. Sogar der Weitblick des »größten Feldherrn aller Zeiten« reichte in den letzten Tagen des April nicht weiter als vom Bunker seiner Reichskanzlei bis an den Tiergarten. Der Rauch der Brände, das Spritzen der Einschläge, Wolken von geschleudertem Staub und Dreck verhängten den Blick. Über die Häuser jagten die gurgelnden Geschosse der Stalinorgeln. Tiefflieger hielten auf alles, was sich unvorsichtig an die Oberfläche wagte.

Die Welt war der eigene Keller, falls der noch hielt. Ohne Licht war diese Welt oder doch nur erleuchtet von den Resten einiger Kerzen. Das Wasser war versiegt. Man trank die rostige Flüssigkeit, die aus den geöffneten Tanks der Warmwasserheizung kam. Der letzte Koffer war unsere Heimat. Draußen war das Inferno. Lugte man hinaus, sah man einen hilflosen deutschen Tank sich durch die Glut der Häuserzeilen schieben, halten, schießen, beidrehen. Hin und wieder stolperte ein Zivilist, von Deckung zu Deckung stürzend, über den aufgeborstenen Fahrdamm. Eine Mutter jagte mit ihrem Kinderwagen aus einem ausgeschossenen, brennenden Haus in die Richtung des nächsten Bunkers. Tieffliegerbrummen. Das sinnlose Reißen der nahen Abschüsse. Eine Mutter schob ihr Kind durch den letzten Aufruhr des Krieges. Einschläge unweit von ihr, daß einem der Atem fortblieb. Und sie hatte – das rührende Bild bleibt haften – den weißen Kinderwagen mit erstem Frühlingsgrün gegen Flieger »getarnt«, wie es im Buch des Krieges gestanden hatte. Sie jagte, von Granatsplittern umfegt, dem Bunker zu. Die bittere Lektion ging zu Ende.

Vorgestern noch war der Volltreffer einer Fliegerbombe auf den Luftschutzschacht unter dem eigenen Garten gegangen. Zwei Frauen, die, uns fremd, dort Schutz gesucht hatten, lagen zerquetscht unter den zementenen Trägern. Einen Hausgenossen hatten wir herausgraben können, das Bein aufgerissen, von dem Schock für Tage gelähmt.

Vorgestern hatte man gespenstischerweise noch mit Freunden in nahen Stadtgebieten telephoniert. Sie aßen schon russisches Brot. Ein Major war bei ihnen einquartiert. Sie hatten es überstanden. Hier aber, vor dem Zentrum der Stadt, ging die Hölle noch stündlich los. Ein Mann tauchte auf; er war aus einem Gefängnis entlassen und hatte sich hierher durchgeschlagen. Eine der beiden am Vortage zerquetschten Frauen war seine. Der Mann brach zusammen.

Und mußte doch voll Vorsicht sein mit uns. Bis zuletzt gingen die Häscher der SS durch die Häuser und Keller. Bis zur letzten Minute konnte man gewärtigen, daß man in das sinnlose Toben geworfen werden sollte oder den Genickschuß erhielt. An der nahen Weidendammerbrücke hingen die Leichen derer zur Schau, die die hilflosen Waffen fortgelegt hatten. Der Mord ging um.

Das Gerücht ging um. Ahnten wir, daß vor den Treppen des Reichskanzlei-Bunkers, kaum tausend Meter von hier, sich der »Führer Großdeutschlands«, der nun schon kaum mehr den Bezirk Berlin-Mitte beherrschte, sein kindisches Autodafé vorbereitete? Wer sagte uns, daß die norddeutsche Restregierung in Verhandlungen war? Uns war zuletzt mit dem Datum des 28. April das »Kampfblatt Berlins«, »Der Panzerbär«, zugereicht worden. Dort stand zu lesen, daß sich in Berlin die große Schlacht wenden würde. Und daß ein Herr Generalmajor Bärenfänger die »Schwerter« erhalten habe. Er halte wacker eine U-Bahn-Station. Herr Generalmajor sei in seinem Element und zuversichtlicher denn je.

Die Reste eines OKW-Büros wurden zeitweise in unseren Keller gespült, gereizte, willenlose, kranke Kerle. Jeder schleppte neben dem Gewehr 98 einen Pappkarton mit sich. Zivilkleidung für den Ernstfall. Aber sie waren trotz unseres Zuredens zu feige, die rettende Konsequenz zu ziehen. Zwei grimmige Unteroffiziere wären mit ihnen. Es ginge nicht.

So mußten sie gehen. Wir wollten sie nicht als Soldaten in unserer Nähe, wenn es aufs letzte ging. Wir selber gaben das Gerücht aus: beim Zoo sei zum Sammeln befohlen. Der Ring sei bei Spandau durchbrochen. Sie rafften sich auf mit ihren Pappkartons. Einer warf Hundert-Mark-Scheine ins Feuer, bevor er ging. Es schien doch alles gleich. Ein anderer ließ einen Koffer voll Schokolade zurück. Sie hatten auch jetzt nicht die Courage zum Zivil. Man sah sie nicht wieder.

Am gleichen Tage fegte eine Granate genau vor das Kellerfenster. Ein alter, freundlicher Mann schrie auf, kreischte und starb. Sein Leib war mitten durchschnitten. Tellerwäscher bei Aschinger war er gewesen mit einem Hang zur großen Literatur. In Gefechtspausen hatte er uns Schiller rezitiert. Und wir hatten, aufatmend, gelacht zuweilen. Jetzt trugen wir seine Reste hinaus und machten ihnen ein Grab. Die Splitter klirrten ans Haus. Letzte Scheiben brachen, jemand sprach ein Vaterunser in den Aufruhr. Dann ging es zurück in den Keller bis zum Abend.

Am Abend kam scheinbare Ruhe in die räucherige Welt. Der Artilleriebeschuß ließ nach. Von der Potsdamer Straße kam heftigeres Schießen. Hier aber war es vergleichsweise still. Die Hausfrauen regten sich. Man ging in die Reste der Wohnungen. Man ging über die Straßen und Plätze, wenn auch an der Deckung der Häuser haftend. Vor den Läden formten sich Schlangen. Man stand an wie immer. Hier gab es noch Brot. Dort sollte Fleisch zu bekommen sein. Im nächsten Kolonialwarengeschäft aber wurde schon behutsam geplündert. Ordnung und Aufruhr wohnten nah beieinander.

Drei Hinterhöfe weiter war ein Weingroßhändler angesiedelt. Er gab keinen Tropfen aus und bestand auf seinem Schein: die nächste Zuteilung sei erst in einem Vierteljahr fällig. Die Berliner zogen ab, überzeugt und von dem gestempelten Scheine erschlagen. Bis ein Beherzter zur Axt griff und in eines der gewaltigen Fässer im Hofe schlug. Jetzt trugen sie den Tokaier in schmutzigen Eimern davon.

Ein Flakgeschütz fuhr im Dämmern noch an der Straßenecke auf und durchlöcherte die unheimliche Stille mit seinem Abschuß. Und die Antwort kam deutlich von allen Seiten. Die Hölle war wieder losgelassen. Die Hast in die Keller setzte ein. Der Tokaier schwappte beim Rennen. Die Schlangen vor den Geschäften lösten sich auf. Ich sah, wie eine Frau neben mir zerrissen wurde. Ich warf mich zu ihr auf das Pflaster. Ihr konnte niemand mehr helfen. Gefallen beim Gang ums Brot. Eine Mutter war tot.

Man hockte wieder auf seinem Koffer im Keller, trank Tokaier aus den schmutzigen Eimern, nährte sich von den letzten Vorräten und lauschte hinaus, wie das näher kam, bellte, heulte und schwieg. Das Krachen der Abschüsse, unterbrochen von dem rechthaberischen Mähen der Maschinengewehre. Wozu?

Ein Nachbar kroch herein und wollte wissen, die Russen seien schon am Zoo. Bald sei die Qual zu Ende. Und wieder gurgelte eine Salve der Stalinorgel heran. Er sagte, es sei an der Zeit, die weißen Fahnen bereitzuhalten. Wir hielten sie lange bereit. Ein Flieger brummte mit alarmierender Gemächlichkeit über das Haus. Der Nachbar beschwor uns, weiße Armbinden anzulegen. Wir wußten. Wir winkten ab. Auf dem Kohlenhaufen lag der aus dem Gefängnis Entlassene und sprach mit fiebriger Stimme von seiner toten Frau. Die alte Schneiderin aus dem zweiten Stock hockte auf ihrem Luftschutzklappstuhl, sie betete laut und ununterbrochen. Der Hauswart machte sich gerade an den zweiten Eimer Tokaier. Er lallte schon. Am Boden war im Schein der Kerze die Blutlache des getroffenen Tellerwäschers zu sehen. Die Nacht wurde lang. Draußen tobte die Schlacht, unwirklich, abstrus und wie in einer fremden Welt des Irrsinns. Man war überwach und betrachtete plötzlich alles mit einer Schärfe und Abgezogenheit, als stünde man neben sich selber. Dann nickte man ein.

Und erwachte von nahem Geschrei vor der Kellertür: hier hätten welche auf einem platten Handwagen die Leiche des gefürchteten Blockwarts gebracht, des bis vorgestern volkssturmwütigen. Er habe sich aus dem Fenster gestürzt, sich selbst und die Frau. Wohin mit der Leiche? Man solle sie in den Vorgarten werfen! Man tat es. Dort lag sie noch Tage. Wenn schon die kleinen braunen Beamten die Konsequenz zogen, dann konnte das Ende nicht fern sein. Mochte er im Vorgarten liegen und warten.

Man hockte im Keller und wartete. Ein Geruch von Rauch, Blut, Schweiß und Fusel gemischt lag über allem. Einmal riefen sie uns heraus: in den Resten des Hauses gegenüber war ein groteskes Arsenal an Hakenkreuzflaggen und Hitlerbildern gefunden worden. Zwei ganze Räume voll. Würde der Unfug später angetroffen, wer weiß, ob man nicht uns haftbar machen würde. Die Besitzer der beiden Räume voller Gesinnung hatten schon vierzehn Tage zuvor die Stadt in donnernden Limousinen westwärts verlassen. Wir steckten hastig die Fahnen in Brand. Und die Bilder splitterten auf.

Das Gewehrfeuer kam näher. Wir duckten uns in die Keller zurück. Beim Sprung in die Haustür sahen wir eine SS-Streife den Kopf über einen Mauerrest heben. Sie »kämmten noch durch«, nach dem Gesetz, nach dem sie angetreten. Wir preßten uns neben die Tür. ×

Über die Berliner Luft

Wo einmal das Romanische Café stand, in dem Roda Roda mit Waldemar Bonsels Schach spielte und auch sonst Literarisches getrieben wurde, breitet sich heute ein geordnetes Brachfeld aus. Ich stolperte, vom lärmenden Oktoberfest aus dem Zoo kommend, darüber hin. Steine. Geplättete Häuserreste, rechts ein Gebäude zum Beinebrechen in der halben Dunkelheit. Zuweilen faßt der Fuß festeren Boden. Man geht über die erhaltenen Fliesen eines Hauseinganges, von dem eben nur noch die Fliesen zeugen von der kalten Pracht eines wilhelminischen Entrees in eine Berliner Mietskaserne. So muß Pompeji sein oder Ninive.

Aber hebt man den Blick von dem strauchelnden Fuß – liegt Berlin da. Liegt da in sonderbarer Verschiebung und neuer Sicht die Gedächtniskirche. So sah man sie nie, die pseudoromanische Ruine, die schöner geworden ist im Verderben. Als alles noch intakt war, erwog der Architekt Poelzig oft, ob man die Kirche nicht hätte versenkbar bauen sollen: bei Tag unter der Erde verborgen, denn sie war häßlich. Nachts aber, wenn die Lichter sie umspielten, sollte man sie hervorhieven aus dunklem Schacht. Dann wäre sie schön.

Jetzt spielen die Lichter schon wieder. Und die Ruine umkreisend findet auch etwas Verkehr statt. Aus dem Zoo kommt gedämpft das Rummsen der Festwiesenmusik. Drüben auf der Tauentzien bauen sie noch bei Nacht. Und eine Männerstimme ruft hallend herüber, seine heißen Wiener seien die besten. Abend über Berlin. Man steht auf dem aus Ziegeln gebröckelten Brachfeld und atmet Berliner Luft. Ab und zu muß man sie genauer atmen. Sie ist würzig und trokken und sonderbar. Ein unverwechselbarer Ozon.

Städte können riechen. Bremen riecht nach Kaffee, Hamburg riecht nach Teer und nach Meer. London nach Nebel und Kohle. Paris riecht silbrig nach Frauen. Berlin riecht nach Berlin.

Das ist wie ein Treibstoff. Wenn einen an anderen Plätzen die Müdigkeit ankommt, atmet man hier noch Energien ein. Die Regsamkeit, der oft ruchlose Optimismus dieser Stadt, ihre Heftigkeit in der Betätigungslust, ihre Ausdauer am manchmal Hoffnungslosen – es liegt wohl in der Luft. Es liegt wohl in der Luft, an dem sonderbaren Gemisch aus trokkener Unbedingtheit und kräftiger Skepsis. Der Mensch, der sie atmet, wird angesteckt.

Wo gibt es das so resolut? – Fünf Jahre zurück: wie da einer vor seinem zerschossenen Hause am frühen Morgen stand. Die Etage war durchlöchert von Einschlägen. Er wandte sich ab und äußerte nur, er wolle jetzt schlafen. Es sei zu furchtbar. Es sei alles vorbei. Und da die Stimme eines Nachbarn, selbst um Habe und Haus gebracht, wie der dem ohne falsche Tröstlichkeit fast entrüstet auf die Schulter hieb und ganz ernsthaft sagte: »Mann, machense doch keene Faxen. Jehn Se ruff. Machense Ordnung. Jetzt jeht's doch wieder los!«

Hier geht es immer wieder los. Die Atmosphäre dieses Ortes war nie der Patina günstig. Der Staub der Geschichte setzt sich hier nicht fest. Traditionen werden nicht alt. Diese Stadt, in welchem Jahrhundert immer, blieb jung, blieb keß, aggressiv, flegelhaft oft, zugegeben. Aber von einer fröhlichen Rastlosigkeit, veränderungsfroh, neuerungssüchtig und ewig betriebsam, daß es anderen Städten im Vergleich oft auf die Nerven ging. Aber dann – sie atmeten ja auch nicht unsere Luft.

Ich kenne einen, unlängst aus der Emigration zurückgekehrt, einen alten Berliner, der allabendlich durch die Straßen geht und für sich den Fortschritt an jedem Neubau oder Wiederaufbau registriert. Trifft man ihn, sagt er besorgt: »Schön – der Hochbau am Innsbrucker ist ja nun fertig. Aber, wissen Sie, am Südwestkorso draußen – verfolgen Sie das? – geht's doch reichlich langsam.« Und dann zieht er die Stirne in Falten, als wär's ein Stück von ihm. Als sei es seine Verantwortung mit.

Das macht wohl die Berliner Luft, nach der er sich so lange Jahre sehnte. Ebenjene aktivierende Mischung, die durch die Lunge geht und offenbar direkt zum Herzen findet.

Besucher, die ihr hier weilt zu Geschäft, zu Verwandtenbesuch oder Lustbarkeit, haltet inne zuweilen! Steht, wie ich jetzt da stehe auf dem Brachfeld des alten Romanischen Cafés, oder wo sonst es euch ankommt, steht und bedenkt den einsamen Mut der noch verminderten Stadt und atmet mit Bewußtsein ihre Luft! Und dann wundert euch nicht, wenn euch bei einer beiläufigen Auseinandersetzung ein Berliner anfährt: »Mensch, halten Sie die Luft an!« Ein Rat unter Berliner Brüdern. Halten Sie sie an. Sie ist köstlich. ×

II

Luftballons

Die Lücke in der Wissenschaft

Der Erdbewohner unseres Jahrhunderts führt wahrlich ein gesichertes Dasein. Er setzt sich abends in die warme Wanne, geht ins Zimmer, wo die Couch schon in ein Bett verwandelt ist. Er stellt die Schuhe vor die Tür und begibt sich mit der Abendzeitung in den Schlaf.

Er braucht sich nicht zu fürchten. Sein Schlaf darf normal sein, denn das Geld befindet sich nicht unter seinem Haupt in einem Strumpfe, sondern auf der Depositenkasse und wirft, während er schlummert, Zinsen. Wenn es brennen sollte, so sind Feuerwehr und Versicherung zuständig. Wenn er an Schlaflosigkeit geraten sollte und an grüblerische Gedanken, so bannt beides ein Griff in die Hausapotheke. Wird sich ihm bis morgen etwas auf die Brust gelegt haben, so ist es Sache der Krankenkasse, es schleunigst zu entfernen.

Und während er hier bewußtlos gleichsam von unserem Stern für Stunden entfernt ist, bereiten viele Hände seine Wiederkehr morgen um 7 Uhr 30 vor. Die Zeitung wird gedruckt, die Brötchen werden in den Ofen geschoben, die Straßenbahn wird gereinigt und geölt. Warmwasser wird morgen aus der Leitung springen und das Gilette liegt scharf zur Hand.

Hat unser Mann weder seinen Füllhalter auf der Post aufgefüllt, noch die Kurzstrecke der Straßenbahn heute um eine Haltestelle überzogen, noch sich vor dem Gläubiger im Büro verleugnen lassen, so darf er sich darüber hinaus noch des sprichwörtlich sanften Ruhekissens erfreuen, und einem gesunden Schlaf steht nichts im Wege.

Sollte er aber kurz vor dem Hinübernicken noch einmal den geistig-dämmrigen Blick über die Welt seiner Zeit schweifen lassen, so wird auch das zu seiner Beruhigung gereichen: Zahllose Sternwarten wachen darüber, daß unser Erdball unbeanstandet seine elliptische Bahn einhält.

Die Fackel der Wissenschaft hat in jeden Lebensbereich geleuchtet und sorgt auch fürderhin dafür, daß ihn eine helle, aufgeklärte Welt umgibt. Alles ist festgelegt, erforscht; und was erforscht, ausgesagt und in Zettelkästen eingereiht ist, wird niemand mehr mit Furcht erfüllen.

Unser Mann zieht befriedigt den Blick von dem geordneten Planeten zurück und das Plumeau über die Ohren. Er hört den Schritt des Wackren von der Wach- und Schließgesellschaft auf der leeren Straße, legt sich voll Wohlgefallen auf die andere Seite. Schon ist er hinüber.

Nicht so der denkende Zeitbetrachter im ärmlichen Mansardenstübchen. Zugegeben, daß für ihn in seiner Dachkammer das Säkulum die gleichen Sicherheiten bietet wie für den saturierten Bewohner der Beletage auf seiner weichen Couch. Alle Vorzüge, Zeitgenosse im zwanzigsten Jahrhundert zu sein, genießt dieser wie jener; nur eins, versteht sich, ausgenommen: das Konto auf der Bank. Aber das liegt in der Natur der Sache, und man kann wohl sagen, daß die Sicherheit der Saturierten auf der Kontolosigkeit der Leute im Dachstübchen beruht. Ein gut bezahlter Forscher wird sich Schnaps kaufen, und sein Blick wird trübe werden. Einem satten Philosophen wird nichts zu denken geben. Und fette Dichter sind undenkbar.

Das Bankkonto also mit Hinblick auf die Beschaffenheit der menschlichen Natur ausgenommen: dem Dachstübler sollte die Welt vor dem Einschlafen ganz ebenso beruhigend und festgefügt erscheinen wie jenem dort drei Stockwerke tiefer. Was hindert ihn aber, still an der Matratze zu lauschen wie der? Was treibt Morpheus von seinen Augen? Was veranlaßt ihn, schlaflos in seinem Bett auf und ab zu wandeln? Er hat eine Lücke in der Wissenschaft entdeckt! Und das natürlich ist sehr schlimm und überhaupt kein Ruhekissen.

Auch er hat seinen allabendlichen Blick über den Globus getan und seine Einbildungskraft an der Wissenschaft erprobt. Nichts war vorerst da, wofür er nicht einen Lehrstuhl entdeckte. Von dem einen wurde über seine Verdauung doziert, von dem anderen das Vorleben seiner Ahnen aufgedeckt. Die Tier- und Pflanzenwelt hatte würdige Betreuer. Andere hielten mit teuflisch klugen Rechnungen den gestirnten Himmel über ihm in Schach. Noch welche erforschten das moralische Gesetz in ihm und versuchten dem lieben Gott auf die Spur zu kommen. Ein Katheder sah anhand der Jurisprudenz nach den Rechten. Wieder eins nahm historisch, phonetisch, vergleichend seine Sprache unter die Lupe. Kurz also: Für jede menschliche Regung nahm er wackere Männer wahr am Werke, das Dunkel der Unbildung und Unwissenheit zu lichten. Nur die Beschäftigung mit der menschlichsten aller Regungen lag brach vor seinen Augen.

Welches aber ist das? – Nein, falsch geraten! – Die menschlichste Regung ist die Heiterkeit, das Lachen. Und das allein aus einem Grunde: weil außer uns kein anderes Lebewesen lachen kann.

Eine schöne Bescherung, die sich unser denkender Zeitbetrachter da ins schlaflose Bett gebrockt hat! Denn schon geht er daran, eine Humor-Akademie im Geist zu postulieren.

Als der Wach- und Schließmann seine dritte Runde macht, hat unser Freund in Gedanken einen Lehrstuhl für angewandte Heiterkeit errichtet. Das ist es, was uns fehlte! Lebensweise Männer hätten dort die psychischen und physischen Gründe und Abgründe menschlichen Lachens aufzudecken. Denn es ist ein Phänomen ersten Ranges, wenn durch einen wie immer gearteten Umstand unser Zwerchfell in Schwingungen gerät. Und es ist beunruhigend, zu wissen, daß man noch keine exakte Auskunft darüber geben kann, warum X »Haha« sagt, wenn Y sich auf die Fünfte von Beethoven in Schallplattenform setzt, und Y ist, *notabene*, der Besitzer.

Vom Lehrstuhl der Heiterkeit würden Witz, Humor, Ironie, Sarkasmus, Schalkerei, Albernheit und alle Grade des Gelächters durch scharfsinnige und treffende Distinktionen festgelegt werden müssen. Und – beim heiligen Demokritos! – es wird ein Hauptspaß sein, wenn die Ulkprofessoren sich in die Haare kriegen, weil einer ein Lichtenberg-Anhänger und der andere vielleicht ein Wilhelm-Busch-Apostel ist.

Es müßte die tötende, die lockernde, die balsamische Wirkung des Scherzes durch die Jahrhunderte streng nach historischer Manier ergründet werden, und es würde herauskommen, daß mancher Krieg sich hätte vermeiden lassen, wäre man ihm durch einen Scherz zuvorgekommen und hätte so die Spannungen ins Heitere gewendet und gelöst.

Die Klassiker des Humors von Aristophanes bis Ringelnatz wären zu zergliedern und auf ihre Wirkung zu erforschen. Und all die eifrigen *stud.* und *cand. jok.* zu Füßen der Gelächtergelehrten hätten die lustigste Zeit ihres Lebens.

Um aber den Doktorhut der Lächerlichkeit zu erlangen (eine noch zu entwerfende, der historischen Narrenkappe angeglichene Kopfbedeckung), hätten sie auch die heitere Praxis zu erforschen und beispielsweise einem bestimmten Witz drei Wochen lang an der Seite zu bleiben und zu registrieren, wie er sich ändert, sich verdichtet, sich verdünnt und schließlich sich bebärtet.

Die professionalen Lachforscher hätten einmal deutlich und schlagend nachzuweisen, warum der durchaus ernstgemeinte Film »Liebe kann auch anders« Lachsalven auszulösen imstande ist, während das Großlustspiel mit fünf teuren Filmkomikern, genannt »Wir sind furchtbar lustig!«, Schwermut unter den Leuten verbreitet.

Und warum ist ein Streifen am Kurfürstendamm ein Kassenerfolg, während er jenseits der Potsdamer Straße schon rettungslos absinkt? Man sieht, wie diese Wissenschaft ins Leben und sogar in die Industrie eingreifen kann.

Das Feld ist weit, das Thema wichtig. Die größten Aufgaben aber werden den Lachologen immer auf dem Gebiet des Pädagogischen erwarten.

Hier wäre das Ziel, die sogenannten Seriösen immer wieder von Zeit zu Zeit von dem Kothurn ihrer einseitig pharisäerhaften Art herunterzustoßen und ihnen den fröhlichen Knüppel eines regulierenden Lachens zwischen die allzu steifen Beine zu schleudern. Die Heiterkeitserzieher hätten allen allzu Ernsthaften unter uns, die den Humor für würdelos und zeitverschwendend halten, nachzuweisen, daß sie entweder dumm sind oder faul.

Dumm: denn wirklich zu lachen versteht nur immer ein überlegener Geist, welch Standes und Bildungsgrades er auch sein mag. Faul: weil es herzlich einfach ist, sich stets nur auf der einen Lebensseite zu bewegen und sich um die andere selten oder nie zu mühen.

Eine bewegte Zeit wird anbrechen, der heiteren Polemiken wird kein Ende sein, denn der jokose Mensch ist fast immer im Angriff und kann es nicht unterlassen, die Welt nach seinem Bilde zu formen und in muntrem Fluß zu halten.

Unter seinen Gästen lobte sich einer, der beide Wesenswege genial vereinigte, den heiteren Mann am meisten. Die Lehrinstitute aller Welt aber, so stellt unser rastloser Denker in der Mansarde schließlich fest, sind noch nie auf den Gedanken gekommen, denselben heiteren Mann auch nur für voll zu nehmen, geschweige denn ihn gar zu Gast zu laden und am reichen Tische der Wissenschaft teilhaben zu lassen auf seine Art. Das muß nun endlich anders werden.

Dem schlaflosen Grübler dämmert dort unter den Dachsparren einsam das Morgenrot eines neuen Wissenschaftszweiges, im Oberstübchen sozusagen. Der saturierte Couchbewohner aber schläft indessen den Schlaf des Gerechten, während drei Stock über seinem Schnarchen eine neue Welt in den Wehen liegt.

Recht hat er. Denn seinesgleichen hat Anspruch auf Schlaf, wenn Bäcker Brötchen und Denker umstürzende Erkenntnis vorbereiten. ×

Die Komik des Ernsthaften

In einer Juninacht des Jahres 1866, bei Beginn des böhmischen Feldzuges, geschieht etwas überaus Bemerkenswertes in der preußischen Geschichte: Der Generalfeldmarschall Helmuth von Moltke macht einen Witz.

Dieser nüchterne, schweigsame Mann, von dem man sich strategische Wundertaten wohl gewärtigen konnte, der einen herrlich-festen, fast spät-goethischen Stil schrieb, der ruhig und ohne Umweg zu denken und zu handeln gewohnt war – er wendet sich auf der Schwelle des Bismarckschen Salons nach der für den Ausbruch des Krieges entscheidenden Besprechung um, stutzt, zeigt eine äußerst ernste Miene und läßt unvermittelt und ohne jeden Zusammenhang eine veritable Albernheit hören.

»Wissen Sie«, fragt er, »daß die Sachsen die Dresdner Brücke gesprengt haben?« Auf die bestürzte Verwunderung des Hausherrn hin schweigt er für einen kurzen Augenblick, und dann: »Mit Wasser, wegen Staub!«

Es ist für uns alle ein Glück, daß diese Begebenheit Bismarck denkwürdig genug erschien, sie für uns aufzuzeichnen. Er kannte das also auch, der große Schweiger. Er spürte auch zuweilen die Lust, sich vom Druck der Wirklichkeit zu lösen und Fangball zu spielen mit seinem eigenen Einfall. Aus der Anspannung einer für Abertausende wichtigen Entscheidung, an einer geschichtlichen Wende hält er ein, atmet auf, albert, spielt, entspannt sich und den Staatsmann von dem großen Druck durch einen flachen Scherz, rettet sich für eine halbe Minute in eine Welt kindlichen Scheins.

Der Ernsthafte wird komisch mit Bewußtsein. Er tritt für einen Augenblick neben sich und freut sich an dem Schillern einer Täuschung. Dann tritt er wieder in sein ernstes Selbst zurück und arbeitet, macht Krieg und macht Geschichte. Wahrhaft, ein denkenswürdiger Vorfall!

Zeigt er doch augenscheinlich, wie ein großer Mann es sich erlauben darf, einen schlechten Witz zu machen, ohne darum einen Deut seines Nimbus einzubüßen, ohne uns auch nur um eine Kleinigkeit geringer zu erscheinen. Im Gegenteil: hier rückte einmal der Spieltrieb an die Oberfläche eines strengen Daseins. Die ununterdrückbare Neigung zu einer kleinen Albernheit nach einer großen Entschließung rückt das Menschliche in ihm zurecht, und wo wir sonst nur staunend bewunderten in einer fernen Kälte, da können wir nun mitempfinden, da öffnet sich ein neuer, warmer Weg zu einem anderen Wesen. Es hat einen Schimmer von Größe an sich, wenn ein großer, ernsthafter Mann es wagen darf, einen schlechten Witz zu machen. Und es ehrt ihn, wenn er es tut.

Leider sind aber die kleinen, seriösen Menschen, die keine Scherze dulden, weit öfter anzufinden. Sie geben sich der Komik eines Einfalls niemals hin. Sie haben Angst, für flach zu gelten, wenn sie lachen. So stelzen sie denn ihren Lebenslauf mit eingekniffenen Augen ab. Wo andere ermuntert einhalten, eilen sie weiter, weil gutes Gelächter Größe im Menschlichen verlangt und Fülle im Charakter. Sie eilen weiter, weil sie wittern, daß im wahren Gelächter Freiheit ist und Schwerelosigkeit und Spielerei, weil sie fühlen, daß dieses Spiel zuweilen den Einsatz, den spielerischen Einsatz des ganzen Wesens fordern kann. Und mancher schon ist aus einem Gelächter, das er selbst begonnen hat, sehr arg gerupft in unsere ernste Welt zurückgekehrt.

Der ganze Mensch zeigt Wagemut, wenn er sich selbstvergessen auf die gefahrvolle Ebene des Witzes, des Übermuts, der Heiterkeit begibt. Der halbe Mensch, der das Gelächter, die abenteuerliche Lust des Einfalls meidet, er klammert sich fest an den Grund des Sinns und meidet jeden unfeierlichen Unsinn, sein kleiner und seriöser Geist verläßt den sicheren Grund realen Lebens nicht.

Nicht Hieb und Stich und Handstand der Vernunft, nicht muntere Beweglichkeit der Geister schaffen ihm Freude und Entspannung, er panzert sich in seine Seriosität, und wo er sich entspannen sollte und mitlachen, da strafft er sich und sucht womöglich zu verachten. Denn daß auch Tiefe sich unter Heiterkeit verbergen kann, das wird der Kleine mit der ernsten Seele nie erkennen. Nun ist aber die Eigenart des Witzes, daß er sich gerade die zur Zielscheibe der Heiterkeit erwählt, die sich mit Macht davor zu schützen suchen. Der jokose Mensch ist immer im Angriff. Spielend verzerrt er die Wirklichkeit, daß sie grotesk und seltsam erscheinen muß. Oder er rückt mit einer muntern Wendung die Welt, wo sie verzerrt ist, sanft zurecht, und schon liegt unser seriöser Mann auf seiner Nase. Da liegt er und ist komisch wider Willen. Goethe hat auf seiner italienischen Reise einen seltsamen Fall unfreiwilliger Komik aufgezeichnet. Eine Dame der italienischen Gesellschaft befand sich mit einem alten Hausgeistlichen in einem leicht gebauten Hause. Sie handarbeitete, der greise Abbé las ihr vor, als plötzlich die Erde unter ihnen zu beben begann. Der Boden wogte, das Gebäude sank an ihrer Seite nieder und die entgegengesetzte hob sich in die Höhe. Der Abbé also schwebte plötzlich über ihr und drohte auf die Frau hinabzufallen. »Pfui«, sagte sie, wie sie da mit dem Kopf an der sinkenden Wand lehnte, »pfui, schickt sich das für einen so ehrwürdigen Mann? Ihr gebärdet Euch ja, als wenn Ihr auf mich fallen wolltet. Das ist ganz gegen alle Sitte und Anstand!«

Als das Haus sich wieder setzte, wußte sie sich vor Lachen nicht zu lassen über die närrische, lüsterne Figur, die der gute Alte da sollte gespielt haben. Das Entsetzen über die unmittelbare Naturkatastrophe hatte sie überwunden nur dadurch, daß sie den Sinn für Komik nicht verlor. »Ein wundersam glücklicher Charakter«, merkt Goethe an, »dem noch eine Posse gelingt, indem ihn die Erde verschlingen will.« Hier befreite sich ein Mensch von der Grausamkeit der Situation dadurch, daß er die unfreiwillige Komik, in die ein anderer, ernster Mensch geraten war, erkannte. Der heitere Mensch war von dem Druck der Angst befreit. Der Abbé wird vor Furcht redlich geschlottert haben. Wir wollen es ihm nicht verargen. Aber mit dem Reisenden aus Weimar wollen wir bewundern, daß hier der überlegene Teil derjenige war, dessen regsamer Geist im Angesicht des Todes die Komik noch erkennen konnte. Wie denn die besten Scherze, die nämlich, in denen Ernst und Witz sich mischen, am Rand des Grabes und auf dem Schafott gesprochen worden sind. Die Komik des Ernsthaften nämlich, jener Heiterkeit, die eine Tragik im Hintergrund hat, sie kann genossen werden wie ein Kunstwerk. In den Gestalten der Shakespeareschen Narren, die Unfug zu sprechen scheinen und Wahrheiten im Hintergrunde aufleuchten lassen, ist diese Komik dutzendfach zu finden. Da mischt sich beides, Ernst und Heiterkeit; da sind sie ein unlösbares Gemenge. Der Narr steht in der Welt und kapriolt zum Schein, und hinter Tollheit und Gelächter liegt der Ernst der Welt verborgen.

Man muß sich einmal ausmalen, welchen Urspaß es dem großen Herrgott gemacht haben mag, bei der Erschaffung unseres fragwürdigen Planeten dem Menschen das Geschenk des Witzes in die Schöpfungswiege zu legen.

»Wollen sehen«, mag er sich in einer heiteren Weltsekunde gesagt haben, »ob sie dies herrliche Geschenk zu nutzen wissen. Ob sie verstehen werden, sich durch ein wenig überlegenes Spiel zu befreien und zu lösen, ob sie sich hin und wieder die Mühe machen werden, ganz zu vergessen, daß sie ein Leben lang Brot, Rang und Ehren erworben haben. Wollen zuwarten, ob man sie wird zuweilen beobachten können, wie sie ein falsches Pathos durch ein gutmütiges Gelächter ganz zunichte machen, wie sie sich durch ein heiteres Spielen ihrer Phantasie in bessere Reiche retten, wenn sie an einem Abgrund stehen. Wollen sehen, ob sie den Zauberstab zu nutzen verstehen, das funkelnde Geschenk, durch das ich sie vor allen anderen Lebewesen ehrte.«

Wir wollen die Komik dieser ernsten Welt auskosten, wo wir sie antreffen, daß der große Schöpfer am Ende der Tage seine göttliche Freude an uns haben mag. ×

Göttlicher Stumpfsinn

Stumpfsinn, Stumpfsinn, du mein Vergnügen,
Stumpfsinn, Stumpfsinn, du meine Lust.
Gesellschaftslied

Der Stumpfsinn, der große göttliche Stumpfsinn – ist es nicht verwunderlich, wie unsere Dichter durch alle Zeitalter jeder anderen menschlichen Regung ihren Vers gezollt haben? Die Liebe – welch ein Aufwand an Reimen ist nicht ihr gewidmet? Die Jahreszeiten, alle vier und jede Regung, die sie bei uns wecken, was sind sie nicht besungen und bedichtet worden! Die Trinklust, Freude an Kampf und Getümmel, Freundschaft der Herzen und Trauer an Gräbern, der Mond und die Sehnsucht, die Sterne, das All, die Ewigkeiten – sie alle haben ihr dichterisches Teil abbekommen.

Wenn wir uns aber fragen, wie unsere Seelenzeit wohl eingeteilt ist, ob da denn Liebe, Haß, Sehnsucht und Trinklust den größten Teil unserer Gefühlsstunde einnehmen, so müssen wir das schnell verneinen. Der treue Puls, er klopft so manche Herzensstunde ab, ohne daß eine Minute davon mit einer der genannten Regungen gesegnet wäre.

Was aber herrscht dann in der langen Zwischenzeit? Was füllt den Tag, was füllt die Intervalle? Die Regungslosigkeit, Indifferenz, der große, breite Stumpfsinn.

Ihn zu ehren hat sich bislang keine Leier erhoben. Kein Dank ist ihm geworden für die aufspeichernde Wirkung, die er hat. Niemand hat bislang seine wohltuenden Funktionen in unserem Seelenleben aufgezeigt. Und unsere Dichter sollten sich beeilen, die schmähliche Lücke in unserer Liederwelt alsbald zu schließen.

Angenommen einmal, wir entbehrten dieses wahren Lebensretters. Zu welchem Dasein wären wir da nicht verurteilt! Unser Verstand würde uns nach einer Woche schon ins offene Grab hinuntertreiben. Wir müßten denken ohne Ende.

Schon wenn wir morgens erwachten, hätten wir kummervoll auf dem Bettrand zu verharren und mit unserem Gehirn dem dunklen Sinn des Lebens nachzuspüren, zu dem wir uns von neuem rüsten wollen. Das würde manche gute Stunde füllen. Nach langer Zeit fällt dann die Uhr vom Nachttisch. Warum? Wir haben grüblerisch daran gestoßen, zugegeben. Doch warum fällt sie dann nach unten? Was ist denn Schwerkraft? Wir kommen nicht dazu, uns von dem Kummerrand des Bettes zu erheben, denn schon geraten wir mit unserer emsigen Vorstellungskraft an den ganzen Erdball, der sich drehen soll, und schon sind wir dabei, das Wesen unseres Kosmos zu ergründen. Jetzt hätten wir die Sterne alle abzuklappern, und unser Geist hätte sich bald im All verheddert.

Wir sehen auf den Gummikragen auf dem Stuhle neben uns, und schon hätte unser Denkapparat, ausgehend von diesem letzten Produkt der Zivilisation, den ermüdenden Pilgergang durch die Wirrsale der menschlichen Entwicklung anzutreten. Und da steht ohnehin an jeder Ecke ein mannshohes Problem.

Auf dem Bettrande schon wäre eine Sisyphusarbeit des Gedankens zu leisten, und ins Büro kämen wir nie, denn nach diesen wenigen Vorspielen des Gedankens hätte sich unser Kopf so heiß gelaufen, daß wir mit kalter Kompresse ins Bett zurückzusinken hätten, um Rast vor all dem verzehrenden Scharfsinn in einem erlösenden Schlaf zu finden.

Ist man nach dieser kurzen, aber schauerlichen Vision schon in der Lage, die Segnungen des Stumpfsinnes einzusehen? Er umgibt uns wie eine Nebelmauer, durch die wir all die drohenden Gedankenklüfte dieses Lebens nicht erspähen können. Wir erwachen morgens – und schon stellt sich der Nebel ein. Niemand wird einfallen, noch im Schlafanzug die unsterbliche Seele auf hohe Tourenzahl zu bringen. Jetzt ist nur wichtig, ob wohl die alte Klinge noch rasiert.

Wie wunderbar, daß es den Stumpfsinn gibt!

Ja, unser Sinn ist stumpf. Probleme legen sich von allen Seiten auf ihn und wollen angeschnitten sein; doch stumpfe Messer schneiden nicht. So haben wir denn unsere Ruhe. Das sind dann die Atempausen unseres eigentlichen Lebens, die Wellentäler unserer Existenz. Und nur, wenn das Wellental der Regungslosigkeit recht tief und weit und ausdauernd gewesen ist, wird die Wellenkrone edler Regung entsprechend hoch und sichtbar sein. Eine lange und ausdauernde Schwüle des Stumpfsinns erst bereitet das reinigende Gewitter scharfer Gedanken vor.

Man denke nur an Newton. Es ist verbürgt, daß er lange, dem Stumpfsinn hingegeben, unter einem Baum gedankenlos zu sitzen pflegte, bis ihm die anekdotische Birne auf den

Schädel fiel. Der Blitz der Überlegung setzte ein, und das Gesetz der Schwerkraft war entdeckt.

Der absolute Stumpfsinn läßt sich nicht erzwingen. Er ist mehr eine Gnade, ein Geschenk des Himmels. Gute Nerven, ein nicht allzu belastetes Gewissen und allerlei günstige Umstände können den wünschenswerten Zustand erleichtern. Aber es ist nicht gesagt, daß einfaches Hindösen genügt, um offenen Auges in halbe Bewußtseinslosigkeit zu geraten, daß Vorsichhinstarren an sich uns in das Paradies der Regungslosigkeit versetzt. Das können nur die Yogis im Lande Indien, und die auch nur nach langem, hartem Training. Der Mensch unserer Breitengrade schlägt besser den entgegengesetzten Zuweg ein. Der Schreiber dieses kann beispielsweise von sich versichern, daß er dem angestrebten Zustand nie näher ist, als wenn er das Telephon sich an die Schulter klemmt, ein höfliches Gespräch mit irgend jemand führt, dabei ein Kreuzworträtsel löst, das Radio Ziehharmonikamusik aus Frankreich spielen läßt und währenddem den neuen Aufsatz für die Zeitungen bedenkt. Zur gleichen Zeit spielen sich dann im Unterbewußtsein noch Dinge ab, von denen zu berichten hier nicht der Platz ist.

Die Vorbedingung für die große Regungslosigkeit aber ist gegeben. Tumult und Vielbeschäftigtsein, das treibt die zage Schnecke des Bewußtseins weit in das sichere Haus zurück, das sie aus schierem, dichtem Stumpfsinn sich erbaut hat.

Weil aber nicht hoher Gedankenflug und Helle des Gemütes die lange Lebenszeit zu füllen pflegen, so sei man bei der Wahl der Freunde nicht voreilig. Vielleicht hat man einmal mit einem Menschen in einer guten, regen Stunde auf allen Gipfeln des Gefühls gesessen und hat die Beine selig in die Tiefe baumeln lassen. Das waren kurze Stunden voll Musik und Wohlgefallen. Doch bald im Tale des Alltags zeigte sich, daß man den Stumpfsinn nicht zusammen treiben kann, und es wird evident, daß die am besten und treuesten zu uns stehen, mit denen sich auch nach Herzenslust stumpfsinnig sein läßt.

Wie nähert sich da ohne Worte das Herz dem Herzen bei einem trüben Marsch durch trostloses Gebiet, schweigend, dumpf und ohne Regung, wenn sich die Müdigkeit zu nähern anfängt, wenn sich dann leis und trübsinnig sinnlose und geisttötende Gesänge rühren, und sachte kommt der Nieselregen nieder. Oder wie belustigend kann Stumpfsinn in Gesellschaft sein, wenn beispielsweise zwischen sonst klarsinnigen und verstandesscharfen Männern die Leere des Gedankens wie ein Verhängnis aufsteht, während der Sanskritforscher mit dem berühmten Namen sie noch vertieft durch seine Anekdoten, an denen immer die Pointe schief sitzt.

Oder wenn Kartenspieler morgens um Fünfe immer noch die letzte Runde ansagen und man so wundervoll gedankenlos und automatisch die älteste Dame auf den Tisch herunterdonnert – Stunden des Stumpfsinns, glückliche Stunden, in denen sich das Kräftereservoir des Hirns aufspeicherte mit Kraft und neuer Schärfe, Stunden, so beruhigend und voller Lebensökonomie, Stunden des Stumpfsinns – sie sind das halbe Paradies.

Der Leser erschrecke jetzt nicht, wenn wir schließlich rundheraus behaupten, daß sich die Menschheit mit ihrer Vorstellung vom Paradies gröblich verrät. Dort war doch wohl die größte Seligkeit zu Hause? Dort wohnte wohl das ganze Glück, wie wir es niemals wieder sahen?

Warum? Der absolute Stumpfsinn herrschte dort! Kein einziger Gedanke wird Adam an jenem Wunschorte gekommen sein. Er dachte nicht. Er sorgte nicht. Er kannte keine Schönheit, weil er die Häßlichkeit nicht kannte. Er kannte keine Reue, weil er keine Lust erfuhr. Er ging im Garten Eden um und existierte nur in purem, unschuldsvollem Stumpfsinn. Bis er den bösen Apfel aß, der große Tor. Und wir, wir sind mit ihm vertrieben; wir lugen jetzt mit Fernrohren ins All vor lauter Neugier und suchen hinter jeder Ecke der Schöpfung mühsam einen Sinn zu sehen. Ein schweres Los. Und darum soll jeder noch den kleinsten Abglanz des Paradieses hegen, die winzigste Oase des alten, großen Stumpfsinns, die uns noch hier und da belassen ist. Und die Dichter sollen endlich beginnen, die schöne, fruchtbringende Regungslosigkeit des Geistes und der Seele mit ihren Schreibmaschinen gebührend eintönig-dankbar zu besingen. ×

Sehnsucht – unterbelichtet

»Wenn du zum Augenblick wirst sagen: Verweile doch ...«

Der faustische Mensch sieht heute anders aus als noch zu Goethens Zeiten. Um ewige Gegenwart sich zu erwerben, verschreibt er seine Seele nicht dem Teufel. Er kauft sich einen Photokasten.

Wenn er zum Augenblick will sagen »Verweile doch!«, dann fackelt er nicht lange. Lässig mißt er die Entfernung aus. Belichtungszeit wird kurz errechnet. Das kalte Okular der Kamera wird auf den Gegenstand des Glückes eingestellt. Und dort, genau dort, wo sein Sehnen für Augenblicke Friede fand, sein Herz in Schönheit oder Freundschaft schwelgte, wo gute Menschen um die Kaffeekanne in der Laube saßen – genau am gleichen Ort bleibt, was dem Herzen wohlgefiel, gebannt.

Wenn der moderne Faust sich dazu noch des Selbstauslösers zu bedienen versteht, erblickt er sich bis in späte Tage selbst im Hochgefühle jenes Sommertages. Er kann sich dreist auf die Konsole stellen und von der Schönheit jener Stunde zehren bis ans Ende.

Mephisto sitzt im schwarzen Photokasten und muß ihm dienen.

Faust legt die Kamera an, plinst durch den Sucher und drückt lächelnd ab. Und schon hat das zur Folge, daß der unbarmherzig drängende Fluß der Zeit gehemmt ist. Wir haben uns ein Glück aus ihm geangelt. Der Fluß rauscht weiter, er macht aus Präsens unaufhörlich Imperfekt und Perfekt, verwandelt weiter ohne Gnade die Gegenwart in unwiederbringliche Vergangenheit.

Der alte Vater Chronos aber ist gefoppt.

Und der moderne Faust lacht sich ins Fäustchen.

Denn nun bedarf es nur des kundigen Handgriffs der Magier in der Dunkelkammer, um den glückseligen Augenblick, den er gefangen hat, ganz unverlierbar auf Glanzpapier in ewige Gegenwart zurückzuwandeln. Und was dem alten Dr. Heinrich Faust noch Einsatz seines Seelenglücks bedeutete, ist dem modernen nur zwei billige Groschen wert. Er reicht sie dem willigen Provisor auf den Drogistentisch, der sich aus Kundendienst erbötig zeigt, den Glücksmoment durch neue Abzüge beliebig zu vervielfachen und ihn auf Wunsch sogar auch zu vergrößern. Nun, Zeit? – Wo ist Dein Stachel? Und Glück? – Wo blieb Dein schneller Tod? Und Du, Vergangenheit? – Wo ist Dein Schrecken des ›Gewesen!‹?

Die kleine Unsterblichkeit wohnt auf dem glücks- und lichtempfindlichen Rollfilm aus Zelluloid. Was durch das scheinbar kalte Objektiv in diesen Wunderkasten des Jahrhunderts einging, bleibt unvergessen in der Hand der Nachwelt.

Hat man einmal so die bannenden Funktionen der Kamera staunend wahrgenommen, so juckt es naturgemäß die Neugier, zu sehen, was die Leute dieser Zeit für wert erachten, in der papierenen Unsterblichkeit zu wohnen.

Und da ergibt sich wieder äußerst Staunenswertes.

Läßt der moderne Faust den Verschluß schnurren im Büro, wo er mit Freuden das gute Brot für sich und seine Lieben anarbeiten darf? Konterfeit er sich mit Blitzlicht im Bette, wo ihn nachtnächtlich das redliche Glück des süßen Schlafes überkommt und selige Träume? Wird man ihn je auf seinen Lichtpapieren in der Stube sehen, wie er mit Freunden fliegende Gespräche über die Welt und ihre Götter führt? Sieht man ihn je über das Buch gebeugt, aus dem er in den Stunden der Versenkung die Wahrheit eines Dichters schöpfte und verstand, daß Sterne ihm im Zimmer tanzten?

Ach, keineswegs! Es ist für das wankelmütige Herz des neuen Faust bezeichnend, daß er mit seiner Lichtmaschine auf diese wahren Glücksmomente seiner Seele selten anlegt.

Er schwingt vielmehr den Lederriemen um die Schulter in den raren Pausen seines Arbeitsjahres. Wenn das Wasser in den Lokomotiven dampft, dann scheint ihm erst die Welt gefüllt von Glücksmotiven. Dann, meint er, müsse Fortuna weidgerecht vor ihm auftauchen an jeder Ecke seines Ferienpfades.

Er birgt das Bild des fragwürdigen Fräulein Lizzie vom Strandkorb Nr. 7 in seiner Kamera, obwohl er wissen müßte wie alle hier, daß dieses Fräulein unter dem gleichen Mond verschiedenen Herren treu ist. Mit Vorliebe hält er sich selber fest, wie er in einem die Männerschönheit stark kompromittierenden Badeanzug vor dem gelassenen Meere steht. Er knipst sich, wie er – wieder nur in leichtester Gewandung, die seine Körperfehler kaum beschönigt – am Strande mit verzerrter Miene Handstand macht. Und Fräulein Lizzie gibt ihm Hilfestellung. Man sieht ihn arg erhitzt und wenig schön auf dem Sophienblick bei einer Wanderung. Er hat sich festgehalten, wie er ohne Kragen auf einer Bank des hiesigen Verkehrs-Vereines in der Sonne lümmelt. Ein andermal nimmt er am Kinderfeste teil und schnappt unklugen Angesichtes nach einem Apfel an der Strippe, ein vielbelachter Onkel Pelle in der Hochsaison.

Das Nachsehen hat die Nachwelt! Denn was soll die von uns denken? Was wirklich soll sie von uns halten, wenn unser Mann fortfährt, so wenig würdig sein Bild den Enkeln zu vererben?

Unsere Eltern noch, wenn sie sich portraitieren ließen, bekleideten sich mit ihrem Feiertagsgewand und blickten ernst und lächelten voll Haltung ins Objektiv des Atelierlichtbildners. Genügte dem die Haltung nicht, so rammte er den Eltern eine Nackenstütze ein, die ihnen noch ein größeres Maß von Würde beigab. So stehen sie noch heute auf unserem Schreibtisch. Der Lebensernst in ihren Mienen, die Strenge ihrer selbstbewußten Pose teilt sich uns, ihren Kindern, täglich mit, und voller Ehrfurcht grüßen wir das standfeste Geschlecht im Silberrahmen.

Und wenn ein Maler unsere Vorvorderen gar mit Pinsel und Palette mühsam auf eine Leinwand bannte, so sammelten die in sich alles, was sie an Schönheit, Würde, Contenance hatten, um im Vergleich mit späteren Geschlechtern günstig abzuschneiden. Sie waren sich bewußt, daß sie ihr Bild der Zukunft überantworteten.

Wie anders unser Ferienfaust mit seiner leichtfertigen Lichtmaschine! Hemdsärmelig und arg leger stellt er sich den nachkommenden Geschlechtern zur Schau, daß spätere Jahrhunderte den Eindruck haben werden, er hätte seines Lebens ernste Tage am Strand im Badeanzug, im Wald und auf der Heide und mit Allotria in Fräulein Lizzies Strandkorb zugebracht. Noch Kindeskind wird ihn beim Handstand sehen können und wie er nach dem Apfel schnappt, und Kindeskind wird sich des Ahnen schämen und denken: »Welch ein alberner Geselle!«

So weit wird es noch kommen. Wie sollen seine Kinder schließlich ahnen, daß dies nur seltene und ausgelassene

Tage seines Lebens waren, daß er das wahre Glück des Lebens so verkannte und nur zu sehr fragwürdigen Augenblikken sagte: »Verweilet doch!« Weil er in Ferienübermut und Freiheitsdrall Vergnügen mit dem Glück verwechselte. Fortunas redliche Gestalt war ihm in seiner camera obscura ganz verwackelt. Unterbelichtet war, was seine wahre Sehnsucht suchte. Und wieder steht er da, der arme Tor, der Faust des zwanzigsten Jahrhunderts, und ist mit seiner Lichtmaschine auch nicht klüger.

Was tun? Dem neuen Faust sei angeraten, sich voll Vertrauen an den Schöpfer des ersten Faust zu wenden, der schon in echter Dichterprophetie für dieses Kameradilemma ein Photographenwort bereit hat, ein Wort, das jeder Ferienknipser sich auf die Belichtungstabelle schreiben sollte, damit er nicht am wahren Menschenglück vorbeiknipst:

»Halte das Bild des Würdigen fest!« Das ist es! An den Vergrößerungen, die wir aus Ferien am Meere und im Hochgebirge mit nach Hause bringen, wird man erkennen, woran wir unser Menschenherz gehängt, und ob wir goldenes Glück vom Talmi nichtigen Vergnügens unterscheiden konnten. Am Mattabzug wird man in späten Tagen lesen können, wonach die Sehnsucht unserer Menschenseele zielte. Das Objektiv legt an auf unser subjektives Wohlgefallen. Und wenn die Nachwelt alle Negative aus unserer Lichtmaschine wiederum ans Licht hält, soll sie in Freude, Dankbarkeit und Ehrfurcht das Positive unserer Tage sehen können. Dann erst ist uns Mephisto in der Kamera zu einem guten Geist in seiner düsteren Klausur geworden. Und Vater Chronos, dieser eilende, ist uns nicht gram, daß wir ihm hin und wieder glückliche Gegenwart aus seinem Strom der Zeit entwendet haben und sie mit einem wohlgetroffenen Abzug 6x9 auf Hochglanz zum Verweilen brachten. ×

Der Mann vor dem Koffer

Wenn die Zeit gekommen ist, in der man saisonbedingt den alten Heimatort nicht mehr mit der alten seßhaften Liebe bedenken mag; wenn die Lust am rapiden Ortswechsel den Menschen wie ein Fieber ins Blut gerät; dann sind beim Nachbarn schon seit Tagen die Fensterläden verdichtet, Teppiche eingerollt und Milch und Brötchen abbestellt – dann klaffen überall die Koffer wie ein Schicksal auf. Und Männer stehen davor und sichten und packen.

Ein aufschlußreicher Augenblick! Denn hier entblößt sich einmal der Charakter eines jeden unter uns. Der stille Späher am Menschlichen kann, gleichsam heimlich in der Gardine verborgen, seine Studien am Individuum veranstalten: Wie packt der Ferienmann? Was packt er?

Natürlich gibt es Reiseroutiniers, Leute, die sozusagen mit der Achse verwachsen sind. Denen bereitet es keinen Kopfschmerz mehr, was in den Koffer zu legen sei und was zu Hause bleibt. Ohne den Blick zu heben, werfen die gerade das Notwendigste in den Reisekasten, dessen bewegliche Heimat das Gepäcknetz ist. Sie haben es im Gefühl der Hand, wieviel Hemden man in den nächsten Tagen brauchen wird. Anzüge, in angemessener Zahl, wandern ohne viel Verwundern nachgerade von allein zuoberst in den Koffer. Das Schloß schnappt ein. Ein Blick zur Uhr. Ein Klopfen an die Brustgegend, um sich vom Vorhandensein der Brieftasche zu vergewissern. Und schon eilen sie zum Bahnhof ohne Rührung. Reisende Dickhäuter. Gesellen, die den Schauer vor der Ferne verlernten. Achsensnobs. Kilometerhyänen.

Wie anders aber, wer sich ein klopfendes Herz auch auf dem harten Sitz der Holzklasse zu bewahren weiß.

Am letzten Tage steht er mit reisefiebrigem Sinn und aufgekrempelten Hemdsärmeln vor dem klaffenden Koffer, unser Reisemann. Er hält Umschau unter den Dingen, die sich da mit langen Jahren in seiner Stube angesammelt haben, und er bedenkt, was er wohl mit sich nehmen müsse.

Drei Wochen – das ist für seine ferienselige Phantasie eine Unendlichkeit an Freiheit. Dreimal sieben schiere Tage – es ist nicht auszudenken, wie sie gekostet und genossen werden sollen.

Und so begeht er denn den alten Packerfehler: er geht zum Bücherschrank. Stehen da nicht noch drei gewichtige Bände, jeder mit einer vielstelligen Seitenzahl ausgestattet? Bücher, die man seit Monaten zu lesen vorhat? Wann wieder wird sich eine solche Verschleißmöglichkeit an purer Zeit ergeben?

Der Reisemann greift also ins Regal und wuchtet sie hervor, die dicken Wälzer. Er siedelt sie in seinem Koffer zuunterst an, der gute Tor, und führt sie in die Ferien.

Vom letzten Sommer ist er nicht gewarnt. Damals waren es gar Jean Pauls gesammelte Werke, mit denen er das Übergewicht herstellte. Die Bildung selbst war am Ferienende keineswegs belastet. Nur der Gepäckträger in Heringsdorf hatte die Schwere der großen Literatur am Rückgrat verspürt. Leicht angestoßen und etwas vorwurfsvoll steht Jean Paul wieder im Regal und träumt von Heringsdorf. Rastlos sieht sich nach diesem Kofferfundament der Packer weiter um. Jetzt entscheidet sich, was von den Dingen, die er in seiner Stube angesammelt hat, wirklich zu ihm gehört. Jetzt beklopft er insgeheim die Notwendigkeit mancher Gegenstände, und siehe da: es fällt zum eigenen Erstaunen gar nicht schwer, sie ohne Trennungsschmerz zurückzulassen: den neuen Anzug und die Schreibmaschine, das Bild von Gisela, das Bernsteinkästchen, den bösen Wecker, den Terminkalender, die Ohrenwatte und das Vereinsabzeichen. Alles Dinge, von denen man sich alltags niemals zu trennen wagen würde. Jedoch, wie seltsam!, unser Packer geht ans

Bett und zieht das Kopfkissen hervor. Er bleibt auch unterwegs ein vorsichtiger Mensch. Nichts ist ihm unbequemer, als im Hotel den Kopf auf einen anderen Gegenstand zu lagern als zu Hause auch. Nichts ist ihm peinlicher, als sich für Stunden vom Schlafe ausgeschlossen zu finden, nur weil der Kopf zu hoch, zu tief, zu hart, zu weich gelegen ist. Er ist gewarnt. Er packt und sichtet.

Wir aber stehen heimlich daneben und sehen mit Erstaunen und Vergnügen, wie er sich neben den Notwendigkeiten allen Reisens mancherlei Schrullen in den Koffer legt, aufschlußreiche Überflüssigkeiten, bedenkliche Eigenarten und heitere Nebendinge.

Denn wirklich gibt es ausgewachsene Menschen, die, ohne daß wir übertreiben, beispielsweise einen arg gerupften Teddybären mit sich auf Reisen führen, weil sie dies Stückchen Kindheit nicht entbehren wollen und weil ihr hartes Männerherz sich jung erhält beim Anblick des Gefährten ihrer Jugend. Ein lächerlicher Teddybär, den sie vor den Hotelangestellten mühsam verbergen, mit ihm traben sie den ganzen Lebenslauf hinunter.

Man lächle nicht und man bedenke: es geht ein Mensch auf Reisen. Und warum sollte er seinen Charakter und die abgestoßenen Ecken seines Wesens zu Hause lassen? Nur darf er nicht darüber Rasierpinsel und Nachtgewand vergessen.

Und während er den Lederkasten sorgsam füllt und zwischendurch den wollenen Badeanzug stopft, in dem zur Winterszeit die Motten wohnten, hat unser Reisemann das ruhige Gefühl, daß andere noch an seiner Wohlfahrt in der Fremde zur gleichen Stunde arbeiten.

Das Reisebüro stellt ihm das Fahrscheinheft zusammen. Er kann es morgen gleich in aller Frühe holen. Dieser seltsame Kaufladen, der Ferne und Abenteuer feilbietet, sorgt vor, daß ihm der Fuß nicht strauchele in der Fremde. Dort hinter Ladentischen wird bedacht, daß er nicht irregehe.

Dort hat man auch für die verwunschensten Traumorte Verbindungen bereit und bringt sie uns in der Gestalt von kleinen dicht bedruckten Heftchen ganz nahe vors Gesicht und in die Nähe. Ein Wunderladen!

Wer könnte ihn ohne Herzklopfen betreten? Den Männern hinter dem Ladentisch zu sagen, wie man am besten nach Klein-Möckwitz kommt, und zögern nicht, im nächsten Augenblick Hotels in Rio de Janeiro zu empfehlen. Ihr moderner Magierkopf beherbergt die verwegensten Anschlüsse, und sollte der versagen, stecken sie drei Finger in ein großmächtiges Kursbuch, sie blättern, schauen, rechnen, denken – und schon verkünden sie mit einem verbindlichen Lächeln, wie ohne Not das Ende der Welt zu erreichen ist.

Kein Punkt der Landkarte, der sie schrecken könnte! Kein Zeitalter, dem das Reisen und Vagieren so leicht und freundlich vorbereitet würde!

Hier unserem Reisemanne vor dem Koffer kann es recht sein. Die Schwelle vor der Fremde ist gewaschen, und im Gebetbuch der Ferne, das immer noch für manche sieben Siegel hat, braucht er nicht mehr zu lesen. Der Herr im Reiseladen gibt auch telefonisch Auskunft.

Der Reisende braucht auch nicht zu besorgen, daß sein Platz von unwirschen Gesellen im Zuge morgen eingenommen sein wird. Der zuvorkommende Herr hat einen Raucherfensterplatz belegt. Fahrpreisermäßigungen, Reisescheck, Hotelbestellung, warmes Bad gerichtet – derselbe liebe Helfer hat schon das Billigste und Beste für uns ausgemacht.

Hier an seinem Koffer ist unser Reisemann versucht, morgen in aller Frühe ein Hoch und Hurrah auf den väterlichen Fürsorger im Reiseladen auszubringen. Er schluckt's hinunter. Denn für Sentiment ist dort kein Raum. Es geht so herrlich prompt und sachlich darin zu. Das Fahrscheinheft wird pünktlich fertig sein; und gegen Aushändigung einiger leicht angeschmutzter, etwas knittriger Papierscheine von seiner Seite reicht ihm der Reisekaufherr die Ferne und das Abenteuer übern Ladentisch. Dann wünscht er ihm verbindlich gute Fahrt und deutet mit einer leichten Verbeugung an, daß es ihm eine Ehre gewesen sei. Ein Engel mit guten Manieren und freundlicher Voraussicht.

Welch ein Jahrhundert! Was für Möglichkeiten!

Der Mann am Koffer denkt es dankbar und stopft dabei die Badehose. Dann legt er sie zuoberst. Er setzt sich auf den alten Lederkasten und stützt das Haupt in seine müden Hände. Ist alles fertig? Ja, es ist soweit. Die Milch ist abbestellt. Das Telefon, der Quälgeist des Jahrhunderts, ist getötet und auf Kundendienst. Die Post ist umbefohlen, und der Bäcker ist verständigt. Noch eine Nacht im eigenen Bett. Dann rührt ihn schon die Fremde an. In Wittenberge wird er Würstchen essen und morgen Abend schon in Altona mit christlichen Seeleuten befreundet und betrunken sein. In einer Woche schon ist er vielleicht verdummt vor lauter Nichtstun oder Verliebtheit auf einer Sommerreunion. Und wenn der Wekker morgen früh zum letzten Male ihm seinen Schlaf zertrümmert, läutet er Freiheit, Schicksal, Abenteuer ein.

Der Mann am Koffer zieht den Wecker auf und streichelt ihn verschämt dabei zum einzigen Male im lieben, langen Jahr. Er geht und holt sich das Gesparte aus dem Kasten, er rückt sich seinen Koffer an das Bett und stellt den Wecker obenauf.

Bevor er aber endlich einschläft, nimmt er sein Herz und wirft es weit voraus in alle Fernen, um es in drei gehäuften Ferienwochen erst langsam und gemächlich wieder einzuholen. ×

Die Eisenbahn als poetischer Ort

Oft und vehement ist von Dichterleuten und Schreibermenschen dieses technischen Zeitalters der Umstand beklagt worden, wie die loci poetici, die sogenannten dichterischen Orte, in unserem Erdteil immer rarer werden: Stadttor, Mühlbach, Rebenhaus, Lindenbaum vor dem lauschigen Dach, Tanz auf dem Anger, der Schwager auf dem Postkutschbock, das Liebchen an der Fensterbank – alles dahin, ade!

Wie hatten es früher die Dichter doch leicht! Allein durch die Beschwörung eines dieser ohnehin poetischen Objekte trafen sie den aufseufzenden Leser ohne sonderliche Mühe ins Herz, und zwar dorthin, wo es im lyrischen Sinne am weichsten war. Heute aber? Vor den Häusern unseres zeitgenössischen Poeten wandelt nicht der Nachtwächter zu dunkler Stunde anheimelnd singend durch die letzte Strophe. Ihm rattert der Spätomnibus durch das Schlußkapitel. Nicht der Mond streicht mit seinem wohlwollend-milchigen Schein über das Pergament, sondern die ärgerlich zischende Bogenlampe vor der Etage erhellt ihm notdürftig das Normpapier und die drei Durchschläge.

Wirklich: arm ist die Gegenwart an poetischen Stützpunkten für die Dichter in ihrem unentwegt ideellen Kampf gegen die platt-banausenhafte Wirklichkeit.

Denn auf dem Spätomnibus hat sich die Patina menschlicher Empfindung noch nicht abgesetzt. Die Bogenlampe ist noch nicht Jahrhunderte im Brennpunkt seufzender menschlicher Torheit gestanden wie die sinnig-verschwiegene, reine Scheibe des Mondes. Ihr Licht suchten die Liebenden aller Epochen mit gleichem Eifer auf. Wer aber hätte sich schon in gleichem Zustand unter die Bogenlampe gestellt, geschweige, sie besungen?

Bei diesem beklemmenden Stand der poetischen Dinge

muß es allerdings im höchsten Grade wundernehmen, wie eine Errungenschaft der Neuzeit, die sich als poetischer Ort auf den ersten Blick ausweist, noch selten unter die Schreibmaschine und in Verse geraten ist. Wir denken an einen Ort, den Tränen ohne Zahl genäßt haben, der Küsse ohne Maß gesehen hat, an einen locus poeticus par excellence, an dem sich Lebensfäden knüpfen und an dem Bindungen jäh gerissen sind, wo Tücherschwenken herrscht und falsches Lachen, wo Leben aufhört und beginnt, wo Schicksal sich wahrhaft staut in solchen Mengen, daß die Poeten nur hineinzugreifen brauchten – und schon hätten sie in der Stoff-Frage ein Leben ausgesorgt.

*

Ganz recht – wir meinen die Eisenbahn; wir meinen jenes eigenartige Gebilde, das uns, wenn wir es besteigen, über Raum und Zeit erhaben sein läßt. Man braucht nur daran zu denken, wie Goethe in seinem Reisewagen immer ein Schreibebuch mit sich führte, da ihn der bloße Zustand des Unterwegsseins zu dichterischem Tun anreizte.

Wer unterwegs ist, befindet sich im Grunde nirgends. Er steht wirklich außerhalb des Begriffes Raum; und erst, wenn er am Ziele angekommen ist, kann er sich rühmen, wieder fest auf der Landkarte angesiedelt zu sein.

Wer unterwegs ist, ist zugleich aber auch von der Zeit gelöst. Er ist aus seinem Tageslauf geschleudert, und erst, wenn er in Kottbus fahrplanmäßig eintrifft, hat das Chronometer wieder Sinn, und es ist präzise 14.37 Uhr.

Goethe, wie gesagt, wußte die Freiheit, in die ihn das Unterwegssein setzte, poetisch auszuwerten anhand eines vergleichsweise kümmerlichen Reisewagens, der kaum über lächerliche zehn Stundenkilometer gekommen sein wird. Wie würde, so muß man sich einmal fragen, die Marienbader Elegie beispielsweise ausgefallen sein, wäre sie nicht in der schütteren und schleichenden Kalesche konzipiert worden, sondern hinter einer unserer unvergleichlichen Lokomotiven, die, von ihrer fixen Idee der Schnelligkeit besessen, mit mehr als 100 durch die Landschaft rasen und somit logischerweise auch imstande sein müssen, uns zehnmal intensiver noch von Raum und Zeit zu lösen.

Wir besteigen also den Zug nach Kottbus und geraten, sind wir nur halbwegs empfindende Menschen, somit ohne unser Zutun in kleinen Grenzverkehr mit der Unendlichkeit.

Ist es da nicht verwunderlich, daß die Dichterakademie noch keine Netzkarte an aufstrebende Talente verteilt, um ihnen Gelegenheit zu geben, sich in der Holzklasse von beiden Fesseln der Realität zu lösen und mühelos in die raum- und zeitlose Göttersphäre der Unendlichkeit aufzusteigen?

Wie die Wiege den Säugling durch leise schaukelnde Bewegung von den ersten trüben Ausflügen ins Menschliche jedesmal wieder ins erlösende Reich des Schlafes und in bunten Traum zurückrettet, ebenso sollte man den jungen Dichtern Gelegenheit geben, von Zeit zu Zeit die Wiege der Neuzeit auszukosten und sich von der Reichsbahn wohlig in die Welt der Phantasie hinüberschütteln zu lassen.

Der dichterischen Betätigung kommt dabei noch zugute, daß das streng-rhythmische Stoßen der Räder eine solide Grundlage für das Versmaß bildet und den Poeten automatisch zwingt, dessen Gesetze gründlich einzuhalten. Die Nachricht, daß in anderen Ländern Versuche mit längeren Schienenteilen gemacht werden, solchen, die den Zug seltener aufstoßen lassen, dürfte in diesem Zusammenhang betrachtet auch einen Umsturz retardierender Art auf dem Gebiet der Metrik zur Folge haben.

Wenn der Zug jedoch unterwegs anhält, wird man die jungen Poeten ihrerseits anhalten müssen, aufmerksam aus dem Fenster zu schauen; sie brauchen nur die Angel ihrer

Beobachtungsgabe auf den Perron hinauszuhängen, und schieres Menschenlos in tausenderlei Gestalt wird ihnen unweigerlich an den Haken ihrer Aufmerksamkeit gehen.

Denn die Bahnhöfe sind die wahren Klagemauern unserer Dörfer und Städte. Hätte das Sprichwort vom steten Tropfen nur ein Körnchen Wahrheit in sich, so müßte die Plattform jeglicher Station nachgerade perforiert sein.

Man wird doch zugeben, daß nirgends, selbst nicht in dumpfen Groschenkinos, die menschliche Zähre so oft und ausgiebig tropft wie dort, wo es zahllosen Abschied zu nehmen gilt. Abschiednehmen aber, heißt es bei einem tiefsinnigen Menschenkenner, bedeutet: bei lebendigem Leibe einen kleinen Tod zu sterben. Der Mann, der unverständlich rufend die warmen Würstchen und die Kekse über das Perron fährt, er rollt also seine Erfrischungen über ein imaginäres Grabfeld, auf dem die Kreuze dicht wie Hafer stehen. Ein wahrhaft melancholischer Gedanke!

Eine so abgründig traurige Vision, daß selbst der Gedanke an den regen und höchst lebendigen Kußwechsel, der auf der gleichen Plattform statthat, die Schwermut dieses Bildes nicht verdrängen kann.

Heftige Äußerungen der Liebe, die keine Bogenlampe je beleuchtete, die sonst nur die verschwiegene Scheibe des Mondes belichtet – in der Helle des Tages werden sie zur Schau gestellt von Bentheim bis hinüber nach Pillkallen, daß den Poeten, die sich da schicksalsgierig aus den Fenstern lümmeln, die Augen übergehen sollten. Den Vertretern der psychologischen Schule unter ihnen wird es ein leichtes sein, bei den vielfachen Küssen zwischen den konventionellen, den wirklich leidenschaftlichen und den trügerischen zu unterscheiden. Ja, sie werden sogar herausfinden, wo sich ein emsig küssendes Menschenpaar nur im Besitz zweier Bahnsteigkarten befindet und die Kußfreiheit, die die Reichsbahn ihren Reisenden so kulant gewährt, gröblich mißbraucht.

Nach Abgang dieses Zuges wechseln solche Hochstapler der Leidenschaft zum Bahnsteig B hinüber.

Dort setzen sie bei dem nächsten einlaufenden Zug das Schauspiel qualvoller Trennung aufs neue fort und küssen sich so mit den Unkosten von nur zwei kleinen Groschen durch den ganzen Tagesfahrplan.

Wenn der Stationsvorsteher aber dann wieder den grausamen Stab zur Abfahrt hebt, muß es den Dichterreisenden tatsächlich in den Ohren knacken; denn wieviel scheinbar festes Band von Mensch im Zug zu Mensch auf dem Perron reißt da nicht jäh entzwei. Ketten, die ewige Zuneigung, Liebe oder Freundschaft für alle Zeit geschmiedet zu haben schien, zerfetzen mit einem Knall, der den feinhörigen Organen der Poeten wahrnehmbar sein müßte.

Eine Weile noch schleifen die zerrissenen Bänder menschlicher Verbundenheit dem Zuge wehmütig flatternd nach, um dann allmählich wieder eingerollt zu werden, weil menschliche Unzuverlässigkeit das gleiche Band nach einer Viertelstunde schon zu benötigen glaubt, um mit dem netten, blonden Fräulein an dem Fensterplatz eine reizvolle, aber im Grunde unverbindliche Reisebindung einzugehen. Die Psychologen werden auch das kopfschüttelnd ad notam nehmen müssen. Doch nicht nur Abschied und Ende sieht ja der aufmerksame Reisedenker auf den Bahnhöfen der Welt, er sieht auch Anfang und leuchtende Augen. Sind wir nicht alle einmal nur mit ein paar lachhaft jungen Jahren, einem schmalen Geldbrustbeutel und dem Pappkarton, der das zweite Hemd und den Konfirmationsanzug enthielt, dazu mit einigen unverbrauchten Idealen irgendwo eingestiegen – das Leben vor uns, das Abenteuer, die ganze Fülle zitternder Erwartung. Und, ach!, wo sind wir angekommen? Vielleicht in einer Zwölfzimmervilla mit Garage. Vielleicht nennen wir jetzt einen kahlgedachten Kopf und ein Bankkonto unser eigen. Was ist das alles gegen jenes ferne Präludium des Lebens, das von dem verheißungsvollen und ungeduldigen Fauchen einer Lokomotive so unvergleichlich untermalt wurde auf irgendeinem Bahnhof dieser Erde.

Auch auf die jungen Menschen, die sozusagen mit dem Zug ins Leben selber einzusteigen glauben, wird der Dichter sein sinnendes Auge werfen müssen, und hat er erst einmal den Reiz der Eisenbahn als dichterischen Ort bis auf den Grund gekostet, so wird es ihm keine Überwindung bedeuten, immer wieder an einen Schalter zu treten und von dem leicht erstaunten Manne hinter dem Gitter anzufordern: »Ein Dritter Urlaubskarte in die Ewigkeit!« ×

III

Tagesblätter von Urbanus

So beispielsweise: Die Leute drängen zum Eingang der Untergrundbahn. Sie tragen Aktentaschen und weisen sich damit als tätig und emsig aus. Oder sie schleppen das Joch dieser Tage, den unvermeidlichen Rucksack, auf dem gebeugten Rücken. Aber eilig sind sie alle und sehr ernst und sehr rege und sehr wichtig und so wunderbar aufbauwillig, wie sie mit schnellem Atem zur U-Bahn drängen.

Nur einer trägt keine Aktentasche und keinen Rucksack. Und jetzt bleibt er sogar stehen, denn neben dem Eingang hat er ein Kind entdeckt, sieben Jahre alt vielleicht, klein und unauffällig, wie die meisten Kinder sind. Nichts Besonderes. Es steht da, wartet, daß seine Mutter von der Schlange am Fahrkartenschalter zurückkehrt, und hat vor Langerweile einen Finger in der Nase. Nichts Besonderes.

Aber der Mann ohne Aktentasche ist aus einem unerklärlichen Grunde gezwungen, stehenzubleiben und das Kind zu betrachten, denn siehe, es hat Augen. Zwei offene, braune, klare Kinderaugen. Und das gibt dem ohne Aktentasche unversehens einen kleinen Stoß am Herzen. Daß es so etwas gibt! Darüber bleibt er stehen und wird nachdenklich. Sieht in diese Augen, legt den Finger seinerseits gedankenvoll an die Nase und fühlt den Stoß am Herzen: Kinderaugen, ihre Unschuld und klare Süße, zwei kleine Fenster des Lebens, geöffnet in die Welt. Und wenn man mit Bedacht hineinsieht, kann man so etwas wie eine frühe Seele betrachten. Die Augen sind schön.

Um keine Peinlichkeit aufkommen zu lassen, sagt der am Herzen Gestoßene: »Na, Kleiner, nimm mal den Finger aus der Nase!«

Und da der Kleine aus Berlin ist, antwortet er umgehend: »Gehen Se weiter, Herr! Schließlich is ja meine Neese!«

Und der Herr geht weiter und hat natürlich seinen Zug verpaßt. Aber zu Hause versucht er mit seiner Schreibmaschine und mit Worten den kleinen Stoß am Herzen zu rekonstruieren. Er schießt mit behutsamen Sätzen in die nahe Unendlichkeit und schreibt mit klammen Fingern von diesen erstaunlichen Kinderaugen.

Ein Feuilleton. Weiter nichts.

Hat er Glück, wird's gedruckt und steht am folgenden Tage im Blatt. Darin liest es unter Umständen einer von denen mit den gewichtigen Aktenmappen und den gewaltigen Rucksäcken. Und ist es gut geschrieben, teilt sich dem unversehens auch der kleine Stoß am Herzen mit und eine gute, schnelle Nachdenklichkeit, verursacht von zwei ganz belanglosen Kinderaugen, beschrieben in dreißig Zeilen. Er weiß für die Dauer von Sekunden wieder, daß diese Welt auch schön sein kann und voller Unschuld. Er ahnt, daß der letzte Sinn des Lebens nicht ist, daß man eine Aktentasche trägt und emsig ist. Er denkt mit und denkt nach. Aber wird er's zugeben?

Er faltet das Blatt zusammen. »Zeit haben manche Leute!« sagt er, »und Sorgen! Na, schön …«

Wie gut, daß sich hin und wieder immer welche in unserer Sprache Zeit genommen haben, sich Zeit zu nehmen. Eckensteher des Alltags. Wie schön, daß sie sich Sorgen gemacht haben für andere. Selig am Herzen Gestoßene. Wie dankenswert, daß sie den anderen dann mit dreißig zwecklosen, aber sinnvollen Zeilen ein kleines Fenster aufgestoßen haben, Licht eingelassen in den täglichen Tag. Daß sie für Augenblicke uns den Himmel sehen ließen.

Wie hübsch, daß es bei uns das Feuilleton gibt! ×

Der mit der Zigarette

Der mit der Zigarette – darüber herrschte im Kreise schweigendes Einverständnis – war unausstehlich. Zuerst hatte er sozusagen mit der linken Hand Europas verhedderte Wirtschaftslage entwirrt. Da wir anderen leider nicht allzuviel Einsicht in die Wirtschaftsteile der Zeitungen nehmen, konnten wir ihm keinen ökonomisch-überzeugenden Knüppel zwischen die unerträglich selbstsicheren Beine werfen. Er dozierte mit Lust, hing leger im Sessel und rauchte. Wir nicht.

Dann kam er auf Politik. Was er dabei obenhin und ohne Kenntnis und Zweifel kundtat, war leichtfertig, schief und uns allen entgegen. Erwin, der sich hierin sicher bewegt, kam kurz hoch und gab ihm sein sicheres Kontra. Das genügte dem mit der Zigarette für ein nachsichtiges Lächeln. Er ließ das heiße Eisen fallen, ging auf das Theater über mit seinen schnellen und glatten Worten und gab eine törichte Meinung kund. Gesellschaftlich gedämpfter Aufstand des Protestes. Er war vor die falsche Schmiede geraten. Aber er rauchte, war nicht aus seiner Sicherheit zu stoßen, merkte nicht, wie er uns langsam gründlich zuwider wurde, und plauderte schon von den Frauen: Er ließ durchblicken, daß er in all seinem öligen Eigensinn so etwas wie ein Tausendsassa und Tunichtgut unter weiblichen Menschen wäre. Und die Art, wie er dabei Ursel, die so nett und so arglos am Ofen saß, in sein billiges Lebemannauge nahm, paßte mir persönlich schon gar nicht.

Ein konfiszierter Kerl, hätten unsere Großeltern gesagt. Er hielt sich selber dafür, er genoß seine glatte Wirkung und als einziger auch diesen trüben Abend. Mit dürren Worten: wir haßten ihn. Ich überlegte, wie man den Burschen zu Fall bringen könnte, sah zu Erwin hinüber und merkte, wie ein paar seiner herrlich rüden Injurien in ihm noch mit seiner Erziehung stritten. Und Heinrich war anzusehen, daß er dem rauchenden Protzen auf seine unkomplizierte Art am liebsten vor den Hals geschlagen hätte.

Da geschah das Beschämende. Der rauchende Widerling griff in die Tasche, zog sein Etui hervor und bot uns an. In Heinrichs Augen sah ich es begehrlich aufblinken. Er nahm. Erwin nahm. Ich nahm. Alle nahmen. Und wie Horst dem Spender schließlich Feuer anbot, das hatte nach alldem etwas betont Serviles.

Lieber, großer Herrgott in deinem weisen Himmel! Warum ist es so schön, etwas in Papier gerolltes, brennendes Kraut im Munde zu haben und den schmutzigen Rauch davon zu saugen? Und warum ist es so schwer, einen Charakter zu beweisen? Warum läßt du uns die Gier so oft über das Gewissen setzen? Und warum wissen die Widerlinge dieser Erde so genau, wie sie uns mit Lust demütigen – mit etwas Raucherkraut das eine und etwas anderem das nächste Mal, noch etwas tiefer?

Lieber Gott, warum ist es so schwierig, ein anständiger Mensch zu sein? ×

Trauer in Grün

Dies ist geschrieben in redlichem Kummer: die Elegie um den gefällten Kastanienbaum.

Unserem Auge war ein kleiner grüner Ausblick geschenkt, wenn wir den Blick von der Arbeit nahmen. In dieser Stadt ein kleiner Garten, nicht größer als zwei große Teppiche, reines Grün des Rasens. Darauf stellten wir zur Sommerszeit ein paar fröhliche Gartenmöbel. Ein Sitzgärtchen, ausgespart in der bebauten Erde. Auf ihn kann ich sehen, wenn ich suchend den Blick von der Schreibmaschine nehme. Gleich dahinter eine mannshohe Mauer. Hinter ihr wieder allerlei Gesträuch, wild und ungezähmt. Und darüber schwang sich in allen Jahren zuvor der schiere Flieder.

Der ist nun gebrochen, gestorben. Ein Opfer des Krieges. Ein Werfereinschlag ging in seiner Nähe nieder. Und nun wird zur Fliederzeit nicht mehr der süße und betäubende Geruch aus Nachbarsgarten zu uns herüberwehen. Gut. Das war abgeschrieben und verschmerzt.

Aber die alte Kastanie. Sie stand jenseits der Mauer so tapfer und einsam und schützte unseren Blick gegen die wilde, ausgebrannte Ruine des Hauses. Früher kamen von dort Licht und Gelächter zu uns. Jetzt Leere und gelegentlicher Brandgeruch. Trümmer. Die tägliche Kost des städtischen Auges.

Aber eben: davor stand bis gestern die schöne Kastanie. Ein landläufiger Baum wahrscheinlich. Aber wir liebten ihn. Sein Wachstum durch die Jahre war so deutlich in unseren Blick gekommen. Seine jährlichen Verwandlungen gehörten so genau in unser Leben. Und wenn er blühte und stolz und voll von den reinen Kerzen dastand, dann ließ er uns die Trümmer, die er abschirmte, vergessen und die Tatsache, daß wir in dieser Stadt wohnen. Hundert Meter dahinter schon donnert die Untergrundbahn in die Erde. Die Kastanie war schön.

Zweimal hatten wir sie vor Äxten gerettet.

Frierende Menschen waren gekommen und hatten Anstalten gemacht, den Baum zu fällen und zu töten. Hoh, da hatten sich die Fenster unseres Hauses geöffnet, und in vielen Stimmen war Protest und rettendes Geschrei über die Gartenmauer gegangen. Die Angriffe waren abgewehrt. Aber nun ist es nächtens geschehen. Ich war nicht zu Hause. Ich ahnte nichts. Und wie ich heute morgen aus meinem Fenster sehe und den Baum grüßen will und seine Geduld auf den

Frühling, da geht der Blick ungehindert auf die verbrannte Ruine des Hauses. Der Baum ist zur Nacht gefällt. Er ist fort. Eine Lücke im Weltbild vorm Fenster.

Ein Baum ist gefallen. Ein spätes Opfer des Krieges. Ich will es beklagen. Und dann will ich ausgehen und erfragen, woher man für die kommenden Jahre einen blühenden Ersatz nehmen kann. Wir wollen die leere Stelle in unserem Weltbild wieder mit Grün und Leben füllen. Und mag es Jahre dauern.

Aber wie pflanzt man Kastanien? ×

Eine Frau weint

Eine Frau hat geweint. Ich will's mir notieren.

Es geschah gestern. Es geschah in einer Straßenbahn. Wir standen geduldig und dicht wie immer. Bedrängt von fremden Körpern und Lasten. Niemals haben wir das leidige Herdengefühl deutlicher, als wenn wir wieder einmal gestoßen werden, in irgendeine »Mitte durchzutreten«. Es war wie immer. An die Zeitung ist nicht heranzukommen, da man nicht Herr seiner Arme ist. So sieht man sich um. Gesichter, grau und wesenlos zumeist. Bis auf eine Frau dort. Sie weint.

Nun, das wäre nach diesen Jahren der völligen Trübsal kein Grund aufzumerken. Tränen – du gnadenloser Himmel! –, welche Ströme an Tränen sind wohl nicht geflossen. Frühere Geschlechter kannten die Tränenkrüglein, in denen das schmerzvolle Naß der Trauer aufgefangen und bewahrt wurde. Aber wie müßten die Krüge beschaffen sein, die Menge des feuchten Kummers einzufangen, der die Augen der Menschen verlassen hat in diesen Jahren. Krüge, Tonnen, Fässer, Bäche, Ströme.

Ein weinender Mensch ist keine Sensation und keine Seltenheit und kein Grund, wahrscheinlich, um hinzusehen und dem von der Wehmut Befallenen mehr als ein schnelles Augenmerk zu widmen.

Aber diese Frau war anders. Auch sie konnte die Arme in der Enge nicht rühren, umlagert von gedrängten und mißmutigen Menschen. Sie war keinesfalls schön oder auffällig. Sie stand da und weinte. Nur sonderbar: sonst verzerren sich die Züge der Menschen unter der Trauer. Sonst drückt sich ihr Gesicht unter dem Zucken des zutage tretenden Schmerzes leidend zusammen, wird haltlos, wird häßlich. Man sieht fort, fühlt Peinlichkeit vor so viel Offenheit der Trauer, man ist betroffen. Aber diese Frau wurde frei unter Tränen.

Wenn man in Abständen zu ihr hinübersah, und das mußte ich fast wider Willen, konnte man staunend erkennen, welche tröstende Kraft den salzigen Tropfen der Trauer innewohnt, die das menschliche Auge im Schmerze verlassen. Sie weinte haltlos, die Frau. Sie gab sich ihrem anonymen Schmerz im Gedränge einsam hin. Und sie wurde sonderbar frei und schön dabei. Die Krämpfe des Schluchzens lösten sich. Sie wurden seltener. Ihr Atem ging freier und tiefer. Und ein neuer Glanz kam in ihre halboffenen Augen. Ihr Gesicht wurde Ausdruck und Medium ihres Leidens. Sie hatte geweint. Und jetzt lag zutage, daß hinter ihrem unauffälligen Gesicht ein Schicksal verborgen war. Jetzt war abzulesen, daß auch sie eine Seele trug. Der graue Vorhang, der das Eigentliche der Menschen landläufig verbirgt, war fortgezogen für Sekunden. Ein menschliches Gesicht in Trauer. Es war schön.

Tränen können für Sekunden einen Menschen schön machen und wesentlich. Eine Frau hat geweint. Ich will's mir notieren. ×

Spazierengehen

Spazierengehen, welch tröstliche Beschäftigung! Zugegeben: die eigene schöne Seele spazierenzuführen die Bäume der Straße entlang, mit dem eigenen klopfenden Herzen allein zu sein, zu betrachten, zu sehen, zu denken – das dünkt die Schnelligkeitsfreunde und Beschäftigungsfanatiker dieses Jahrhunderts nur Zeitvergeudung und Rentiersallüre.

Den Abendwanderer ficht das nicht an; denn wer spazierengeht, hat das eigentliche Tempo des denkenden Menschen. Die, welche unseren Körper heilen und kennen, sollten einmal untersuchen, woher es kommt, daß ein müßiges Schreiten, ein zwangloses Gehen so befruchtend auf die Funktionen des Gehirns wirken kann. Die Alten kannten den Segen des ziellosen Gehens gut; eine ganze Schule von Philosophen nannte sich Peripatetiker; die, welche spazierengehen. Und ein nicht ganz unbekannter Denker aus Königsberg, Professor der Weisheit, war Erzspaziergänger, so pünktlich und immer wiederkehrend, daß die wackeren Bürger in ihren Fensterrahmen ironischerweise die Uhren nach dem passierenden Denker stellten. Mit Kants Vorübergehen war es fünf Uhr dreißig. Sie blickten ihm nach und lächelten: »Der Mann hat Zeit!« Was wußten die Guten!

Beargwöhnt die nicht, die einsam vor dem Abendbrot noch durch die Straßen wandeln! Es stünde besser in der Welt, wenn wir es alle mit Bedeutung täten. Wer spazierengeht, ist ausgeruht im Geiste. Wer leise pfeifend durch die Schrebergärten gebummelt ist, hat keine böse Laune, wenn er daheim den Hut an den Haken hängt. Er kommt ruhig nach Hause. Die Welt ist im Lot.

So gehen sie auf vielen Straßen dieser Erde. Sie blicken geruhig nach den Wolken und kosten das bewegliche Alleinsein, oder sie halten den Blick gedankenvoll auf die Erde gerichtet und spüren geistigen Dingen nach. Manchmal schwingen sie übermütig einen Stock in der Hand. Und wollen sie einem guten Freunde eine Auszeichnung zukommen lassen, so nehmen sie ihn mit und schweigen mit ihm einmal um das Häuserviertel, oder sie geraten unversehens in alle Tiefen des Gesprächs.

»Wenn ich nur bis ans Ende der Gasse gehe, so ist es mir in den Tod zuwider, wenn ich nicht klüger zurückkehre, als ich ausgegangen bin.« Oh, edler Yorick, du kanntest das auch!

Laßt den Nutzen der philosophischen Gangart nicht den töricht Verliebten und den gebeugten Pensionären allein. Zu den ausgesuchtesten Genüssen des denkenden, fühlenden Menschen rechnen die stillen Wonnen des Spazierengehens.

×

Meine Bildung ist weg

Der Anlaß war beschämend genug: mein Reifezeugnis war verschwunden, das gestempelte Papier, welches mir die Allgemeinbildung testiert und die Tatsache glaubhaft macht, daß es Zeiten im Leben gab, in denen man eine Gleichung zweiten Grades zu lösen imstande war, den Plutarch in der Ursprache zu buchstabieren und über den Verlauf der Punischen Kriege Auskunft zu geben.

Der Zettel war weg. Die Bildung ist fort. Es nutzte kein Zagen. Hinein in den Schreibtisch. Das war vorgestern. Und da bin ich noch heute. Ich fördere Papiere zutage. Ich beiße mich in alten Briefen fest. Ich schüttele den Kopf über die superklugen Sprüche, die ich in meiner wilden Jugend zu Papier gestoßen habe. Mich kommt Rührung an, wenn ich Ellas erste unbeholfenen Zeilen auf Papier lese. Mich befällt Ingrimm, sehe ich an Hand vergilbter Verträge, wie sich geldfreudige Verleger meinen ersten Eifer auf der Schreibmaschine händereibend zunutze gemacht haben. Ich werde rührselig über alten Photos, die mich in manchen Breiten Europas zeigen, das Gesicht optimistisch und füllig, den Arm um manchen lieben Menschen gelegt. Wo ist der jetzt?

Ich verfolge, wie sich mein Lebenslauf dann in einem besonderen Fach der Bescheinigungen verheddert. Ich sehe, wo ich überall schon gemeldet war. Was für Beiträge man nicht alles von mir eingetrieben hat. An wieviel Stellen ich mich registrieren mußte, um mein belangloses Stück Leben fristen zu können. Eine Mauer von Papier. Ein Wall von Festlegungen. Ich zerreiße melancholisch ein schön geschmücktes Blatt, auf dem mir testiert wird, daß Unfall, Feuer, Hagel, Krankheit, Tod mir nichts anhaben würden. Ich sei versichert gegen jede Unbill des Lebens. Ich war versichert. Man denke!

Auch der Tod, der normale, war einkalkuliert. Ich zahlte nachweislich monatlich meine Verbrennung im voraus ab.

Und die Melancholie schwindet über der aggressiven und langwierigen Korrespondenz mit dem Finanzamt. Ich stoße auf ein graues Heft, in dem ich meinte, die Welt noch mühelos in Aphorismen aufteilen zu können, und daß der Mensch gut sei von Anbeginn. Wie jung man doch war! Und daneben der alte Reisepaß, bedruckt mit den Zeugnissen mancher Ausschweifungen in die Welt. Die Tage unter fremden Sternen. Wie glücklich man war!

Freunde, so euch der Schreibtisch erhalten ist, der Ort, in dem sich das Leben des Menschen dieses papiernen Jahrhunderts so deutlich ablagert: – nehmt euch die Mühe, steigt hinein zuweilen im eigenen Imperfekt. Ich bin noch dabei.

Nur: das Reifezeugnis ist nirgends zu finden. Meine Bildung ist weg. Hat sie jemand gesehen? ×

Herr Olgers

Jeden Morgen steigt Fortuna über die Trümmer unseres zerbrochenen Stadtviertels. Ich höre die Schritte vor dem Tor und auf den Steinen hallen. Früher konnte ich durch einfaches Aufheben des Kopfes aus dem Fenster blicken und den Anmarsch des Schicksals beobachten. Jetzt kommt das Tageslicht nur noch diffus an meinen Schreibtisch. Die Fensterrahmen tragen keine Scheiben, sie tragen Drahtglas und sind kurzsichtig geworden. Ich bin also nur akustisch wachsam. Ich höre die Schritte Fortunas genagelt vor meiner Tür und dann das viermalige Pochen. Tatata-ta.

Ich nehme die Schreibmaschine von den Knien und eile, dem Schicksal in den Rachen zu fassen, ein kleines, taumeliges Gefühl der erwartenden Hoffnung im Kopf. Vielleicht heute! Vielleicht, daß das pure Glück Einlaß heischt. Vielleicht, daß die Liebe zu mir will. Vielleicht ein alter, guter Ruf der Freundschaft. Vielleicht, daß einer, den ich längst verloren gab, mit dem klopfenden Schicksalsmotiv sich anzeigt. Ich drücke die Klinke, und Herr Olgers steht da. Der Briefträger, und er wühlt in dem ledernen Füllhorn.

Das, Mitbürger, ist ein wahrhaft philosophischer Moment, die Schicksalsouvertüre des Tages, ein langer, positiver Augenblick der Spannung. Bis vor kurzem war Fortuna tatsächlich weiblich und nett anzusehen und hieß Fräulein Enders und trug die blaue Mütze modisch gewinkelt auf einem angenehmen Lockenkopf. Herr Olgers gibt sich mehr beamtlich, aber auch er hat das Hinhaltende, das Augenzwinkernde, die freundliche Selbstüberschätzung des einfachen Überbringers. Er tut, als hätte er Einfluß auf den Inhalt der ledernen Tasche. Er wühlt und brummelt, und man selber steht da und erwartet seinen Spruch aus der Welt, tut gelassen, aber zittert ein wenig: denn noch rollt das tägliche

Schicksalsroulette, noch steht alles auf Gewinn und Verlust. Dieses tägliche, taumelige Erwartungsgefühl, diese süße Unsicherheit in der Magengegend. Mit Herrn Olgers und seiner Ledertasche greift die Welt nach uns, jeden Morgen neu. Und ein Klotz, wer da ohne Erregung bleibt.

Denn könnte nicht Ella tatsächlich schreiben und sagen, wie leid ihr alles tut? Könnte nicht ein Kenner unser Talent entdeckt haben und einen zügigen Vorschuß schicken? Könnte uns nicht jemand Bekanntes schreiben, daß in seiner Ecke der Erde die Welt gut ist und sicher und still? Oder – und hier muß man sich unversehens am Türpfosten festhalten – könnte der Schicksalsbote nicht ein 400-Gramm-Paket aus dem ledernen Füllhorn hervorziehen? Und dann wären Erbsen darin oder etwas zum Rauchen? Der Möglichkeiten sind viele. Und das Glück hat zahllose Farben.

Jedoch – »Wir sind der Knopf nicht an Fortunas Mütze.« Wenn Herr Olgers unsere Phantasie so süße Blasen hat treiben lassen, zieht er bestimmt gelassen einen amtlichen Brief hervor, die fällige Mahnung der Müllabfuhr. Und wie alles in diesen Tagen ist sie zudem noch unterfrankiert, und achtzehn Pfennig sind fällig. Man weiß, was man dem Schicksal schuldig ist. Ich gebe zwanzig und winke ab in meiner urbanen Art, wenn Herr Olgers sich zum Herausgeben anschickt.

Das Herz klopft wieder langsamer. Eine Tür schließt sich, und die Stube ist plötzlich ohne Erwartung. Fortuna zieht weiter. Das Glück ging vorbei. Bis auf morgen! ×

Schlangestehen

Die Schlange vor dem Kaufmannsladen ist das große Fragezeichen, mit dem die verwirrte Wirtschaft vor dem Kleinverteiler endet. Und das Schlangestehen ist die Geduldsübung des zwanzigsten Jahrhunderts. Brot, Fleisch, Zeitung, Fahrkarte, Sockenhalter, Brennholz, Rasierpinsel – nichts, in das sich heutzutage nicht eine ausgewachsene Menschenschlange von mindestens zwanzig Personen festbisse. Des Leibes Nahrung und Notdurft kann nur über die melancholische und hemmende Hürde solcher langgezogener Menschenansammlung, die sich unendlich langsam vorwärtsschiebt, genommen werden. Die Schlange ist das Fragezeichen der verwirrten Wirtschaft.

Diogenes ging auf den Markt, dort suchte er den Menschen und sein Gespräch. Urbanus tritt in die Schlange.

Vorn ist sie vergleichsweise erträglich und optimistischer Stimmung, denn dort haben die Schlangenglieder schon den Ausblick auf die nahe Ware. Sie sichten schon das Kleingeld und sind voll freudiger Erwartung. Das macht verträglich und verbindet. Der Kopf der Schlange ist ihr positives Ende, nahe der Erfüllung und der Auflösung. In ihrem Schwanz zu wohnen, ist weit mißlicher; und den letzten beißen die Hunde. Es kann noch so viel geschehen. Die Ware geht aus, und die herrlichste Schlange, in Stunden beharrlich geformt, fällt murrend auseinander. Oder es geraten vor Langerweile die Temperamente miteinander in Streit. Und nun schlichten, Partei ergreifen, Ruhe schaffen. Nur wer schon Schlange stand, weiß, was man leidet.

Oder plötzlich schiebt sich die immer wiederkehrende Gestalt nach vorn, jener Mann, der behauptet, nur einmal eben fort gewesen zu sein. Dort vorn habe er gestanden. Und nun auf ihn! Und ihn an den Schwanz verwiesen. Oder es kann geschehen, daß man unglücklicherweise neben einem notorischen Schlangenekel Aufstellung nimmt, einer jener unerschöpflichen Plaudertaschen, die uns mit ihrem Gespräch bespritzen. Oder – der Himmel schütze uns – wir geraten an eine jener Typen, die uns über Gott und die Welt belehren will, so klug, so überheblich, so selbstgefällig. In jedem dritten Deutschen ist ein Oberlehrer verborgen; der will pauken.

Das Gerücht hat seine Heimat in der Schlange. Das wispert und eilt von Geschäft zu Geschäft. Hier ist die Brutstätte, hier wird aus Langerweile vergrößert und langgezogen. Hier in der Schlange.

Und hier in der Schlange habe ich schon Freundschaften sich anbahnen sehen. Und Liebe. Zwei Menschen, Hand in Hand, so rückten sie langsam zur Schlächterbank auf. Sie sagten nichts. Sie sahen sich an und drückten sich heimlich die Hände. Die Schlange als Glück.

So hat sie viele Seiten, und man könnte sie feuilletonistisch noch beliebig in die Länge ziehen. Aber vielleicht genügt der Hinweis, manchen Menschenfreund nun mit vollerer Bedeutung und größerer Neugier am Nebenmann in die nächste Schlange treten zu lassen. Hier wohnt die Leidenschaft und Ungeduld der Menschen unserer Tage. Die Schlange als philosophischer Ort. Verachtet sie nicht allzusehr! ×

Alles neu

Der Nachhilfeunterricht über die Entwicklung der menschlichen Zivilisation ist uns gründlich erteilt worden. Im vorigen Mai begann er ab ovo. Wir lebten wie die ersten Menschen. Wenn Wasser gebraucht wurde, so schulterte man die Eimer und setzte zu einem Fußmarsch an die nächste Quelle an. Dort standen wir mit den Weibern am Brunnen. Das Wasser rauschte, und die Gespräche flossen.

Wollten wir das Wasser kochen, so hieß es unter drei improvisierten Steinen Feuer schlagen und im Vorgarten sozusagen den Urherd bedienen. Es war wie bei Winnetou. Und so waren wir gezwungen, mit den Spatzen unser Lager zu beziehen, denn es gab kein Licht.

Dann sprach sich herum, daß in einem fernen Vorort plötzlich wieder elektrisches Licht stattfand. Man eilte hin, man staunte und genoß: ein Schalter an der Wand; man drehte daran, und schon stand der finstere Raum in Licht geschüttet. Edison kann nicht so beglückt und erstaunt gewesen sein, als er Licht aus einem Draht herstellte, wie wir es waren, wenn wir das Angesicht staunend und dankbar gegen die Birne erhoben.

Und wiederum sprach sich herum, daß in einigen Kellern Wasser aus Hähnen in der Wand zu rinnen begann. Man drehte einen Hahn, und Wasser schoß hervor. Unglaublich! Man ging es zu sehen. Und erst der Schrei des Entzückens, als es im eigenen Hause aus der Leitung sickerte! Alles neu. Alles von vorn.

Der Spaß erst, als das Radio wieder lief. Stimmen plötzlich im Zimmer, die uns die neuen Zeitläufte erklärten. Und Radio London war zu hören, ungedrosselt.

Gas kam und löste den Urherd im Vorgarten ab. Die Straßenbahn wurde erfunden und fuhr zwischen Trümmern. Das Leben wuchs langsam zu. Die Welt bemächtigte sich wieder der Bequemlichkeiten, die sie mit Scharfsinn und Erfindergeist sich in Jahrhunderten geschaffen hat. Der Lehrgang dauerte ein Vierteljahr, und er war gründlich und nicht ohne Schweiß.

Gestern nun erhielt ich die letzte Lektion: zwei Männer traten herein und schoben mir das trojanische Pferd der Zivilisation ins Zimmer, das Telephon. Eine Bresche in meine Einsamkeit, ein Bruch in der Freiheit meines Zimmers. Ein Danaergeschenk des zwanzigsten Jahrhunderts. Bis gestern noch flogen kleine blaue Briefchen zu Ella, galante Billette wie in alter Zeit. Heute abend werde ich müde den Hörer heben und sie mit halber Stimme meiner Zuneigung auf Draht unverbindlich versichern. Bis gestern mußte man eine Reise tun, wollte man sich der Freundschaft Waldemars erfreuen. Umarmung und Gemeinsamkeit der Herzen, erkauft durch fast zwei Stunden Anmarsch und dadurch wichtig und bedeutend. Heute abend drehe ich mit der linken Hand sechs Zahlen, sage »Halloh« und habe ihn am Ohr.

Die Welt steckt ihren Finger der Neugier in meine Stube. Ich bin nicht mehr allein. Das Telephon bedroht die Stille der Gedanken. Wenn's funktioniert. ×

Mr. Kricks

Urbanus hockt mit untergeschlagenen Beinen am Ufer des breiten Zeitenstroms. Er wirft die Angel der Nachdenklichkeit aus und wartet geruhig ab, was ihm an den Haken der Betrachtung geht, kühl bis ans Herz hinan.

Er hockt am Zeitenstrom und hat gelernt, daß nicht alles, was Wellen schlägt, verlohnt, ans Ufer des Tages gezogen zu werden. Das Treibholz des Schicksals schwimmt vorbei. Eine alte Unke läßt Blasen steigen. Und ein paar aufgeregte Stinte huschen dicht unter der Oberfläche hin und her. Die wirklich fetten Hechte sind rar. Angeln ist die wahrhaft philosophische Daseinsform. Man scheint untätig zu sein und ist tätig. Man scheint unbeteiligt und hat doch die Augen offen wie keiner. Man ist wie eingeschlafen, und – schwupp – schwingt man die Angel heraus. Urbanus zieht die Angel der Nachdenklichkeit ganz plötzlich aus dem Zeitenstrom. Laßt sehen, was hängengeblieben ist – diesmal.

Eine kleine Nachricht, eine Bagatelle, die unter dem »Vermischten« der Journale mitschwimmt und dort untertaucht. Die Mitteilung, daß über die Zukunft des Wetters kein Zweifel mehr sein kann: Mr. Kricks hat im Lande Amerika die Voraussicht, unsere Wetterlage betreffend, so verfeinert, daß er ohne Mühe und Fehler sagen kann, wie sich der bisher undurchsichtige Himmel zu Pfingsten beispielsweise benehmen wird. Und ob es zu Weihnacht regnet oder schneit, ist ihm schon heute nicht unbekannt.

Wer Kricks vertraut, kann sich schon jetzt für ein Jahr Haken im Vormerkkalender machen, an welchen Tagen man den Regenschirm in das Büro mitnehmen muß und zu welchem Zeitpunkt Ella einem die leichte oder dicke Unterwäsche bereitzulegen hat.

Man wird zugeben, das ist tatsächlich etwas, das man redensartlich als ein »dolles Ding« bezeichnen muß. Das Klima ist durchschaut und kann keine Sperenzchen mehr machen. Wer naß wird, kann sich nicht mehr beklagen. Hätte er nur auf Kricksen gehört. Der warnte vor diesem Schauer schon vor einem Jahr. Und morgens braucht keiner mehr neugierig aus dem Fenster zu sehen. Man sucht nach der Zeitung von vor drei Monaten und weiß, ob die Sonne draußen scheint oder nicht.

Soweit die erstaunliche Nachricht. Aber, Mitbürger, ganz unter uns: ich bewundere Kricks, doch ich schätze ihn nicht. Daß sich der liebe Gott so von ihm in die Wetterkarten sehen läßt, alarmiert mich beträchtlich. Daß die Winde, von denen geschrieben steht, daß niemand weiß, von wannen sie wehen, ihm ein offenes Buch sind, will mir nicht in das Weltbild passen.

Was macht das Leben schön und erträglich? Die Illusion und die tägliche Hoffnung, Gewißheit schafft Langeweile. Weiß ich, daß mir ein Dauerregen von vierzehn Tagen bevorsteht, so schlägt das tödlich aufs Gemüt. Die schöne, dumme Hoffnung, daß es morgen besser wird, hält uns am Leben. Alle. Immer.

Urbanus macht Kricks und seine Erkenntnis vom Angelhaken der Neugier los, wirft beide zurück in den Zeitenstrom.

Dann schwingt er die philosophische Rute wieder aus und wartet auf einen besseren Fang. Für nächstes Mal. ×

Der Pathometer

»Pathometer« heißt das lästige Ding. Eine Erfindung, geeignet, unsere gesamte moralische Welt mit einem Ruck total aus den Angeln zu heben.

Nun, Urbanus bittet seine durch diese apokalyptische Mitteilung völlig verschreckte Leserschaft freundlichst, wieder in aller gebotenen Ruhe Platz nehmen zu wollen und erst einmal sachlich zu hören, worum es eigentlich geht.

Es geht um den Lügenmesser. Fixe Psychologen haben herausgefunden, daß die elektrische Struktur des Menschen beim Schwindeln in Schwingungen kommt. Das Herz pocht nur zaghaft und zitterig. Der Atem wird unregelmäßig. Und unter der Schädeldecke zuckt es schuldbewußt.

An diese Phänomene klammert sich die flotte Lügenforschung. Die Psychologen legen ihre Meßinstrumente an. Sie schalten den Strom ein, lassen uns reden und sehen mit kaltem Interesse auf den Pathometer. Sie sind in Minuten unterrichtet, ob sie es mit Ehrenmännern zu tun haben oder mit Scharlatanen, denn selbst die abgefeimteste Lüge schlägt noch um ein paar Pathomillimeter aus. Sie sagen »Aha«, und sie sagen »Bube, du lügst!« Und unsereinem wird Leugnen nichts helfen. Denn der lästige Pathometer kommt schon wieder ins Schlagen.

Es ist, um sich einen Strick zu kaufen! Wer meint, Urbanus müßte die kalte Entdeckungsmaschine besonders fürchten, tut ihm bitteres Unrecht. Wenn der halbwöchentliche

Chronist hier so deutlich in Opposition und Protest geht, so geschieht es, um unser Weltbild zu retten.

Das Weltbild kennt Schwarz und kennt Weiß. Und beides wohnt in einer Stube. Wo keine Kontraste sind, ist Öde und Stagnation. Tugend herrscht nur, wo es auch Laster gibt. Und Trunkenbolde erkennt man erst im Vergleich mit dem Nüchternen.

Wo die Lüge zur Welt hinauspathometert wird und völlig getötet, wird zur gleichen Stunde die Wahrheit totgeschlagen. Denn wo Schwarz ausradiert wird, ist auch das Weiße lustlos und ohne Glanz und nicht mehr weiß. Nach diesem simplen Gedankengang sollten die eilfertigen Pathometerer wie aufs Maul geschlagen stehen, ihre törichte Maschine zusammenpacken und retirieren.

Und wenn diese Gründe sie noch nicht in die Flucht zu schlagen vermögen – man stelle ihnen die Pilatusfrage: »Was ist denn Wahrheit?« Worum sich die Weisen durch die Jahrhunderte redlich gequält haben, worüber sie kopfschüttelnd in die kalte Grube gefahren sind – die flotten Jungs am Pathometer scheinen tatsächlich noch gar nicht zu ahnen, in welche philosophische Fußangel sie da getreten sind, ihre törichte Maschine so fortschrittsgläubig im Arm.

Lüge, Schwindel, Flause, Unwahrheit – ohne Zweifel: der Mensch darf nicht aufhören, sie zu bekämpfen und ernsthaft nach dem heiligen, aber vagen Begriff der Wahrheit zu streben.

Aber, Freunde, in leichten Dosen und harmlos ins Leben gestreut, wie können uns kleine Lügen den Tag nicht für Stunden verzuckern. Und wann ist Ella liebenswerter, als wenn sie einen kleinen Schwindel losläßt. Und vollends die Dichter, diese Lügner der Wahrheit, diese Fanatiker des Wahren aus reiner Fiktion und Träumerei, was sagen die voreiligen Männer mit der Meßmaschine zu ihnen?

Nein, das ist zu lernen: nicht alles ist meßbar. Und wenn

Urbanus eine Stimme hat, so erhebt er sie im Protest, daß man das Unmeßbare messen will, Wahrheit, Liebe, Glauben. Das geht auf kein Zifferblatt. Drum, wo ihr den Pathometer seht – zerschlagt ihn! ×

Das entfesselte Staubtuch

Das Staubtuch regiert, wo kürzlich noch Eintracht und Ruhe in den geplagten Häusern der Städte herrschte, wo man in den Zimmern sitzen konnte und meditieren – jetzt ist das unmöglich. Die Fenster sind weit aufgerissen. Man hört das lästige Schlagen der Teppichklopfer. Gardinen sind vom Fenster entfernt. Die roten Plumeaus sind aus den Betten genommen und liegen im Garten verstreut, um dort ebenfalls geschlagen und gesäubert zu werden. Über die Fußböden des Hauses ergießen sich Wasserströme. Man stolpert über Eimer und Ella, die auf den Knien liegt und das Parkett mit seltsamer Inbrunst behandelt. Das Unterste ist zuoberst, die Welt aus den Fugen. Wir stehen kurz vor Ostern. Das Staubtuch regiert.

Für den empfindenden Mann eine bedrängende Zeit. Sonst hat er verständnisvollen Umgang mit weiblichen Menschen. Man grüßt sie, versteht sie und liebt einige unter ihnen. Aber in diesen wirren Tagen ist mit ihrem entfesselten Naturell keine Verständigung möglich.

Urbanus beispielsweise, ohne daß man ihn einen Freund des Schmutzes nennen dürfte, hat ein freundschaftliches Verhältnis zu den Ablagerungen der Zeit. Wenn sein Schreibtisch vor überalterten Papieren zuwächst, so beunruhigt ihn das nicht. Erst wenn der Aschenbecher tatsächlich überfüllt ist (und wie langsam geschieht das heute!), trägt er ihn hinaus und entleert ihn. Die störenden Krümel auf der Schreibplatte pustet man beiläufig auf den Boden. Und sollte ein überaltertes Schriftstück vor Staub tatsächlich nicht mehr lesbar sein, nun, so wischt man mit dem Ballen der Hand darüber hin, und damit hat sich's.

Wie anders Ella! Drängen die Säfte aus der Erde, verjüngt sich die Welt, kommt Ostern nahe, so wird sie uns fremd. Sie bekommt einen hohlen Blick, steckt sich die lieblichen Haare häßlich auf, windet ein bösrotes Tuch um den Kopf, krempelt die Ärmel hoch, verbirgt ihre Reize hinter einer gräßlichen Schürze, sie geht in die Knie und schrubbt das Parkett. Sie macht die männliche Welt zur Hölle. Urbanus ist sozusagen obdachlos und todunglücklich. Indessen entfernt Ella die Bilder von den Wänden und wischt sie von vorn und von hinten. Und der fürchterliche Augenblick läßt sich nicht abwenden, daß sie an den Bücherschrank tritt und dort Heiligenschändung treibt. Sie nimmt die Bände heraus und schlägt sie.

Urbanus hat es einmal erlebt, wie sie Rilke an Nietzsche schlug, daß die Staubwolken flogen. Mit Kant prügelte sie Lichtenberg. Und Heinrich Mann mit Gerhart Hauptmann. Es war furchtbar zu sehen, aber es war unabwendbar. Der Dämon der Reinlichkeit schüttelte sie. Eine hochgeschürzte Furie der Ordnung im Frühling.

Und da ist gar nichts zu machen. Wenn man heimkehrt, riecht es nach Soda und Wasser. Die Bücher stehen falsch im Regal. Die Bilder hängen schief. Und auf dem Schreibtisch mit seiner törichten Ordnung findet keiner sich zurecht. Man muß es erdulden. Es ist das Frühlingsopfer der Frauen und unabwendbar.

Aber, Leidensgenossen, wartet geduldig! Der Staub wird sich legen. Die goldene Patina wird auch nach solchem Aufruhr wirbelnder Sauberkeit wieder gnädig sich auf die Dinge senken. Die Welt wächst wieder zu und wird langsam gemütlich. ×

Brief von Allan

Seit gestern ist Urbanus tatsächlich wieder im Begriff, so etwas wie urban zu werden, weltläufig, weltoffen, mit weitem Blick und heiter.

Er hat es Herrn Olgers zu verdanken, dem redlichen Träger der Briefe. Als der an der Glocke zog, hielt er das Bild eines gekrönten Hauptes in der Hand, im Werte von drei Pence. Das gezackte Bild einer Briefmarke, sechs Jahre nicht mehr gesehen. Bestempelt war es in der fernen Stadt Edinburgh. Als ich die Handschrift auf dem Briefumschlag erkannte, meinen Namen las, hinter dem so höflich ein »Esq.« zu lesen stand, blieb mir das urbane Herz für eine kleine Sekunde stehen. Ein Brief von jenseits der grünen Grenze, und noch einmal ein Stück weiter, und dann über das Wasser des Meeres, und noch einmal ein Stück weiter längs einer großen Insel hinauf. Und oben in der Stadt Edinburgh hatte Allan gesessen und mir einen Brief geschrieben. Er hatte das Bild seines Königs auf den Umschlag geklebt. Und nun kam Herr Olgers heran und überreichte mir alles, als wäre es das Gleichgültigste von der Welt. Der erste Brief von dort war da. Mir stockte das Herz.

Nun wird der freundliche Leser Allan nicht kennen. Allan ist, was der Volksmund als einen verrückten Hund bezeichnet, und ein Freund von mir. Ich hatte ihn oft in seiner verregneten Heimat besucht. Wir hatten sein kleines, lächerliches Automobil unter uns geschoben und waren an die nahe See gefahren. Wir hatten auf einem ungemütlichen Felsen der Küste Platz genommen, hatten auf die Wellen gesehen, die da heranrollten, hatten geschwiegen, ein Sandwich geknautscht oder geredet. Wir baumelten mit den Beinen. Wir waren Freunde, und sein Kopf war voll der unbändigsten Einfälle. Er hatte den schottischen Blick für das Groteske.

Und er lehrte ihn mich. »Ein Bursche von unendlichem Humor.«

Ich lockte ihn an unsere Küsten. Und da saßen wir wieder, sahen auf die gemäßigte Wucht der Ostsee, baumelten mit den Beinen und hatten eine Flasche Steinhäger neben uns im Sande. Gott segne die Stunden der stillen Freundschaft. Wir waren dreimal in Liebe zu dem gleichen Mädchen verfallen, und wir hatten viel darüber gelacht. Wir sprachen ein deutsch-englisches Kauderwelsch, und wir konnten lange feiern, wenn uns ein neues abstruses Wortgebilde gelungen war. Im bösen Jahre 1939 war er sozusagen mit dem letzten Zuge davongefahren. Wir baumelten nicht mehr mit den Beinen.

Ein halbes Dutzend Jahre ist vergangen. Mehr als zwei Dutzend Millionen Menschen hat es inzwischen erwischt, so oder so, blutig und grausam und ohne vorerst erkennbaren Sinn. Aber ihn hat's ausgespart. Und mich durch einige Wunder auch. Vor Monaten wären wir noch gehalten gewesen, aufeinander mit Gewehren anzulegen und uns mit Eisen zu durchlöchern. Jetzt bringt Herr Olgers einen Brief aus Papier. Die Welt wächst zu, und alte Freundschaften atmen auf.

Und daß sie, waren sie einmal gut, so gar nicht zerstörbar sind – das ist sehr tröstlich. Ich hatte mich gescheut, ihm schon zu schreiben. Das hatte viele verschämte Gründe. Jetzt streckt er die Hand aus und lacht schon wieder. Und es ist, als säßen wir wieder an einer windigen Küste, baumelten mit den Beinen vor Freundschaft, und eine Flasche Whisky stände neben uns.

Man soll nicht aufhören, seinem natürlichen Pessimismus täglich das Wort zu verbieten. Man soll daran glauben, daß unser Leben wieder besser werden kann. Und den Unken und kleinen Schreiern soll man aufs Maul schlagen. Es kommt ganz langsam vieles ins Lot.

Ein Brief aus Schottland ist im Haus. ×

Platitude im Lenz

Urbanus, gestärkt vom Osterspaziergang an die Schreibmaschine zurückkehrend, ist entschlossen, eine veritable Platitude zu Papier zu bringen. Dazu gehört Mut.

Er muß gewärtig sein, daß ihn der kritische Leser für banal hält, vielleicht sogar für unmoralisch. Und man läuft Gefahr, daß einen die eigene Ella – reizvoll, aber reizbar – mißversteht und man es unversehens mit ihrem Grolle anlegt.

Es sei trotzdem gewagt: Urbanus ist bei seinen verschlungenen Ostergängen aufgefallen, wie angenehm es ist, daß es auch weibliche Menschen gibt. Ich sagte es gleich – eine Platitude. Aber manche Wahrheiten muß man sich erst an den Hacken des Alltags abgelaufen haben, um ihren wirklichen Wert am Festtag der Erkenntnis erneut zu entdecken. So hier. Wenn Urbanus »weibliche Menschen« sagt, so meint er speziell junge Mädchen. Ihr Anblick tat seinem Auge wohl. Sie gingen zu Ostern so fröhlich einher. Sie hatten sich die arbeitsamen Hände pfleglich gewaschen. Die lieben Gesichter glänzten so freundlich. Die Sonne ließ es zeitweilig zu, daß sie allerhand Buntes und Wehendes an ihren jungen Figuren trugen. Woher sie es nehmen, ein Gott mag es wissen. Einige trugen schon ein paar redlich gebräunte Beine zur Schau, daß Urbanus sich selbst zur Ordnung rufen mußte, wenn es Ella nicht tat. Denn er ist der ernste Zeitbetrachter. Er sucht nicht die Schönheit. Sein Amt ist Erkenntnis.

Kein leichtes Amt, zumal nicht im Frühling. Die Ästhetik von der Erkenntnis fernzuhalten, bedarf einer stillen Enthaltsamkeit, die gerade jetzt und aus Anlaß der Jahreszeit oft sehr schwer fällt. Auch Urbanus riskiert nur zu gern einen Blick. Und wozu sind junge Mädchen da, wenn sie im Frühling nicht die harte Welt der Männlichkeit zu Leichtigkeit und Dummheiten verführen wollten.

Dummheit ist eine Plage der Welt. Aber von Dummheiten pflanzt sie sich fort. Dummheit ist lästig und hält den Lauf der Erde an vielen Stellen auf. Dummheiten jedoch sind entzückend und nach Schiller einer der beiden Motoren des Weltgetriebes.

Der Mann baut sich einen Staketenzaun von Prinzipien um das streng bebaute Terrain seiner Weltanschauung. Die jungen Mädchen, nur durch ihre leichte und anmutige Existenz beschwingt, unbelastet vom Tiefgang der Erkenntnis, schwingen sich über den Staketenzaun, hüpfen anmutig und gedankenlos über das frisch Geharkte und bringen alles herrlich durcheinander.

Und der Mann, in seiner Hilflosigkeit, lächelt selig, sperrt den Mund auf und liebt. Und er tut das, was er »Dummheiten machen« nennt: er umarmt unter einem milchigen Mond das beschwingte Geschöpf, öffnet seinen Mund zu törichten Schwüren. Und mit dem schönen Kinde hat ihn das Leben selbst überlistet. Keine Dummheiten, stellt sich heraus, sondern lebendigste Weisheit.

Kein Wort gegen die gedankliche Potenz eines Schopenhauer. Wer ihn gelesen hat, sollte gefeit sein gegen das junge Fräulein Erna von nebenan mit ihrem wehenden Frühlingskleid. Aber siehe: diese anmutige Klein-Erna wird mit einem einzigen Lächeln aus ihrem roten Munde mühelos obsiegen über jede strenge Warnung des großen Philosophen. Sie ist stärker in all ihrer reizenden Schwäche.

Daher postuliert Urbanus im Frühling, daß man achthaben soll auf die Mädchen in ihren buntgewürfelten Kleidern. Und er findet es gut, daß es Mädchen gibt. Sie sind klüger als wir, scheint ihr reizender Kopf uns auch leer zuweilen. Sie verkörpern die schönste Verlockung zum Leben, und man sollte so weit gehen, vor jedem lieblichen Wesen voll Achtung und Ehrfurcht den Hut zu ziehen.

Wenn das nicht wieder zu weit geht. ×

Auf Draht gezogen

Der rastlose Urbanus steht in der windigen Zugluft der Straßenecken. Er muß sich seine Körner der Weisheit sozusagen mühsam aus der Gosse des Alltags picken. Er ist gehalten, seine Erkenntnisse aus dem harten Pflaster der Städte zu stampfen. Und wie oft geraten seine Gedanken auf dem gleichen glitschigen Pflaster ins Schleudern. Wie oft verheddert er sich nicht in den Drähten dessen, was sich Fortschritt nennt.

Wie jetzt im Draht des Telephons. »Isophon« heißt der Gegenstand seines heutigen Versuchs am Tiefsinn. Eine verblüffende Erfindung und wesentliche Erweiterung des Fernsprechers. Mit den technischen Einzelheiten will Urbanus seine Prosa nicht belasten; der Effekt ist wenigstens der, daß dem Telephon eine kleine Maschine beigefügt wird, die vollends erstaunlich ist.

Weilt man nicht zu Hause, nimmt sie Botschaften der anrufenden Geschäftsfreunde auf und gibt sie nach unserer Rückkehr wieder. Man kann, ehe man die Tür hinter sich zuwirft, andererseits selbst eine Zärtlichkeit an Ella hineinsprechen, die das Isophon auf magnetophonetischer Grundlage eine Stunde später in ihr liebes Ohr flüstert. Man kann wichtige fernmündliche Dialoge für alle Zeit fixieren und den Gesprächspartner, will er eine wichtige Absprache leugnen, mit dem schmalen Band des Magnetophons wieder einfangen und ihm die Schlinge legen.

Wie wunderbar, daß der Fernsprecher nicht hundert Jahre vor seiner Geburt erfunden wurde! Hätte Goethe beispielsweise vom Gartenhaus nur lässig die Scheibe gedreht, wir wären um die Segnungen seiner »Billettkrankheit« zu Lotte von Stein gekommen. Hätte er nur »Jena zwo-nuhl-elleff« zu verlangen brauchen, und schon hätte sich eine Stimme gemeldet: »Hier bei Hofrat Schiller. Jawohl, Herr Minister von Goethe. Sofort. Ich hole Herrn Hofrat vom ›Wallenstein‹« – die Vorstellung ist abscheulich. Und ein Telephon im Thüringischen vor hundertfünfzig Jahren hätte uns um die briefliche Distinktion vom naivischen und sentimentalen Poeten gebracht. Die Folgen des verfrühten Drahtes wären furchtbar.

Und was wollen all die jungen Leute tun, wenn sie älter werden? Jene, die ihre Neigungen zur lieblichen Braut nicht auf rosa Papier geschrieben haben, sondern den Liebesbrief sozusagen durch den Draht jagten, lässig von Couch zu Couch? Worin wollen die späten Jungfrauen im entsagenden Alter ihre grau gewordene Seele baden? Sie können nicht ein Seidenband von einem vergilbten Packen Briefchen lösen, und die Schrift des Geliebten ist nahe wie in jenem Frühling vor fünfzig Jahren. Die alten Jungfern von morgen sind seelenarm. Das Telephon nahm ihnen die Beständigkeit der Neigung zu Joachim. Der Draht hat sie um des Menschen besten Teil, um die Erinnerung, betrogen. Die alten Jungfern von morgen sind arm.

Die von übermorgen sind wieder reich. Schalten Romeo und Julia von heute beim liebenden Fernspruch das Isophon ein, so bleiben die Seufzer ewig auf dem Band und sind unendlich wiederholbar. Doch in fünfzig Jahren haben die Jungfern Joachims schöne, doch falsche Schwüre noch volltönend im Zimmer. Und die wohltätige Zähre der Erinnerung rinnt über manche welke Wange.

Urbanus, sonst voll weiser Skepsis gegen die nervöse Gilde der Erfinder, kann nicht umhin, mit dem Isophon einen Fortschritt zu verzeichnen. Aber ehe er sich um die Installierung des wundertätigen Isophons bemüht: wann endlich wird ihm das lahme Fernsprechamt seinen seit einem halben Jahr defekten Anschluß des simplen Telephons reparieren?

×

An Gärten entlang

Jetzt sich an den warmen Abenden der von Gott gesegneten Jahreszeit aufzumachen und an die Ränder der Städte zu gehen, ist nicht ohne schöne Gefahr. Man schlendert an ausgesparten Häusern vorbei. Ein helles Fenster steht offen, Töne dringen heraus. Eine einsame Geige ist mit sich selbst beschäftigt. Menschen, zu zweien und ungleichen Geschlechts, gehen vorüber, die Arme umeinander geschlungen. Warme Stille liegt über allem. Ein Automobil hastet vorbei und nimmt im Vorüberfahren die grüne Szenerie der Vorgärten für Sekunden in das zitternde Lampenlicht.

Urbanus geht tief und sehnsüchtig aufatmend, wie man so treffend sagt, fürbaß. Nichts zu suchen, ist sein Sinn. Er bleibt sinnend stehen, lehnt sich auf seinen Stab, sieht zu den Sternen und grüßt sie mit seinem kleinen Urbanus-Sinn. Er schnuppert den Duft dieses Abends ein. Von ferne kommt hohes weibliches Lachen aus einer Schänke. Eine Kirchenglocke schlägt die zehnte Stunde. Es ist warm. Es ist schön. Die arme Städterseele bekommt unversehens Schwingen der Sehnsucht. Und während der Fuß selbstvergessen über das teilweise noch aufgerissene Pflaster an fleißigen Schrebergärten entlangstreunt, memoriert das vom Frühling betäubte Gehirn wie von selbst Bruchstücke süßer Verse: »Die Welt wird schöner mit jedem Tag. Das Blühen will nicht enden.«

Da hat man sich wacker und grundsätzlich aufbaufreudig ein neues und wirres Jahr des Friedens redlich bemüht. Die gleiche Hand, die zweimal die Woche hier feuilletoniert, hat täglich das Holz für den Kochherd geschlagen. Der gleiche Fuß, der jetzt so selbstvergessen an den Vorgärten wandelt, ist schmerzend manche Meile getrabt, um an die Probleme des Tages zu kommen. Wir haben die bröckelnden Wände unserer Häuser gerichtet und haben auf den Dächern rittlings gesessen und sie, von leichtem Schwindel bedroht, Stück um Stück gegen Regen und Schnee gedeckt.

Das Elend saß oft in unserer Stube. Und wie manches Mal sah das Auge gequält und hilflos beiseite, wenn die pure Not, wie auf den Bildern des Mittelalters, leibhaft an uns vorbeiging. Blassen Gesichts. Schwankend. Auf der Flucht. In zerfetzten Kleidern. Ohne Heimstatt. Und es war nicht zu helfen. Das letzte Kapitel einer bitteren Lektion aus dem Lehrbuch des Lebens. Oft meinte man, nicht wieder lachen zu dürfen.

Aber jetzt blüht der Flieder und sendet eine milde Wolke des Wohlgeruchs durch die Nacht wie alle Jahre wieder. Ich weiß. Es ist auch mein erster Frühling nicht. Aber an den Rändern der Städte ist es diesmal tatsächlich, als hätte er nie so stattgehabt. Ein Geschenk. Eine Gnade. Die weiche Nacht. Und hinter einem Zaun von Draht stehen aufgereiht die Tulpen und schlafen in ihrer starren Anmut.

Eins ist, hurtig am Tage zu bleiben, die Hände zu rühren und die tägliche Arbeit zu tun. Ein anderes aber ist, bei der ersten Dunkelheit einsam an fremden Gärten vorüberzustreunen, mit der aufatmenden Seele allein zu sein und in einem warmen Winde zu wissen, daß der Menschen bestes Teil die Sehnsucht ist. ×

Sieg des Abendlandes

Ganz blind geht keiner in sein Schicksal. Auf der beschwerlichen Wanderung des Daseins wird der denkende Mensch zuweilen erbarmungslos an Wegekreuzungen gestellt. Hier gilt Entschluß und eigener Wille. Und da steht er dann, kalt umweht vom Winde des Schicksals, und muß wählen.

Es bleibt dem freien Willen beispielsweise überlassen, ob man Bräutigam, Ehemann und Vater werden will oder ob man lieber am hagestolzen Stabe der männlichen Einsamkeit weiter über den steinigen Pfad des Lebenslaufes stolpern möchte.

Anderes fliegt uns zu. So ist man plötzlich Onkel. Keiner hat angefragt, ob man es werden wollte. Die neue Würde ist da und bleibt neben all den anderen zu tragen. Und neue Pflichten dazu. Ein Päckchen auf dem Rücken mehr.

Urbanus trägt es seit vier Jahren. Onkel Urbanus. Klein-Fitzie hat ihn dazu gemacht, ein nunmehr vierjähriger Lümmel, blond, keck, von einer radikalen und lärmenden Entschlossenheit zu seinem jungen Dasein. Er erschien mitten im Kriege und begann zuversichtlich seine Existenz, als den meisten von uns das Leben so gut wie keinen Spaß machte. Ein optimistischer Bursche. Er trägt eine verwüstete Seppl-hose, hat kleine, schmutzige Beine, den resoluten Kopf aufrecht und zuweilen einige seiner lieben Fingerchen in der Nase.

In früheren Zeitaltern näherten sich die Onkel den kleinen Neffen mit der Zuckertüte und machten sich so mühelos lieb Kind. Heute können die verarmten Oheime nur den vollen Sack ihrer Erfahrungen öffnen und die Fitzies auffordern, einen Griff hinein zu tun. Aber Erfahrungen, das ist selbst eine, sind nicht vererbbar. Die nächste Generation weiß damit gar nichts anzufangen. Sie macht sie selber lieber unter Schmerzen. So sind die Onkel gezwungen, sich nach Sensationen umzusehen, die ihnen das Herz der Neffen gewinnen könnten.

Man kann nach wie vor, den kleinen Menschen an der Hand, den Zoo besuchen. Das taten unsere Onkel auch. Und so zieht Urbanus, Klein-Fitzie an der Hand, vor die Gitter, hinter denen die Exotik brüllend wohnt. Die kleine Hand, die man da so faßt, ist heiß vor Erregung und kaum zu halten.

Der Augenblick ist tatsächlich erregend. Hier, an unserer Hand, Fitzie, das Ergebnis einer langen und vielfachen abendländischen Entwicklung. Er entstammt einer Zone, über die die Harke der Zivilisation seit Jahrhunderten pfleglich gegangen ist. Fitzie ist gleichsam eins der jüngsten Produkte einer reichen und vieltönigen Kulturwelt. Ein Sproß des weisen Abendlandes.

Und der nun plötzlich konfrontiert mit dem Urwald. Drüben steht ein Elefant und schwingt den Rüssel. Und beide sehen sich an. Die Gegenüberstellung ist reizvoll, die Reaktion bleibt zu notieren.

Der Elefant, gewaltig, alt und weise, hat eine dicke Haut. Er äußert nichts. Er schweigt und schwingt den Rüssel. Klein-Fitzie aber öffnet seinen Mund und fragt: »Wie sieht der Elefant von innen aus?«

Und damit ist die Reputation unseres Erdteils gerettet. Das ist Geist von Livingstones Geist. Das ist die selige Unersättlichkeit des Abendlandes. Nicht nur die Haut der Dinge, sondern ihr Inneres und ihren Ursprung. Klein-Fitzie hat mit diesen Worten mehr getan als nur eine dumme Frage gestellt. Er ist der langen Ahnenreihe würdig. Und wenn Urbanus ihn jetzt vor dem Elefanten küßt, so grüßt er damit einen ganzen Erdteil und dessen Überlegenheit im Denken. ×

Das Herz sei wach!

Wenn man nicht dauernd achtsam bleibt und vom kühlen Turm der Beobachtung ständig die wirre Landschaft des Menschlichen im Auge behält, ist's schon passiert. So heute.

Urbanus hat sich wohlig den Frühling um die empfindsame Nase geschlagen. Er hat sich liebevoll zu den fröhlichen

Blümlein niedergebeugt, die nun allenthalben unseren Lebenspfad zu säumen beginnen. Und da er jetzt wieder die hohe Warte der Gedanken besteigt und sein ausgeruhtes Auge über das Plateau des ganzen Daseins schweifen läßt, da er wieder Posto faßt vor dem zerklüfteten Panorama der Tage, ist es zu spät. Was?

Herrn Professor Sinitsyn ist inzwischen die radikale Verpflanzung von Herzen gelungen. Er hat in seiner wissenschaftlich kühlen Art vorerst gelungene Experimente mit Fröschen und Tieren gemacht und hat einigen Lebewesen zur Entlastung ihres kleinen Herzens ein zweites eingesetzt. Er hat beide, das neue und das alte, miteinander verbunden. Und siehe, die beiden pumpen im gleichen Takt und haben jedes nur halbe Arbeit zu tun. Die Frösche mit den beiden Herzen werden als quicklebendig geschildert. Professor Sinitsyn reibt sich die Hände. Die medizinische Welt klatscht berechtigt Beifall. Und die doppelherzigen Frösche hüpfen vom Operationstisch wieder in den Teich und quaken sich eins.

Nun, Urbanus will nicht unken. Und er gönnt den Fröschen so viel Herzen, wie ihr kleiner Brustkasten immer zu fassen vermag. Aber wie wir die rastlose Wissenschaft kennen: sie bleibt nicht bei den Fröschen stehen. Und ehe man sich's versieht, setzt der achtbare Professor Sinitsyn das kalte Messer der Forschung an und treibt Ähnliches in des Menschen Brust. Und da muß Urbanus warnen.

Wo kämen wir hin! Die Poeten und Schlagerdichter durch die Jahrhunderte haben des Menschen Herz zum Wohnsitz der Empfindsamkeit gemacht. Sie haben es in Heidelberg verloren. In einem besonders blöden Liede machte es laut: bum, bum. »Herz, mein Herz, warum so traurig …?« »Ob sich das Herz zum Herzen findet …!« »Herz! Mein Herz, was soll das geben …?« Nun, man kann wohl sagen, daß die Dichter in Vers und Prosa redlich auf dem menschlichen Herzen herumgeritten haben. Sie hatten mit einem alle Federn voll zu tun. Und wir waren vollauf beschäftigt, unsere Herzensdinge in Ordnung zu halten, wenn nur der eine gefühlvolle, pumpende Muskel in unserer sehnenden Brust seine Arbeit tat.

Was nun, wenn Professor Sinitsyn daherkommt und den ganzen gefühlvollen Ärger verdoppelt? Urbanussens Herz gehört der lieben Ella. Aber was, wenn er erst ein zweites unter der fühlsamen Haut trüge? Verdoppelt sich da die Neigung, oder bringt der neu eingesetzte Muskel auch seine alten Neigungen mit? Und wenn ja? Ja, was dann?

Abgesehen davon: wenn man sozusagen eine zweite Lokomotive vor den mühsam ratternden Zug unseres Lebens koppelt – laufen wir dann mit doppelter Kraft einher? Oder erreicht unser sonst einherzig kurzer Lebenslauf eine doppelt so weit entfernte Endstation, bevor er schnaufend endet? Das will doch bedacht sein.

Oder: wird mit der Sinitsynschen Operation nun endlich der Sieg der verdoppelten Herzen über den weiter vereinsamten Verstand stattfinden? Dann wäre der Eingriff so übel nicht. Oder wird mit dem Versuch, tatsächlich zwei Herzen, ach, in unserer Brust wohnen zu lassen, die Spaltung der Gefühle nur noch schmerzlicher?

Fragen über Fragen. Urbanus stellt sie ernst von der hohen Zinne seiner Zeitbetrachtung. Und er fordert, daß man den Medizinern streng aufs Messer sieht, ehe man ihnen die Brust öffnet. Das Gefühl steht unter Naturschutz.

Das Herz sei wach! ×

An der Klagemauer

Nicht ungern tritt Urbanus auf seinen Gängen durch das Menschliche, bei seinen Streifzügen durch das Schicksal an die Holzzäune, die hin und wieder unsere Straßen säumen. Denn das sind die wahren Klagemauern der wirren Zeit. Hier hängt Zettel an Zettel.

Ein Dauerraucher ist bereit, seinem Laster ein halbes Weißbrot zu opfern. Jemand will sich nächtens von seinem Plumeau trennen, um nur bei Tage ein paar feste Schuhe an den Füßen zu tragen. Und ein anderer geht so weit, seinen Schopenhauer in Halbleder und den fundierten Pessimismus dieses Denkers für ein halb Pfund Zucker abzustoßen. Und für einen Fahrradschlauch kann man den Himmel auf Erden einhandeln.

An den Klagemauern der Neuzeit notieren ein Brot und ein viertel Pfund Fett vielmal höher als alles geistige Gold. Und selbst die Musen werden weit unter Pari gehandelt. Eine Geige mit dem ihr innewohnenden Wohlklang geht ab für eine Handvoll Eisennägel. Die Börse der Bretterzäune gibt den wirklichen Kurs unserer Zeit. Urbanus tritt, gestützt auf den Stab der Nachdenklichkeit, oft heran. Und wenn auch die Scharlatane, die Hochstapler der Not und die Jobber des Mangels, listig und auf eiligen Vorteil bedacht, manch trügerisches Zettelchen anheften mögen, zum Ernst und Bedenken bleibt Raum genug. Und Urbanus steht ernstlich besorgt davor, »denkt Söhne und Enkel und schüttelt das Haupt«.

Aber auch die Fehltritte des Menschengeschlechts sind abzulesen, Sehnsucht, Liebe, Leidenschaft. Denn da sucht ein aufstrebender Jüngling noch nach Wochen die Jungfrau, die am bestimmten Tage die Enge eines öffentlichen Verkehrsmittels mit ihm teilte. Sie war blond, so liest man in Maschinenschrift. Sie trug ein weißes Kleid aus starrer Waschleinwand. Und stieß so rührend mit der Zunge an. Der betroffene Jüngling heftet seine Sehnsucht und den geraubten Nachtschlaf an den Bretterzaun. Und liebt und hofft. Urbanus ist gerührt.

Urbanus aber ist betroffen, wenn sich daneben eine wohletablierte Firma anbietet, Radler in die städtische Umwelt auszusenden, um uns langwierige Kommissionen abzunehmen. Auf ihrem Veloziped tragen die hurtigen Männer der Liebsten Blumen ins Haus, besorgen eilige Schriftsätze an das Gericht, schieben dem entfernten Schuldner die böse Mahnung in den Briefschlitz. Soweit so gut. Aber nun zeigen sie sich laut Anschlag auch gefällig, »lästige Rendezvous« zu erledigen. Und da muß man den eilfertigen farbigen Radlern eins aufs Pedal geben, wie sich's gehört.

Wie stellen die sich das vor? Soll Ella, an der vorgemerkten Ecke wartend, mit einem herbeigefahrenen Radler fürlieb nehmen? Ist dieser Treter für Entgelt bereit, in alle herzlichen Verpflichtungen einzutreten? Wofür hält man Ella? Ein Rendezvous ist eine Herzenssache. Und von den beiden betroffenen Partnern ist keiner zu ersetzen durch einen bunten Meister des Freilaufs, zufällig und gegen einen Taler engagiert.

Wo die Sphären vermischt werden, soll man Protest geben. Wo Geschäft sich hurtig in Liebe drängen will, soll man nicht aufhören, die Stimme warnend zu erheben.

Urbanus reißt den Zettel von der Holzwand und steckt die seltenen Reißnägel in seine Tasche.

Und wie er so entschreitet, hat er eine Tat getan für die reinen Herzen. Ist er ein stiller Vorkämpfer für die harrenden Mädchen an den Normaluhren der Welt. Gott grüße sie alle! ×

Lärmender Schwachsinn

Menschlicher Schwachsinn ist leider ebenso rege und erfindungsreich wie menschliche Klugheit. Bevor Urbanus das logische Garn von diesem kompakten Knäuel seiner Behauptung abspult, sei ihm gestattet, den neuesten Schwachsinn in seinem Vormerkbuch der Unzulänglichkeit zu notieren.

Es handelt sich um das Velo-Radio, einen Rundfunkempfänger, den sich der musikfreudige Radfahrer an der Lenkstange montiert. Die kleine Musikmaschine wird aus einem Dynamo, ähnlich dem der Lampe, gespeist. Die stramme Wade bringt das Rad in Drehung. Das Rad den Dynamo in Arbeit: Der Dynamo Strom in das Radio. Das Radio endlich Musik an die Lenkstange. Ein direkter Weg also vom Wadenmuskel zu »Heinzelmännchens Wachtparade«. Das hat uns tatsächlich gefehlt!

Urbanus ist in Fragen der Radfahrt seit einigen Wochen Theoretiker. Auf nächtlicher Heimfahrt sperrten ihm Räuber den Weg, schlugen ihm kurz vor die Denkerstirn und radelten davon, Urbanus verdutzt in der Gosse. Immerhin – er ist um die Erfahrung reicher, wie es tut, unter die Räuber gefallen zu sein. Er ist zu dem philosophischen Tempo des Fußganges zurückgekehrt. Nicht zum Schaden der Prosa.

Er ist also gezwungen, theoretisch, sozusagen vom Bürgersteig aus, mit den Radfahrern zu sprechen. Und da wäre zu sagen, daß, wenn der sogenannte Fortschritt etwas auf der Welt bewirkt hat, so den Umstand, daß sie lauter geworden ist. Staubsauger, Zahnbohrer, Dampfmaschine, Schreibmaschine, Wasserklosett, Automobil, Flugzeug, Radio – wenn sie etwas gemeinsam haben: sie machen Krach. Krach vertreibt Stille. Stille aber ist der alleinige Nährboden des Denkens und der Weisheit. Ergo: der Fortschritt vertreibt die Weisheit. Das ist schlüssig. Und wenn die hurtigen Radfahrer für Augenblicke den Freilauf des Denkens spielen lassen, werden auch sie folgen können.

Wenn man aber nun Krach zu Krach tut, wie der Erfinder des Velo-Radios plant? Der Lärm wird verstärkt. Die Disposition zum Denken unter den Radfahrern wird noch mehr gemindert. Und auf dem kurzen Wege vom Dynamo zum Lautsprecher an der Lenkstange hat der Fortschritt selber Kurzschluß erlitten.

Im Paradies war es still. Selbst der Löwe schwieg, denn er war immer satt. Erst als der Mensch böse wurde, machte er Krach. Bevor er uns eine Ohrfeige haut, schimpft, schreit und krakeelt er. Zieht er in den Krieg, so unter Vorantritt einer dröhnenden, unleidlichen Blaskapelle, die alles Denken verhindert. Und den tollsten Lärm veranstaltet er dort, wo er allen Verstand hintansetzt und sich gegenseitig nach dem Leben trachtet, in der Schlacht.

Im Radau haben wir's herrlich weit gebracht. Das ist außer Zweifel. Aber nun sollten einmal Erfinder angesetzt werden, die maschinell die Stille erzeugen. Radfahrer sind ohnehin ein dubioser Völkerstamm immer gewesen. Wenn sie jetzt noch jeder ein zuckendes Band heißer Jazzmusik hinter sich lassen – wohin soll sich der Weise auf dem Bürgersteig wenden?

Krach wirkt entleerend aufs Gehirn. Urbanus postuliert die Stille für die Zukunft. Wir wollen endlich unsere Ruhe haben! ×

Soweit – so gut

Urbanus sieht sich leider wieder gezwungen, aus seiner stillen Klausur der Betrachtung auf den Markt der Öffentlichkeit zu eilen und dort die Alarmglocke des allgemeinen Denkens laut und wiederholt zu schlagen. Alle Mann an Deck! Die Wissenschaft ist in aller Stille schon wieder dabei, unser mühsam geflicktes Weltbild aus dem Rahmen zu stoßen. Man will unser Leben verlängern. Und gleich um das Doppelte.

Die Nachricht kommt aus einer immerhin respektablen Universität. Berichtet wird, daß die rührigen Forscher probate Mittel gefunden haben, das Sterben um mindestens achtzig Jahre hintanzuhalten. Sie schlagen Freund Hein, der mit Sanduhr und Hippe die Greise zu holen kommt, aus dem biologischen Felde, daß der sich, wissenschaftlich gefoppt, auf die Schwelle setzt und noch einmal ein Lebensalter warten muß. Der Tod lehnt am Türpfosten und dreht Daumen.

Urbanus weist den Verdacht sofort von sich, ein Propagandist des Todes zu sein. Das sei fern! Der Himmel segne die produktiven Torheiten der Jünglingsjahre. Nichts geht über die ernst-tätige Epoche des Mannesalters, das Urbanus zur Zeit wacker abdient. Und die Hände reibt er sich in Gedanken, wie es sein wird, wenn man alt, gut und vielleicht sogar endlich weise wird. Das hat seine ewige Ordnung. Soweit – so gut. Doch nicht weiter!

Denn nun stellen Sie sich vor, das Greisenalter würde tatsächlich prolongiert. Was tut ein Greis mit einhundertvierzig Jahren? Und was tut man mit ihm? Ella, heute so appetitlichfrisch – wie wird sie sich mit einhundertsechzig präsentieren? Und beide, Urbanus und Ella, jetzt traulich vereint – wie werden sie sich durch eingeimpfte achtzig Jahre als Philemon und Baucis vertragen? Und findet im zweiten Jahrhundert noch eine geistige Weiterentwicklung statt? Oder fallen uns nur noch die letzten Weisheitszähne aus dem übergreisen Munde? Und – auch das sei bedacht – wird uns nicht die große Langeweile ankommen, wie wir dann, fröstelnd und steinalt, am Fenster sitzen und auf der Straße des Lebens die faden Reprisen des Schicksals betrachten? Ob wir denn nicht doch gähnen und heimlich Freund Hein zuwinkern?

Urbanus hält dafür, daß sich der liebe Gott etwas dabei gedacht hat, als er des Menschen Leben begrenzte. Und wenn es köstlich war, war es Mühe und Arbeit. Es ist nicht in der Ordnung, hat der Tag keinen Abend und der Abend keine Nacht. Das einfachste wäre freilich, man wartete ab, wie sich die Versuchsspritze bei anderen auswirkt. Aber – natürlich! – um das beobachten zu können, müßte man selbst auch über die lange Strecke kommen. Der Leser bemerkt, wie Urbanus hier bei der Beschäftigung mit dem Widernatürlichen bezeichnenderweise schon über die eigenen Füße des Denkens stolpert.

Seltsame Menschen – die Wissenschaftler! Auf der einen Seite beschäftigen sie sich mit Erfindungen, des Menschen Leben radikal zu verkürzen mit Dynamit, Atomzersplitterung und Granaten. Zum anderen wollen sie uns den Lebensabend mit der Zeitlupe aufdrängen.

Sie sollen uns leben lassen, wenn's an der Zeit ist. ×

An der Theke

Kein Wohlmeinender wird Urbanus nachsagen können, er gehörte zu der schwankenden Gilde der Potatoren. Verdeutscht wäre ein Potator ein Trunkenbold oder ein Säufer. Doch man soll keine Fremdworte für etwas einführen, das es gar nicht geben kann. Urbanus hofft Glauben zu finden, wenn er behauptet, daß er Kneipen gewissermaßen nur aus beruflichen Gründen aufsucht. Hier kann er seinen Forschungen am Menschlichen geruhsam nachgehen. Die Eckkneipe ist kein schlechter philosophischer Ort.

Hinter der Theke wohnt die Kalte Mamsell. Sie zapft am Hahn, läßt das schwachprozentige Bier in anmutigem Strahl in das Mollenglas laufen, versieht das Gefäß mit einer artigen Blume und kredenzt es uns gegen die behördlich vorgeschriebenen zweiunddreißig Pfennige. Wir setzen die Molle an, schlagen den Staub, den dieser Tag wieder aufgewirbelt hat, nieder und haben so das Anrecht erkauft, im Verein mit einigen wackeren Männern gemächlich an der Theke zu lehnen, den Hut geruhsam im Nacken.

Nach dem ersten erfrischenden Schluck wischt man mit dem Handrücken den Schaum vom Munde und hat ihn frei für ein männlich-nachbarliches Gespräch. Denn hier sind die Männer zu Hause und unter sich. Und das genießen wir. Und das Bier ist nur Vorwand. Kein Wort gegen die Bestrebungen des Frauenrechts. Aber eine Jungfrau, an die Theke gelehnt, wäre gegen jede männliche Ordnung und gehört sich nicht. Weibliche Personen werden zuweilen wohl mitgebracht. Doch sie haben im Sitzen zu trinken.

Wo sind wir denn schon unter uns? Wo kommen Gespräche mit wildfremden Männern so ohne Mühe in Gang? Wo hört man die Meinung des zufälligen Nachbarn so gelassen wie hier? Die stille halbe Stunde in der Dämmerzeit. Nichts geruhsamer als ein paar Worte an einem redlichen Schanktisch. Das Gespräch tröpfelt arglos. Manch verstohlener Seufzer wird hörbar. Die Sorgen, eben noch unübersehbar, werden jetzt mit leichtem Biere verdünnt. Und unschwer öffnet sich ein Herz dem anderen. Gegenüber die Kalte Mamsell, von der Phalanx der trinkenden Männer getrennt durch den glitzernden Schanktisch. Sie zapft an dem Hahn. Sie macht Kasse. Oder sie stopft Strümpfe in den Intervallen des männlichen Trunkes. Sie ist gern gelitten. Man nennt sie beim Vornamen. Sie stört die maskuline Atmosphäre keineswegs. Und niemand wird auf den Gedanken kommen, unziemlich mit ihr zu flirten. Das wäre gegen die Regel.

Die Theke ist das letzte Reservat der Männer. Hier wurden Freundschaften fürs Leben angebahnt. Hier herrscht die völlige Entspannung. Und nirgends ist die »O wie wohl ist mir am Abend«-Stimmung so glücklich und so sicher anzufinden. Wie schön, daß in unseren Straßen zuweilen die Eckhäuser stehen. Und in ihnen zuweilen wieder die Eckpfeiler des gemächlichen Abendtrunkes. Die soliden Theken. Die feuchten Altäre der Männlichkeit.

Und darauf geht Urbanus jetzt eins trinken. ×

Urbanus betritt Neuland

I

Ob der Mensch grundsätzlich gut sei oder böse, das ist ein Problem, mit dem die Denker aller Epochen, wie es so scheußlich heißt, gerungen haben. Urbanus wird den Teufel tun, sich öffentlich an diesem Ringen zu beteiligen und eine abgeschlossene Meinung hier in Druck zu geben. Doch so viel sagen kann er immerhin: Es gibt gute Menschen. Und es gibt böse Menschen. – Eine Binsenwahrheit, fürwahr. Aber gerade die sind meistens die wahrsten.

Daß es böse Menschen gibt, geht wohl ohne Widerspruch des freundlichen Lesers durch. Wird man aber aufgefordert, auf Anhieb und ohne zu zögern wenigstens ein Halbdutzend guter Menschen zu nennen, so kommt die Antwort schon stockend. Oft genug stellt sich heraus, daß mancher in diesem melancholischen Zusammenhang nicht bis drei zählen kann. Hat man daher auf der steinigen Lebensstraße einen wirklich guten Menschen getroffen, soll man mit seiner Bekanntschaft nicht geizen.

Urbanus ist in der überaus glücklichen Lage, ein solches Exemplar der erstaunten Öffentlichkeit vorführen zu können. Tusch! Vorhang hoch! Und da steht nun auf der kleinen feuilletonistischen Bühne, angestrahlt von den Lichtern des Wohlwollens: der gute Mensch! Ich bitte um Beifall.

Ehe der Leser in den geforderten Applaus ausbricht, wird er füglich wissen wollen, warum gerade der klägliche, kleine Mann in dem zerknitterten Anzug dort oben gut sein soll. Gemach! Dieser Mensch hätte klauen können. Und tat es nicht. Tatsächlich, der Mann ist gut. Der schusselige Urbanus hatte seine Brieftasche danebengesteckt. Sein Barvermögen, Ellas und seine gesamte Ernährungsbasis in Form der Karten, ein unwiederbringlicher Ballen Bescheinigungen und Ausweise, alles in der Gosse. Urbanus ging dahin, war schlagartig verarmt, nur im Besitz eines Hungertuches und eigentlich gar nicht da. Kein Ausweis konnte ihn ausweisen. Die Katastrophe war von einer radikalen Vollständigkeit.

Bis der gute Mensch des gleichen Weges kam. Er hob Geld, Karten und Urbanus' vielfach gestempelte Identität aus dem Schmutz der Gosse und stellte sie dem Verzweifelten wieder zu. Den Dank, Urbanus, begehr' ich nicht! Und schon war er davon.

Sie sagen: »Nur selbstverständlich!« Aber, werter Leser, halten Sie zwei Lebensmittelkarten in der Hand, auf denen zudem das Fett auf Dekade II noch intakt ist – ob Ihre Moral da nicht ins Schaukeln kommt, bleibt erst zu zeigen. Wenn, nach Busch, das Gute nichts ist als das Böse, das man läßt, dann ist jener kleine Mann dort oben grundgut. Und Ihr Beifall gilt keinem Unwürdigen.

Den Journalisten der ganzen Welt ist der Vorwurf nicht zu ersparen, daß sie das Böse als Nachricht bevorzugen. Mord, Totschlag, Raub der Portokasse, arglistiger Ehebruch – das füllt die Spalten. Aber Überschriften wie: »Lieber Knabe trägt altem Mütterchen Koffer zum Bahnhof« oder »Menschenfreund verschenkt Raucherkarte« – dergleichen kann man in der gesamten Weltpresse lange suchen.

Urbanus betritt journalistisches Neuland. Er zeigt erstmalig: den guten Menschen. Seien Sie gut zu ihm, liebe Leser! ×

Applaudite, Amici!

Literarische Spaßvögel haben fern im Angelsächsischen einen sonderbaren Preis gestiftet. Nicht dem epischsten Epiker, nicht dem lyrischsten Lyriker soll die Krone werden. Nicht der erregendste Dramatiker wird als erster das papierne Zielband zerreißen. Man sucht prägnante Formulierungen, wie sie der Mensch an einer besonders kritischen Wendung des Lebenslaufs benötigt. Man prämiert »Letzte Worte«.

Letzte Worte, an der Schwelle der Ewigkeit gesprochen, brauchen an sich keinesfalls profund zu sein, um ihre Wirkung auf die Nachwelt zu tun. Wenn ein großer Musiker in diesem radikalen Zusammenhange äußerte: »Zu spät!«, so werden unversehens zwei Einsilber zu einem Donnerwort, das beklagenswert Fragmentarische alles Menschlichen verdeutlichend. Wenn eine junge Malerin schließlich nur verlautbart: »Wie schade!«, kann sich keiner der rührenden Bejahung zum vollen Leben entziehen und der graziös achselzuckenden Art des Abschiednehmens. Kaiser Augustus hinwiederum hatte offenbar seinen letzten Seufzer gründlich präpariert, als er, auf seinem Prunksterbebett ausgebreitet, den imperialen Mund auftat zu einem letzten »Applaudite, amici!« Klatscht Beifall, Freunde! Das riecht nach Vorbesprechung und Beschluß im Staatsrat.

Wie unser geschütteltes Geschlecht sich, jeder allein, aus der extremsten Situation ziehen will, das bleibt gemeinsam mit den Preisrichtern gespannt zu erwarten. Und zu hoffen bleibt immerhin, daß es versöhnliche Worte sind, die man vorschlägt. Eine doch bejahende Stimme, aus den wirren Posten des Daseins mit dem letzten Seufzer gezogen. Eine gute Bestätigung, daß die Zeit, die der Mensch oberhalb des Rasens verbringt, trotz aller Bedrängnis die schlechteste nicht ist. Und daß es ein tägliches Glück ist, solange uns die Sonne noch direkt bescheint.

Die lebensfreudigen Bewohner der Insel Bali haben zwar das Pulver nicht erfunden. Sie sind daher auch nicht in der Lage, einen vernünftigen Krieg zu führen. Auch das Geld ist ihre Erfindung nicht. Sie sind aus diesem Grunde der Mühe enthoben, sich für ein Konto auf der Bank aufzureiben. Und der Begriff der Karriere kommt in ihrem Wortschatz nicht vor. Sie haben Zeit, das Leben zu genießen, und werden als glücklich geschildert, wenn auch als halbnackt und der Zivilisation dringend bedürftig.

Aber da sie das Leben inbrünstig lieben, haben sie den Begriff der Todesfurcht auch nicht in ihrer primitiven Vorstellung. Was hier so schön ist, sagen sie, kann nicht plötzlich in Schrecken und Dunkelheit enden. Sie verehren den Tod und feiern ihn neugierig und lange.

Urbanus hätte nicht übel Lust, sich dienstlich für einige Zeit auf die Insel Bali versetzen zu lassen, um bei den nackten Wilden die Weisheit zu lernen. Vielleicht, daß man dann die Londoner Preisrichter mit einem letztgültigen Spruch erschlagen könnte. Doch – wozu die Mühe: ist es soweit, schickt sich Urbanus einmal an, wie der Volksmund so drastisch und heiter sagt, den Löffel endgültig fortzulegen, wer weiß, ob die vorbereitende Mühe sich lohnt. Das letzte Wort hat, im Zweifelsfalle, wie immer auch dann noch – die gesprächige Ella. ×

Lob des Stumpfsinns

Nähme der denkende Zeitgenosse die Fragen des Daseins auch nur annähernd so ernst, wie sie genommen zu werden verlangen, wäre er stündlich und philosophisch sozusagen dauernd auf Hochtouren – er fände des Morgens schon vor lauter kompakten Problemen nicht aus dem Bett, der warmen Etappe der Nacht.

Er hat geschlafen. Für Stunden war der Organismus vom Bewußtsein verlassen. Der streunende Geist war abwesend von diesem Stern. Der geplagte Körper ruhte währenddessen auf der defekten Matratze und röchelte rhythmisch. Fürwahr, ein unerklärbares Phänomen. Man sagt »Schlaf« dazu. Aber damit ist nichts bewiesen. Das Rätsel der Nacht bleibt ungeklärt.

Körper und Geist, tagsüber inseparabel – hat man den Wecker gestellt, die Haustür sorglich verschlossen, die Zähne geputzt und Ella zur Guten Nacht auf die reine Stirn geküßt, wälzt man sich wohlig auf die Seite: schon trennen sich die beiden Komponenten unserer Persönlichkeit. Erst der lästige Weckruf des Weckers versammelt sie wieder in unserer Person. Rätsel. Völliges Dunkel. Es heißt »Schlaf«. Aber das ist nicht mehr als ein Wort, ein sprachlicher Paravent, vor einen philosophischen Abgrund gestellt. Das Rätsel bleibt Rätsel.

Womöglich hat man geträumt. Was nun wieder ist das? Wirre Blasen des Unterbewußtseins. Und das Unterbewußtsein? So kommt man nicht weiter. Man tastet sich im Grunde nur von Wort zu Wort, von Paravent zu Paravent. Und hinter jedem ein gedanklicher Abgrund.

Die rüstige Ella tritt herein und bringt das warme Rasierwasser. An ihre kleine Ferse geheftet schon wieder ein Rattenschwanz von Unerklärlichem. Die Zuneigung, die ihr schon in aller Morgenfrühe gilt – woher kommt sie? Und warum gerade zu ihr? Die Welt ist doch voll Weiblichkeit, und gar nicht einmal immer reizloser! – Und schon ist der denkende Zeitbetrachter in Gefahr, sich im philosophischen Irrgarten der baren Erotik zu verlaufen. Er bremst schnell die Fülle der Gedanken und faßt an den Bart. Schon verheddert er sich in ein neues Problem. Wie kommt's, daß der sprießt über Nacht?

Wachstum aus Haaren am Kinn. Doch was treibt es hervor? Schon wieder steht der kaum erwachte Zeitbetrachter vor einem biologischen Abgrund.

Und der Tag fängt erst an. Er sieht auf den Wecker. Es ist höchste Zeit. Aber Zeit, was ist das? Gibt es Gegenwart überhaupt? Denn der Zeiger wandert. Im Grunde ist die Gegenwart immer gerade vorbei. Nur Vergangenheit gelten und Zukunft. Tja, um Himmels willen, wenn es aber genau genommen keine Gegenwart gibt – wozu dann das alles?

Wer, wenn er die Fragen des Lebens ernst nähme, könnte überhaupt morgens ein Bein aus dem Bette heben, ohne es wieder in die Schlingen der Rätsel zu setzen, die dort warten? Uns stehe der Himmel bei!

Und der Stumpfsinn! Der sanfte Stumpfsinn rettet uns. Der Sinn ist stumpf, und nicht alle Probleme, die sich aufdrängen, werden angeschnitten. Wo kämen wir hin? Der rege Geist würde heißlaufen schon kurz nach dem Erwachen. Und statt eines Hutes trügen wir eine kalte Kompresse. Der gemäßigte Stumpfsinn rettet den Menschen vor der gedanklichen Selbstzerfleischung. Der gemäßigte, wohlgemerkt. Er federt uns ab von den Fußangeln des Tiefsinns. Er läßt es uns aushalten in der Gesellschaft von Zeitgenossen, vor denen man, sähen wir genauer hin, nichts als Abscheu zu empfinden hätte. Er hält uns davon ab, jede Stunde des Tages scharfsinnig, unleidlich, radikal und trostlos ungemütlich sein zu müssen. Der sanfte Stumpfsinn.

Wie gut, daß es ihn gibt. ×

Guter Mond

Spät abends geht der Mond auf. Früh morgens geht er unter. Das unterscheidet ihn von der lieben Sonne. Je nach Mondkalender erscheint er in voller, halber oder viertel Ausführung. Das macht ihn so abwechslungsreich. Natürlich ist er ein kommuner Planet wie unzählige andere, nur eben der vielfach gegerbten Haut unserer alten Erde der nächste. Das gibt ihm magische Wirkung.

Die Fülle des Meeres regiert er mit Hilfe der Gezeiten. Mondsüchtige gehen in ihrer Abhängigkeit von dem kühlen Gestirn so weit, das warme Bett zu verlassen, um einsam auf dem Dachfirst zu wandeln. Das bleiche Nachthemd weht ihnen gespenstisch ums Knie. Die Arme halten sie starr nach vorn gestreckt. Und erst bei Monduntergang kehren sie in die Bürgerlichkeit und unter das Plumeau zurück.

Liebende hingegen bekommen offenen Auges beim Anblick der silbernen Scheibe das Seufzen und die Sehnsucht bei Nacht. Sommernächte wie diese sind Jahr für Jahr durchsetzt vom hilflosen Chor der Liebenden. Sonst starke und keinesfalls anfällige junge Männer legen die Hand um die Hüfte eines Mädchens. Sie heben die Häupter gemeinsam in Richtung des Silbergestirns, stoßen den Atem hilflos aus und seufzen im Chore. Den Mond selber kümmert es nicht. Er scheint nur. Halb, voll oder viertel.

Von Klopstock bis Ringelnatz haben die Poeten dem Mond vortreffliche Verse gewidmet. Sie sind in kalter Nacht immer wieder vor die Schwelle der eigenen Prosa getreten, haben zum Himmel gesehen und fühlten im Anblick des runden Gestirns die eigenen Versfüße selig beflügelt. Aber nichts übertrifft die Anrufung des milden Sternes durch den Schwan vom Avon. Urbanus bittet aus Platzmangel den literarisch versierten Leser, die göttliche Stelle im »Kaufmann von Venedig« selbst zu erblättern. Er benötigt den restlichen Raum seines besinnlichen Eckchens, um dem gleichen gefälligen Leser sozusagen mitten im friedlichen Mondschein eine kalte Dusche der Erkenntnis zu versetzen.

Der Mond ist furchtbar. Es wurde ganz klar, denn man hat neuerdings stärkste Telelinsen zu Hilfe genommen. Und nun hat man's im Bild, zum Greifen nahe. Eine scheußliche Gegend. Krater. Trümmer. Wüsten. Schroffes Gestein. Unwirtlich an jeder Stelle. Der Mond ist ein greulicher Platz, das zeigen die Photos. Kein Gegenstand des wehmütigen Seufzens. Kein Objekt poetischer Anrufung im Mantel der Nacht. Die Wissenschaft hat wieder einmal der menschlichen Sehnsucht gehörig aufs Maul geschlagen. Und das, natürlich, ist furchtbar.

Wer den Mond durch die Telelinse gesehen hat, zieht die krustige Erdoberfläche vor. Das will etwas heißen. Und Mondsüchtige werden unschwer zu heilen sein, daß sie nicht mehr bei flatterndem Nachthemd auf dem Dachfirst wandeln, zeigt man ihnen nur den Gegenstand ihrer Sucht einmal bei Tage und auf Glanzabzug. Sie bleiben im Bett.

Uns aber ist wieder allen eine Illusion gestorben, weil die Wissenschaft uns anhält, genauer hinzusehen, als der reinen Sehnsucht zuträglich ist. Abzuwarten bleibt, ob nun weniger Dummheiten von jungen Menschen unterschiedlichen Geschlechts im milchigen Lichte des Mondes begangen werden. So vieles wurde uns genommen. Es bleibt wieder neu zu erproben, ob das bei dem kalten Stand der Erkenntnis noch ein Trost ist wie früher: des Nachts vor die Schwelle zu treten. Voll Inbrunst die sommernächtliche Luft einzuziehen. Und nur in den Mond zu sehen. ×

Hundstagsmeldung

Wir sind in die Hundstage gekommen, die Zeitspanne, in der für glücklichere Generationen publizistisch die Sauregurkenzeit stattfand. In den Sommerferien konnten unsere Großväter unbedenklich das Abonnement ihres Blattes unterbrechen. Sie kühlten sich den Vollbart in der Ostsee. Zu Hause passierte nichts. Es hatte nichts zu passieren. Es war Sauregurkenzeit auf den Redaktionen, und der Zeitgeist hielt inne und gähnte sich eins.

Wie anders heute. Urbanus trägt weder einen Vollbart, noch sieht er Gelegenheit, heuer in irgendeinem Meere zu baden. Aber gesonnen war er trotzdem, für zwei Tage aus der Stadt zu entweichen. Er hatte schon die Ärmel hochgekrempelt, einen Knotenstock in der einen und die sommerlich gekleidete Ella an der anderen Hand, um beim großen Pan Visite zu machen und die Wolken über dem Walde zu lieben. Da warf ihn ein Ereignis an das Denkgeschäft und an die Schreibmaschine zurück. In Amerika ist es passiert und verlangt nach Meldung und bedächtigem Kommentar.

In Atlantic City war dieser Tage Schönheitswettbewerb. Die Töchter des Landes kämmten sich die Haare, wuschen und schmückten sich und stellten sich so den Richtern der Schönheit, nicht nur einem Paris, sondern gleich einem Gremium davon. Und das richtete nun.

Die Presse war vertreten. Das Volk lief zuhauf und genoß – Schönheit und Gestalt auf diesem Jahrmarkt der Eitelkeit. Sogar die Wochenschau war da, um in Bild und Ton die Aphroditen von Atlantic City festzuhalten. Und das eben war Joseph Drillings Tod. Er bediente die Kamera. Er peilte die weiblichen Ziele des öffentlichen Wohlgefallens durch die Linse an. Er schärfte das Objektiv und erblickte die Schönheit. Er hatte gerade noch Zeit, die Kamera anlaufen zu lassen. Dann sank er tot um, im Auge noch den Glanz des Vollkommenen. Er starb in den Sielen. Und nun fragt sich die Welt, wie das kam.

Schönheit und Tod – bereits der müde Graf Platen hat tiefsinnig bemerkt, wie der, der die Schönheit angeschaut mit Augen, dem Tode schon anheimgegeben sei. Und die Weltliteratur ist reich an Beispielen, daß die völlige Vollkommenheit zu schauen dem menschlichen Auge nicht zuträglich ist. Daß einer erblindete im Angesicht des Schönen, oder daß er in die Knie sank und von Stund an die Ruhe des Herzens verlor, davon steht in den Büchern wiederholt zu lesen. Aber Herzschlag als prompte Reaktion, ein Blick – und schon tot, dafür findet sich selbst in den Schriften der Alten kein Beispiel.

Natürlich bleibt die nächste Wochenschau abzuwarten mit dem Streifen, den der bedauernswerte Drilling mit so letalem Ausgang exponierte. Erst das Negativ in der Hand wird man Positives sagen können, ob der Operateur nicht tragisch irrte, oder ob er in ästhetischer Hinsicht zu Recht ins Gras biß vor dem Tempel der Schönheit. Man darf wohl gespannt sein. Den jungen Mädchen unter uns aber gelte der tragische Vorgang von Atlantic City als Warnung, welche umwerfende Macht ihrer Jugend und Wohlgestalt innewohnt. Daß sie sie nicht mißbrauchen. Daß sie die Männer damit beglücken und ihr Leben beschwingen, doch es niemals gefährden.

Ob die Meldung gut ist oder schlecht, ist ebenso schwer zu entscheiden wie ob der Tod des empfindsamen Drilling ein schöner Tod war oder ein tragischer, jeder entscheide das selber. Sicher ist, daß es eine gute Zeit war, als es noch eine geruhsame Sauregurkenzeit gab in der Hitze des Sommers. Und nun gibt es nicht einmal saure Gurken. ×

Leerlauf

Ein typisches Zeichen der Zeit ist es, daß keiner welche hat. Das hört sich ebenso blödsinnig an, wie es ist. Die Menschheit hat sich seit Jahrhunderten zerfetzt, eine Reihe ausgezeichneter Bequemlichkeiten zu erfinden, mit denen Zeit zu sparen ist. Strecken, die man vor Jahrzehnten noch mühsam und in Wochen zurücklegte, sind heute ein fliegerischer Spaß von wenigen Stunden. Langwieriger Schriftwechsel entfällt für den, der an den geschwätzigen Telephondraht angeschlossen ist. Weisheiten, die man früher schwarz auf weiß nach Hause tragen und besitzen wollte, mußte man sich mit dem trägen Federkiel abschreiben. Ein Buch zu kopieren war ein halbes Lebensgeschäft. Heute stößt die asthmatische Druckerpresse die Erkenntnis der Menschheit täglich in Tausenden Exemplaren aus; wir legen drei Mark zur Kasse – und schon sind wir weise wie der alte Schopenhauer, wenn wir so klug sind, das Druckwerk zu lesen. Früher gab es den beschwerlichen Gang zum Brunnen. Heute springt das Wasser aus der Wand. Früher mußte man mühsam Feuer schlagen und die blakende Fackel entzünden, wollte man sein Stübchen erleuchten. Heute greift die linke Hand beiläufig zum Schalter. Und schon steht die Beletage in Licht gebadet.

Der Beispiele, wie die Technik die Zeit übertölpelt hat, sind ohne Zahl. Man sollte denken, der Mensch hätte Muße, den Tag auf dem Sofa zu sitzen, die Hände auf dem Bauch zu lagern und genießend die Daumen zu drehen. Aber – Schnickschnack! – der Effekt ist ein anderer. Nie hat der Menschheit die Zunge so aus dem Halse gehangen im Wettlauf mit dem hurtigen Vater Chronos, dem Gotte der trabenden Zeit. Niemals war Zeit so rar wie jetzt, da sie auf der Straße liegen sollte.

Urbanus ist nicht unterrichtet, wie der dicke König Friedrich Wilhelm IV. jetzt an der Börse der Historie gehandelt wird. Daß er bisweilen ein witziger Hund war, steht außer Frage. Als man ihn zum Bau der Eisenbahn Berlin – Potsdam überreden wollte, versuchte man mit der Lockung den Konsens zu erhalten: er könne, wenn er mit der zu bauenden Bahn Berlin um sieben Uhr morgens verließe, um acht schon in Potsdam sein.

Hier gab der dicke Monarch eine Antwort, die aus einer klassischen dummen Frage bestand. Er sagte: »Und was tue ich um acht in Potsdam?« Die Replik ist trefflich und entblößt das Problem der leerlaufenden Schnelligkeit bis aufs Fleisch. Die Fürsprecher des gedankenlosen Zeitgewinns standen aufs Maul geschlagen. Denn was mit den gewonnenen Stunden begonnen werden sollte, das freilich hatten sie nicht überlegt.

Die Eisenbahn wurde trotzdem gebaut. Und sogar heute ist sie, wie der Fortschritt meldet, wieder durchgehend im Gange. Ob nur Philosophen auf dieser Strecke pendeln, ist äußerst fraglich. Aber nicht nur hier. Auf allen geölten Wegen des Erdballs huschen die Hurtigen hin und her. Sind sie irgendwo angekommen, bedenken sie nur, wie sie nun wieder weiterkommen. Sie besprechen, sie planen, sie organisieren und laufen heiß an. Inzwischen geht die schöne Seele baden.

Ein Mann in kräftiger Tätigkeit, die Hand an der Arbeit, den Tag gefüllt von Plänen und Energie – kein schöneres Bild. Doch die Zeit ist begrenzt, und das Leben ist kurz. Und gut ist es, wenn hin und wieder die kluge Fee aus Grimms Märchen am Wegesrand steht, den Finger hebt und mahnt: das Beste nicht zu vergessen. ×

Löbliches

Nun schnell die Mützen geschwenkt und ein Hoch auf Professor Loeb im fernen San Francisco ausgebracht! Der wakkere Mann soll leben! Wenn Trinkbares auch greifbar wäre, würde Urbanus vorschlagen, zu seinen Ehren eine Flasche zu entkorken. Entkorken – da liegt es nämlich. Mister Leonard B. Loeb ist von Hause Rüstungsforscher. Dem lieben Leser, der die Vorgänge der Welt auch jenseits der Schlagzeilen verfolgt, sagt Urbanus nichts Neues, wenn er mitteilt, daß der Forscher des Todes seinen unheimlichen Beruf mit dem Ende des Krieges an den Nagel gehängt und sich der Erforschung des Trunkes ergeben hat. Schon bei den Vorstudien hakte es. Der Korken brach ab.

Wer kennt das nicht! In der Flasche ruhen in liquider Form Frohsinn, Vergessen, Brüderschaft und die göttliche »Diesen-Kuß-der-ganzen-Welt«-Stimmung. Aus dem Engpaß des Flaschenhalses rinnt sie in den Pokal, vom Pokal in die Gurgel, von der Gurgel verbreitet sie sich über den gesamten Kreislauf und endet schließlich im Gemüt, das bereit ist, Ella womöglich noch schöner zu finden. Der Riß in der Wand wird dem sich angenehm verschleiernden Auge unsichtbar. Der Mund singt plötzlich frohe Lieder. Der Himmel hängt wieder voller Geigen, und die Welt, wie sie da ist, ist schön. Aber eben – dorthin erst gelangen. Wenn die Götter vor das Glück den Schweiß gesetzt haben, vor den befreienden Alkohol haben die Fabrikanten den Korken gelagert. Und wie mancher ist nicht an dieser kleinen Klippe gescheitert. Die Instrumente, die die Wissenschaft bisher anbot, um den Pfropfen zu lockern und den Zugang zum flüssigen Wohlbehagen zu öffnen, sind, wie sie da sind, eine Schande für den menschlichen Fortschritt. Das bricht ab. Das zerstäubt den Pfropfen in Atome, und lästige Stückchen Borke schwimmen obenauf. Die Flasche splittert am Halse, und die argwöhnische Zunge muß jeden Schluck auf Glasreste abtasten.

So viel ist erfunden. Was Zerstörung und tödliche Wirkung angeht, so hat die Wissenschaft nichts ausgelassen. Da ist sie auf Deck. Aber den wirklich effektvollen Büchsenöffner zu konstruieren, der tatsächlich und ohne Riß in der Hand und Schweiß auf der Stirn funktioniert – darauf wartet die Menschheit seit Erfindung des Corned beefs.

In diesem Sinne ist der löbliche Professor Loeb sehr zu loben. Er schlägt eine mühelose Bresche in den Flaschenhals. Er hat ein Ding konstruiert, das ohne Kraftaufwand und ärgerliches Stöhnen den Zugang zu dem Glück im Trunke freilegt. Ein Druck. Ein leichter Zug. Ein bißchen klug gelenkte Hebelkraft – schon rinnt der eitle Sonnenschein ins Glas, und das Auge sieht den Himmel offen.

Denkmäler säumen die Straßen der Welt und schimmern durch das Grün der städtischen Parks. Feldherren, Staatsmänner, Philosophen. Man sollte endlich eine Siegesallee anlegen für die, die das Hilfreich-Handfeste in die Welt gebracht haben. Der Erfinder des Fensterglases. Der Mann mit dem ersten Streichholz. Der Erforscher des falschen Gebisses. Der Entdecker der Brille, aus Marmor und gespendet vom Weltverband der Kurzsichtigen. Und gleich daneben Herr Professor Loeb aus San Francisco, in der einen Hand das volle Glas, in der anderen den Korkenzieher seiner Konstruktion. Das Denkmal ist fällig.

Sollte sich aber einer finden, der in diesen Zeiten melden kann, wo volle Flaschen sind, an denen man den Loebschen Fortschritt ausprobieren kann – Urbanus ist nicht kleinlich: dem will er gleich daneben ein Podest einräumen. ×

Am Gelde hängt

Es gibt Leute, die das Geld lose in der Tasche tragen, und solche, die es in einer Börse verwahren oder es in das Schnupftuch einschlagen. Die ersten sind die Herren des Geldes. Wenn sie so recht nonchalant in der Hosentasche zu wühlen beginnen, geraten sie bei uns in den Geruch der Wohlhabenheit. Die anderen ziehen, wollen sie das Abendblatt sich kaufen, mit Umstand erst das Portemonnaie hervor und greifen sich den Groschen. Im Auge der Umwelt sind sie Knicker und Filze und ärmlich. Aber wie so oft, trügt hier der Schein. Denn es ist fast als sicher anzunehmen, daß der Mann mit dem losen Gelde einen Hang zur Verschwendung hat, während der andere sich einen Schutzwall vor den Mammon legt, ein Fort, das die Versuchung erst erstürmen muß.

Denn der Versuchungen zum Geldausgeben sind anerkanntermaßen viel zu viele. Für eine kümmerliche Mark ist man heutzutage in der Lage, sich die gesamte Geschichte der Philosophie aus zweiter Hand zu kaufen. Oder: Abend für Abend können wir uns für den gleichen Betrag die Stube erhellen und alle Dunkelheit verdrängen. Oder: Wir können uns an Hand von Flimmerbildern die Große Welt vorgaukeln lassen und in zwei Stunden so viel Schurkerei, Liebe und Hochherzigkeit in uns aufnehmen, wie wir in einem Leben gar nicht verbrauchen können. Wahrlich – reich ist, wer eine Mark besitzt!

Wer sie nicht hat, muß sie sich pumpen. Eine Mark ist in diesem Zusammenhange lumpig und unfein. Wer hundert pumpt, erhält sie ohne große Schwierigkeiten. Wer darüber einen Kredit aufnimmt, wird auf der Bank mit Verbeugung empfangen, und die Kommissionen gar, die übers Meer fahren, um dort Millionenpumpe aufzunehmen, kommen aus Ansprachen und offiziellen Empfängen nicht heraus.

Das ist umso erstaunlicher, weil die Erfahrung wieder lehrt, wie es sich mit der Rückzahlung verhält. Die eine Mark bekommt man so gut wie sicher am nächsten Freitag wieder; die hundert Mark bestimmt so bald nicht, und wenn, dann nur in dünnen Raten. Noch höhere Beträge kommen, je größer, um so stockender zurück. Und von den großen Staatsanleihen, von denen, die die Ansprachen und die Bankette auszulösen pflegen, hat man nie gehört, daß sie zurückgegeben worden wären.

Urbanus will, nahe dem Ultimo, nicht in den Verdacht geraten, als würde der ungerechte Mammon ihm zur Zwangsvorstellung. Aber sonderbar ist es doch, wie der Nervus rerum, wie ein paar lumpige Blätter bedruckten Papiers das bürgerliche Selbstbewußtsein positiv beeinflussen. Solange Reichtum keine Schande ist, wird wahrscheinlich die Welt nicht besser werden. Solange wir am Gelde hängen, wissen wir wahrscheinlich nicht, was Freiheit ist. Andererseits kann erfahrungsgemäß nur der das Geld verachten, der es besitzt. Und der nur steht darüber, dem es zu Füßen liegt.

Da fällt Urbanus ein: wer pumpt ihm dreißig Eier bis zum Ersten? ×

Revolution am Briefkasten

Jedesmal, wenn in unserem Lande eine Revolution ausgefallen ist, wenn sich eine Neuerung im Regierungssystem zugetragen hat, so merkt das der Staatsbürger nicht an dem Lärm auf der Straße. Keine Bastille wird gestürmt. Kein Volk steht auf. Kein Sturm bricht los. Hierzulande leben wir politisch von den sogenannten »kalten« Umwälzungen. Und es ist Gefahr, daß viele politisch leider indifferente Bürger gar nicht merken, daß sich da so etwas wie eine gründliche Veränderung des öffentlichen Lebens zugetragen hat. Nicht die Menge selber brodelt und siedet und zischt im gemeinsamen Topf und verlangt nach Veränderung und neuer politischer Erwärmung. Der Topf, wie er da ist, wird von dritter Hand und von außen auf eine neue Flamme gesetzt und mit verändertem Feuer politisch beheizt.

In weiten Kreisen ist die tätige Beschäftigung mit dem allgemeinen Wohl eine suspekte Angelegenheit. Gebranntes Kind scheut Feuer. Und so tut man das Törichtste, was sich tun läßt. Man tut gar nichts. Man hält es mit dem verstaubten Gustav Freytag: Politik verderbe den Charakter. Dabei aber macht man nur den Fehler, daß man beiseite steht, und so – unversehens – der Politik den verdorbenen Charakter zuspielt und schließlich aus dem öffentlichen Staunen nicht herauskommt, wenn's wieder einmal schiefgegangen ist. So fallen bei uns die Revolutionen aus, die klärenden Gewitter. Und der Fortschritt lehnt am Rathaus und dreht Daumen.

Bei der allgemeinen Indifferenz ist es da sehr zu begrüßen, daß die Deutsche Post durch Jahrzehnte hindurch unsere politische Entwicklung farbig kommentiert. Jedesmal, wenn etwas passiert ist, ohne daß im Grunde etwas geschehen wäre, nach jeder »kalten« Veränderung im Staate, macht die fröhliche Post sich die Mühe, die Neuerung auf den Straßen sichtbar zu machen. Sie klärt nicht auf. Sie ruft nicht auf die Barrikaden. Sie rührt nicht mit dem großen Löffel der Propaganda im Topf der Meinungen, dem lauwarmen. All das ist nicht ihr Amt. Sie hat den Kartengruß zu expedieren und zu achten, daß das Telephon auf Draht bleibt. Wenn sie darüber hinaus aber von den allgemeinen Geschehnissen Notiz nimmt, so tut sie das nur indirekt und mit malerischem Takt. Jedesmal, wenn wieder eine Revolution ausgefallen ist, streicht sie nach einiger Zeit die Briefkästen um. Sie tut es heute wieder.

Urbanus erschrak direkt, als er gestern an die Straßenecke trat, um der amtlich konzessionierten Nachrichtenvermittlung einen Kartengruß an die verreiste Ella anzuvertrauen. Wie mußte der nachdenkliche Absender erstaunen, als er die Klappe zum Schlitz des Postkastens hob und plötzlich eine andere Farbe in der Hand hielt. Das war nicht mehr rot. Das war gelb. Da muß doch etwas passiert sein!

Und gerade das soll der Postkunde denken im weisen Ratschluß der Direktion. So viele meinen, das Leben ginge so weiter wie neben dem roten Postbriefkasten. Der Beispiele dieser Gedankenträgheit sind viel zu viele. Da versetzt uns die Post einen täglichen Stoß am politischen Nerv. Die Farbe ist neu und riecht appetitlich und frisch. Wir waren postalisch schon einmal gelb. Wir waren blau. Wir wurden rot. Und jetzt sind wir gelb.

Eine schöne, eine klare, eine leuchtende Farbe. Pflicht eines jeden Staatsbürgers aber dürfte es sein, daß sie sauber und frisch bleibt. Daß dies eine postalisch beharrliche Farbe werde. Daß zu unseren Lebzeiten zumindest die politisch empfindsame Post keinen Anlaß habe, die Briefkästen noch einmal umzustreichen. ×

Gera non cantat

Da Urbanus ein Knabe war, bekleideten ihn seine verehrungswürdigen Eltern mit einem Kieler Matrosenanzug und gaben ihn zweimal die Woche bei Fräulein Orlopp in die Lehre, daß er die Kunst der Musen lerne. Fräulein Orlopp ihrerseits verfügte über einen gewaltigen, schwarz-geschweiften Kasten, in dem die Musik wohnte. Man schlug auf weiße oder schwarze Hölzer, die wie ein großes Gebiß an dem einen Ende der musikalischen Kiste angebracht waren. Und das machte Töne. Höchst erstaunlich natürlich. Der junge Urbanus spielte nach kurzer Unterweisung das Liedchen »Summ, summ, summ, Bienchen, summ herum!« schon recht artig. Tonleitern perlten unter seinen kleinen Händen. Und am Ende seiner pianistischen Karriere war er imstande, den »Fröhlichen Landmann« mit geschlossenen Augen zu produzieren. Es ging hurtig durch Fleiß.

Später verließ der musikalisch ausschweifende Urbanus leider den strengen Pfad der Klassik und fand mit Liedern wie »Ach Ernst, ach Ernst, was du mich alles lernst …« das billige Wohlgefallen der Halbwüchsigen beiderlei Geschlechts. Aber zu einem Klavier, wo immer es stehen mag, hat er noch heute, wie jeder Mensch mit dem Hang zu Höherem, ein freundschaftlich-ehrfurchtsvolles Verhältnis.

Das wird nun anders. Der aufmerksame Leser hat vielleicht bemerkt, wie hier in Prosa nur kurz präludiert wird, um später mit vollem Akkord gegen Gera anzutönen. Dort wurde, so stand gestern zu lesen, das Fortepiano besteuert. Die Behörde setzt den Tönen den fiskalischen Dämpfer auf. In Gera wird nur noch in Moll gespielt, und es sollte einen nicht wundern, wenn ein Musikstreik unter den Freunden der dortigen Musen ausbricht und es bald heißt: Gera non cantat.

Lärm und Geräusch erfüllen die Welt. Und akustisch kann einem der Ekel kommen, wenn man in das große Getriebe lauscht. Der Auspuff des Autos, das Rattern der Hämmer, das Quietschen der Bahnen, das Zischen der Maschinen, die Wellen müßigen Geredes. Die Erde ist laut geworden, und Harmonie der Sphären ist nur nachts und nur selten hörbar. So sehr deckt der Krach freilaufender Geschäftigkeit die produktive Stille zu. Wie dankenswert, wenn einer da höher geordneten Lärm, wenn einer Musik in die Welt bringt. Der Mann am Klavier ist ein Vorreiter gegen den akustischen Himmel. Er bringt Ordnung, Gefühl und Wohlklang in den

Mißton des Alltags. Dafür gelte ihm städtischer Dank, nicht städtische Steuer.

Schon immer hat der Gerichtsvollzieher, beispielsweise, eine lästige Vorliebe für die Hausinstrumente gezeigt. Am Klavier klebt der häßliche Vogel zuerst. Laßt, Freunde der Musen, den in Gera Besteuerten unsere harmonische Solidarität erklingen! Laßt uns auf das Pedal der Entrüstung treten und den Protestgesang ertönen! Musik gehört in die Welt, und wohl dem, in dessen Stube sie noch hergestellt werden kann mit Hilfe eines schwarzlackierten Kastens. Dem Fiskus soll es entgegenklingen, vieltönig und im vollen Akkord: Hände weg vom Klavier! ×

Blick über den Zaun

Mit dem Wetter geht es wie mit den Dingen allen: gut und schlecht ist es nur nach dem jeweiligen Blickpunkt. Wenn der stadtmüde Urbanus zu dieser schönen Sommerszeit einen sonnig-trockenen Tag mit dünnblauem Himmel für gut genug hält, um der lieben Ella den Arm zu bieten und mit ihr eine Partie an die Ränder der Wiesen und unter die rauschenden Bäume des Waldes zu unternehmen, so hat er natürlich recht. Und keiner wird's ihm verdenken, wenn er, fröhliche Lieder singend, auf trockener Straße fürbaß wandert und das Wetter für ausnehmend gut hält.

Aber schon der Nachbar kann mit gerunzelter Stirn am gleichen Tage zum Himmel sehen, den besorgten Blick auf die Trockenheit im Bereiche der Bohnen wenden und das gärtnerische Haupt schütteln. Für ihn und die Bohnen wäre ein warmer Regen besser, während der sorglose Urbanus des Müllers Lust kostet und selig in der Sonne wandert.

Was dem einen also meteorologisch eine Eule, ist dem

anderen seine Nachtigall. Gut und böse sind subjektiv. Jeden Morgen, an dem der ehrwürdige Petrus das Wetter plant und seit Schöpfung der Erde die heikle Entscheidung trifft, ob naß oder trocken, gibt er der Menschheit Anlaß zu dieser Erkenntnis. Aber die Menschheit – und da liegt gleich der Grund zu allerlei Mißverständnis, Aufruhr und Streit – ist geneigt, nur die eigene Seite der Medaille zu sehen. Der Blick in Nachbars Garten und auf dessen Bedürfnisse ist lästig und selten. Ihn kümmert nur das eigene Wohlbehagen. Und ob die gleiche Sonne, die seinen Teint so wohltuend bräunt, gleichzeitig auch das Gemüse jenseits des Zauns vorzeitig dörrt, ist ihm weitgehend schnuppe. Der Regenfreund wird den anderen für einen Leichtfuß und argen Bruder Lustig nehmen. Und der Sonnenmensch auf der Straße im Anblick der hellen Natur wird jenen einen Sauertopf und einen Spaßverderber am Sommer nennen. Schon ist das schönste Mißverständnis da, und nur zurückhaltend und skeptisch werden sie einander grüßen. Wenn überhaupt.

Was für das Wetter gilt, gilt allenthalben. Urbanus hält es aus Anlaß der Jahreszeit für angebracht, einer freundlichen Leserschaft, die womöglich, zu Teilen im Urlaub, besorgt zum Himmel blickt, diese alte Erkenntnis, neu durchdacht, auf den kargen Frühstückstisch der Gedanken zu legen. Die Welt wäre erträglicher, wenn wir des Nachbarn und seiner Wünsche öfter gedächten. Und viel arger Lärm würde für immer verstummen, nähme man sich Zeit, auch den Nächsten in die Welt und in das Wetter der Tage mit einzukalkulieren. Was brüderlich und voll Verständnis nottut, ist der Gedanke, der hilfreiche, zum Nebenmann. Ist der Blick über den Zaun. ×

Achtung – wir leben

Die Hauptsache im Leben ist, dass man lebendig bleibt. Urbanus ist sich klar darüber, daß er hier den Finger wieder auf eine sogenannte Selbstverständlichkeit legt. Aber das ist sein Metier. Der achtenswerte Zeitgenosse trabt seinen Lebensweg ab, die Aktentasche der täglichen Pflichten unter dem Arm. Mit gefalteter Stirn stürzt er der Fortuna im Alltag nach. Der Blick zur Seite wäre Zeitverschwendung und hielte auf. Man darf den Zug nicht versäumen, und in diesem Jahrhundert ist laut allgemeiner Übereinkunft nichts schlimmer, als wenn man den Anschluß verpaßt.

Man ist am Leben und merkt es nicht. Das aber ist so gut wie tot. Viele Menschen umgeben sich daher mit einer rauschenden Lärmkulisse. Wo sie auftauchen, ist Wirbel, Trubel, Emsigkeit. Haben sie uns aber verlassen, so bleibt nichts zurück als ein leerer Fleck. Lärm bedeutet noch nicht, daß etwas passiert ist. Man atmet einmal kurz auf, und der leere Sturm ist vorbei. Was kommt nun?

Ein neuer Sturm bestenfalls, aber wieder einer, der nicht bis unter die Weste unseres Charakters dringt. Das Herz vernimmt ihn nicht. Das klopft, aber es achtet niemand darauf, der emsige Zeitgenosse am wenigsten. Ihn wirft nichts aus der Bahn. Ihm bleibt nicht der seelische Atem weg, wenn er beiläufig des Nachts zum Himmel blickt, und da ist es wieder wie seit Jahrtausenden schon – die Fülle der Sterne, das Unerklärliche im All, das Ewige, das alte Rätsel. Ihn schreckt sie nicht, die Unendlichkeit direkt über dem eigenen Dach.

Ihn erstaunt es nicht, daß die Liebe stattfindet zwischen Menschen. Daß der Gott uns schlägt, und wir seufzen und singen. Er denkt nicht nach über die Kinder der Welt, die Augen der Kinder und darüber, daß so gar niemand weiß, was in den kleinen Köpfen tatsächlich geschieht. Er sieht das Glas nicht zwischen den Menschen, erkennt auch bei nächster Nähe noch nicht den Fluch des Alleinseins. Daß es Gedanken gibt bei Tage und Träume bei Nacht, über die wir nicht Herr sind. Die Welt ist voll Unerklärlichkeit, und zu leben ist sehr absonderlich.

Natürlich – es ist selbstverständlich. Aber wirklich am Leben ist doch wohl nur der, der über den »Selbstverständlichkeiten« nicht aus dem Kopfschütteln herauskommt. Nur wer sich wundert, lebt. ×

Dilemma in Boston

Die Nachricht von dem jungen Mädchen aus Boston, das achtzigtausend Dollar gemäß einem quälerischen Testament nur ausgezahlt bekommt, wenn sie einen Mann findet, der nachweisbar und auf seinen Eid noch niemals ein Mädchen küßte, diese erstaunliche Meldung schreit geradezu nach einem Kommentar. Urbanus also krempelt sich die Ärmel hoch und stürzt ins Problem, nicht ohne ein unsicheres Gefühl. Ella steht am Ufer und beobachtet ihn. Das Thema ist heikel. Wie bald kann ihm sein Drang nach Erkenntnis für die Allgemeinheit falsch ausgelegt werden. Wie leicht kann der Kuß ins Auge gehen und der Haussegen dabei leiden. Es ist Vorsicht am Platze. Der Kavalier küßt und schweigt. Urbanus hingegen ist beruflich gehalten, sozusagen auf offenem Markte das empfindliche Thema abzuhandeln. In solchen Fällen sucht man sich Hilfe bei dem Rückgrat der Bildung. Man greift zum Konversationslexikon. Was eigentlich ist ein Kuß?

Schon nach einigem Blättern ist festzustellen, daß der alte Brockhaus gewiß ein beschlagener Kopf, doch ein Don Juan und Tunichtgut unter Frauen bestimmt nicht war. Seine

Auskunft ist ebenso trocken wie wahrscheinlich seine Erfahrung mit dem gesuchten Worte auch. »Kuß (germ. Stw.) Berührung eines anderen Menschen mit den Lippen«, mehr weiß er nicht. Jeder bessere Herr wird zugeben, daß das gar nichts ist. Stellt den Brockhaus weg!

So ist man auf die eigene Erfahrung zurückgeworfen, und die besagt, daß das Küssen angenehmer junger Mädchen über fast den ganzen Erdball und die Menschheitsgeschichte hindurch eine beliebte Angewohnheit der Männer ist. Wer damit angefangen hat, steht nirgends geschrieben. Wie sich die gewiß nicht gerade hygienische Übung fortpflanzte, auch nicht. Wahrscheinlich liegt sie einfach in der Luft. Wenn sich Urbanus kurz einmal seiner stürmischen Jugend erinnern darf, so tragen sich manche Küsse tatsächlich zwangsläufig zu. Wie es zu der schönen Torheit unter einem milchigen Monde kam, ist oft schon nach Minuten nicht mehr festzustellen.

Der Volksmund hält dafür, daß ein Küßchen in Ehren nicht zu verwehren sei. Urbanus schließt sich hier an. Der Volksmund meint andererseits auch, daß das Küssen keine Sünd' sei. Dabei geht er, anscheinend bewußt, etwas weit. Es sind Fälle genügsam bekannt, wo ein Kuß eine böse Verfehlung war, wenn auch eine subjektiv schöne.

Vom Küssen handeln Lied, Roman und Film im Übermaß. Kein Wunder, wenn sich manch' Mädchen mehr davon verspricht, als ein männlicher Mund zu halten vermag. Aber bevor noch Urbanus sich in dieses Thema sozusagen verbeißt, darf er den Ausgangspunkt nicht vergessen: das arme reiche Mädchen in Boston. Ein herbes Los, das ihr der grausame Erblasser da auferlegt hat! Einen Burschen heutzutage zu finden, der seine mündliche Unschuld bewahrt hat, scheint fast unmöglich. Wer nie geküßt hat, ist kein richtiger Mann. Vor die Entscheidung gestellt – hier ein richtiger Mann oder dort achtzigtausend einsame Dollar an der Seite eines Trottels –, es steht zu hoffen, daß das Mädchen am Scheidewege in Boston das Rechte ergreift. Auch die reizende Leserin stimmt hoffentlich zu, wenn wir schließlich notieren: Ein rechter Mann ist im Leben der Frau höher einzuschätzen als ein noch so hohes, aber totes Konto auf der Bank. ×

Sportbericht

»Enthaltsamkeit ist ein Vergnügen an Dingen, welche wir nicht kriegen.« Was das Vergnügen an der alkoholischen Enthaltsamkeit angeht, so kommen wir sozusagen aus dem Lachen nicht heraus. Seit der letzten Zuteilung ist der Mond verschiedentlich um die Erde gewandelt. Die Jahreszeiten sind über die Felder gezogen. Aber wie es ist, einen handfesten Kümmel hinter der Haut zu haben, das hat man bald völlig vergessen. Seien wir froh! Sorgen haben wir mehr als eine Schürze voll. Aber Enthaltsamkeitskuren an geistigen Getränken brauchen hierzulande nicht propagiert zu werden. Was den Trunk betrifft – da sind wir aus Mangel hervorragend tugendhaft.

Anders im Lande Schweden. Der Stockholmer Gefängnisdirektor hat sein Haus und die Nase voll von zahllosen Delinquenten, die unter dem Einfluß von Alkohol straffällig wurden. Um aber die Überlegenheit der Tugend sichtbar zu machen, verfiel der pädagogische Mann auf folgendes nüchterne Mittel: er bildete zwei Fußballmannschaften. Die eine aus Abstinenzlern bestehend, die andere aus Trunkenbolden. Die Matadore der Enthaltsamkeit würden – so kalkulierte der wackere Mann – aus dem Tor der Süffel nicht mehr herauskommen. Das Team der Trunkenbolde würde in sich gehen. Die anfälligen Zuschauer auch. Alle Welt würde sich bessern und es dem König zu Thule gleichtun und nie einen Tropfen mehr trinken.

Es wäre sinnlos gewesen, diese Geschichte aus Schweden zu kabeln, wenn sie nicht ganz anders ausgegangen wäre. Die Süffel spielten wie die Helden. Sie dribbelten, paßten, köpften, schossen Tore, daß den Favoriten der reinen Wasserleitung sportlich die Ohren schlackerten. Die Tugendhaften wurden aufgerieben, und das Leder zitterte, wie es in Sportberichten oft so hinreißend heißt, in kurzen, triumphalen Abständen im Heiligtum der Abstinenz.

Wenn der leichtfertige Leser nun annimmt, Urbanus habe den Vorgang nur mitgeteilt, um sich an Hand des Spielverlaufs augenzwinkernd auf die Seite des Trunkes zu stehlen, so tut man dem Halbwochenchronisten gröblich unrecht. Er hat vertraglich Moral und Erkenntnis zu liefern. Und wenn er auf eine Moral von der Geschichte die ganze Zeit zielt, so ist es nur die: daß Tugend Tugend und Fußball Fußball ist. Das hört sich banal an, ist aber immerhin etwas, das sogar Gefängnisdirektoren nicht auseinanderzuhalten vermögen.

Die Güte einer These ist nicht damit erwiesen, daß man den Verfechter des Gegenteils k. o. schlagen kann. Wäre es wirklich so einfach, so brauchte man die Philosophen nur in den Boxring zu führen, und in der achten Runde schon wäre das bessere Denksystem ermittelt. Der Sieg der Tugend findet auch nicht in zwei kurzen Halbzeiten auf einem grünen Rasen und bei Blasmusik statt. Die Schlacht zwischen Gut und Böse wird unablässig in unserer kleinen Brust geschlagen, der Arena, der großartigsten der Welt, in der Engel und Teufel miteinander ringen. ×

Anfechtungen

»Der Witwenverband von Los Angeles hat die Omnibusgesellschaft ersucht, für breitere Wagensitze zu sorgen.«

Pause. Ehe Urbanus seine kommentierende Stimme erhebt, bittet er den lieben Leser, die obige Meldung erst einmal in aller Wucht auf sich wirken zu lassen. Sie hat's in sich und gäbe zu einem längeren Exkurs über das Menschliche und das tragische Wesen des Witwentums Anlaß. Aber fasse dich kurz! Auch hier ist die goldene Fernsprechregel am Platze.

Vorerst fällt einmal auf, daß es in fernen Breiten überhaupt so etwas wie einen Schutzverband für Witwen gibt. Das haben wir nicht. Da wir aber zur Zeit damit beschäftigt sind, uns durch alle Schichtungen des Lebens gründlich durchzuorganisieren, ist das immerhin eine Anregung. Wirtschaftliche Interessen der Witwen nimmt der Verband wahr. Aber auch die ideellen Werte des trauernden Standes scheint er zu verfechten, wenn er, wie die Meldung besagt, sich der Annäherung des männlichen Geschlechts an seine Mitglieder auf den schmalen Sitzen der Omnibusse erwehrt. Niemand soll sich ungestraft an den Witwen von Los Angeles reiben. Denn das ist doch der Grund. Urbanus ist nicht ungalant genug, anzunehmen, die gattenlosen Damen hätten die Sorge um ihre Figur so weit vernachlässigt, daß sie »rein platzmäßig« mehr Lebensraum beanspruchen müßten. Es geht doch wohl um tiefere Belange. Die Resolution ist ein Schlag gegen das männliche Geschlecht überhaupt. Und da heißt es auf der männlichen Hut sein.

Urbanus ist nur auf die hiesigen städtischen Verkehrsmittel abonniert. Wollte er so empfindlich sein wie die Damen von drüben – er käme aus dem Protest nicht heraus. Nicht daß er über das Maß der Sitze in den öffentlichen Bahnen etwas aussagen könnte. Die kennt er nicht. Aber wie da in den Stehgängen zwangsweise Herz zu Herzen findet. Wie man unversehens beim Anrucken in einer fremden Umarmung ruht. Wie sich manch schöne Schulter in der zwangvollen Enge an der unseren schabt. Wie oft thront nicht ein zarter Fuß kokett auf dem eigenen. Ein weiblicher Arm hält uns umfangen und sucht an uns Halt. Der Anfechtungen in den Verkehrsmitteln sind viele, und hätten wir eine funktionierende Sittlichkeitspolizei – sie müßte erblassen, wie oft im Interesse des städtischen Transports die Schicklichkeit leidet.

Aber – wer schützt uns? Nur die Treue zu der jeweiligen Ella kapselt uns ein. Nur die eigenen Grundsätze wachen über unsere Wohlanständigkeit. Nur die Moral in der eigenen Brust kommt uns zu Hilfe und zuweilen der Ekel, der gemäßigte, vor der Menschlichkeit im Gedränge.

Die empfindsamen Damen sollten eine Studienkommission nach hier entsenden. Sie könnten was lernen. Sie könnten erkennen, wie es trotz inniger Fülle zu Übergriffen im Grunde nie kommt, und wie drückende Nähe nicht zu unpassender Annäherung zu führen braucht. Wie man hierzulande auch beim Transport den Frauen zart noch entgegenkommt, ohne ihnen dabei zu nahe zu treten. Und die Witwen aus Los Angeles, die Verfechter der breiten Sitzfläche, sollten es auf die lange Bank nicht schieben.

Oder irrt hier Urbanus? ×

Positive Melancholie

»Spät entschlafen unter Schmerzen, früh erwacht nach kurzer Rast« – wenn Urbanus jetzt morgens im Nachtgewande ans Fenster tritt, um hausväterlich nach dem Wetter am Himmel und nach den restlichen Kohlköpfen im kärglichen

Vorgarten zu sehen, so liegt eine kühle Würze in der Luft, die ihm zu denken gibt. Eine melancholische Feuchtigkeit lagert auf den Dingen der Frühe. Die Blätter der Bäume färben sich. Manch Zeitgenosse wandelt schon im wärmenden Paletot zur Arbeit. Die Sonne scheint, aber die rechte Kraft hat sie nicht mehr. Sie scheint nur so. Also, und mit Worten so dürr wie das erste fallende Laub: es wird Herbst. Da wären wir wieder. Der berufliche Feuilletonist weiß, was sich gehört. Er wartet nicht erst den Startschuß des legalen Wechsels der Jahreszeit im Kalender ab: Über den Herbst ist so schön sich eins zu dichten. Also denn …

Daß der Frühling die einzige Jahreszeit sei, die die Poeten befruchtet, ist eine ebenso landläufige wie irrige Ansicht. Wenn die Energie voll aus der Erde dringt, wenn's vor unterirdischer Kraft in der Lenzluft zittert, wenn den Menschen die Liebe befällt und ringsum das Sprießen, Blühen und Jubeln kein Ende hat, so verwirrt das in seiner plumpen Fülle das empfindsame Herz. Im »Tonio Kröger« ist nachzulesen, daß im Grunde das Frühjahr eine enervierende Jahreszeit ist. Poeten strotzen nicht gern vor Kraft und vor Wachstum. Sie sind gern traurig und voll tiefer Gedanken. Der quicklebendige Lenz gibt dazu die nötige Ruhe nicht, aber der Herbst. Das Jahr schwingt aus. Kartoffelkrautfeuer qualmen in den Gärten. Das Wachstum der Natur rafft sich zum letzten Wandel auf. Die schöne Farbigkeit vorm Winterschlaf. Man schneidet die Astern im Beet und holt den Sweater aus der Kommode. Nichts kommt dem Herbst gleich an positiver Melancholie. Man atmet tief aus und seufzt heimlich dabei. Und wer wieder einatmet, kostet beglückt, wie körnig die späte Luft des Jahres schmeckt, gehaltvoll und fast zu kauen. Es sind würzige Tage.

Der Abend sinkt früh, und die Dichter, die sich einen melancholischen Rausch an dem Farbengewirr, dem späten, des Tages holten, rücken nah an die Fünfzehn-Watt-Lampe und entledigen sich morbider Verse über den Tod vor dem Fenster, über das Ende des Wachstums und das feuchte Geflirr der sich rötenden Blätter. Sie stützen das Haupt in die Hände und bedenken den jährlichen Tod der Natur.

Die Knaben hingegen schert das nicht. Sie spielen Fußball oder lassen den Drachen gegen die Wolken steigen, sie kriegen rote Backen dabei und ziehen ihren Nutzen aus den herbstlichen Winden.

Freunde, es neigt sich das Jahr. Man halte die staunenden Augen offen und die Ohren steif, nach wie vor. Der Himmel schenke uns einen gnädigen Winter. Aber zuvor noch einen recht schönen Herbst. ×

Die abgebauten Kühe

Urbanus will sich natürlich nicht vorwerfen lassen, daß er mit dem Fortschritt nicht Schritt hielte. Er nimmt begeistert, erstaunt oder benommen Kenntnis von allen progressiven Errungenschaften dieses verwirrenden Jahrhunderts und versucht, alle Neuerungen ordentlich und sauber auf die Konsole des Wissens zu stellen, damit das Weltbild in der kleinen, angebombten Stube der Erkenntnis übersichtlich und erfreulich bleibe. Nichts schlimmer als Schlamperei auch in dieser Hinsicht. Wo die Denksysteme durcheinanderstehen wie Kraut und Rüben, da freilich kann sich kein philosophisches Gebild gestalten. So weit der Vorsatz zu gedanklicher Ordnung.

Daß dem gedanklichen Normalverbraucher die Haare unablässig zu Berge stehen in diesen Zeiten der Begriffsverwirrer, der Jongleure mit Weltanschauungen, der Falschmünzer der Ideologien, ist beklagenswert genug. Sagt heute einer »Demokratie«, ist man gehalten, ihm zweimal vorsichtig auf den Mund zu sehen und zu ergründen, ob er das auch meint. Ruft einer »Freiheit«, ist man gut beraten, argwöhnisch zu sein und sich zu erkundigen, zu welchem Zwecke er sie verwerten will. Die Verwirrung ist groß, Ordnung nötiger als je. Die großen Begriffe geraten immer mehr ins Schleudern.

Was soll man aber sagen, wenn nunmehr gemeldet wird, daß die Kuh nicht mehr gemolken, sondern abgeschafft und sozusagen zum alten Eisen geworfen werden soll. Der Fortschritt geht lächelnd über sie hinweg. Ihr volles Euter ist der modernen Wissenschaft nur ein Gegenstand nachsichtigen Lächelns. Sie hustet auf die Butter aus der Milch und greift zur Kohle. Mit der Kohle haben kundige Männer der Chemie so lange manipuliert, bis sie zu Brotaufstrich wurde. Das schlägt nun nicht nur dem Butterfaß den Boden aus, sondern ist geeignet, liebe alte Vorstellungen zu zertrümmern und eine gesegnete Epoche der Fettversorgung zu völliger Vergangenheit zu stempeln.

Wenn sich der Leser zu erinnern versucht, so war Kuhbutter eine angenehme, goldgelbe, fettgesättigte Masse, die mit dem Buttermesser auf das gute Brot verteilt wurde, dem Gaumen angenehm und dem Organismus ungemein zuträglich. Wilhelm Busch hat die Butterbereitung alter Schule in seinem Werk an einer verborgenen Stelle so hervorragend realistisch dargestellt, daß Urbanus aus Sicherheitsgründen besser tut, das Zitat zu unterschlagen: der butterentwöhnte Leser könnte an dem Wasser, das ihm daraufhin im Munde zusammenliefe, ersticken. Wenigstens, im Hintergrunde jeder Butterbemme stand die Kuh, ein vortreffliches Tier. Eine Philosophin unter den Säugetieren, denn die Kuh ist gründlich phlegmatisch. Ihre Äußerungen gehen über ein gemüthaftes »Muh« selten hinaus. Und vor allen Dingen: sie ist, wie alle gewerbsmäßigen Denker, Wiederkäuer. Das Tier war grundsympathisch. Es knabberte genügsam an der kargen Grasnarbe dieser Erde, ließ sich für das Gemeinwohl melken und hatte in seinem Organismus den schlichten Klee unversehens zu Brotaufstrich verwandelt. Hut ab vor der Kuh alter Schule!

Wenn nun die Männer des Fortschritts in der Kohle aus der Erde Schacht herumbuttern, bis tatsächlich welche draus wird, so sei nicht unterlassen, ihrem Forschergeist gebührend Reverenz zu erweisen vom fettlosen Frühstückstisch aus. Sie packen das Problem und die Kuh bei den Hörnern und sind dabei, das, was der Wirtschaftsteil aller Zeitungen so plastisch die »Fettlücke« nennt, mit Koks zu vermauern. Urbanus ist gehalten, ihnen zu glauben; denn um eigene Versuche in dieser Richtung zu machen, fehlt ihm nicht nur die chemische Vorbildung, sondern die Kohle selbst. Und bevor er nicht selber gekostet hat und sich überzeugt, ob die Kohlenbutter nicht doch einen Haken und Nachgeschmack hat, will er tun wie die Menschen im fernen Indien, will er die Kuh heimlich verehren: als ein heiliges Tier. ×

Geschehen – passiert

Eine der Ursachen für den beklagenswerten Zustand, in dem sich die Zeitläufte befinden, besteht ohne Zweifel darin, daß zuviel passiert, aber zuwenig geschieht. Punkt.

Ehe Urbanus vom Chronistensitz aus fortfährt, muß er sich erst einmal von dem obigen Satz erholen. Denn er ist selbst erschrocken von der schlagenden Wahrheit, die ihm da unvermutet mit der ersten Tinte aus der Füllfeder geflossen ist. Wer der Zeit auf die nicht ganz sauberen und noch angeräucherten Finger sieht, stellt tatsächlich fest, daß alle Augenblicke etwas passiert. Ein Auto verunglückt. Eine ökonomische Krise bricht aus. Eine Katastrophe wird gemeldet.

Preise steigen. Kurse fallen. Menschen sterben. Männer heiraten. Alles Dinge, die einfach passieren, und sind sie passiert, ist das Geschrei groß. Damit aber etwas geschieht, bedarf es der Erkenntnis, eines Plans und guten Willens. Drei Dinge, die selten zusammenkommen. Weshalb denn auch so wenig Positives sich zuträgt.

Urbanus ist besoldet, nach der zweiten und grundsätzlich fruchtbaren Art von Ereignis Ausschau zu halten. Wenn etwas passiert ist, es zu melden und den Deckel der späten Vorsicht über die Tonne zu decken, reizt ihn nicht. Wenn aber wirklich etwas geschehen ist, den Honig der Erkenntnis daraus zu saugen – das ist sein Amt.

Diesmal saugt er an Boston. Eine prächtige Stadt im Amerikanischen. Dort ist vorerst etwas passiert. Fräulein Marie Ottoviani fuhr Taxe und gegen einen Baum. Sie wurde beschädigt. Ihre Gesichtszüge waren nach dem Schock gründlich verfahren. Sie hatte vierzehn Tage lang nichts zu lachen, und wenn sie es auch gewollt hätte – sie konnte es nicht. Das, kurz, was passiert ist. Jetzt aber sorgte das beschädigte Fräulein Ottoviani dafür, daß etwas geschah. Sie verklagte die Taxifirma. Nicht weil der fahrlässige Zusammenstoß sie grundsätzlich ramponiert hätte, sondern weil sie vierzehn Tage ihr Grübchen in der Wange nicht betätigen konnte. Weil die Welt eines Lächelns beraubt war für zwei lange Wochen. Ein juristisches Novum.

Das Tribunal in Boston wurde unversehens zur Szene aus einem Schauspiel der Menschheit. Was ist das Lächeln eines Mädchens wert? Der männliche Leser, soweit er galant ist, wird mit Urbanus erwidern, daß es unbezahlbar sei. Aber mit vagen Komplimenten war den Richtern über das Grübchen, den Taxatoren des Charmes, nicht gedient. Die Ottoviani wollte Kasse sehen. Die Richter, weise und gerecht im höchsten Maße, kehrten zurück und taten folgendes kund: Der vierzehntägige Ausfall an Lächeln sei mit fünfzehnhundert Dollar präzis zu veranschlagen. Die Taxifirma habe den Verlust an Charme der Klägerin zu erstatten.

Die Nutzanwendung liegt auf der Hand. Mit der freundlichen Ella hat man ein unerschöpfliches Reservat an Devisen im Hause, einen Tresor der Herzlichkeit. Wir sind Plutokraten des Lächelns, wenn sonst auch wohl Schlucker und gründlich arm. Die Frauen unter uns aber sollten nicht geizen mit ihrem Reichtum im lieben Gesicht und ihren juristisch bestätigten Schatz um sich streuen mit vollem Lächeln. ×

Vom edlen Weidwerk

So weit mußte es einmal kommen. Ein Akt ausgleichender Gerechtigkeit ist zu melden. Tierfreunde dürfen sich die Hände reiben. In Australien hat, wie glaubhaft gekabelt wird, ein gejagtes Känguruh auf den eigenen Jäger angelegt und ihm eine Schußwunde am rechten Oberarm beigebracht. Ein Denkzettel für alle, die ohne Not mit Pulver und Blei auf Gottes Kreatur unter freiem Himmel zu schießen pflegen.

Urbanus hat sich, bevor er auf dem Chronistensitz am offenen Fenster der Zeit seßhaft wurde, manchen Wind um die neugierige Nase wehen lassen. Australien aber kennt er nicht. Er kann also auch nicht aussagen, welchen Zweck es wohl haben mag, mit Piff und Paff auf die Känguruhjagd zu gehen und den hurtigen, putzigen Springern, die ihr Junges so rührend im Bauchtäschchen tragen, nach dem unschuldigen Leben zu trachten. Genug – auch bei den Antipoden wird geschossen. Aber diesmal hat es gebumst.

Der rüde australische Nimrod war früh ausgezogen, den Kopf voll Mord, das Rohr voll Blei. Mag sein, daß er sich unter der australischen Morgensonne eins gepfiffen hat. Passieren konnte ihm nichts. Zu den sonderbarsten Selbstverständlichkeiten unter der Menschheit gehört die, daß alles, was da kreucht und fleucht, des Jägers Beute sei. Warum eigentlich? Wo steht geschrieben, daß ich den Tieren des Waldes nach dem Leben trachten soll, es sei denn, der Hunger zerrisse mich selber oder eine Bestie fiele mich an? Was an dem Weidwerk besonders »edel« sei, ist Tierfreunden immer fraglich gewesen. Und wohl hat sich Urbanus bei dicken Männern nie gefühlt, die die Wände ihres Herrenzimmers mit den Kopfgerippen zierlicher Rehe tapezierten, um selbstzufrieden Zigarren darunter zu rauchen, als seien sie der Jäger aus Kurpfalz persönlich.

Sehr fein ist es im moralischen Sinne nämlich nicht, sich mit der weittragenden Büchse im Gebüsch zu verbergen, bis äsend und herrlich das edle Opfer hervortritt, wehrlos, ohne Schuld und nur im Genuß des Morgentaus. Dann knallen die Jäger mit der Büchse hinter dem Busch und nennen das Anstand. Das zierliche Reh fällt zu Boden, die Männer treten hervor und blasen ins Horn. Die Jagd ist aus, und ein Schluck aus der Pulle ist fällig.

Dem ganzen rohen Treiben hat nun das kluge Känguruh sozusagen gründlich in die Jagdsuppe gespuckt. Der australische Weidmann hatte sich aus nicht gemeldeten Gründen für Minuten seines Gewehrs und damit seiner Überlegenheit begeben. Ehe er sich's versah, war schon das Tier, das er zu jagen so früh aufgestanden war, an das verlassene Feuerrohr gehüpft, trat auf den Abzug. Der Schuß war auf den Jäger zurückgefallen und gründlich in den Arm gegangen. Dann sprang das Tier davon, seines Lebens froh. Wie die Konkänguruhs es empfangen haben, wird nicht gemeldet. Die Menschheit aber, soweit sie tötet, hat einen Denkzettel an der Jagdlust weg.

O Leser, sofern du auf dem Balkon ein mumpfelndes Kaninchen aufziehst, um es später zu speisen, ehe du noch das Messer wetztest – gedenke des Känguruhs! ×

Ohne Friedenspfeife

In der göttlichen Stadt Paris, wo zur Zeit der Friede der Welt vorbereitet wird, kam es kürzlich zu einer Debatte höchst grundsätzlicher Natur. Bevor sie in der allgemeinen Sintflut von Druckerschwärze fortgespült wird, sollte man sie kurz einmal unter die Lupe des Feuilletons nehmen. – Es handelt sich nämlich ums Rauchen.

Der Wirtschaftsausschuß für Italien wurde von einem Saal in den anderen verlegt. Kein Grund, seinen Scharfsinn an solcher Verlagerung der Wirtschaftsprobleme von einem Stockwerk des Palais Luxembourg in ein anderes zu wetzen. Aber die Sache ist die, daß diese speziellen Friedensmacher bisher frei waren, bei der Arbeit ihre kleinen Mundfeuer zu entfachen. Die brandigen Wohlgerüche Virginiens, Mazedoniens und Havannas füllten den Raum. Problem über Problem entstieg dem Rauch, wurde erfaßt und geklärt. Die Kippen häuften und die Akten füllten sich. Die Herren kamen munter voran, bis sie verlagert wurden.

Der neue Saal, den man ihren Bemühungen zuwies, wies auch das Schild auf, hier sei Rauchen verboten: Da nun erhob Mr. Williard Thorp die Stimme Amerikas und ging in Protest. Mr. Gregory, Großbritannien vertretend, unterstrich den Vorzug der klaren Atmosphäre des neuen Sitzungsortes und brach eine kalte Lanze gegen das Nikotin bei Friedensverhandlungen. Der Kurator des ehrwürdigen Palais wurde gerufen, und er, bei dem man sozusagen zu Gast war, bestand mit aller französischen Eleganz auf dem Standpunkt des Wandspruchs. Die räucherige Stimme Amerikas ward überstimmt. Einsichtig, aber innerlich grollend, drückte Mr. Thorp seine Chesterfield aus.

Ein Vorgang am Rande. Aber wie anregend zu lesen. Für den Kommentator des Menschlichen, der die Probleme des

Tages durch die kalte Pfeife zu saugen seit langem gewohnt ist, ist die Diskussion natürlich müßig. Wir sind hierzulande, den kargen Tag der Zuteilung ausgenommen, platonische Raucher, und Urbanus muß gestehen, daß er oft bei seinen Gängen durch das Humane vom Wege weit abkommt, nur weil vor ihm ein Glücklicher wandelt, die Pfeife im Munde und eine Wolke des seltenen Duftes hinter sich lassend. Daran schnüffelt man gern.

Rauchen ist so ein herzliches Laster. Raucher haben eine seltene und internationale Solidarität. Fremde Männer treten auf offener Straße zueinander. »Haam Se Feua?« heißt ihr Gruß, und man teilt im Windzug des Schicksals das letzte Streichholz. Nichtraucher kennen das nicht und grüßen sich kaum. Was aber verbindet uns eine rauchende Dame so sehr als der Umstand, daß man ihr einen Zug von der ohnehin durch die Steuer stark reduzierten Zigarette anbietet. Frauen haben das gern. Nichtraucher dagegen sind ihnen suspekt. Wer schon in dieser Beziehung so sonderbar tugendhaft ist, mit dem ist bestimmt auch in anderer Hinsicht schlecht Kirschen essen. Und daß die Raucherabteile der öffentlichen Verkehrsmittel mit Frauen gefüllt sind, gibt genügsam zu denken. Rauch verbindet. Rauch macht gut. Man sorge dafür, daß die kleinen, gemüthaften Feuer bald wieder heftiger brennen. ×

Antifluchvorsatz

Natürlich ist es höchst lobenswert, daß sich eine tugendhafte Gruppe alliierter Veteranen zusammengetan hat, um dem Fluchen Paroli zu bieten. Eine Antifluchliga ist gegründet, jedem offen, dem das ewige Donnerwetter und Himmikreuznocheinmal ein philologisches Greuel ist. Männer, solange sie unter sich sind, neigen zu sprachlicher Deutlichkeit, und ihre Syntax ist von einer oft beißenden Würze. Auch hier bringt der Krieg nichts Gutes mit sich, und die Folgen solcher Verwilderung der Ausdrucksweise sind natürlich erst langsam zu reparieren; eine Reparation, die zu Lasten des einzelnen geht.

Urbanus, ebenfalls durch die brüllende Mühle des Krieges gegangen, hat selber Mühe gehabt, die empfindsame Ella nicht durch knorrige Worte zu schrecken, die ihm noch entfahren wollten, als die unwillige Flinte schon lange im Korn lag. Was man aus den Tagen der verfluchten Kleinen Apokalypse nach Hause gebracht hat, sind ein halb Dutzend bitterer Erkenntnisse, ein paar verlorene Jahre und eben eine Reihe stereotyp greulicher Redensarten, die in keinem Nachschlagewerk zu Hause sind.

Der aufmerksame Leser hat in dem vorangegangenen melancholischen Satz beobachtet, wie dem Chronisten unversehens doch wieder ein fluchendes Beiwort aus der Schreibmaschine gerutscht ist. Ehe man aber die Feder hebt und Urbanus der Inkonsequenz zeiht – wie so hämisch und gern –, möchte der Angegriffene selber dem Leser den Wind aus dem geblähten Segel des Protestes nehmen: ein guter Fluch an rechter Stelle ist nicht zu entbehren. Und reinigend wie ein Gewitter wirkt, wo die sanfte Rede verschlägt, ein Wort, das etwas Pfeffer im Vokal hat.

Goethe selber, der uns lehrte, bei edlen Frauen anzufragen, wenn wir wissen wollen, was sich ziemt, verdankt einen Teil seiner ungeheuren Popularität doch unbestritten einiger Drastik in seinem Frühwerk. An welches Wort Urbanus vor allem denkt in diesem Zusammenhange, darüber braucht er sich mit dem klassisch gebildeten Leser nicht zu verständigen. Aber: wird die Antifluchliga uns nunmehr verwehren, die dramatische Historie von dem Mann mit der eisernen Hand im Urtext zu lesen? Oder ist die Gesellschaft zur Sprachmilderung willens, eine neue Schwarze Liste von Autoren aufzustellen, und wenn – wie weit will man gehen? Oder besser: was geht schon zu weit? Die Grenzen sprachlichen Anstands sind fließend.

Man sieht: so lobenswert der Antifluchvorsatz ist, es gibt Situationen, für die man einen klaren, wenn auch harten Spruch parat haben muß. Solange Rückstände des Bösen sich noch in den Ritzen dieser Welt verkriechen, darf man den harten Besen des drastisch-fegenden Wortes nicht aus der Hand stellen. Solange noch die Mentalität des Argen unter uns wohnt auf diesem Planeten, muß es gestattet sein, auch sprachlich hin und wieder zu einem Uppercut ausholen zu dürfen. Milde Worte sind guter Samen und gehen langsam auf. Man sollte sie pflegen. Aber wo ein grober Klotz danach sichtbar verlangt, soll er den groben Keil fühlen. Auch sprachlich. Verdammt noch einmal! ×

Wahlfieber

Zwei Tage vor der Wahl ist schlecht nach den Sternen deuten. Jetzt auf die Untiefen in der Brust des Mitmenschen mit gestrengem Finger zu weisen, würde kaum verfangen. Der Kommentator des Tiefsinns findet kein Gehör. Die Welt unserer Stadt schwirrt wie ein Bienenhaus. Bei Nacht ziehen Kolonnen durch die Straßen und kleben ihre Überzeugung an die Häuserreste. An jeder dritten Ecke finden sich wackere Männer zusammen, um das öffentliche Wohl gewissenhaft zu bereden und den Umstand, daß, ehe die Sonne noch einmal gesunken ist, wir ein Kreuz auf Papier zeichnen werden. Darum geht die Erregung.

Harte Worte werden laut. Uralte Freundschaften sind plötzlich brüchig. Durch ganze Familien läuft starr die

Grenze der Entscheidung. Bisher Verfeindete finden sich, selbst erstaunt, plötzlich Schulter an Schulter in gleicher politischer Phalanx wieder. Die Journale geben das Letzte an Überzeugungskraft und Druckerschwärze her, und manche redliche Stimme ist schon heiser vor ernster Gesinnung. Sie schweigt trotzdem nicht. Ausfälle aus dem eigenen Lager werden gewagt, um dem Gegner hämisch an der Weste zu zupfen, und listig wird manch harter Knüppel vor feindliche Beine geworfen. Unsere kleine Welt fiebert. Kurz: mit keinem Menschen ist vor Sonntag ein vernünftiges Wort zu reden, oder besser, man muß mit allen nur vernünftig reden bis dahin. Und wer entscheidet, was auf die Dauer anstrengender ist?

Anstrengend, aber absonderlich schön. Durch die Jahre ward den Menschen der staatsbürgerliche Mund verschlossen. Zuweilen wurde er nur zu einem gedrillten »Ja« kurz amtlich geöffnet. Wer ein Herz hatte, deckte das Telephon mit dem Sofakissen zu und sagte die Wahrheit leise hinter der Hand. Wenn es klopfte, schrak er zusammen und schwieg schon wieder. Es waren böse Zeiten, und die Freiheit war eine fremde Vokabel.

Urbanus empfiehlt, wenn mancher allzu feinsinnige Zeitgenosse einen ästhetischen Überdruß vor der Fülle der laut tönenden Stimmen empfindet, dieser Zeiten eingedenk zu sein. Dann klingt ihm wohlig der neue dissonierende Chor der Meinungen im Ohr, und er erkennt, daß einer darum nicht feiner ist oder ein größerer Geist, wenn er mit überlegen scheinender Geste sich auf einen Turm von Elfenbein flüchtet. Verdächtig sind die, die die Mundwinkel spöttisch verziehen, wenn es um das Tägliche geht. Und sich die Finger dreist an dem Notwendigsten ehrsam schmutzig zu machen, war nie unter eines Mannes Würde.

Nicht mehr wird verlangt als ein kleines Kreuz. Unsere Welt wird damit nicht gut auf einen Schlag. Das gewiß nicht.

Aber daß sie wieder um eine Kleinigkeit besser wird, dazu kann jeder nun wieder helfen nach seinem Gewissen und seiner Erkenntnis. Ein erneuertes Glück, man vergesse es nicht.

Aber vergessen soll man auch nicht, hat der Sturm sich gelegt, sind die Kreuze gezeichnet, sich die Hände zu reichen und wieder zusammenzurücken. Denn wir sitzen nach wie vor auf dem gleichen, reichlich lecken Dampfer. ×

Gesinnung im Knopfloch

Oh, wie ist es kalt geworden! Seit Urbanus zum letzten Male mit dem freundlichen Leser zwanglos plauderte, hat er eine beständige Gänsehaut angelegt, und der Ort seiner täglichen Sehnsucht ist zwischen zwei wärmenden Laken beschlossen und unter dem treuen Deckbett. Die kühlen Winde schlagen auf das Gemüt. Der Tageslauf verliert an Vehemenz. Ins scharf beobachtende Auge des Chronisten drängt sich störend die Kälteträne und läßt die harten Konturen der Dinge verschwimmen. Ella, in Wolle gewickelt, steht am wärmenden Herd und kocht das Getränk, das seit Jahren nun schon den Kaffee so unvollkommen ersetzt. Der unwirsche Boreas pocht unablässig an die provisorische Fensterverkleidung, und wenn man spricht, so gleicht man den Figuren auf den mittelalterlichen Bildern: der sichtbare Hauch des Atems weht wie ein Spruchband uns vorweg durch das Zimmer. Es ist soweit. Gepriesen, wer jetzt eine dicke Unterwäsche sein eigen nennt. Er lege sie an!

Und hat er sie angelegt, wird er, immer noch bebend, darüber meditieren können, warum, wenn Kälte schon nötig ist, sie gleich so kalt sein muß wie in diesem barbarischen Winter. Das Mittelmaß des Erträglichen ist auch auf dem Barometer und Thermometer aus der Mode gekommen. Das schwankt, das tendiert in die Radikalität und pendelt heftig von Extrem zu Extrem. Von Pol zu Pol, um im kalten Bilde zu bleiben.

Das Leben aber, wenn auch um einige Wärmegrade vermindert, geht weiter. Urbanus steht mit hochgezogenen Schultern an den Straßenecken des Daseins und beobachtet den wirren Lauf der Dinge. Er sieht nicht nur den Zeitgenossen prüfend ins Gesicht. Er blickt auch auf den Mantelaufschlag. Und da ist nun Erstaunliches zu melden: man trägt wieder Gesinnung. Für kurze Zeit war das Revers frei von Weltanschauung. Jetzt blüht dort verstohlen wieder das Blümlein der sichtbaren Überzeugung. Man traut nicht den Augen.

Urbanus notierte vorerst als Unikum, wie einer dahinschritt und durch ein Zeichen im Knopfloch bezeugte, wo er Partei ergriffen habe am Sonntag der Wahl.

Doch blieb das kein überzeugter Einzelfall. Noch mehrere Passanten trugen schon wieder die Plakette ihrer unterschiedlichen Zugehörigkeit eine Handbreit über dem Herzen und kamen sich sehr wichtig vor.

Was wird nun geschehen? Männer werden zueinander fremd ins Zimmer treten. Sie sehen sich nicht in die Augen, sondern rechts aufs Jackett, und sie denken »Aha!« und »Soso!«. Man weiß, wen man vor sich hat, ob Freund oder Feind. Man öffnet die Arme oder zieht die Brücke des Mißtrauens hoch. Und wenn die Politik dergleichen tut – wird man dabei haltmachen? Werden sich nicht die Konfessionen auch ein Stelldichein geben im Knopfloch? Und ob ich Monist bin oder Dualist oder gar ein mondäner Existenzialist – ob ich ein Antialkoholiker mich nenne oder Vegetarier, warum sollte ich damit hinter dem Berge des Rockaufschlags halten? Die Brust ist breit und der Sakko geduldig. Es geht also wieder los, und der Bekennermut wohnt zehn Zentimeter von der Krawatte entfernt.

Die Vielfalt des Lebens wird wieder einfältig. Der Zeitgenosse lechzt nach dem Stempelchen an sichtbarer Stelle, er fühlt sich heimlich erhaben über uns, die wir das Revers nackt tragen und es nicht mit den blechernen Emblemen unserer stillen Erkenntnis pflastern. Zuerst wird es lästig sein und zuweilen komisch. Dann wird sich die Brust unter den feindlichen Abzeichen blähen, und mit einem Blick sind Wände wieder aufgerichtet zwischen Menschen, deren Aufgabe es wäre, Brücken zu bauen und das Verständnis zu pflegen.

Seid vernünftig, Freunde! Nehmt die Gesinnung aus dem Knopfloch! ×

Päckchen zum Mond

Ein hochkritischer Punkt in der Entwicklung der Erdenbewohner wurde erreicht. Es traf uns die Nachricht, die Wissenschaft sei nunmehr in der Lage, Gegenstände kleineren Volumens dem Mond in das runde Gesicht zu schießen. Wir können also jetzt den Bewohnern des traulichen Trabanten Nachricht und Aufklärung über unsere Erdenverhältnisse geben. Unser Planet tritt aus seiner Isolierung heraus. Es gilt, den Mondbewohnern (gesetzt immer, es gibt sie) zuerst von unserer Existenz und dann von der Beschaffenheit unserer Erde Nachricht zu geben. An diesem Punkte macht die Menschheit Inventur. Jetzt tritt sie aus den globalen Schranken, die ihr Jahrtausende gesetzt waren. Unser Umgang wird kosmisch. Wir müssen uns zeigen und Farbe bekennen vor dem Nachbarn vom Mond.

Eine mißliche Sache! Denn die postalischen Möglichkeiten sind bisher noch beschränkt. Nur Päckchen kann die Wissenschaft auf den Mond expedieren, und in vierhundert Gramm dem ahnungslosen Bewohner eines fremden Staates eine möglichst vorteilhafte Vorstellung von uns selber zu geben, das fürwahr ist eine Aufgabe – wert des edelsten Schweißes. Denn was kann man schon zeigen? Ein Photo des Menschen ist unbedingt beizulegen. Das steht außer Frage. Aber wer kann sich sehen lassen? Soll es die schöne Miß California 46 sein, gekleidet von den Meistern der Haute Couture zu Paris? Es kann sein, immerhin, auf dem Mond ist kein Verständnis für solche Hochblüte erdiger Schönheit zu finden. Hat es Zweck, beispielsweise das Antlitz des Professors Einstein auf Glanzpapier zu offerieren? Möglich, daß sein weißer Haarschopf die Mondmänner schreckt, und ob sie in der weisen Landschaft seines guten Angesichts lesen können, ist wieder fraglich. Schon beginnt das Problem.

Es wächst und wird peinlich, wenn wir die Errungenschaften der Jahrtausende unserer Erdenkultur abklopfen und fragen, was davon uns zum Ruhme gereicht. So betrachtet, herzlich wenig. Der Lehrsatz des Pythagoras wäre einzupacken. Die Zehn Gebote sind unbedingt beizulegen, aber da wieder ist schamhaft zu verschweigen, wie wenig wir uns durch die Generationen um diese gewaltige moralische Leistung der Menschheit geschert haben. Hat es Zweck, eine Probe des Pulvers anzubieten, das wir wohl erfanden, aber hauptsächlich zu Zwecken der Tötung verwandten? Soll man eine Auswahl der Weltpresse von heute einpacken? Oder Poesie? Aber auch da: wir werden Homer für uns sprechen lassen müssen.

Denn alles seitdem ist nur brüchige Wiederholung mit halber poetischer Stimme. In diesem Aspekt erweist sich vieles als Firlefanz. An vierhundert Gramm wird die Menschheit gewogen, und – ach! – schon erweist sich, daß wir so viel Muster von Wert kaum besitzen, um die Waagschale dieser Prüfung positiv zu belasten.

Seien wir vorsichtig, ehe wir uns zeigen! Setzen wir uns lieber noch ein paar Jahrhunderte auf den moralischen Hosenboden. Daß es im Kosmos schließlich nicht heißt, wir seien zu leicht befunden worden – an einem Päckchen zum Mond. ×

Heiraten

Urbanus, als Mann von Welt, wird sich hüten, das heikle Eheproblem hier feuilletonistisch ganz aufzurollen. In Details zu gehen, verbietet der männliche Takt und die weibliche Tatsache, daß ihm die neugierige Ella zuweilen über die Schulter sieht. So viel läßt sich aber sagen, daß selten über einer Institution so viel grundtörichte Illusionen lasten wie über der armen Ehe.

Eines ist, mit einem lieben Mädchen unter dem Monde zu spazieren und weiche Gefühle in der Brust zu empfinden. Ein anderes ist, mit der standesamtlich zugeteilten Gattin nach kargem Abendbrot in der Küche zu stehen. Sie wäscht ab. Man selber trocknet mißmutig Teller. Eines ist, aus lauter Hilflosigkeit des geschlagenen Herzens Verse der Liebe mit jünglingshaftem Elan auf die Rückseite einer alten Rechnung zu notieren. Ein anderes, auf Geheiß der Gemahlin noch spätnachts und todmüde in den Keller zu steigen, um die drei Briketts für morgen zu holen. Eines ist, eine zarte Jungfrau in die Dunkelheit eines Kinematographen zu locken, um dort sehnsüchtig und verstohlen nach der ersehnten Hand zu tappen. Ein anderes, die ständige Lebensgefährtin nach ihrem gerüttelten Tagewerk bitten zu müssen, uns noch die faustgroße Bolle im Strumpfe zu stopfen.

Ehe, das ist ein landläufiger Denkfehler, ist nicht das Glück, ist nicht Halleluja des Herzens in Permanenz, sondern Ehe ist eine Lebensform zu zweit. Und das ist schöner. Die jungen Leute aber glauben, es erwarte sie nach der amtlichen Registrierung im Stadtprotokoll nun dauerndes Kling-Klang-Gloria. Hier irren sie gründlich. Verliebtsein macht kurze Zeit glücklich, falls es das gibt. Verheiratet sein aber macht auf die Dauer weise, und das gibt es bestimmt. Romeo und Julia sind ein poetisches Paar, nicht ohne Rührung zu bedenken. Aber der Preis des standhaften Lebens geht zweifellos an Philemon und Baucis, die gemeinsam, ehelich und weise über die Strecke des Lebens kommen und nun altersschwach, aber traulich auf der Bank vor der Tür in der Abendsonne des Daseins sitzen. Hier liegt eine Leistung vor, Ordnung und Dauer. Dort aber tobte nur kurz und tragisch die süße Anarchie des Gefühls.

Einsamkeit ist ein böses Ding. Die Ehe ist erfunden, sie aus der Welt zu vertreiben, wahrscheinlich das einzige Mittel. Es ist eine holde List der Natur, daß sie die Mädchen und Jünglinge mit dem Versprechen des Glücks an die Standesämter treibt. Und zwingt sie nachher, mehr als nur glücklich, nämlich weise zu werden in dem positiven Kompromiß des vertrauten Zusammenlebens. Wer überdies sich immer wieder neu in die eigene Gattin verlieben kann, dem freilich steht der ganze Himmel offen. Er ist beides: glücklich, weise und zudem noch klug. Und das ist mehr, als selbst die Philosophen des Altertums vom Dasein erhofften.

Nicht gut ist es, daß der Mann allein sei. Er sehe sich um unter den Töchtern des Landes und heirate! Aber – versteht sich – die Richtige muß es schon sein. ×

Streit um den Bart

Die Welt fordert stündlich Entscheidung. Gabelwege des Schicksals überall, an denen sich der verblüffte und oft verzagte Zeitgenosse findet, umweht von den widrigen Winden der öffentlichen Meinung. Das beginnt schon des Morgens, wenn es gilt zu entscheiden, ob man sich heroisch der Kälte des Daseins sofort ausliefern soll, oder wie es wäre, pflichtvergessen, aber warm, auf Teufel-komm-raus noch ein Viertelstündchen zuzugeben und sich fünfzehn genossene Minuten zu spät an Hand einer groben Lüge hinkend in den allgemeinen Arbeitsprozeß einzufädeln.

Das reißt nicht ab. Beim Frühstück wird schon wieder ein gewichtiges Ja oder Nein von uns gefordert, ob man dreist mit vier trockenen Schnitten sich in die Nähe der Sättigung begeben soll oder innehalten bei der dritten, des langen Abends hausväterlich eingedenk. Wer das Glück hat, in der Gesamtmassage des öffentlichen Verkehrsmittels dann noch ein Zeitungsblatt bis in die Nähe der Augen zu bringen, steht schon wieder bis an den Hals in Entscheidung. Pro und contra säumen den Tageslauf unablässig. Überall wird der Entschluß beansprucht, hat man zu nicken oder den Kopf zu schütteln. Herakles an seinem oft gemalten Scheidewege war, damit verglichen, ein Anfänger. Wir erst multiplizieren sein Schicksal. Und uns malt keiner.

Jetzt tritt eine Rotte katilinarischer Gestalten auf die öffentliche Plattform und verlangt, daß sich die männliche Welt den Vollbart wieder wachsen läßt. Der Bart erst, sagen sie, macht den Mann und den Weisen. Das nackte Kinn, heißt ihr Argument, ist eine Unnatur. Diogenes wäre nicht der Mann, der er war, ohne Bart. Michelangelo ist ohne seinen gemäßigten Fußsack nicht denkbar. Das Volk der Frauen, werfen sie in die Waagschale des Problems, ist eher zu zähmen, wenn das Kinn behängt ist. Sie haben errechnet, wieviel Zeit auf die überflüssige Bekämpfung des Haarwuchses männlicherseits vertan wird. Am Ende eines Lebens ist manch schönes Jährchen rein aus Eitelkeit verplempert. Im bärtigen Gesicht verfängt sich das volle Leben. Am glatten Kinn gleitet es ab. Über den Kompromiß des Schnurrbartes lassen sie nicht mit sich reden. Sie wollen das sehen, was der Volksmund das volle Sauerkraut nennt. Erst wenn wir alle umhergehen wie die Männer in Oberammergau, denken sie, kommt die Welt auch ins Lot. Der Vollbart als Weltanschauung und Ausweis maskuliner Gesinnung. Darunter tun sie es nicht.

Das alles ist komisch. Urbanus, nachdenklich die Hand am leeren Kinn, kann nicht umhin zu bemerken, welch ein Fortschritt es ist, wenn die Welt wieder Zeit hat, dergleichen zu diskutieren. Dummheit ist ein weites Feld und unausrottbar. Aber wie beruhigend, wenn sie sich nicht in Dingen mit tödlichen Folgen verfängt und nicht verheddert in Bezirke, die geladen sind mit vitalen Problemen, sondern wenn sie das Abseitige zur Domäne nimmt und das freie Kinn diskutierend bestreicht. Wenn sie wieder Muße hat, um den Bart zu streiten. ×

Aufruf zur Güte

Wie Urbanus den sich mehrenden Pressestimmen erschrokken entnimmt, ist Weihnacht heran. Wir stehen direkt auf der Schwelle des Festes und merken es kaum. In lang verschütteten Jahren brach zu diesem Zeitpunkt schon manch weihnachtsemsiger Zeitgenosse zusammen: die Vorbereitung war enervierend. Bäume. Geschenke. Kerzen. Gänse. Pakete. Bunte Teller. Besuche. Weihnacht in bürgerlicher Festkonvention war eine Strapaze, will man ehrlich sein.

Was aber das Innenleben betraf, so wurde oft genug sanft Schindluder mit unserer Empfindung getrieben. Ein jeder öffnete zum betreffenden Kalendertag pünktlich die lang verschlossene Gefühlsremise des Herzens. Prompt brach Sinnigkeit aus. Wie auf Befehl hielt alles die Köpfe schief vor Rührung. Der Sinn des Festes war von lauter Familie verstellt, und heimlich feierte der falsche Ton Orgien. So viel abrupte Herzlichkeit flog plötzlich umher, daß sich manche ehrliche Haut zu dieser herzensweichen Zeit in die neutrale, sachliche Einsamkeit eines Verschiebebahnhofs sehnte, nur um der Ansteckungsgefahr falschen Sentiments zu entgehen. Die billige Rührung hatte sich des Festes wahrer Liebe bemächtigt. Pfefferplätzchen deckten den Anlaß zu.

Das ist kraß und nahe der Übertreibung. Zugegeben. Aber um den Vorzug der Kargheit leuchtend zu machen, sehe man dem Fest-Urbanus den kleinen literarischen Kunstgriff nach. Denn wenn jetzt kein Lichterbaum leuchtet, wenn die Gans weiß der Himmel, welcher Fuchs gestohlen hat, wenn es kalt ist, armselig, geschenklos und eng – wann je war eine Weihnacht so fern der Gefahr, in falschem Gefühl zu verkleben? Wer jetzt Weihnacht trotzdem feiert, ist nicht in Versuchung, sich den Blick durch den Gabentisch zu verrammeln. Er muß an den Kern. Und der heißt? Friede, Wohlgefallen!

Zwei Worte – wie Glocken. Was das erste betrifft: Friede ist hergestellt im großen und ganzen. Aber der Kleinkrieg geht weiter. Wer täglichen Umgang mit Mitmenschen hat, wird bestätigen, daß Mißgunst, daß Neid, daß Arglist und Tücke nicht entwaffnet sind. Überall reibt man sich, und die Nerven knistern. Wie wäre es, wenn man sich wirklich zu radikaler Güte zusammenrottete aus Anlaß des Festes? Verschworen, nicht jeden Knuff mit einem Puff zu beantworten, sondern durch ein Lächeln zu verblüffen und durch ein gutes Wort zu entgiften. Den guten Willen kompakt und in konstanter Herzlichkeit der allgemeinen Misere entgegenzuwerfen, sei die menschliche Versuchung auch noch so groß, dem, der uns auf die Zehen trat, unsererseits im Gegenzug feste auf die Füße zu stampfen. Wie wäre es, einmal den noch nie gemachten Versuch allgemeiner Rücksichtnahme zu organisieren, die Herzlichkeit aufzurufen und die Nächstenliebe in Form zu bringen. Jeder in seiner alten Ecke und ohne Rücksicht auf scheinbaren Verlust. Denn wenn man den Blick über die Jahrhunderte gleiten läßt, die seit der Verkündigung der frohen Botschaft vergangen sind, so hat man Anlaß, sich der Menschheit innig zu schämen. Wäre es nicht Zeit, die Nachricht der Engel zu realisieren? Endlich? Ein Heerzug des guten Willens. Daß doch noch ganz Friede werde und den Menschen damit Wohlgefallen. Endlich.

Das wollte gesagt sein. Und Urbanus nimmt schnell das Pathos wieder aus der Schreibmaschine, wirft ein Brikett aus lauter Festübermut in den lauwarmen Ofen. Die gute Ella soll den falschen Kaffee aufbrühen, und dann wird man zusammenrücken und sich diesmal mit besonderer Betonung das wünschen, was so oft eine Formel nur war: Gute Weihnacht! ×

Neujahr

Urbanus, ohnehin von Traurigkeit kein Freund, schürzt sich, um mit einem feuilletonistischen Wuppdich die Schwelle des neuen Jahres zu nehmen. Dieser Abschied fällt nicht schwer. Auch wenn man beide Augen zudrückt: feucht werden sie nicht. Wir froren zu oft. Zu oft tappte unser hungriger Löffel ins Leere. Oft war's stockdunkel. Kein Jahr mit Girlanden über der Tür und mit Sonne im Herzen. Eher zwölf rechte Knochenmonate, und das Beste an ihnen – daß sie vorbei sind.

Töricht und zur Hoffnung geneigt, wie der Mensch einmal ist, meint er, ein deutlicher Einschnitt in der Zählung der Zeit wäre an sich schon ein Fortschritt, ein Grund zu Jux und Feiern. Als ob nicht jeder Morgen ein Anfang wäre und alle Tage Neujahr, wenn man so will. Aber der ordnende Zeitgenosse hängt seine hoffende Torheit gern an feste Haken an der Wand der Zeit. Mit der Wende des Jahres soll sich alles wenden. Ab morgen wird's anders. Ja, Pustekuchen!

Zu viel ist ungeklärt. Manches Schlimme hängt auch ins neue Jahr über. Was, zum Beispiel, wird mit den streikenden Weihnachtsmännern in der Stadt Chicago? Ein Novum in der Geschichte der Gewerkschaften. Dort gibt es eine Gilde bärtiger Männer, die zur Christnacht gegen telephonischen Anruf, gegen eine warme Suppe und ein Dollarfixum bereit sind, in der bekannten Vermummung den Kindern die Geschenke darzubieten. Sie überhören das Weihnachtsgedicht, ermahnen die Chicagoer Jugend zu Lerneifer, Anstand und Fleiß, bekommen vom Hausherrn den vereinbarten Sold diskret in den Sack gesteckt und wandern zu gleichen Preisen weiter. Aber eben die Preise! Den festorganisierten Weihnachtsmännern erschienen sie heuer zu gering. Sie forderten mehr hinter ihren Bärten. Sie bekamen es nicht. Sie gingen in Sitzstreik. Und da sitzen sie nun bis zum nächsten Fest und schmollen unisono im Baß. So wälzt vieles sich fort ins bevorstehende Jahr.

Ein Strom von Widrigkeiten, ein brodelnder. Und daneben ein Bächlein Glück, ein dünnes. Ein paar Freundschaften gehen mit hinüber in den neuen Kalender. Die verläßliche Zuneigung zu der jeweiligen Ella. Der permanente Rausch an einigen Dingen der Kunst. Das Staunen, das ewige, wie morgens die Sonne am Himmel steht, und daß die Natur, gleichmütig, grausam und schön, die Wunder der Jahreszeiten vollbringt. Die Welt ist so schlecht nicht, wie wir sie uns zu machen pflegen, und man soll gemäßigt neugierig sein auf das Kommende. Auch da wieder werden unverhofft Oasen der Erkenntnis in der Wüste des Alltags liegen oder gar helle Quellen der Liebe oder das seltene Gold jener Stunden, in denen wir in Einklang mit uns sind und der Welt, tatsächlich innig lebendig. Leute, laßt uns immerhin die Hände reiben, daß wir wieder einmal dabei sein sollen. Denn Zeitgenosse zu sein, wann auch immer, ist herrlich! Laßt uns so klug und so töricht sein, das Leben unbesehen zu lieben. Keine Angst vor der Schwelle des Neuen. Urbanus steht augenzwinkernd an den Türpfosten gelehnt, rückt den Hut vom Kopf und bittet Sie einzutreten: ein bekömmliches Neujahr! ×

Anreiz zur Tugend

Dies neue Jahr, noch so jung, noch so kurz, stellt sich als direkte Fortsetzung des alten heraus. Wenn der aufmerksame Leser sich freundlich erinnert: der Chronist hat gewarnt. Er hob den Finger, als die Uhr so tiefsinnig zwölf schlug: nicht der Jahreswechsel an sich bringt uns moralisch weiter. Nein, der Mensch ist zu ändern. Das aber ist schwer und geschieht leider fast gar nicht.

Urbanus, ohne Rast und aus Mangel an Eßbarem sich in dies Kernproblem festbeißend, glaubt, durch einen psychologischen Trick hier seelische Hilfestellung geben zu können. Denn der ganze Jammer ist doch wohl der, daß die Tugend erstrebenswert ist, aber von äußerster Langeweile. Das Laster hingegen ist zu verdammen, versteht sich, aber kurzweilig im Gebrauch und höchst heiter und reizvoll, solange es gut geht. Jeden Morgen pünktlich das Bett zu verlassen, um sich stumpfsinnig, aber natürlich höchst achtbar auf dem Pfade der Tugend kerzengerade zu bewegen – das ist löblich, doch entbehrt es der lebendigen Würze. Erst wo das Augenzwinkern herrscht, wird es prickelnd. Erst wo ein Charakter leicht anrüchig ist, stellt sich das Interesse ein. Kurz: Laster macht Spaß. Die Tugend ödet.

Erfunden ist genug. Mond, Sonne, Sterne sind uns kein Problem. Mit Mitteln zur Überwindung von Raum und Zeit sind wir an sich prächtig versehen. Dem Denker aber ist dies alles nur Firlefanz, und es bringt den Charakter nicht weiter. Im Gegenteil: durch die Technik ist das Laster in manchem Bezug nur schneller, populärer und erreichbarer geworden. Die Tugend aber, im Grunde, stelzt immer noch mit ihren vier Stundenkilometern dahin, von mancher fixen Versuchung blitzschnell überrundet.

Was also Urbanus als erstes in diesem jungen Jahr postuliert, ist, daß man den Menschen bessere. Und wie? Ganz einfach dadurch, daß man endlich versuche, die Tugend zu einer Versuchung zu machen und das hurtige Laster mit Langeweile zu durchsetzen. Man mache die Tugend lasterhaft und das Laster tugendlich – schon wird sich die Menschheit, düpiert und verblüfft, auf das Rechte werfen, und sie wäre sozusagen mit einem Schlag moralisch aus dem Schneider.

Die tugendhafte Grete von drüben so zu verändern, daß die Herren auf der Straße nach ihr die Hälse recken und sie trotzdem tugendhaft bleibt, die kesse Lolo von nebenan in ihren fragwürdigen Reizen so zu dämpfen, daß die männliche Umwelt das Gähnen bekommt, das Problem klingt absurd und unmöglich. Aber ins Absurde Verliebte erst schaffen die Realitäten von morgen. Und das Unmögliche möglich zu machen – da beginnt erst der Spaß. Urbanus ruft daher unbekümmert zu der großen Tauschaktion: Macht das Laster zur Tugend. Macht die Tugend zum Laster. Und die Welt ist zum Positiven verändert. ×

Verfehltes Experiment

Dies ist bei Wasserrohrbruch zu lesen, denn bei Wasserrohrbruch ist es geschrieben. Die Blessuren, die das Rankenwerk der städtischen Wasserleitung in den Tagen des Frostes erlitt – jetzt treten sie wirklich offen zutage. Bis dato blieb das Wasser, eisig und unbewegt, in der Röhre. Wollte er sich einen Tee brühen, so wanderte der Chronist in den Keller, um eine offene Ader zu erkunden. Das Wasser war rar. Jetzt tropft es von der Decke und läuft aus der Wand. Dem Mangel folgt der fließende Überfluß, kaum daß die rastlose Ella ihn mit dem Scheuertuch dämmen kann. Die Welt, so oder so, ist ungemütlich – und erst der Klempner, wenn er kommt, wird das Maß und die Ordnung wiederherstellen können. Bis dahin geht die Gemütlichkeit mit der ungehemmten Nässe zuerst über das Parkett und dann in den Ausguß. Und in die Prosa des Zeitbetrachters tropft der leidige Schaden von der Decke. Gebt ihm einen trockenen Punkt, und Urbanus wird die feuilletonistische Welt der Gedanken anmutig aus den Angeln heben. Mit penetrant feuchten Füßen zu dichten ist ihm nicht gegeben. Erst das Rohr gedichtet, dann die Heiterkeit. Wenn der große Schiller schon die Produktion am Don Carlos unterbrach, weil ihm aus der Waschküche der Familie Körner das Schlagen der Wäsche unleidlich in die Jamben klatschte, braucht man sich nicht zu grämen, wenn die Muse der kleinen Prosa bei solcher Sturzflut der Nässe ausbleibt. Die Natur sitzt uns allzu dicht auf der Haut. Unsere brüchigen Wände hemmen sie nicht. Nichts ist da, wo es hingehört, und das Wasser ist völlig außer Rand und Band.

Dabei wäre manches notwendig zu kommentieren. Aus England die Nachricht, beispielsweise, daß man Jungverheirateten für ihre Flitterwochen eine freie Wohnung, fettes

Essen, gute Bedienung und zusätzlich noch drei Schilling täglich garantiert. Ein erfreulicher, philanthropischer Ausblick, nur eben daß auch dieser einen hinterlistigen Haken hat. Den Jungvermählten nämlich infiltriert man als Gegenleistung die Influenza, dann dürfen sie weiter turteln und bleiben bei freier Kost und Logis, wenigstens was ihre Nase betrifft, unter Aufsicht. Kurz: man will dem Schnupfen zu Leibe gehen und sucht Dumme. Da Verliebte aber notorisch selig verdummt sind, da sie zudem in den Flitterwochen keine Anstalten machen, das gewährte Heim zu verlassen, so griffen die Forscher zu dieser List, die sich grausam wohl anhört, deren Ergebnisse aber uns allen zugute kommen. Erstaunliches nämlich stellt sich heraus: die Fütternden sprachen nicht an auf den Schnupfen. Dem Schnupfen schlagen sie ein Schnippchen, verwohnen die Freistatt, veressen das Essen – aber niesen tun sie nicht. Nichts kann sie erkälten, und die Ärzte sind um das Anschauungsobjekt, das sie sich so viel kosten lassen, betrogen.

Für die Forscher betrüblich. Für den Denker höchst erfreulich. Daß nämlich die Wärme des Herzens, daß frische eheliche Zuneigung immun macht gegen jede Infektion – das ist herrlich zu wissen und sei hier notiert. Liebet euch, geht daraus hervor, überwindet die Welt und den Schnupfen im Glück der Umarmung. Eine höchst tröstliche Lehre. Nur, daß sie sich auf den Rohrbruch nicht bezieht. Die Socke zieht weiter Wasser, und es tropft auf das Blatt, das Urbanus beschreibt. Ein Königreich für einen Klempner! Der Schnupfen ist jetzt unsere kleinere Sorge. ×

Dabeigewesen

Wenn die Naturverbundenheit, wenn Verschmolzensein mit den jeweiligen Regungen des Himmels, wenn die Verquikkung mit dem vegetativen Element einigen europäischen Denkern das Ideal und der Inhalt ihrer Lehre war – Urbanus kann, aus diesem klirrenden Winter heraus, nicht erkennen, wo bei solchen Gedanken die Wohltat und der Humor sind. »Zurück zur Natur« – wir alle leben nach dieser Devise, ob wir wollen oder nicht. Und meist wollen wir nicht. Unser Interesse klebt morgens ängstlich am Thermometer, um zu sehen, ob die Natur nach so viel kaltem Unverstand endlich gewillt ist, ein Einsehen zu zeigen. Wenn der genießende Zeitgenosse früher am Wochenende das Gesicht mit einer Zigarre zierte, die Beine von sich streckte und sich von den zufälligen Unbilden des Himmels heiter separierte – jetzt muß er hinaus in die feindliche Bahn. Er trägt das Joch des Jahrzehnts, die Bürde des Nachkriegs, er trägt den unvermeidlichen Rucksack an die leidende Schulter gehängt.

Urbanus sieht sich um. Er sieht Gebückte, er sieht Frierende, er sieht einige, durch deren Backen der Wind und das ganze Elend der Zeit gehen. Ein Jahrhundert, an sich prädestiniert, gelassen, geruhsam und sicher in der Nähe jedes fortschrittlichen Komforts zu leben. Aber durch einigen Widersinn auf eine Kulturstufe geworfen, wo das Waschen rar, die Wärme selten und Behaglichkeit eine fremde Vokabel geworden sind. Durch frühere Umstände ist uns die Vokabel »Heldentum« verdächtig geworden. Aber geben gibt es den Begriff trotzdem. Sie sehen anders aus als die in den Lesebüchern. Sie sind verhärmt, abgerissen, früh gealtert. Keine Siegesallee-Figuren. Trotzdem. Oft will uns scheinen, als verdiente die kleine Nachbarin, die ihre drei Kinder durch solchen Winter brachte, Stunden im Winterwind vor dem

Fleischerladen stand, erzog, wärmte, Wasser trug, das Karten- und Abschnittdasein überstand und trotz allem guten Mutes war – sie verdiente ein Denkmal der Zeit. Urbanus ist kein Freund des Podestes. Aber der Große Alexander, die streitbaren Könige alle mit ihren Heerscharen die Jahrhunderte hindurch – verglichen mit dem aushaltenden und freundlichen Heldentum der jungen Witwe von nebenan und ihrem Gefolge von drei hungrigen Kindern, erscheinen sie alle wie dumme Jungen. Wer diesen Winter so tapfer überstand, wird zumindest später sagen können: er sei dabeigewesen, als wir mit der puren Natur im stündlichen Zweikampf standen. Wenn das ein Trost ist … ×

Auf ausländisch

Ratlos werken die Nornen am Webstuhl der Zeit. Unsereins kommt kaum mit, die argen oder bestenfalls angängigen Muster täglich zu verfolgen. Der Teppich, den sie wirken, ist die Zeitung. Über die Druckwalzen läuft täglich der dünne, sprichwörtlich rote Faden der Geschichte.

Der Bürger eilt, ein Blatt zu erhaschen. Aber hier, wie überall, muß man früh aufstehen, will man zu dem Seinen kommen. Der Chronist, vom nächtlichen Denken bis in sündhaft späte Morgenstunden ausruhend, erscheint erst auf dem Markt, wenn der Nachrichtenmarkt schon ausverkauft ist. Am Kiosk zuckt Frau Plempke, die redliche Händlerin mit der Weltgeschichte, bedauernd die Schultern und deutet, die Arme vor Kälte schlagend, auf den fremdsprachlichen Restbestand. Oh, wenn man tausend Zungen hätte! Aus aller Herren Ländern liegen die Gazetten gestapelt vor. So bleibt nichts, als sich mit der Schulbildung, der verjährten, auf guten Fuß zu stellen und auf ausländisch eine Zeitung zu lesen.

Urbanus geht in der »Times« spazieren, tappt sich von Vokabel zu Vokabel und rundet sein urbanes Weltbild auf englisch. Da das Blatt durch manchen eisigen Sturm über Kanal und Zonen auf den hiesigen Markt zu Frau Plempke reiste, ist es alt. Die Aktualitäten haben angenehmen Grünspan angesetzt. Man braucht nicht so gründlich zu erschrecken, denn was man liest, ist schon völlig vorbei und sowieso nicht zu ändern. So wird das Blatt, ohnehin abgeklärt, noch beruhigender und zur Nervenstärkung. Man hat Zeit, sich den Vermischten Anzeigen zuzuwenden, denn hier seufzt der Alltag.

Verliebte rufen, chiffriert, einander. Entlaufene Hunde. Nippes sucht Käufer. Herrschaftliche Häuser, vor Hypotheken seufzend, schreien nach Käufern. Angebote von Sprachlehrern in allen Zungen. Reiseofferten. Todesanzeigen. Kurz: das Leben findet statt. Und das ist kurzweilig in jeder Sprache. Hier aber sprechen auch die Käuze. Denn was soll man dazu sagen, daß einer einrücken läßt: »Öffentlicher Redner sucht gegen gutes Entgelt Nachweis erstklassiger Themen.« Dem Manne kann geholfen werden. Er soll herüberkommen. Wir decken ihn mit Problemen ein, daß sein öffentlicher Mund auf Jahre nicht stillzustehen braucht. An fast allem Mangel, aber »erstklassige Themen«, daran fehlt es hier nicht. Die »Times« muß man lesen, um zu erkennen, wie reich wir sind. Wenn auch negativ. ×

Coda

Wer, vertraglich gehalten, wie der Chronist regelmäßig auf das schmale, wippende und gefährliche Drahtseil des Feuilletons klettern muß, der hat wahrlich kein leichtes Brot.

Pünktlich erwartet man von ihm vollendete literarische

Kapriolen. Wunders genug, daß ihm hin und wieder ein paar neue, gedanklich gewagte Schritte gelingen. Manchmal meldet er mit dem dumpfen Trommelwirbel seiner Prosa einen veritablen Salto mortale der Logik an. Oft genug gerät das Seil selbst ins Schwingen, daß er sich fest an die Balancierstange des Verstandes halten muß, damit er nicht strauchele und zum Gelächter der Leser unversehens im Fangnetz des baren Unsinns lande.

Aber angenommen, ihm sei tatsächlich ein literarischer Seiltanz gelungen, elegant, etwas atemberaubend und angenehm zu beobachten, so stand es zuerst in seinem Notizbuch des Herzens, in den Tagesblättern seiner privaten Chronik, und darauf auch im Zeitungsblatt, und Urbanus war berühmt für einen Tag und für zwanzig Pfennige.

Hier liegt die Tragik des Kurzprosaikers: Man könnte dreist die letzte Weisheit publizieren – mit der nächsten Zeitungsnummer ist sie schon passé und Makulatur. Jemand kann sich die blutendsten Verse vom Herzen reißen, gibt er sie ins Morgenblatt, so schnalzt mancher empfindsame Leser wohl beim Morgenkaffee genießend die Zunge. Aber nichts hindert den gleichen Leser, mit dem gleichen Gedicht am gleichen Abend das Herdfeuer zu entfachen.

Und wie verletzend ist es, den Hering auf Zuteilungsdekade II in ein eigenes Feuilleton eingewickelt zu finden, an dem die Liebe, Einsicht, der Schweiß und geopferter Nachtschlaf kleben, davon versagt sich Urbanus sein trauriges Liedlein zu singen.

Dergleichen schmerzt furchtbar. Tragisch, flüchtig und gleich einem Morgenwinde ist der Nachruhm der Schreiber des Tages. Der Leser des Zeitungsblattes hatte es leicht: Er entfaltete das Blatt, las seinen Urbanus, schüttelte das Haupt und fand womöglich, der Gute hätte sich's zu einfach gemacht. Heute wäre er schwach.

Aber wie es am Tage zuvor an der Schreibmaschine des

festen Feuilletonisten aussah, das ahnt keiner. Keine Muse wollte sich zeigen. Die Stimmung war flau und Ella gewarnt. Aber er mußte aufs Seil. Sein Kunststück war fällig. Er mußte tanzen.

Wie's da drinnen aussah, das ging keinen was an. Der Chronist füllte stöhnend das fällige Tagesblatt. Und am nächsten Tage schon war alles vergessen. Das Zeitungspapier, mit der Dichtung bedruckt, wird dem Trödler verschachert, in den Ofen gesteckt, um den Hering gewickelt. Der Zweigroschenruhm ist vergessen.

Ahnt der Leser, wie es Urbanus jucken muß, in die kleine und feste Unsterblichkeit eines Büchleins zu gelangen? Wenn er auf Bestand gedruckt und seriös geheftet und gebunden wird, so wiegt seine flüchtige Prosa nicht nur mehr zwei Groschen, sondern fällt geldlich und somit auch literarisch weitaus schwerer ins Gewicht. Das hebt man sich auf. Das reicht man womöglich noch in der Familie herum mit der Bitte, es zu achten und nicht zu beschmutzen, und reiht es am Ende gar in den Bücherschrank ein. In die Nähe gewichtiger und großer Geister zu geraten – es ist die heimliche Sehnsucht des Kurzstreckenphilosophen. Weiß der Himmel, mit wem er da Nachbarschaft halten wird! Urbanus wird sich dünn machen, im Bewußtsein seiner geringen Gewichtigkeit und mangelnden Seriosität. Aber er ersehnt sich den Platz, den fundierten, im Bücherregal.

Seien Sie nett zu ihm! Postieren Sie ihn gut! ×

IV

Flaneur und Reisemann

Bericht eines Sportfremden aus Olympia-London

Für einen, der wie ich aus dem Blockade-Berlin wortwörtlich über Nacht mit dem Flugzeug in das Olympia-London hineingeschleudert wurde, besteht mehr als ein Grund zum Augenreiben. Sport war bis gestern zu Haus hauptsächliche Tagesbeschäftigung, nicht Freizeitspaß oder besorgte Gliederölung. In Berlin beginnt der Tag mit der penetranten Gesamtmassage im Gedränge der U-Bahn. Ist man Zeitungsmann, so besteht das Tagewerk, bildlich gesprochen, aus nichts anderem als aus Gewichteheben und aus Speerewerfen oder aus mutigen Kopfsprüngen vom jeweiligen Viersektorenbrett. Wer zudem daheim unglücklicherweise in Schöneberg lebt und eine Braut in Zehlendorf liebt, wird allabendlich gezwungenermaßen zum Langstreckenläufer, einmal hin, einmal her. Wie oft wir über die tückischen Hürden der Bürokratie täglich gehen müssen, ist nicht zu zählen. Nein, Kalorien aus reinem Jux und sportlichem Drall auf dem Trainingsplatz zu lassen, scheint den meisten von uns daheim untunlich. Sport ist Beschäftigung für Satte und Ausgeruhte. Vielleicht später wieder einmal.

Hier nun aber die Vertreter der Welt vorzufinden, wie sie ihre überschüssigen Kräfte messen, hat daher etwas Abstraktes, etwas Kopfschüttelnswertes. Schon daß da gestern bei der nächtlichen Landung eine Stadt in vollem Licht unter uns lag, war kaum zu fassen. In schönem Zickzack glommen die Perlen der Straßenlampen rötlich und grünlich. Zweimal bildete sich unter uns ein schimmerndes Lichtergequirle, örtliche Rummelplätze, sich in sich selber drehend in ihrem schimmernden Bestand. Aus den Häusern ein Reichtum an Helle, und später im ersten Bus ein Aufwand an Lampen, daß ich unwillkürlich die Augen zukniff und für Sekunden an General Kotikow dachte.

Nicht lange. Ich heuerte an diesem ersten Abend eine Taxe und gab ihr Auftrag, nur sachte durch die abendlichen Straßen zu schleichen, ob die olympisches Gepräge zeigten. Sie zeigten so gut wie keines. Es war drückend heiß. An den Rändern der Parks lagen sie, pfiffen und atmeten Abendluft. Die Mädchen wehten in ihren Sommerkleidern vorüber. Auf den Stufen der Monumente auf Piccadilly Circus, am Strand und Trafalgar Square die üblichen Heerlager der fröhlichen Nichtstuer und Diskutanten. Hin und wieder eine Menschentraube, singend oder applaudierend vor einem Volksredner, der schwitzend sein weltverbesserisches Gewerbe betrieb, wie immer hier. An einigen Kaufhäusern waren die Flaggen der Nationen angebracht, ein vergleichsweise behutsamer Aufwand. England ist nicht reich und tut sich mit verschämtem Stolz etwas darauf zugute, daß es an sich halten muß. »Olympiade«, sagen sie hier, »schön! Stellen wir euch hin. Aber, bitte, piano. Um der Sache willen, denn die ist ehrenhaft und gut. Was darüber ist an Brimborium und bombastischem Aufwand – bitte nicht! Das ist jetzt falsch und von Übel.«

Eine Olympiade unter der Sordine. Die Zeitungen berichten, der Zustrom an Weltbesuchern sei geringer als erwartet. Kein Wunder, denn die Welt ist durch Devisenwirrwarr allenthalben in ihrem Auslauf vermindert. Durch die Zurückhaltung aber, die man sich auferlegt, hat das Ganze wieder etwas von seinem Amateurtum zurückgewonnen, ist es an seinen Ausgangsplatz zurückgekehrt. So nämlich, daß einige Herren und Damen der verschiedenen Nationen messen wollen, wer der Schnellste, der Stärkste, der Quickste ist. Und daß sie sich über Grenzen und Sprachen hinaus achten wollen. Liebhaber in der Arena. Keine nationalistische Schaustellung, kein politischer Hammer, wie noch 1936 in Berlin, sondern ein Vergleichen in der Sonne, wer der Bessere ist, und der Bessere wird umjubelt.

Die Fahrt hinaus ins Wembley-Stadion erinnerte mich in ihrer Fülle wieder kurz an daheim und die U-Bahnlinie A. Aber dann war es anders. Auch die Zustraßen schon, gefüllt von Ankommenden, wie sie waren, entbehrten jeden Schmuckes. Keine Händlerkolonnen, wenige Kioske oder Transparente. Man ging, die Weltbestleistung zu erkunden. Das ist hier augenscheinlich genug. Das Drum und Dran war vergleichsweise farblos. Immerhin kam zutage, was sich sonst in der Millionenstadt verlief. Jetzt schwirrten die Sprachen schon durcheinander. Junge Menschen zumeist. Eine Gruppe Schweizer Studenten mit winzigen Käppis und gesunden Gesichtern, an ihrer röchelnden Sprache knabbernd. Breite Farbige dazwischen im Sporthabit, die plötzlich wie sinnlos an uns vorbeizuspurten beginnen.

Schwedische Mädchen in ihren weißen Schirmmützen. Und dort eine Gruppe Österreicher im Anmarsch, als gälte es, alle Welt auf sich aufmerksam zu machen. Kaders, unübersehbar, auf dem Parkplatz der Autos. Dann das Stadion selber. Kein schöner Bau, das wissen die Götter des Sports. Ein gewaltiges Eirund mit viktorianisch anmutenden Eisenvorbauten und Türmchen allenthalben. Flaggen und Fahnen darüber im Winde. Ein paar Stufen, sehr freundliche Kontrolle – wir sind drin.

Ein Thema für den Farbfilm! Das der erste Eindruck. Der sattgrüne Rasen. Darauf dicke Herren mit roten Jacken und weißen Hüten, die schreiben, messen und augenscheinlich wichtig sind. Andere dicke Herren mit hellblauen Jacken und hellgrauen Hüten, auf eine Stange gepfercht wie die Hühner am Zielpunkt einer Laufbahn. Aufgeregte Herren in sonderbarer Tracht auf einem fahrbaren Tablett hinter den Kameras hockend. Sie stehen im Solde von Mr. Rank und versorgen die Leinwand aller angeschlossenen Länder mit dem optischen Widerhall der Ereignisse auf dem Rasen. Soldaten in Blau, die im Laufschritt über das Gras traben, einen verletzten Athleten zwischen sich auf der Bahre. Plötzlich springt von der jenseitigen Barriere des Runds ein karnevalistisch gekleideter Mann an den Rand der braunen Rennbahn, steht kopf, winkt, stößt um sich in die Luft und leitet damit ein Geschrei, das ein Block von Amerikanern veranlaßt, einem ihrer Läufer zu Ehren und zum Ansporn. Es schallt kompakt, humoristisch und übermütig über den Platz. Der Geschreileiter, der Cheerleader, erntet englischen Beifall von den Hunderttausend. Er klettert wieder in sein Loch. Über uns die Stimme des Ansagers auf englisch und französisch. Die nun gilt denen, die man auf den ersten Laienblick nicht erspäht, den Kämpfern selber, den Damen und Herren im sportlichen Dreß, die in soviel Farbe fast verlorengehen in ihrem meist sachlichen Weiß.

Der Platz krabbelt von ihnen. Hier laufen sie, daß die Menge stöhnt und schreit. Dort springen sie. Drüben schleudern sie den Hammer. Und in der Platzmitte treiben sie etwas, das man als Laie nicht ausmachen kann. Ein Gekribbel von Farben, eine Symphonie von Lärm, verwirrend für den Neuankömmling und in der fast abstrakten Sorge um die Sekunde oder um den Zentimeter, um die es hier sportlich geht, dem Berliner beinah unverständlich und unzeitgemäß.

Nicht lange. Schon schreit neben mir ein fülliger brasilianischer Herr im breiten Strohhut auf, als wolle ihn jemand meucheln. Dabei ist nur ein Landsmann von ihm an einer mir nicht erkenntlichen Stelle des Rasens gerade unterlegen. Mein fetter Nebenmann wirft seinen Hut auf die Erde, als sei seine eigene Ehre durch dieses Versagen auf Zeit geschändet. Es dauert fünfzehn Minuten, bis er mir erklärt hat, welche brasilianische Hoffnung damit gescheitert sei, in gebrochenem Englisch. Ich breche auf Englisch mein Beileid zurück, da bläst mir ein ungarischer Pressemann seinen Enthusiasmus schon von hinten ins Genick. Ein ungarischer Stern leuchtet gerade unter uns im Gekribbel auf, und er heftet seine hitzige Sehnsucht für den Sieg daran. Als sein Landsmann siegt, tritt mir der Hintermann selbstvergessen ins Kreuz und stampft mit den Beinen, als gälte es die Empore unter ihm aus Begeisterung zu zertrümmern.

Lange Strecken des Summens und vergleichsweiser Ruhe. Dann rauscht die Menge auf aus Gründen, die der sportfremde Zugereiste nicht gleich versteht. Der ist aus Motiven der Ästhetik in den hinreißenden Anblick einer probelaufenden schwarzen Dame von den Bermuda-Inseln versunken. Welche feste Leichtigkeit des Laufes, welche Anmut in der Kraft, welche Schönheit und Mühelosigkeit im ausgreifenden Lauf. Aber als ich hingerissen klatsche, bemerke ich, daß ringsum mit dem Beifall irgendein strammer Stoffel aus Südafrika gemeint ist, der irgendein Gewicht über irgendeine phantastische Strecke in der Hitze stieß.

Trotzdem, Freunde daheim, dies ist herrlich. Es ist herrlich, weil es den Sport auf seinem Platze läßt. Hier mischt sich keine Politik hinein. Hier wird nicht Körperbetätigung zum politischen Argument oder zur nationalistischen Schaufensterpackung. Die Londoner Zuschauer lassen den Beifall freudig und gleichmütig an den Besten gehen, gleichgültig, woher er kommt. Daß, wenn einer ihrer Landsleute siegt, die Akklamation eine Nuance freudiger ist – wer will das verdenken.

Kleine Gesten zwischen Gewinnern und Verlierern auf dem Rasen, die das Versöhnende und Freundschaftliche solcher Spiele immer wieder evident werden lassen. Ein Schlag auf die Schulter. Ein hastiger Händedruck. Und eben küßte eine Argentinierin ein Mädchen aus Italien, das sie sportlich übertroffen hat. Drüben flackert die olympische Flamme unter dem gewaltigen Anzeigebrett, dauerhaft gasgespeist, wie ich meiner Mittagszeitung entnehme. Um mich herum das reine Babylon in seiner Vielsprachigkeit und Redefreudigkeit. Uns zu Häupten die Flaggen der Völker in Frieden und in brüderlichem Wettstreit, als wäre die Welt nicht an vielen Punkten bös entzündlich. Ich weiß es. Ich komme selber von einem. Aber hier, in diesem brausenden, flutenden Rund, um einen Rasen geformt, auf dem der olympische Wettstreit statthat, herrscht friedlich-streitbarer Friede. Hier ist die Welt richtig und gut. Ich grüße aus Wembley. ×

Möwen fliegen über Edinburgh

Reisenotizen aus Schottland

Als ich in London den »Fliegenden Nacht-Schotten« kaum bestiegen hatte, um mich schlafend nach Edinburgh transportieren zu lassen, fragte mich der freundliche Nachtkondukteur, ob er um meine Warmwasserflasche bitten dürfe. Den anderen hätte er schon die mit Hitze gefüllte Nachtpfanne ins Bett geschoben. Ich stünde noch aus.

Ich hatte mich als Zugereister und Landesfremder sofort bei ihm dekuvriert, als ich möglichst gleichmütig zu sagen versuchte: ich liebe solche Bettwärmungen nicht. Ich führte auf Reisen keine Hitzeflasche bei mir. Der Mann staunte. Er staunte höflich und zog sich etwas abgekühlt zurück. Er überließ den sonderbaren Fremden seinem kalten Bett.

Von London nach Edinburgh, das hatte ich mir errechnet, reist man länger als von London nach Paris. Als ich in Schottland angekommen war, ließ ich mir das im Bewußtsein bleiben. Die Unterschiede sind nicht nur regionaler Natur. Sie sind gründlich.

Ich war gefaßt gewesen, bei Grenzübertritt nach Schottland diesmal so etwas wie ein britisches Marienborn zu erleben. Der Krönungsstein, der Stein des Anstoßes für so viele, wurde immer noch heftig gesucht. Ich hatte in den Blättern gelesen, daß ganze Schwärme von Scotland-Yard-Beamten nach Schottland unterwegs waren, um dort den tolldreisten Entführern des heiligen Symbols auf die schottisch-nationalistischen Spuren zu kommen. Man wußte, daß auf Autostraßen durchaus Untersuchungen der Gefährte stattfanden. Man ließ mich schlafend über die Grenze rauschen. Man hielt mich vielleicht schon deshalb für ganz unsuspekt, weil ich der Wärmeflasche so offen entsagt hatte. Wer nach Schottland ohne Wärmeflasche fährt, kann nicht in Verdacht genommen werden, mit dem heiligen Krönungsstein im Koffer zu reisen.

In Edinburgh lag leichter Nebel über leichtem Schnee. Aber der freudige Schock doch jedesmal, wenn man aus dem tiefgelegenen Bahnhof auftaucht: wie da das alte Königsschloß vor einem liegt. Diese Stadt ist, was ihre alte und behäbige Architektonik betrifft, ein Zauber immer wieder.

Dort hoch oben auf dem schwarzen Granit, wie aus einer plumpen Spielzeugschachtel aufgebaut, die mittelalterliche Burg, die königliche Standarte auf ihrer höchsten Zinne. Dahinter, im Dunst des Morgens zu erkennen, die ersten Hügel des schottischen Hochlandes, kahl, bestanden nur mit Heidekraut und sich in leichten Wellungen an die späteren, gewaltigeren Erhebungen gewöhnend. Zur Stadt selbst hin fällt der Felsen, auf dem die Burg thront, jäh ab und geht in Rasenhügel über, wird zum Park, der sich dann wieder leise anhöht, um an der Princesstreet, der Hauptstraße der schottischen Metropole, die zivilisierteste Begrenzung zu finden. Nur eine Straßenseite ist da mit schmucken Geschäftshäusern bestellt. Die Auslagen für den Reichtum des Landes. Göttliche Wolldinge, gezogen von den langhaarigen Schafen, die unweit über den Hügeln und Bergen hirtenlos grasen. Herrengeschäfte von jener beiläufigen Eleganz, wie sie nur in diesem Lande zu wachsen scheint. Die Hauptstraße des Landes.

Und nur wenige Häuserblöcke dahinter senkt sich wieder das mit geschmackvollsten Häusern bebaute Stadtgehügel. Schon wenn man auf die nächste Nebenstraße tritt, kann man bis zum Meer hinunterschauen, zum Hafen, zum Firth of Forth, auf dem die Dampfer dahingleiten. Eine Stadt, wie in grauen Träumen erbaut. Erbaut, als hätte man versucht, von Salzburg den Zauber der hochgebauten Burg, von Lübeck das mittelalterlich Anheimelnde, von Goslar nach der einen Seite hin die gehügelte Umgebung und von Hamburg nach der anderen Seite hin die animierende Nähe des Meeres und die schöne Rastlosigkeit der Hafenwelt auf einen einzigen Ort zu häufen. Das Ergebnis könnte nicht anders sein, als Edinburgh ist, die hochgebaute Stadt im schottischen Dunst.

Kaum war ich angekommen, drang vom benachbarten Glasgow heiterer Lärm herüber. Man vernahm es publizistisch. Man hörte es im Radio. Ein ehrenwerter Wissenschaftler war zum Rektor der Universität in allen akademischen Regeln gekürt worden. Er hatte seine Rektoratsrede in der Aula gehalten mit all dem Pomp und der Hergebrachtheit, mit der die Schotten ihr Dasein zu verbrämen lieben. Das nun ist, gleichgültig, was immer der Rektor sagen möchte, traditionsgemäß ein Anlaß für die Studenten, auszubrechen, alle Jahre wieder.

Ein Tohuwabohu brach, wie alljährlich, los. Die Honoratioren der ehrwürdigen Institution wurden mit handgroßen, leicht platzenden Wurfgeschossen bedeckt, die mit Mehl und Puder gefüllt waren, den Ehrentisch der Professoren bald in Weiß und Puderdampf hüllend, als wären die Herren soeben einer Mühle entronnen. Ein tollkühner Student fand sich, der, die Narrenfreiheit wahrnehmend, sich an einem Seil von der Empore bis ans Rednerpult schwang und den ehrwürdigen Rektor körperlich in Gefahr brachte. Der aber redete seine Rede weiter. Und als noch einige Säcke Konfetti über der Versammlung ausgestreut waren, ließ ein hochmunterer Studiker einen ganzen Hühnerstall von der gleichen Empore über die Versammlung flattern, während der Rektor gleichmütig weitersprach, obgleich ihn das verdatterte Federvieh wieder gefährlich umwogte. Ein Jux und ein Heidenspaß, über den sich nur wenige aufzuregen wagten. Hin und wieder Stimmen in der schottischen Umwelt: man sei vielleicht diesmal zu weit gegangen. An sich sei gegen den Spaß nichts zu sagen. Und man lachte laut, verständnisvoll und lange.

Wenn sie hier toben, toben sie herzlich. Sonst liegt die puritanische Strenge der schottischen Kirche noch heute wie je über dem Land. Unmöglich, des Sonntags auch nur zu einem Tropfen Alkohol zu kommen. Keine der blankpolierten Kneipen dürfte wagen, zu öffnen. Kein Restaurant hält auch nur ein Mittagbrot bereit. Nur in den Hotels findet der Zugereiste Nahrung und Stärkung. Aber Alkohol auch dort nur, wenn er sich tatsächlich auf der Durchreise befindet und dafür den Beweis anhand einer gültigen Fahrkarte antreten kann. Dann wird ihm kredenzt. Aber auch dann nur, wenn er seinen Namen, Art und Menge des Getränkes in ein strenges Buch eingetragen hat. Aber abgefeimte Schotten finden sich immer, die sich heuchlerisch eine Fahrkarte am Schalter kaufen und nach Erledigung der sonntäglichen Trinkbürokratie zu ihrem kleinen Glase Whisky kommen.

Und obgleich ganze Stadtviertel in ihrer kompakten Dunkelheit, nebelumweht, so aussehen, als gäben sie das düstere Szenarium zu einem bösen Kriminalroman ab – das Laster ist hier schwerlich zu finden. Keine Bar wirft ihren freundlichen Lichtschein am Sabbat nach außen. Kein Kino führt vor. Kein Theater spielt. Kein Konzert findet statt. Kein Sport wird geduldet. Und wo er doch ketzerisch betrieben wird, sieht ihn die Mehrzahl des Volkes an diesem Tage mit Mißmut.

Was treibt ihr eigentlich am Sonntag in Schottland, soll einer einmal gefragt haben. Und mit dem Seufzer der Übertreibung habe ihm ein Ortsansässiger geantwortet: »Nu was, wir treiben Inzest!«

Und hatte damit wirklich übertrieben. Ich wartete den ersten Wochentag ab und ging ins Kino. Ich stellte mich am Ende einer der langen Schlangen an, die hier vor fast jedem Lichtspielhaus sich hinziehen, und kam nach einer Dreiviertelstunde in das Innere eines jener Prachtgebäude, in deren Sessel man wie in einer Wolke versinkt. Das hat kein Ende. Erst spielt einer auf einer Kinoorgel und streut uns rhythmischen Pfeffer ins Blut. Dann sind zwei Kulturfilme zu sehen. Inzwischen haben wir unsere Pfeifen entfacht und unsere Streichhölzer auf den beteppichten Boden geworfen. Neben mir hat eine junge Mutter mit ihrem Baby Platz genommen und bittet mich um Feuer für ihre Zigarette. Damit wären wir dann bei einem der beiden Hauptfilme angekommen, einem ruchlosen Ding aus Wildwest, währenddessen einem freundliche Platzanweiserinnen auf Verlangen ein Tablett mit Tee und Keks und Kuchen auf den Schoß reichen. Und dann erst geht der Film vonstatten, dessentwegen man eigentlich eingetreten war. Man rückt zurecht, um zum eigentlichen Genuß zu kommen, da reicht mir meine Nachbarin ihr Baby auf den Schoß: ob ich es nicht einen Augenblick halten wolle. Sie müsse mal mit ihrem Mann daheim telefonieren. Sie komme heute etwas später. Und unsereins, das Balg auf den Knien, bedenkt, wie sehr doch die Kinohörigkeit dieses Land erfaßt hat. Man vergleicht nicht ohne einige nationale Gehobenheit die Stellung, die das Lichtspiel hier und bei uns einnimmt. Und fühlt ein kleines Wohlgefallen in seiner deutschen Brust.

Einmal kaufte ich mir einen Kaugummi (bei Abgabe von Süßwarenmarken) und ging in die etwas ramponierte Aufführung eines amerikanischen Musicals »Nimm die Flinte, Anni«, ein musikalisch-tänzerischer Trubel, der auch nach jahrelangen Strapazierungen mit Gastspielen quer durch Amerika und England noch elektrisierend war und munter machte, daß am Ende die Schotten ringsum in den Gesang mit einstimmten.

Ein andermal ging ich in eine jener »Pantomimes«, einer Weihnachtsdarbietung, die sich bis ins Frühjahr hinzuziehen pflegen, für Kinder gedacht. Aber da sie als Kinderaufführungen nicht der Zensur unterliegen, haben im Laufe der Jahre die Theaterleute auch einiges für die lieben Onkels in die Schaustellung mit eingebaut, oft recht rüde Scherze, die von englischen Brettern herab sonst schwer verpönt wären. Die lieben Kleinen verstehen sie ohnehin nicht. Und die Onkels haben ihr Vergnügen und stürmen nun ihrerseits die Kassen. In der »Pantomime« gibt ein Märchenstoff immer Anlaß für eine junge Dame, in Männertracht ihre schlanken Beine zu zeigen. Und andererseits ist es Regel, daß männliche Komiker komische Alte zu geben haben. Das verwechselte Geschlecht – eine der Wirkungen, der fragwürdigen, solcher Familiendarbietung.

Wenn den Schotten vorgeworfen wird, Sparsamkeit sei ihre Schwäche – jetzt ist es ihre nationale Stärke geworden. Sie hüten und vermindern sorgsam die Zahl der Lichter im Hause. Ein Schwarzer Markt, überall sonst bei solcher Kartenbewirtschaftung und Einschränkung eine fast notwendige Mißlichkeit, ist hier undenkbar. Man seufzt und murrt, gewiß. Aber man erkennt die Gründe der Regierenden an und löckt aktiv nicht gegen den Stachel der Enthaltsamkeit.

Über der alten Burg von Edinburgh fliegen die Möwen. Die Menschen gehen einher, gesund, von jener Wangenröte, die der See- und Bergeswind hervorruft. Sie sind in ihren traditionellen Homespun gekleidet und machen, wird man hierher verschlagen, den Eindruck, als hätten sie auch im vorigen Jahrhundert nicht viel anders gewandet sich über die volle Princesstraße bewegt. Und für Minuten meint man, als hätte man staunend teil an einer besseren Vergangenheit. Als sei hier die Uhr der Zeit noch nicht gestört und verwirrt. So fest lebt man in Schottland. ×

Drei faule Tage im Frühling von Paris

Ein ergebnisloser Reisebericht

Ich komme auf der Gare de Lyon an. Ich schnappe dreimal Pariser Luft, denn die Sensation, die Sohle seiner Schuhe nach so viel Jahren auf ein Pariser Pflaster setzen zu dürfen, ist ungemein. Es ist früh. Noch regt sich die späte Stadt nur träge. Vor den Bistros ein paar Leute, die ihren Kaffee im Glase trinken und ein Croissant zum Frühstück brechen. Die Sonne flimmert in den Bäumen, die gerade ihr lichtestes Grün angesetzt haben. Das erste Pariser Mädchen flirrt vorüber. Man guckt und man steigt in die Metro, in das knatternde Ungetüm von Untergrundbahn, die in dieser Stadt so prähistorisch anmutet mit ihren gefliesten Stationen, mit den Wagen, die aussehen wie die erste Eisenbahn zwischen Nürnberg und Fürth. Man ist – Wanderer, halte dein Herz! – in Paris.

Als ich das Licht der Sonne am Place de la Concorde wiedergewinne, stoße ich – wie der Zufall so spielt – mit Dr. Adenauer zusammen. Er verläßt gerade sein Hotel Crillon und besteigt einen gemäßigten Mercedes, sich an den Quai d'Orsay zu begeben. Einige Polizisten stehen vorsorglich in der Sonne. Die Störungen, die man offenbar erwartet hatte, blieben aus. Wir sind nicht allein in Paris. Das Gefühl ist freundlich.

Aber nun, da ich auf diesem weiten Platze stehe, wo einst die Guillotine arbeitete und wo nun die Wasser springen und die Wagen glitzern, sobald ich nur die Champs-Elysées hinuntergeplinst habe und auf die Menschen gesehen, die sich da schon im vollen Frühling bewegen, fasse ich in die Tasche, hole den Zettel hervor, auf dem ich mir die Fleißaufgaben für drei Tage Paris notiert hatte. Freunde, Museen, Theater, literarische Erkundigungen, Ausflüge. Ich nehme die ganze Liste vorsorglicher Beflissenheit, reiße sie in kleine Stücke und vertraue sie aufatmend einem der kleinen lustigen Straßenwasser an, die so munter des Morgens in dieser Stadt neben dem Trottoir fließen. Und bin ein freier Mensch. Laß fahren dahin all die guten und fleißigen Bildungsvorsätze! Hier soll man streunen, sich treiben lassen.

Man kommt vom Wege

Man kommt so schön vom Wege. Vor mir geht die breit gleißende alte Prachtstraße ein junges Liebespaar. Das gibt es woanders um diese Jahreszeit wahrscheinlich auch. Aber diese beiden haben offenbar eine besondere Injektion liebender Heiterkeit bekommen. Sie kichern Schritt für Schritt. Sie tun, als dürfe man sich alles nur ins Ohr flüstern. Sie tragen die Arme immer neu verschränkt.

Und jedesmal, wenn sie eine Straßenkreuzung überwunden haben, wenn sie mit uns dem rigorosen und launenhaften Autoverkehr entgangen sind und auf dem jenseitigen Bürgersteig die Sicherheit wiedergewonnen haben, führen sie den fünften Akt eines Liebesdramas auf, umarmen sie sich mit Seufzen, verharren sie lachend und jauchzend für eine Minute Brust an Brust, als wäre alles Elend der Welt für immer von ihren jungen Schultern genommen. Verliebt und albern, Filmreiferes sah ich nie in der Wirklichkeit!

Wo bin ich jetzt? Die Straße heißt Weg der Märtyrer und führt steil bergan. Nach dem Daumen zu peilen, müßte dies in die Nähe der Sacré Coeur führen. Die Straßen sind eng geworden. Heitere Wäsche baumelt aus den tiefgezogenen Fenstern der edelgebauten, verwohnten Häuser. Das Geschäftsleben findet auf dem Bürgersteig statt. Die phlegmatischen Handeltreibenden schieben ihre Ware bis dicht an den Passanten heran. Der Fleischer steht direkt auf der Straße. Dort eine tonnenartige Dame, die Flitter und Damenputz zweiter Garnitur anpreist. Dann wieder proletarische Müßiggänger, die in der Sonne bei dem nun fälligen Aperitif sitzen. Kreischend laufen die Kinder vor den sich die Steigung hinaufquälenden Automobilen her. Drüben hat sich einer direkt auf die Straße in die Sonne gesetzt. Er schläft. Ich steige behutsam über seine Beine.

Um auf die andere Straßenseite durch das Gewimmel zu geraten, denn dort ist wieder eine große Plakatfläche. Und die sind hier immer heikel amüsant. Ein Plakatkrieg ist im Gange. Zuerst hatten die Kommunisten das Prä in diesem Getümmel auf großgedrucktem Papier. Sie waren publizistisch an den Häuserwänden ungeheuer tätig, bis das einige freiheitlich gesinnte Bürger wurmte und sie auszogen, dem wieder auf Plakaten Paroli zu bieten. Jetzt tobt der Kampf.

Man sieht ein kommunistisches Plakat mit der Picassoschen »Friedenstaube«. Gleich ist das überklebt von einem kleineren Anschlag, der die gleiche Taube zeigt, nur daß die aus Tanks und Gewehren zeichnerisch nicht ungeschickt montiert ist. »La colombe qui fait boum!« steht darunter. Die Taube die Bum-bum macht! Und schon ist die Wirkung des ersten Plakates perdu.

Oder da ein großes kommunistisches Manifest, gegen die geplante 18monatige Dienstzeit in Frankreich mit Donnerworten protestierend. Die Gegenpropaganda der Männer von der Vereinigung »Paix et Liberté« ist nicht dumm: Sie überkleben einen Streifen, auf dem nur steht: Sehr gut, aber vergessen wir nicht, auch gegen die dreijährige Dienstzeit in Rußland zu protestieren! – Der Schlag wurde ins Wasser geleitet.

Oder die Antikommunisten erschrecken die Öffentlichkeit mit gewaltigen Plakaten, auf denen Lenin zu sehen ist. Liest man den Text, so sind nur die Stellen aus Lenins Testament zitiert, in denen er vor der Unleidlichkeit und der politischen Sturheit Stalins kurz vor seinem Tode warnte und dessen Entfernung von seinen damaligen Ämtern empfahl. Die Kommunisten lesen's nicht gerne.

Oder man liest zu seinem ersten Erstaunen einen heuchlerischen Aufruf von soundsoviel tausend kommunistischen Ärzten, der den Inhalt hat: Warum mußte Thorez, unser Parteiführer, krank, wie er war, nach Moskau exportiert werden? Wir hätten ihn so gerne selber geheilt! Paix et Liberté hat, wie sich beim zweiten Hinsehen erweist, das Plakat lanciert.

Die Kommunisten sind nicht faul. Sie überkleben die kämpferischen Plakate in einer Ecke mit einem Papier, nicht unähnlich einem Apothekeretikett: ein Totenkopf und die Worte: »Achtung, Gift!« Was die freiheitlichen Plakatkämpfer ihrerseits dazu geführt hat, alle feindlichen Plakate in der linken unteren Ecke einfach mit einem Aufdruck zu versehen – schlicht und wirksam nur: »Gedruckt in Moskau!«

Und so tobt das an den Wänden hin und her, witzig, hartnäckig und voller Überraschungen. Ich werde ungern abreisen. Denn eben lese ich einen gewaltigen Hinweis der »Frieden-und-Freiheit«-Leute: hier, an dieser gleichen Stelle würde in den nächsten Tagen ein Plakat erscheinen, das den Kommunisten wortwörtlich die Tränen in die Augen treiben werde. Man solle Obacht geben! – Ich hätte es zu gern noch gelesen …

Im Theater

Mittag gegessen unter einer sonnenbegossenen Markise und die Menschen ringsum nicht aus den Augen gelassen. Dann schlendernd zum Montmartre hinauf und die verschrobene Romantik dieses Viertels gekostet und über die Stadt hingesehen, die da ausgebreitet liegt wie eine Verheißung in der Sonne. Am tummelvollen Opernplatz mich unter die zugereisten Amerikaner und Engländer kurz gemischt. Hinüber an die Seine, um einmal wieder auf einer der Brücken gestanden zu haben und bei den Bücherantiquaren am Kai ein halbes Stündchen müßig gestöbert. Den schönen Schock der architektonischen Freude vor der grandios gefächerten Fassade der Notre Dame neuerlich gekostet. Plötzlich befand ich mich auf einem kleinen Marktplatz, auf dem nur Papageien, Wellensittiche, Kanarienvögel und anderes Hausgefieder feilgeboten wurde, die lustig piepsende Handelsware im Gehäuse hinter zierlichen Gittern.

Die Dämmerung fiel. Ich geriet schlendernd in eine Straße, in der einer die schönen Damen unaufgefordert »Chérie« nennen und dunkle Herren auf Grund unziemlicher Bildbücher raunen und mit einem ins Geschäft kommen wollen. Man flieht. Man geht ins Theater.

Die Pantomime als Kunstgattung hat hierzulande Tradition und neues Leben. Ich ging in das kleine Studio an den Champs-Elysées, wo Marcel Marceau, ein Phänomen an mimisch bewegungsstarker Ausdruckskraft, schweigend mit seiner kleinen Truppe den Abend aufs ergötzlichste füllte. Er spielte Gogols »Mantel«. Er ließ diese funeber heitere Novelle nur tänzerisch, nur in der profiliert verhaltenen Bewegung lebendig werden. Ein Abend, an dem die körperliche Genauigkeit und die witzige Choreographie solcher pantomimischen Seltenheitskunst glücklichst zu beobachten war.

Ich ging zu Jean Louis Barrault, den neuen Anouilh »La Répetition« zu sehen, eins seiner »rosa« Stücke; eine dialogisch schwingende Mischung von rokokohaftem Schäferspiel und einem halbtragischen Mädchenschicksal. Und obgleich mein Französisch wenig strapazierfähig ist, das war zu merken: wie elegant, wie genau, wie geformt die Dialoge da pfleglich hervorkommen. Wie auf die Sprache hin da inszeniert war. Wie das Belcanto des schönen Wortes zelebriert wurde. Man spielte wie auf Zehenspitzen. Man sprach, als gelte es, behutsam unser Ohr und akustisches Taktgefühl immer zu schonen. Barrault selber, nicht ohne einige Manierismen, nicht ohne eine gefährliche Selbstgefälligkeit, in der Mitte der Szene immer. Die Franzosen ringsum nahmen ihm den gekonnten Wohlklang jubelnd von den Lippen.

… ein weißer Elefant

Aber wo man ging – alle Wege schienen im Quartier Latin zu enden, am breiten Boulevard Saint Michel, wo die Studenten wohnen, wo sie ihre Mahlzeiten einnehmen, wo sie aus den tiefen Fenstern hängen, ein Buch oder ein Mädchen in Händen. Die Bärte tragen sie auch noch, die studentischen Schifferfräsen. Mädchengesichter wehen vorüber, wie aus einem impressionistischen Bilde geschnitten. Fröhliche studentische Mohren kommen in Gruppen vorbei. Eine kleine Chinesin lachend in ihrer Mitte.

Man läßt sich durch die hohen Gitterpforten in den Luxemburg-Garten. treiben, wo die bizarren Drahtstühle unter den Bäumen in der Sonne stehen. Dort lümmelt sich Paris wie eh und je. Die Bonnen strickend hinter den hochrädigen Kinderwagen. Studenten liegen im schieren Sand, die Nase im Buch. Die Liebenden – daß sie in Paris tatsächlich keine Ruhe geben können! – teilen sich in einen schmalen Platz auf einer Bank. In einem dunklen Klumpen sitzen alte, gepflegte Herren da. Sie haben sich einen Spieltisch unter die Bäume gestellt und eine Art Teppich darüber gebreitet. Sie sind dem Kartenspiel hingegeben, umstellt von den schweigenden Kibitzen in der Baskenmütze.

Dort eine Lustbarkeit, eine verstaubte, für Kinder. Ein Kasperletheater steht da seit Urzeiten. Man kann eine Art kindliches Tennis in der Sonne spielen. Ein altes Karussell, handgetrieben, dreht sich mit seinem kümmerlichen Bestand unter einem vergrauten Zeltdach. Die Kinder auf den vergilbten Holztieren, ernst und schweigend die Runde machend auf Eseln, Giraffen und dräuenden Löwen. Und dann und wann ein weißer Elefant …

»Und dann und wann ein weißer Elefant«? Rilkes Karussellgedicht – entstand es nicht hier? Hier entstand es. Und dies Karussell muß es gewesen sein, das er in seiner lyrisch-realistischen Epoche fixierte. Das Karussell im Jardin Luxembourg. Da ist es noch. Vor fast fünfzig Jahren von einem jungen Prager Dichter an dieser Stelle zur lyrischen Unsterblichkeit gebracht. Da steht es noch, nur daß inzwischen die lieben kleinen Tokusse der französischen Kinder die weißen Tiere redlich abgeschabt haben. Hier stand Rilke. Dies hielt er fest.

Paris – es waren nur drei Tage. Es passierte nichts als das, was dort täglich passiert. Aber wenn es wahr ist (und wahrscheinlich ist es wahr), daß jeder von uns zwei Heimaten hat: die eigentliche und dieses unsterbliche, mühsame, heitere glückliche Frankreich – ganz schlecht kann es dem nicht gehen, der diese Stadt alle zehn Jahre wiedersehen darf. Und sei es nur auf drei Tage. ×

Bruchstücke aus einem amerikanischen Reisetagebuch

I: KAUM IN NEW YORK ANGEKOMMEN

... und in der ersten Nacht, es war genau ein Uhr, plötzlich wieder aufgewacht in dem fremden Hotelzimmer. Das Licht angezündet und bemerkt, daß der Pulsschlag immer noch beschleunigt ging. Das Zimmer betrachtet. Die Tür war so eingerichtet, daß man sie doppelt öffnen konnte und Wäsche, die man reinigen lassen will, dort deponieren, bis der Boy, telefonisch informiert, sie holen kommt. Acht Stunden, dann hängt sie gereinigt und die Wäsche auf Pappe gespannt, die Hemdkragen durch eine raffiniert-einfache Pappkonstruktion vor Druck geschützt, wieder zwischen den Türen.

Im Bett aufgesessen und hinuntergelauscht. Da brauste es noch vierzehn Stockwerke tiefer. Ruhe schien die Stadt New York nicht zu kennen. An die Landung gedacht. Wie die gezackte Silhouette auftauchte mit ihrer verwegenen Schönheit, mit ihren abnormen Maßen. Aber wieder gewundert, daß man keineswegs in die Knie sank oder den Mund nicht wieder zubekam vor Staunen. Man kennt es zu gut. Wie wir dann an der Freiheitsstatue vorbeiglitten, und wieder die Abwesenheit einer wirklichen Erschütterung. Wie unser Bus die Halbinsel Manhattan gewann, die Fähre anlegte und wir endlich den Boden unter uns hatten, der nun acht Wochen zu bereisen sein würde.

Wolkenkratzer sind sehr hohe Häuser. Sie bleiben Häuser. Wir sahen die ersten davon direkt über uns. Und wieder die korrigierende Erfahrung, daß das nicht böse war, daß es nicht bedrückte. Daheim hatte ich die New Yorker immer etwas bedauert: Sie müßten unter dem Druck dieser baulichen Ungetüme dahinwandeln, in den Schluchten der Straßen, von der Sonne nicht beschienen, dem Himmel fremd. Es stimmt nicht. Gleich am Wasser sahen wir junge Männer in grellen Hemden sich den Baseball in ihrer Mittagspause zuspielen. Kinder hockten am Straßenrand. Einige hatten Puppen im Arm. Unser Bus fuhr, klüglich die Innenstadt vorerst vermeidend, das westliche Ufer der Halbinsel Manhattan hinauf. An gewaltigen Obstmärkten vorbei, unter Unterführungen donnernd hindurch. Wenn das Verkehrslicht gegen uns war, standen wir eine halbe Minute und konnten in die Gesichter sehen. Nicht die Hast, die unsere amerikanischen Romanschriftsteller uns einreden wollen. Die Geschäfte, die Kneipen, die Drugstores möglichst offen und unverdeckt zur Straße hin. Viel Glas. Manche Geschäfte überhaupt nur durch Glas von der eigentlichen Straße getrennt. Dann mindere Wohnpartien. Kaum angenehm zu sehen und wahrscheinlich kaum angenehm zu bewohnen.

Kein Grün. Die fünfstöckigen Häuser zur Straßenfront mit den sonderbar stereotypen Feuerleitern versehen, die ein rostiges Filigran von schöner Häßlichkeit vor den ganzen Straßenzug legen. Uns zur Linken immer noch die gezackten Piers des Hafens, der diese ganze Halbinsel umgibt. Auf langen Leinen, von Fenster zu Fenster gezogen, die Wäsche der Einwohner. Ein Lastwagen blieb neben uns. Ich sah zu seinem Fahrersitz hinüber: ein gewaltiger Farbiger. Hinter ihm waren wenig bekleidete Damen aus Zeitschriften geschnitten und an die Wand gepappt. Er sang augenscheinlich. Hören konnte ich es nicht, denn die Stadt dröhnte schon um uns. Aber er bewegte seinen wulstigen Mund lustig, hieb im Takt unverdrossen auf das Lenkrad. Und jetzt, da er bemerkte, daß ich ihn beobachtet hatte, zwinkerte er mir zu und verdoppelte offenbar seine Stimmkraft. Ich konnte ihn hören. Er sang.

Wir bogen in der Höhe der 51. Straße rechts ein. Wieder verwandelte sich die Stadt. Die Häuser wurden korrekter. Keine Wäsche mehr von Fenster zu Fenster, sondern jetzt schmerzte das Auge fast von den großen und unterschiedlichen Reklameschildern, die an die Wände gepflastert waren. Die Gier, in fremden Landen alles lesen zu müssen! Die erste Lust, in die Auslagen zu schauen! Wir kamen aus Deutschland. Wir kamen aus dem blockierten Berlin. Schon was wir aus dem Bus heraus in den Auslagen erspähen konnten, machte uns taumelig. Alles. Ein Obstladen, daß ich mir im Vorbeifahren den Hals verrenkte. Berge von Pampelmusen. Ein Gebäude aus Apfelsinen, Äpfeln, Birnen, Bananen und mir nicht erkennbaren fruchtlichen Kostbarkeiten. Alles, dessen wir die letzten zehn Jahre hindurch bedürftig waren, quoll weit aus der Auslage in die Straße hinein. Gleichmütig wühlten einige Frauen darin.

Und dann Schlag auf Schlag. Wir passierten den Broadway. Ich hätte es kaum bemerkt, wäre mir nicht mein Busnachbar mit einem Rippenstoß zu Hilfe gekommen. Es war Tag. Es war Mittag, aber schon versuchten die Lichtreklamen den Himmel zu beschämen. Zuckendes Licht. Häuserfronten in zappeliger Bewegung von dem sich ständig verändernden Licht. Zwei Etagen hoch sah ich meine New Yorker kritischen Kollegen in Karikatur über den Eingang eines Theaters gepappt. Sie trugen in komischen Spruchbändern ihre kritische Meinung über das Stück, das innen lief, zur Schau. Zwei Etagen hoch. Brooks Atkinson erkannte ich, John Chapman, die Kritiker, und mir gruselte etwas vor den gewaltigen Pappdenkmälern, die man meinen Kollegen hier schon zu Lebzeit gesetzt hatte aus Gründen der Reklame und Anreißerei.

Aber schon vorüber. Die siebente Avenue. Ein kompakter Schlauch von Verkehr, lieblich gesprenkelt durch die grellgelben Taxis, die das Straßenbild lustig machen. Wir hielten vor dem Hotel. Wir bewegten keine Hand. Rotuniformierte Helfer sprangen hinzu. Wir traten ein in das Hochhaus. Fleischfarbenes Licht, das mir widerlich war, über einer Halle, in der es sich bewegte, als wäre man am Anhalter Bahnhof eben angekommen. Nein, kein Irrtum. Dies war das Hotel.

Eine schnelle Schlange am Empfangstisch. Keine Frage nach Papier oder Ausweis. Nur Name und Herkunft. Schon griff ein rötlich Gekleideter meinen ärmlichen Koffer. Von den sieben Liften wählten wir einen. Eine farbige Dame, wieder in grellem Rot, ein Schiffchen sehr verwegen auf dem schwarz kräuseligen Haar, sang die Etagen aus, zwitschernd und lieblich zu hören. Mir blieb der Magen für Sekunden weg, als sie uns rapid hinaufschleuderte. »Thank you«, sagte ich, als ich ausstieg. Sie: »You are welcome!« Ich war willkommen.

Dann dieses Zimmer. Einen Freund rief ich an. Sonst schonte ich das Telefon, um Zeit und Atem zu gewinnen. Ich ließ mich nach einem seligen Bad wieder in die Tiefe sinken. Die Straßen zu Fuß.

Nein, das ist nicht bedrohlich! Sonne, Menschen, ganz ohne die Hast, die man uns als typisch amerikanisch daheim so oft in der Literatur und auf der Bühne verkaufen will. Der erste Drugstore, wo man Seife und Photoapparate und Uhren und Puder und Parfüms und Schlafmittel, Kämme und falsche Busen kaufen kann. Und wo man an einer langen Theke sitzt und nun den ersten der reinen Fruchtsäfte zu sich nimmt, die einem dies Land geschmacklich noch so köstlich machen sollten. Links von mir ein quirlendes Mädchen mit bloßer Schulter und unbedeckter Magengegend. Es ist warm. Sie wippt auf ihrem Hocker und sieht so aus, wie die Damen in den Filmen aussehen, genau. Sie plaudert, ihr gezogenes Englisch sprechend, mit einer ältlichen Kollegin. Sie haben Büropause. Sie trinken schnell eins. Sie sehen gepflegt aus wie die Königin von Saba selber. Kein Wunder. Die Nachhilfemittel, die in unserem Rücken feilgeboten werden, kosten so gut wie nichts, wenn ich die Preise schon recht verstehe. Bei uns wäre das gar nicht einmal sehr schöne Kind ein Luxusding und Flatterwesen. Hier augenscheinlich eine kleine Bürokraft. Sie lebt besser. Sie hat an einem Lebensstandard teil, dessen Fülle sich einem in den ersten Stunden schon aufdrängt und den man weiter studieren muß. Sie lebt besser. Gott soll sie schützen.

Rechts von mir ein Mann, der augenscheinlich nicht zu der ersten Gesellschaft gehört. Straßenarbeiter in blauem, verschmutztem Overall, einem jener festen Leinewandgebilde mit Taschen überall bis zur Wade hinunter, wie sie die Uniform der Handarbeiter zu sein scheinen, schmuck und überaus praktisch. Er legt einen Hammer vor sich auf die Theke, während er seinen »Hamburger« ißt. Er liest und fragt mich, was ich vom nächsten Baseballspiel halte. Ich muß die Antwort schuldig bleiben. Ich sei fremd. Da ich mein Englisch in England gelernt habe, tippt er auf einen Briten und droht mir etwas launisch mit dem Finger, wir Engländer sollten das gute Marshall-Geld nicht mit unseren törichten Sozialisierungsversuchen verplempern. Ich bedeute ihm, daß ich dafür nicht haftbar zu machen sei. Ich wäre aus Deutschland. Ich sei aus Berlin. Und was eben skeptische Reserve war, wird jetzt pure Freundschaft. Er schlägt mir mit seiner nicht ganz sauberen Arbeiterhand auf den Arm. Er strahlt. – Aus Berlin! Dann sei ich in Ordnung, das sei etwas anderes. Hut ab und alle Achtung! – Ich gebe ihm etwas verdutzt Auskunft über unser Leben und versuche ihn auch für England zu erwärmen, denn seine Zurückhaltung und Skepsis für den Alliierten und sprachlichen Bruder ist mir peinlich und unangenehm. Ob ich ihn erwärme, weiß ich nicht. Weiß nur, daß wir als Freunde schieden und der weißgekleidete Besorger hinter der Milchthekenbar sich, soweit ihm die Kundschaft Zeit läßt, an der Freundschaft beteiligt.

Als ich nachher hinaustrete, ist mein Mann, halb in die Erde der Straße versunken, an irgendeiner elektrischen Leitung tätig und ruft mir zu: »Gjuten Täg!«

Nachmittags unter amerikanischen Theaterleuten, die sorgenvoll die Lage der Bühne dieses Landes besprechen und einen avantgardistischen Mut haben, Amerika von der Priorität und heimlichen Diktatur des Broadwaytheaters zu befreien. Sie streben staatliche Unterstützung an, die man hierzulande nicht kennt. Sie berichten sich gegenseitig von Versuchen in der Provinz, auch dort zu einem eigenen Theater zu kommen und das Publikum aus den Kinos wieder vor die Bühne zu bringen. Es hört sich an wie solche Versuche immer. Gutwillig, etwas beleidigt, und im Protest trotzig über die Stränge schlagend. Am schönsten, wie eine ältere Schauspielerin, Florence Reed, die unserer Elsa Wagner zu vergleichen wäre, die Rundtisch-Unterhaltung an sich reißt und berichtet, wie sie die theaterentwöhnte Provinz wieder vor die Rampe bekommen will. Den großen Ton der vorigen

Generation in der Stimme, etwas gemäßigt durch eine schöne Selbstironie, erkennbar zum Beispiel an der heiteren Geste, mit der sie ein klotziges Armband, das sie in ihrer rhetorischen Gestik stört, sich vom Handgelenk reißt und als Ausrufezeichen hinter einen ihrer emphatischen Sätze auf den Tisch schleudert. Fazit: auch hier haben sie augenscheinlich Theatersorgen. Nur sechs Prozent der in der Gewerkschaft der Bühnenleute Vereinigten haben in der vergangenen Saison auch nur einmal auf der Bühne gestanden. Nur sechs Prozent. Das andere geht müßig oder muß Aushilfsarbeit suchen. Diese hier versuchen es mit Wandertruppen, mit örtlichen Organisationen auf freiwilliger Basis, mit Vermittlung aus New York hinaus, das von Schauspielern vollgestopft zu sein scheint.

... Später ein Abendessen in einer Cafeteria. Man empfängt einen Bon. Man nimmt sich ein Tablett und Besteck, gleitet mit dem Tablett an den lockenden Auslagen vorüber und läßt sich geben. Suppe. Fleisch. Gemüse. Milch in einem sonderbar gewachsten Pappkarton. Eis. Brot. Butter. Kaffee. Und wieder einen der Fruchtsäfte, die so jubelnd die Kehle hinunterfahren mit ihren schieren Vitaminen. Der Mann hinter dem Aufbau knipst einem den Preis in den Bon. Diesmal 85 Cents. Für unsere Begriffe geschenkt. Man sucht sich einen Platz und schleckert.

Noch später einen kühlen Trunk in der Hotelbar, die dunkel ist und nur mit lustvoll verdeckten Lichtern versehen. Es summt und trinkt um uns. Man ist todmüde und glücklich und sehnt sich fünfzehn Stockwerke höher in das Bett, in das man sich einschieben muß wie in ein doppeltes Butterbrot. So fest und genau ist das dünne Oberbett unter der Matratze befestigt. Kurzer Schlaf.

Und eben wieder erwacht und Ungeduld verspürt. Ich will wieder in die Kleider schlüpfen und noch einmal an den Times Square lugen gehen. Ich höre den Broadway drüben noch sumsen. Ich werde mich auf den zuckenden Platz stellen, der einem wie ein Expressionistentraum vorkommt. Drüben pustet ein beleuchteter Männerkopf von Häuserhöhe metergroße, reale Rauchringe aus seinem gemalten Mund. Uns zum Zeichen, daß wir »Camel« rauchen sollen. Über dem Dach des Nachbargebäudes rauscht aus Reklamegründen ein ganz richtiger Wasserfall in wohl 30 Meter Breite durch die Nacht. Daneben wieder gespenstische, nackte Monumentalstatuen, die sich mit einem Neongewand bekleiden in wiederkehrenden Zeitabständen und uns zum Einkauf in dem Bekleidungshause Soundso verführen wollen. Wendet man den Kopf, so sieht man sich einer Filmwand gegenüber, gebildet aus lauter starken Glühbirnen. Dort laufen, durch immer wechselnde Zusammenstellung der Lichter zustande kommend, groteske kleine Filme in halber Himmelshöhe ab. Ein Tambourmajor schleudert nicht weit davon seinen Stab und will uns damit beweglich einen Whisky einreden. Um das plätteisenförmige, schöne Haus der »Times« rennen die neuesten Nachrichten in Leuchtschrift. Vor den vielen Kinos – sechs zähle ich allein von meinem Standpunkt – schreien noch die wechselnden Lichter der Reklamen die Filme in die Nacht. Drüben verkaufen sie nach Mitternacht noch Herrenhemden und Damenunterwäsche. In einem Laden, der Spieltische und Geschicklichkeitsmaschinen beherbergt, hocken die Nachtvögel. Vor dem Eingang zu einem schon geschlossenen Geschäft liegt ein alter Mann mit Christusbart auf der Schwelle und schläft, zugedeckt mit einer Zeitung.

Noch gehen die Verkehrslichter. Noch sind die Gehsteige gedrängt voll. Noch kommt und geht es vor den Kinos. Verschiedene Musiken schallen aus verschiedenen Geschäften über den strahlenden Platz. Jetzt flattert eine Taube zu meinen Füßen nieder und pickt sich etwas aus den Nachlässen des Tages.

Wie kann man hier müde werden? Ich bin hellwach wie die Stadt selbst an dieser Stelle. »Macht Ihnen New York nicht Angst?« fragte mich heute einer. Das nicht. Das keineswegs. Bis jetzt nur etwas lebendiger noch. Neugierig. Und gespannt, ob man diesen schnellen Herzschlag wird mithalten können. Oder ob auch das Geruhsame, das Kleine, das Alltägliche hier noch wohnt. Bis jetzt gefällt es mir. Wir sehen weiter. ×

II: MINIATUREN VON DER OSTKÜSTE

Noch New York: Gestern haben wir gebeten, uns nach Hyde Park hinauszufahren, einem großen Teil dieses Volkes das Nationalheiligtum. Franklin D. Roosevelt wurde dort geboren. Dort liegt er begraben.

Schon die Fahrt! Unser Wagen sucht schnell den Highway, die große Autostraße, zu gewinnen, die das Gewirr des Verkehrs in der Stadtmitte umgeht. In kompakten Linien mit einem Strom von Autos gleiten wir in 70 Kilometer Stundengeschwindigkeit dahin. Zu unserer Rechten die sich zu Wolkenkratzern hebende und dann wieder zu geringen Wohnhäusern senkende, unruhige Stadtsilhouette. Ein Wagen vor uns kann nicht mithalten. Kurzer Aufenthalt. Er wird erbarmungslos auf den Grasrand der Straße geschoben. Weiter. Hier muß es weitergehen. Neue, schön geschwungene Autowege schieben sich in den unseren. Kein aufrechtgehender Mensch weit und breit. Ein Fahrrad schon gar nicht. Die Maschinen rennen dahin. Glitzernde Gebilde in protziger Stromlinie. Daneben Feldwagen, in denen Anzüge und Hemden zur Schonung der Bügelfalten auf Kleiderhängern und einer Stange im rückwärtigen Teil offen im Fahrtwinde hängen. Kinder quellen heraus. Äußerst gebrauchte Wagen dazwischen, an ihren Kotflügeln oft rigoros eingedrückt. Ein junges Paar, ihr Arm auf seiner Schulter, hinter dem Steuer.

Gleichgültig, wie der Wagen aussieht. Ein Wagen muß es sein in diesem weiten Land. Und Schnelligkeit muß er haben. Kein Luxus. Ein Gebrauchsgegenstand.

Zu unserer Linken der Hudson. Die Dampfer lassen hin und wieder ihr warnendes Tuten hören. Fähren und kleine Lustschiffe, bewimpelt und voller bunter Menschen. Jetzt erhebt sich das Glück der George-Washington-Brücke, ein elegant betörendes Bauwerk, fast zierlich schwingt es sich über das breite Wasser, eine architektonische Wollust, wie sich seine Proportionen im Herankommen verändern. Was aus der Ferne fast fragil und wie mit einer Silbernadel gezeichnet wirkte, wird fester und benimmt einem wieder den Atem in seiner selbstbewußten Größe, sobald man heranbraust, kurz hält und aus dem Wagen heraus seinen Brükkenzoll entrichtet.

Wir sind eine dreiviertel Stunde gefahren. Schon ist pures Land um uns. Dörfer darin. Nicht die Häßlichkeit und von Reklameschildern überfüllte Eintönigkeit kleiner Orte, wie man sie gefürchtet hatte. Hier nicht. Dies sind gepflegte Refugien der Stadtbewohner. Die ersten, einstöckigen Häuser im Kolonialstil, alle von einer schönen Rasenfläche umgeben, mit Blumenbeeten zierlich bestückt. Kein Zaun. Kein Grund, offenbar, seine Trennung vom Nachbarn sichtbar und unübersteigbar zu demonstrieren. Ganze Ortschaften wie ein großer, zusammenhängender Park, wie zufällig Häuser darin. Auf den Holzveranden stehen die Schaukelstühle. Der große Wagen auch noch neben dem unscheinbarsten Häuschen. Wir gleiten weiter. Eine größere Häuseransammlung. Die Mainstreet, die Hauptstraße, wie sie in Sinclair Lewis' Buche steht. Alles Elektrische, Telefon und Lichtleitung, ist hoch an Telegraphenstangen verlegt. Das Warenhaus. Der Drugstore. Die Post. Die öffentliche Bibliothek. Auch hier zuckt im kleinen schon bei Tage das Licht der Reklamen. Vorüber.

Hyde Park, der Landsitz Roosevelts, wurde nach dem Tode FDRs, wie sie den Namen des großen Mannes zutraulich abkürzen, der Nation geschenkt. Auf einer weiten Rasenfläche, von Hecken umgeben, der einfache Gedenkstein. Im Park die Bibliothek, angefüllt mit Dokumenten, Bildern und Schriftstücken seiner Amtszeit. Ganze Säle, voll von Zeichen, Briefen, Geschenken, rührenden Gaben, die die unvorstellbare Popularität dieses Mannes erkennen lassen. Die Leute gehen durch das Wohnhaus, das belassen ist, wie es war, einem minderen, europäischen Gutshause vergleichbar. Wir gehen mit. Aber das Schöne ist nicht eigentlich das mit einigem Jugendstil überwachsene Empire der Räume, nicht das simple Gästezimmer, in dem das englische Königspaar wohnte, nicht der von Schiffsmodellen prangende Arbeitsraum, nicht der Salon, mit fragwürdigen Vasen zugestellt. Die Menschen ringsum sind erregender. Nicht wie bei einer Schloßbesichtigung bei uns zulande. Hier sind sie beteiligt. Viele Farbige darunter mit Kind und Kegel. Viel junges Volk, das herumgeht, als wäre man zu Hause bei sich selbst. Sie kennen seinen kleinen schwarzen Hund, der auf so vielen Bildern zu sehen ist. Sie kennen den Kamin, von dem aus er oft genug zu ihnen sprach in seinem glücklichen Duktus, als redete er über den Zaun zum Nachbarn. Sie sind bei einem Nachbarn zu Besuch. Sie sind nicht laut und nicht von der Touristengesinnung, die die gleichen Leute im Ausland so oft zeigen. Dies betrifft sie. Dies scheint sie körperlich an den menschlichen Schwung, an die fortschrittsgläubige Frische jener Jahre zu erinnern, die die Amtszeit dieses Präsidenten so glücklich erfüllt haben muß. Kritische Stimmen genug, die seine Arbeit heute verdammen und ihm grobe Fehler nachweisen wollen. Aber der junge Mann, den ich in der Halle um eine Auskunft bitte, er, Besucher wie ich, sagt: »It was good to live with FDR.« Es war gut, mit Roosevelt zu leben. Er sagt – »mit«. Nicht – »unter«.

Wie die Zutraulichkeit zur Stadt New York in einem wächst! Die Herzlichkeit, mit der man sich in gestern noch unbekannten Häusern findet. Sie fragen. Sie wissen manchmal besser Bescheid, als ich es oft bei deutschen und zumal westdeutschen Landsleuten erkennen mußte. Schauspieler geben uns schnelle und herzliche kleine Gesellschaften. Da ist keinen Augenblick Fremdheit – wie für alle jene nicht, die im großen Hause des Theaters wohnen, gleichviel wo es immer stehen mag.

Die Augenblicke, die zuerst prekären, und die dann jedesmal schönen, wenn man Ausgewanderten, aus Deutschland böse Vertriebenen begegnet. Wie Mady Christians, unverändert jung und fraulich strahlend, sich unserer annimmt. Über zweitausendmal hat sie die populäre Mutterrolle in »So war Mama« hier gespielt. Ich darf sie jeden Morgen anrufen, um zu erfahren, was ihre freundschaftliche Unablässigkeit in der Bemühung um freie Theaterkarten am Broadway jeweils erreicht hat. Sie hatte am Ende alles erreicht. Auch für die noch ausverkaufteste Vorstellung erschmeichelt sie uns Plätze.

Kurt Weill. Seine Musik in ihrer glücklichen Mischung zwischen Folklore und Modernität ist hier am Broadway sicher zu Hause. Er lädt uns zu seinem Musical »Lovelife« ein. Wir treffen ihn in einem Hotel am Central Park. Wie intensiv und bescheiden er immer noch wirkt. Wie er aufatmet, als wir einige Hoffnung für Berlin, die Stadt seiner ersten Arbeit und Triumphe, durchblicken lassen. Lotte Lenja neben ihm. Daß die Leute hier nicht älter werden. Unverändert auch sie, die in den Brechtstücken den Brechtton so sicher verwaltete mit einem harten und genauen Charme.

Leopoldine Konstantin, womöglich noch jünger geworden, schlanker auf jeden Fall. Sie bereitet die englische Uraufführung von Goethes »Iphigenie« am Hunter-College vor.

Erwin Piscator. Bei ihm zuerst eine gesunde Skepsis gegen die ersten Deutschen, die er nach dem Amoklauf der Nazi- und Kriegsjahre sieht. Aber dann – wie das Fragen, das Mitteilen, das Erörtern einer möglichen Rückkehr nicht aufhört. Ausgebürgert mit den vielen auch er durch bösen, braunen Federstrich. Keiner, der sich bisher bemüht hätte, das Unrecht durch eine wiedergutmachende Geste auch nur zu verdecken.

Kurt Pinthus, der frühere Berliner Theaterkritiker und Herausgeber der gültigen Expressionistensammlung »Menschheitsdämmerung«, führt uns durch die Columbia-Universität, wo er das theaterwissenschaftliche Institut leitet. Mit welcher schönen Emphase er die zufällig ersten Vertreter des verminderten Berliner Nachkriegstheaters begrüßt und um Nachricht und neue Tatsachen bedrängt. Wie er uns hilfreich ist, der kenntnisreiche Mann.

Wilhelm Speyer, der kluge Romanautor, selber im Aufbruch wieder nach Deutschland. Soll man hinter dem Berge halten mit den Enttäuschungen, die dem Rückkehrer dort nicht erspart bleiben werden? Werden sie ihr Leben dort wieder anlegen können, wo es so rüde und grausam abgebrochen wurde? Man wird auch in der Fremde nicht los (besonders in der Fremde nicht), was Böses, Falsches und Unmenschliches bei uns geschah. Und wie soll man vertreten, wenn sie nach Unsinnigkeiten, nach neuen Fehlern fragen, die, ohne daß eine gründliche Sinneswandlung eingetreten wäre, heute schon wieder geschehen? Hier ist man tatsächlich mitverantwortlich. Man muß Antwort geben …

Die erste Eisenbahnfahrt ist zu beschreiben. Der Bahnhof für ein europäisches Auge als Bahnhof nicht erkennbar. Das ist schön, ist hell, ist ohne jene rußig hektische Atmosphäre, die daheim die Stationen beherrscht. Hohe, schön gebaute Hallen, hell mit einem glücklich glatten, blinkenden Sandsteinboden belegt. Man drängt sich nicht. Man fährt mit der Taxe direkt unter das hohe Dach. Die Menschen ringsum nicht beladen mit Koffern, nicht keuchend unter der Last einer Reise, wie bei uns so oft. Sie tragen ein kleines Handtäschchen in der Hand, bestenfalls. Sie zeigen nicht den hohlen Reiseblick, sie werden es gut haben.

Sie haben es gut. Keine Sperre zu den Zügen. Wozu Sperre? Die Leute sollen doch in den Zug hinein! Also Platz! Man sinkt in großen Fahrstühlen unter die Erde, wo die Züge warten. Uns zu Häupten jetzt, nur durch die dicke Straßendecke getrennt, die Hochhäuser der Park Avenue. Sie ihrerseits wieder, wie man mir versichert, durch eine Gummischicht vor jeder Erschütterung von hier unten gesichert, daß der Schlaf der Millionäre keinen Abbruch leidet.

Der Zug selbst ein helles, stromlinig-geschmeidiges Gebilde. An jeder Tür steht ein freundlicher Farbiger, der uns an die Plätze geleitet. Keine Abteile. Jeder Wagen ist mit sesselartigen Sitzen, je zwei beiderseitig des Mittelganges, versehen. Man versinkt. Man kann, als wäre man beim Zahnarzt oder Frisör, sich durch einen Druck auf einen Knopf die gewünschte Lage einstellen. Von der halben Höhe der Seitenwände bis dicht unter das Dach das reine Glas. Auch die Lagerung der Füße ist eben durch einen Fußtritt auf eine Stütze am jeweiligen Vordersitz regulierbar. Weißgekleidete Herren durchschwärmen in Abständen das lange Abteil und bieten mit leiser Stimme Fruchtsaft, Eßbares, Eis feil. Ein anderer, auf unsere tägliche Bildung bedacht, versieht uns mit Lesbarem. Wir dürfen alles. Nur rauchen nicht. Zu dem Zweck sind wir gehalten, uns in einen besonderen Raum zu begeben, von dem aus wir wieder blinkende Waschräume betreten.

Macht man sich auf, kann man den lässigen Speisewagen besuchen. Oder ist man des eigenen Sitzes überdrüssig, so befindet sich vor dem eigentlichen Speisewagen noch einer, der der völligen Entspannung gewidmet ist. Eine kleine Bar an der Seite für reisende Potatoren. Zwei Mahagonischreibtische, versehen mit dem Briefpapier der jeweiligen Eisenbahngesellschaft. Eine kleine Bibliothek befindet sich greifbar, dazu die gängigen Zeitschriften, eingelassen in dicke, flexible Lederdeckel.

Ist man ein Freund der Landschaft, darf man sich in den hintersten Wagen begeben, wo mit Glas überhaupt nicht mehr gespart ist und der Zug biberschwanzförmig in schöner Rundung abschließt. Dort wieder lässige Sessel, Tischchen, an denen reisende Herren sich zu einer Partie Bridge niedergelassen haben. Ein Lautsprechersystem verbindet uns alle und klärt uns über kommende Stationen auf. Wie auf Watte rollt der rasende Zug. Draußen tummelt sich das Thermometer schon wieder in den hohen Dreißigern. Hier herrscht Kühle. Durch feste, doppelte Fenster sind wir vor Hitzschlag und Schweiß gesichert. Hier ist man Mensch, hier darf man's sein.

Kein Objekt der Beförderungsbeamten. Man ist Kunde, Gast und Augapfel. Über zwölftausend Kilometer hin werden wir uns verwöhnen lassen. Das erste Ziel heißt Washington. ×

III: AMERIKA, DU HAST ES ANDERS …

Wie töricht man ist! Von Washington war mir aus einem alten Film eine Liebesszene in Erinnerung geblieben. Da hatte Gary Cooper bei Nacht und zu Füßen des Lincoln-Denkmals ein sanftes Gespus gehabt. Das war so duftig, in seiner ironischen Diskrepanz von Persönlichstem vor dem Marmor der Historie so nett und heiter gewesen, daß ich's behalten hatte. Als die Nacht fiel, ging ich aus, den Schauplatz zu suchen, als wär's ein Stück von mir.

Bei Tage war die Stadt eine flirrend weiße Repräsentation gewesen, geplant von einer französischen Hand. Man merkte es. Weite Straßen, gesäumt von Rasenflächen, und dann erst der verhaltene Pomp der Regierungsgebäude und Verwaltungspaläste. Die unvergeßlichen Stunden in der großen Nationalgalerie, wo man gewesen sein muß, will man überhaupt über europäische Malerei mitreden. Nicht nur, was da hing, wie es hing, ließ einen lustvoll seufzen. Eingebettet jedes Bild in eine farblich korrespondierende glückliche Umgebung. So hatte man hier gebaut, 1935, als bei uns der monumental leere NS-Pomp über seine eigenen architektonischen Füße stolperte. Dies hier – klar, funktionell und eben in reiner Erfüllung seiner Funktion schön, ohne schmückendes Beiwerk und ohne bauliche Aufgeblasenheit.

Wir waren verwundert durch das Kapitol gewandert, unbeanstandet von Wächtern oder Beamten, wenn wir – es anderen Besuchern gleichtuend – jede Tür dreist öffneten und hineinlugten. In der großen Koppelhalle hatten wir etwas gerührt und belustigt verweilt: eine Abordnung der »Töchter der Revolution« des Staates Utah, rund dreißig »Töchter« in recht fortgeschrittenem Alter waren aus patriotischen Gründen zugereist und hielten mit Fähnchen und Klavier und Geige eine kleine Feier ab. Ihr Repräsentant wurde aus dem Sitzungssaal geholt. Ein sehr junger, etwas genierter Volksvertreter, der den vaterländisch gerührten, älteren Damen einige nett aufrichtende Dankesworte sagte, ehe er ging, den Staat Utah und seine »Töchter« im Sitzungssaal weiter zu vertreten.

Schwärme von kichernden, in ausnehmend hübsche, waschleinene Kleidchen gehüllten, jungen Mädchen überall. Dergleichen wird augenscheinlich in diesem Lande in sehr angenehmen Mengen hergestellt. Sie hatten Schulferien. Ihre Lehrerinnen führten sie herbei, die Demokratie des Landes in Funktion zu sehen. Die ganze weitläufige Stadt war von ihrem reinlichen Liebreiz und ihrem leisen Gekicher erfüllt. – Wir hatten später gesehen, wie man Shakespeares vollständiges Globe-Theatre zu Anschauungszwecken in dem erstaunlichen Folger Museum rekonstruiert hatte. Ich war aus Gründen der Neugier in eines der vornehmen Bestattungsinstitute gegangen in der minderen Vorstadt und war etwas erschaudert vor dem mondänen Matter-of-fact-Geist, der da im Angesicht des Todes geherrscht hatte. Man konnte alles haben und auf Wunsch den jeweiligen lieben Toten balsamieren und noch auf dem Totenbett sein Aussehen durch Eingriff der Experten verjüngen und verschönen lassen.

Ausgerechnet ein höchst lebendiger katholischer Pater hatte uns in den Mammut-Zirkus von Barnum und Bailey und hinter die Kulissen der ungeheuren Zelte vor die Stadt geführt. Wir hatten die vollständige, staatliche Farbigenuniversität Howard gesehen.

Jetzt war es Nacht. Ich ging durch die weiten und duftenden Anlagen, eine dumme Filmerinnerung zu suchen, die Stätte, wo Gary Cooper vor mehr als zehn Jahren auf der Leinwand so angenehm schlenkrig Süßholz geraspelt hatte.

Keine schönere Sommernacht als diese! Ich schlenderte am Weißen Haus vorbei. Auf der weiten Rasenfläche davor hatte die Jugend am Nachmittag noch Baseball gespielt. Der Platz war jetzt leer. Leer waren die schönen Parkanlagen. Kein Mensch. Keiner auf dem Rasenhügel, auf dem das hohe ägyptisch nachgebildete Nadelmonument für Washington steht. Leer der weite Park am glitzernden Potomac, dem Fluß mit dem indianischen Namen. Zwei Stunden kein Fußgänger in dieser Nacht, wie geschaffen zum Atemholen nach des Tages Hitze im Angesicht des amerikanischen Mondes. Was trieb die Jugend zu dieser lauen Stunde? Wozu tauchten die grazilen Schwäne ihren holden Hals in das Wasser des glitzernden Flusses mit dem indianischen Namen? Wozu duftete es ringsum nach mir unbestimmbaren Blüten? Nur ein streunender kleiner Hund schloß sich mir an und war später kaum noch zu vertreiben. Kein Fühlender schien die Sommernacht wahrzunehmen.

Dachte ich. Aber sie nahmen wahr. Ich kam an eine Stelle, wo der breite Autoweg direkt an den sommerlichen Fluß führte. Dort standen die Wagen, mit und ohne Verdeck. Aber in allen und hintereinander fein säuberlich geparkt saßen Menschen, junge und alte, und sahen durch die Vorderscheibe in den Mond. Eine Belehrung, die sich später noch vervollständigen sollte. Man steigt nicht gern aus dem Auto aus. Das Land ist so weit und so furchterregend fast in seinen Dimensionen, daß der Mensch das fahrende Gehäuse des Autos nur ungern verläßt. Wozu auch? – Will ich einen Brief einstecken: der Postkasten ist so errichtet, daß ich meine Korrespondenz direkt vom Fahrersitz und von der Fahrbahn aus einwerfen kann. Banken haben Eingänge zu ihren Nachttresors direkt an den äußersten Rand des Bürgersteiges gebaut. Willst du die Tageskasse deponieren – du brauchst das werte Gesäß nicht zu lüpfen. Es erledigt sich wieder vom Steuer aus.

Ins Kino? Einen Baby-Sitter, eine Person, die auf die Kinder daheim wacht, engagieren und sie mit mindestens fünf Dollar für die Stunden besolden? Vor dem Kino mühselig einen Parkplatz suchen? Teures Parkgeld zahlen? Den Baby-Sitter nach der teuren Entlöhnung wieder nach Hause fahren? – Wozu das alles? Wir fahren ins Drive-in-Kino. Film unter freiem Himmel. Man verläßt das Auto wieder nicht. Man parkt in Reihen vor der haushohen Leinewand. Ein Bedienter stellt einem einen kleinen Lautsprecher vor die Füße zu seiten des Gashebels, und man kann Rita Hayworth durch das Fenster bewundern, ohne wieder sich erhoben oder angestrengt zu haben. Die Kleinkinder schlafen billig auf den hinteren Sitzen. Mutter und Vater genießen indes das happyend durch die Schutzscheibe.

Appetit? – Ein Restaurant suchen? Einen Parkplatz suchen? Das teure Parkgeld zahlen? Wozu gibt es die Drive-in-Restaurants wieder? Man fährt heran. Appetitliche junge Damen springen hinzu, reichen dir die Speisekarte an den Sitz, hängen ein kleines Außentischchen vor die Seitenfenster. Du speist. Du zahlst. Auf und davon.

In der Stadt Denver haben sie es zu einer Drive-in-Kirche gebracht. In kleinen Städten beobachtete ich, wie die Farmer aus ihrer Verlassenheit samstags hereingefahren kamen, ihren Wagen vor den Geschäften der Hauptstraße parkten, sitzen blieben und nur schauten. Sie genossen das schweifende Leben, die Gesichter auf der Mainstreet. Himmel zu Häupten, Weite nach allen Richtungen haben sie wochentags genügend. Ein Land, so groß, daß es Platzangst eingeben kann. Was sie brauchen, ist nicht die freie Natur, ist nicht Einsamkeit. Sie wollen sich feiertags am Nachbarn gütlich tun. Sie sitzen in ihren Autos, Schutzscheibe zum Bürgersteig, und schauen. Und sogar die alte Liebe soll, wie mir Kundige versicherten, weitgehend im Automobil stattfinden.

Alles anders als bei uns. Aber mit Grund. Kein Anlaß wieder, die alte europäische Augenbraue zu heben. Ach, im Angesicht der lebenden Fakten verlernt man einen Hochmut der Alten Welt nach dem anderen, wie man ihn trotz besten Willens doch heimlich mit im Gepäck bei sich führt …

*

Was für Entfernungen! Es wird Tag, es wird Nacht, es wird Nacht und wieder Tag. Wir haben den komfortablen Pullmanwagen nicht verlassen. Jenseits des eisgekühlten Fensters spannen sich Gebirge ab. Die reine Steppe herrscht. Wir fuhren durch Texas, den Staat, der allein größer als ganz Deutschland ist, auf der Höhe der nördlichen Sahara gelegen. Und so sieht es auch meist aus. Dürre Strecken, nur durch Öl und gelegentliche Rinderherden reich. Man fährt einen halben Tag, ehe sich wieder eine kärgliche Station an den Schienenweg heftet. Eis wird unter die Wagen geschoben. Weiter. Der dunkle Pullmanschaffner verwandelt den Sitz des Tages zum Bett der Nacht schon zum zweiten Male. Und doch wird man des Fahrens nicht müde.

Ich bediene meine Schreibmaschine. Schlafen, schauen, lesen, ausruhen, vorzüglich essen oder mit den Mitreisenden dieser komfortablen Karawanserei in ein lässiges Gespräch geraten. In New York hatte ich einen getroffen, der zur Erholung sich am Wochenende nur in den Zug nach Chicago setzte, sich verwöhnen ließ und stehenden Fußes von Chicago zurückfuhr. Kein gemütlicheres, kein bequemeres Weekend. Ich verstand jetzt den Mann.

Man kommt zu kühlem Atem endlich, während man, vor sich hindösend, die texanische Wüste vor dem Fenster vorbeigleiten sieht. Man erinnert sich. – Die pulsende Eisenstadt Cleveland am Eriesee vor 14 Tagen. Die prekär lebendigen Stunden mit den fragwütigen Studenten dort. Die lernende Aufgeschlossenheit der jungen Leute. Was für ein gutes Material an Jugend und Unverbildetheit! Die Bekanntschaft mit einem schüchternen Wohltäter, der sein Vermögen und sein Leben der Verbesserung des Lebens der Farbigen in seiner Heimatstadt gewidmet hat. Er lebte unter ihnen. Er hatte in eigener durch Jahrzehnte bewährter Initiative die Wohnverhältnisse sichtbar gebessert. Ihm war der Bau eines Farbigentheaters zuzuschreiben. Seiner nicht nachlassenden Wohltätigkeit und seinem Ernst für das heikle Problem der Farbigen waren Lebensverbesserungen zu verdanken, die die Umwelt vor zehn Jahren nicht hätte wahrhaben wollen. Kindergärten, Abendschulen, Bibliotheken, Sportplätze. Sein Vermögen, sein Leben und sein Herz steckte in allem. Er führte uns durch einen Kindergarten, wo sich die Kinder tollten. Ein schüchterner Mann, der kein Aufhebens von seiner Arbeit machte. Aber Amerika auch er. Sie lieben den

Dollar hier ohne Zweifel, und die Bestätigung, die sein Gewinn gibt. Aber auch solche sind da, die Ernst machen, haben sie einen Mißstand erkannt. Die ein gutes Ziel bis zur Selbstaufgabe verfolgen, die ihr Gewissen zu dem allgemeinen machen und keinen sichtbaren Dank dafür begehren. Viele Beispiele. Dies war eines.

Der Zug rollt durch Neu-Mexiko. Man lehnt sich zurück und versucht weiter, Ordnung in die Erlebnisse zu bringen: In Chicago das Burlesque-Theater, das zu umgehen uns nicht gelang. Die törichte und unappetitliche Schaustellung der Mädchen, die zum immer gleichen Takt ein Kleidungsstück nach dem anderen verlieren, bis die nicht allzu erregten Halbstarken und älteren Herren im Parkett zufrieden sind. Dazwischen Clown-Szenen von solcher Rüdigkeit aufs plump Sexuelle zu, daß man errötete. Mir konnte es recht sein. Und doch fragte man sich, wo denn die oft beschrieenen Frauenvereine und die vielen kirchlichen Institutionen Augen und Ohren hätten.

Wie sonderbar und befremdend war es andererseits, der deutschen Enklave in Chicago zu begegnen, die deutsche tägliche Zeitung zu lesen. Turnvereine, Gesangvereine, Frauenvereine, und alles in Mentalität und Anspruch so sonderbar auf dem Stand von ungefähr 1910 stehengeblieben und konserviert. Gespenstische Begegnungen, Amerikaner alles, aber doch einen deutschen Nationalismus in einer Ecke ihrer Brust beherbergend, der dem Zugereisten so weit überlebt, so ganz historisch und unheimlich erscheinen mußte.

Daß man die weiten Autofahrten durch Texas nicht vergißt! Nach drei Tagen sah ich auf den Tachometer, und siehe, da war es beiläufig eine Strecke gewesen wie von Berlin nach Rom. Wie man auch dort eine deutsche Siedlung fand. Auch da sprachen sie ein inzwischen verderbtes Deutsch und hatten ihre Zeitung in der Sprache der früheren Heimat. Aber sie waren kurz nach der fehlgegangenen 48er Revolution in demokratischem Protest in diese Wildnis gezogen und haben sich bewahrt in den Grundsätzen, derentwegen sie ausgezogen waren.

Wie viele Erfahrungen werden zu ordnen sein. Unser Pullmanwagen rollt jetzt über californischen Boden. Fruchtplantagen. Die Siedlungen rücken näher. Die Nähe des Meeres verspricht vergleichsweise Kühle. Los Angeles heißt die nächste Station. ×

IV: GLANZ UND ELEND IN HOLLYWOOD

Natürlich ist die Filmstadt Los Angeles, sind die weitschweifig angeschlossenen Nebenstädte (Hollywood, Beverly Hills, Santa Monica, Pasadena, Pacific Pallisade usw.) wieder ganz und grundsätzlich anders, als man sich in seinen stereotypen Träumen vorgestellt hatte. Kommt man an, befindet man sich in dem schönsten Bahnhof, den das Auge sah. Modernisiert spanischer Stil. Zwei Innenhöfe mit Palmen und springenden Wassern und subtropischen Blumen. Hoch, weiß und dem Auge wohltätig bietet sich der schön gegliederte Bau dar. Eben setzt sich brummend ein Hubschrauberflugzeug wie selbstverständlich und genau auf das Dach des danebenliegenden Postgebäudes und sitzt dort wie eine verirrte Riesenmücke.

Nichts vom Film. Geschäftsstraßen. Eine abgeschlossene Chinesensiedlung, Straßenzüge mexikanischen Charakters mit Läden, in denen man gehämmertes Lederzeug und penetrant wohlriechende, bunte Kerzen kaufen kann. Auf den vielen Bänken des kleinen Parks in der Stadtmitte sitzen in dem geringen Schatten der Palmen die Männer, dösen und lesen Zeitung. Ein verzückter junger Schwarzer predigt unbeanstandet in der Mittagspause das nahende Himmelreich. Immer jubelnder und ekstatischer wiederholt er einen einzigen Satz, von den Umsitzenden leicht und kopfschüttelnd angepflaumt. Schon steht ihm religiöser Schaum vor dem dunklen Munde. Da bricht er plötzlich ab und geht wieder seiner Arbeit nach. Ich versuche, auch nur an einer Ecke, die mir fußgehend zugänglich wäre, eine Andeutung zu finden, daß hier der Film zu Hause ist. Ich versuche, aus einem der vier dicken Telefonbücher einen freundschaftlichen Anschluß herauszufinden. Ich telefoniere. Ich solle sofort herumkommen zu einem kleinen Begrüßungsdrink. Es wäre gleich um die Ecke.

»Gleich um die Ecke« bedeutet in diesem auslaufenden Eierkuchen von einer Stadt soviel wie jedesmal mindestens die Entfernung von Berlin nach Eberswalde. Ich erfuhr es seufzend. Ich Tor nahm eine Taxe und hatte im »Um-die-Ecke«-Fahren meinen ganzen Tagessatz in Dollars eingebüßt. Wer hier kein Auto hat, ist weniger als arm. Für unsereinen sind verkehrstechnisch so gut wie keine Vorkehrungen getroffen. Große, altertümliche, rote Straßenwagen fahren wohl notdürftig und gewaltig klingelnd die gröbsten Strekken ab. Das ist alles. Mit dem schlichten Fußgänger ist hier nicht gerechnet. Er existiert nicht.

Aber wie gesegnet ist dieser Landstrich! Die weite Gartenschönheit von Pasadena, wo wir eine Theaterschule besuchen. Wir gehen aufatmend durch die heiteren Straßen, die wieder mit hohen Palmen gesäumt sind. In den Vorgärten, die zaunlos ineinander übergehen, die üppig stachlige Flora, wie man sie nur aus den heimatlichen botanischen Gärten und da auch nur unter Glas kannte. Die Sonne hat ihre heiße Aggressivität verloren. Das nahe Meer macht das Klima würzig. Dieser Himmel will das ganze Jahr hindurch nicht übel. Eine Dame, unser Deutsch hörend, bleibt stehen und sagt uns Freundliches mit dem netten und echten Herzton, der den Umgang mit amerikanischen Menschen meist so angenehm macht.

Wir kommen, nach Los Angeles nachts zurückgekehrt, überein, unser Standquartier für die kommenden Tage nach Hollywood selbst zu verlegen, um dem Nerv der filmischen Dinge näher zu sein. Heinrich Schnitzler, Sohn des Wiener Dramatikers, einst an den Berliner Staatstheatern, jetzt an der Hollywooder Dependance der Birkley-Universität lehrend, fährt uns in seinem geräumigen Wagen mit Sack und Pack hinaus. Der Ort wirkt wie eine endlose Sommerfrische. Die Häuser, abgesehen von einigen höheren Gebäuden, kaum mehr als zweistöckig. Sie sind weiß und reflektieren die helle Subtropensonne. Sie drücken sich an die vielfachen Hügel. Die Menschen auf den Straßen zumeist wieder gekleidet, als gälte es, vergnügte Wochen an der See zu verbringen. Aber auch hier prädominiert der Film noch nicht.

Wir gehen, ihn zu suchen. Wir finden das in pseudochinesischem Stil überladene Premierentheater, vor dem die Stars im Asphalt ihre Fußabdrücke und handschriftlichen Grüße zurückgelassen haben. Man kann einen Rundfahrt-Bus besteigen, von dem aus die Wohnungen der Flimmergötter einem gezeigt werden. Das Geschäft scheint mäßig, der Zuspruch gering. Wir besehen den offenen, in Fels eingelassenen Konzertraum und probieren seine verwunderliche Akustik aus.

Die ersten Begegnungen. Hier wohnen die Söhne. Der junge Peter Kortner ist uns mit seinem Auto gefällig. Der junge Brecht will von seinen Eltern aus Berlin hören, Berthold Viertels Söhne werden vorgestellt. Joseph Schildkraut hat uns in seinem schönen Hause und zeigt uns Erinnerungen an seinen großen Vater, damit ein Stück lebendiger Bühnenhistorie beschwörend. Und als wir uns nach der Hollywooder Zeit von Max Reinhardt erkundigen, fragt man erstaunt: »War das nicht der Vater des erfolgreichen Produzenten?« Gottfried Reinhardt, der Sohn, ist ein Begriff.

Wir sprechen uns rum. Ernst Deutsch taucht auf, das

elegante Ekstatikergesicht sonderbar ins Weiche verwandelt. Franz Lederer ist da und bedenkt eine deutsche Tournee zusammen mit Curt Bois. Eine Freude der sprudelnde Max Ophüls, der vor 1933 bei uns einige der besten Filme herstellte und in Breslau sich als Meister des Leichten bewährte. Wir sehen Hildegard Kneef, die sich gerade zu ihrem Bumerang-Flug nach Berlin rüstet. Max Kolpe ist da. Fritz Rotter taucht auf, der für uns Tanzstundenknaben seinerzeit das Lied von dem Kuß auf die Hand der Madame dichtete, jetzt Drehbuchautor. Erich Pommer wird besucht. Und zwei geruhsame und belebende Stunden gibt es bei Lion Feuchtwanger in dessen hohem Maurenschloß, das er sich für den Vorabdruck eines Romans gegenüber der Thomas-Mannschen Villa und im Angesicht des schieren Pazifik gekauft hat. Die Bücher, die sein Haus beherbergt, sind unschätzbar. Ein kostbarer Erstdruck neben dem anderen.

Ein Paradies. Nach dem äußeren Anschein genau der Ort, wo man in schöner Muße zu Hause sein möchte. Ist es aber nicht. Die meisten Menschen, die man trifft, leben in Sorge. Die Maschinerie der Filmherstellung gibt kritische Klopfzeichen. Die Zeiten, da man die weißen Villen mit den Schwimmbädern kaufte, scheinen vorüber. Ganze Straßenzeilen, in denen ein Traumschloß an dem anderen zum Verkauf steht. Die großen Firmen entlassen. Die Angst geht um. Sie verdienten hier viel. Sie müssen viel ausgeben, um den verlangten hohen Standard zu halten. Die Lösung eines Kontrakts macht scheinbar Reiche sofort zu Bettlern. Es stimmt nicht mehr.

Die vielen Fernsehapparaturen in den Häusern landauf, landab machen den Gang ins Kino überflüssig. Ausländische Märkte, die von hier aus mühelos bespielt wurden, beginnen sich selbständig zu machen. Die Währungskalamitäten auf fünf Erdteilen teilen sich auch nach hierher fühlbar mit. Unrast herrscht, Einschränkung und heimliche Angst vor dem

Morgen. Dazu die Erfahrung, daß das alte Filmschema kaum mehr paßt, daß man zu lange an ihm festhielt. Und nun, da die Traumfabriken sich in ihrer Bandproduktion darauf so festgelegt haben – wie wieder neues Leben in die Maschinerie bringen?

Wolken über Hollywood, das so verlockend in der Sonne zu liegen scheint. Wir gehen durch die unabsehbaren Filmplantagen von Metro-Goldwyn-Meyer. Wo in solcher berechneter Produktion und in dermaßen standardisiertem Herstellungsschema das Künstlerische überhaupt Platz haben kann, bleibt beim flüchtigen Hinsehen unerkennbar. Vielfache Planung und kalkulierte Arbeit trifft sich von verschiedenen Seiten genau im Schnittpunkt der Filmaufnahme selbst.

Wir sehen eine Nachtaufnahme. Da es aber Tag ist, hat man ein haushohes schwarzes Zelt um die Szene gespannt, um den nächtlichen Effekt herzustellen. Draußen stehen die weißen Wohn- und Schminkwagen der Stars. Sonst herrscht ungesunde Ruhe auf dem Gelände. Die großen Zeiten sind vorbei.

Sie müßten von den Autoren wieder herbeigeführt werden. Die aber sitzen in langen Reihen, Zimmer an Zimmer, diktierend in ihrem goldenen Gewahrsam wie hochdotierte Hühner auf der Stange, und sind in Sorge um ihre Dichterexistenz. Gerade heute wurden wieder zwei Dutzend entlassen.

Ein gespenstischer Platz. Hoch und herrlich muß es hergegangen sein, als von hier noch die Träume der Welt vorgeträumt wurden, als es angemessen hemdsärmelig und über den künstlerischen Daumen gepeilt herging. Drei Tage sind keine Zeit, Prognosen zu stellen, kaum eine Situation zu erkennen. Es gibt Eingeborene des Films, die die herrschende Krise für vorübergehend halten. Sie haben schon schwerere gesehen, sagen sie. Die Menschheit kann nicht mehr ohne uns. Andere Kundige bezweifeln es. Vorsichtige strecken

Fühler in fernere Weltgegenden aus und halten einen Koffer gepackt.

Eine Landschaft, ein unübersehbarer Stadtgarten, schön, mühelos und ganzjährig blühend. Aber heimlicherweise eine Art Sodom doch, durch schnellen Reichtum verderbt und durch allzu rechnerischen Umgang mit einem gefährlichen Grenzgebiet der Künste gedankenlos schuldig geworden. Keineswegs ungestraft unter den wehenden Palmen.

Aber wie sich die Buchten an der Küste dahinschwingen! Wie da die Gärten in betörendem Gefälle zu Tal sinken! Die Nächte, wenn die Kühlung heranweht und die Lichter aufglimmen und in den protzigen Bars und Restaurants das Nachtleben statthat. Es ist schön, das zu kennen. Das andere wird einem weiterhin nicht fehlen.

*

Wie gesund, wie pulsend und intakt dagegen San Francisco wirkt, die hochgebaute Stadt an der seligen Bucht. Das Glück wird nicht zu vergessen sein, wie man, in die oberste Etage eines der Wolkenkratzer geladen, nur stand und hinuntersah. Drüben wellten sich die Hügel. Die Kaiser-Werften dort, wo man im Kriege pro Tag einen Zehntausendtonner hatte vom Stapel laufen lassen. Die beiden großen, berückenden Brücken über die ausladende Bucht. Auf der einen waren wir gestern gefahren. Fünfzehn Minuten hatte es im schnellen Zuge gewährt, bis wir sie wieder verlassen hatten.

Am Abend der positive Schock in einem Farbigennachtlokal, als zwei Tanzende auf die kleine freie Fläche sprangen und sich aufführten, als wollten sie sich ein Leides antun. Wie das ins Blut ging, echt, berechnet rasend und in jeder Bewegung schön und von wilder Natürlichkeit.

Die Museen und Galerien. Das Opernhaus, gebaut zum Gedächtnis der Toten im ersten Weltkriege an Stelle des tönenden Erzes eines landläufigen Kriegerdenkmals. Das Chinesenviertel, wo sie ihre eigene Telefonvermittlung haben, flinke Chinesenmädchen vor den Schalttischen, die alle zweitausend Anschlüsse im Kopfe haben müssen. Ein Telefonbuch existiert nicht.

Die gemäßigte Pracht der Warenhäuser. Wie ich in den Buchläden versank und dann beladen weiterfuhr auf den sonderbaren Kettenbahnen, die mit Getöse und Klingellärm die steilen Bergstraßen erklimmen und hinabgleiten. San Francisco, die hellwache Traumstadt am Goldenen Tor … ×

V: MORMONEN, BERGE, KÜSSE IM JASMIN

In Salt Lake City wohnen die Mormonen. Der Staat heißt Utah. Man legt sich, von San Francisco kommend, einen Tag und eine Nacht in einem sausenden Pullman-Wagen vor Anker. Man passiert den Ort Reno, wo die besseren Herrschaften der amerikanischen Gesellschaft um die Spieltische sitzen und auf ihre schnelle Scheidung warten. Man gerät mit dem Zuge in Gegenden, die erst dem Thüringer Walde und dann den Alpen gleichen. Wir passierten den großen Salzsee, während wir uns noch im Morgengrauen rasierten. Schneegipfel in der Ferne. Der Staat Utah ist, über europäischen Daumen gepeilt, von ungefähr der halben Größe der Insel England. Einwohnerzahl: notdürftig achthunderttausend. Hier stößt sich keiner an den anderen. Der Ellbogen bewegt sich frei. Der Nachbar ist keine Bedrohung, er belästigt nicht. Der Himmel ist weit. Diese Erde ist geräumig. Hier ist noch alles am Anfang. Man atmet tief, wenn man aussteigt. Man wandelt zwischen Mormonen.

Nun sind die fanatischen Sektierer, die hier von der Ostküste als Verfolgte und Bedrohte vor hundert Jahren in einem großen und mutigen Treck eintrafen, heute keineswegs die gleichen wie damals. Die Vielweiberei, die sie aus theologischen Gründen betrieben und die, wie man wissen will, der allgemeinen Moral sehr zustatten kam, ist längst dahin. In der Stadt Salt Lake City, in die die Schneegipfel der nahen Berge hineinleuchten wie in Innsbruck, gehören wohl noch immer sechs von zehn Bürgern zu der strengen Sekte. Die Stadt wird verwaltet von einer religiösen Oligarchie im Sinne der mutigen Väter, die damals in diese Wüste auszogen, wochenlang auf klapperigen Wagen mit Sack und Pack und Weib und Kind eine neue Heimstätte suchend, bis sie dies gelobte Land hier fanden. »This is the place!« sagte Brigham Young, ihr Oberpriester und mutiger Anführer. Es ist ihr Platz geworden.

Vor kaum hundert Jahren geschah das. Hierzulande ist die Historie überall so angenehm kurz. Wenn man durch das Mormonen-Museum geht, so ist der Staub der Geschichte, der über den Dingen liegt, dünn. Es ist die erste Hütte zu sehen, wie sie die Väter sich bauten. Man kann das Rasiermesser des Pilgervaters Young betrachten und ihn selbst auf zahllosen Photographien. Möwen, die einmal der großen Heuschreckenplage zu Leibe gingen, stehen ausgestopft umher. Das Klavier, auf dem die Väter ihren Lobgesang begleiteten. Vier Generationen zurück ist hier alles passiert, bestenfalls. Museal gehalten wird, was bei uns daheim noch lange nicht unter Glas, sondern allenfalls in die Rumpelkammer gehört. Und diese Kürze des historischen Bewußtseins hält zusammen. Es spielt sich ab zwischen meiner Familie und der Familie des Nachbarn. Es ist überprüfbar und betrifft einen sehr. Geachtet sind die Familien, die mit dem wagemutigen Treck hier eintrafen. Der alte Young hatte damals sofort eine »Vision« und befahl, dieses neue Jerusalem zu bauen: sehr weite Straßen, große Gartenflächen vor den Häusern. Der Tempel, gegen die bedrohlichen Indianer durch eine dicke Mauer geschützt, im Zentrum.

Heute ist Festtag. Die Mormonen sind von allen Seiten in ihren schönen Autos hereingeströmt. Die »Vereinigung zur gegenseitigen Besserung« hält ihre fromme Tagung. Aber auch da wieder nichts von altjüngferlicher Lebensabgewandtheit. Die Jugend beherrscht das Bild. Ältere, dicke Herren dazwischen, die eine Art Fez als Zeichen ihrer Zugehörigkeit auf dem Kopf tragen und sich am Umzug durch die fromme Stadt beteiligen. Aber meist Jugend. Angenehme und kichernde junge Mädchen wieder in ihren steifleinenen Kleidern. Halbstarke Burschen, anzusehen wie derbe Filmstars in der Ausbildung. Sie hupen in ihren Autos an den großen Tabernakel heran, den großen Saal, in dem sie tagen werden. Und nun stehen sie lachend und handfest in dem großen Garten ihres weltlich-frommen Heiligtums und kennen anscheinend nicht den bösen Sprung, die Kluft, die bei uns daheim den eigentlichen Tag von der Kirche trennt und das Lachen in der Nähe Gottes so unmöglich scheinen läßt.

Ich schlüpfe unbeanstandet in das Heiligtum mit ein. Sie singen in großen Chören: Sie singen schnell und ohne büßerhafte Getragenheit. Dann spricht einer der Mormonenpräsidenten zu uns, eines der drei Häupter dieser Kirche. Er spricht flott, selbstsicher und ohne Salbung. Dreimal dürfen wir über eine kleine Pointe sogar lachen. Und nur zum Schluß wischt er uns eins aus: es seien an hier aus Gründen der Schicklichkeit nicht näher zu bezeichnenden Orten Striche an den weißgetünchten Wänden gefunden worden. Zeichen also, daß Streichhölzer angerissen wurden, daß geraucht worden ist. Geraucht darf nicht werden. Es ist gegen die Mormonenregel. Weiter sei ihm zu Ohren gekommen, daß Tanzereien unter der hier versammelten Jugend stattgefunden hätten. Dagegen selbst gar nichts. Aber man habe, wie ihm bekannt geworden, unterlassen, das vorgeschriebene, gemeinsame Gebet vor und nach dem Tanz fleißig zu sprechen. Wehe über eine Jugend, die Gottes vergißt, auch noch, wenn sie, wie billig, sich beim Boogiewoogie erfreut! Und auch Kaffee sei getrunken worden. Der joviale Prediger im dunklen Anzug war gemäßigt entsetzt. Mormonen wollen lange leben. Sie negieren den Tod. Sie kennen das Wort nicht. Sie sprechen vom »anderen Leben«. Aber sie leben hier schon gerne. Die Statistik beweist es: sie leben nachweisbar lange.

Sie leben nicht schlecht. Eine Busrundfahrt durch die sonnige Stadt im Angesicht der Schneegipfel. Der größte Teil der Industrie gehört den Mormonen. Unser strenger Prediger vorhin war nebenamtlich einer der Direktoren der Bank. Man hatte es mir noch im Tabernakel geflüstert. Sie haben ihre geräumige Universität. Sie schöpfen die Mineralminen aus. Sie machen Salz am Salzsee. Sie besitzen die Rundfunk- und Fernseh-Station. Und die größte Zeitung, der »Wüstenbote«, ist in ihren Händen. Wir fuhren am Grabe des Mormonenstifters und Anführers Brigham Young vorbei. Er liegt in einem schönen Park, von zwei seiner Frauen flankiert, zwei Schwiegermütter zu Häupten.

Der Spaß mit mehreren Frauen allerdings ist längst vorbei. Vor fünfzig Jahren mußte er als Preis für die Aufnahme in die Union aufgegeben werden. In dem frischen Museum aber sah ich noch einen jungen Befürworter der Frauenmehrzahl stehen und heiter und theologisch schlagend den Vorzug staunenden Zugereisten erklären.

Am Abend wurde mir etwas schlecht. In den Straßen flanierte die Mormonenjugend. Auto an Auto parkte am Rinnstein. Ich trat in ein weites Geschäft, in dem ein Dutzend Fernsehapparate lief und wo sich die teilnehmende Jugend von heute früh wieder drängte. Es war ein wilder Ringkampf ohne Regel zu sehen. Der Favorit, »Die blonde Atombombe«, trachtete einem dunklen Herrn nach dem Leben. Sie richteten sich ohne jede sportliche Einschränkung zu, rissen sich wüst an den Haaren durch den Ring. Die blonde Bombe, ein Kerl mit einem Kreuz wie eine Eckkneipe, quetschte den Kopf seines Opfers unter den Arm und schlug ihm mit der blanken Faust für Minuten auf die bedauernswerte Fontanelle. Dann jagte er mit dem anderen, angestachelt durch die Rufe: »Brenn ihn ab!«, die Seile des Ringes entlang, drückte dessen Rücken dabei gegen das Seil, bis der andere blutige Brandwunden auf dem gekrümmten Rucken zeigte. Wir sahen es gern. Die Mormonenjugend, die heiteren Mädchen dazwischen, sah es gern und jubelte der blonden Bombe zu. Ich kämpfte mit meinem Magen und verließ diese Fernsicht.

Einen stärkenden Whisky zu finden, wo Kaffee schon Sünde und Coca-Cola Gegenstand theologischer Streitgespräche ist, fiel schwer. Der Mond stand über den nahen Schneebergen. Aus vorüberfahrenden Autos kam leise Tanzmusik. Ich trank eine Milch mit Malz wie allabendlich vor dem müden Schlafengehen. Neben mir eine gewaltige Farbige, die das Lob dieser kleinen Stadt und der Mormonen sang. Sie kam aus dem Süden. Einschränkungen, die sie dort erlitten hatte, kannte man hier nicht. Sie wollte hier bleiben. Diese Menschen waren gut und ließen sie den Unterschied der Hautfarbe nicht unziemlich merken. Ich sagte, daß ich aus Deutschland sei. »O Gott!« entfuhr es ihr in mitleidigem Schreck. »Macht doch nie wieder Krieg!« Ich sagte, ich wolle es ausrichten.

Und so müde man ist, daß man nicht müde wird, dann doch in einen der um Mitternacht noch offenen Lebensmittelläden zu gehen! Das erstemal hatte ich mich in Unkenntnis des geschäftlichen Vertrauens an den Herrn in weißer Schürze am Eingang gehalten und versucht, ihm meine Wünsche bekanntzugeben. Er hatte nur mit dem Daumen über die Schulter gezeigt. Ist ja alles da! Nehmen Sie sich doch! Wozu die Umstände?

Man wandelt unbeobachtet in der Fülle. Alles sichtbar ausgebreitet vom Brot bis zum Kaviar. Früchte. Konserven. Man wandelt allein umher, öffnet diverse Eisschränke, nimmt sich Wurst, nimmt sich aus einem anderen eine Flasche Bier. Erdbeeren, schon in den verschiedenen Gewichten in kleine Körbe gepackt. Daß man die Sahne nicht vergißt! Zurück zu einem der durchsichtigen Eisschränke und ein Viertel in hartem Pappgefäß entnommen. Man wirft alles in einen Drahtwagen, den man, so in der Fülle wählerisch wandelnd, vor sich herschiebt. Der weiße Herr am Ausgang besieht sich die Ware, setzt eine kleine Rechenmaschine in Bewegung, wirft alles in eine Tüte. Man zahlt. Man geht.

Ich fragte ihn, ob bei solcher Käuferfreiheit nicht zuweilen das Kaufen vergessen würde und der naheliegende Mundraub ermutigt? Ob er Schaden hätte? Kleine Fische! meinte er kopfschüttelnd. Nicht der kaufmännischen Rede wert. Käme nicht vor. Der kleine Diebstahl ist nicht fein und überhaupt nicht verbreitet. Ein Bankraub, bitte, das ist eine Sache! Der kleine Griff in die Tasche des Nachbarn ist hierzulande so gut wie unbekannt. Ob ich schon verschlossene Häuser in Amerika gesehen hätte? Ich konnte mich nicht erinnern. Ob ich schon beobachtet hätte, daß ein Automobilist seinen Wagen mühsam abgeschlossen hätte, wenn er auf Stunden parkt? Doch wohl kaum.

Tugend bei Reichtum ist leicht, sagte ich mir selbst, als ich mir die spottbilligen Mitternachtsleckereien auf mein Hotelzimmer trug. Wie es auch den Mormonen leichtgefallen sein wird, eheliche Treue bei sechs Frauen zu halten. Der Lebenszustand des Menschen ist zu bessern. Seine Moral kommt dann schon nach. Nicht, daß ich da im Angesicht des Mondes über den Schneebergen im westlichen Amerika die Vielweiberei für meine ferne Heimat ernsthaft erörtert hätte. (Obgleich mit dem Gedanken zu spielen, unterhaltsam war und nicht ohne Jux.) Aber die Sorge um das Leibliche, die Gedanken um die geistige Richtigstellung daheim – wie sonderbar, hartnäckig, wie töricht eigenbrötlerisch – man wird sie auch in vollster Fremde nicht los …

Hut ab vor den Mormonenvätern! Wir selbst würden zwei Tage lang in eilenden Zügen reisen, um die gleiche

Strecke zurückzulegen, die sie vor kaum hundert Jahren gekommen waren, des Zieles ungewiß, bedroht von einer unbekannten Einöde, in ständigem Kampfe mit den gereizten Indianern. Sie kamen mit Sack und Pack, jeder mit seiner Handvoll Weibern und den Kindern, die sich demgemäß multiplizierten. Sie kamen, das Gebet im Munde und die Büchse in der Hand, ihren mahlenden Treckwagen voranreitend, sonderbare Gottesmänner, die das Geschäft und das neue Handwerk über ihrem Sektiererglauben keinen Augenblick vergaßen.

Hier sahen sie so aus. Das ganze Land ist so positiv abenteuernd gewonnen worden. Es sitzt noch drin. Seßhaft sind sie noch keineswegs, hier nicht und im Grunde nirgends. Eine nomadisierende Nation. Wenn sich im Süden morgen etwas Erfolgversprechendes ergeben sollte, kein Grund, das Haus im Norden nicht zu verlassen und flugs überzusiedeln und ganz neu zu beginnen. Oder wenn auch nur der Universitätsprofessor in den Ferien durch Taxefahren einiges schnelle Geld hinzuverdienen kann, warum nicht? Der Student, der Teller wäscht oder Autos repariert, ist öfter zu treffen als der andere, der sich nur seinem Studium widmen kann. Keine Arbeit schändet. Der Lehrer hat keinen Grund, auf den Fabrikarbeiter hinabzusehen, schon deshalb nicht, weil der Arbeiter wahrscheinlich viel mehr verdient und sein Lebensstandard höher ist.

Das Fehlen jedes Dünkels. Meine Chance ist deine Chance! Wer sie wahrnimmt, dem gebührt Achtung. Dergleichen hat sein Gutes.

Der Mond über der Mormonenstadt. Es duftete aus den Gärten. Wie es mit der Sittenstrenge vereinbar war, daß sich dort eben unter dem Jasmin zwei junge Menschen ungleichen Geschlechts küßten, war meine Sache nicht zu entscheiden. Kaum zwei Tage hier, zwei kurze Tage im Angesicht der feiernden Mormonen und der Schneegipfel dort. Aber vielleicht verstand man jetzt am kleinen Beispiel einer nun blühenden Siedlerstadt das ganze große Land schon wieder etwas besser.

Morgen geht es in das Goldgräbergebiet von Colorado. Man sollte erst schnell die große Tüte leer essen und dann schlafen gehen. Man wird seine Augen sehr brauchen. ×

VI: IN DEN WILDEN BERGEN VON COLORADO

Der Reisende durch die rötlichen Mondlandschaften, die sich zwischen der Mormonenstadt Salt Lake City und Denver in Colorado erstrecken, halte sein Herz! Die Fortbewegung an sich ist wieder denkbar komfortabel. Man mietet sich eine »roomette«, ein Zimmerchen im Zuge. Diesmal heißt er poetisch »Californischer Zephyr«. Sie lieben für ihre rauschenden Züge wohlklingende Namen. Wir sind im »Adler von Texas« gefahren. Wir haben uns im »Californischen Morgenstrahl« gelümmelt. Jetzt ist der »Zephyr« unsere gepflegte Heimstatt für einen Tag. Das Zimmerchen ist ausgestattet mit mehreren Möglichkeiten der Kühlung. Bett und Liegestatt sind vorhanden. Waschgelegenheit ist inklusive. Ja, sogar ein freundliches WC ist diskret eingebaut. Vier Radiostationen stehen zur Wahl. Gemütlicher geht's nimmer.

Damit aber niemand sich verlassen fühlt, gehen freundliche, flott gekleidete »Zephyretten« umher, stehen uns mit Auskunft und Rat zur Verfügung und weisen uns in Abständen durch den Lautsprecher auf Bonbons in der Landschaft vor dem weiten Fenster hin. Dann machen wir uns auf, wandeln in den Beobachtungswagen, wo man in zwei Stockwerken unter dem gläsernen Dach sitzt, raucht und eigentlich nichts tun kann als staunen.

Diese rabiate Weite! Das geht Stunden um Stunden, ohne daß eine menschliche Siedlung sichtbar würde. Eine rötliche Mondlandschaft. Sand und phantastische Bergungetüme weichen Gesteins, durch Wind und Regen in bizarrste Formen verwandelt. Traumlandschaften, die nicht aufhören, sonderbar und bedrohlich zu sein. Berggespenster, die sich ansehen wie Pagodentempel. Dann wieder in freier Sandfläche ein rapid aufspringendes, turmartiges Gebilde, rötlich, schmal, sandüberweht, klirrend in der Hitze. Am Horizont, wie eine auseinandergeschobene Alpenlandschaft, die Schneegipfel. Man hat es bequem und staunt.

Der Zug, das silberhelle, stromlinienförmige Gebilde, beginnt zu steigen. Wir geraten in Schluchten. Der Coloradofluß wirft sich unmutig, eingeengt und schäumend neben dem Zuge zu Tal. Links und rechts direkt neben uns und wieder von naher Bedrohlichkeit steigen die Bergwände auf, zum Anfassen nah, dem Auge in ihrer letzten Höhe kaum mehr erreichbar. Vergleiche aus der Heimat haben einen längst verlassen. Wir ducken uns unwillkürlich vor soviel gedrängter und wilder Pracht, vor soviel kahler, kantenreicher »Schönheit«. Vor kaum einem Jahrhundert zogen sie hier nach Westen vor ihren mahlenden Treckwagen. Wenn diese Mondlandschaft in ihrer grotesken Einsamkeit einem schon Schrecken einjagt, wie man da, von den flotten »Zephyretten« umhegt, komfortabel sich transportieren läßt. Wie mag es um das Herz jener mutigen Männer ausgesehen haben im Anblick solcher Kraterlandschaften? Noch steigt der Zug. Jetzt beginnen die hohen Föhrenwälder. Jetzt klettert und schluchtet es wieder. Der Zug, sich dicht an den rasenden Coloradofluß klammernd, verfolgt seine Bahn. Er steigt. Die winzige Station, die eben vorüberfliegt, zeigt eine Höhe von weit über 3000 Metern. Endlich, nach fast zwölf Stunden Einsamkeit, eine Siedlung, ein Hotel mit Pferden und einer hohen Sprungschanze für die Skifanatiker. Noch einmal verengt sich die Gegend zu einer bedrückenden Schlucht. Wir tauchen in einen Tunnel. Fast fünfzehn Minuten Dunkelheit, bis uns die Blende vom Gesicht genommen wird. Was nun zu sehen ist, ist Jubels wert.

Wie ein gelobtes Land liegt die Fläche von Colorado vor uns. Mehr als ein Viertel des ganzen, großen Staates ist mit einer Wendung des Kopfes sichtbar, endlos, weit und nach den erschreckenden Konturen der Rockies ein sanftes Glück. Denver liegt da, die Stadt, die die rastlosen Goldgräber vor kaum neunzig Jahren in ihrem abenteuerlichen Fieber nach Reichtum gründeten. Drei Generationen zurück, und hier standen nur rasche Zelte an den Sandwegen. Heute erhebt sich eine anmutige Stadt mit Parks, Universitäten, weiten Wohngegenden, gesäumt von schönen Gärten. Sie haben errechnet, daß Denver zu den glücklichsten Städten der Staaten gehört. Sie sind jung. Sie glauben in schöner Täuschung, das Glück sei errechenbar, wie sie an so vieles die optimistische Elle legen. Wohl ihnen! Man soll sie beneiden, man soll nicht darüber lächeln.

Wer diese Fahrt durch die Klüfte der Rockies hinter sich hat, wer solche absurde und endlose Einsamkeit auch nur vom eisgekühlten Fenster des Zuges geschmeckt hat, wird die staunende Angst immer im Rücken behalten. Amerika ist ja nicht, oder ist ja nicht ausschließlich, aus Wolkenkratzern gebaut. Nicht Jazz, nicht Fülle und schneller Gewinn. Diese Weite war wahrzunehmen. Diese unberührten Gegenden waren zu sehen, an die der Mensch noch nicht Hand gelegt hat. Die unbegrenzten Möglichkeiten, von denen im Schlagwort die Rede so oft ist, sind nicht ausgeschöpft. Noch ist alles möglich. Durch Bewässerung, durch Kultivierung ließen sich Paradiese schaffen. Es ist nicht nötig. Sie leiden an Überfluß, die armen Glücklichen. Sie haben ja immer noch kaum angefangen, an der Oberfläche ihrer Möglichkeiten zu kratzen. Ein Viertel des Landes ist, so zu sprechen, noch unentdeckt und unentschlossen. Wozu auch? Andere Landstriche, wo man die Kühe nicht melkt, da man nicht weiß, wohin mit der Milch. In Dakota ist ihre Sorge nicht, den Weizen in die Scheuern zu bringen. Aber aus den Scheuern – wohin? Wenn einer hier hungern sollte, ist dem lieben Gott kein Vorwurf zu machen.

Bei Denver ziehen sie die Puter in Herden, wie anderswo Schafe. Wir sahen sie wie eine aufgeregte Wolke am Wege vorüberflattern. Wir wurden eingeladen, in die Berge zu fahren und eine Goldgräberstadt zu sehen, wie sie schnell gegründet, schnell ausgebeutet, schnell gewachsen und mit dem Erlöschen der Goldadern schnell wieder verlassen worden ist. Eine Gespensterstadt, eine kleine. Eine Schattenstadt, wie sie solche Siedlungen nennen, in denen heute die Einsamkeit wohnt. Diese heißt Central City. Ehe man hinkommt, ist das natürliche Wunder einer gigantischen Freilichtbühne zu besehen. Felsen liegen hier wie eine Ohrmuschel geordnet. Von der Ferne sieht es aus wie eine Wagner-Dekoration. Kommt man näher, ist es das größte Freilicht-Theater, das existiert. Eine Akustik, wie sie nicht glücklicher sein könnte. Hier hat im vergangenen Jahre Strawinsky gespielt vor Tausenden. Hier lassen sie antike Dramen vonstatten gehen. Zu Roosevelts Zeiten alles gebaut.

Das Auto klettert weiter in die Höhe. Ein Weg führt zum Grabe des alten Buffalo Bill, in den wilden Bergen, die seine Wahlheimat waren. Wir geraten schon wieder über die 4000-Meter-Grenze, und der erschreckte Atem geht etwas mühsam. Unsere freundliche Führerin am Steuer ist stolz. Seit drei Generationen schon wohnt ihre Familie hier. Ihr Großvater war dabei, als dies noch wüst und leer und voller goldener Schätze war. Der Berg dort drüben, übrigens, ist nach ihm benannt. Sie selber ist bemüht, etwas Historie und Geschichtsbewußtsein in das Ganze zu bringen. Sie rettet die verfallenen Siedlerhäuser von Central City. Jetzt sehen wir sie. Häuser aus Holz und Stein, zweistöckig in spätviktorianischem Stil gebaut. Vor den Häusern laufen die hölzernen

Bürgersteige, wie sie in den vielen Wildwest-Filmen zu sehen waren. Wir hängen uns an die alte Theke des Gasthauses, das steht, wie es stand. Wir geraten in die kleine Handsetzerei der örtlichen Zeitung, die wöchentlich erscheint, wie sie damals erschien. Die Zeit stand hier still. Die Zeitung erscheint. Die freundliche alte Redakteurin, eine witzige und heitere Dame in einem Hut, der gut ihr eigenes Alter hat, raucht und plaudert aus der nahen Vergangenheit, die sie selber noch kennt. Sie kennt noch den schnellen, protzigen Reichtum, der hier aus dem Wasser des Flusses gesiebt wurde. Sie erinnert sich, daß die Inhaberin der örtlichen Goldgräber-Kneipe, eine Deutsche, Schiller und Goethe an der Theke vorlas, um etwas Gesittung unter die rauhen Männer zu bringen.

Immerhin, die goldgrabenden Abenteurer haben sich ein Opernhaus erbaut in der kleinen Stadt, die nie mehr als tausend Seelen faßte. Mit dem Geld kam die Kultur. Das süße, kleine Opernhaus steht auch noch, wie es stand. Jetzt wird es sommers bespielt. Von drinnen kommen die Klänge der »Fledermaus«. In einer Woche Eröffnung. Dann eilen die Patrone dieser musikalischen Oase in der Einsamkeit herbei, kleiden sich, wie die Großeltern taten, und haben einen spaßigen Abend in diesem Glück von einem altmodischen, kleinen Theater.

Eine Ecke weiter befassen sich ein paar Studenten mit Marionetten. Man trinkt seinen Gin. Die Frau Wirtin, in ihren Trapperhosen hinter der Theke, sieht nach dem Rechten. Aus dem kleinen Goldgräberhause gegenüber dringt der probende Gesang der »Adele«. Es blüht in den hohen Vorgärten. Die bedrohlichen Berge brechen bis in die Straßen ein. Ein hoher Traum einer kaum verwischten, goldreichen Vergangenheit das Ganze. Jetzt wohnen Maler hier, Künstler und einige Reste von Goldinteressenten, die die Berge nach den dürr gewordenen Schätzen nach wie vor anbohren. Manche Häuser verfallen.

Der schnelle Reichtum ist weitergezogen. Gelegentliche Touristen tun sich an der vergangenen Romantik gütlich. Das winzige Städtchen schläft in den hohen Bergen. Die Stimme der Adele klingt über die Straßen, über die vor fünfzig Jahren noch der spätere Afrikaforscher Stanley seinen Karren schob. Wenn er reich wurde – er wurde es hier. Das schlafende Städtchen mit seinen zierlichen Häusern heißt Central City. Andere heißen anders.

Ein paar schlendernde Stunden in Denver noch. Ein paar Gespräche mit den freundlichen Leuten von der Universität und ein Blick in eine Theaterprobe. Auf dem Campus, dem weiten Rasengelände, liegen sie, sitzen sie, hocken sie in Gruppen und lernen. Junge Leute von auffälliger Gesundheit und jungem Lerneifer, viele schöngebildete Farbige darunter, das Buch vor den Augen.

Der Abend im Park. Vor dem schönen See stehen wieder die Autos der Liebenden. Die Lichter sind gelöscht. Die Natur wird wieder durch die Windschutzscheibe betrachtet, der Lautsprecher am Armaturenbrett läuft. Drüben spielen sie Baseball in grellem Scheinwerferlicht. Wir steigen aus und lassen uns die Regeln dieses verderbten Schlagballspiels erklären, das aus Deutschland eingeführt wurde und nun mit dem Bier, den Würsten und einigen künstlerischen Dingen den deutschen Beitrag zum Lande bildet.

Wir besteigen wieder den Zug, aufatmend, denn auch hier in der Höhe ist die Hitze enorm. Wir werden wieder eisgekühlt schlafen wie in Abrahams Schoß, bis wir ihm noch einmal in Chicago entsteigen, der hellen Stadt am Michigansee. ×

VII: AUF STIPPVISITE BEIM KLEINEN MANN

Schüchtern darf man in diesem Lande nicht sein. Ich begehrte zu sehen, wie ein minderer Arbeiter hier lebte. Ich ging in eine Fabrik, wie ich sie in einer südlichen Stadt fand. Ich trat ein. Ich sprach einen, dem ich sagte: woher und mit welcher Neugier. Er fand es großartig, daß einer von so weit gekommen sei. Hier stellten sie Maschinenteile her. Nicht groß ihre Fabrik. Vierhundert Mann Belegschaft. Aber sie trügen sich. Im nächsten Jahre wollten sie sich vergrößern. Ich ging herum, von der spezialisierten Fertigung so gut wie nichts verstehend. Ich sprach mit einem Arbeiter über seine Gewerkschaft, die ihm immensen Schutz verleiht, die wie eine Innung den Beruf vor Überfüllung und minderwertiger Arbeit schützt, andererseits aber auch eine erstaunliche Mitbestimmung im Betriebe selber ausübt. Sie fackeln nicht. Wenn mit dem Unternehmer zu gütlicher Übereinkunft nicht zu kommen ist, ist der Streik fällig.

Ich hatte sie streiken sehen an vielen Stellen des Landes. Die »Picket-Lines« waren oft zu beobachten gewesen. Wie da die Männer mit Plakaten vor dem Eingang eines Kinos oder einer Fabrik oder eines Restaurants auf und ab gehen. Drinnen tat sich etwas nach ihrer organisierten Meinung Schädliches. Arbeitskräfte waren eingestellt, die den gewerkschaftlich festgesetzten Preis drückten. Oder es waren Leute in Arbeit genommen, die überhaupt nicht gewerkschaftlich organisiert waren. Oder es waren in einem Restaurant unziemliche Überstunden gefordert worden. So marschierten sie denn mit ihren Plakaten, auf denen der Mißstand zu lesen stand, vor den Betrieben auf und ab. Keine besondere Aufregung, kein Wutschäumen, kalter Selbstschutz. Ein funktionierendes Regulativ bei freier Wirtschaft. Der Arbeiter, der Angestellte weiß seinen Preis und ist entschlossen, ihn zu halten. Die Gewerkschaften, hatte ich mir sagen und beweisen lassen, sind hier von gefürchteter Kraft. Männer, die dem Kapital näher saßen als der Arbeit, hatten sogar geraunt, daß sie verderblich mächtig seien und geschäftshemmend wirkten. Ich hatte mir den

Besitz der Raunenden angesehen und heimlich den anderen meinen Segen gewünscht.

Diese Fabrik, die ich da unaufgefordert betreten hatte, war typisch, wie man mir sagte. Ich glaubte es, denn ich hatte dergleichen mittlere Unternehmen zahllos von den Zügen und aus dem Auto heraus beobachtet. Denn es ist ja wohl falsch anzunehmen, daß der Mammutbetrieb, die Kolossalfabrik für das Land Amerika zuständig ist. Hier auch nicht. An den Rändern der Städte immer ganze Bezirke, in denen mit zwei- bis fünfhundert Mann gearbeitet wird. Die Gebäude gar nicht einmal häßlich. Ein großer Zaun herum. Am Zaun die Autos.

Es war fünf Uhr. Sie schlossen. Ich ging auf einen Mann zu, der eine mindere Funktion am Bande verrichtet hatte, und bat ihn, mich einzuladen. Ich würde gern sein Haus sehen und wie er wohnte. Er fand es großartig, schlug mir auf die Schulter, mußte sich noch schnell reinigen, und wir verließen zusammen die Fabrik.

Ich fragte mit meinem europäischen Munde, welche Straßenbahn wir benutzen wollten. Er lachte und zeigte auf sein Auto. Er schämte sich des Autos wegen, sagte er. Es sei alt. Jahrgang 46. Aber sich jedes andere Jahr ein neues mit Aufschlag gegen das alte einzutauschen, sei ihm diesmal nicht möglich gewesen. Die harten Zeiten! Ich kam kaum dazu, ihn um seine harten Zeiten zu beneiden, da hielten wir vor einem offenen Lebensmittelgeschäft. Er blieb sitzen. Er rief einige Wünsche hinaus. Man reichte ihm das Gewünschte herein. Er zahlte, machte einen Witz und wir fuhren weiter.

Sein Haus stellte sich als etwas heraus, das wir eine gemäßigte Villa nennen würden. Zweistöckig, eine kleine Veranda, auf der seine Tochter saß und die mystisch simplen und, wie mir versichert worden war, komischen Bilderserien betrachtete, die in den Zeitungen hierzulande zu den gelesensten Teilen gehören und deren Sinn mir trotz heißen

Bemühens bis zum Ende nicht zugänglich wurde. Sie sagte »Hallo« und las weiter. Nachher wollte sie Tennis spielen gehen. Wir sollten mit dem Essen keine Rücksicht auf sie nehmen.

Das kleine Haus verfügte über zwei Stockwerke, drei Schlafzimmer, einen gemütlichen Wohnraum, gemäßigt eingerichtet, Familienphotos an den Wänden. Wir gingen in die Küche, wo mein Gastgeber sich sofort zu schaffen machte und auch mir selbstverständlich meinen Teil Arbeit anwies. Die Küche selbst für das europäische Auge ein Juwel. Ein klotziger Eisschrank. Ein breiter elektrischer Herd. Eine Waschmaschine. Eine Eßnische. Das weiße Radio spielte und streute etwas rhythmischen Pfeffer in die Speisen. Mein Mann machte sich ans Kochen. Seine Frau würde noch von ihrer Arbeit kommen. Bis dahin müßten wir fertig sein. Es fiel nicht schwer. Wir griffen einige Büchsen, wärmten sie auf, schmeckten sie ab und servierten sie. Wir aßen gut und erhielten das Lob der inzwischen heimgekehrten Hausfrau. Später durften wir abwaschen, was wieder nicht schwerfiel, denn auch dafür war eine Art erleichternder Maschine eingebaut. Die Hausfrau betrachtete inzwischen den Fernsehapparat, denn auch der gehört neuerdings zum Haushalt.

Ich versuchte diesem Wunder auf die ökonomische Spur zu kommen. Ich erfuhr: er verdiente ein mittleres Gehalt, seine Frau verdiente dazu, die Tochter verdiente wenig, aber doch soviel, daß sie nicht erhalten zu werden brauchte. Ein Sohn befand sich auf der Universität, wo er als Veteran aus dem pazifischen Feldzuge ein Stipendium erhielt. Im ganzen kamen hier fünfhundertfünfzig Dollars im Monat zusammen. Sie arbeiteten jeder fünf Tage der Woche und an jedem dieser Tage acht Stunden. Sie arbeiteten schwer und ohne Lässigkeit. Ich hatte es im Falle des Mannes am laufenden Bande beobachten können. Was gehörte ihnen?

Das Haus hatten sie abgezahlt. Fünfzehn Jahre hatte es gedauert, und die Zeit der Krise von 1931 war schwer zu überstehen gewesen. Er hatte damals nur eine Art Unterstützung von der Gewerkschaft bekommen. Sie hatten den Kopf einziehen müssen. Dann ging es wieder. Das Haus gehörte ihnen also. Aber ihnen gehörte nicht der Fernsehapparat, in den sich die Hausfrau gleich bei ihrer Heimkehr so inbrünstig vergaffte, obgleich auf der kleinen Sehfläche bislang nur eine trommelnde Jazzkapelle zu sehen war, deren Getöse auch ohne ihren ferne gesandten Anblick genügt hätte. Der Eisschrank war ebenfalls noch einige Monate hindurch abzuzahlen. Das Auto war wieder ihr eigenes geworden in drei Jahren. Dafür gehörte der schöne Teppich, auf dem wir wandelten, zu zwei Drittel noch dem Warenhaus, aus dem er kam. Der schöne Boiler im Badezimmer war ebenfalls noch nicht im Besitz der Familie. Das würde noch drei Monate abzahlende Weile haben.

Das Stottern, das Abzahlsystem beherrscht den kleinen Markt des kleinen Mannes. Dies war der kleine Mann von Amerika. Sein Lebensstandard wäre bei uns daheim dem des leitenden Ingenieurs seiner Fabrik zu vergleichen gewesen, nur daß der ohne Zweifel kaum ganz so gut gelebt hätte. Das Auto wäre bei dem sicher entfallen. Ich sah mich weiter um. Ich fand sehr wenig Bücher auf einem Tisch. Billige Ausgaben gängiger Schmachtromane, offenbar die Kost der beiden Damen des Hauses. Einige Schriften, die meinem Manne offenbar die Gewerkschaft mitgegeben hatte. Es lag der dicke Katalog der Versandfirma Sears-Robuck auf dem Tisch, jene alles umfassende Markenanpreisung von Waren vom Scheuertuch bis zum Brillanten, die in keinem Hause fehlt. Über dem Kamin ein Impressionistendruck, wie sie das »Museum of Modern Arts« in New York verbreitet in vorbildlicher Arbeit am Geschmack dieses Landes. Mein Mann selber las zur Zeit John Gunthers Bestseller »Hinter dem Vorhang«, jene saubere und unverhetzte Reportage aus den sogenannten Satelliten-Staaten. Mein Mann machte uns einen Kaffee und hörte mich über die Berliner Situation aus, von der er in Gunthers Buch schon gelesen hatte.

Zweimal in der Woche gingen diese Leute ins Kino. Im Theater waren sie nur dreimal in ihrem Leben gewesen. Hier gab es kein Theater. In den Ferien würden sie den Anhänger an den Wagen hängen, der im Garten stand, und würden zu viert durch die Rockie Mountains fahren, vierzehn Tage von Picknick zu Picknick. Sie besuchten die Kirche hie und da, aber er gehörte dem Kirchenrat an und würde nächste Woche Einfluß auf die neue Wahl des Pfarrers nehmen müssen.

Wir unterhielten uns und schaukelten in unseren Stühlen. Die Hausfrau betrachtete inzwischen in dem interesseverzehrenden Fernsehapparat einen Film mit dem göttlichen Frankie, Frank Sinatra, vor dessen Gesang hierzulande die Mädchen in Ohnmacht zu fallen pflegen. Wir gingen durch den Garten, der von der Umwelt durch keinerlei Zaun getrennt war. Mein Mann ließ mich seine Blumen sehen und vertraute mir an, daß er hoffe, diesmal in dem Ausschreiben für den schönsten Garten einen Preis davonzutragen. Er pusselte nach etwas an seinem Wagen in der Garage. Einmal ging das Telefon. Eine Aufforderung, morgen abend den Wettkampf auf der Kegelbahn nicht zu vergessen. Er selbst einer der minderen Favoriten. Natürlich, er käme.

Ob ich an eine mögliche Krise glaubte? Mein Mann fragte es mich besorgt mehrere Male. lch mußte ihm als Zugereister die Antwort schuldig bleiben. Aber denken könnte ich es mir nicht. Es wäre eine absurde Krise, denn sie käme aus dem Überfluß. Not aus Reichtum. Ich hätte den Eindruck, daß schon allerlei geschehen wäre, eine solche Katastrophe abzulenken. Der Europa-Plan kein kleiner Teil davon. Mein Mann wußte es und lobte Mr. Marshall. Ein Bild Roosevelts hing in seinem Zimmer.

Die Tochter kam vom Tennisspiel heim. Sie hatte einen netten jungen Mann mitgebracht, der uns einige Witze mitteilte und dann mit der Tochter des Hauses in der Küche verschwand, wo sie sich aus dem kolossalen Eisschrank einen Drink mischten und weiter lachten. Der junge Mann schien unerschöpflich. Am kommenden Wochenende würden sie meinem Freund das Auto ausspannen und zu viert an die See fahren, kleine vierhundert Kilometer ostwärts. We are going to have fun. Sie wollten Spaß haben. Sie hatten es jetzt schon gut.

Sie hatten es alle gut. Sehr viel war ihr Lebensstandard von dem der Familie des Fabrikdirektors wahrscheinlich nicht unterschieden. Ihre einzige Sorge – die Möglichkeit einer Krise. Dann allerdings würde der Fernsehapparat zurückwandern müssen. Der Eisschrank würde abmontiert, der Boiler würde ins Warenhaus zurückgehen und der Teppich würde eingerollt werden von grausamen Handelsmännern, die auf ihrer Abzahlung zu bestehen hätten. Es darf nicht sein.

Ich wünschte ihnen Gutes und ging. Die Hausfrau hatte ich dabei in der Betrachtung eines Baseballspiels auf der glänzenden Fläche des kleinen Fernsehapparates kaum unterbrechen können.

Amerika – das sind Wolkenkratzer und rasende Züge und Kolossalfabriken, das ist ratternder Lärm und Hast und Präzision und Schnelle. Gut. Aber dies hier ist mehr und ist öfter anzutreffen. Die Häuser in den Vorstädten mit dem Auto in der Garage. Die Geruhsamkeit und vergleichsweise Sicherheit des Lebens. Das Beteiligtsein an der nahen Umwelt, die Mitverantwortung. Zu sagen hat mir keiner etwas. Wir haben dies aufgebaut. Unser Wort muß immer gehört werden. Der Fabrikdirektor heißt Jim mit Vornamen, und so wird er von allen genannt und man schlägt ihm mit der Hand auf die Schulter im Vorübergehen.

Die kleinen Häuser in den Vorstädten. New York ist eine Pracht und ein herrlicher Alpdruck, ein sich beständig erneuerndes Wunder und ein hohes Glück von einer Stadt. Das Land ist es nicht. Es ist nicht alles. Das eigentliche Herz dieses Kontinents schlägt langsam und bedächtiger in kleinen, hübschen Häusern dieses Landes. Hier. ×

Als ich wiederkam ...

Zehn schöne Tage waren wir auf einem stolzen Schiff durch den Atlantik geschwommen, nachdem wir die Stadt New York hinter uns hatten versinken sehen, die übermütig schön gezackte Silhouette. Delphine umspielten das Schiff. In verträglichen Gruppen hüpften sie von Welle zu Welle, daß es sich ansah wie in alten Seemannsliedern.

Die Sonne schien. Einmal sahen wir eine Ansammlung von Walfischen, die, kleine Fontänen zu Häupten, unserer nicht achteten. Es war schön. Es war geruhsam.

Immerhin: wir hatten auf dem lebendigen, jetzt hinter uns liegenden Erdteil fahrend eine Strecke zurückgelegt, wie wenn man von Madrid bis ins ferne Baku gereist wäre und zurück. Ich hatte es auf dem zwei Etagen hohen Globus, der in einem Zeitungsgebäude der 42. Straße in New York zu Reklamezwecken sich gewaltig dreht, in vergleichender Geographie errechnet. Es würde viel zu erzählen geben und einiges zu schreiben. Ohne Zweifel, daß mehrere Personen aus dem Publikum es nicht ohne einiges Interesse lesen würden, wenn man es ihnen beschriebe, das Herzklopfen machende Land Amerika. Wenn man es fein lustig beschriebe, mit Fakten nicht sparend, mit Belehrung nicht geizend und versuchend, die freiheitliche Weite dieses Kontinents zu fixieren. Schade, daß ich nicht schon meine Schreibmaschine auf hoher See bei mir hatte im Angesicht der springenden Delphine.

Ich kam nach Hause. Ich ging ans Geschäft. Auf Seite zwei bemerkte ich Hunger. Und nachdem ich ihn bemerkt hatte, auch den ärgerlichen Umstand, daß ich ja nach Landesgesetz zu essen noch nicht wieder berechtigt war. Ich hatte mich wacker abgemeldet, ich reiner Tor, und bedurfte nun neuer Lebensmittelkarten.

Ich borgte mir ein Frühstück bei freundlichen Nachbarn. Ich gürtete mich mit einem Panzer von Papieren: mit meinem Reisepaß, aus dem meine Abwesenheit und glückliche Rückkehr abzulesen war. Sicherheitshalber mit einem Schein meines Arbeitgebers, meine datierte Anwesenheit und neue Arbeitsfreude testierend. Und da erfahrungsgemäß nicht genug der lieben Stempelchen sein können, ließ ich meinen Hauswirt auf einem gewichtigen Papier bezeugen, ich sei wieder und eigentlich seit acht Jahren unablässig in meinen beiden Denkerstübchen mit Küche zu Hause und mit keiner Miete oder Verpflichtung im Rückstand.

Das würden wir gleich haben. Ich geriet in die erste Schlange. Sie zog sich schon vor der Tür des Ernährungsamtes hin. Ein kleines halbes Stündchen Zeit, über die grundsätzliche Verschiedenheit der Erdteile nachzudenken im Verein mit fünfzig ungeduldigen Mitbürgern. Wir wurden eingelassen und durften eine neue Schlange vor einer strengen Kartei formen, aus der nach weiteren zwanzig Minuten hervorging, daß ich tatsächlich im Ernährungssinne hier existent sei, wenn auch eben vor zehn Wochen ehrlicherweise (und törichterweise) abgemeldet und jetzt neu zu »erfassen«. Erfassen sollte mich Herr Soundso an einem anderen Tisch. Ich stieß, fünfzehn Minuten stehend, zu ihm vor und sah mich am Ziel meiner Wünsche und regulierten Ernährungsbasis auf Bescheinigung.

Der Herr war nett, aber streng. Nein, sagte er, da müssenseerst. Ich sollte erst zum Wohnungsamt. Ich belehrte ihn gelassen, daß ich essen wolle. Wohnen wohnte ich schon seit acht Jahren klein, aber komfortabel. Ich wollte essen. – Nein, meinte er, er habe Vorschriften. Ich solle traben.

Ich trabte davon. Das Wohnungsamt liegt dreißig Minuten Weges. Ich, etwas verpotzt, aber guter Dinge im Grunde immer noch, konzipierte im Gehen einen Aufsatz über die schönen Freiheiten Amerikas. Mein Rückgrat war noch nicht wieder gebrochen. Das sollte noch kommen.

Vor der bezeichneten Amtsstube, die ich anstrebte, befanden sich drei Dutzend Mitbürger in einem gemäßigten Handgemenge. Seit früher Stunde kämpften sie redlich um ihre Priorität. Ich reihte mich ein. Überflüssigerweise, wie sich zeigte, denn ich hatte keine »Nummer«, wie mich eine Mitsteherin belehrte. Die Nummer würde ich noch bekommen. Ich reihte mich aus.

Nach zwanzig Minuten erschien ein freundlicher Amtsherr aus der verrammelten Festung der Amtsstube und unterwies mich, nachdem er fünf andere belehrt und sanft entmutigt hatte, ich müsse vorerst einmal eine polizeiliche Anmeldung beibringen. Ich beteuerte wieder, ich wolle nicht wohnen. Ich wohnte ja schon. Ich wollte nicht melden. Ich sei gemeldet. Ich wolle essen. – Nein, sagte er überlegen und wieder sanft, er habe seine Vorschrift. Er gab mir eine Nummer.

Ich ging davon, ich kaufte mir drei polizeiliche Anmeldungen. Ich füllte sie mühsam dreifach aus und mischte mich wieder in das Handgemenge, nun berechtigterweise und als anerkannte Nummer. Das währte nur vierzig Minuten. In der Amtsstube selbst nur noch zehn, dann besah sich der gleiche sanfte Herr freundlich meine Papiere, verbesserte sie noch und schickte mich auf den »Laufweg«. Ich lief.

Das heißt: ich stand. Ich stand *vor* Zimmer 96. Ich stand *in* Zimmer 96 wohl eine kleine Stunde. Ein freundlicher Herr schrieb etwas auf ein Papier und notierte meinen Namen und schickte mich in Zimmer 98.

Die Schlange, die dort stand, gefiel mir nicht. Hier war die Stimmung nahe der Tätlichkeit. Eine Dame hatte unvorsichtigerweise geäußert, daß sie rechtliches OdF sei und ob sie nicht vortreten dürfe. Da hörte sie es hart. Da ging es politisch bissig her, dergestalt tückisch, daß ich zum erstenmal in einen der vielen Schlangenstreite eingriff und versuchte, einige Klarheit zu schaffen, mit erhobener Stimme. Jetzt schwiegen die anderen. Daß sie neuen Sinnes waren, hoffte ich kaum. Aber sie ließen die Dame jetzt vor. Wir standen Schlange, schwiegen und mißfielen uns sehr. Diesmal nur kleine fünfzig Minuten. In der neuen Amtsstube herrschten drei Damen, die eine von ihnen ausnehmend hübsch. Sie schickte mich leider zu einer anderen, wo ich nicht allzu lange stand (12 Minuten). Bis die mich in einer Wohnungskartei fand, auf meinem Zettelchen eine Hieroglyphe vermerkte und mich wieder an die erste Amtsstube zurückverwies.

Und da stand ich wieder. Das war eine Dreiviertelstunde. Aber die Schlange war nett. Wir erzählten uns einen Schlag aus unserem Leben, und da erwies sich erst, wie sehr ich hier amtlich im Wege stand. Die andern wußten oft nicht, wohin ihr geplagtes Haupt lagern. Des Bezirkes ganzes Wohnungselend griff mich an. Hier standen tatsächlich die Unbehausten. Ihnen fehlte das Dach zu Häupten. Hier lag Anlaß vor. Ich wollte nur essen. Aber stand amtlich im Wege.

Ich kam wieder an die Reihe, und es wurde ein Protokoll aufgenommen, meine politische Vergangenheit, frühere Wohnungen und meine Personalien betreffend. Ich gab Auskunft und hoffte, nun zur Sache zu kommen, wieder zur Kartenstelle, falls die heute noch nicht geschlossen war. Ich war bester Hoffnung. Ich sah Land.

Und versank. Übermorgen solle ich wiederkommen. Dann sei der »Laufweg« erneut zu machen. Dann dürfe ich auch essen. Geschwollenen Fußes, ingrimmig und müde ging ich nach Hause, in gerade die Wohnung, die auf drei Amtsstellen soviel Tinte ausgelöst hatte.

Ich borgte mir ein Abendbrot, ein Frühstück, ein Mittagessen und mit Not noch ein Abendbrot. Und so wurde aus Morgen und Abend der dritte Tag. Ich war früh auf den Beinen. Ich begann wieder bei der Grundamtsstube. Ich stand wieder eine geschlagene Stunde vor Zimmer 96. Ich stand anderthalb Stunden vor Zimmer 98. Alles alte Bekannte, nur daß der Mut müde geworden war und die Sehnsucht nach einem eigenen Essen so groß.

Ich durfte nach drei Stunden mich bei einem neuen Zimmer anstellen, wo eine freundliche Dame einen Stempel verwaltete. Und nun bedurfte es nur noch der »Hauptregistrierungsstelle«, wo in diesem Hause meinetwegen zum letzten Male Tinte floß. Ich war frei zu gehen.

Gehalten zu gehen auf das Polizeirevier (Weg: 30 Minuten. Stand: 10 Minuten), wo man erstaunt war, einen längst Gemeldeten sich doppelt melden zu sehen. Tinte, Stempel und Wohlgefallen. Und nun durfte ich dort wieder beginnen, wo ich vor 53 Stunden den amtlichen Canossaweg begonnen hatte. Ich stand eine Stunde vor der Tür des Ernährungsamtes. Ich stand eine Dreiviertelstunde vor den Tischen und wäre fast über den Umstand noch zu Fall gekommen, daß ich aus dem Lande meiner Reise keine »Kartenabmeldung« beibringen konnte. Amerika ist noch nicht so weit, sagte ich müde. Da kennen sie eure Art der vitiosen Zirkelbewegung der Ämter nicht. Man steht nicht an. Man arbeitet. – Der Herr sah's ein. Aber er konnte mir nur die rückwirkenden Marken geben. Für die anderen müsse ich wiederkommen. Und anstehen.

So fröhlich war ich ausgezogen. So voll Arbeitslust und Mitteilungsdrang aus der Fremde heimgekehrt. Man hat mich im Stehen gebrochen. Meine Schuhgröße hat sich um fast zwei Nummern vermehrt. Ich zeige graue Haare, die ich vor drei Tagen nicht hatte. Und selbst das Essen auf die so erbittert erstandenen Karten schmeckt mir nicht recht. Höchstens, daß es zu der alten, deutschen Urfrage elegisch noch reicht:

Beamte, Mitbürger, Freunde – muß das sein …? ×

Die unerträgliche Hölle der Publicity

Zum Tode von Marilyn Monroe – Wir sind alle mitschuldig

Vor zwei Jahren machte Brigitte Bardot einen Selbstmordversuch. Sie konnte gerettet werden. Am vergangenen Wochenende nahm Marilyn Monroe eine Überdosis Schlafmittel und starb. Man fand sie zu spät.

Zwei Stars, die beiden anerkannten Sexidole des Jahrzehnts, Trägerinnen von Namen, die jeder Lausejunge mit einem Augenzwinkern geläufig hat, waren sichtbar so gründlich zerrüttet, so einsam, hilflos und gequält, daß sie Hand an sich legten und das pervertiert öffentliche Dasein eines Stars wegzuwerfen bereit waren.

Die erregende Körperlichkeit, mit der sie die Natur ausgezeichnet und geschlagen hatte, wurde ihnen zum Ruhm und Verderb, zur Lust und zur unerträglichen Last. Ruhm frißt und hat in einer Epoche der rigorosesten, der unnachsichtigen Publicity Züge eines nur scheinbar zivilisierten Kannibalismus gewonnen.

Wenn es mit rechten Dingen zuginge, müßte eine Gesellschaft, die dergleichen Schicksal herausfordert, es möglich macht, heißhungrig fordert und verschleißt, müßte eine Öffentlichkeit, die nach Inbildgestalten des gemanagten Ruhms so lechzt, ihren öffentlichen Fraß fordert und vollbringt –

wenn es mit moralischen Dingen zuginge, müßte eine solche Gesellschaft die Augen niederschlagen. Wir alle, nimmt man es ganz ernst, sind mitschuldig.

Stars werden uns oktroiert. Sexidole werden in der Retorte hergestellt. Ruhm ist manipuliert. Und diese Art von Ruhm scheint unerträglich.

Ein Idol wurde manipuliert

Die Monroe ist ein – jetzt tragisches – Beispiel dafür, wie dergleichen zustande kommt und wie es sich auswirkt. Sie hat wenige Wochen vor ihrem Tode der Zeitschrift »Life« eine hingeplauderte Schilderung ihrer Nöte mit der gefräßigen Öffentlichkeit gegeben.

Sie hat, plaudernd, dargestellt, wie groß, verführerisch und niederschmetternd die Spannung sei, in der sie ständig zu leben gezwungen war. Die Unmöglichkeit, sich wie ein Mensch unter Menschen zu bewegen. Jeder arglose und ersehnte Spaziergang endete mit einem Massenauflauf und dem notwendigen Eingriff der Polizei.

Dies augenzwinkernde Einverständnis, das ihr, wohin sie auch kam, noch von dem Fremdesten entgegenschlug, die Aura der sündhaften »Sexigkeit«, die man um sie aufgebaut hatte und für die sie eine Art Symbol darstellte, hatte mit ihrer Person nichts mehr zu tun. Man hatte sie zur approbierten Circe der Epoche hinaustrompetet.

Sie sollte die Männer nicht gleich zu Schweinen machen. Aber das Laszive in ihnen sollte sie reizen. Den Traum zum Seitensprung sollte sie kitzeln. Das maskuline Gefühl des »Donnerwetter noch mal, so was müßte mir der Doktor mal verschreiben«, das sollte sie locken. Der Doktor verschreibt so etwas nicht. Aber Hollywood tut es. Die Filmindustrie stellt die Wunschträume her mit der kleinen, immer noch vertretbaren Ausschweifung ins Sündhafte.

Menschenbilder mit einem Stich ins bürgerlich Unerlaubte sind kommerzhebend für eine mit Menschenbildern handelnde Industrie. Die Monroe hat behauptet, sie wäre von der Industrie gemacht. Sie glaubte und sagte, die Leute hätten sie so gewollt, hätten sie so verlangt, sie sei kein Star aus der Retorte. Sie sei nicht, wie man glaube, als »Marilyn Monroe« präfabriziert, sei kein Geschöpf aus der kalten Publicity-Küche.

Sie irrte. Daß jeder Mann für die Freude (wenn auch mit schlechtem Gewissen) an einer Monroe-Erscheinung prädestiniert ist, ist unbestreitbar. Daß ihrem ersten Auftreten im Film als sinnbetörende doofe Venus eine kleine Sturzflut von Publikumsreaktion folgte, das ist sicher.

Die Mathematiker des Weltruhms, die professionellen Retortenkocher des Erfolges richten sich am Anfang wohl nach den Hungererscheinungen in der Masse auf einen bestimmten Typ. Ist der Typ gefunden, bietet er sich an, inkarniert er sich, dann wird er erst gefertigt. Dann putscht man ihn hoch. Dann erst summt die ganze, im Grunde menschenverachtende Maschinerie der Überredung.

Die Publicity-Hengste spannen sich vor den Wagen. Teams ersinnen die Aussprüche, die, genau passend, in den Mund des Opfers geschraubt werden. Slogans werden als Schatten an die Persönlichkeit geheftet. Persönlichkeit, wo sie fehlt, wird erst fingiert, ausgeklügelt, Illustrierten- und Boulevardpressee-reif gemacht.

Eine Industrie investiert jetzt erst. Ein Star wird geboren. Ein Mensch wird entpersönlicht, indem er zu der »Persönlichkeit« gestanzt wird, zu dem Inbild und Idol, das der gerade geläufigen Nachfrage nach Idolen entspricht. Die Verkäuflichkeit des Typs zählt. Wird morgen der Unschuldstyp vom Lande gefragt, werden wir ihn liefern. Jetzt ist die schöne doofe Blonde dran, die den Seitenspringer und den heimlichen Tunichtgut in jedem Manne kitzelt. Bitte, da habt ihr die Monroe!

Und eine Welt delektierte sich eifrig und gehorsam an solcher manipulierten Traumgestalt. Wir ziemlich alle krochen doch auf den Leim, der von den Werbefritzen vorsätzlich und raffiniert geschmiert war. Daß sie, die Monroe, in ihrer letzten Unschuld wirklich eine Schauspielerin werden wollte, daß sie arbeitete, daß sie sich selbst und ihr Handwerk in die strenge Zange nahm, sich quälte mit ihrem Talent und daß sie immer wieder auszubrechen versuchte aus den Gittern eines verruchten Ruhms.

Moderner Kannibalismus

Solcher Ruhm ist, scheint es, die Hölle. Er ist unerträglich, so erstrebenswert, so beneidenswert er zu sein scheint und immer wieder dargestellt wird. Er entfernt radikal von der Realität. Im Zeitalter der Massenmedien beschädigt er nicht nur die private Sphäre, er tritt sie aus und tot. Er vernichtet sie völlig. Er saugt das Opfer aus. Tatsächlich, eine Art öffentlicher Kannibalismus tritt in Funktion, der ohne Beispiel in vergangenen Jahrhunderten bleibt.

Chaplin hat einmal Thomas Mann beschrieben (und der hat es in seinen Aufzeichnungen zur »Entstehung des Dr. Faustus« mitgeteilt), wie wild, bestürzend, erschreckend und tödlich gefährlich es gewesen sei, als er das erste Mal aus Hollywood, aus der Einsamkeit der Arbeit in die Welt kam. Wie da plötzlich mit Saugarmen die Öffentlichkeit an ihm hing, jede Freiheit annulliert war und sich die Tatsache des Überall-und-jedem-bekannt-Seins wie eine hermetische Glocke über ihn stülpte.

Um in dieser Kapsel übermäßigen – und oft doch unrechtmäßigen – Ruhms weiterleben zu können, darauf geht, wo noch Ernst und Persönlichkeit übrigbleiben, dann die meiste Kraft. Marilyn Monroe hat es gesagt. In jenem letzten Plauderinterview hat sie zu sagen versucht, wie sie sich bemühe, die Füße auf der Erde zu behalten, ihren Sinn für die

Wirklichkeit nicht zu verlieren, aus dem Gefängnis, in das sie jeder fremde Blick sperren wollte, auszubrechen.

Das scheint fast unmöglich. Die öffentliche Grausamkeit läßt es nicht zu. Entweder wird man vergessen – oder man wird gefressen. Unser Jahrhundert hat eine sehr neue, komplizierte, aber nicht weniger unmenschliche Art der Menschenfresserei erfunden.

Nun kann man sagen, wir sollten nicht wehleidig tun. Man kann natürlich und mit einiger Berechtigung darauf hinweisen, daß die Götzen des Films, die Venusse der Anrüchigkeit, die Stars und Fernsehidole es ja gar nicht besser wollten. Sie drängen ja in den Himmel und damit, logischerweise, auch in alle bekannten Höllen des Publicity-Ruhms.

Schluß mit dem Starsystem

Wer den Swimming-Pool und den Rolls-Royce und die tägliche Schlagzeile in den Tratschspalten anstrebt, der kriegt das eine, kriegt das Wohlleben, Geld, kriegt den Wohlstand und die tägliche Warmwasserberieselung der Bestätigung und des Ruhms. Wer das andere nicht will, muß die Finger davon lassen. Denn das andere ist der Verschleiß auf dem Markt, ist die Aushöhlung durch den öffentlichen Blick, sind die Abnutzungserscheinungen und sogar die Bestialitäten, die der vorsätzlichen Schaustellung vor der Menge folgen.

Das mag stimmen. Allzu wichtig soll man das Phänomen nicht nehmen. Und daß es tragischere, daß es beteiligungswertere, wertvollere Schicksale gibt, die unbekannt und unbeweint auslaufen, darüber ebenfalls kein Streit.

Aber ist eine Gesellschaft intakt, die dergleichen fordert, genießt und auf die Dauer duldet? Sollten wir alle es nicht nachgerade überdrüssig werden, die in der Retorte einer Industrie fabrizierten Idole anzunehmen und gehorsam zu verschlingen?

Sind Schicksale wie die genannten nicht eher ein Zeichen, daß das ruchlose Starsystem alter Hollywood-Schule nicht mehr erträglich ist, daß es nicht mehr geht? Ist es nicht ganz inhuman geworden, wenn es je »human« war? Verstößt die vorsätzliche Aushöhlung eines Menschen für die Zwecke des Geschäfts nicht gegen die Moral? Sind wir nicht alle mitschuldig, nur weil wir es dulden?

Das Starsystem stirbt. Es scheint, langsam werde auch der Filmwelt, selbst der rigoros merkantilen, der Filminhalt wichtiger als der Star und der Podestschauspieler, den man aus der Publicity-Remise holt. Es scheint, als würden nach und nach wirklich endlich die Filmmacher, Autoren und Regisseure selbst der »Industrie« und damit der Öffentlichkeit wichtiger als die Puppen der Reklame, als die hochtrompeteten Marionetten vor der Kamera. Es scheint wirklich so, und es wäre längst an der Zeit.

Was bisher geschah, war unwürdig. Ein dunkler Fleck auf einer ohnehin nicht allzu hellen Epoche. Der »Star« als Begriff und irriges Idol muß sterben, ehe wir fortfahren, Stars durch idiotische Überdosen von falschem Ruhm erst krankhaft aufzukeschern und dann gemeinsam zu töten. ×

New York zeigt sein Herz

Aber das kompakte Leben in der 5th Avenue geht weiter

New York, 24. November 1963

Ich bin zum Lunch mit Freunden in einem kleinen Schweizer Restaurant der 50. Straße verabredet. Männer beim »Arbeitsessen«. Nur wenige Frauen, die hier von ihren frühzeitigen Festeinkäufen auf der schon weihnachtlich geschmückten

5th Avenue rasten bei teurer Diätkost. Das Lokal ist wie alle Restaurants dieses Wolkenkratzerviertels um diese Stunde rettungslos überfüllt und von summender Emsigkeit.

Wenige Minuten nach ein Uhr. Der Geschäftsführer, ein sichtbar amerikanisierter Eidgenosse, tritt an unseren Tisch. Der Präsident sei erschossen worden. Das Radio habe es eben gemeldet. Der Mann spricht Konfuses und Unglaubwürdiges. Er will gehört haben, der Gouverneur von Texas habe den Schuß auf Kennedy abgegeben. Das Gerücht, das er ausstreut, ist so blödsinnig, daß wir weiteressen und ihn lachend bitten, uns mit solchen Räuberpistolen zu verschonen.

Der gepflegte Mann kommt nach drei Minuten wieder. Das mit dem Gouverneur sei tatsächlich Blödsinn gewesen. Der sei ebenfalls getroffen. Aber der Präsident liege im Sterben. Der Geschäftsführer geht mit seiner unglaubhaften Meldung noch an einige Tische. Es gibt Nachrichten, denen man zur Lunchstunde nicht gewachsen ist. Keine Panik. Kein Entsetzen in der zufälligen Gemeinschaft. Kein Gespräch von Tisch zu Tisch. Die Katastrophe teilt sich den Menschen noch gar nicht mit.

Wir treten auf die Straße. An der Ecke zur reichen Park Avenue befindet sich, das weiß ich, eine der glitzernden Dependanzen der Börse. Auf der Hinterwand des prunkvollen Aktienladens laufen in drei ruckenden Streifen Tag und Nacht Nachrichten und Kurse, wie sie von der Wall Street auf dem Fernschreiber einlaufen und sofort an die Menetekelwand des Kapitals, sichtbar bis auf die Straße, projiziert werden. Im Geschäft, vor der Wand, drei Dutzend Makler an Telefonen, die ihre Geldkunden beraten und geschäftlich leiten.

Die laufende Wandschrift ist von der Straße mitzusehen. Ich eile dorthin. Die Geisterschrift rückt das ganz und gar Unglaubliche vor unser Auge. Die Nachricht ist wahr. Zwei

Geistliche sind bei dem Verwundeten. Kennedy lebt noch. Mrs. Kennedy ist bei ihm. Es ist Viertel nach eins.

Dann wieder Kursberichte an der Wand, fallende Kurse, offenbar. Der Schwarm der Wechsler in diesem Glastempel des Geldes steht neben den Telephonen. Sie operieren, sind von einer hektischen Geschäftigkeit, von einer widerwärtigen Nervosität befallen. Während die Welt ein Verlust trifft, versuchen sie offenbar, Kursverluste zu stoppen. Der Ticker an der Wand meldet, daß die Börse schließt. Die Herren dort drinnen, hinter der Glaswand, lassen die Telefone sinken. Der Ameisenhaufen wildgewordener Sakkoträger scheint vorerst beruhigt.

Neben mir auf der Straße, ich hatte es gar nicht bemerkt, Dutzende von Menschen, den Blick auf die Wand mit der Geisterschrift geheftet. Eine Frau fragt mich, was denn hier los sei. Ich sage es ihr. Sie nimmt die Hiobsbotschaft gar nicht auf. Sie fragt noch einmal. Ich wiederhole. Sie geht, kopfschüttelnd, weiter. Sie glaubt nicht, sieht sich noch einmal zu mir um, ein reales Beispiel für die redensartliche Wendung, daß eben manche Nachricht einfach nicht zu fassen sei.

Hält New York den Atem an? Eigentlich nicht. Ich wundere mich über das Ausbleiben jeder sichtbaren Panik. Das kompakte Leben geht in vollen Strömen weiter. Nur hin und wieder auf den Bürgersteigen der Madison Avenue kleine Gruppen. Menschen stecken ihre Köpfe zusammen. Jemand läßt einen Taschentransistor laufen. Oder man horcht an einer Kreuzung in ein wartendes Auto hinein, das das Radio vorsätzlich brüllen läßt. Noch lebt Kennedy. Die Verlautbarungen sind spärlich und nachrichtlich kühl.

Dann sehe ich zwei vornehme Damen neben mir weinen. Ich sehe einen älteren Herrn wie versteinert an einer Hauswand lehnen. Er erfuhr es erst eben. Es ist noch nicht halb zwei.

Ich trete in ein Geschäft, hoffend, dort das Neueste zu erfahren. Nein, sie hätten hier kein Radio, aber sie wußten es schon. Womit sie mir dienen könnten? Sie hätten Ausverkauf. Das Geschäft geht weiter.

Zeigt diese Stadt keine Gefühle? Könnte sie es gar nicht, wenn sie es auch wollte? Die Zeitungshändler an den Kreuzungen zucken die Schultern. Nein, sie haben noch nichts. Ich gehe in eine Bar. Das Fernsehgerät ist umlagert. Die Ruhe, die hier herrscht, ist fast beklemmend.

Auf dem Schirm permanenter Nachrichtendienst. Die Kamera ist mitten in der Nachrichtenredaktion fixiert. Der Sprecher liest Meldungen direkt von den Fernschreibern. Er holt aus der Improvisation Kollegen heran zu kurzem Kommentar oder faktischer Stellungnahme. Kein Wort zuviel. Kein Pathos. Kein großer Ton. Kein Versuch, Stimmung und Erregung zu machen oder mit einer Panik zu spielen. Ein weltgeschichtliches Trauerspiel wird sachlich reflektiert, keinen Augenblick falsch oder lärmend untermalt. Das Fürchterliche, das gesagt werden muß, wird trocken und zutreffend gesagt. Ich soll heute noch viel Gelegenheit haben, diese journalistische Tugend am Bildschirm zu bewundern.

Noch ist Kennedy nicht tot. Ich gehe wieder auf die Straße. Ich laufe zwei Blocks durch den unverminderten Verkehr. Neben mir nimmt ein junges Mädchen das kleine Transistorgerät vom Ohr, sie geht weiter, während sie sagt: »He is dead.« Er ist tot. Der Vizepräsident wird eingeschworen.

Kurz darauf sehe ich, wie sich Männer zu schaffen machen, Fahnen vor den Hotels und Geschäften auf halbmast zu setzen. New Yorks Geschäftigkeit brüllt weiter zwischen Wolkenkratzern. Ich suche ein Taxi. Der farbige Fahrer spricht erst nach zehn Minuten das erste Wort. Er dreht sich nicht zu mir um. Er spricht, wie in einer Litanei, vor sich hin. Ich höre: »He was such a good man, such a good man, such a good man …«

Ich hatte in meiner europäischen Fremdheit und Hochmütigkeit New York in dieser schrecklichen Stunde des Freitagmittag für herzlos gehalten. Ich sollte mit diesem dunkelhäutigen Fahrer und dann noch mit so vielen Menschen dieses Tages erfahren, daß man ein gebrochenes Herz haben kann und Angst und Traurigkeit und den großen Schock vor der Geschichte – und daß man doch weitermacht. New York hat nicht geweint. Aber diese Traurigkeit schien mir ergreifender. ×

V

Luftsprünge

Quatsch in schöner Gestalt

Der Redner greift, wie wenn er sich selbst damit zusammenziehen wolle, an die gepflegte Silberkrawatte. Wir kommen zum Schluß. Sieben Seiten abgelesenen Manuskriptes haben wir hinter uns. Unser Redner (»kleiner Stresemann«, etwas zu glatter Charakterkopf, helle Hornbrille, leichtes Übergewicht) blickt mit angestrengtem Vorwurf in das Auditorium.

Es ist wieder mal zu heiß im Saal. Hinter uns klaffen fünf fast leere Reihen, obgleich so ziemlich alle Kulturmacher dieser Siedlung anwesend sind. Es sind ja immer wieder dieselben, die aus Dienst oder Idealismus oder nur, um dazuzugehören, sich bei den Ausstellungseröffnungen, Vortragsabenden, Dichterlesungen, Rundtischgesprächen, Premieren und Gedenkfeiern einfinden. Die Creme der örtlichen Geistigkeit ist gezählt. Wir kennen uns alle. Obgleich bei den meisten dieser Veranstaltungen freier Eintritt gilt – es treten fast immer dieselben ein. Wir sind wieder mal beisammen. Nur der Saal ist zu groß gewählt.

Der Redner holt seinen Blick mit betonter Innerlichkeit aus dem Saal zurück. Er atmet tief, als müßte er nun die volle, erschreckende Wahrheit enthüllen, wischt einmal mit der flachen Hand fast zärtlich über die letzte DIN-A4-Seite, darauf er die Kulmination und Nutzanwendung seiner rednerischen Verlautbarung gestern abend getippt hat, und redet mit dem Munde folgendes: »Gerade in der Sinngebung letzter Menschlichkeit, in seiner immanenten Sorge um das Bildnis des Menschen überhaupt, in dem tiefen Anliegen seiner künstlerischen Potenz und dazu in seiner seelischen Wachsamkeit für die Kräfte des Chronischen einerseits und die Verpflichtungen der metaphysisch in unser Dasein hineinwebenden Imponderabilien andererseits, bleibt uns dieser Schöpfer des Sprachlichen Vorbild und Verpflichtung. In einer Welt der seelischen und materiellen Bedrohung, in einer zutiefst in der Krise befindlichen Weltgesellschaft weist er uns zurück zu den Müttern und holt er uns Sterne von einem nicht mehr bestirnten Himmel. Möge uns seine Stimme, die eine Stimme echten Stolzes, aber auch eine solche der Demut ist, begleiten, und möge sie in einer vielfach entgötterten Welt wieder Maß setzen – einer Glocke gleich, die verwirrte und hoffnungslos im Geistigen zerstreute Menschheit zu Einkehr und innerem Bestand aufzurufen.«

»Wenige, sprach ein weiser Franzose, der unserem vorbildlich lebenden und empfindenden Heros seelischer Begleiter und Bruder im Geist war – wenige, sagte André Gide, werden die Welt retten! Daß dieser den wenigen Auserwählten zugehörte, ist Bewußtsein und Gewißheit, die wir glückhaft empfinden und die zu unserem Lebensbesitz und unserer Tröstung in den Niederungen der Gegenwart gehörte. Ehre ihm und Dank seiner selbstlosen Tiefe, seiner geistigen Aufopferung und der echten Kraft seiner wertesetzenden Menschenstimme!«

Kurze Verneigung. Wir geben, wie sich's gehört, leichten Beifall. Der Redner sammelt seine Papiere ein und steigt herunter. Die Herren vom Schlohmann-Quartett, die, wie immer bei solchen Anlässen, umgeben von vier städtischen Taxusbäumchen, einen Satz von Haydn oder Ravel (je nachdem) zu spielen pflegen, stimmen ihre Instrumente ... Aber nun einmal ernsthaft: Was hat der Mann da gesprochen? Was hat er gesagt? Er hat Wind mit Worten gemacht. Er hat mit geölter Stimme nichts verlautbart. Er hat einen Toten gelobt, aber er hat ihn so gelobt und mit Tiefsinn beworfen, daß ein handfester Sinn davon nicht zurückgeblieben ist. Er tat streng, aber er war unverbindlich wie einer. Er plusterte sich mit wichtigen Worten auf, aber verlautbart hat er nichts als das große »Blah-blah-blah«. Es war der Quatsch in schöner Gestalt.

Wer gezwungen ist, an dem Kulturtreiben dieser Tage teilzunehmen, wer gehalten ist, Reden, Verlautbarungen, Eulogien dieser Art über sich ergehen zu lassen, wer in der Schriftenwelt einigermaßen zu Hause ist, der wird das oben angeführte Zitat gar nicht einmal als besonders auffällig empfinden. Ein leerer Schönredner hat sich nur eines Zeitjargons bedient. Die Worte »Anliegen«, »Sinngebung«, »Verpflichtung«, »Menschheitsbild«, »Maßsetzung« fallen bei solchen rednerischen Anlässen wie von selbst aus der Schablone.

Dunkel, daher also »bedeutend«, etwas beunruhigend und auf eine verführerische Weise gesalbt soll das klingen. Es macht einen einlullenden Effekt, und so ist es gesagt, daß man nie genau verstehen kann, was der Jargonbenutzer eigentlich meint. Aber da es so emsig nach Tiefe strebt, da es ein heimliches Einverständnis der Eingeweihten vortäuscht, kommt es über die Runden. Zu sagen: »Ich verstehe gar nicht, was der da meint!«, wäre schon gefährlich. Man schlösse sich aus der Gemeinschaft der neuen Salbader aus und würde als Banause gelten.

Der Quatsch in schöner Gestalt (die nur schön zu sein scheint) geht gewaltig um. Die parfümierte Kleisterrede findet sich in fast allen Bezirken. Der Leerlauf der ambitiösen, ausgequetschten Ausdrucksweise hat auf eine erschreckende Art an Tempo gewonnen. Nicht nur über die Gebiete des Kulturellen ergießt sich das schablonisierte »Blah-blahblah«. Es hat seine Wortführer ebenso in den Bezirken der Politik, der Wirtschaft und der allgemeinen Äußerung überhaupt.

Ein beliebter Trick unter den Anwendern dieses neuen Rotwelschs bleibt der, ein schlechtes Gewissen zu erregen. Das Wort »Krise« ist unausbleiblich. Das Wort »Angst« fällt wie von selbst. Das Wort »Auflösung« ist obligat. Dem Zuhörer wird in jedem Falle dargetan, für wie katastrophal der

Herr Schönredner im Grunde den Zustand unserer Epoche hält.

Zugegeben, daß es viele Bereiche gibt, die heute mit dem einfachen Wort nicht mehr faßbar sind. Zugegeben auch, daß für gewisse Bezirke des Wissens die simple Diktion nicht mehr ausreicht. Aber wo der bemühte, interessierte, der gutwillige Leser und Hörer nicht mehr folgen kann, beginnt die Sünde am Sinn und an der Sprache. Kein Wort in diesem Zusammenhang über den heiligen Heidegger! Aber was seine Jünger und Nachlaller oft genug verlautbaren, ist nur noch Parodie und der volle Nonsens. Vor zwanzig Jahren wurde »gerilkt«, daß einem die Ohren schmerzten. Alles war »irgendwie« tief oder »irgendwo« wichtig.

Heute »heideggern« die Jünglinge und Jungfrauen seiner Gefolgschaft, daß ihre Sprachgrotesken sich mondän schon in der Umgangssprache einzunisten beginnen. Man lausche nur in die Nachtprogramme, in die Studiosendungen unserer Rundfunkanstalten. Ich hörte kürzlich eine Sendung über »Die neuen Gegebenheiten der Jazzmusik als Ausdruck des modernen Krisengefühls«. Ich kann Ihnen sagen, mir schlakkern heute noch die Ohren.

Die Sprache, doch erfunden und gefördert, damit der Mensch sich mitteilen, klären und eröffnen könne, wird von den neuen Schönsprechern zur Sinnvernebelung mißbraucht. Zitat aus einer zeitgenössischen Schrift, in der ein großer Philosoph aus Anlaß seines 125. Todestages öffentlich geehrt wurde: »Obwohl Dialektik die Unmöglichkeit der Reduktion der Welt auf einen fixierten subjektiven Pol dartut und methodisch die wechselfähige Negation und Produktion der subjektiven und objektiven Momente verfolgt, hat seine Philosophie als eine des Geistes den Idealismus festgehalten. Nur die diesem innewohnende Lehre von der Identität von Subjekt und Objekt – die ihrer bloßen Form nach allemal bereits auf den Vorrang des Subjekts hinausläuft – schenkt ihm jene Kraft des Totalen, welche die negative Arbeit, die Verflüssigung der einzelnen Begriffe, die Reflexion des Unmittelbaren und dann wieder die Aufhebung der Reflexion leistet.«

Es ist, zugegebenermaßen, immer unfair, so aus dem Zusammenhang zu zitieren. Das eingestanden. Aber kann mir einer nach dem ersten Lesen sagen, was hier gemeint ist? Kann mir einer auch nur nach dem zweiten, mühsamen Lesen erklären, worauf der Verfasser hinaus will? Ich verstehe immer nur »Bahnhof«, und das, obgleich ich mich redlich durch die volle Redeschrift hindurchgefressen habe. Solcher Beispiele wären viele. Unsere Zeitschriften, unsere Bücher sind von ihnen voll. Unsere Radiostationen schallen von ihnen wider.

Goethe hielt dafür, daß man, was sich nicht auch klar und verständlich sagen ließe, nicht sagen solle. Er hat ein Schriftstellerleben lang ruhmreich nach dieser Regel verfahren. Nietzsche forderte, daß man an einem Satz arbeiten solle wie an einer Bildsäule. Die Klarheit, die Verständlichkeit, die am Ende wie mühelos scheinende Durchsichtigkeit eines Gedankens macht den Redner wie den Schriftsteller.

Daß Unklarheit gleichbedeutend mit Tiefe sei, ist ein hämischer Irrtum. Daß eine wattierte, wolkige, undurchschaubare Redeweise identisch sei mit Tiefsinn, ist ein Bluff und eine Lüge. Dieser Bluff wird heute von vielen, die sich öffentlich äußern, mit einer geradezu ausverschämten Selbstsicherheit ausgespielt. Wir sollten auf der Hut sein. Jede Sprache setzt modische Schlacken an. Das bleibt nicht aus. Aber daß sie von ihnen nicht überwuchert werde – dafür zu sorgen ist die Aufgabe aller, die in der intakten, sauberen, unverhüllten Ausdruckskraft der Sprache eben eine Pflicht sehen. Denn sie gehört uns. Rein und kräftig haben wir sie zu vererben.

Der Quatsch in schöner Gestalt geht um. Wer Ohren hat zu hören und Augen zu lesen, wird dem geschwollenen, dem anmaßenden, dem geschändeten Wort heute an vielen Stellen begegnen. Schablonendenken hat die gesprochene Schablone zur Folge. Der Stil ist der Mensch – auch und gerade in seiner Sprache.

Wir wollen den Rednern unserer Zeit auf den Mund, wir sollen den Schreibern unserer Sprache auf die Finger sehen. ×

Ich lese jeden Dreck

Haben Sie je die Rückseite Ihres Straßenbahnbilletts studiert?

Wissen Sie, was auf dem Papier steht, das Ihre neue Tube Zahnpasta umhüllt?

Haben Sie je die Erfahrung gemacht, daß man im Walde plötzlich weit vom Wege abkommen kann, weil irgendwo ein läppisches Stück Papier unter den Bäumen liegt? Und man kann gar nicht anders: man muß hin?

Die liebe Sonne scheint. Die Vöglein quinquillieren. Die Erde duftet, und der frohe Kuckuck schreit. Hilft nichts. Man muß hin zu jenem Zettel, muß inspizieren, was er enthält, was auf ihm gedruckt oder geschrieben steht. Meist ist es nur ein Fetzen Zeitung, ist es ein Reklamezettel oder eine Rechnung über Speisen und Getränke, der sich ein Liederjan hier in Gottes Natur entledigt hat. Aber lesen müssen wir's. Die Sonne scheint, die Vöglein singen, die Erde duftet, und der Kuckuck schreit erst wieder, wenn man weiß, was auf dem elenden Schnipsel steht. Kennen Sie das? – Nein? – Wohl Ihnen! Dann sind Sie kein manischer Leser, sind Sie nicht der Gefangene Ihrer eigenen Neugier.

Wohl Ihnen! Sie brauchen Ihr armes Auge nicht zu strapazieren wie wir, die wir – wie unter einem unerklärlichen und unaufhörlichen Zwange – alles ausbuchstabieren müssen, was uns ins Blickfeld gerät.

Wir lesen jeden Dreck. Wir lesen: amtliche Bekanntmachungen am Rande des Parkes, Parteiaufrufe, Vereinsbestimmungen, Liedertexte von Schlagern, Reklame, Reklame, Reklame. Wir lesen amtliche Anzeigen vor Rathäusern, Bekanntmachungen am Schwarzen Brett, Mietsnachrichten in fremden Wohnhäusern, Betriebsvorschriften in Garagen, Ankündigungen, Steuerformulare, ganze Litfaßsäulen, alle Postwurfsendungen, bedrucktes Einwickelpapier. Wir lesen alles. Wir lesen jeden Dreck.

Wir glauben bestimmt nicht, daß wir dadurch in jedem Fall weiser oder kenntnisreicher würden, wir leiden selbst darunter. Wir nehmen uns, wenn es uns immer wieder zu dumm wird, vor, das Auge zu schonen, die Neugier zu zügeln und Gedrucktes hin und wieder auch mal ungelesen zu lassen.

Aber wir können nicht anders. Wir verfallen jedesmal neu dem magischen Magnetismus der Druckerschwärze. Wir sind buchstabenhörig, sind arme Opfer des seligen Meisters Gutenberg.

Viel Schindluder wird getrieben mit dieser unserer Disposition zum Gedruckten.

Wollte sich, sagen wir, Hölderlin einen neuen Anzug machen lassen vor 110 Jahren, ging er zum Schneider und hörte dort, was er für sein Geld an Kleidung bekäme. Benötigte Lessing ein Paar Stiefel, setzte er sich in Braunschweig mit einem wackeren Schuster ins Benehmen und handelte mit dem Art, Zuschnitt, Preis und Datum der Fertigstellung aus. Damit hatte es sich.

Heute aber sind Vorgänge wie diese, sind fast alle einfachen Anschaffungen in eine laute Wolke von Werbehymnik gehüllt. Die dröhnt andauernd in unserem Lebenslauf von allen Seiten. Wo wir hinschauen, sollen wir überredet, überlistet, angeworben, zu Kauf und pekuniärem Leichtsinn verführt werden.

Spätere Geisteshistoriker, Leute also, die in tausend Jahren einmal versuchen sollten, unseren heutigen Geisteszustand zu prüfen und zu rekonstruieren, werden die Köpfe schütteln und uns für leidig gespaltene Existenzen halten müssen.

Wenn sie die Bücher unserer Jahre aufblättern werden, unsere seriöse Literatur, finden sie da lauter Bekundungen der Skepsis, der Verzweiflung, der Angst, der inneren Unsicherheit, der Auflösung. Mit einem anständigen Pessimismus fängt bei uns alles erst an. Die Dichter sind traurig. Sie sind nicht gesonnen, uns ein halbes, lustiges X für das U ihrer tristen Erkenntnis über des Menschen Zustand vorzumachen. In den seriösen Büchern wird der Mensch geradezu verschreckt, wird ihm kein Zweifel über seine Verlorenheit gelassen. Schwarz in Schwarz wird da in redlicher Besorgtheit sein Bildnis gemalt.

So in den Büchern der Zeit, so in den Hallen der Dichtung. In der profanen Sphäre des Gedruckten aber, in der Werbewelt, die uns täglich und aufdringlich umgibt – welch anderes Bild! Wer später einmal die beiden Sphären untersucht und vergleicht, wird sich gar nicht genug wundern können, wie genau widersprechend sie einander sind.

In der Werbedichtung ein völlig anderer Ton. Da ist die Welt lösbar, ist sie immer aus einem Punkt zu kurieren. Wenn in der freien Dichtung für des Menschen Fortkommen so gut wie keine Hoffnung gegeben wird, wenn die Bücher uns fast in jedem Falle einen konsequenten Pessimismus ins Bewußtsein drücken – die angewandten Dichter, die Schar der besoldeten Werbepoeten ganz im Gegenteil.

»Fühlen Sie sich niedergeschlagen? Mit Dr. Stribblings Lebenspillen werden Sie ein anderer Mensch!«

»Haben Sie Pech mit Frauen? – Erwerben Sie unsere

Schrift ›Das Glück der Liebe‹ (diskreter Postversand). Alle Hemmungen fallen von Ihnen ab!«

»Warum so unglücklich? Sie haben Schweißfüße? Nach Benutzung von Professor Edelmanns linderndem Fußbad (Goldpackung) wandeln Sie auf Wolken!«

»Was hindert Sie am wirtschaftlichen Aufschwung? Hautjucken? Haarausfall? – Mit unserem ges. gesch. Supermittel ›Haarfest‹ können Sie ungehindert am Wirtschaftswunder teilnehmen!«

Immer von einer Äußerlichkeit (und gerade von der, die mit dem zu verkaufenden Gegenstand zusammenhängt) soll unser Leben totaliter umgekrempelt werden. Die Werbdithyrambiker fallen voll und raffiniert in die Saiten. Wer von den Geistesgeschichtlern in tausend Jahren sich aus dem Bild dieser Werbewelt das Bild des Menschen unserer Tage allein rekonstruieren würde, müßte den neidischen Eindruck gewinnen, wir alle wären durch die Bank Teilnehmer eines goldenen Zeitalters gewesen.

Lächeln, Zufriedenheit überall. Männer, die Zigaretten rauchen, Konfektionsanzüge tragen, Autos fahren, Hemden zur Schau stellen, Flugzeuge diverser Luftfahrtgesellschaften selig besteigen, die billigen Schaumwein oder teuren Cognac trinken – was immer sie auf den Werbeplakaten tun: sie lächeln. Sie sind Adonisse. Sie schweben in einer Euphorie, eben weil sie die So-und-so-Zigarette rauchen, den jeweilig angesungenen Anzug oder Schuh tragen, ins Flugzeug gerade dieser Gesellschaft steigen und den Schnaps trinken, den nur die Firma Dingsda herstellt.

Mit den weiblichen Menschen nicht anders. Spätere Jahrhunderte werden, wenn sie sich wieder nur auf die Werbe-Schönmaler verlassen, glauben, miese Mädchen habe es in unserem Jahrhundert gar nicht gegeben. An jedem Eisschrank, jeder Fernsehtruhe, jedem Radioapparat, jedem Auto, an jeder Schreibmaschine oder jedem Hotel lehnen sie, das Lächeln der Helena im Gesicht, gebaut wie die Venus des Praxiteles.

Uns umgibt täglich und stündlich eine Lock- und Scheinwelt, die überhaupt nicht mit unserer wirklichen übereinstimmt. Wir blicken in einen Spiegel der Versuchung dauernd, der unser Dasein ins Lockende, Leichte, Angenehme, Lächelnde, Mühelose vorgefaßt verzerrt. Wir werden ohn' Unterlaß in Versuchung geführt. Natürlich wird dabei auf das Geld in unserer Tasche nur gezielt. Aber versprochen wird uns in fast jedem Falle der Himmel. Reklame, Werbung, gezielte Schönheit umgibt uns, wohin wir blicken. Klopstock kannte das noch nicht. Bismarck hat das auch nur in seinen Anfängen mitbekommen. Den Marktschreier kannten sie, den lauten Anreißer auf der jährlichen Kirchweih. Wenn sie ihr Auge zum Lesen benutzten, dann lasen sie, wann sie gerade wollten und was sie gerade wollten. Nur das.

Wir aber, Teilnehmer an einem Zeitalter des Massenkonsums und damit an einem Zeitalter der rigorosen Reklame, sind gehalten, dauernd – lesend – wenn nicht auf jeden gedruckten Leim zu kriechen, so doch ihn zur Kenntnis zu nehmen, ihn zu konsumieren. Und wieviel mehr, wenn wir zu den rabiaten Lesern gehören, zu der Gilde derer, die buchstabensüchtig sind, Opfer des seligen Gutenberg, hilflos ausgesetzt der magnetischen Saugkraft der Druckerschwärze!

Andere sehen nicht hin. Andere werfen das Einwickelpapier fort, bücken sich nicht im Walde nach jedem Fitzelchen Papier, das da unter die Bäume geweht sein mag. Wohl ihnen!

Wir aber, die immer noch lese-naiv genug sind, heimlich von jedem Gedruckten auch eine Offenbarung zu erwarten, obgleich wir gewißlich millionenfach belehrt sein sollten – wir sind die Opfer dieser lauten Druckwelt, die des Menschen Blickfeld von der Wirklichkeit polstert und trügerisch separiert.

Ob wir zu bedauern sind? Ich weiß nicht. Auch wo wir scheinbar ganz und gar Unnützes lesen, lernen wir über den Zustand der Welt, lernen wir über die Praktiken der Verlokkung zum Kauf oder über die weichen Stellen, die die Werbelyriker beim Konsumenten und Mitmenschen vermuten, etwas hinzu. Umsonst ist nichts. Auch hinter den ausgepichten Surrogaten der Plakatwelt ist der Abglanz dieser Zeit zu entdecken.

Der Lesemensch ist ein mehrfacher Mensch. Er vervielfacht seine Existenz dauernd, indem er, lesend, vom Schicksal, Gedankengut, von der Phantasie und sogar von den Werbekniffen und Verlockungsarien der Reklameleute schmarotzt und profitiert.

Greller, lauter mag es durch den Einbruch der dauernden Marktschreierei in die Welt des Gedruckten geworden sein. Viel Zeit verplempern wir, verlockte Opfer des Gutenberg, während wir noch jede Schnürsenkelreklame oder jeden hochgeschwungenen Reiseprospekt zur Kenntnis nehmen und studieren, als könnte der Inhalt unser Schicksal wenden. Langweilig wird es uns nie. Höchstens den anderen. Zum Beispiel der lieben, eigenen Gattin, die in Abständen ungeduldig ausruft: »Ach, du liest ja schon wieder. Und dabei noch so Überflüssiges! Sei doch in Gedanken nicht immer weg, auch wenn du endlich mal da bist!«

Recht hat sie, die Gute! Denn man kann sein Eigenleben auch mit Gedrucktem zudecken, es durch Papier so verstellen, daß man die nahe Wirklichkeit darüber gar nicht mehr bemerkt.

Ein modernes Leseschicksal: einer, der die Reklamewelt ernst nimmt, sie so lüstern aufsaugt und akzeptiert, daß in seinem eigenen wirklichen Dasein gar nichts mehr stimmt. Das müßte mal einer schreiben. Dann hätten wir doch wenigstens wieder etwas Richtiges zu lesen. ×

Was mich gar nicht interessiert

Wenn ich den Blick beiläufig von der rastlosen Schreibmaschine hebe und ihn durch mein Stubenfenster in die winterliche Stadtlandschaft schicke, so liegt da (o Heimat, o du mein Schöneberch!) der liebe Nollendorfplatz.

Straßenbahnen. U-Bahnen, die hier nach kurzer Hochbahnexistenz wieder in die Erde sinken. Menschen. Autos. Zwei trostlose Ruinengrundstücke sind immer noch im Blickfeld. Spatzen flattern hungrig in unsere kahle Kastanie. Ein Stadthund verrichtet am Bordstein seine Notdurft. Ein gelber Postwagen rattert vorbei.

Drüben an Rudis Würstchenbude stehen drei Figuren, essen Knacker und dampfen aus dem Munde. Eine alte Dame wagt sich nicht über den Zebrastreifen, keiner hilft ihr. Ich sehe Großstadt, direkt aus meinem Fenster. Aber ich sehe mehr. Jenseits des Platzes leuchten schon die Reklamen. Ich soll, lese ich, Eisschränke kaufen. Eine große Kühltruhenfirma macht sich optisch äußerst mausig und läßt in vier Farben die Vorzüge ihres Fabrikats leuchten. Eine Methodistengemeinde, die daneben wohnt, hält ebenfalls mit der Leucht-Publicity nicht hinter dem Berge. Sie wirbt um meine Seele.

Unmittelbar daneben wieder eine ordinäre optische Wirrnis: das Großkino schlägt mit Farben und Lichtern auf die Pauke. Wir sollen in das Kinostück »Pistolen-Romeo« gelockt werden. Die halbe hohe Hausfassade ist zu dem Behuf mit einem knalligen Tableau bedeckt. Darauf erkenne ich eine halbnackte Schönheit, umfaßt, umgiert von einer Sittenstrolch-Erscheinung. Darunter Flackerlichter: »Der freieste Film des Jahres!« Erschrocken schweift das Auge fort. Es findet auf einer Brandmauer, etwas weiter rechts, wieder Lektüre, diesmal nicht angestrahlt, nicht bengalisch angeleuchtet. Ein Beerdigungsinstitut hat da schon Jahre vor dem Kriege die Vorzüge seiner prima Bestattungen schriftlich kundtun lassen; wie schnell, wie diskret, wie preiswert. Die Trauerfirma gibt's lange nicht mehr. Der triste Lesestoff steht immer noch in der Landschaft.

Ich ziehe den Blick, den nur beiläufigen, aus meinem Fenster zurück. Doch hefte ich ihn wieder auf die Schreibmaschine, so habe ich nicht nur Großstadtgegend gesehen. Ich bin vielfach angesprochen und umworben worden. Man hat auf mich eingeredet. Man hat um mich gebuhlt.

Ich soll Eisschränke erwerben. Ich soll meine Seele pflegen. Ich soll mit dem »freiesten Film des Jahres« in die Kinosinnlichkeit getrieben werden. Und ich soll mich begraben lassen, schnell, diskret, preiswert.

Der permanente Marktschrei säumt unseren Tageslauf. Wenn wir nur aus unserem Fenster blicken, und nichts zu suchen, ist unser Sinn, treten wir schon in lauter Augenangeln der Reklame. Wir werden dauernd angebrüllt. Man trommelt auf uns ein. Man will uns gierig und verrückt machen. Man schmeichelt, während man unser Portemonnaie meint, unserem Auge. Im Grunde ziemlich unverschämt und sehr ungehörig, was da den ganzen lieben Tag lang geschieht! Goethe konnte seine beiden schulbuchbekannten Italienreisen noch vollführen, und wenn er sein Auge nutzte, so sah er Landschaften, Städte, Tiere, Menschen und Geschichte. Kein Schild auf der Strecke von Karlsbad bis Rom und zurück nach Weimar, das ihn zu irgendeinem Fleischextrakt hätte überreden wollen. Kein Plakat, das sich ihm im Sinne eines Schuhkaufes aufgedrängt hätte. Florenz, ganz ohne Schreibmaschinen-Werbung. Mailand, völlig ohne Auto-Reklame. Fahren Sie heute mal nach Florenz oder Mailand!

Goethe hatte es gut. Er wurde nicht von allen Seiten bombardiert wie wir. Die Verlockung und die aufdringliche Frivolität der Verkaufswelt kannte er nicht. Seine Welt war optisch stiller. Er hat nie eine meterhohe Anpreisung für Hüfthalter gesehen, niemals war für sein Auge ein schöner Platz durch mannshohe Leuchtbuchstaben geschändet, die ihn für ein Cola-Getränk gefügig hätten machen wollen. Goethe hatte es gut.

Der kluge Leser wird jetzt einwenden, daß die Plage, unserer heutigen Reklamewelt ausgesetzt zu sein, so schlimm gar nicht sei. Wir lesen ja, gottlob, nicht alles. Wir nehmen ja, zu unserem Glück, nicht einen Bruchteil dessen wahr, was da auf uns einstürmt. Wir sehen ja gar nicht mehr hin. Und wenn wir schon hinsehen, vergessen wir gleich, was wir sahen. Wir halten unser Interesse im Zaum. Wir haben nachgerade, was das betrifft, Hornhäute auf den Augen.

Und da hat der kluge Leser, natürlich, völlig recht. Heimlich wollte ich gerade das von dem klugen Leser hören. Wir haben uns, aus Notwehr, Scheuklappen vor das Bewußtsein gehängt.

Wenn ich die liebe Landschaft des Nollendorfplatzes von meinem Arbeitssitz überschaue, so sehe ich den lieben Nollendorfplatz in toto. Ich nehme die bengalischen Eisschränke, ich nehme die Leuchtseelsorge der Methodisten, ich nehme den optischen Radau der Filmfritzen und die längst überfällige Malerei der Trauerfirma wohl als Reiz und Farbfleck wahr. Aber ich ziehe keine Folgerungen. Die Verlockung lockt nicht. Die Verführung verführt nicht. Ich sehe die liebe »Nolle«. Die Lichter, wofür sie auch immer optisch Radau machen, gehören dazu. Ins Detail blicke ich nicht mehr. Ich werde mich hüten.

Wir haben uns gewöhnt, wir haben uns – aus reiner Notwehr – trainiert, selektiv zu existieren. Sonst würden wir alle, bei der Überfülle des Anspruchs, auf der Stelle wahnsinnig.

Leben, spricht der Weise, besteht im Auswählen. Wer von allem alles will, übernimmt sich den Magen, er verstopft sich den Schlund, er verbrennt sich die Zunge. Der Weise sortiert. Happenweise nimmt er Umwelt und Gegenwart zu sich. An einer einzigen Erfahrung kaut er lange; ja, er kaut sie sogar wieder. Wer weise ist, schlürft Leben und Erkenntnis mit kleinem Löffel.

Don Juan gilt gemeinhin als der Liebeskenner par excellence. Dabei war dieser Dauerläufer der Sinnlichkeit in Wahrheit ein rechter Dummkopf auf seinem Gebiet, ein bedauernswerter Vielfraß. Tausend Liebschaften – wahre Liebe keine! Was es mit den guten Mädchen und Weibern im schönsten Grunde auf sich hat, das hat dieser Gierschlund der Erotik, hat diese Umarmungsmaschine nie erfahren. Weil der Mann zu neugierig war, hat er das letzte Geheimnis nie mitbekommen, für so »erfahren« er auch gelten mag. Zum selektiven Leben gehört Mut. Recht eindrucksvoll ist es natürlich, wenn der Mann von Welt, das Glas in der Hand und in Gesellschaft, jetzt über die Oberligatabelle, dann gleich über den Vorzug des verbesserten Zweitaktmotors, über den Kongo-Konflikt, über Wittgenstein, die letzte Sagan, die englische Kabinettskrise und über Interna von Bühlerhöhe zu plaudern vermag.

Das macht Effekt und den Mann zum Heros jeder Cocktailparty. Aber wehe, ginge man ins Detail! Wehe ihm, wäre wirklich jemand anwesend, der Wittgenstein gelesen oder gar verstanden hat! Wehe ihm, träte ihm ein tatsächlich beschlagener Kenner des Kongo mit dem Glas entgegen! Platzen würde der Protz und Federn lassen!

Es wird immer mehr Gebiete geben müssen, die uns überhaupt nicht interessieren können. Was mich betrifft, so halte ich die aufwendige Beschäftigung mit der Raumeroberung für läppisch. Sie interessiert mich einen feuchten Schirm. Ich werde gewiß zum Mond nicht fahren können. (Ich würde viel lieber mal nach Potsdam, aber das ist ja, irrsinnigerweise, für unsereinen noch viel schwerer.) Und die da auf den Mond fahren wollen, wollen es gewiß nicht aus Wissenschaft und Neugier. Sie arbeiten am Prestige. Sie machen Politik oder gar noch Schlimmeres. Ihr Getue sei mir fern. Es interessiert mich nicht. Basta!

Mich rührt nicht der Sport. Ich konnte keinen Augenblick glauben, wir hätten als Nation etwas gewonnen, als wir die sagenhafte Fußballweltmeisterschaft in Bern gewannen. Wie schlugen die Herzen da hoch! Und wie niedrig schlugen sie oft seitdem! Mein Puls wird davon nicht tangiert, kollektiv schon gar nicht. Sollen sie Fußball spielen, alle, die da wollen! Ich bin nicht bereit, den Ball zu treten oder ihn zum Fetisch zu machen. Er interessiert mich nicht.

Ich habe weite Lücken in meiner Bildung. Ich kenne Jean Paul kaum. Adorno ist mir zu schwierig. Ich kann immer noch nicht entscheiden, wer recht hatte, Johnson oder Kesten. Ich habe Erscheinungen wie Henry Miller aus meiner Neugier ausgeklammert. Manche Dichter langweilen mich per se – wie alle Illustrierten durch die bunte Bank. Verpasse ich etwas?

Und wenn schon! Was ich auch verpassen sollte – ich gewinne Gelassenheit. Alle wollen unser Gesichtsfeld verbreitern. Ich finde, es ist schon viel zu breit; es ist fast unübersehbar. Gelobt sei, wer sein Gesichtsfeld im Zaume hält und sein Interesse streng am Zügel. Wer alles wissen will, wird dumm. Nur wer haushält mit seiner Neugier, der hat Aussicht, heutzutage, trotz allem, doch noch weise zu werden.

Soviel wird uns offeriert. Die kluge Scheuklappe der Bescheidung ist nie dabei.

Wir sollten uns, wollen wir vor Überwissen nicht beschränkt werden, endlich beschränken. In der Beschränkung erst zeigt sich immer noch der mögliche Meister. Leute, kauft Scheuklappen! Aber die richtigen! ×

Die Literatur ist ausverkauft

Ich traf ihn in dem kleinen Café, wo Geschäftsleute, Liebespärchen und zuweilen auch streunende Literaten hausen. Er saß vor seiner Tasse und einem großen Blatt Papier. Er schrieb. Ich nahm an, er dichtete, und wollte ihn nicht stören. Kurz nach dem Kriege war einiger Ruhm um ihn gewesen. Man hatte ihn zum »hoffnungsvollen Nachwuchs« gerechnet und zur »jungen Generation«. Ein paar Rezensenten hatten sich soweit verstiegen, ihn zum »neuen« Remarque oder Renn oder Barbusse zu ernennen. Ich weiß nicht mehr genau, welcher »neuer« er war. Aber er war damals einer.

Dann war es still um ihn geworden. Jetzt saß er hier und dichtete wieder. Aber er dichtete gar nicht, erklärte er mir, als wir uns begrüßten. Er sei bei einer Versicherung untergeschlüpft. Literatur sei Käse. Es sei alles schon besetzt.

»Wieso besetzt?« wollte ich wissen. Was sei darunter zu verstehen?

»Sehen Sie«, sagte er und schob das Versicherungsformular, auf dem er gerechnet hatte, in seine Mappe, »Sie müssen einen Trick haben, eine Masche. Sie müssen eine Selbstverständlichkeit finden, ein Grundmotiv. Einmal müssen Sie etwas herausfinden, und dabei müssen Sie bleiben. Daran muß man Sie erkennen. Einen Slogan müssen Sie finden, eine Kennmarke. Und die müssen Sie verkaufen, daß die Leute immer wieder staunen. Denn die Leute wollen ja von einem immer wieder dasselbe. Sie wollen gar nichts Neues.« Ich verstand ihn nicht.

»Nehmen wir ein Beispiel!« fuhr er fort. »Greifen wir hoch. Nehmen wir Thomas Mann. Was hat er geschrieben? Immer dasselbe. Einmal in seiner Jugend hat er herausgefunden, daß Krankheit schlecht, aber interessant, und Gesundheit gut, aber langweilig ist. Das schrieb er immer wieder – mit klugen Variationen, versteht sich. Aber im Grunde immer dasselbe: Krankheit, Differenziertheit ist schlecht, aber prickelnd; Einfalt, Gesundheit sind gut, aber stumpfsinnig. Nennen Sie mir ein Buch von ihm, wo das nicht drinsteht!«

Ich dachte noch nach. Da fuhr er schon fort: »Oder Brecht. Der hat vor dreißig Jahren den Slogan erfunden: Armut ist lästig, aber anständig – Reichtum ist bequem, aber unmoralisch. Darauf ritt er seitdem mit Erfolg. Immer etwas variiert, aber immer dasselbe.«

Langsam sah ich ein, was mein Gegenüber meinte. Da war er schon bei Hermann Hesse: »Hesse – bitte, was hat der thematisch geliefert? Daß die Jugend schön, aber unruhig ist, und das Alter ruhig, aber scheußlich.« »Oder, bitte, nehmen Sie Kafka. Kafka hat herausgebracht, daß man zu nichts Vernünftigem kommt, so sehr man sich auch abstrampeln mag. Nach der Formel sind alle seine Bücher gebaut – banal gesprochen, ganz bewußt einmal. Es ist alles besetzt. Die Literatur ist ausverkauft. Alle simplen Formeln sind schon vergeben. Überall sitzt einer drauf. Das ist der Grund, weswegen ich nicht mehr schreibe.«

Ob ich ihn jetzt verstünde?

Nun ja, ich verstand ihn ungefähr. Aber angenommen, daß seine, wie mir schien, schreckliche Vereinfachung zutreffend sei – ein paar simple Wahrheiten müßten doch noch zu vergeben sein.

»Wie ist es denn, um nur ein Beispiel zu nennen«, fragte ich, »mit dem gewiß recht ergiebigen Rezept, daß das einfache Leben gut und gesund und das komplizierte und zivilisierte aufregend, aber verderblich ist?«

Da nun konnte mein Freund nur lachen: »Wiechert, Hamsun, Hemingway«, sagte er und sah mich mitleidig an. Ich gab nicht auf. Ob er es nicht einmal mit der Kindheit versuchen wollte. Wenn Hesse nach seinen eigenen Worten die schöne Jugendzeit okkupiert habe – mit den Kindern ließe sich doch noch was beginnen. Beispielsweise: »Kinder sind lustig, unschuldig und gut. Erwachsene sind Strolche und schwierig und hilflos.«

Jetzt zuckte mein Freund die Achsel: »Genau das macht doch schon der Dr. Kästner in München.«

Ich versuchte es noch einmal. »Wie es denn wäre«, fragte ich, »wenn man sich in die immerhin ergiebige Banalität festbeißen würde, daß das Leben gewiß nicht leicht und ohne Konflikte sei, aber im Grunde doch herrlich und saftig und lebenswert, würzig und ...« »Zuckmayer!« sagte mein Freund gelassen. Ob ich denn wollte, daß er auf dessen Wiesen grase?

Ich ließ noch nicht locker: Ob man dann nicht ungefähr dies versuchen könnte: »Die Menge ist stumpf, uneinsichtig, träge. Der einzelne Weise ist einsam, stolz und edel.« »Nicht doch«, sagte mein Freund und sah aus, als ob er leichten Zahnschmerz habe, »George, Gide, Jünger.«

Jetzt reizte er mich langsam. Ich warf ihm, ohne viel nachzudenken, folgenden Vorschlag hin: »Das Leben ist schmuddelig, qualvoll, ungerecht. Aber manchmal ist es auch ganz nett und herzlich.«

»Fallada«, hörte ich nur.

Das Thema, daß die Liebe schön oder daß der Krieg böse sei, bot ich schon gar nicht mehr an. An diesen Weisheiten haben zu viele geknabbert. Aber etwas anderes – ob er das nicht brauchen könnte: Wie das Leben voll Ekel, Bindungslosigkeit und Hintertracht wäre und wir es teuflisch schwer hätten mit der Verantwortung vor uns selber ...

»Sartre!« murmelte mein Freund.

»Pardon!« sagte ich, »es scheint wirklich schwer, eine noch unverbrauchte Banalität zu finden.«

Aber da hatte ich plötzlich das, was ich im Augenblick für einen Einfall hielt: »Wie wäre es, wenn Sie, um aus dem Dilemma herauszukommen, in dem Sie sich als verantwortungsvoller Schriftsteller mit dem Drang zur Originalität befinden, – wie wäre es, wenn Sie einfach eben dieses Dilemma zu Ihrer Kennmarke, Ihrem Trick und Ihrer Masche ernennen würden? Alles ist schon gesagt! Alle menschlichen Empfindungen und Einsichten haben schon stattgefunden, sind schon ausgesprochen! Es gibt einfach nichts Neues! – Wie wäre es damit?«

Jetzt sprach Mitleid aus den Zügen meines Freundes: Da wären wir also glücklich beim alten Ben Akiba auf unserer Suche nach dem absolut Unverbrauchten und Neuen. So alt wie diese Wahrheit sei überhaupt sonst keine von denen, die wir eben versuchsweise abgedroschen hätten. Er würde sich als Dichter schämen, sagte mein Freund, dergleichen alte Hüte zu publizieren. Aber ich sei keiner. Da mache es wohl nicht so viel. Er schenke mir diese dumme, alte Wahrheit, obgleich sie ihm selber gar nicht gehöre. Wenn ich wolle, könnte ich unser Gespräch ja mal aufschreiben.

Und das tat ich. ×

Auch Krisen machen glücklich

Sonst ist Freund Edmund der unkompliziertesten einer – pausbackig, geradezu und von einer etwas ordinären Fröhlichkeit. Als ich ihn wiedertraf, war er herabgestimmt. Ich fragte: »Wieso?«

Da hörte ich seine Geschichte. In einer Volkshochschule fing das Unheil an. Er besuchte sie, um Spanisch zu lernen. Mit Hilfe dieser Kenntnis wollte er (und das bezeichnet seine Strebsamkeit auch noch bei mittlerem Alter) in dem kleinen Exportgeschäft, wo er angestellt ist, weiterkommen. Edmund ist nachgerade vierzig. Aber montags und donnerstags deklinierte und konjugierte er Spanisch nach Ladenschluß.

Es ging vorwärts mit ihm. Von seiner Hand ging jetzt schon manch flotter Geschäftsbrief nach Barcelona. Daran, daß alles im Leben weitergehen müsse, glaubte er.

Jetzt indes war er herabgestimmt. Das war so gekommen:

Unseligerweise hatte er sich eines Montagsabends in der Volkshochschule verirrt. Die spanische Lektion gab es nebenan. Er saß in einer Schulstube, darin ein Dr. Dr. Heinz Hammelburg über das Thema »Der Mensch in der totalen Krise« dozieren sollte. Als Edmund seinen Irrtum merkte, war es schon zu spät. Bei nur fünf Krisenhörern sich mit Beginn der Vorlesung fortzuschleichen, wäre taktlos gewesen.

Edmund erfuhr von dem gelehrten Dr. Dr., daß im Grunde nichts mehr mit uns stimme. Unser Naturgefühl sei gröblich aus den Fugen. Unsere Religiosität sei ein Skandal. Mit der guten Gläubigkeit noch unserer Großeltern sei sie nicht zu vergleichen. Unsere Bildung bestehe aus Löchern, und das könne gar nicht anders sein. Die ganze Landschaft des Wissens zu übersehen, sei niemand mehr gegeben. Dumm müßten wir bleiben oder Spezialisten werden.

Kurz, Dr. Dr. Hammelburg malte ein Menetekel nach dem anderen an die Wand jener falschen Volkshochschulstube. Kaum hatte er seinen armen Hörern ein halbes Dutzend Minderwertigkeitskomplexe beigebracht, ging er ungesäumt auf die Schönen Künste über. Auch da: nur Auflösung, Endprodukte, Katastrophenstimmung! Es gäbe kein Weltbild. Wie könne da einer Bilder malen von der Welt?

Weiter hüpfte Dr. Dr. Hammelburg lustvoll von Verderben zu Verderben. Unsere körperliche Beschaffenheit sei skandalös. Naturwidrig lebten wir, sagte er. Zivilisation und Superhygiene hätten uns fast zu abstrakten Lebewesen werden lassen. Es sei alarmierend. Am trostlosesten wären aber die Zukunftsaussichten unseres Planeten auf politischem Gebiet. Bei der Ballung von soviel dynamischem Mißtrauen auf beiden Hemisphären der Macht müsse der Eklat demnächst kommen. Da werde man Unbeschreibliches auszubaden haben. Und damit war die Lektion zu Ende.

Dr. Dr. Hammelburg packte seine Papiere und schritt von dannen. Die vier übrigen Hörer kamen überein, auf den Schreck noch ein kühles Bier zu trinken. Nur Freund Edmund blieb allein.

Seit jenem Tage ist ihm, sagt er, die Welt vergällt. In seinem natürlichen Lebensoptimismus sitzt der Wurm. Nur ein Beispiel: Früher ging er leichten Sinns und gerne ins Theater. Die Komödie machte ihm Spaß. Vom Trauerspiel ließ er sich redlich erschüttern. Heute weiß er – und diese Kundschaft hat er aus Zeitungen und Büchern –, daß auch das Theater knietief in der Krise sei. Es funktioniere nicht mehr wie ehedem; es sei nur ein Bildungsüberstand aus früheren Zeiten, ein musealischer Fortsatz einstiger Lebendigkeit, ein irrtümlich und mit haarsträubend viel öffentlichen Geldern am Leben gehaltenes Residuum. Immer, wenn ihm im Theater jetzt das Spiel beginne, Spaß zu machen, erinnert er sich, daß auch hier die Krise herrscht.

Oder in der Ehe: Er liebt seine Martha; sie haben miteinander zwei recht laute, aber allem Anschein nach prächtige Kinder. Jetzt hat er, geschärft durch den Vortrag von Hammelburg, eine Broschüre in den Auslagen liegen sehen über die »Krise in der modernen Ehe«. Er hat sie gekauft und gelesen, der Unglücksrabe. Wie Schuppen fiel es ihm von den bisher so glücklichen Augen: eine Voll- oder Hochehe sei das ja keinesfalls, was er mit Marthchen da in aller Lust und Unschuld führe. Daß er zufrieden war, war ein Irrtum. Jetzt sitzt der Krisenwurm auch in der Familie …

»Des Morgens erwache ich«, sagt er, »und alles scheint wie sonst. Ich bin ganz fröhlich. Ich will an meine Arbeit. Es ist so, wie es war. Bis mir einfällt, daß die Welt ja so simpel gar nicht ist, wie ich bisher in meiner Arglosigkeit glaubte. Und dann komme ich mir dumm vor.«

Er war ernsthaft bekümmert, der gute Edmund, und ich versuche ihn zu trösten. Aber es machte keinen Eindruck auf ihn, als ich sagte, jener Hammelburg spiele in seinem Leben die Rolle der Schlange: er hätte ihm vom Krisenapfel zu essen gegeben. Er sollte den doppelten Doktor vergessen. – Das, sagte er, könne er nicht.

Ich versuchte es andersherum: ich wollte ihm beweisen, daß es immer nur auf das natürliche Lebensgefühl ankomme. Und das sei bei ihm, Edmund, doch ganz in Ordnung. Dieser Hammelburg und die ganzen »Krisenheinis« unserer Tage seien eine rechte Pest: wenn es denen privat eine Genugtuung sei, die Welt nur immer auf der Kippe zu sehen, wenn sie ihre Lust am Untergang betätigen wollten, wäre das ein Gedankensport, der doch, beileibe, für die Allgemeinheit noch nicht obligatorisch ist! Für uns, für Edmund gelte noch immer die Antwort des Horatio: Die Dinge so betrachten, heißt sie zu genau betrachten. – Die Hauptsache sei nicht, daß man die Welt durchschaut. (Denn wer könne das schon?) Die Hauptsache bliebe, daß einem das Leben Spaß macht.

»Dein Problem ist ...«, hub ich an – da unterbrach er mich schon: »Hab' ich eine Problematik?« wollte er wissen. Hoffnung war in seinen Augen.

»Dein fürchterliches Dilemma ist folgendes«, fuhr ich fort und beobachtete heuchlerisch, wie er aufatmete bei diesem Wort. »Du hast einen bösen Bruch im Bewußtsein. Du bist seit dem Vortrag des Dr. Dr. Hammelburg nicht mehr im Lot. Du fühlst auf die eine Art, und du denkst auf eine ganz andere. Du leidest. Du bist gefährdet. Du laborierst an einer Bewußtseinsverschiebung. Und das ist sehr schlimm.«

Ich merkte, wie mich Edmund nachgerade strahlend ansah. Er schien zu haben, was er wollte. Und ich war gewillt, ihm auch noch das Letzte zu geben. Ich sagte, scheinbar bekümmert: »Du steckst mitten in einer – wie sie heute zu sagen pflegen – in einer echten ...«

Er ließ mich das erlösende Wort gar nicht sprechen. Er drückte mir schon die Hand. »In einer echten Krise?« fragte er selig. »Tja, mein Gott, meinst du wirklich?«

Ich tat so, als meinte ich wirklich. Er sah auf die Uhr. Es war fast acht. Er mußte zu seinem Spanischkursus.

»Vertu dich, um Himmels willen, nicht wieder in der Tür!« rief ich ihm nach. Aber er hörte nicht mehr. Er war glücklich, daß auch er nun mit einiger Begründung unglücklich sein durfte. Er hatte eine Erklärung. Er war ein »interessanter Fall« in seinen eigenen Augen. Auch er hatte seine Krise. ×

Sokrates beim Bier

Als ich den Alten Weisen Mann neulich traf, fragte ich ihn über das Bierglas hin: »Was, o Aweimann, war für Sie das Schlimmste auf dieser Welt?«

Der Alte Weise Mann, Aweimann im Volksmund, ist der letzte Kauz und Kneipenphilosoph unseres Berliner Bezirks. Ist das Wetter annehmbar, verbringt er den Tag auf einer Bank im Park. Er liest. Meist blickt er nur in den Himmel, betrachtet die Vögel oder sieht den Unmündigen zu, die im Sandkasten lärmen.

Jeden Abend trinkt er seine zwei Bier in der Kneipe an der Ecke. Sein Haar ist schlohweiß, seine Augen frisch. Er hat die ruhige Ausstrahlung eines großstädtischen Troglodyten. Wird es Winter, trägt er einen weiten Havelock, im Sommer eine alte Lusterjacke, die er in seiner früheren Bürotätigkeit schon redlich abgewetzt hat.

Sehr alt kann er eigentlich nicht sein. Seit fünf Jahren erst ist er Rentner. Aber in einem Zeitalter, da niemand gern alt wird, ist er es mit Würde und Behaglichkeit. Er ist auf seine alte Weise sogar schön, anzusehen wie eine Mischung aus Gerhart Hauptmann und einem emeritierten Bademeister.

Tut er den Mund auf, spricht er gern Weises. Deshalb heißt er in unserem Dreh allgemein der Aweimann – unser Alter Weiser Mann. Er gehört zum Stadtbild.

Ihn also fragte ich übers Bierglas hin: »Was, o Aweimann, halten Sie für das Schlimmste auf dieser Erden?«

Er hob gedankenvoll das Glas, trank, wischte sich den Mund ausführlich mit einem nicht ganz sauberen Taschentuch und sagte: »Die Grundsätzlichen!« Dann schwieg er wieder. Ich weiß, daß er Verdutzungspausen im Gespräch liebt, zählte also heimlich bis zehn und fragte dann erst: »Wieso?«

»Sie quälen das Leben«, sagte er. »Die Grundsätzlichen verderben den Zeitgeist. Sie sind ungeduldig mit dem lieben Gott. Sie zimmern sich erst einen Leisten, die Grundsätzlichen, und dann schlagen sie alles darüber.«

Er mußte mir wohl ansehen, daß ich ihn nicht verstand. So fuhr er nach einer Pause fort:

»Sie sind feige. Nur wer weiß, daß man nicht alles wissen und erklären kann, weiß Bescheid. Sie aber haben Angst vor der Überraschung, vor der Vielfalt des Lebens. Sie mauern sich ein in ihre Prinzipien. Sie werfen sich nicht in den Strom. Sie lassen sich nicht treiben. Sie halten sich ängstlich an dem kleinen Rettungsring fest, den sie sich notdürftig gebastelt haben. Trotzdem gehen sie damit unter. Gerade sie. Freischwimmer werden sie auf diese Weise nie.«

»Lieber Aweimann!« entgegnete ich (jetzt schon etwas ungeduldig), »reden Sie nicht in den Wolken! Kommen Sie runter! Machen Sie sich deutlich!«

Er lächelte geduldig, ehe er fortfuhr: »Also schön. Nehmen Sie mich! Immer nur die Idealisten, die Ideologen, die Prinzipiellen haben mir das Leben verkorkst und verdorben. Angefangen mit meinem lieben Vater. Der war ein radikaler

Kantianer und Preuße vom alten Schlag. Für ihn war das Leben nur gut, wenn es Pflicht, wenn es Dienst, wenn es Opfer war. Gelobt sei, was uns hart macht; das war seine Rede. Aus jedem Spaziergang wurde durch ihn eine Marschübung für die Familie.

Er war so stolz darauf, Deutscher zu sein, daß er Mitglieder anderer Völkerstämme a priori für minderwertig hielt. Er machte uns – wahrscheinlich bei bestem Willen – das Leben grundsätzlich sauer. Habt ihr denn nichts zu arbeiten? fragte er drohend, wenn wir abends nur mal vor der Tür saßen. Dann gingen wir und suchten uns eine Arbeit, bloß weil er grundsätzlich den arbeitenden Menschen erst für einen Menschen hielt.

Er hat sich, obgleich er lange übers Dienstalter hinaus war, freiwillig gemeldet, als der erste Weltkrieg ausbrach. Er fiel schon in Flandern. Ich denke seiner mit einer mitleidigen Zärtlichkeit. Vielleicht war sein Tod für ihn richtig und logisch. Trotzdem war er ein Irrtum. Er hat so viel verpaßt, der arme, bittere, alte Herr. Und er hat uns durch seine sperrigen Grundsätze die Sonne genommen. Kindheit und Jugend fanden für uns mit zusammengebissenen Zähnen statt.«

Mein Gegenüber war dann den Jugendbewegten in die Hände gefallen. Er war einer strengen Gruppe junger Männer beigetreten, die Schlips und Kragen prinzipiell verachteten. Wo sein Vater nur marschiert war, wanderte er nun aus Weltanschauung mit den neuen Gesinnungsgenossen, den schweren Rucksack auf dem Rücken. Sie lutschten Romantik am Bach. Sie schliefen, auch wenn sie das Geld für eine Herberge hatten, unter freiem Himmel und kriegten vom Regen frühzeitig Rheuma in die Knochen.

Sie meinten damals, alles wäre schon anders und besser, wenn man einen Schillerkragen und bloße Knie trug. Politik verachteten sie.

Die landläufigen Künste schienen ihnen bürgerlich und profan. Sie sangen aus dem »Zupfgeigenhansel« und waren ein strenger Orden einer strengen Freiheit.

»Muß doch herrlich gewesen sein!« unterbrach ich. »Ich beneide alle, die einmal so ehrlich und idealistisch wie jene ersten Wandervögel existieren konnten. Welch reiner Elan! Welch sauberer Protest gegen eine dumpf gewordene Welt! Die frühe Jugendbewegung ist die rührendste Epoche in unserer Geistesgeschichte.«

»Irrtum!« sagte jetzt der Aweimann gelassen. »Ich weiß Bescheid. Ich war ja dabei. Indem ich mich den strengen Sitten dieser Gruppe unterwarf, verpaßte ich nebenher wieder lauter Leben. Es passierte ja gerade damals so viel mehr, als wir in unserer stolzen Abgeschlossenheit im Wald und auf der Heide merkten.

Wir änderten die Gesellschaft nicht, indem wir sie mieden. Ich habe mir damals beruflich sehr geschadet, weil ich in jugendbewegter Kluft ins Büro ging – und das nur aus Daffke und Prinzip. Ich hätte es viel weiter bringen können und mir dabei nichts vergeben. Aber nein, ich wollte meinen Grundsätzen sichtbar frönen, wenn auch der Bürochef die Platze kriegte, sah er mich mit meinen Stachelbeerbeinen. Jetzt tut es mir leid.«

Darauf ich: Schön dumm wäre es, das heute zu bedauern! Damals hätte es seinen Sinn gehabt und ihm das heimliche Glück des Märtyrertums gegeben. War das nichts? Damals lebte sein Herz. Was sei – damit verglichen – der Vorteil einer glatten Karriere? Wenn er also auch mit dreißig dreist Bürovorsteher geworden wäre – wenn schon! Aber mit sich selbst war er damals im Lot – in seinem albernen Schillerkragen und seinen kurzen Wanderhosen.

»Junger Freund«, erwiderte der Aweimann geduldig, »Sie verstehen mich noch immer nicht. Ich will sagen: es war falsch, daß ich mir nur eine Scheibe aus dem ganzen großen

Leben rausschneiden wollte. Es war irrig, zu glauben, man könne über ein Prinzip an den Kern der Dinge kommen. Ich trug Scheuklappen, nicht nur Schillerkragen. Daß mir das damals subjektiv behagte, steht nicht zur Diskussion. Aber daß ich damit das meiste überhaupt nicht wahrnahm, steht für mich heute fest.«

Er erzählte summarisch weiter. Er hatte dann eine Epoche gehabt, in der er nur aus Sigmund Freud existierte und die ganze Welt sich aus der Psychoanalyse deutete. Alles schien ihm erklärbar, jedes Lebensrätsel gelöst. Bis ihm eines Tages seine Braut davonlief. Warum sie es tat, stand nicht in den Büchern. Er ließ den alten Freud fallen wie eine heiße Kartoffel. Plötzlich stand er ohne Prinzipien da.

Zu jener Zeit wurde er Nazi. »Sie werden nicht oft gehört haben, daß das einer so einfach erzählt«, sagte er und zwinkerte mir zu. »Aber ich war einer, schon 1928. Ich hatte meinen Nietzsche falsch gelesen. Ich hatte meinen Hölderlin-Taumel gehabt. Ich hatte von Stefan George genascht. Aber ich war damals gerade ohne Prinzipien. Eine richtige Weltanschauung hatte ich gerade nicht. Kein Wunder, daß ich mich der Versuchung der Vereinfachung hingab.

Ich brauchte nicht mehr nachzudenken. Die Fülle der Welt war stur reduziert auf ein paar Formeln: Arisch war edel. Nichtarisch war minderwertig. Der einzelne war ein Dreck. Die Volksgemeinschaft war alles. Die Demokratie war korrupt. Der Führerstaat war das Himmelreich. Es gab alte, dekadente Völker; das waren die andern. Und es gab nur ein frisches, junges Volk; das waren wir. Der deutsche Mensch (als wie icke!), wurde mir gesagt, sei das Endprodukt der Entwicklung.

Lieber Mann, hört man das heute, klingt's idiotisch. Aber wenn man gerade keine eigene Weltanschauung hat und sich, feige vor dem eigenen Denken, nach der simplen Lösung sehnt, hört sich's prima an. Und wird einem dann noch Gelegenheit gegeben, dafür zu ›opfern‹ und zu ›kämpfen‹ – um so besser. Ich blieb dabei bis 1935. Bis ich dahinterkam und den Klub verließ.«

»War die Enttäuschung damals nicht bitter?« fragte ich. »Wie kamen Sie über die Leere hinweg?«

»Großartig!« sagte der Aweimann. »Ich hatte ja nun meine Kontra-Gesinnung. Jetzt war ich grundsätzlich dagegen. Ich lebte, während ich die Nazi-Thesen resolut negierte, immer noch (wenn auch negativ) von der Beschäftigung mit ihnen. Das füllte mich aus. Das stellte mich auch in eine Reihe interessanter, sympathischer Charaktere, die ebenfalls dagegen waren und mit denen sich jeweils schnell eine angenehme Gemeinsamkeit ergab. Mies ging es mir damals sehr. Aber im Grunde war ich glücklich. Mein Denken hatte wieder ein Ziel. Ich konnte grundsätzlich hassen. Wann gelingt einem das sonst schon?«

»Und als alles vorbei war?« wollte ich wissen.

»Da war es genau, wie wenn man einem Kind plötzlich den Nuckel aus dem Mund zieht«, sprach der Alte. »Ich stand wieder leer. Die paar Wochen des Aufatmens – und schon war ich wieder auf der Suche nach dem Absoluten. Ich hatte es immer noch nicht gelernt. Ich wurde Marxist.

Da war die Welt nun wirklich wie im Schulbuch erklärt. Jede Weltmisere ließ sich nur auf die falsche Verteilung des Kapitals reduzieren. Das Himmelreich, das kommende, war errechenbar. Die klassenlose Gesellschaft war die Lösung. Was der olle Karl Marx sich vor hundert Jahren redlich ausklambüsert hatte, wurde mein Gebetbuch. Das war nun endlich ›wissenschaftlich‹. Es mußte ja stimmen. Der Trick mit der Dialektik machte es mir noch sympathischer. Drei Jahre fristete ich mit dem neuen Absoluten.«

»Und als die KP verboten wurde, gaben Sie's dann auf?« fragte ich.

»Junger Schelm!« sagte der Aweimann, »das hätte mich

eher bewogen, dabei zu bleiben. Aber ich hatte schon viel früher bemerkt, daß dies alte Koordinatensystem von Prinzipien die Welt nicht mehr deckt. Die materialistische Weltanschauung kann das Leben, das erfahrungsgemäß nur zum kleineren Teil Materie ist, gar nicht ganz fassen. Gerade das aber maßt sich diese Heilslehre an. Ich sah, wie ihre Vollstrecker und Funktionäre die Wirklichkeit immer nur vergewaltigen mußten, damit es nach ihren Büchern auch stimmte.

Die Prinzipiellen halten«, sagte er mit Emphase, »die Welt auf. Sie sind es, die unser Leben verführerisch verplempern, verengen, vermindern, verdrehen. Den einen Nenner des Heils, auf den sie alles bringen wollen, gibt es nicht. Es gibt das Absolute nicht, nicht die einzig wahre, für alle anwendbare Lösung. Jeder ist gesegnet und verflucht, seine eigene zu finden. Anderes bleibt uns nicht übrig.«

»Aber hören Sie mal!« mußte ich mich verwundern, »wo kommen wir denn hin? Ein paar Prinzipien muß es geben. Wie wollen Sie denn sonst Gesetze und Verhaltungsmaßregeln für unsere leidig überfüllte Erde finden? Was Sie da beim Bier predigen, ist ja reine Anarchie! Ist ja die Auflösung aller Werte, ist ja das Ende der Moral!«

»Ruhig, ruhig, junger Mann!« sagte der Alte. »Für die Moral genügen die Zehn Gebote vollauf. Mehr soll der Mensch gar nicht versuchen. Und zur Regelung unseres Verhaltens soll es, bitte schön, Gesetzesbücher nach Vernunft und Notwendigkeit geben. Sitte und Anstand wären damit festgelegt.

Aber gegen die, die mein Denken einengen wollen, die die volle Welt über den Leisten einer einzigen Einsicht brechen wollen, die mich verführen wollen und locken, die tun, als hätten sie die Erlösung und das Absolute zu vergeben – gegen die habe ich alles.« Damit stand er auf und wollte gehen.

»So können Sie mich nicht zurücklassen!« sagte ich. »Erst verwirren Sie mich gründlich, dann ziehen Sie Leine. Trinken Sie doch wenigstens noch ein Bier mit mir und erklären Sie sich deutlicher!«

Da hat unser Bezirks-Sokrates gelächelt, hat seinen Hut genommen und gesagt: »Was die Verwirrung angeht – die wird Ihnen nicht schaden. Und was das Bier betrifft – ich habe meine zwei Glas intus. Mehr trinke ich abends nie. Grundsätzlich nicht! Aus Prinzip!« Und damit ist der Aweiman dann gegangen.

Ist er nun wirklich so weise, wie die Leute sagen? ×

Vom Wasser nicht gelernt

Zum Schluß unserer kleinen, geschäftlichen Unterredung fragte ich ihn (mehr aus höflicher Gewohnheit und um dem Partner Gelegenheit zum Protzen zu geben als aus Wißbegier), wo er heuer seinen Urlaub verbracht habe. Der Mann war Syndikus. Sein mittlerer Fiat stand vor der Tür. Ich wußte, daß er über ein freundliches Häuschen im Vorort verfügte und ein wackerer Teilnehmer des wirtschaftlichen Wiederaufstieges sei. Ich fragte ihn also: »Und wo waren Sie diesen Sommer, Herr Doktor?«

»Im Südharz«, antwortete er trocken. Seitdem bin ich verdutzt.

War der Mann in einer deutschen Epoche, da es sich für seinesgleichen zu gehören scheint, daß man auf Cap Antibes, in Las Palmas, auf Ischia, in Oban (was im Schottischen liegt), in Griechenland, auf Elba oder in Dalmatien seine Ferien verbringt – war da dieser Mann ein Snob ganz ausgekochter Art? Oder war er nur ein Spinner, der aus innerem Trotz immer gerade das Gegenteil tut? Oder war er gar ein Weiser?

Ich fragte es mich sofort und bin seitdem verdutzt. Ihn selber darüber auszuhorchen, traute ich mich nicht. Südharz war in diesem Zusammenhange aber auch zu erstaunlich!

Das Reisen ist über die Menschheit gekommen. Sie hat das Reisen gekriegt, und zwar gleich das weite Reisen. Sie ist in Bewegung. Die Zahlen allein der deutschen Zeitgenossen, die in diesem Jahre schon friedlich in Italien eingebrochen sind, klingen horrend. Zu schweigen von den Amerikanern, die zu Myriaden über den großen Teich setzen, um dear little Europe mal fix in Augenschein zu nehmen. Nicht zu reden von den Engländern, denen man ja zugute halten muß, daß sie das Reisen sozusagen erfunden haben. Aber auch die Masse, in der sie sich heuer auf den Weg gemacht haben, spottet allen früheren Zahlen. Traut man der Statistik, schaudert einen etwas. Zu Hause zu bleiben scheint überhaupt niemand mehr. Es kribbelt und krabbelt auf der westlichen Hemisphäre. Mopeds und Stratocruisers sind überfüllt und bewegen sich unablässig. Zuweilen habe ich das Gefühl, man wird unser Zeitalter nicht das des Atoms nennen. Auch nicht das der Technik. Auch nicht das des Kindes. Wir werden unter die dritte Völkerwanderung rechnen.

Unsere Nachkommen werden sich kopfschüttelnd fragen, was wir denn, bitte, mit unserem dauernden Unterwegssein bezweckten?

Ob da ein Bazillus den Erdball bekroch? Ob die Menschheit, wie eine alte Tante von mir das drastisch nannte, Pfeffer in den Beinkleidern gehabt hätte, daß sie nicht mehr stillsitzen konnte und einen Ort genießen?

Noch in meiner Kindheit reiste man anders. Da ich ein Knabe war, und das ist schier dreißig – nun gut, seien wir ehrlich: rund fünfunddreißig Jahre her, fuhr man natürlich auch in die Ferien. Aber damit wurde die Seßhaftigkeit doch nur an einen anderen Ort verpflanzt. Vater schrieb schon um Weihnacht Postkarten an verschiedene Pensionen. Die Angebote kamen herein. Er überschlug sie, versammelte zu Ostern die Familie in der guten Stube und verkündete, daß es ein Gasthof im Bayerischen Wald sein sollte – oder eine Pension an der Ostsee – oder ein Gut in Oldenburg, das zahlende Gäste aufnahm. Wir Kinder riefen Hurra. Im August ging es los. Mutter hatte lange vorher den Rohrplattenkoffer vom Boden holen lassen. Sie packte die Bettwäsche hinein. Ohne die eigene reiste sie nicht. Sie hatte Erfahrung. Wochen zuvor wurden uns Kindern die besten Hemden und Strümpfe entzogen. Die wurden für die Ferien gehortet. Mutter packte. Unsereins war gehalten, die lateinische Grammatik obenauf in den Koffer zu legen. Denn, sagte Vater, die Schule höre nimmer auf – auch nicht in Bademünde.

Dann bewegten wir uns, eine kleine, kompakte Reiserotte, zum Bahnhof. Abends kamen wir an. Und da blieben wir nun unsere geschlagenen vier Wochen. Wir blieben wirklich. Dreimal am Tage an der gleichen Table d'hôte. Spaziergänge. Bäder. Sonntags Kirchgang. Abends Trapper-und-Indianer-Spiel mit anderen, jungen Ostseepensionären. Wir sanken in die Welt, die wir aufgesucht hatten, völlig und lustvoll ein. Erst wenn die Ferien abgedient waren, schritten wir wieder kompakt zum Bahnhof, den Rohrplattenkoffer nunmehr voll schmutziger Wäsche. Gewaschen wurde sie erst zu Hause, Mutter wußte, warum.

Und heute? Ich muß immer an die geheimnisvolle Zeile in Goethes schönstem Gedicht, »Selige Sehnsucht«, denken: »Keine Ferne macht dich schwierig ...«

An jeder anderen Straßenecke befinden sich Kaufläden, die über den Ladentisch die pure Welt feilbieten. »Waren Sie schon auf Sizilien? Drei Wochen pauschal!« – »Quer durch Nordafrika in unseren modernen Liegeomnibussen!« – »Ganz Frankreich in vierzehn Tagen!« – »Amerika erwartet Dich! Rundreise durch die Staaten in vier Wochen!« – »Das schöne Spanien – Barcelona, Granada, Sevilla zum Wochenende!«

Die reiselüsternen Plakate schäumen vor Fremde und Ferne für ihr Spottgeld. Kant ist nie aus Königsberg herausgekommen. Schillers weiteste Fahrt war Berlin. Schon das bekam ihm nicht. Goethe, immerhin beweglicher, hat Italien zweimal gesehen. Aber was machte er auch für ein Wesens davon! Dafür kannte er Paris nicht, die Nordsee auch nicht. Wie viele von uns sind den Klassikern da nicht über!

Die kulanten Herren in den Reisegeschäften schrecken vor nichts mehr zurück. Sie verkaufen uns alle Plätze der Erde mit kleinem Aufschlag quer über den Tisch. Und würde man sie sinnend um eine Überfahrt in das mythologische Cythera bitten, ich bin gewiß, sie könnten uns bedienen: Abfahrt morgen. Die Reise, versteht sich, pauschal. Versicherung zu unseren Lasten.

Der ebenso weise wie dicke Chesterton hat einmal gesagt: auch vieles Reisen könne den Horizont verengen. Und mit diesem nur scheinbaren Paradox hat er offenbar recht gehabt. Denn, bitte, beobachten Sie einmal die Insassen eines Reisebusses, sagen wir, in Parma, wenn er da stoppt. Da quillt es aus den Türen, verlangt nach Coca-Cola, hört sich die Erklärungen des verhärmten Reiseführers, wenn's gut geht, immerhin mit einem Ohre an. Dann strömt das in die Wirtschaft, wo auf Grund der Pauschale schon serviert ist. Mit dem Nachtisch schreibt man Postkarten. Ein paar Schritte durch den Ort. Dann bläst der moderne Schwager hinter dem Volant schon wieder zum Aufbruch. Es geht weiter – fort den rasselnden Trab. Wir müssen heute abend noch in Florenz sein. Man ist zwar noch hier. Aber man fiebert schon nach der nächsten Station …

Oder Sie, verehrter motorisierter Leser – worin besteht der Reiz der Fortbewegung mit dem Automobil? Doch in dem Jucken, das der Gashebel unter der Fußsohle verursacht.

Nicht im Ankommen und Wohnen in einem fremden Orte, den man durchstreifte und geruhsam mit den Augen in Besitz nähme und womöglich liebt, sondern eher doch immer im Unterwegssein, im Aufbruch nach der nächsten Station. Dort, wo wir nicht sind, da ist das Glück. Und dahin sind wir immer unterwegs. Das Reisen hat nicht mehr den alten, gesunden Rhythmus von Abfahren, Ankommen, Bleiben. Reisen ist heute vielerorts nur eine saisonbedingte, nervöse Zuckung. Man ist immer auf dem Sprung zur nächsten Station. Und von dort wieder weiter.

So haben wir's vom Wasser nicht gelernt – das Wandern!

Der große Wilhelm Busch hat schon vor mehr als einem Menschenalter diesen Typus des, sozusagen, neurotisch Reisenden ganz klassisch angeprangert. Erinnert man sich jenes Mister Pief, der in »Plisch und Plum« zum Schluß auftaucht, jenes spleenigen Reise-Briten, der, wo immer er ist, sein Fernglas, sein Perspektiv vor die Augen drückt? Mit den Füßen ist er noch hier. Mit den Augen ist er schon beim nächsten. Dies klassische Zerrbild, das der alte Busch da zeichnet, äußert eine so zutreffende Absurdität, daß man sie zitieren soll. Dieser Reisefex sagt genau, was wir meinen, wenn er dekretiert:

»Warum soll ich nicht beim Gehn,
spricht er, in die Ferne sehn?
Schön ist es auch anderswo.
Und hier bin ich sowieso.«

Mister Pief äußert da jenen Reisehunger, der nie satt wird, weil er sich in der Fremde nie richtig zu Tisch setzt. So nimmt es denn auch mit ihm ein schlechtes Ende bei seinen Wanderungen, das Perspektiv vor Augen. Denn: »Dabei aber stolpert er in den Teich und sieht nichts mehr.«

Zeihe uns niemand des Spaßverderbens! Man verdächtige uns nicht, wir wollten den örtlichen Verkehrsämtern einen Tort tun, wollten die Reiseinstitute schädigen, wollten die Menschheit, die so hektisch und selig in Reisebewegung gekommen ist, anhalten, mit dem häuslichen Balkon fürlieb zu nehmen oder höchstens in den heimatlich städtischen Parkanlagen ihre Ferien zu verbringen.

Die Warnung, die wir zu artikulieren versuchen, ist vielmehr die: Sich vor lauter erramschtem Genuß nicht um den eigentlichen Genuß zu bringen. Das Ankommen und In-der-Ferne-Sein nicht vor der Überschätzung des puren Unterwegsseins zu vergessen. Es soll nur ein bißchen vor der Reise-Managerkrankheit, die schon heimlich grassiert, gewarnt werden. Warum »vierzehn Perlen des schönen Bayernlandes in vierzehn Tagen«? Warum nicht lieber eine Perle, aber die ganz und gründlich in den vierzehn Tagen? Hätte man da nicht mehr? Wüßte man am Ende nicht besser Bescheid? Hätte man sich schließlich nicht besser erholt?

Eines gilt gewiß nicht für alle. Aber jener erstaunliche Syndikus, der drei Wochen gemütlich im Südharz vertat und nun ja so gar nicht fähig ist, vor seinen weitgereisten Kollegen im Büro zu protzen – vielleicht ist er doch der bessere Reisende, verglichen mit jenen, die in der gleichen Zeit mit hängender Reisezunge den ganzen italienischen Stiefel hinauf- und hinunterjagten und in den letzten beiden Tagen mit einem rabiaten Schlenker noch die französische Riviera »mitgenommen« haben.

Vielleicht geht er jetzt besser an den Start der neuen Arbeit. Er, immerhin, weiß, wie ein Sonnenuntergang aussieht. Er hat sein ausgeruhtes Auge an dem flimmernden Licht über Feldern und Wiesen gelabt. Er hat – wahrscheinlich völlig zwecklos, aber in sinnvoller Erholsamkeit – am Waldessaum gelegen für Stunden, den Zug der Wolken und der Vögel verfolgt, und siehe, seine Seele breitete vielleicht sogar weit ihre Flügel aus …

Kann sein, er weiß jetzt, was Stille ist. Er fühlte wieder den alten, gesunden, heiligen Rhythmus des Tages. Und den

Regen kennt er nicht nur als Geschwindigkeitsbehinderung auf der Autobahn. Er weiß wieder, wie beruhigend der sein kann, wenn er leise auf das Dach der Veranda trommelt, und die Erde fängt an zu duften. Und die Welt liegt unter einem seligen, feuchten Schleier. Kann sein. Wir stellen anheim. ×

Der Wink zum Pagen

Bewohnen Sie auf Zeit auch so gern die moderne Karawanserei eines schicken Hotels? Ich bin süchtig nach dem beiläufigen Komfort, nach der öffentlichen Geheimnistuerei, nach der höflichen Dienstbarkeit und gedämpften Unterwürfigkeit solcher Institute des Beherbergungsgewerbes.

Seine Stube daheim kennt man zum Überdruß. Die eigenen vier Wände geben kein Geheimnis mehr her. Schlurfen in der Etage über uns Schritte, weiß man: es ist Frau Eckelsberg, die jetzt an ihren Fernsehapparat tritt. Gleich werden wir die Fanfaren der Tagesschau mitanhören müssen. Ob wir wollen oder nicht.

Wenn unter uns Spiel auf dem Pianoforte erklingt, kann es nur der unflätige junge Edwin von Müllers sein, der mit seinen unsympathischen, kleinen Fingern sich widerwillig der »Schule der Geläufigkeit« ergibt. Anschließend wird er mit hörbarer Unlust eine Sonatine von Clementi klimpern. Es ist immer die gleiche. Jung Edwins Talent zur Musik ist trostlos gering. Wir können mitreden. Wir leiden – darüber wohnend – darunter.

Wie wohl ist da dem, der hin und wieder Geld und einen Vorwand (oder am besten jemanden, dem er die Spesen aufknallen kann) findet, um in die Fremde zu fahren und in einem öffentlichen Schlafhaus, einem Hotel einzukehren!

Schon der erste Schritt ist voller Geheimnis und Abenteuer. Hier ist alles neu. Gleich in der Halle, am Empfangstisch des höflichen Concierge, kann das Schicksal gründlich Würfel spielen. Wohin wird er uns quartieren? Hotelportiers sollen ja eine so sagenhafte Fertigkeit im Durchschauen ihrer Gäste haben. Wird er auf den berühmten ersten Blick finden, daß wir unters Dach und hintenaus gehören? Oder wird er uns gleich, achtungsvoll, so einstufen, daß er uns für beletagewürdig hält?

Der gepflegte Mann im soignierten Gehrock mit dem Schlüsselsymbol auf dem Aufschlag zaudert und schiebt uns erst einmal das Eintragungsformular hin, ehe er uns über seinen glatten Ladentisch hin Obdach und Schlaf für die Nacht verkauft. Er dreht sich in Richtung des Schlüsselbretts und »will erst mal sehen, was sich machen läßt«.

Das, fühlen wir, ist der Moment, da er unsere Persönlichkeit und unser ökonomisches Gewicht in seinem erfahrungsreichen Bewußtsein unerbittlich abwägt. Entweder wird er gleich sagen: »Doch, da habe ich ja noch ein ganz nettes Zimmer, allerdings im fünften Stock, nach hinten raus. Aber sehr ruhig.« Dann sind wir gewogen und als zu leicht befunden.

Oder er sagt: »Sie haben Glück! Eben ist durch Zufall ein sehr gutes Zimmer in der ersten Etage frei geworden. Bad, Ankleideraum. Sonnenseite.« In diesem Falle ist unsereins so geschmeichelt und dankbar, daß man es unterläßt, füglich nach dem Preis der Unterkunft zu fragen.

Ein Wink zum Pagen. Die kleine Prozession zur Besitzergreifung unseres Obdachs erfolgt. Diese Ouvertüre ist jedesmal höchst schicksalshaltig. Denn im Gasthof, im Hotel würfelt Fortuna alle Abarten des Menschlichen zusammen. Was ein guter, richtiger Biedermeier-Roman war, der begann damit, daß der Held in einem Gasthof abstieg und schon mit dem Schritt über die Schwelle sich verstrickte in lauter Fangfallen der Liebe, der Anfechtung, der Freundschaft, des Lasters. Thomas Mann kostete diese Introduktion doppelt und ironisch aus, als er seine »Lotte in Weimar« gleich mit den ersten Zeilen beim »Elefanten« vorfahren ließ. Hatte der Gasthofbedienstete, Herr Mager, ihre literarisch hohe Herkunft einmal erkannt, ließen sich alle beschreibenswerten Charaktere mühelos vom gewitzten Autor in das Gastzimmer der renommierten Weimarer Absteige ziehen. Schriftstellerisch war nur durch die Wahl des Ortes für Thomas Mann das Rennen eigentlich schon gelaufen.

Frau Vicky Baum ihrerseits brauchte mit ihren »Menschen im Hotel« nur die einzelnen Zimmer einer mondänen Herberge abzuklopfen, schon hatte sie so viele Stränge der Handlung, so viele Möglichkeiten heiklen Schicksals in der Schreibmaschine, daß heute noch die Filmleute in Abständen neu davon schmarotzen können.

Fürwahr, ein Wirtshaus, eine Herberge, ein Hotel – das sind Drehscheiben des modernen Daseins. Es findet die öffentliche Einsamkeit statt. Man gehört nicht dazu, aber man ist dabei. Man reibt mit der Fremde die Schulter, aber man ist ihr nicht grußpflichtig. Im Fahrstuhl schon kann man einer geheimnisvollen Schönheit seine Höflichkeit erweisen. Auf dem Gang begegnet einem ein Männergesicht, das man aus den Illustrierten zu kennen glaubt. Wer war das nur?

Ein mysteriöser Turbanträger kreuzt unsern Weg, während wir uns unserer Zimmernummer nähern. Was führt einen solchen in unsere Breiten? Was führt er im weiten Gewande?

Während der dienstfertige Page unsere Koffer abstellt und das uns zugedachte Gemach öffnet, blicken wir verstohlen in das Nachbarzimmer. Es steht offen. Duft eines lästerlichen Parfüms weht uns an. Drinnen herrscht eine bezaubernde Unordnung aus Seide und Nylon, aus Flitterkram und Damenstrümpfen. Die achtlose Anarchie, wie sie wohl eine Frau der großen Welt oder gar der Halbwelt zurückläßt.

Aber der redliche Page reißt uns aus den verbotenen Träumen. Einladend winkt er uns über die Schwelle. Wir treten ein. Wir ergreifen Besitz von der Wohnstätte, die wir für zwei Nächte gemietet haben. Jedes neue Hotelzimmer ist wie ein kleiner Umzug, eine radikale Lebensveränderung auf Zeit, in sich ein Abenteuer.

Zuerst tritt man an die kleine, gerahmte Bekanntmachung gleich links über dem Lichtschalter. Dort muß stehen, was man den Empfangsportier zu fragen zu fein war, zu feige. Der Schock bleibt nicht aus. Natürlich wohnt man wieder weit über die Verhältnisse. Natürlich hätte man fragen sollen.

So nimmt man Rache. Alle Lichtquellen werden, welche Tageszeit auch sein mag, erst einmal entflammt. Die Heizung wird auf volle Touren gedreht, das Badewasser zum schäumenden Lauf gebracht. Wenn schon – denn schon.

Aber bald verfliegen Schock und Rache. Wir siedeln uns ein, wir ergreifen Besitz. Bald hängt der blaue Anzug im Schrank. Die Pantoffeln stehen unter dem Bett. Der Inhalt dessen, was die Drogisten so feinsinnig den »Kulturbeutel« nennen, prangt auf dem Glasbrett über dem Waschtisch. Das Nachtgewand lagert leger auf dem Kissen. Die Bücher, die wir wieder mitgeschleppt haben, ohne daß wir sie auch diesmal nur öffnen werden, liegen auf dem Nierentisch. Wir sind, obgleich wir von zu Haus fort sind, schon zu Haus. Was nun …? Wer ein rechter Hotel-Fex ist, wird jetzt die Fazilitäten der Herberge prüfen. Ich kenne Hotels, die mit all und jedem Service prunken, die so fein und durchdacht sind, daß man in ihnen siedelt wie in Abrahams Schoß. Aber wenn du deine Elektrorasur tätigen willst, mußt du erst unters Bett kriechen, mit Not und Mühe dir eine wacklige Steckdose suchen und dann (weil die Schnur ja immer zu kurz ist) auf dem Teppich hockend wie ein Brahmane sein Gebet deine rituelle Bartentfernung betreiben.

Oder wie steht's, bitte, mit der Hemdenwäsche? Unsere Väter noch legten sich für jeden Tag der Reise ein frisches Leinenes in das Gepäck. Sie hatten vielleicht mehr zu schleppen. Aber sie konnten, pflichtenlos, das dreckige Tageshemd in den Schrank schmeißen und sich ohne Aufenthalt zur Ruhe legen.

Anders wir! Seit der zweifelhaften Erfindung des Nylon- und des Tropf-Trocken-Hemdes sind wir gehalten, bestenfalls nur zwei oder drei dieser Obergewänder einzupacken. Wir tragen vielleicht weniger im Koffer. Aber wir ertragen allabendlich die verdammte Pflicht, unser Hemd selbst zu reinigen und die große Waschung zu vollziehen. Selbst der Herzog von Windsor soll, hört man, auf seinen vielen Reisen nachts noch am Trog seines Waschbeckens stehen und seine Chemiserien einweichen, schrubben und wringen.

Ich frage Sie: was heißt da »Fortschritt«? Und ich frage Sie: Was macht der Mann von Welt im Hotel, wenn er keine vorgebaute Aufhänge- und Trockenmöglichkeit für sein Nylon-Hemd findet? Was tut er, wenn er im Schrank schon nur die feinen, aber unbrauchbaren Holzbügel vorfindet, die lackiert und bemalt sind und an Schulter und Kragen unseres mühsam gewaschenen Hemdes morgen früh die scheußlichsten braunen oder gelben Flecken hinterlassen werden?

Ein Herr der besten Gesellschaft hat mir in einem langen, abendlichen Hotelgespräch einmal auseinandergesetzt, wie man sich als Selbstwäscher gegen solche Unbilden schützen kann. Er führt immer seine eigenen flecksicheren Kleiderbügel mit sich. Da schon ist er autark. Und wenn sich kein Ort in der Hotelstube findet, wo das nasse Hemd über Nacht hängen, austropfen und trocknen kann, so hat er auch da sein System.

Er klettert mit dem nassen Hemd auf den Tisch und hängt den Bügelhaken an den Lüster, über den Lichtarm. Dann zieht er mit Hilfe eines ebenfalls mitgebrachten Gummibandes Ärmel und untere Enden des nassen Kleidungsstückes zusammen. Schließlich stellt er (auf daß das so gelenkte Tropfwasser auch, ohne Schaden zu tun, ablaufen kann) den Pot de Chambre unters Hemd auf den Tisch. Morgens ist das Hemd trocken, das Töpfchen unter dem Kandelaber enthält das entwichene Wasser.

Zweifellos genial! Aber andererseits: wie erniedrigend doch! In der Hotelhalle unten oder im Restaurant oder in der schummrigen Bar spielen sie den Grafen Pinne und den Mann von Welt, scheuchen sie die Ober und trinken sie Champagner. Aber oben in ihrem Zimmer bei Nacht werden sie zu den Waschfrauen ihrer selbst, opfern sie den lästigen und hinhaltenden Riten dieses Nylon- und Perlon-Zeitalters. Dort unten hui – und hier oben pfui.

Den wahren Hotel-Snob ficht das nicht an. Ich kenne einen, der sammelt Hotels wie unsereins Briefmarken oder Geld. Anstatt seine vier Wochen bürgerliche Ferien zu machen im Jahr, fährt er nur auf drei oder fünf teure Tage in eins der großen Prunk-Hotels, vor deren Namen unsereins schon erschaudert.

Er befolgt Franz Molnars alten, guten Rat: im allerbesten Hotel das allerbilligste Zimmer zu bewohnen. Die Städte selber, in die er damit fährt, sieht er gar nicht an. Die Nachbarschaft dieser großen Karawansereien interessiert ihn einen feuchten Kehricht. Er hat den Hotel-Tick. Er schmarotzt vom Anblick der großen Welt. Er hockt den ganzen Tag in der Halle. Er trinkt abends seine Selters in der Bar. Er nährt sich von einem Vorgericht im Restaurant. Aus dem Frühstückszimmer ist er von acht bis elf ohnehin nicht herauszubekommen.

Er kann mitreden. Er ist schon mit Adenauer im Lift gefahren. Die Soraya hat er persönlich erschaut, wie sie durch die Halle schritt. Graham Greene hat einmal am Nebentisch gefrühstückt. Bubi Scholz hat, fünf Meter von ihm entfernt, einen Espresso getrunken. Wer von uns kann da mitreden? Die scheinbar so schrullige Ferien-Investition zahlt sich vielfach aus. Wenn er dann zu Haus und im Gespräch in der miesen Eckkneipe, wo wir uns treffen, so ganz nonchalant fallen läßt: »Die Massary? Ach, mit der war ich doch vor zwei Jahren im ›Baur au Lac‹ in Zürich ...«, dann sitzen wir rundum tatsächlich wie aufs Maul geschlagen und bewundern ihn tief und beneiden ihn. Das ist seine Art von Nachkur.

Er erledigt seine Jahrespost grundsätzlich nur während dieser drei oder fünf spendiblen Tage. Ich habe Briefe von ihm aus dem »Crillon« in Paris, dem »Connought« in London, dem »Brenner« in Baden-Baden. Was er an Hotel-Briefpapier in diesen wenigen Tagen verschleißt, wiegt fast schon das ganze Geld seines Aufenthaltes auf.

»Die Lady Docker?« sagt er, »ach, die war doch letztes Jahr mit mir im ›Carlton‹ in Cannes!« – »Donnerwetter!« denken wir. Und genau das ist es, was wir denken sollen. Wahrscheinlich ist das Schönste am Hotelleben die Unverbindlichkeit, aus der es besteht. Man kann sich so schön vorstellen, was die Leute vorstellen, die man über die tiefen Teppiche schreiten sieht und vor denen sich die Pagen und Boys verneigen. Immer argwöhnt man High Society, großes Geld, uralten Adel oder eine Neu-Nobilität vom Film.

Jener zerknitterte, alte Amerikaner riecht ja sozusagen nach Öl, kann offenbar vor Geld nicht mehr richtig laufen! Dieser junge Bursche dort in dem sagenhaften Kaschmir-Jackett muß doch eine neue Rubirosa-Auflage sein, ein charmanter Playboy, der sonst auf den Karibischen Inseln tollt! Und jene junge, bezaubernde Frau, die der soignierte Herr in dem gut gewählten Salz-und-Pfeffer-Anzug dort so liebevoll an den Tisch führt – ach, sie wird mit ihm im Honigmond sein und das Glück der reisenden Liebe erfahren ... Wahrscheinlich alles ganz falsch! Der alte Ami hat sein Leben lang ein Drugstore in Salt Lake City gehabt; jetzt hat ihn eine

Reisegesellschaft für sein bißchen Gespartes nach Europa geschafft. Den Rest zahlt er zu Hause ab. Der flotte Playboy ist ein örtlicher Vertreter für Damenwäsche, der hier einen Geschäftsbesuch macht und gleich mit der Straßenbahn ins Büro zurück muß. Und der soignierte Herr mit der schönen Frau ist ein Reißnagelfabrikant, der sich eine Cousine ins Hotel geladen hat. Im Grunde alles kleine Fische, bar des Glanzes, den unsere Phantasie ihnen so gern andichtet.

Aber ist es nicht reizvoll, im Angesicht des Kommens und Gehens in einer Hotelhalle zu sitzen, zu spintisieren und zu träumen? Und das Schönste daran: wahrscheinlich überschätzen uns die anderen ebenso! Vielleicht halten sie uns nun für einen Tennis-Crack oder für einen interessant verkommenen Millionär oder doch wenigstens für ein Mitglied des Bundestages. ×

Der lädierte Mensch

Der lädierte Mensch hat's fein.

Wenn er sonst, im intakten Zustand der Gesundheit, eifrig und emsig im Strom der Pflichten und Forderungen des Tages dahinsegeln muß, jetzt kann er ausscheren und in der Windstille der Verantwortungslosigkeit im Krankenhaus ankern. Er fällt aus. Er ist außer Obligo. Ihm kann keiner. Er ist krank und defekt. Das hat seine Vorteile.

Die lästige Abendverabredung mit den Lohmeiers, vor der man sich seit Wochen drückt – jetzt ist die Ausrede da, die man so hilflos und heimlich schon gesucht hat. Der immer hinausgeschobene Terminauftrag, dessentwegen man ein übelriechendes Gewissen und eine psychische Verdrängung spürte – keiner wird jetzt verlangen können, daß man ihn erfüllt. Er erledigt sich von selbst.

Die lästige Verwandtenaussprache, um die man nicht herumzukommen meinte und die wie ein familiäres Damoklessschwert seit der letzten, verpatzten Weihnacht über unserem häuslichen Haupt schwebte, ist hinfällig. Mit einem Kranken werden die doch nicht mehr streiten wollen! Auch dessen ist man ledig.

Soviel Schmerzen und körperliche Sorgen der Kranke haben mag – insofern ist er fein raus, als mit einem Ruck ganze Klumpen Lebensballast von ihm fallen. Die Krankenkasse, der man mit Seufzen unter pekuniären Schwierigkeiten seit Jahren zum Ultimo tributpflichtig ist – jetzt ist sie dran. Für jeden Tag, den wir auf dem Siechenbett verbringen und dort die Daumen drehen, muß sie blechen. Die sonst so uneinsichtige Steuerbehörde kann uns plötzlich den Buckel runterrutschen. Den Fiskus möchte man sehen, der es wagte, dem Siechen noch das Deckbett zu pfänden. Und der Arbeitgeber, sosehr man auch sonst in Hader und Unfrieden mit ihm koexistieren mag – jetzt muß er Blumen schicken und der Sekretärin diktieren, daß er einem nur Gutes wünscht und hofft, unsere ungebrochene Arbeitsfreude bald am gewohnten Posten wiederauftauchen zu sehen.

Alle Welt ist freundlich zum lädierten Menschen. Das ist ein Zustand, der manch körperliche Unbill wieder aufwiegt. Man liegt im Spital, wird verwöhnt, hat keine Sorge als die, daß unsere Wunden heilen, der Schlaf normal, die Verdauung prompt und die Temperatur unter 37 sei.

Noch der geistigste Mensch existiert da nur nach seinen kreatürlichsten Funktionen. Er döst, druselt, sieht nach der Uhr, ob nicht bald das Abendbrot fällig ist. Das Wetter vor dem Fenster geht ihn schon nichts an; das ist außerhalb seiner Lebenssphäre. Ob die Preise steigen, ob die Kohlen knapp sind, ob im Bundestag rhetorische Holzereien stattfinden – ihn läßt es kalt. Er liegt neben der Zeit auf seinem städtischen

Krankenbett. Die Uhren schlagen nicht für ihn. Das alles ist höchst bequem und seltsam.

Damit der liegende Mensch nun aber nicht völlig verludere, hat die Leitung des Spitals eine straffe, interne Ordnung geschaffen. Wer dachte, hier könne er morgens bis in die Puppen schlafen, irrt gründlich. Ehe noch die Sonne den Himmel betritt, betritt die frischgekirnte Frühschwester unser Krankenzimmer und strahlt Energie und eine burschikose Munterkeit aus, die beide ebenso wohltun wie auf die Nerven gehen können.

Sie klopft mit raschen Bewegungen erst mal die Kissen. Dann ordnet sie das nachtzerwühlte Bett in toto. Sie vollzieht an uns die Waschungen. Dann legt sie uns auf die Krankenstatt. Sie rammt uns das erste Tagesthermometer unter die Achsel, reißt mit freundlichen Worten die Fenster auf und verschwindet.

Schon dröselt man wieder ein, da erscheint nach einer kleinen Viertelstunde der zweite Schub lieber Samariterinnen. Zwei reinliche Mädchen sind's, denen die Sauberkeit unseres Logis obliegt. Wie hier Schmutz hereinkommen soll, fragt man sich vergebens. Aber die beiden Seifenmädchen tun, als wäre dies eine Hölle des Drecks. Sie wischen gründlich den Fußboden auf. Darauf jagen sie überall mit feuchten Tüchern Staub und fremde Ablagerungen. Sie wischen auch alle Stuhlbeine ab. Sie reiben den Hahn am Wasserbecken, als hätte ihn eben erst Beelzebub oder ein Pestkranker berührt, und steigen sogar in die Höhe des weißgemalten Schrankes und gehen dort auf Jagd nach Unreinlichkeit. Man selber betrachtet's mit Staunen.

Zu Hause lebt man nun ja auch nicht gerade wie der Hofhund in der Hütte. Aber es macht schon ein schlechtes Gewissen, muß man hier verfolgen, wie die Stubensäuberung allmorgendlich zu einer Orgie von Hygiene und Reinlichkeit gestaltet werden kann.

Ist das Staublappenkommando endlich hinfort, läßt die ersehnte Frühstücksschwester nicht auf sich warten. Der Kaffee ist – wohl mit Rücksicht auf die Herzkranken im Revier – recht labbrig und verdient seinen Namen nur entfernt. Dafür gibt's hier das Ei, das man sich zu Haus, schon aus Zeitmangel, selten gönnt. Und der Patient, der in seinem ordinären Leben die Frühspeise nur zwischen Tür und Angel und bei ständigem Blick auf die Uhr hastig verschlingt, immerhin kann er hier in aller philosophischen Ruhe den Frühkonsum tätigen. Das ist nicht zu verachten. Jetzt, könnte man denken, darf er sich dem reinen Müßiggang in der Horizontalen widmen. Man irrt. Denn die interne Emsigkeit bricht nun nicht mehr ab. Gleich kommt der Onkel Doktor zur Visite. Zuvor wird man geordnet, kriegt man seine Spritze, darf man inhalieren, wird man zur Bestrahlung geschafft. All das beschäftigt einen völlig. Wenn der behandelnde Arzt dann das Zimmer betritt, hat das, obgleich er ein sehr netter und jovialer Herr ist, immer die gleiche imposante, einschüchternde Wirkung, wie wenn einst ein kommandierender General zur Inspektion kam.

Er hat einen Adjutanten, einen Medizinadlaten, in seinem weißen Gefolge. Die Stationsschwester, die Zimmerschwester stehen in angemessener Devotion zwei Schritte zurück. Was der Doktor zu unsereinem äußert, ist Verkündigung; was er seinem Gefolge mitteilt, ist Befehl. Er schreitet die Front unserer Gebreste ab, klopft hier, horcht da, macht uns gemäßigt Mut. Dann entrauscht er wieder, gehüllt in die emsige, devote Wolke seines weißen Gefolges.

Bald kommt das Mittagessen. Dann wieder Temperaturmessung. Einnahme verschriebener Medikamente. Eine kleine Zwischenwaschung. Ein humpelnder Gang ins Badezimmer mit Erfolgsmeldung an die Zimmerschwester. Kaffeemahlzeit. Temperaturmessung. Injektion. Inhalation. Verbandserneuerung. Bettauffrischung. Abendbrot. Die Nachtschwester stellt sich ein, verwarnt uns, das Licht nicht zu spät zu löschen, verpaßt uns die obligate Schlaftablette, und der Tag, ehe er noch richtig genutzt und mit erwünschtem Müßiggang angefüllt werden konnte, ist vorüber. Die Beschäftigungstherapie gehört offenbar strikt zu jeder Behandlung.

Als ich jüngst mit gebrochenen Knochen und einer veritablen Gehirnerschütterung direkt aus dem Straßengraben ins Hospital umgebettet wurde, hing ich in den ersten Tagen noch der trügerischen Hoffnung an, nun meine literarische Bildung in den langen Stunden der Beschäftigungslosigkeit endlich à jour bringen zu können. Ich kommandierte die sieben Bände Proust an mein Bett, zu deren Konsum ich im Trab der Tage nie gekommen war. Ich bat, mir Goethes »Dichtung und Wahrheit« mitzubringen. Seit der Sekunda hatte ich die Autobiographie des größten Deutschen nicht mehr geöffnet. Ich sehnte mich danach. Jetzt hätte man ja Zeit.

Zusätzlich ließ ich mir den ganzen Musil ans Bett packen. (Wer wird nicht seinen Musil loben; doch wird ihn jeder lesen? Nein!) Also wollte ich die wohl schmerzliche, aber doch unverhoffte Pause im Lebenslauf zur fröhlichen Auffüllung längst lästiger und nur mühsam verheimlichter Löcher in der Bildung benutzen. Der Vorsatz war prima, die Ausführung so gut wie unmöglich.

Liebe Leser, ich kann Ihnen mitteilen, daß das Lesen nicht leicht ist. Erstens wird man durch die straffe Tagesführung auf dem Siechenbett ständig aus dem immer noch ersten Kapitel gerissen. Zweitens aber erwies sich, daß man mit Gehirnerschütterung am Ball großer Gedanken schwer bleiben kann. Die alte Birne geht nicht gern auf hohen Gedankenflug, wenn sie auf der Fernstraße 5 aus der vereisten Kurve geschleudert und beim Aufprall auf die Fensterscheibe des Autos übel gebeult und zugerichtet wurde. Der am Kopf lädierte Mensch hat schwerlich Zugang zu den Klassikern und den Hochgestochneren unter den Neuen.

Aber plötzlich – o Wunder! – stand mir eine ganze mindere Sphäre von Lesestoff offen. Illustrierten hatte ich sonst nur beim Friseur, Zahnarzt, in Wartesälen und in gelegentlichen Lesemappen angeblättert. Ihre hektische Aufmachung schien mir albern, die reißerische Schreibweise, die da betrieben wurde, enervierend, die Busenpflege und Sensationsmache, der sich diese Publikationen hingaben, eher verdrießlich. Ich hatte den gesunden Intellektuellenhochmut vor Illustrierten und hielt die Art, in der sie gemeinhin mit fragwürdigen »Tatsachenberichten« die Weltgeschichte für den kleinen Moritz verhackstücken, für fast skandalös. Ich verachtete sie. Jetzt, gehirnerschüttert wie ich war, wurde ich illustriertensüchtig. Das hielt meine lädierte Birne gerade noch aus. Die – wenn man so sagen darf – geistige Nahrungsaufnahme in immer nur keß gezuckerten Häppchen sagte mir jetzt zu. Die ganze mindere Welt der Star-Ehen und ihrer Scheidungen, die unbescheiden-lüsternen Photoblicke in »prominente« Privatleben, die Klatschspalten mit ihren impertinenten Einmischungen in Intimstes, die »Großreportagen« mit ihrem meist anrüchigen Pathos und endlich die sterilen Fortsetzungsberichte, die immer an Hand eines berühmten Fliegers oder Rechtsanwalts oder Arztes oder Generals immer die gleiche Geschichtsepoche popularisch aufräufeln – all das sagte meiner zeitweisen geistigen Verminderung plötzlich sehr zu.

Das geschwächte Bewußtsein nahm diese geschwätzigen Druckerzeugnisse so süchtig auf, daß Verwandte und Freunde, die das Krankenbett zuweilen umstanden, für mein Wiederaufkommen sichtbar fürchteten. Musil, Goethe, Proust lagen unbenutzt auf dem Bettkasten. Und wäre nicht das allmorgendliche Staublappenkommando gewesen, die beiden freundlichen Furien der Reinlichkeit – wer weiß, die hohe Literatur wäre am Ende des Krankenhausaufenthaltes unter Staub und den Absonderungen des Tages nicht mehr auffindbar gewesen.

Der entlassene Patient dann ist vorerst hilflos. Der Tag, bisher in jeder Minute vorgeplant und präfabriziert, jetzt muß er ihn sich wieder selber füllen und schaffen. Jeder Schritt, jede Bewegung wurde ihm geführt. Jetzt muß er selbst Entschluß und Initiative zeigen. Aus einem Kleinkind wird, sozusagen, mit dem Akt der Spitalentlassung plötzlich wieder ein Erwachsener. Der benommene Patient tappt recht stockerig auf der ungewohnt frei gewordenen Straße des Lebens dahin. Trifft er dann Bekannte, sagen die: »Gut, daß Sie wieder da sind!« und sie beteuern einem, daß sie sich furchtbare Sorgen gemacht hätten. Man solle doch, bitte, mal richtig erzählen, wie alles kam und wie es im Krankenhaus dann war.

Man setzt an. Man beginnt sorgsam erzählerisch bei dem Glatteismorgen auf der Fernstraße 5, und wie der sonst so treffliche Volkswagen ins Schleudern geriet. Man erzählt – oder versucht es doch. Aber man macht bald die Erfahrung, die immer wiederkehrt: Der Zuhörende hört gar nicht zu; die wissen wollten, wie alles sich zutrug, wollen es offenbar gar nicht wissen.

Sie warten alle nur auf eine Lücke in unserem Redefluß. Da haken sie ein und erzählen dann gierig selber: »Denken Sie mal, genauso war's bei mir 1950 in Bayern!« Und dann hört unsereins eine längst verjährte Unfall- und Krankenhausgeschichte, die uns – im Bewußtsein unserer eigenen, frischen Erfahrungswichtigkeit – nun wirklich einen Dreck interessiert.

Man wird's nicht los. War einer mal krank, ist das den anderen nur immer Anlaß, ihm mitzuteilen, wie schwer sie selbst es gehabt haben oder ihr Vetter Kuno oder ihre Schwiegermutter.

Nur eigene Erfahrung (das ist selber eine!) ist dem Menschen wichtig. Die des Nachbarn dient ihm bestenfalls, sich der eigenen zu erinnern und von der zu sprechen. Nur eigene Schmerzen tun weh. Der lädierte Mensch, so scheinbar nett man auch zu ihm ist, merkt erst, wie einsam die Kreatur im Grunde bleibt und wie schwer es ist, die eigene Geschichte loszuwerden.

Nur deshalb wurde diese hier auch aufgeschrieben. ×

Der neue Anzug

Einer der vielen Gründe, warum weibliche Menschen den Männern so unverständlich, geheimnisvoll, ja geradezu unheimlich sind, ist der: sie gehen gern zur Schneiderin. Sie haben keine Scheu vor einem neuen Kleid.

Im Gegenteil: ihr Sinnen und Trachten geht dauernd auf eine neue Gewandung. Glücklich sind sie erst, wenn sie vor einem Spiegel stehen. Die Modistin umschwirrt sie. Maß wird genommen. Stoffe werden lustvoll geprüft, angehalten, verworfen, neu in Erwägung gezogen, bis endlich ein Entschluß gefaßt ist und die Schere in das Gewebe beißen darf. Frauen fühlen sich bei Schneidern wohl, Männer unglücklich. Ein Unterschied, der die Fremdheit zwischen den Geschlechtern immer neu ins Bewußtsein bringt.

Als ich in das Alter der Rasierfähigkeit kam und die Stimme zu meinem Erstaunen langsam Sperenzchen zu machen begann, indem sie plötzlich und erschreckend in die Tiefe sank, nahm mich mein lieber Herr Vater zum erstenmal zum Schneider.

Bisher hatte die Frau Mama für meine Gewandung gesorgt. Vater fand, es sei an der Zeit, daß ich einen richtigen Anzug bekäme.

Er nahm mich an der Hand, und wir schritten zu Herrn Sedlaszek. Das war ein paar Wochen vor Ostern.

Herr Sedlaszek war ein König unter den Schneidern für mittlere Gehaltsstufen. Er stammte aus Prag, war für seine kulanten Zahlungsbedingungen bekannt, und Vater schwor auf ihn.

Seltsamerweise sah er aus wie die Schneider aus meinen alten Märchenbüchern. Sein Auftreten und sein Gebaren fand ich auf Anhieb ungemein albern. Er hockte tatsächlich auf einem Tisch, die Beine untergeschlagen, als wir eintraten. Er war in der Weste. Wo andere Leute ihre Armbanduhr haben, trug er ein Nadelkissen kokett am Handgelenk. Er hatte einen dämonisch forschenden Blick, umkreiste mich lauernd, sobald er hörte, worum es sich handele, und stellte – sehr zum Ärger meines stolzen Vaters – fest, daß die linke Schulter des Jungen »hinge«. Aber das wollte er schon verdecken.

Ich mußte mich von dem dämonischen Herrn Sedlaszek betatschen und maßnehmen lassen. Nach drei lästigen Proben war dann der Gegenstand seiner Kunst geboren. Ein Anzug mit neun Taschen. Ein Gebilde, so fein und absurd elegant, daß ich mich dessen vor meinen Kumpanen sofort zu schämen begann. Das Osterfest war mir verdorben – und ich ging umher wie ein unglücklicher Little Lord Fauntleroy.

Neue Anzüge sind für Männer so etwas wie eine notwendige Schmach. Ich lernte es früh. Es dauerte bei dem feinen Sedlaszekschen Gebilde wohl mehr als ein halbes Jahr, ehe ich es so trug, als sei es tatsächlich ein Stück von mir. Männliche Menschen sind – wie sie sich auch stellen mögen – grundkonservativ. Sich von einem alten Anzug zu trennen dünkt sie Verrat. Sich einen neuen machen zu lassen, kommt ihnen wie lauter Äfferei und Geckentum vor.

Ehefrauen sind bekannt, die heimlich des Nachts den mürben Anzug von vor zehn Jahren aus dem Schrank holen und ihn, ungeachtet der Folgen, in den Ofen werfen. Ein Akt weiblicher Verzweiflung und häuslicher Heroik, denn der Krach am nächsten Morgen ist gewaltig.

Aber ein anderes Mittel gibt es bei vielen Männern nicht, daß sie sich endlich entschließen, ihr Äußeres zu restaurieren. Also los! Gehen wir zum Schneider!

Der Schneider hält einem zuerst eine Kollektion buntbedruckter Hefte vor, in denen äußerst elegante Herren abgebildet sind, Adonisse in Sakkos, lauter Apolls in ein- und zweireihigen Jacketts.

»Was sagen Sie hierzu?« fragt zuvorkommend der Herr Schneider und deutet auf eine der Figurinen. Was soll man da sagen? So wie der wird man ja doch nie aussehen, so glatt nicht, so schick nicht, so propper nicht und so geschniegelt, gottlob, auch nicht.

»Nun ja«, sagt man, »ich dachte mehr an etwas ganz Unauffälliges. Möglichst so etwas wie mein alter!«

Der Tailleur, wenn er ein Menschenkenner ist (und meist ist er das geworden), lächelt nur kurz und kennt seine Pappenheimer. Wenn Frauen ein neues Kostüm haben, soll alle Welt wissen, daß es neu ist. Am liebsten trügen sie eine Glocke, die frohe Kunde zu verbreiten. Männer aber wollen jedes Aufheben vermeiden. Der neue Anzug soll immer nur aussehen wie der alte.

Der Meister nickt also, er schlingt sein Zentimetermaß um Rumpf und Gliedmaßen und notiert Zahlen auf ein Blatt Papier. Währenddessen sieht man in den dreiteiligen Spiegel, vor den uns der Meister postiert hat.

Wann sieht ein Mann schon in den Spiegel? Er tut es allmorgendlich bei der lästigen Rasur. Aber da blickt er nicht hinein, um etwas zu sehen. Er sieht sozusagen hin, ohne hinzublicken. Da wird nichts registriert. Eine rein mechanische Pflicht wird erledigt. Man rasiert sich. Der Spiegel dient nur als Beobachtungsreflektant, daß man sich nicht schneide.

Mit Wohlgefallen, Kritik oder Aufmerksamkeit sieht sich selbst da kein Mann.

Aber hier, vor der dreiteiligen, erbarmungslosen Spiegelpracht kann man nicht umhin, zu erschrecken: So siehst du also aus! So haben sich die paar Pfund ausgewirkt, die das Wirtschaftswunder auch auf deiner Person zurückgelassen hat! Von der Seite, dachte ich, hätte ich immerhin etwas Schärfe und Charme ... Aber, o weh, wie weich, wie unlustig wirkt die ganze Partie! ... Und von vorn? ... Kein Wunder, daß Ella in der letzten Zeit so wenig Interesse für dich zeigt ... Und der Schädel? ... Komisch, daß man immer dachte, so etwas wie einen Charakterkopf zu besitzen! ... Dieser fette Herr da bist du? ... Dieser Spießer? ... Dieser Kerl mit dem doppelten Kinn?

Ach, man würde sich gewiß nicht kennenlernen wollen, wenn man sich nicht eh' so überflüssig gut kennte. Männer vor Schneiderspiegeln sind bedauernswerte Kreaturen. Ihre Illusionen fallen wie die Fliegen im Herbst. Der Meister merkt es, dieser Menschenkenner. Er versichert einem, hier an der Hüfte könne er einiges »machen«. Der neue Anzug werde überhaupt im ganzen einen schlankeren Eindruck vermitteln. Und die kleine, unbedeutende Rundung am Nakken verschwinden zu lassen, wäre ein Kinderspiel. Erste Probe in vierzehn Tagen.

In vierzehn Tagen sieht man in dem noch roh zugeschnittenen Gewand erst recht aus wie ein Harlekin. Aber man hört auf den Meister. Man vertraut seiner verschönernden Macht. Man freut sich jetzt direkt schon etwas auf den neuen Anzug und die Veränderung, die er an unserem Selbstbewußtsein wird bewerkstelligen können.

Wenn der Tag der Premiere dann heran ist, siehe, dann faßt der Blick die Veränderung kaum. Der seltsame Doppelgänger, der einem aus der dreigeteilten Spiegelpracht entgegenblickt, ist fremd und attraktiv.

Viel Charakter ist weg. Aber eine gewisse Eleganz ist gewonnen. Glatt schmiegt sich das neue Kleid aus Kammgarn an den alten Adam. Der Meister hat nicht übertrieben. Man ist tatsächlich über ein kleines schlanker geworden. Man rückt die Schulter. Man wendet sich pfauenhaft. Man nimmt sich vor, mit dem neuen Anzug nun endlich auch ein neuer Mensch zu werden – oder doch zu einem kleinen Teil. Und wenn man der Gattin bis hierher grollte, daß sie einen in das lästige Abenteuer stürzte – jetzt denkt man mit einer gewissen zärtlichen Dankbarkeit an sie. Die Veränderung, die da stattfand, tut einem selber wohl. Für einen Augenblick überkommt einen die Frage, was in diesem neuen Anzug die Welt, nebbich, kosten könne ... Und vierzehn Tage später? Siehe, dann ist wieder alles beim alten. Der schmucke, neue Anzug ist von dem abgedienten nicht zu unterscheiden. In der rechten Brusttasche trägt man neben den paar Geldscheinen (die ja gewiß nicht auftragen) den gesamten Briefwechsel mit dem Steueramt. Links hat man überflüssigerweise ein Packen Papier, ein halbes Pfund Prospekte, die Sommerreise betreffend. In der einen Außentasche beutelt die alte Pfeife nebst Tabaksäcklein und stört die Harmonie der Linien gewaltig. Und was in der anderen, vom Feuerzeug über Hausschlüssel bis zu einem Kästchen mit Patiencekarten, alles verborgen ist, wollen wir gar nicht erst untersuchen.

Die Folge: was kürzlich so glatt, so erfreulich und elegant, so propper und schick sich darbot, jetzt besteht es aus lauter Beulen. Der Anzug schmückt nicht mehr. Jetzt wohnt man in ihm und man wohnt so, als ob man lauter Platznot hätte. Der Tag ist schon wieder nahe, da einen die liebe Gemahlin schief ansehen wird und neuerdings zum Schneider schikken möchte.

Und dann wiederholt sich alles von vorn. Männer beim Schneider machen unglückliche Figur. Sich kleiden bringt für sie Leiden.

Wenn das neue Kostüm für die Gattin ihnen ein ökonomisches Opfer ist – der frische Anzug bedeutet für sie ein seelisches. Und das ist ärger.

Man bedenke das, bitte, wenn die Herren aus Anlaß des Frühlings zum Schneider gejagt werden! Man habe Einsehen mit ihrem Zaudern! Man mache sich ja nicht über sie lustig, wenn sie dann in der noch ungewohnten Tracht heimkehren!

Seid freundlich, seid taktvoll zum Mann im neuen Anzug! ×

Plädoyer für den Schlager

Schlager umsäumen wie frivole musikalische Papiergirlanden unseren Lebenslauf. Auch wenn wir diese aufdringlichen Bastarde der Musen hassen wollten – wir entgehen ihnen nicht. Sie dringen tückisch in die Ritzen unseres Bewußtseins ein. Das Radio, der Leierkastenmann, die Unterhaltungsorchester in den Cafés, die Klavierbetaster in den Bars, die Kurkapellen in den Badeorten sorgen schon dafür, daß wir jeweils mit den minderen Gesängen der Saison berieselt werden.

Als die Kapellen »Sous les toits de Paris« orgelten, waren wir in Liebe zu der dicken Ortrud verfallen. Wir atmeten schwerer, wenn wir nur an das Mädchen mit dem traurigen Namen dachten. Zu den Klängen von »Du sollst mein Glücksstern sein« aus der ersten Broadway-Melodie haben wir uns dann mit ganz jemand anders verlobt. Und wer weiß, wie weit die forschen Takte schuld daran waren, daß wir überhaupt die Keckheit zu diesem Schritt aufbrachten. Als wir in den verfluchten Krieg zogen, bumsten die geistlosen Marschlieder von Herms Nielebock dazu. Und als wir heimkehrten und die Ruinen besahen, war die Luft ironischerweise von den »Caprifischern« erfüllt. Als vor vier Jahren die Sache mit Annelies passierte, hieß es: »Hamse nich, hamse nich, hamse nich ne Braut für mich …«

Niemand ist gefeit gegen die Bewußtseinsunterwanderung, die da stattfindet. Ohne oft zu wissen, was wir summen, summen wir den jeweils gängigen Schlager. Mit geradezu diktatorisch-akustischer Unausweichlichkeit setzen sich die lieben Lotterlieder in uns fest. Wie frivole musikalische Papiergirlanden umsäumen sie unseren Lebenslauf.

Daß die Musik der Straße besonders fein gewesen wäre, hat es eigentlich zu keiner Zeit gegeben. Heine berichtet zwar, daß nach der Uraufführung von Webers »Freischütz« es in Berlin nicht auszuhalten gewesen wäre: so penetrant erklang damals von der Lippe jedes Schusterjungen, von dem Kutschbock und aus jedem Fenster, hinter dem eine Jungfrau am Pianoforte saß, das »Wir winden dir den Jungfernkranz«. Vor wenigen Jahren trällerten wir allzumal das von George Auric geschriebene, in sich großartige und mit einem Schuß sehnsüchtiger Genialität durchsetzte Lied aus »Moulin Rouge«. Kürzlich noch konnte man sich immerhin mit gutem Gewissen Cole Porters »I love Paris« hingeben. Aber meist – seien wir ehrlich! – sind die Schlager, die von uns Besitz ergreifen, keinen künstlerischen Heller wert. Die sie herstellen, die Industrie, die sie uns wie Kletten anzusetzen bemüht ist, macht daraus keinen Hehl. Gerade die überraschende Banalität, gerade die unverbrämte Abwesenheit jedes »Niveaus« ist wohl ein Bestandteil ihrer Wirkung. Die Wonnen der Gewöhnlichkeit werden feilgeboten. Und da in jedem von uns eine Neigung zum künstlerischen Sichgehenlassen wohnt, da jeder eine weiche Stelle hat, die der »Schnulze« zugänglich und geradezu offen ist, ziehen daraus die Schlagerfabrikanten ihren Profit.

Es hat immer wieder Versuche gegeben, ihnen pädagogisch auf die Finger zu klopfen. Musikalisch gestrenge

Männer haben versucht, an die Stelle der »Schnulze« das Volkslied zu setzen, für den banalen Hopser immerhin die geschmacklich vertretbare Melodie zu geben. Genutzt hat das nichts. Die Leute – und das sind wir alle – wollen gar nicht künstlerisch gegängelt und erhoben sein, wenn sie vor sich hinträllern. Wir haben gar nicht die Absicht, besonders fein oder besonders hochgemut zu wirken, wenn wir am Klavier daheim gedankenlos das jeweilige Lied der Woche nachklimpern. Der Schlager öffnet nicht dem Gefühl – er öffnet der unverblümten Sentimentalität die Schleusen. Er steigert unser Bewußtsein künstlerisch nicht. Er klopft nur einen Rhythmus des Tages nach. Und welches Lied immer gerade zum wirklichen Schlager aufsteigt und populär wird, das haben selbst die Ingenieure solcher Lieder bisher nicht ausmachen können. Von tausend trifft einer. Aber dann sind wir alle infiziert.

Mit jedem neuen Jahre werden neue Lieder kommen. Das ist unausbleiblich. Und an die Melodien wird sich wieder, wie in vergangenen Jahren, jedesmal ein Stück Zeiterinnerung hängen. Als wir jenes törichte Schmalzlied hörten – ach, waren wir glücklich! Als wir von jener zuckenden Melodie infiziert waren (Weißt du noch?) – brach uns das Herz. Schlager umranken wie frivole musikalische Papiergirlanden unser ganzes Leben. Wünschen wir, daß das anbrechende Jahr nicht zu schwer und die Schlager der kommenden Monate nicht zu blödsinnig werden! ×

Wider den Hochmut der Frühaufsteher

Nichts sei grundsätzlich gegen den wackeren Mann gesagt, der sich im Morgenrot die Zähne putzt und beim ersten Amselruf das Kinn rasiert. Kein redlich Denkender wird es

Mitmenschen verargen, wenn sie früh an ihre Arbeit eilen und dort munter die frisch gewaschenen Hände regen. Daß Morgenstunde Gold im Munde trage, ist ebenso richtig und ebenso blödsinnig wie alle eingängigen Verallgemeinerungen.

Was den Frühaufsteher aber meist so unleidlich macht, ist der moralische Vorteil, den er aus dem Zufall zieht, daß ihm nicht erlaubt oder nicht gegeben ist, die Wonnen des Morgenschlafes bis zur süßen Neige zu kosten. Wenn jene frühen Burschen schon wieder Hunger haben, Stunden nach ihrem dürren, ersten Frühstück bei Morgengraun, dann erhebt sich erst der Längerschläfer, um ausgeruht und gemächlich seinen Einsatz in der Tageslotterie zu wagen.

Vielleicht hat er bis tief in die Nacht hinein gegrübelt und gearbeitet. Vielleicht floh ihn der Schlaf vor Mitternacht. Vielleicht wohnt er im Glück, seinen Tageslauf nach Schnauze so einzurichten, wie es ihm behagt.

Während jener andere schon wieder eine leichte Sehnsucht nach der Bettruhe empfindet, krempelt dieser erst die Hemdsärmel hoch, um der Welt ein Tagewerk hinzuzufügen.

Der eine wie der andere – gleichwertig achtbare Bürger, nur auf dem Zifferblatt der Uhr in ihrer Tätigkeit verschoben. Kein Unterschied im Charakter. Die Differenz liegt im Zeitpunkt ihres Starts. Und der ist nebensächlich, sollte man meinen.

Aber so ist es nicht. Wer sich erst um oder nach acht Uhr erhebt, gilt in den Augen der Frühaufsteher für minderwertig. Sie haben schon einige Stunden Wind gemacht. Ihr Wekker stand auf sechs; jetzt fühlen sie sich deswegen überaus überlegen. Sie sehen uns über die Schulter an und lassen uns ihre angeblich bessere moralische Position hämisch kosten.

»Jetzt kommen Sie erst? Jetzt fangen Sie erst an?« heißt es. »Na, hörnsema, ich bin schon drei Stunden im Gange!« Und dann rücken sie sich überlegen zurecht. Unsereins ist neese, kommt sich zweitklassig vor und hat einen deutlichen Knacks am Selbstbewußtsein weg.

Dabei gibt es Menschen, die, ohne darum auch nur einen Deut minderwertiger zu sein, den prosaischen Morgen hassen. Ihr Morgen ist die Tageszeit des schlechten Gewissens. Mit dem Frühnebel stürmt auf sie ein, was noch zu schaffen und aufzuarbeiten wäre.

Gute Laune ist ein seltener Genosse der Morgenröte. Es dauert, bis sich manche unter uns den Rest der Nacht aus den Augenwinkeln wischen können. Schwer hängen an ihnen die Algen des Schlafs, da sie im Traumboot selig auf den Ozeanen der Dunkelheit trieben.

Der Morgen ist die Tageszeit der Sachlichkeit. Der soll sich melden, der, beispielsweise, schon vor elf zu einem Mädchen in Liebe verfiel. Amor, der liebe Lotterbube, weiß, warum er Spätaufsteher ist. Und die trunkenen Dichter verfallen erst mit dem Abenddämmer in ihre Dithyramben. Der Morgen ist die Stunde der Prosaiker.

Mag sein, daß kühle Kalkulatoren ihre leblosen Zahlenkolumnen übersichtlicher, leichter ordnen können, wenn noch das Licht vom Osten fällt. Am frühsten aber unter den Frühaufstehern, das sollte man bedenken, geht der Scharfrichter an sein Geschäft. Und ich glaube fest, daß manch Krieg und militärisches Ungemach gar nicht stattgefunden hätte, wenn nicht die Soldaten in aller Welt und zu allen Zeiten so ekelhaft früh aus den Betten gepfiffen worden wären. Frühaufstehen macht grimmig, nervös und tatendurstig. Der Schlaf bis zur Neige aber, die Bettruhe noch wenn die Sonne aufs Laken fällt, die Verlängerung der lieben Nacht in den hellen Tag hinein, das sind exquisite Genüsse für den, der zu schlafen versteht. Wie man sich da noch einmal lustvoll auf die andere Seite wirft!

Wie mit Spinnenbeinen sich die Sorgen der Frühe unserer bemächtigen wollen, und wir, wir blinzeln nur einmal flüchtig, ziehen das Laken über das Gesicht, heften den Kopf wiederum an die Matratze und echappieren, schnick-schnack!, auf ein Viertelstündchen noch ins Reich der Träume.

Oh über die Sonntage, an denen der Lang- und Morgenschlaf zelebriert werden kann, einmal die Woche! Wie sich da auf der Sprungfeder unversehens unter Gähnen, freudvollem Stöhnen und Schnarchen bei hellichtem Tage Lebenskraft und Nervenstärke akkumulieren! Genüsse, von denen die Frühaufsteher auch im Traume nichts ahnen, eben weil sie nicht lange genug träumen. Sie stehen schon längst auf der Straße, machen einen Lärm und verachten den Zeitgenossen unter dem Plumeau.

Laßt sie! Wenn sie schon von den Vorzügen des Schlafs bei verhängter Markise nichts wissen, laßt ihnen den törichten Irrtum, daß die Stunde den Wert mache. Macht sie nämlich gar nicht!

Denn nicht bei Morgenfrühe wird die Elle angelegt, am Abend wird die Summe des Tages gezogen. Dann erst erweist sich, wer das Gold, aus welchem Munde immer, tatsächlich genutzt und gewertet hat.

Das überhebliche Selbstgefühl der Morgenmenschen ist ohnehin durch nichts zu erschüttern. Sie stehen auf dem Kothurn ihrer vom ersten Sonnenstrahl umglänzten Selbstgefälligkeit und ahnen gar nicht, was sie alles verpassen. Die Welt besteht schon so lange, und die Toren, die meinen, ihnen entginge etwas, wenn sie ein Stündlein oder zwei länger in Morpheus' Armen tändeln, werden nie alle. Aber sie sollen sich nicht besser dünken als wir. Und wenn sie's tun, sollen sie es uns nicht merken und entgelten lassen, daß sie sich dünken. Kurzer Schlaf macht nicht besser. Frühes Aufstehen ist kein Verdienst. Moral wird nicht an der Uhr abgelesen. Langschläfer sind keine schlechteren Menschen. Aber gemütlicher sind sie gewiß. Und in der zweiten Tageshälfte, siehe, überspurten sie oft die frühen Brüder.

Wir wollen uns nicht stören lassen. Aber man lasse uns die kurze, selige Spanne verspäteten Schlafs, dieses Nachgeschenk der Nacht, den guten Stoßdämpfer, gesetzt zwischen Traum und harter Wirklichkeit, ehe die strenge Uhr wieder anfängt zu gelten und zu hetzen. Schlafen Sie auch so gern lange? ×

VI

Heiterkeit in Einzelheiten

Philippika mit Augenzwinkern

Rede eines Autors an die Verleger

In dieser Woche fand, einberufen von der Berliner Buchhändler- und Verlegervereinigung, eine Tagung in Berlin statt. Nach vielen fachlichen und ernsten Besprechungen wurde auch einem Autor das Wort gegeben. Friedrich Luft benutzte es, um den Versammelten heiteren Auges einige liebevolle Grobheiten zu sagen. Das verborgene Körnchen Wahrheit macht die Ausführungen auch über den engen Kreis hinaus interessant.

Meine lieben Herren Verleger,

»lieben« habe ich gesagt, vergessend, daß ich hier als Autor vor Ihnen stehe. Daß zwischen uns von Ablieferungsterminen, von Prozenten, von Auflagehöhen, Prozessen, Neuauflagen, von Lizenzdrucken, von Druck, Nachdruck und Autorentränen wohl oft die Rede ist. Von Liebe nie.

Es ist in diesem Zusammenhange aufschlußreich, daß sich alle Berufsgruppen zu Vereinigungen und Verbänden zusammenschließen. Sie haben ihren Stolz und ihre Statuten. Auch Sie, werte Herren, haben Ihre Organisation, die Sie hier zusammengeführt hat. Aber einen Schutzverband zu gründen, hat nur eine Sorte Mensch für nötig befunden, eine besonders beklagenswerte Spezies, ein Häuflein der Verfolgten – die Autoren. Und schuld daran sind – Sie!

Sie, meine Herren, haben es sich selbst zuzuschreiben, daß Sie sich einen Autor unvorsichtigerweise heute abend an Ihr Ohr geladen haben. Ich habe lange geschwankt, ob ich vor diesem Gremium von Wölfen des Verlagswesens meine Stimme erheben soll. Ich tue es. Ich tue es mit einer gewissen schriftstellerischen Wollust. Und mit einer heimlichen Autorenneugier, deren letztes Interesse immer die Abwege und die fragwürdigsten Differenzierungen des Menschlichen sind. »Für den Autor gibt es keine schlechte Gesellschaft«, hat ein Kollege von mir, ein früherer, einmal gesagt. Das berechtigt einen Autor, sogar heute unter Ihnen zu erscheinen.

Bedenken Sie das Gewerbe, das Sie gewählt haben in freier Wahl, und das erstaunlicherweise noch sanktioniert und lizenziert wird: Sie leben davon, daß Sie sich aus dem schlechten Leben Ihrer Autoren ein gutes machen. Je schwerer es sich ein Dichter, der einmal in Ihre Schlingen gegangen ist, macht – um so leichter haben Sie es.

Wir Autoren, des rauhen Lebens unkundig, durch nichts vor dem bösen Dasein gefeit als durch eine vielleicht krankhafte Sucht, uns mitzuteilen – wir stellen im glaslosen Kämmerlein die Pfunde her, mit denen Sie dann so erfolgreich wuchern gehen. Ein Gedicht, eine Liebesromanze, ein Drama, ein hochherziges – das Herzblut des Autors und der Schweiß seiner schlaflosen Nächte kleben daran. Das sind subtile Gegenstände, das sind wahrhaftig Dinge von äußerster Feinnervigkeit – Blut, Schweiß und Tränen über einer Schreibmaschine vergossen, der heutzutage das Farbband immer fehlt – trotzdem, meine Herren, Sie fangen sie auf. Mit einer merkantilen Lüsternheit ergreifen Sie diese Destillate unserer geistigen Hingabe, verwandeln sie in Prozente, Profite, in Kapital und jagen sie dann wieder durch Ihre große, immer durstige Kehle. Nicht ohne dem Autoren noch hämisch die Belegexemplare in Abzug gebracht zu haben bei den ohnehin nur mit Drohung erreichbaren 12 Prozent. Und was darüber ist, ist, weiß Gott, Mühe und Arbeit.

Nein, es ist in der Welt schlecht eingerichtet, daß die Waffen so ungleich verteilt sind. Und daß bei uns die Mühe wohnt, und bei Ihnen, meine Herren, der Wohlstand. Seien Sie ruhig: Sie wollen mir jetzt sagen, daß Papierbeschaffung, Kleister, Steuern und wie Sie Ihre Sorgen sonst nennen mögen, auch nicht ohne seien. Aber was denn, meine Herren, das sind Äußerlichkeiten! Und Ihre schöne Seele braucht darunter nicht zu leiden. Kleine Hürden, von der Zeit vor den Wohlstand für Sie gesetzt, damit Sie nicht zu schnell lustig und nicht zu hurtig saturiert werden. Ihr Autor hat die Schwierigkeiten auch. Aber der seelische Verschleiß – wer zahlt ihm den? Und sein Lied auf dem Markt, der Grad der Selbstentäußerung, den er täglich betreibt – wo wird das aufgerechnet?

Der permanente Streit zwischen Verlegern und Autoren ist in seinem Ausgange immer klar und immer klar gewesen! Zu ungleich sind die Waffen verteilt. Drüben die Unternehmer, hinter der schützenden Mauer der Kalkulation, mit Paragraphen, Rechtsbeistand, Verträgen und allerlei hämischen Festlegungen gefeit. Und hier wir – über unserer Mütze nur die Sterne.

Gewiß, es hat auch Augenblicke in dem ewigen Getümmel gegeben, da die Autoren einen schnellen Sieg davontrugen. Hut ab vor Kollege Goethe und der Art, mit der er anläßlich von »Hermann und Dorothea« den alten Cotta smart aufs Kreuz legte. Und einige heldische Beispiele gibt es, wo Dichter in rücksichtslosem Ausfall durch überdimensionale Vorschüsse in die Verlegerreihen einbrachen und Teile von ihnen vernichten konnten. Aber wo gibt es das heute!?

Bedenken Sie im Umgang mit Autoren, meine Herren, daß die Muse – früher oft billig und gern Gast im Dichterhause – schwarz und teuer geworden ist! Schiller würde kaum eine Zeile heutzutage schreiben, denn sogar die faulen Äpfel, mit denen er seine Produktion aufkescherte, sind nicht zu bezahlen. Balzac, der ein produktiver Säufer war, wäre hier und jetzt unergiebig bis zum Exzeß. Die Muse ist schwarz geworden und teuer. Die Stimulanzien der Eingebung – vielleicht können *Sie* sie sich leisten, meine Herren. Aber Sie haben sie dann auch wieder nicht so nötig. Wo man das Problem anfaßt, ist es mißlich. Und das scheinbare Recht wird immer auf Ihrer Seite sein: Leider!

Als ich meinen ersten Vertrag mit einem Verleger machte,

sagte ich einem Kollegen: »Was wollt ihr? *Mein* Verleger ist so nett, so menschlich, so freundlich!« »Schon faul!« sagte mein Freund, »grundfaul! Das sind die schlimmsten.« Und siehe – er hatte recht. Seitdem ist mein Ohr nicht zur Ruhe gekommen, so oft bin ich darüber gehauen worden.

Meine Herren, Sie sind hierhergekommen, um es sich gut sein zu lassen und sich Rosen auf Ihren ergiebigen Lebensweg streuen zu lassen. Ich sagte schon – ihre eigene Schuld, daß Sie sich dazu einen Autor in diese Menagerie geladen haben. Mir ist nach dieser Ansprache wohler. Ihnen, hoffe ich, nicht!

Es ist eine alte Feindschaft gesetzt zwischen uns. Und es ist besser, man weiß es. Allerdings – das gibt es: es gibt Ausnahmen! Wenn ich Sie so vor mir betrachte, wie Sie dasitzen, als könnten Sie keine Abrechnung trüben, alle zusammen – einen sehe ich unter Ihnen, der allerdings ist eine Ausnahme. Ein Vater des Autors, eine Nährmutter der Dichter. Ein soziales Herz unter lauter Büchern. Ein Vorbild seines Berufes. Einer ist unter Ihnen. Ich werde den Teufel tun, seinen Namen zu nennen. Denn damit würde ich einem jeden von Ihnen die eitle Chance nehmen, sich selber dafür zu halten. Halten Sie sich dafür. Besser noch: seien Sie es wirklich! ×

Der Druckfehlerteufel: Ein böser Geist aller Autoren

Wer sich beruflich mit dem gedruckten Wort einläßt, begegnet dem Druckfehler. Der Druckteufel wird ihn so lange verfolgen, bis er entweder resigniert, klein beigibt und sich angewöhnt, was er so fein und bedachtsam geschrieben hatte, dann im Druck selbst gar nicht wieder lesen zu wollen. Oder er gibt gar auf, schreibt überhaupt nicht mehr – oder läßt, was er geschrieben hat, gar nicht mehr drucken. Aber – was hätte es dann für einen Sinn?

Zeitungsleute wissen, daß alles denkbar Mögliche getan wird, den Teufel im Druck auszutreiben. Es gibt Redakteure. Es gibt Korrektoren, die, was dann in Satz gegeben war, hochnotpeinlich lesen. Die Druckfahnen kommen wieder dem Redakteur zu Gesicht. Er jätet neuerlich in der Prosa. Meist gehen dann noch einmal die Korrektoren mit ihren beruflichen Argusaugen durch die Zeilen.

Eigentlich könnte Schlimmes nicht mehr passieren. Und doch passiert es immer wieder. Und wem es unter den Autoren, wenn er dann morgens die Zeitung aufschlägt, passierte, dem bricht prompt das Herz entzwei.

Denn man hat gestern doch etwas, wie man meinte, Brillantes zu Papier gebracht. Man war gut in Schreibeform. Formulierungen frischer, provokanter Art flogen einem zu; Hochgefühl an der alten Schreibmaschine. Stolz expediert man das Manuskript in die Redaktion, klopft sich selber auf die Schulter und kann den nächsten Morgen gar nicht erwarten. Gedruckt möchte man sich lesen.

Denn für einen ausübenden Journalisten gibt es, wenn er seinen Beruf liebt, nichts Schöneres, als, was er gestern unter Mühen, Qual, Glück und mit so viel Feinsinn verfaßte, selber im Blatt zu lesen. Keine Eitelkeit ist schöner als diese.

Graut der Morgen, erwacht man. Erster Gedanke: in die Pampuschen zu schlüpfen, an die Haustür zu eilen und das Morgenblatt, das dort schon wartet, von der Matte zu heben. Stehenden Fußes blättert man gierig. Endlich: Da steht's also wirklich! Der Autor liest sich selber auf der Matte, denn nach ihrer eigenen Prosa sind alle Autoren süchtig. Ich kenne einige, die lesen schon gar nichts anderes mehr.

Dann aber kann es geschehen, daß die schlummernde Gattin, noch in Morpheus' Armen, erschrocken auffährt. Sie hört ihren Gatten aufschreien wie einen verwundeten

Hirsch, hört ihn fluchen, hört ihn schwören, nie wieder eine Zeile zu schreiben, den Beruf aber nun endlich an den Nagel zu hängen und vom gottverdammten Journalistengewerbe für immer zu lassen. Der sonst so sanfte Mann, er schreit auf der Matte.

Was ist passiert? Er hat nur einen Druckfehler gefunden. Eine kleine Verschiebung ist erfolgt. Ein Buchstabe ist versetzt. Der einzige Gedanke des Betroffenen aber geht sofort auf Selbstmord, Rache oder blutige Vergeltung. Der Autor als Hiob. Das Unglück ist gewaltig.

Und ist doch fast immer nur eine Lappalie. Beispiele? Das hieße in alten Wunden wühlen! Aber bitte, Sie sollen ein paar haben. Einst ging es um Shaws »Caesar und Cleopatra«. Meine Kritik, hatte ich gefunden, schürfte auf amüsante Weise tief. Sie war, fand ich selber, nicht ohne Pfeffer und Salz. Mir hatte sie, wie sie da aus der Schreibmaschine kam (und das ist des Verfassers Eitelkeit und Recht), gar nicht übel gefallen. Ich hatte beiläufig das Wort »morgenländisch« benutzt, was in diesem Stückzusammenhang ja auch stimmte. Was stand da? »Burgenländisch.« Dadurch wurde alles prompt falsch und geistleer. Weiß der Luft denn nicht, daß der Nil sicher nicht durch Österreich fließt? Öffentlich war man zum Idioten gemacht. Durch einen Druckfehler.

Scharfsinn allein genügt nicht

Oder: Ich hatte ein anderes Mal meinen ganzen, sicher nicht leicht aufzurufenden Scharfsinn aufgewandt, um mich mit der Mode des »epischen Theaters« polemisch anzulegen. Die Argumente (wieder meine eigene Meinung) waren prima. Sie trafen mit Hieb und Stich. Denkste! Denn überall, wo ich »episch« gemeint hatte – was stand zu lesen? »Ethisch!« Dadurch war prompt alles konfus und durch die Bank reiner Blödsinn. Wieder Selbstmordgedanken. Wieder der Aufschrei auf der Türmatte. Wer würde unsereinen danach je wieder ernst nehmen können?

Anderes Beispiel: Ich wollte einer betagten Schauspielerin ein fundiertes Kompliment machen. Ich hatte geschrieben, sie habe ihre Rolle »mit viel lustigem Fleiß« angelegt. Was stand prompt zu lesen? Der mitfühlende Leser wird es erraten. Statt »Fleiß« las man »Fleisch« – wehe! Aus einem Kompliment war eine Unverschämtheit, ja geradezu eine Beleidigung geworden. Entsetzlich!

Noch eins: Ich hatte einen Mimen und seine Leistung in einem besonderen Falle »narzistisch« genannt in dem Sinne, daß er sich selbst bespiegelt habe wie der sagenhafte eitle Narcissus. Das war sicher streng und war schlimm genug. Was aber stand im Blatt? Natürlich: Das kleine »r« fehlte. Ich hatte den politisch sicher ganz integren Mann öffentlich als Nazi verleumdet. Oder doch der Druckfehlerteufel hatte es getan. Aber würde der Mann das glauben oder auch nur verstehen können oder wollen? Er ist mir gram bis heute.

Was kann man gegen den Druckfehlerteufel tun? Getan wurde ja schon alles. Daß man selber Korrekturen liest, hilft nichts. Auch nicht, daß man den Setz- und Druckvorgang selber nicht aus den Augen läßt. Es hat erfahrungsgemäß auch keinen Sinn, Setzer zu umschmeicheln oder Korrektoren ständig zu bestechen.

Wie die Pest

Druckfehler kommen immer wieder wie die Pest in die schönste Prosa, wie die Flöhe noch in den saubersten Hofhund. Und der geschändete Autor möchte jedesmal hingehen und sein Gesicht, das er ohne Eigenschuld so schrecklich verlor, der Öffentlichkeit nie mehr zeigen. Todessehnsucht, Depressionen, Versuchungen zum Selbstmord sind die Folgen für den Empfindlichen, den es gerade betraf.

Man wird gebranntes Kind. Der Sprachschatz engt immer weiter und ängstlicher ein. Man wird empfindlich. Was mich angeht, werde ich das Wort »narzistisch« (bis auf diesmal) nie wieder benutzen. Vom »Morgenland« hört man bei mir sicher nichts. »Episch« werde ich kaum je benutzen, und gegen Fleiß und Fleisch bin ich sicher auch auf alle Zeit allergisch. (Achtung, Setzer! Schwieriges Wort! Bitte!!!)

Kein Trost

Ist die Berichtigung da ein Trost oder eine Lösung? Nein! Trost ist nur, was Carl von Ossietzky, der kluge Herausgeber der alten »Weltbühne«, seinen Mitarbeitern riet: »Die meisten Leser merken den Druckfehler gar nicht. Für die wäre eine Richtigstellung überflüssig. Und die anderen, die den Fehler gemerkt haben, bedürfen der Richtigstellung im nachhinein ja auch nicht. Die haben ihn ja gemerkt. Wozu also die Aufregung?« Aber ist das ein Trost?

Und dabei hatte Ossietzky gut reden: Er verwaltete eine Wochenschrift. Zeitungen erscheinen täglich. Er konnte sieben Tage redigieren und korrigieren nach Herzenslust. Die Zeitung wird sechsmal übers Knie gebrochen. Und ich versichere allen, der Druckfehlerteufel weiß das genau.

Wundern Sie sich also, lieber Leser, dieses Stoßseufzers, wenn Sie Ihre Zeitung lesen, nicht zu sehr. Ich wundere mich nachgerade schon, daß es bei all der Hast und Schnelligkeit und fixen Achtsamkeit am Ende denn doch so wenige Druckfehler gibt. So weit kann man kommen. ×

Wer kann noch lesen?

Wer kann noch lesen? Was soll die Frage! Lesen können wir doch alle! Die Zahl der offiziellen Analphabeten in diesem Lande ist minimal. Darauf können wir so stolz sein, daß davon gar nicht mehr die Rede zu sein brauchte. Wir können sogar besser lesen, oder doch sicher schneller, als Generationen vor uns. Wer lieber noch schneller lesen lernen möchte, braucht nur einen Kursus für rapide Leser durchzumachen, wie solche in den Tageszeitungen immer wieder annonciert und angepriesen werden. Für eine Buchseite, die einen gemeinhin zwei Minuten kostet, braucht man, wenn man die Rapidmethode intus hat, nur dreißig Sekunden. Der Zeitgenosse, der den Kursus durchläuft, kann sein Leser-Leben also um ein Vierfaches verlängern. Das vermögen wir. Wir können lesen, können mehr und schneller lesen, wenn wir's darauf anlegen.

Tun wir es aber noch? Natürlich. Wir lesen sicher viel mehr als unsere Väter. Unser Tageslauf ist mit Schrift tapeziert. Reklame umgibt uns. Wir lesen sie vielleicht nicht in jedem Falle. Aber wir nehmen sie wahr. Wir blicken in Zeitungen, wir buchstabieren uns da schnell ein paar Zusammenhänge, Nachrichten und Sensationen zusammen, picken Information auf. Aber ist das Lesen? Scharfe Zungen haben geäußert, daß manche unserer sog. populären und schnellen Verschleißzeitungen im Grunde nur Zeitungen von Analphabeten seien für Analphabeten. Dafür hätten sich Elternhaus und Staat nicht die Mühe zu geben brauchen, dem Kinde das Alphabet beizubringen. Das klingt bitter, scheint richtig, aber es ist doch falsch. Jeder Mensch hat ja auch den Anspruch darauf, laufen zu lernen. Wohin er dann geht, das ist seine Sache.

Das richtige Lesen, scheint's, kommt gemeinhin aber

doch aus der Mode, das Lesen nach Feierabend »unter der häuslichen Lampe«. Wie viele Bücher, beispielsweise, liest der durchschnittliche Bundesbürger denn im Jahr? Drei, wollen die Statistiker, natürlich nur vermutungsweise, wissen. Annähernd genau bestimmen läßt sich das nicht. Die Einschaltquote des abendlichen Fernsehens kann einigermaßen hochgerechnet werden. Wie viele Bücher per anno in der lieben Bundesrepublik gekauft werden, auch das ist zu erfahren. Aber ob ich heute abend an den Bücherschrank gehe, ob ich den Krimi im Fernsehen Krimi sein lasse, mir, sagen wir, Goethes »Wahlverwandtschaften« wieder einmal hervorhole, das ist mein Geheimnis. Kein Statistiker erfährt davon. Er hat auch gar keine Möglichkeit, davon zu erfahren.

Statistiker aber wissen immerhin sicher, daß Bücher nach wie vor in erstaunlichen Mengen gekauft werden. Wenn sonst Rezession auf vielen Gebieten herrscht, wenn Bücher selber für manche Tasche unerträglich teuer geworden sein mögen, sie werden doch gekauft. Es haben sich die Kaufgewohnheiten, erfährt man, wohl etwas verschoben. Es gibt Renommierkäufer immer noch genug, denen offenbar ein gebundenes Buch gar nicht kostspielig genug sein kann. Die gibt es. Aber die meisten stöbern sicher erst einmal in den Reihen der Taschenbücher, der wohlfeileren Ausgaben. Doch wenn es um einen Bestseller geht, den zu kennen und zu besitzen sozusagen zum guten Ton gehört, dann sind immer noch Auflagen möglich, die vor einer Lesergeneration so nicht denkbar waren. Gekauft werden Bücher sicher. Unsere Bücherläden haben, während andere Branchen schon begonnen haben, laut und berechtigt zu wehklagen – unsere Bücherläden haben dazu, und zumal um die liebe Weihnachtszeit, noch keinen Grund. Das ist gut zu hören.

Ich kam dieser Tage in eine Nebenstraße, die ich lange nicht betreten hatte. Ich ging in einen Laden, eine Zeitung zu kaufen. Ich nahm mein Blatt, zahlte, und da merkte ich erst, daß ich in einen Raritätenladen geraten war: Ich stand, ohne das zuerst richtig erkannt zu haben, in einer Leihbücherei, einer privaten. Der Mann hatte da, sagte er mir, zweitausend Bände. Er hatte von ihnen bis vor zwei Jahren noch sein immerhin erträgliches Auskommen gehabt. Er hatte für jedes verliehene Buch eine halbe Mark genommen pro Woche, hatte seinen Bestand jeweils aufgestockt, hatte seine Lesekundschaft, die erklecklich war aus den Mietswohnungen und Kleinbürgerheimen der Umgebung, die hatte er also fleißig mit Lesestoff bedient. Das sei nun, sagte er mir, ganz aus. Die Leute kämen nicht mehr. Er hat nur noch ein paar spezialisierte Kunden, zumeist Leser und Schnellverbraucher von Kriminalromanen. Die sprächen noch vor. Aber sonst ist sein Geschäft mit dem Leihleser tot. Der Mann handelt nunmehr mit Illustrierten, mit Tageszeitungen, mit Zigaretten, Tabak und Zigarren. Die Bücher stehen, unbenutzt, im Regal. »Die Leute«, sagte der bekümmerte Mann, »die lesen heute nur noch in kleinen Happen. Sie nehmen sich eine Illustrierte mit. Die lesen sie von der ersten bis zur letzten Seite. Am späten Nachmittag fängt für sie das Fernsehen an. Dann lesen sie nicht mehr. Auch die Rentner, die doch sehr viel Zeit zum Lesen haben müßten, auch die lesen nicht.« Der bekümmerte Mann sucht nur noch einen Aufkäufer für seinen Bestand teilweise recht ramponierter Bücher. Aber auch ein solcher ließe sich schwer finden. Leihbüchereien, privat betriebene wenigstens, sind ausgestorben, und wo sie noch bestehen mögen wie (für mich so unerwartet) diese, da kann ihr Inhaber nicht mehr von ihnen leben.

Dem nun aber widerspricht die Erfahrung mit den öffentlichen Leihbüchereien. Da steigt die Zahl der Bücherausleihen. Sie ist heute ein Drittel höher, sagen einem die Experten, als noch vor zwei Jahren. Die großen Stadtbibliotheken werden emsiger frequentiert als je, während die privaten Buchverleiher aussterben. Warum? fragte ich meinen

Gewährsmann: Da gehen die Leute hin, die sich beruflich weiterbilden wollen! Dafür sei heute, sagte der Mann, ja besonderer Anlaß. Und da gingen die Leute in wachsender Zahl auch hin, weil die Entleihe nichts koste. Da sparten sie auch noch den Fünfziger, und sie dürften auf jeden Gang so viele Bücher mitnehmen, wie sie nur tragen könnten. Erst in vier Wochen müßten sie sie wiederbringen. Da könne er nicht mit. Ihm drehe, wenn er so sprechen dürfe, die öffentliche Hand den Hahn ab. Ob ich wohl jemanden kenne, der ihm den ganzen Bücherramsch abkaufen wolle. Ich bedauerte. Ich ging. Ich war betroffen.

Mir hatte dieser Besuch in der zweckentfremdeten Leihbücherei einen kleinen Stoß der Nachdenklichkeit versetzt. Ich prüfte mich selber: Lese ich denn noch? Lese ich noch so viel, lese ich noch so süchtig, lese ich noch so heißhungrig, wie ich einst gelesen habe?

Jeder von uns hat seine frühen Glücksfälle des totalen Zusammentreffens mit einem Buch. Ich muß noch ein Kind gewesen sein, ich konnte gerade erst mit Mühe mir die Wörter zusammenbuchstabieren, da geriet ich an ein dünnes, sicherlich unerträglich quietistisches Erbauungsbuch. Es hieß: »Das Waisenkind von Soho«. Ich wußte nicht, wo Soho lag. Ich hatte sicher noch keine Vorstellung, was England war oder was es mit London auf sich hatte. Aber ich kann mich so genau erinnern, wie ich mit diesem meinem ersten Lesebuch – wie ich da aufgesogen, wie ich absorbiert wurde, wie ich zum ersten Mal erfuhr (unbewußt, aber deutlich), was es mit dem Mysterium des Lesens auf sich hat. Ich saß in der unordentlichen Ecke unserer Kinderstube, hockte auf meinem kleinen Sessel, war hier, zu Hause, war in meiner gewohnten Umgebung. Aber ich war in Soho. Ich geriet, mühsam, aber süchtig lesend, in einen anderen Teil der Weltkarte. Ich war in London. Ich selber war sicher satt und ganz sicher gut behütet. Ich hatte gute Eltern. Aber ich erlebte, anhand des Buches von dem Sohoer Waisenkind, da erlebte ich Hunger, wurde mir Verlassenheit verständlich, wurde ich (mich mit dem armen Waisenkinde heftig identifizierend), wurde ich, glaubte ich, selber blaß, dünn, war ich von Hunger gequält und von Durst, und von schrecklicher Verlassenheit. Ich erfuhr zum ersten Male, daß man nämlich durch das Buchstabieren von Büchern, in denen fremdes Schicksal geschildert ist – daß man so in fremdes Schicksal eingehen kann –, etwas erleben kann, das man selber nie erlebt hat, etwas verstehen, was man selbst zu denken kaum vermocht hätte. Hier passierte ein Wunder. Jemand hatte diese Geschichte von dem Sohoer Waisenkind erlebt oder hatte sie sich glaubwürdig ausgedacht. Er hatte sie anhand von zwei Dutzend Buchstaben mit Tinte auf Papier geschrieben. Da stand sie nun, war von Buchdruckern in Blei gesetzt, wieder auf Papier gedruckt, gebunden, feilgeboten und verkauft worden. Man konnte das Buch nach Hause nehmen. Und nur durch den Umstand, daß man seinen Blick über die toten Zeilen laufen ließ, war verursacht, daß unsereinem (im wahren Sinne des Wortes) lauter Lichter aufgingen. Wir atmen in einem fremden Rhythmus. Wir denken mit den Gedanken eines uns Fremden, der uns auf diese Weise ungemein vertraut und nahe wird. Ich erinnere mich, über der Lektüre jener »Waisen von Soho« plötzlich geweint zu haben. Nicht nur aus tatsächlich inniger Rührung und Verbundenheit mit dem hungernden, armen, frierenden Kinde in London. Ich war zutiefst erregt, war aufgeregt, aufgewühlt, weil ich eine ganz unerhörte Erfahrung gemacht hatte: Ich hatte mein erstes Buch gelesen. So liest man nie wieder. Oder doch nur selten. Goethes »Werther« habe ich ähnlich aufgerührt und leidenschaftlich atemlos gelesen. Nietzsches große Abhandlung über »Die Geburt der Tragödie aus dem Geiste der Musik«, ich weiß noch: ich habe, als ich diesen fulminanten Traktat als Pennäler las, ich habe körperlich Fieber davon bekommen. Ich fieberte. Oder die Faszination und Kälte, als ich Stendhals »Rot und Schwarz« zum ersten Male, auch noch so jung, las. Oder das Glück, als mir Fontanes »Stechlin« beim Lesen, wie man so richtig sagt, aufging. Unvergeßlich. Unvergeßlich so vieles. Der Lesende lebt mehrfach. Er ist an ein veritables Wunder angeschlossen. Was einmal Geist, Gedanke, Erkenntnis, was Empfindung war, das wurde erst in 26 Buchstaben eingefroren. Wir können es, nur den Zeilen eines Buches folgend, aber jederzeit wieder aus dem materiellen, aus dem Buch-Zustande lösen, einlösen, abrufen – und es in unserem eigenen Kopfe wieder zu Geist, zu Gedanken, zu Erkenntnissen und Empfindungen werden lassen. Wenn das nicht ein Wunder ist, kenne ich keins.

Es gibt Zeiten unseres Lebens, da wir besser lesen können, konzentrierter, neugieriger, kritisch beteiligter als zu anderen. Das ist eine Sache der Disposition. Aber es ist auch eine Sache des Trainings, eine Sache des Am-Ball- und des Am-Buche-Bleibens. Sonderbarste Erfahrung, wenn man, wie ich, zuweilen selbst Bücher veröffentlicht hat, wenn man dann fremde Leute sieht, die unsere Bücher vor unseren Augen lesen. Das ist mir zweimal passiert. Es saßen in der Eisenbahn mir gegenüber Totfremde, die ein Buch von mir lasen. Da wird man sehr unsicher. Man wird von jemandem Fremden sozusagen bei lebendigem Leibe gefleddert. Jemand nimmt die Gedankengänge von dir auf, ist dir näher, kennt dich, wenigstens partiell, viel besser, als dir lieb sein kann. Das ist für den Schreiber des Buches eine höchst vertrackte, eine sehr unheimliche Erfahrung. Wer sie je hatte, wird mit etwas Grausen und Geschmeicheltsein (je nachdem) daran denken.

Wir können sicher noch lesen. Ich glaube nicht an die Gefahr, daß wir es, dem Fernsehen hörig, dem Film verfallen, dem Radio im Auto und zu Hause lauschend, uns also, wie man sagt, so gern berieseln lassend – daß wir das Lesen darüber verlernen könnten. Das nicht. Aber wir könnten, fürchte ich, übrigens aus eigener Erfahrung, vergessen, daß wir mit den Büchern, die wir haben, den Geist, das Elend, die Erfahrungen und das Glück von Jahrhunderten jederzeit kommandieren und abrufen können. Goethe, sprich zu mir! Wir nehmen einen Band Goethe vom Regal – und er muß sprechen. Er spricht. Eichendorff her!, und wenn wir nur drei Verse eines seiner Gedichte lesen, haben wir ein unerklärlich glückliches, sehnsuchtsvolles, schwierig-romantisches Weltgefühl in der Brust. Wer einen Bücherschrank sein eigen nennt, ist wahrlich ein Krösus im Geist. Nur muß er seinen Reichtum nutzen und die Chance wahrnehmen, lesend sein Leben mühelos, aber abenteuerlich vervielfachen zu können, es zu bereichern, Gesprächspartner aus vielen Jahrhunderten beliebig zu sich zu laden – um sich sogar vielleicht mit ihnen zu streiten. Wer liest, kann nie allein sein.

Daran sollten wir uns öfter erinnern. Wer kann noch lesen? Jeder von uns! Wenn er's tut, ist er klug – und wird richtig lesend und das Richtige lesend so vielleicht sogar weise. ×

Aber nun wollen wir zur Diskussion schreiten

Wenn zu viele reden und zu wenige reden können – Anmerkungen zur Demokratie

Es kann geredet werden. Demokratie ist, so die popularische Auffassung, der Zustand des Gemeinwesens, in dem jeder mitsprechen und sprechen kann. Bis 1945 herrschte der diktatorische Monolog. Er nährte sich von der Akklamation. Er stopfte konträren Köpfen, wo sie noch nicht gerollt waren, das Maul. Schweigen, wo es nicht beifälliges Schweigen war, wirkte suspekt und war schon gefährlich.

Aber seitdem kann geredet werden. Seitdem wird emsig geredet. Die Deutschen, obgleich ein rhetorisch ungelernter und zur Kunst der Diskussion kaum begabter Völkerstamm – die Deutschen sind redefreudig und geradezu diskussionssüchtig geworden. Es verlangt sie mit einer oft rührenden, meist beängstigenden Inbrunst nach dem öffentlichen Kampfgetöse in Worten.

Das »Gespräch am runden Tisch«, die »Forum-Debatte«, die »Prominenten-Diskussion«, das Berühren »heißer Eisen« vor Publikum ist modisch geworden und wird von den Arrangeuren solcher Debattierveranstaltungen mit Eifer gefördert.

Jeder bessere Schreiber kann sein Erfahrungslied davon singen, wie er zum Redner umgepolt werden soll, auch wenn ihm die Kunst der freien, der forensischen Rede total versagt ist.

Angenommen, er hat in einer Zeitung oder sonst in Druckschrift ein Thema angerührt, das zeit- und interessehaltig ist. Angenommen, er hat mit Verstand oder Glück einen Nerv, eine Not, ein Unbehagen oder eine Ungereimtheit in unserem Gemeinwesen gefunden, hat sie vorteilhaft und klärend dargestellt, so daß den Leuten beim Lesen einige Schuppen von den Augen fielen, sie zustimmten oder zumindest ins Nachdenken gerieten.

Der Leitartikel, die Glosse, das Kurzpamphlet erscheint – und schon ist es um seine Ruhe geschehen. Daß Leser sich zu Worte melden, zustimmend oder konträr ihre Meinung kundtun, ist zu erwarten, zu erhoffen und völlig in der Ordnung. Solches Echo ist willkommen und stimulierend.

Aber nun melden sich die Arrangeure der Bildungsvereine, der Volkshochschulen, örtlicher Kulturgremien, der Betriebsbildungszentren, der konfessionellen Akademien, der Parteien oder gar der Radiosender. Sie hängen sich an. Sie wollen dich an den runden Redetisch locken. Sie schmieren dir Honig um den Mund und lassen dich wissen, wie grandios und notwendig deine schriftlichen Äußerungen waren. Darüber müsse man öffentlich debattieren. »Ausdiskutiert« werden müßte deine hochinteressante These. Wann es denn, bitte, passe?

Es wird dir eine Liste möglicher Partner vorgelegt. Die Reisespesen und Honorarangebote sind oft erstaunlich attraktiv. Die Eitelkeit (wer ist frei von ihr?) plustert sich wohlig.

Angenommen, unser Mann sagt zu. Was er zu sagen hatte, hat er schon längst geschrieben. Aber er findet sich auf einem Podium. Umgeben ist er von ein paar städtischen Blattpflanzen. Neben ihm sitzen drei, vier Herren im dunklen Anzug. Zu seinen Füßen ein Publikum, das nach Getümmel in Worten, nach dialektischem Hieb und Stich, nach Aufklärung oder Rednerblut dürstet. Der Diskussionsleiter stellt die Kombattanten mit schmeichelhaften Worten vor. Dann – Ring frei! Das Schaupalaver kann beginnen.

Ist es zu Ende, hat der Diskussionsleiter mühsam sein vermittelndes, meist verwischendes Schlußwort gesprochen, so ist unserem Mann, ist dem Schreiber, der hier sich vom festen Ufer der Klarheit in die Strudel und Untiefen einer zufälligen Debatte locken ließ, leichter – aber auch etwas übel.

Was er ahnte, was er fürchtete, ist eingetroffen. Was ihm im Aggregatzustande des geschriebenen Wortes greifbar und präzise mitteilbar war, das ist nun in öffentlicher Rede zerredet worden. Der Wahrheitsgehalt seiner Gedanken wurde in anderthalb Stunden verwässert.

Man geht noch ein Bier trinken. Im Ratskeller klopft man sich gegenseitig wohlwollend auf die Schultern. Es sei ja doch ganz ergiebig und für die Leute gewiß offenbar recht interessant gewesen. Nächste Woche, sagt der Diskussionsleiter, würde es gewiß noch mehr Späne setzen. Es kommt der bekannte Musikexperte Dr. Trottelbach ins Städtchen. Da diskutieren wir mit ihm über das Thema »Ist atonale Musik noch atonal?«.

So ähnlich und mit ähnlichem Ablauf gehen täglich kleine oder größere Gesichtsverluste vor sich. Allabendlich schwärmen Debatten- und Schauredner aus. In Gemeindesälen, Hochschulaulen, ausgeräumten Betriebskantinen oder Konzertsälen wird öffentlich diskutiert, werden immer nur »heiße Eisen« mit Worten berührt und gewendet. »Ist das Theater immer noch in der Krise?« – »Konformismus – die Plage der Gegenwart« – »Rolf Hochhuth – ein neuer Luther oder Mephisto?« – »Klein-Europa oder Groß-Europa?« – »Die Nöte der Wohlstandsgesellschaft« – »Das Unbehagen an der abstrakten Malerei« – »Können wir noch lachen?« –

Die Arrangeure solcher Schaudebatten rotieren. Sie spüren immer neue heiße Eisen auf und sind auf emsiger Ausschau nach solchen, die sich öffentlich die Finger daran verbrennen könnten. Es gibt eine Reihe von Namen namhafter Nonkonformisten, die großartig davon leben könnten (und tatsächlich nicht schlecht davon leben), daß sie von Debatte zu Debatte reisen, von Rundtisch zu Rundtisch – und dort sich als Buhmänner der öffentlichen Meinung gebärden, als professionelle Widersprecher, als Diskussionsanheizer und Schreckschuß-Schützen aus dem Hinterhalt.

Allenthalben die großen Palaver um des Palavers willen. Was löst diese Lust an den »Begegnungen«, an den zahllosen Öffentlichkeits-Debatten, was diese hypertrophe Benutzung des »Rundtisches« aus?

Viel sportlich-zirzensisches Vergnügen ist dabei! Unsere Zeitungen sind zumeist leisetreterisch geworden. Direkte Angriffe von Blatt zu Blatt, von Publizist zu Publizist sind heute äußerst rar. Wissenschaftler schlagen nicht mehr auf Kollegen. Streit im Hause der Künste kommt nur noch verschämt zum Vorschein, wird unter der Decke einer vorsorglich bewahrten Gemeinsamkeit manipuliert.

Unsere Publizistik kämpft mit Bandagen. Wahrscheinlich ist das zu begrüßen, solange es nicht in reines Schattenboxen ausartet. Aber den Reiz des Forensischen hat sie dadurch weitgehend eingebüßt. Lesbarkeit und Freude an Hieb und Stich sind vermindert. Der direkte, der vernichtende Schlagaustausch ist zu selten zu erleben.

Den erhofft man sich, offenbar, von der Konfrontierung möglicher Gegner in persona. Auf dem Rostrum können doch die thematischen Widersacher nicht fackeln, müssen sie endlich wirklich zu Gegnern werden.

»Der hat's dem aber gegeben!«, »Hast du gehört, wie er den anderen abgestochen hat?« – Diese Äußerungen nach solchen rhetorischen Catch-as-catch-can-Kämpfen haben oft genug etwas Blutrünstiges, ähneln der Erhitzung, die bei einem Stierkampf herrscht. Man will Blut sehen, und man ist schier enttäuscht und fühlt sich genarrt, wenn der Abstich ausbleibt, wenn, wie doch durchaus denkbar, die Kontrahenten unverletzt bleiben.

Die Findung der Wahrheit im gemeinsamen und zur Gemeinsamkeit trachtenden Gespräch findet in den meisten Redefällen gar nicht statt. Jeder sagt das Seine. Jeder ist eingefuchst auf seine Front. Die verteidigt er. Annäherung der Standpunkte wird erst gar nicht versucht. Ein paar Pflichtredner werden das, was sie immer wieder sagen, wieder einmal los.

Die meisten Redeschlachten, zu denen sich, wenn der Abend fällt, in unseren Landen die emsigen Öffentlichkeitsdiskutanten rüsten, gehen aus wie das Schießen von Hornberg.

Die Lust an der ergebnislosen Streitrede in unserem Lande und in dieser Zeit gehört zu dem Phänomen des öffentlichen Leerlaufs. Es scheint ziemlich gleichgültig, was im Kampfgespräch geredet wird. Die Wichtigtuerei, die Inbrunst und Versessenheit, mit der geredet wird, die Automatik, mit der solche Podien-Eitelkeiten arrangiert werden, das Weiterlaufen des großen Blahblahblahs ist oft sehr ärgerlich.

Es gibt, versteht sich, Ausnahmen. Ganz wenige Talente, die sich erst im Sprechen entzünden, die, redend, denken und die am besten denken, wenn sie reden. Solche Begabungen sind in unserer Zunge rar. Und wenn sie klug sind, stellen sie ihre Begabung nur rar zur Schau. Die meisten aber, die ans Debattier-Rostrum treten, wiederholen oft Wiederholtes nun nur schlechter, sie opfern, auf Kosten der Öffentlichkeit, einer Eitelkeit.

Demokratie, das stimmt, ist ein Zustand des Gemeinwesens, in dem jeder sprechen kann, der will. Die bessere Demokratie ist die, in der nur der spricht, der tatsächlich etwas zu sagen hat. Davon sind wir noch fern. ×

Verschämte Meditation auf der Bettkante

Angenommen, lieber Leser, einer jener schnellen, angsteinflößenden Seelenkratzer und Tiefenpsychologen bäte uns aufs Ledersofa. Angenommen, er nähme seine Testtabelle zur Hand und forderte uns auf, anhand von schnell hingeworfenen Wörtern anzusagen, welche Vorstellungen und Begriffe sich in unseres Wesens Algentiefe jeweils mit dem Wort, das jener listig fallen läßt, verknoten und verheddern.

Woran denken Sie zuerst, wenn ich »Bett« sage? würde er fragen. Und nun liegt man da, buddelt im Kehricht seines Innenlebens und soll ehrlich antworten, welche Assoziationen mit diesen vier Buchstaben in uns zwangsläufig nach oben blubbern. Hand aufs Herz, lieber Leser, woran denken Sie, wenn einer so »Bett« sagt, zuerst? An etwas Unanständiges? Oder wenn Ihnen das Wort »unanständig« in diesem Zusammenhange fehl am Platz scheint, denken Sie an etwas vital Bettgemeinsames, Lustvolles, biologisch höchst Angenehmes, aber Verschwiegenes und in vielen Fällen doch auch sittlich Anfechtbares, Sie alter Gauner und Genießer? Oder denken Sie, wenn jemand »Bett« sagt, vor allem und in aller Unschuld an die Segnungen der im Bett geheilten Müdigkeit? An Ruhe, Schlaf, Vergessen, an Regeneration bei allen fortgestreckten Vieren? An die Wohltat des Einschlafens? An die Lust des Vergessens auf Zeit? An die Seligkeit des Einnibbelns, während die Gardine weht und einem plötzlich leicht wird und das Weh der Welt den Buckel runterrutscht? Sind Sie ein dankbarer Einschläfer?

Oder gehören Sie, im Gegenteil, zu jenen, die oft weinend auf dem Bette sitzen, denen das Schlafen schwerfällt, die Nacht ein Problem ist und das Bett für Stunden eine Folterstätte? Sie Ärmster! Erwachen Sie in kurzen Abständen im zerwühlten Pfühl, und das Gewissen hockt Ihnen im Dunkel auf der Brust, und keine Paradiesmatratze kann Ihnen das Liegen und Ruhen schmackhaft machen? Müssen Sie Mahr- und Schlafsucht fürchten? Haben Sie Angst vor dem Bett? Oder sind Sie jenen zuzurechnen, die, wenn sie »Bett« hören, zuerst an Erwachen denken? Dann sind Sie einer jener ekelhaft vitalen Typen, die nicht schnell genug morgens in die Pampuschen springen können, das Schiff der Träume und des totalen Müßigganges verlassen, um ja wieder das Gesicht frisch zu waschen und die kribbeligen Hände ans neue Tagewerk zu legen. Leute, die nur zwangsläufig, ohne Genuß, und nur um das Bett bald und frisch wieder verlassen zu können, sich ungeduldig dem Schlaf und dem Bett ergeben.

Oder soll man jedesmal an den Tod denken, wenn einer »Bett« sagt? Weil doch der letzte Schlaf noch zumeist im Bett beginnt. Oder soll man – ganz im Gegenteil – Geburt und Beginn mit dem Namen dieses wichtigsten Möbels im Leben des Menschen assoziieren? Weil im Bett unseren Müttern Wehen, Schmerz und Not geschehen mußten, damit unser aller Leben begann?

Oder sind wir überhaupt nicht so feinsinnig, und denken wir an so grundsätzliche Verstrickungen kaum, wenn das mythische, unerläßliche Möbelstück genannt wird? Ich lese so gern im Bett. Die besten Stücke meiner stabilen Halbbildung verdanke ich dem Bett als Studienort. Die Lampe beleuchtet das Kopfkissen.

Wir betrügen Nacht und Schlaf, während wir noch nach Mitternacht mit Heidegger oder Dickens oder einem kommunen Krimi im Gange sind, der Müdigkeit ein Schnippchen schlagend. Oh, über die seligen Lesestunden im Bett ...

Man kann auch an berühmte Betten denken, an historische Betten, vor denen man, immer etwas beklommen, stand. Goethes kleiner Schlafkasten am Frauenplan, ein rührend, anrührend unbequemes Nachtgehäuse, darin der tiefste, der ergiebigste, der uns heiligste Schlaf getätigt wurde. Des Alten Fritzen bretthartes Soldatenbett in Sanssouci, in dem der König seine Gicht herumstieß, litt und notorisch schlecht schlief. Die Prunkbetten, die man als Tourist in Versailles beäugen durfte. Oder Schillers schäbige Bettstatt in Jena oder Ludwigs II. pompöse Lotterstätten, aufwendig, teuer und von seidener Einsamkeit.

Sage mir, wie du schläfst – und ich will dir sagen, wer du bist. Sage mir, welche Gedanken dir in den Kopf treten, wenn das Wort »Bett« genannt wird, und ich werde wissen, wie es um dich und die Nachtseite deines Lebens bestellt ist. Wie gut und wie richtig, daß vom Bett unter Empfindsamen nur ungern und immer mit einer gesunden Scham gesprochen wird. Ein Möbelstück nur, vier Beine. Eine Auflage. Ein Kissen. Eine Decke. Mehr bedarf es nicht. Und doch der magischste Gegenstand in des Menschen Dasein vom ersten Schrei bis zum Seufzer seines letzten Atemzugs. ×

Ein modernes Traumbuch

Skeptischer Querschnitt durch einen Wälzer

Es hat über eintausend Seiten. Es ist stramm gebunden. Sein Äußeres ist farbenprächtig. Das Gewicht übertrifft weit ein Kilo. Ein Buch – in dem keine Zeile Prosa zu lesen steht, kein Vers, kein Gedanke. Nur Adressen, Namen, Berufe, Handwerke, Gewerbe. Auf jeder Seite, eng gedruckt, rund einhundertsechzig Angaben dieser Art. An sich die langweiligste Lektüre von der Welt. Ein Band, den der Kaufmann wohl vom Regal wuchtet, sucht er einen Handwerker, eine Süßstofffabrik, oder weiß er nicht, welcher Friseur in seiner Nähe wohnt, bereit, ihm den Bart abzunehmen. Die gebändigte Sachlichkeit. Und doch ein Traumbuch.

Auf meinen Knien liegt das neue *Branchen-Adreßbuch für Berlin*. In einem Regal steht der gesammelte Karl May. Ich besitze exquisite Stücke aus der internationalen Kriminalliteratur. Die Weisen des Morgen- und Abendlandes sind vorhanden und harren nur auf Griff und Wink, ihre Perlen vor mich auszuwerfen. Ich lese sie alle nicht. Denn seit Jahren war kein so abenteuerliches Buch auf dem Markt wie dieses. Lasset uns blättern!

Es beginnt mit einem öligen Glockenklang. Eine verwunschene Glocke! In Berlin-N. Eine Aalräucherei. Hier stock ich schon, denn das gibt es also, und man wußte es nicht. Man schluckt kurz, und man schrickt kurz zusammen, wenn man, weiterblätternd, endlose Namen von Mitbürgern findet, die das schmückende Gewerbe der Herstellung von Abzeichen, Orden, Auszeichnungen und Medaillen betreiben. Und man schluckt wieder lustvoll über zehn vollen Seiten, auf denen die mehlige Liste der guten Männer aufgeführt ist, die in dieser Stadt Zucker, Teig, Sahne und Mehl zu Torten und Pâtisserie verarbeiten können. Gott segne ihr süßes Gewerbe – zehn Seiten lang! Kein Mangel andererseits an Obst- und Südfruchthändlern. Über acht Seiten erstreckt sich ihre vitaminreiche Front, und die Namen schon atmen Frische und Saft aus. So man Dunkles im Sinne hat, kann man sich bei einem redlichen Herrn in der Goethestraße Nachschlüssel und Passepartouts herstellen lassen. Wer seine Milch nicht gerne pur trinkt, kann sie in einigen offerierten Anstalten kondensieren und zuckern lassen. Und – ach! – an Kohlenhändlern kein Mangel. Das marschiert an in mehr als zwanzig schwarzen Kolumnen. Doch auch an Hebammen ist diese Stadt nicht arm. Welch spielerische Fülle auch an Menschen, die Galanteriewaren herstellen in so grauen Zeiten. Die das Dasein mit einem Schnörkel versehen und das Leben mit einem Witz aus merkantiler Laune. Wem der Frost vor dem Fenster nicht langt, kann Kältemittel und Kältemaschinen bei einer Reihe kühler Adressen erfragen. Sieh da: Zündsteine nähren auch heute noch manchen Mann. Und ganze Familien haben einen Beruf davon, indischen Tee anzubieten. Wer nicht weiß, wo er Austern beziehen soll, der schlage in diesem Zauberbuch nach. Die Adresse steht da.

Ein Traumbuch, tatsächlich. Wenn sich der denkende Zugereiste schon unablässig wundert, wo in diesem Rest einer Stadt die Millionen wohnen – die Frage bleibt offen, denn das neue Adreßbuch steht aus. Wenn sie uns bisher aber fragten: Was machen die vielen Leute alle, die den Staub aufwirbeln, so emsig sich bewegen und ihre Aktentasche gewichtig durch die Bezirke tragen? Hier ist die Antwort. Hier sind ihre Adressen. Sie stellen Korsetts und Filme her. Sie verfassen Gelegenheitsgedichte und transportieren Tresore. Sie vermitteln Ehen, sie scheiden Ehen. Sie fertigen Fahnenstangen, sie bekämpfen Wanzen, räuchern, schaffen Mixed Pickles, steppen Knopflöcher, bauen Schamottröhren. Ein kleines Dutzend betreibt sogar eine Schriftstellerei. Aber da ist das Traumbuch offenbar nicht komplett. Vollständigkeit würde hier einen zweiten Band nötig machen. Uns schütze der Himmel! Doch davon abgesehen: welch ein tröstliches Buch! Man liest sich einen Rausch an vor soviel fixierter Emsigkeit.

So viele Menschen, und sie haben alle zu tun. Wenn sie auch meist nur tun, als ob sie täten … ×

Palaver unter »aufgehörten« Rauchern

Keiner redet so gern und ausführlich über das Rauchen wie einer, der mit dem Rauchen gerade Schluß gemacht hat. In diesem Punkte sind wir geschwätzig. Wir rühmen uns unserer Energie. Wir haben, wenn wir sonst auch mit uns selber hadern mögen, großes Wohlgefallen an unserer Person. Uns gelang, aus der Rauchergilde auszubrechen und das Große Mundfeuer für immer (hoffentlich) zu löschen. Das macht uns selbstbewußt und sehr geschwätzig. Ich traf kürzlich einen, der hatte auch der Zigarette abgeschworen. »Wollen wir darüber reden?« fragte er mich. Natürlich wollte ich. Er auch sehr. So begann das Gespräch über das Rauchen unter Nichtrauchern. Es läuft, erfahrungsgemäß, ziemlich gleichmäßig ab, überall wo sich Neu-Nichtraucher zusammenfinden. Es beginnt mit der üblichen Einstandsfrage, wie viele »Lullen« man denn, als man noch süchtig und sündig war, geraucht habe? Ich sagte, daß es (nun!) doch wohl an die siebzig täglich gewesen wären. Manchmal, bei besonderem Streß, auch wohl ganze vier Paketchen.

Ich log. Leute, die sich das Rauchen abgewöhnt haben, lügen in diesem Punkte alle. Sie genießen ihre neue Tugend. Sie möchten die Gefahr, in der sie schwebten, recht kraß und augenfällig scheinen lassen. Wer achtzig rauchte und aufhört, ist zudem noch ein größerer Held als der, der nur, sagen wir, dreißig inhalierte. Wir lügen, was das angeht, alle. Ich merkte, daß der andere mir nicht glaubte. Und *er* merkte wiederum, daß ich ihm Glauben gar nicht schenkte, als er angab, es wohl zuweilen gar auf neunzig Zigaretten gebracht zu haben. Wir steigerten unsere Heroik der Enthaltsamkeit sinnlos hoch. Aber das machen wir immer.

»Was machen Sie mit dem Geld, das Sie jetzt so sparen?« Die Frage stellte er – und traf damit ein ökonomisches Rätsel. Wir »abgewöhnten« Raucher haben, auch wenn wir wirklich früher sehr viel rauchten, keinen merkbaren Gewinn von der Ersparnis. Das Zigarettengeld bleibt nicht, wurde es nicht verraucht, in unseren Taschen. Es läppert weg. Wer nur aus Sparsamkeit rauchenthaltsam werden will, sei gewarnt. Da hat man keinen Vorteil.

Dann fragte ich ihn: »Jiepert es Sie immer noch nach einem tiefen, bösen, schönen Zug in die Lunge?« – »Selten«, meinte er. Wenn man's erst mal überwunden hat, hat man es im großen und ganzen eben wirklich überwunden. Im Gegenteil, die Nase wird empfindlich. Ich hänge plötzlich meinen Anzug auf den Balkon, ich kann fremden Rauch nicht mehr riechen. Stark beräucherte Lokale werden einem unlieb, und selbst das duftende Haar der Geliebten oder Gattin stößt einen, wenn es mit Rauch durchsetzt ist, neuerdings ab.

Kurz: Die Nase wird schärfer und wählerischer. Wir schätzen das und riechen plötzlich Dinge, die wir sonst, selber Rauch verbreitend, gar nicht wahrnehmen konnten.

Wir steigen besser Treppen. Die alte Kognakpumpe ist gefälliger und weniger strapaziert. Einmal des Rauchens ledig, kommen uns nur noch selten Anwandlungen an. Versuchungen treten nur in Abständen auf. Dann aber heftig. Ich, der ich (oft zu meinem Leidwesen) die Theater besuchen muß, fürchte jetzt die Pause. Früher konnte ich sie nicht erwarten.

In der Pause kommt mich die Gier nach ein paar Zügen mit gewaltiger Versuchung an. Da würde die Tugend gerne wackeln. Ich habe, ganz perverserweise, auch schrecklichen Drang nach einer Zigarette plötzlich, wenn ich im Meer gebadet habe, schön lange und gesund geschwommen bin und dann das Meerufer wiedergewinne. Dann muß ich wie der heilige Antonius von Padua mit dem inneren Raucher-Schweinehund in mir inständig kämpfen. Seltsam …

Und ich träume mindestens einmal die Woche verräterische Träume: Einer kommt und bietet mir im Gespräch eine Zigarette an. Ich rauche gedankenlos ein paar Züge, merke plötzlich, daß ich den Schwur gebrochen und meine heilige Enthaltsamkeit geschändet habe – ich erwache und bin, schweißgebadet, doch froh, nur geträumt, wenn auch sehr böse geträumt zu haben. Dieser Traum kehrt mindestens alle zehn Tage wieder, ein Beweis, wie das alte, schöne Gift, auch nach anderthalb Jahren, wohl doch noch im Kreislauf rumort.

Mein Gesprächspartner wollte wissen, wie ich es in der ersten Zeit mit dem leidigen Dickerwerden gehalten habe? – Ja, das war schwer! In den ersten vier Wochen ist für einen alten Mengenraucher Nichtrauchen eine Vollbeschäftigung und ersetzt eigentlich seinen Beruf ganz. Nicht nur, daß man mit den Lüsten der Zigarette ringt und sie zu unterdrücken trachtet: man nimmt auch zu wie ein Pfannkuchen und muß sich, weniger essend, doppelt kasteien.

Wer weise ist, tut in der ersten Zeit nur eins von beiden. Er hört zu rauchen auf und ißt erst mal weiter oder gar mehr. Und wenn man den Jieper überwunden hat, erst wenn man »sauber« ist, geht man auch den Überpfunden zu Leibe. Beides betreiben wollen, zu gleicher Zeit – soviel Überenergie hat keiner.

Nichtraucher sind gewiß nicht plötzlich bessere Menschen. Aber sie kommen sich so vor. Und schon deshalb gehört man zu ihnen gerne. Haben Sie auch aufgehört? Dann müssen wir mal darüber (aber ganz ausführlich) miteinander sprechen. ×

Vom schönen Unfug des Amüsements

Ein Traktat anläßlich der Faschingszeit

»Wir sind der Knopf nicht an Fortunas Mütze.«
(Shakespeare)

Des Menschen Wesen ist Unverstand.

Er arbeitet Jahrzehnte, um in den behaglichen Genuß einer Dreizimmerwohnung zu gelangen, ein paar Räumen, ausgestattet mit allen Errungenschaften unseres Jahrhunderts, daß er, von täglicher Arbeit ermattet heimkehrend, eine Stätte vorfinde, die ihn heimatlich umschließt. Wo er den Kragen, dieses wahrhafte Joch unsres Zeitalters, abbinden kann, wo er vom Arm die tickende Fessel des Jahrhunderts löst: die Armbanduhr. Wo er die geplagten Füße in weiche Pampuschen lagern darf und beginnen, allein und ein Mensch zu sein.

Was für eine feste Burg der Behaglichkeit ist nicht wirklich eine solche Dreizimmerwohnung, falls sie geheizt ist! Der Bücherschrank steht gewaltig da. In Drangsal, Lust, Unterdrückung, Mühe und Honorarschwierigkeiten haben die besten Köpfe aller Jahrhunderte das Ihre getan, die Längen der Fichtenborde mit ihrem zu Druckerschwärze verwandelten Herzblut zu füllen. Manch mutiger Schreiber hat für die Erkenntnis, die er der Nachwelt überliefern wollte, mutig den Kopf aufs Schaffott gelagert. Andere sind über Einsichten, die sie gewannen, glattweg dem Wahnsinn verfallen.

Man sollte denken, unser Mann könnte nicht schnell genug vom Büro an die Offenbarungen dieses Weisheitsschrankes gelangen.

Er müßte noch vor dem kalten Abendbrot sich gierig und durstig an die Erfahrungen der Besten dieser Erde verlieren. – Ach, Pustekuchen! Er läßt die Bücher weiter unter Staub.

Gleich nebenan das Pianoforte. Ein Bach hätte für zwei Stunden an solch fortentwickeltem Instrument Jahre seines Lebens gegeben. Ein Schubert, der es bekanntlich nie zum Eigentümer eines Klavieres brachte, wäre vor Freude einem Schlagfluß erlegen.

Tritt unser Mann herzu? Öffnet er den geduldigen Speicher der Töne? Vergißt er sich wohlig über dem Wohlklang, mühelos durch das Schlagen seiner Finger zu erregen? – Nein, das Klavier bleibt stumm und abgeschlossen.

Der Radioapparat. Der Äther ist geschwollen von Stimmen, die darauf gieren, in diese Stube zu geraten, Frohsinn, Heiterkeit, Sportnachrichten, Erbauung, Belehrung und Jazz. Er aber dreht den Knopf nicht an. Die vielen Stimmen surren sinnlos durchs All.

Dort das Telephon. Man denke: ein Apparat, der Freund und Feind herbeizaubern kann, ohne daß man sie selber zu sehen oder gar noch zu bewirten brauchte, während man es hier im wahrsten Sinne in der Hand hat, sie aufzuhängen und verstummen zu lassen, sobald man ihrer überdrüssig ist. – Das Telefon bleibt ungenützt.

Wir wollen es uns versagen, die Liste der häuslichen Versuchungen aufzuzählen, die unseren Mann umgaukeln sollten. Aber: sind die Photographien vom letzten Sommerausflug an den Müggelsee schon eingeklebt? Ist das lästige Rätsel der Steuererklärung geklärt? Ist der lebenswichtige Brief an den nierenkranken Erbonkel geschrieben? Geschrieben – ach, mit welcher Leichtigkeit! Keine Gefahr, zu behaupten, daß Goethe, hätte er an Stelle der saumseligen Gänsefeder den hurtigen Kugelschreiber oder gar die Schreibmaschine gekannt, schon aus diesem technischen Grunde seine Produktivität vervierfacht hätte.

Nein, nichts dergleichen. Was tut unser Mann? Er kommt nach Hause, wirft die Aktentasche in die Ecke, öffnet hastig die Küchentür und ruft hinein: »Schnell, Mutter! Zieh das Grüne über! Wir gehen heute ins Vergnügen!«

Dann hat Mutter sich zu sputen, denn langes Warten macht ihn kribbelig. Er steckt Geld in die Tasche, das er, zu Hause geblieben, nie hätte zu berühren brauchen. Er verläßt schnöde die Freiheit, die Vollkommenheit, die Stille seiner eigenen Welt und begibt sich an Hand einer ratternden Straßenbahn geradewegs in die Hörigkeit von Kellnern, Türstehern, Kalten Mamsells, Trompetern und Leuten, die sich ausgerechnet ihm an den Tisch setzen müssen mit der hochmütigen Verbeugung, es sei alles überfüllt.

Wahrlich – ein selbstmörderisches Vorgehen, dessen Gründe dem nüchtern Denkenden zu finden nicht leichtfallen dürfte.

Des Menschen Wesen ist Unverstand. Er verachtet das zuverlässige Glück am eigenen Ofen und stürzt sich in das Abenteuer, auf die Jagd nach dem Knopf an Fortunas Mütze draußen, wo es kalt ist und regnet. Wo Menschen dicht gedrängt beieinander hocken und sich gegenseitig das Leben mit Zigarrenrauch und Lärm zu verleiden suchen. Wo jede Unterhaltung auf Grund einer Blaskapelle eine Qual ist, und wo man bald unter dem Joch des Jahrhunderts, dem Kragen, wieder zu transpirieren beginnt.

Das Vergnügen, es wird wahrlich oft mit dem eigentlichen Glück bezahlt, mit demselben Glück, das so sicher daheim sich hinter dem Doppelschloß befindet und für heute entschwindet und verschwendet ist.

Was aber bewegt unseren Mann nun wirklich, wenn er Mutter ins Grüne zwingt, oder – was noch abstruser ist – sich eine Pappnase vorbindet und die Gattin als »Schöne Gärtnerin« höchst lächerlich ausstaffiert? Vor allem eins: die Abenteuerlust.

Sie ist es, die ihn auf die unsinnigen Folterstühle der Neuzeit treibt. Die Ausgeburten der Unbequemlichkeit, der Kurzschluß zwischen der blonden Schnapslieferantin und dem lechzenden Konsumenten. Es treibt ihn auf die Barhokker also, die die raffiniertesten Möbel des Trinkteufels sind. Die Abenteuerlust ist schuld.

Denn das ist Wahrheit: zu Haus, da meint er, kann ihm nichts zustoßen, wenn er in Pampuschen durchs Zimmer gleitet. Am Bücherschrank kann einer nur nach einiger Anstrengung ans Abenteuern im Geist geraten. Und auch dann noch bleibt es eine abstrahierte Sache.

Aber dort, wo die Lichter verschwenderisch glühen, wo ganze Viertel zu Tand und Lustbarkeit erbaut sind, wo stampfende Musik erklingt – dort, argwöhnt er dumpf, muß doch das Leben stattfinden! Dort, hofft er im stillen, wird sich ihm das Schicksal schon an den Tisch setzen, ihm auf die Schulter schlagen und Brüderschaft mit ihm trinken aus einer Doppelmolle.

In seinem Leben im Büro und zu Haus, findet er, seien die Pointen, die Augenblicke, die sich zu leben lohne, zu rar gesät und zu weit auseinanderliegend. Seine Vorväter waren vielleicht Raubritter und hingen mit einem Halse immer in der Schlinge. Oder sie waren mutige Jäger mit Hundegekläff und Hifthornklang. Oder sie waren bärtige Krieger, denen der gefällige Tod jeden zweiten Tag mal über die Schulter sah. Oder mutige Seefahrer, Entdecker, Weltumsegler. Abenteurer alle. Das eben scheint in unserem Manne noch zu leben.

Nur daß aus dem Hifthorn ein Saxophon geworden ist. Das Gebüsch, an dem die raubenden Ahnen lauerten, hat sich in einen schummerigen Bartisch oder in eine Mollentheke verwandelt. Statt Knall und Totschlag ertönt der Sambatakt, synkopiert vom monotonen Klang des Knobelbechers. Und die Jagdgründe sind der Kudamm oder die Neue Welt.

So zieht er denn aus, die Fahne der Unersättlichkeit und der Abenteuerlust in der Hand und Muttern als Sukkurs am Arm. Er lauert dem Leben, dem Glück – oder was er dafür hält –, dem Schicksal auf, während er jeden Preis an Bequemlichkeit und Wohlbehagen zu zahlen bereit ist.

Ein draufgängerisches, ein verwegenes Volk, diese Amüsierer! Ihr Schlachtruf heißt: »Wer nicht wagt, der nicht gewinnt!« Sind sie aus Berlin, fügen sie hinzu: »Und wer nich heirat', kricht kein Kind!« Mit ihnen geht unser Mann auf die Fährte des Glücks.

Doch den Knopf an Fortunas Mütze erjagt er nicht. Er gibt höchstens 19 Mark fünfzig aus und arbeitet morgen im Büro entsprechend langsamer, da er, bestenfalls, mit der letzten S-Bahn nach Hause kam.

Statt der Fahne der Erwartung brachte er die leere Tasche der Enttäuschung heim. Die andere Fahne, die ihm lästig jetzt voranweht, dünstet übel. Doch was verschlägt das?

Wird er am nächsten Sonnabend zu Hause bleiben, zumal in der lockenden Faschingszeit? Ihr kennt ihn nicht! Er wird nicht müde werden, Glanz und Elend des Amüsements zu kosten. Er wird nicht aufhören, die vermeintliche Burg des Glückes in der Abendstunde mutig zu berennen.

Machen wir mit! Seien wir glücklich, daß noch soviel bezaubernde Unvernunft, soviel überschüssige Kraft am Unmöglichen in unseren sonst so gestraften Breitengraden zu Hause ist.

Deshalb immer wieder: hinein ins Vergnügen! ×

Daran glaube ich

Ich glaube, daß ich im letzten Grunde nur an den Zweifel glaube. An das Glück des Unterscheidens. An die Wohltat des Denkens. An die Wollust des Suchens. Nicht an das Finden. Nicht an das Geborgensein. Nicht an die »Wahrheit«. Aber an die Sehnsucht nach ihr, an die förderliche Unruhe, die das Leben bewegt. Ich glaube, daß ich nur an den Zweifel glaube.

Deshalb bin ich auch gegen alle, die sicher und selbstgefällig im Schoße irgendeiner Wahrheit zu wohnen meinen, so reizbar. Mag sein, daß das Neid ist. Denn »Gott« sagen zu dürfen und genau zu wissen: Ich habe ihn, besitze ihn, bin seiner zu jeder Stunde gewiß – ich bezweifle, ob es das überhaupt gibt und ob sich einer den Anschein geben darf, als gäbe es das.

Es gibt Stunden, da man sich solcher Gewißheit nahefühlt. Und dann gleich andere, in denen man in alle Abgründe des Zweifels und Fragens geworfen wird. Aus diesen bin ich immer kräftiger, ehrlicher und lebenstauglicher aufgewacht als aus den anderen, da ich mich in einer Sicherheit wiegte und meinem Gott wie einem Nachbarn schon behaglich auf die Schulter schlug.

Im Zweifel erst war ich wieder daheim.

Oder was die Ordnung unserer irdischen Verhältnisse, was also die Politik betrifft, so bin ich da von der gleichen Zweifelsfreudigkeit. Wir haben es erlebt. Auch ich bin schon von klugen Büchern aufgestanden, in denen alles erklärt schien. Auch ich glaubte, den Stein der Weisen zu besitzen, und tat mir vor Freunden und Nachbarn manches darauf zugute. Aber ehe der Hahn der mir übersichtlichen Tagespolitik noch dreimal gekräht hatte, war ich gezwungen, die Systeme fallenzulassen. Sie paßten nicht mehr. Die Welt ist aus einem

Wurf nicht erklärbar. Ein Rest bleibt immer. Und manchmal ist der Rest größer als das Ganze.

Aber ist ein Dasein im Zweifel überhaupt zu ertragen? Danach werden wir nicht gefragt. Aber wir werden, meine ich, vor uns selbst verpflichtet, nicht nachzulassen in unserem Ungenügen. »Uns ist gegeben, an keiner Stätte zu ruhn«. Jeder Morgen gebiert eine andere Welt. Vielleicht sogar ein Glück, oder eine Erkenntnis, oder die vermeintliche Nähe einer Antwort auf eine Frage. Daß es immer wieder beginnt und nicht nachläßt und sich erneuert und die Würfel immer wieder fallen – das macht die Größe und die Lust am Dasein und an seiner Unaufhörlichkeit. Goethe wußte das. Er kannte auch keine andere Antwort auf die Gretchen-Frage als: Zweifel, Ehrfurcht, Schweigen.

Daß wir uns recht verstehen: Der Zweifel schließt das Glück nicht aus. Das sogenannte ›große Glück‹ mag man für unmöglich halten und für unrealisierbar in dieser Welt. Aber das, was man das Glück zu kleinen Preisen nennt, ist erreichbar. Daß uns eine Arbeit gelingt, wie wir sie erträumten. Daß uns ein Mensch treu ist und Freundschaft erfahren läßt. Daß wir – beispielsweise – nur einen Wald sehen, tief atmen, und plötzlich ist alle Angst vergessen, alle Einsamkeit: wir sind im Lot mit uns und der Schöpfung.

Augenblicke, da wir die Welt segnen möchten und zutiefst verstehen, daß sie schön ist und gut und still und über alle Vernunft.

Augenblicke des Glücks.

Mehr als Augenblicke sind es nie. Aber ich habe gefunden, daß man sich zu solchem Glück ›trainieren‹ kann. Nicht durch dummes Weltumfangen oder kritiklose Hinnahme des Gegebenen jeweils; das nicht. Aber durch ein Wachsein, eine Disponiertheit für den guten Augenblick. Man lernt ihn zu erfassen. Man unterscheidet ihn aus dem Trott des Tages. Man macht ihn ›bewußt‹, begrüßt ihn und genießt ihn. Vielleicht ist das ein Akt der Weisheit, der mit dem Alter wächst. Ich will abwarten. Aber ich will jetzt schon das Unterscheidungsvermögen schärfen, daß man erkenne, wenn das Glück uns meint.

Wenn ich glaube, daß ich an den Zweifel glaube – es hat noch einen anderen Grund: den absolut ›schlechten‹ Menschen, das habe ich erfahren, gibt es nicht. Die meisten Bosheiten werden nicht aus Bosheit getan, sondern aus Dummheit. Was aber ist Dummheit? Dummheit ist der Mangel an Unterscheidung, an Zweifel, am Denken in Konsequenzen. Wer bis ans mögliche Ende zu denken versucht in jedem Falle, wird einer absolut bösen Tat unfähig sein. Man beleidigt und verwundet mit dem schnellen, dem gedankenlosen, dem also verantwortungslosen Wort. Nicht mit dem bedachten. Erst wer mit Vorsatz böse ist, ist schlecht. Aber der Fall des absolut schlechten Menschen hat Seltenheits-Unwert. Meist ist er dumm, ist des positiven Zweifels unfähig.

Ich glaube, daß man bestenfalls Erfahrungen sammeln kann und annähernde Gewißheiten, die sich aus Erfahrungen ergeben. Das aber, was man gemeinhin ›Glauben‹ nennt und gar ›blinden Glauben‹ und ›absoluten Glauben‹, das halte ich – eben aus Erfahrung – nicht für möglich. Die Erfahrung aber gerade hat mich – oft unter Schmerzen – gelehrt, daß wir wahrscheinlich der Versuchung zum Absoluten oder vermeintlich Absoluten nicht nachgeben dürfen, ohne dem Leben in seiner Größe und Ganzheit Abbruch zu tun, ohne es am Ende zu beleidigen. Denn dies Dasein ist viel vielfältiger, ist überraschender, ist farbenträchtiger, herrlicher, fruchtbarer und weitaus größer, als daß wir es über das Koordinatensystem einer vorgefaßten ›Erklärung‹, als daß wir es über den Leisten eines Schemas schlagen dürften. An der nächsten Ecke steht immer das Gegenteil.

Erfahrungen! Wenn ich versuche, wirklich eine, für mich zumindest, gültige, zu formulieren, so ist es die erstaunliche und doch auch herrliche, daß die Neugier, die Unersättlichkeit, die immer wieder neue Gier nach dem Leben nicht aufhört.

Durch welche Höllen sind wir gewandert! Kriege, Tod dicht neben unserer Schulter. Hunger, Irrtum, Pestilenz und Not in vieler Gestalt. Aber die Neugier, wie es weitergeht, der Appetit am Existieren, die pure Lust am Dasein hat man nie verloren, nie den Geschmack am kommenden Tage.

Und – ist man im Nachhinein ehrlich – es hat sich immer gelohnt. Denn zu leben ist herrlich. Und bewußt, denkend, zweifelnd und aktiv zu leben, ist es doppelt.

Ob es mit unserem letzten Atemzuge aufhört? Wir wissen es nicht. Aber ich bezweifle es schon wieder … ×

VII

Berlin

Berlin: Es war eine unheilige Nacht

Wir alle hatten Angst vor neuen Bombenangriffen

Das bezeichnend Schlimme ist: ich kann mich gar nicht erinnern, wenigstens nicht genau, wie wir die Weihnacht in Berlin vor zwanzig Jahren feierten. Offenbar überhaupt nicht.

Ich weiß noch, wie wir uns fragten, ob auch zur Heiligen Nacht die Bomber, wie nun schon jeden Abend, über der Stadt erscheinen würden. Sie kamen, wenn ich recht erinnere, nicht. Der Krieg, von dieser Stadt ausgegangen, kehrte in sie zurück. Aber Heiligabend 1944 war bombenfrei. Friedlich war es deswegen keineswegs.

Man war ja immer auf dem Sprung. Das Kellergepäck mit dem notwendigsten Lebensutensil stand griffbereit immer neben der Tür. Die Familie war verstreut. Post funktionierte nur noch zufällig und sporadisch. Von inniger Vorbereitung und Bescherung konnte keine Rede sein. Was hätte man kaufen oder schenken können? Nichts.

Es gab wohl eine »Weihnachts-Sonderzuteilung«. Eine Extragabe, bei Vorweisen einiger »Sonderabschnitte«, auf den verfluchten Lebensmittelkarten, eintauschbar. Eine Handvoll Kaffee extra, ein paar Gnadengramm Butter, eine halbe Flasche »Zitterschnaps«, zehn strohige Zigaretten. Mehr nicht. Aber das schon war auf allen Litfaßsäulen (so sie noch standen) als Gnadenakt und Großmut der Machthaber angezeigt und austrompetet. Zynismus mit der Not. Wer fiel noch darauf herein?

Unsere Heizung war seit langem total defekt. Weihnachten war kalt. Und wir hatten Glück, daß unsere Bude notdürftig stand. Die Straße roch seit Monaten nach Brand. Die Nachbarschaft war tödlich dezimiert, wir waren zusammengerückt, hatten eine unbehauste Familie aufgenommen. Gemütlichkeit war ein Fremdwort geworden. Man kam sich ständig ins Revier, trat sich gegenseitig auf die Füße. Die Nächte hockte man eng im klammen Keller. Die Entbehrungen schon waren schlimm genug. Aber nun noch das Leben im Pferch, die Unmöglichkeit des Alleinseins – das war so schwer erträglich. Daß der eine nicht des anderen Deibel wurde, war ein Wunder.

Unheiliger war die Heilige Nacht in dieser Stadt selten. Man lebte geduckt. Man erwartete immer – und auch noch am Tage Christi Geburt –, daß uns der letzte Streich treffen könne, entweder aus dem ungnädigen Himmel mit Feuer und Granaten oder hier auf der verpesteten Erde. Würde der Blockwart rappelköpfig werden? Könnte nicht die SS zugreifen und diesmal uns holen? War nicht fast zu erwarten, daß mit der zufälligen Post uns schon morgen die Nachricht vom Tod eines Nächsten treffen mußte? Unheilige Nacht.

Überstehen war alles. Die Bomber kamen nicht. Aber man hat hinter den Fensterverdunkelungen gehockt und trotzdem auf sie gewartet. Weihnachten der Angst. Wenn Hoffnung war, so nur die, daß das Unheil, das da lief, schnell laufen möge und kurz. Das dickste Ende stand ja noch bevor.

Nein, ich kann mich an Einzelheiten (und gar freundliche) zu dieser letzten Kriegsweihnacht nicht erinnern. Dieser Tag, diese Nacht liegen unerkennbar eingebettet in jene apokalyptische Erinnerung der letzten Monate, der letzten Wochen im kriegerischen, blutenden Berlin. Rauch, Feuer, Angst. Man wundert sich, daß man später doch wieder lachen konnte, daß einem je wieder weihnachtlich zumute werden durfte. ×

Zweite Emigration nach innen?

Nichts war dem großen Aufatmen zu vergleichen im Mai 1945! Mochte der Hunger drohend vor jedem Berliner Hause stehen. Mochten die meisten von uns nicht wissen, wohin sie ihr Haupt lagern würden die kommende Nacht. War die Sorge um Verbleib und Leben nächster Angehöriger auch erdrückend – dies eine war unvergleichlich: das Aufatmen, die neue Art der Freiheit, ersehnt durch die Jahre. Es war die Rückkehr nach Deutschland. Denn hatte man auch zuvor in seinem geographischen Zentrum gewohnt – es war unser Land nicht gewesen, das wir liebten. Es war seine Fratze, die Grimasse seines Wesens. Sie war gehaßt worden. Jetzt war das gute Gesicht wieder freizulegen.

Hände fanden sich, die bisher öffentlich nicht hatten zueinander finden dürfen. Wer sich bisher seine Übereinstimmung nur hatte zuzwinkern können im unbeobachteten Augenblick, tat jetzt den Mund auf. Einigkeit herrschte und Gemeinsamkeit vor einer unverschiebbaren Arbeit. Gegner brauchten nicht benannt zu werden. Sie hatten alle den gleichen. Ob sie links standen oder aus politischer Tradition gemäßigter waren – hier waren sie alle eindeutig radikal: die Rückstände des braunen Systems auszulöschen. Die Hemdsärmel lustvoll hochzukrempeln vor der Aufgabe eines neuen Aufbaus. Beides wurde angefaßt. Gründlich. Ohne Kompromiß. Ohne falsche Gnade. In keinem Teil Deutschlands ist man wohl so freudig und ohne Zögern zu Werke gegangen dabei wie in der Stadt Berlin. Einverständnis und Klarheit unter denen, die ihre entwöhnten Hände endlich wieder an das allgemeine Wohl legen konnten. Programmatisches trennte sie nicht. Sie wollten ausroden, was an Militaristischem und Faschistischem sich noch in die neue Epoche gerettet haben mochte. Sie wollten gemeinsam das zerstürzte Haus neu gründen und bauen.

Wer heute sich umsieht, erkennt, daß die Einmütigkeit der Ziele verloren ist. Wer bei den Intellektuellen besonders Umfrage hält, erschrickt vor der Lethargie, die sich breitzumachen beginnt. Ein neuer, heimlicher Ekel vor der Beschäftigung mit dem Gemeinwohl ist zu spüren. Das böse Wort von der »zweiten Emigration nach innen« geht um. Viele, die mit Nachdruck und deutlicher Hingabe auf dem Markte mitzusprechen bereit waren, sind enttäuscht und ziehen sich ins Private zurück. Das Einigende, das Zufassende ist abhandengekommen. Viele, und es sind oft die schlechtesten nicht, treten voll Enttäuschung beiseite. Parteien – damals gab es sie auch: Verschiedene Wege zum gleichen, erkannten Ziel. Heute aber Trennungslinien, die eine Annäherung fast völlig verbieten. Unleidlichkeit hat Platz gegriffen. Mittel werden schon wieder angewandt, die man überwunden zu haben glaubte in der Höllenschule vergangener Jahre. Wer die fünfzehn Tageszeitungen verfolgt, wie sie hier in viererlei Lizenzierung erscheinen, den kann allerdings häufig genug der Ekel vor dem Mangel an Sachlichkeit ergreifen. Die Jagdgründe des Allzupersönlichen werden mit Lust wieder aufgesucht. Kesseltreiben auf einzelne setzt ein. Dem Mann in der nachbarlichen Partei einen Flecken auf den Charakter zu praktizieren, scheint oft wichtiger als die Auseinandersetzung mit seiner geäußerten Meinung. Der Bruch ist längst da. Die Verständigung über ein »Programm« hinaus ist gefährdet. Lager sind bezogen und werden verbissen befestigt. Und wenn ein Späher ausgesandt wird, so kommt er nicht als Parlamentär des guten Willens und mit dem Auftrage schneller Verständigung. Er nähert sich, um zu erkunden, wo der andere zu diskriminieren sei. Der Blick gilt zu oft nicht mehr dem Gemeinsamen. Er gilt dem Gegensatz.

Der aber wird durch die prekäre Lage Berlins noch unüberbrückbarer. Schnelle und voreilige Intellektuelle und Politiker genug, die meinen, von der Besatzungsmacht, die ihnen, oft zufällig genug, die Lizenz oder Arbeitsmöglichkeit gab, auch im Weltanschaulichen angeheuert zu sein. Die den Bruch des Landes, politisch und geistig, in diese Stadt verlegen. Die mit unzuträglichem Stolz und einer harten Unzulänglichkeit das Gespräch über den imaginären Trennungsstrich hin verderben lassen. Keine der Besatzungsmächte kann verlangen oder verlangt, daß ein eben erwachter deutscher Politiker der kleine Vorreiter ihres Systems oder ihrer Gedanken sei.

Verlangt und erhofft wird aber (und wie oft wurde das immer wieder betont!) die Beschäftigung mit den Fragen des Deutschen durch Deutsche. Die kleinen, getarnten Scharfschützen über die Sektoren und Zonen hin aber erreichen nichts, als daß sie zwischen den Alliierten Gegensätze, wo sie sein mögen, vertiefen. Und damit ist uns selbst am wenigsten geholfen. Der Vorsichtige aber, der seine ersten gutwilligen Versuche mit dem Gemeinsamen macht, wird verschreckt. Die Fragen, jetzt nun auch mit falschen weltpolitischen Gewichten behängt, werden schwer, werden unlösbar, werden zu heiß. Der Gutwillige läßt ab. Er wird sich an solcher Temperatur die Finger nicht verbrennen wollen. Er resigniert. Er tut das Falscheste, was zu tun ist. Er überläßt die Politik den Politikern. Er emigriert erneut nach innen. Der Rückzug an den Bücherschrank zu Hölderlin und Goethes Altersprosa.

Ernst Wiechert, der so bewundernswert im zerfallenen »Reich« seine klare Stellung hielt, hat das verführerische Zeichen unlängst gegeben. Er schrieb, daß »wir unser Pfund nicht zu vertun hätten in der Münze des Tages«. »Der Abglanz der Ewigkeit« sei allein der wahren Bemühung wert. Ernst Wiechert darf vielleicht so reagieren, wenn auch zu fragen sein mag, ob er zu diesem Zeitpunkt und noch bevor die Mehrzahl die Münze des Tages ergriffen hat, öffentlich so sprechen sollte. Der einzelne aber soll Lust behalten an der Regelung seines Tages durch seine eigene Stimme und Meinung. Die Unleidlichkeit, die den Ekel vor der Politik, kaum daß die Beschäftigung mit ihr so zaghaft begonnen hat, auslöst – die Unleidlichkeit nach beiden Seiten aber muß als erstes fallen, gekennzeichnet und als verderblich genannt werden.

Berlin – wie in so vielem – ist auch hier ein Spektrum für das Ganze. Auf unserem Pflaster wird auch geistig im Kleinen vorgespielt, was, weniger deutlich, für das Land Geltung hat. Aber soweit ist es schon wieder, daß persönlicher Umgang eingestellt wird, sobald man eine andere Lizenz trägt. Demokratie wird nicht als Verständigung zum Besseren hin verstanden, nicht als »positiver Kompromiß«, sondern als unerbittlicher Kampf, in dem nur der Sieger bleibt. Totalitätsrausch dringt wieder in die Köpfe einzelner. Die Sorge um das, was man immer noch das Deutsche nennen möchte, tritt zurück. Recht zu behalten.

Was hilft es da, daß sich diejenigen, auf die es ankäme, von dem unversehens immer lauter werdenden Gespräch zurückziehen und das Wort auf beiden Seiten denjenigen überlassen, die es ihrer Ansicht nach böse und falsch führen. Mit Resignation und Apathie ist gerade jetzt dem kaum Begonnenen der schlechteste Dienst erwiesen. Es ist nicht so, daß auf der einen Seite nur Reaktionäre im steifen Kragen und auf der anderen nur gesinnungsgemäß Unrasierte mit rotem Halstuch wohnen. Demokratie ist nicht erlernbar auf Anhieb und von heute auf morgen. Rückfälle in die alte, böse Tonart dürfen keinen verleiten, die Hände jetzt schon sinken zu lassen und verzichtend nur noch seiner schönen Seele zu leben. Abgerechnet werden wird nicht in Pfunden. Die Münze des Tages wird einzeln aufgezählt werden und endlich die Summe des freien Lebens ergeben.

Die zweite Emigration nach innen ist eine bequeme Ausflucht und kaum zwei Jahre nach einem völligen Zusammenbruch unstatthaft und gefährlich. Es darf das Wort nicht geben. ×

Uns kann keener – kann uns keener?

Der Berliner Humor ist vorsichtig geworden

Berliner sein ist nicht leicht.

Teils gilt man, wenn man hin und wieder an den ruhigeren, westlichen Gestaden des Vaterlandes auftaucht, als eine Art deutscher Sonderling und Wundertier (»Was? Sie wohnen wirklich noch in Berlin? Wie halten Sie denn das auf die Dauer aus?«).

Teils laden die lieben Leute bei unsereinem ihr schlechtes gesamtdeutsches Gewissen ab.

Teils ist man den Schulterklopfern ausgesetzt. Das sind die Schlimmsten. Sie tun so, als ob ihre hektische Bewunderung und Herzlichkeit uns für alle Unbill in der alten Hauptstadt entschädigen müßten. (»Habe vor jedem Menschen in dieser Stadt die höchste Achtung. Sage täglich zu meiner Frau – nicht wahr Trude? –: Hut ab vor den Berlinern! Phantastisch, wie sich die Leute da halten!«) Und dann klopft der Kerl einem wirklich auf die Schulter. Man kommt sich sehr dämlich vor.

Berliner sein ist nicht leicht. Nicht nur, weil man im Grunde ja aus dem seelischen Rucksackzeitalter seit dem Kriege nie herausgekommen ist. Nicht nur, weil man Hauptstädter im Exil ist und jede weltpolitische Ost-West-Zerrung direkt unseren Nerv trifft.

Nicht nur, weil wir des Lebens zwischen Baum und Borke, weil wir dieses deutschen Ritzendaseins nachgerade überdrüssig sind. Wir sind auf eine unangenehme Weise einsam nach beiden Seiten geworden.

Zu der östlichen Teilprovinz und zu dem, was sich dort Staat nennt, wollen wir auf keine Weise gehören.

Aber im westlichen Teil wiederum kommt man sich nachgerade auch wie ein halber Fremdling vor. Unser Erscheinen löst teils falsche Hochgefühle, teils schlechtes Gewissen, teils fatale Begeisterung, teils eine herablassende Zuneigung aus.

Immer wieder fragen uns die lieben Menschen in Briefen oder übers Telephon aus dem Westen: »Na, wie ist denn die Stimmung in Berlin?« Und dann wollen sie natürlich hören: die Stimmung sei prächtig. Sie stellen sich vor, wir liefen mit Wuppdich auf die Barrikaden der Freiheit, wir könnten die neue Bewährungsprobe gar nicht abwarten, wir trainierten schon auf »heroisch«.

Irrtum! Hochgefühle finden nicht statt. Und das ist bezeichnend und ist im Grunde gut. Jeder falsche Zungenschlag wird sofort zurückgepfiffen. Sogar der doch sonst gemeinhin so bewunderte »Berliner Humor« waltet nur mit Vorsicht. Es gibt zurzeit keine »Berliner Witze«, die die Gefährlichkeit unseres Pflasters beträfen. Unter den Nazis, in den Bombennächten, noch während der Blockade war der Volksmund emsig in Aktion. Die jeweilige Patsche, in der man saß, wurde durch Ironie aufgetrocknet.

Jetzt nicht. Noch hat man keinen wirklich schlagenden und übermütigen Straßenwitz gehört, der auf die neue Bedrohung übermütig sich bezöge. Selbst die professionellen Spaßmacher und Kabarettisten scheinen zu merken, wie man öffentlich eine Unterbewertung des neuen Dilemmas instinktiv fürchtet. Nervös ist man nicht. Aber zu Scherz und Drall aufgelegt schon gar nicht.

Wie ist die Stimmung dann? Von einer sonderbar und schwer beschreibbaren Sicherheit. In den lieben Mollenkneipen, auf den überfüllten Bussen, in den Schrebergärten an der Peripherie, in den Gartencafés, auf den zierlich erwachenden Gartengängen der Parks, überall, wo sich die Berliner treffen und in Arbeit oder Müßiggang tummeln – überall fällt auf, wie wenig, wie bewußt spärlich von dem »Datum« und von der ganzen Spannung um diese Stadt gesprochen wird.

Das ist kein Kopf-in-den-Sand-Stecken. Das gewiß nicht. Aber es ist die Bestätigung, daß bange machen nach wie vor nicht gilt. Gewiß denkt man daran, was kommen könnte, wenn es zum Schlimmsten käme. Doch man spricht nicht davon. Diesmal stehen nicht nur der einzige, gerettete Anzug zur Diskussion und ein Rucksack voll Plunder als Habe wie vor zehn Jahren, als mit einem Kriegsakt im Frieden, als mit der Blockade schon einmal nach dieser Stadt gegriffen wurde.

Der Ballast ist größer geworden. Es steht für jeden etwas mehr auf dem Spiel als damals. Für manche eine ganze Menge.

Trotzdem liegt eine erstaunlich ernste Stimmung des Beruhigtseins über dieser Stadt. Im Zentrum des Wirbels ist es immer am stillsten. Hier herrscht eine Art großer, allgemeiner Komment der Ruhe.

Der Berliner, zur Hysterie und zum Unken ohnehin nie begabt, bewährt jetzt eine neue Art der Vernunft.

Er macht nicht den Eindruck der Ängstlichkeit und des Kleinmuts. Aber er pustet sich auch nicht auf. Er macht nichts her von seiner neuen Not. Berlin lebt in einer neuen, ruhigen Art von Gefaßtheit und schweigender Übereinkunft, daß es auch diesmal gut ausgehen muß.

Der Wahlspruch heißt nach wie vor: »Uns kann keener!«

Hoffentlich wird uns ooch keener! ×

Brief an einen Schwarzhändler

Teuerster!

(Diese Anrede drängt sich auf, schreibt man Ihnen!) Also: Teuerster, jeder Verkehr mit Ihnen muß damit beginnen, daß man seine Mißachtung möglichst deutlich ausdrückt. Hier ist die meine kompakt vorweg.

Ich weiß, es macht Ihnen nichts aus. Sie meinen in der stärkeren Position zu sein, und wahrscheinlich sind Sie es auch. Uns rauchert – Sie haben die Zigaretten. Uns hungert – Sie horten die Butter. Uns drängt es zuweilen gewaltig nach dem seligen Stimulanz einer Tasse Kaffee – Sie sitzen auf der Bohne. Sie verwalten die Güter der Erde, soweit sie von hier zu übersehen ist. Sie gleiten im Auto über die Löcher unserer geschundenen Straßen und sind durch Ihren fragwürdigen Wohlstand gefedert vor den Stößen des Alltags. Sie kennen die Zeit und kennen Ihre Zeitgenossen und ziehen lässigen Gewinn aus der Kenntnis, daß man gewillt ist, sein Laster teuer zu bezahlen oder seinen Hunger unstatthaft für grimmige Überpreise auf Ihrem Markt zu stillen, der grundschwarz ist.

Sie ziehen Ihren Vorteil daraus, daß die Welt aus den Fugen ist. Sie leben davon, und Sie leben gut. Ein soziales Gewissen kennen Sie nicht. Sie denken, weil's halt jeder tut, können Sie, der Sie ein wenig cleverer und skrupelloser sind als der Durchschnitt der Normalverbraucher, rapider zu dem Ihren kommen, das Ihnen nicht zusteht. Sie haben den Vorteil, kein Gewissen zu haben. Das fördert Ihr Körpergewicht, aber mindert Ihre Intelligenz. Sie wähnen sich sicher. Denn der Markt, den Sie und Ihresgleichen ständig korrumpierten, ist so erweitert, so tief greift er auch noch in den redlichsten Haushalt hinein, daß Sie sich sicher wähnen: Uns kann keiner. Der erste Stein, den einer auf uns wirft, fällt auf ihn selbst zurück. Denn was die völlige Reinheit der kommerziellen Weste betrifft – von der puren Lebensmittelkarte, meinen Sie, lebt keiner. Und der, der es tut, leidet in Ihren Augen an solchem Mangel an Forschheit und Intelligenz, daß Sie ihm einen Gang zu den Behörden schon lange nicht zutrauen. Sie fühlen sich sicher.

Man merkt es letzthin zu deutlich. Es gab Zeiten der ersten Unredlichkeit, da Sie die Früchte Ihres unsozialen Gewerbes nicht sichtbar werden ließen. Es schien nicht geraten, aufzufallen in der allgemeinen Dürftigkeit. Da war auch bei Ihnen Armut noch Mode. Sie protzten mit den Verlusten, die Ihnen der Krieg beigebracht habe. Hatten Sie auf unsere törichten Kosten ein Paar neuer Schuhe eingehandelt, so trugen Sie die in Ihrem stillen Kämmerlein, aber Sie hüteten sich aufzufallen. Sie spielten verschämte Armut mit der Armut ringsum. Daß Ihre Brieftasche indessen unter dem Sakko schwoll, war Ihr süßes Geheimnis. Sie verbargen es noch. Sie scheuten sich, Sie schämten sich noch etwas des schnellen Gewinns. Wenn etwas an Ihnen sympathisch blieb, war es das. Aber lange nicht.

Denn siehe, Eure unsaubere Gilde wurde bald des verborgenen Besitzes überdrüssig. Was nützen die schönsten Stoffe, trägt man sie nicht? Was bringen die Silberfüchse dem Ansehen der Frau Gemahlin, muß man beide daheim vor Motten schützen? Ihr wurdet übermütig. Ihr konntet es nicht abwarten. Ihr tragt seit einiger Zeit Euren Wohlstand, den korrupten, sichtbar. Ihr legt die Brieftasche voll auf den Tisch. Ihr fühlt Euch sicher und uns weit überlegen. Ihr werdet unklug, Brüder des schwarzen Rings. Ihr provoziert unseren Zorn. Ihr macht Euch erkennbar. Wenn Ihr uns schon ausnützt – Ihr müßt uns nicht ärgern.

Es ärgert uns, wenn in diesen Zeiten das Abendkleid über den Bürgersteig rauscht auf dem Wege vom Wagenschlag in die Bar. Es bringt uns auf, wenn wir an Euch Gangstern am

Gemeinwohl den neuen Paletot, doppelreihig und mit rüde neuem und schamlosem Pelzbesatz beobachten müssen. Wir mögen den Vergleich zwischen unserem und Eurem Schuhwerk nicht. Und wenn wir's schon übersähen: vor allem mißfällt uns Euer Mitleid. Die überhebliche Geste rechnen wir Euch an, die Ihr für uns übrig habt, die wir nicht mit vollen Segeln auf Euren trüben Gewässern zu treiben gewillt sind. Dieses Hand-auf-die-Schulter-legen, diese Überbewertung Eurer Skrupellosigkeit und die Unterbewertung unserer Intelligenz bringt uns auf. Wir raten Euch gut, faltet Euren Wohlstand wieder nach innen! Treibt es sichtbar nicht zu arg! Schämt Euch wieder etwas und behaltet im Auge, daß Ihr eine minderwertige Art Zeitgenossen seid! Daß Ihr reich seid, vielleicht. Aber verächtlich, bestimmt.

Es könnte sein, daß Ihr unseren Langmut überschätzt. Selbst ein so friedfertiger Normalverbraucher, wie ich es bin, ging schon in Offensive. Ich schleuste mich in eines Eurer fulminanten Lokale. Ich aß, daß mein Magen protestierte, ließ mir ungeahnte Gänge zuflüstern und bestellte sie jubelnd. Als die schwarze Rechnung kam, zog ich meine Karten hervor und bat in verstellter Arglosigkeit, wie überall üblich das Übliche abzuschneiden. Ich erlegte den gängigen Preis, wie anderwärts auch für ein Abendbrot. Man schmiß mich raus. Aber ich war im Recht. Es konnte mir keiner. Ein Parzival im Schlaraffenland auf reguläre Marken. Ein satter Winkelried im Kampf gegen den Schwarzmarkt.

Es gibt Mittel gegen Euch genug. Die Nachricht sollte Euch zu denken geben, wie in einem größeren Ort sich unlängst die Redlichen zusammenrotteten im Streik. Sie nahmen Euch nichts ab, eine Woche lang. Auf dem Zucker bliebt ihr sitzen. Eure Butter wurde ranzig. Eure Zigaretten stürzten im Preis. Eure Mienen wurden länger, und mancher war so über Nacht mit einer wagemutigen Transaktion böse auf die wirtschaftliche Nase gefallen.

Seid vorsichtig! Gedenket der Währungsreform, die man Euch als Menetekel nicht oft genug an die schwarze Wand malen kann! Verliert nicht den Kopf jetzt mit der protzenden Börse! Und vergeßt nicht, daß Ihr Hundsfötter seid, allzumal, und eine mindere Sorte Mitmensch in dieser stöhnenden Zeit. Ihr seid überfällig und ein böses Geschwür. Ihr vergeßt es zu leicht. Wir verachten Euch alle, wie ich Sie, Teuerster, besonders der Verachtung versichere. Ohne Gruß und jede Verbindlichkeit

Ihr *Friedrich Luft* ×

Berlin, Uhlandstraße

Nachdem wir nun ziemlich alles in den deutschen Landen und den deutschen Städten emsig neu aufgebaut haben, jetzt, da wir im Glashaus der Moderne sitzen, da wir eine ausgebombte und ruinierte und ruinöse Welt zugedeckt, planiert, überbaut und einigermaßen überwunden haben, finden wir es plötzlich etwas langweilig in der frischen Wohnwelt.

Es fehlt uns etwas. Wir vermissen die Rückstände von gestern und vorgestern. Unsere Straßen sind modern. Aber ihnen fehlt Charakter. Unsere Häuser sind prima funktionell. Aber sie sind so neu und hastig errichtet, daß sie keine Geschichten erzählen. Unsere Städte, auch wenn sie an sich viel Historie besitzen, machen einen unhistorischen Eindruck. Die vorige oder die vorvorige Generation hat keine merkbaren Rückstände zurückgelassen.

In Frankreich, in Italien, in England lassen sich wohl auch deshalb so gut Filme machen, weil den Straßen dort soviel Aspekte des Alters, der schönen Verkommenheit, des redlichen Abgenutztseins durch Generationen anhaftet. Sie nur ins Objektiv nehmen heißt schon mehr aufnehmen, als nur zu sehen ist. Man spürt zwangsläufig ein kurzes oder langes Stück Menschengeschichte immer mit.

Neue Theater sind wunderbar, aber in den Ritzen und in der Muffigkeit alter Musentempel steckt immer noch der Schrei der Wolter oder ein Seufzer des Kainz oder ein heimlicher Rückstand von der Traurigkeit der Duse.

»Schleudert mich«, sagte mir kürzlich ein deutschlandreisender Freund aus England, »schleudert mich verbundenen Auges in irgendeine eurer Städte! Nach Stuttgart oder Frankfurt oder Köln oder Hannover. Dreht mich dreimal um mich selbst. Löst meine Augenbinde und gebt mir auf zu raten, wo ich sei! Ich würde es um meiner Seele Seligkeit nicht sagen können. Deutschland sieht überall gleich aus. Die Straßen, die Wohn- und Bürobauten, die Geschäftsquartiere, die Fron- und Prunkbauten der Versicherungen und Banken – alles imposant und neu. Aber so gleichartig, so monoton, so atmosphärelos, so ohne Erkennbarkeit und Eigenart. Denke ich an Deutschland, sehe ich immer nur die gleichen Bauten und Straßen.«

Der Mann übertreibt, aber er spricht eine leidige Wahrheit aus. Als unsere Städte niedersanken und wir die große Chance des Neuaufbaus wahrzunehmen hatten, war zu dem Unglück, das passiert war, zusätzlich noch geschehen, daß dem Gestern und Vorgestern die Schatten gekappt waren. Unsere neuen Straßen wurden brauchbar, funktionell, aber auch steril. Der Wanderer ist nur noch selten gezwungen, einzuhalten und zurückzuträumen. Träumereien auf dem Trottoir bieten sich nicht mehr an. Oder doch so selten. Die Häßlichkeit baulicher Rückstände vergangener Generationen (oder ihre Schönheit) ist nicht mehr gegenwärtig, provoziert nicht mehr, erzählt keine Geschichten.

Will man in Berlin, beispielsweise, ein paar rare Bauwerke finden, die ›fontanisch‹ anmuten, muß man schon von kundiger Hand geführt werden. Restbestände aus der

Gründerzeit sind auch schon rar – und plötzlich in ihrer architektonischen Scheußlichkeit eine Art Entdeckerglück, paradoxerweise. Wenn irgendwo in unseren Städten heute ein Hauch sichtbarer Gestrigkeit weht, wird er nicht als Stilbruch empfunden und als störender Anachronismus, als das Überbleibsel einer Häßlichkeit von gestern, wie in den meisten Fällen doch tatsächlich. Wir halten ein. Wir sind dankbar für den vergammelten Ausblick in eine Vergangenheit, die uns sonst total verlorenging. Eine alte Brandmauer, wie auf unseren Bildern in Berlin, Uhlandstraße, an der in der kleinen Apokalypse des Krieges wie durch ein Wunder die Menetekelschriften längst überfälliger Reklameschreier hängengeblieben sind, häßlich und nun auf eine plötzlich romantische Weise schön. Die barocken Baufloskeln an der idiotisch üppigen Fassade einer Mietskaserne, die zufällig überlebte. Die absurden Rankungen von ein paar Balkons in ihrer idiotisch-gußeisernen Überheblichkeit. Die jugendstiligen Schwellungen einer Unternehmervilla, die in einer Straßenreihe absurderweise stehengeblieben ist, sie mutet heute in ihrer neuen Umgebung sozialer, gleichförmiger Wohnungsbauten fast so historisch an wie ein antiker Tempel in den Straßen von Rom.

Häßlichkeit von gestern wird in der Einform unserer neuen Städte plötzlich interessant, wird anheimelnd als Residuum einer sonst sichtbar verlorenen Zeit und Geschichte.

Träumereien auf dem Trottoir. Eine grundhäßliche Brandmauer, nur weil sie unsere Eltern oder Großeltern auch schon sahen, kann elegisch-heitere Gefühle im empfindsamen Begeher des Bürgersteiges auslösen.

Häßlichkeit, nur weil sie vorgestern schon häßlich war, kann plötzlich wichtig, sprechend werden und liebenswert. Versteht sich, nur für den, der Augen hat zu sehen. ×

Der Süden war Norden

Berlin nach der Rückkehr aus den Ferien

Heuer ist es kinderleicht, auszumachen, aus welcher Urlaubsrichtung die Stadtbürger nunmehr zurückgekehrt sind. Man braucht sie sich nur anzusehen. Sie zerfallen mühelos in zwei Klassen: die Blassen und die Braunen. Die ersten hatten sich nach Süden gewendet. Sie dachten, je südlicher, um so sicherer der Sonne auf den goldenen Fersen zu bleiben. Sie irrten. Und die anderen, die das Risiko nördlicher Reisen unternommen hatten, kehrten unversehens als Sonnensieger zurück. Dort hatte die Regenversicherung volle Kassen. Kaum, daß sich Wolken sehen ließen. Die Nordreisenden können sich ins Ferienfäustchen lachen. Der Partei der Blassen aus den südlichen Ferienländern ist es keine Genugtuung, daß sie immerhin die Wetter-Assekuranzen haftbar machen können. Die müssen ihnen jetzt blechen. Die Welt war im Norden südlich und im Süden nördlich, was das Wetter betrifft. Man kann sich schon auf gar nichts mehr verlassen. Immer nur das Gegenteil des Erwarteten scheint einzutreffen. Wohin soll man nun nächstes Jahr reisen?

Zuerst einmal packt der heimgekehrte Urlaubs-Berliner seine Koffer aus, tut die schmutzige Wäsche, die sich angesammelt hat, in die Einweiche, stellt den Eisschrank wieder an und blickt mit einer Mischung aus Furcht und Neugierde auf den Stapel Post, den er auf dem Korridorflur unter dem Briefschlitz vorfand. Geht es Ihnen wie mir, daß Sie zuerst das Häuflein Korrespondenz ängstlich nach jenen billigen blauen Umschlägen durchsuchen, die das liebe Finanzamt hierorts zu verwenden pflegt? Findet sich solch ein Kuvert dazwischen, so werden auch die Braunsten erst einmal blaß. Vier Wochen Ausspannung, dreißig göttliche Sonnentage sind verflogen wie ein Nichts vor einem jener unbequemen blauen Briefe. Der zahlenden Menschheit ganzer Jammer packt uns wieder an. Wir lassen die Postkarte von Ilse liegen. Wir beeilen uns nicht mit dem Büttenumschlag, der wohl eine Verlobung oder Kindstaufe oder Hochzeit in der näheren Bekanntschaft anzeigen möchte. Wir stellen den Geschäftsbrief, den vielversprechenden, aus Bremen hintan. Wir kümmern uns um die Drucksachen sowieso vorerst nicht. Wir erbrechen zitternder Hand die fiskalische Benachrichtigung und ruhen nicht, bis wir uns darüber erregt und geärgert haben. Wir sind daheim. Die Erde hat uns wieder.

Findet sich noch ein frisches Hemd im Schrank, haben wir den Staub der Ferne von den Schuhen geputzt, machen wir uns auf, die alte Heimatstadt neu zu besichtigen. Hier – gehört man zur blassen Partei – kann man nun endlich die Sonne genießen. Man tritt das alte Pflaster. Man grüßt den Zeitungsmann an der Ecke. Man staunt, wie die Petunien auf dem Balkon der Nachbarin Schnulke inzwischen gewachsen sind. Man erschrickt geradezu, wie der Neubau, der, als wir abreisten, kaum zum ersten Stock reichte, emporgeschossen ist. Wir luchsen im Vorbeigehen, was es in unserem Stammkino gibt. Wir treten an die Litfaßsäule und bringen uns à jour, welche Sensationen zur Zeit das Städtchen beherrschen mögen. Wir treten beim Zigarrenhändler ein und versichern ihm, daß wir es schön gehabt hätten. Ja, Oberbayern war naß, aber prima! Und dann schlendern wir vielleicht die Schloßstraße hinauf oder den alten Kudamm oder machen uns als Passanten in unserem eigenen Kietz zu schaffen.

So sonderbar: Für einige wenige Stunden, für einen Nachmittag der Rückkehr kommt uns der Ort, wo wir vielleicht geboren sind, wo wir seit Jahren wohnen, der uns zuweilen doch auch recht verdrießlich war, wie die Fremde selber vor. Man sieht mit den Augen des Zugereisten. Und das ist man ja auch in des Wortes Bedeutung. Man findet plötzlich Dinge schön oder bequem oder erstaunlich, die man sonst übersah. Man freut sich, falls man ein Herr von Geschmack ist, der immer wieder erfreulichen Spezies frischer Weiblichkeit, die hier wächst. Ach, hätte es doch in Umpfeldingen so viele ausgesprochen nette, junge Mädchen gegeben! Man nimmt das Ohr voll von dem grantig-herzlichen Jargon, den die Straße spricht. Und raunzt einen bei falscher Überquerung des Fahrdamms ein flotter Herrenfahrer vom Volant aus an: »Paß doch uff, oller Dussel!«, dann möchte man ihm, führe er nicht so schnell, die Hand dafür drücken. Das ist die Sprache, die man versteht.

Berlin ist für einen halben Tag wie Sommerfrische. Die Kellner im Café sind weitaus freundlicher als die im regnerischen Bad Ischl. Sieht man einmal von dem räuberischen Brief des Finanzamts, der zu Hause auf uns wartet, ab, hat man hier zu Hause nicht den ängstlichen Dauereindruck, als wollte uns die Umwelt nur immer an die Börse. Es herrscht, stellt man fest, weniger Protz hier und Neureichtum, der uns draußen oft Minderwertigkeitskomplexe eingab. Es scheint beim ersten Heimkehrerhinsehen, als stünde hier alles besser in Relation, als vergesse diese Stadt nie, in welcher realen Welt der politischen Teufeleien wir leben. Berlin, ging es uns auch oft auf die Nerven, ist einem plötzlich wieder richtig sympathisch. Morgen schon werden wir uns über manches ärgern. Aber heute ist die Stadt voller Geheimnisse und heimlicher Schönheit. Die alte Wahrheit, daß man eigentlich nur reist, um zurückzukehren, macht sich für ein paar freundliche, sonderbare Stunden bemerkbar, gleichviel, ob man zur Partei der Blassen oder Braunen gehören möge.

Guten Tag, Berlin! ×

Es bellt in jedem Haus

Traktat über Hunde und Hündisches

Berlin war nie so hundenärrisch. Früher hatten ein paar alte Tanten ihren Mops auf dem Sofa. Sehr herrschaftliche Herrschaften, die über einen Kutscher, ein Villengrundstück und zwei stattliche Mädchen in weißgestärkter Schürze als Personal verfügten, beköstigten wohl auch noch einen Harras, Lux oder Cäsar, der den geharkten Wohlstand beschirmte und nachts argwöhnisch hinter der Windtür schlief. Draußen stand dann zu lesen: »Achtung, bissiger Hund!« Unsereins ging schnell vorbei. Heimlich fraß der Neid in der Brust. Denn soviel zu besitzen, daß man reißende Tiere zur Bewachung des Wohlstandes benötigt – soweit würde es unsereins nie bringen. Die Ahnung hat nicht getäuscht.

Wir hatten einen Onkel Karl. Der wohnte in Weißensee und hatte die Marotte, sich einen reichlich ekelhaften Pinscher zu halten. Damit erschien er zu allen christlichen Festen. Wenn wir Weihnachtslieder sangen, kläffte der ekelhafte Kleine dazwischen. Hunde waren selten in meiner Jugend. Ich wüßte nicht, wer unter unseren Bekannten und Freunden einen besessen hätte.

Als wir auf der Straße einmal einen streunenden Terrier aufgegriffen hatten und die lieben Eltern baten, ihn behalten und wieder auf Draht bringen zu dürfen, dekretierte unser Herr Vater: »Hunde gehören nicht in die Großstadt! Berlin ist doch kein Dorf! Ab damit zum Tierschutzverein!« Wir trollten uns mit der Töle an der Strippe.

Heute – ich bitte Sie! – jault, bellt und kratzt es in allen Etagen. Die Statistik zeigt, der Anblick des Trottoirs beweist, eigene Erkundung ergibt, daß der Berliner geradezu hundehörig geworden ist. Damit sei nicht direkt gesagt, daß, zufolge dem Ausspruch meines lieben Vaters, Berlin nun ein

Dorf geworden sei. Aber es hat schon seine dörflich rührenden Aspekte, wenn abends, so um zehn, sich die Haustüren öffnen und wir »Hundehalter« (ja, so heißen wir behördlich) unsere Meute auf die Gasse jagen. Jede zweite Familie hat ihre Töle. Großstadtpsychologen bietet sich hier ein weites Forschungsfeld. Man könnte sich eine ergiebige Dissertation denken, die den Titel trüge: »Der Berliner – vom Großstädter zum Hundehalter«.

Die verdienstliche Arbeit würde beweisen, daß das alte Tempo dieser Stadt viel gemächlicher geworden ist. Hasten kann nur, wer keinen Hund an der Leine hat. Jeder dritte Berliner aber hat einen. Spazieren geht ein vernünftiger Mensch nur, wenn er verliebt ist oder es vom Doktor verschrieben bekam. Hundemenschen müssen immer wandern. Dreimal am Tage müssen sie, gleich den alten klassischen Philosophen, peripathieren. Man geht drei Schritte. Dann muß man stehenbleiben, warten, ob im Hundesinne etwas passiert. Man geht wieder, bleibt stehen, weil Schnuppi von einer Ladentür nicht wegkommt. Dann schreitet man eine ganze Minute fürbaß, weil er zieht und den Baum an der nächsten Ecke in Nasenschein nehmen will. Wer da an der Leine ist, bleibt manchmal fraglich. Ist ja auch egal. Beiden ist es gesund.

Wer einen Hund an der Leine führt, ist auch menschlich gesellig. Früher kam ich mit Leuten auf der Straße nie ins Gespräch. Seitdem ich unseren Pudel mit mir führe, komme ich aus Freundschaften nicht heraus. »Achott, der Kleene, is der süß!« seufzen unvermittelt die hübschesten Damen und neigen sich zärtlich zu meinem »Spirri« hinunter. Dem männlichen Herzen tut das wohl. Auf mancher Bank im Tiergarten bin ich zwanglos mit mancher Hundehalterin ins Gespräch gekommen, nur weil ich ihren struppigen Liebling emsig lobte. Streichle den Hund und du kitzelst die Dame! Diese Maxime konnte Casanova noch nicht kennen. Im heutigen Berlin ist sie sehr anwendbar.

Auch meine Ost-West-Kontakte habe ich nur anhand meines Pudels. Der Polizeipräsident gestattet vierbeinigen Stadtbürgern begrenzten Auslauf. In ein paar Teilen des Grunewalds, bei Spandau und in festgesetzten Jagden des Tegeler Forstes darf man die Leine fallen lassen. Wir beide, Herr und Hund, pintschern meist an die Tundra beim Reichstag, dort wo der Tiergarten noch versteppt und vergammelt ist. Da dürfen wir tollen.

Da mischen sich auch die Tiere aus beiden feindlichen Provinzen. Wir kommen vom russischen Ehrendenkmal heran. Aus dem Osten kommen die Hundehalter über die Brücke und lassen ihre Tiere die Freiheit des Westens kosten. Zuerst beschnuppern sie sich skeptisch, die Hunde. Dann – siehe! – kennen sie keine Vorbehalte. Hunde an einen Baum! Dort wird die Einheit auf Tierebene schon praktiziert. Wir Stadtbürger kommen darüber ins Gespräch, ins gesamtdeutsche Hundegespräch: über das Fressen, die Staupe, die Ideosynkrasien unserer Tiere, und nichts ist da, was uns trennte. Eine Oase der Einheit, während mein westlicher Pudel mit einem östlichen Schnauzer auf hündische Weise Greifezeck spielt.

Viel ist in Berlin anders geworden mit den bösen Jahren. Aber vielleicht sind die Menschen, die Hunde haben, menschlicher unversehens. Vielleicht übersieht und vergißt man viele Sorgen, wenn man sich um Struppi Sorgen machen muß. Vielleicht ist es dem Stadtcharakter gar nicht unzuträglich, wenn die Mitbürger, die vier Beine haben, auch bei uns als Temperamentspuffer und als Kontaktbringer funktionieren.

Ganz auf den Hund zu kommen braucht man ja nicht gleich. ×

Laus im Sprachpelz

Immer frische Unarten werden erfunden, unsere arme Sprache zu quälen. Die Sucht, so ziemlich alles mit den beiden häßlichen Silben »mäßig« zu behängen, grassiert noch immer. »Wie waren Ihre Ferien?« – »Essensmäßig gut, wettermäßig enttäuschend!«

Dergleichen bewirkt, daß einem vor Schmerz jedesmal das Zahnfleisch kräuselt. Frei heraus zu konstatieren, daß das Essen gut und das Wetter enttäuschend war, wäre ja nicht kompliziert genug. Die Leute wollen mit gerolltem Munde reden. Es ist sprachmäßig ein Elend.

Gerade kommt ein neuer Unfug auf. Man soll mit dem erhobenen Zeigefinger auf ihn weisen, daß sich einige unter uns vielleicht doch schämen, sich an ihm zu beteiligen.

Modisch und übel wohnt diese Unart schon im Amtsdeutsch. Geschäftskorrespondenzen zeigen sich von ihr infiziert. Ja, auch in Journalen erhebt sie ihr verkorkstes Haupt. Zu »-mäßig« kommt jetzt »-seitig«.

»Magistratsseitig wurde beschlossen ...«, »Firmenseitig wird mitgeteilt ...«, »Redaktionsseitig wird darauf hingewiesen ...« Entsetzlich!

Es ist ein alter, dummer, preziöser, aber offenbar nicht auszurottender Sprachirrtum, daß die Passiv-, die Leidensform eines Satzes viel feiner sei als sein schlichtes Aktivum. Warum eigentlich?

Wenn der Magistrat beschließt, die Firma mitteilt, die Redaktion darauf hinweist, so ist doch in jedem Falle genau, richtig, kurz und unmißverständlich gesagt, was da gesagt werden soll. Wenn es »firmenseitig« geschieht – ist das die ganze Firma? Oder nur eine Seite der Firma? Und wenn ja – welche, bitte?

Oder soll das nur recht vorsichtig klingen und dabei doch

imposant? »Magistratsseitig« – soll diese dumme Formulierung uns beim Lesen des Bescheids erst einmal Ehrfurcht einflößen? Du armer Hund, der ganze Magistrat befaßt sich mit deiner Sache ja gar nicht. Es geschieht eben magistratsseitig, also nur aus der ungefähren Nähe der Behörde – also so gut wie anonym, also fast unverbindlich.

Dir soll das imponieren! Für den Magistrat soll es den Vorteil vielleicht haben, daß da ein Hintertürchen immer fein offen bleibt.

Wie man die Unart immer dreht oder wendet, Sinn gibt sie keinen. Und wenn, dann dient der nur der Ungenauigkeit und sprachlichen Verschleierung.

Mitbürger, hier will man uns eine neue Laus in den schönen Pelz unserer Sprache setzen. Man knacke sie, ehe sie sich noch einfilzt! ×

Künste und die Kälte

Betrachtung am lauwarmen Ofenrohr

Wenn das Thermometer zu tief fällt, beschlagen die Musen. Wenn eine unsittliche Kälte wie diese hereinbricht, verharscht der Mund der schönen Künste. Die Menschen rükken ans Ofenrohr, kleiden ihre Körper in Wolle und Husten ein auf den Aufschwung der schönen Seele. Es ist zu kalt. Der Winter, oder doch ein so klirrender wie dieser, ist nicht angetan, des Menschen Innenleben aufzutauen. Pfui Spinne, ist das kalt!

Wenn die Jahreszeit sich nicht gar so inhuman gebärdet wie diesmal, dann allerdings ist gemeinhin »Saison«. Da tummeln sich die Künste. Im Sommer zog der Mensch ins Freie und besuchte Pan in Ried und Feld und Wald. Im Herbst erst öffneten sich die Theater wieder. Die Kunstausstellungen häuften sich. Der Büchermarkt hatte seine Hausse. In die vier Wände kehrte zurück, wer sich bis dahin den Wind um die Ohren wehen und seine Haut von der Sonne gerben ließ.

Dann hat man gemeinhin die Vorstellung, der Mensch, ins Gehäuse zurückgekehrt, werde nun sein Innenleben privat oder öffentlich fördern. Ein Buch am Kamin oder an der Zentralheizung. Ein Gang ins angenehm erwärmte Theater. Zwei Stunden im gut temperierten Lichtspielhaus. Wenn die ohnehin niedrige Sonne hinter der Gedächtniskirche in den Horizont kugelt, rücken die Menschen unter die Lampe und lesen, oder sie kämmen sich das Haar und rüsten sich wohlgemut zu einem Gemeinschaftsempfang des Schönen in den Sälen der Stadt. Sonst ist der Winter wohl die virulenteste Jahreszeit; der Bazillus der Kunst geht um, und gern setzt der empfindsame Zeitgenosse sich ihm aus.

Wie anders diesmal! Liebe Leute, wenn der Tritt über die nächtliche Schwelle zu einem körperlichen Abenteuer wird, dann kann auf den Bühnen dreist das Schönste des Schönen vonstatten gehen: die Leute überlegen viermal, ob sie die Nähe des heimeligen Herds verlassen sollen und die Unbilden der Straße auf sich nehmen. Sie bleiben zu Hause, und ich kenne welche, die sogar ihr Volksbühnenabonnement verfallen lassen, ehe sie sich in Wolle panzern und in die Galoschen steigen. Lohnt eine Polarexpedition, um eine ausgedachte Handlung am Ende zu betrachten? Sie sagen nein und gehen ins Bett. Wieder zwei Plätze bleiben vakant.

Oder wer hat die Energie, an den Bücherschrank zu treten, sich, ehe er zu lesen beginnt, Pulswärmer über die Hand zu stülpen und dann mit immer noch klammen Fingern (der Hauswirt spart natürlich wieder Kohlen!) ins Abenteuer des Lesens zu werfen? Dergleichen ist doch fast heroisch und von keinem zu verlangen! Kunstfeindlich ist solch ein Winter, wenn sogar die Besucherquote in den Kinos bedenklich fällt und der Kurfürstendamm um die elfte Stunde sich ausnimmt wie eine gottverlassene, nächtliche Landschaft in der Nähe des Pols. Zwei, drei Figuren stemmen sich gegen den feindlichen Boreas, der dort weht. Sonst herrschen Einsamkeit und Kälte.

Der alte Matthias Claudius hat noch das Herz gehabt, den Winter als einen »rechten Mann, kernfest und auf die Dauer« zu preisen. Ich bezweifle, ob es damals so kalt war. Ihm wäre das Tintenfaß eingefroren. Der pathetische Klopstock hat mit kurvenreichen Worten als erster deutscher Sportpoet den winterlichen Eislauf ins Gedicht genommen. Ich habe das Poem gestern nachgelesen. Es kam mir plötzlich leichtfertig und zynisch vor. Wenn es so kalt ist, bleibt auch der lyrische Reiz der Kälte weg. Es gibt in einem Stück von Thornton Wilder eine Stelle, da die neue Eiszeit über die Erde kommt und die Menschheit verklammt und dem kalten Himmel flucht, nur nach Rettung trachtet und den Rest der Kultur verheizt.

Ich denke dieser Tage oft an diese Vision, ich bewundere ihren Haß auf die Kälte und verstehe ihre Panik vor dem Himmel manchmal, wenn die Zentralheizung sich umsonst müht und die Künste verklammen und die Musen beschlagen.

Ist Ihnen auch so kalt? ×

Mokka auf dem Trottoir

Über den Sinn der Vorgarten-Restaurationen

Die Linde vor meinem Fenster – Schreck laß nach – beginnt schon braune Blätter zu zeigen. Vom Sommerschlußverkauf ist seit Wochen die Rede nicht mehr. Im Tiergarten, wohin ich abends mich oft wende, um nur meditierend fürbaß zu schreiten, zeigen die Sommerblumen Müdigkeitserscheinungen. Die Abende – haben Sie schon gemerkt? – werden deutlich kürzer. Zwar sind noch die Tage der Rosen, gewiß. Aber die Anzeichen mehren sich, daß man bald die wollene Unterwäsche aus dem Kleiderschrank heben wird. Als vorsichtiger Bürger habe ich gestern den Wintermantel in die Reinigung gegeben. Paßt auf: Über ein kleines wird man morgens verlautbaren, daß der Hauswirt nun aber wirklich langsam heizen könnte. Die Theater werden wieder alle spielen. Der Sommer ist hin. Der Senne muß scheiden. Man will ja nicht unken. Aber bald ist es soweit.

Unser Leben wird ins Gehäuse zurückkehren. Nichts dann mehr mit der einfachen Erziehungsmethode, daß man die Kinder mit einer Wurststulle versieht und sie in den Park oder auf die Straße zum Spielen schickt. Um sieben sollten sie wieder zurück sein. Nichts mehr mit der einfachen Lösung, daß man den Pudel in den Hintergarten setzt: da tummelt er sich denn, stellt weiter keine Anforderungen, macht fröhlich, was seines Geschäftes ist, und wird bei Sonnenuntergang wieder hereingepfiffen. Vor allem aber wird man auf unseren Boulevards in allen Bezirken nicht mehr draußen sitzen können. Ein gemüthafter Teil unseres städtischen Lebens wird koupiert sein. Mit dem Kaffee, mit der Molle im Freien ist es dann Essig. Der schöne Auslauf unter den Himmel kann nur noch kurze Zeit getätigt werden. Der Kudamm wird wieder breiter, aber unansehnlicher sein, wenn einmal die Sitzgärten vor den Gaststätten eingezogen sind. Es ist Ende August. Man nutze die Zeit! Mehr sage ich nicht.

Daß die Stadt mit geradezu südlichem Elan im Sommer auf die Straße drängt, ist vergleichsweise neuen Datums. Wenn die Reserveleutnants und feinen Pinkel vor zwei Generationen noch bei »Kranzler« Unter den Linden »draußen« sitzen wollten, fanden sie nur eine einzige enge Tischreihe vor. Auch bei »Josty« am Potsdamer Platz konnte man sich nur auf ein vergleichsweise enges Außengelände drängen.

Natürlich gab es »Gartenwirtschaften«. Aber die lagen weit draußen in Wilmersdorf, Schöneberg oder Schmargendorf. Das bedurfte immer einer kleinen Reise. Heute hat sich die Gastlichkeit Berlins auf das Trottoir erweitert. Cafés und Kneipen beginnen schon drei, vier Meter, bevor ihre Mauern anfangen. Man sitzt auf der Straße und hat mit der Straße nichts zu tun. Man ist mittendrin. Und man ist vom Gewoge und Verkehr doch separiert. Es ist die ideale Position für die Zeitbetrachter und Philosophen. Man darf die Passanten anstarren und studieren. Man rührt in der Kaffeetasse und kann unbeanstandet holder Weiblichkeit den Tribut seiner Blicke zollen, kann das Auge voll nehmen, wo man sonst, selbst auf der Straße gehend, nur schamhaft schnell einmal plinsen dürfte. Wie schön ist es, seinen Mokka auf dem Trottoir zu schlürfen!

Über die besten Plätze in den Außencafés gibt es unter Kennern genaue Regeln. Die erste Reihe ist schlecht. Da kommen kleine Hunde, schnuppern an einem und müssen verscheucht werden. Dort ist man für Bettler und Kollektensammler allzu ansprechbar. Bekannte, die man beileibe nicht sehen möchte, erkennen einen sofort, setzen sich zu uns und verderben die blaue Stunde. Kenner wählen daher die hinteren Reihen. Erstens hat man dort Überblick auch über die benachbarten Kaffeehaussitzer selbst. Zweitens kann man aus dieser Position nach eigenem Willen erfolgreiche Vorstöße auf die Straße machen und liebe, passierende Freunde, die man nun wirklich sprechen will, auf den Stuhl neben sich locken.

Gestern, als ich ein Stündchen vor der Nacht auf diesem lebensvollen Aussichtsposten unter der Markise verbrachte, habe ich neben mir das zärtliche Geflüster eines Liebespaares hören können und direkt vor mir die harte Auseinandersetzung zweier gereifter Eheleute, einen nur mühsam gedämpften Dialog, der alle Sprachen gegenseitigen Überdrusses enthielt. Zwei Welten auf drei Meter Umkreis! Vier mittlere Filmstars sah ich vorüberschreiten und schwer an ihrem Ruhme tragen. Ich habe drei entzückende Mannequins gezählt und gelernt, wie hübsch weibliche Menschen sein können. Ich hörte das unbefangene Gelächter einer jungen amerikanischen Touristengruppe. Sie war so kregel, so frisch-gekirnt, so sichtbar glücklich im »dear old Berlin«. Ein Verkehrsunfall fand vor meinen Augen auf der Fahrbahn statt. Und ein alter Mann, weißbärtig, arm und anzusehen wie ein schöner Hiob, ging langsam in erregtem Selbstgespräch vorüber. Was mochte ihn wohl bewegen? Woran trug der Alte so schwer?

Für die 80 Pfennig, die mein Kaffee kostete, wurde mir bücherweise Schicksal geliefert. Die Stadt lag offen. Menschheit war zu besichtigen. Schönheit und Schande stellten sich dar. Noch stehen die Stühle »draußen«. Man nutze die kurze Zeit! Denn wie gesagt: schon bräunen sich die Linden … ×

Abschied vom Kramladen

Hier wird jeder Kunde noch festlich eingeläutet

Als ich in der Untersekunda aus Gründen der Pubertät und weil ich, anstatt Gleichungen zu lösen oder den Cicero zu übertragen, recht furchtbare Gedichte auf ein dickes Mädchen namens Ortrud gemacht hatte, das Ziel der Klasse nicht erreichte, dekretierte mein lieber Vater: Der Junge ist für eine humanistische Bildung zu dumm! Er gäbe mich als Laufburschen in den Kramladen an der Ecke. Nicht jeder brauche ja Griechisch zu können. Schmierseife verkaufen, Margarine abwiegen, Zucker in Tüten packen, Pakete austragen – dazu würde es wohl noch reichen. Er habe meine Faxen dicke. Er gäbe mich stante pede beim Kaufmann Gröge in Kondition.

Solle ich sehen, wie ich da fertig werde. Das teure Schulgeld aus dem Fenster zu werfen, nur um skandalöse Zensuren dafür zu sehen, habe er satt. Und als eindrucksvollen Schlußpunkt seiner verärgerten Worte setzte er mir eine schallende Ohrfeige auf die jugendliche Wange.

Ich sollte also beim Krämer eintreten. Der Alte hatte gesprochen.

Daß es nicht dazu kam, ist meiner milden Mutter zu danken. Sie kriegte den erbosten Erzeuger wieder einmal herum. Ich verlor die dicke Ortrud ohnehin aus den Augen und machte nach vier Jahren sogar das Abitur mit einigen Ehren. Hinter den Ladentisch eines Berliner Kramladens bin ich auf diese Weise nie gekommen. Heute tut mir das manchmal leid. Vielleicht wäre man weiser, stünde man, nur durch die Ladentheke und den Glasaufbau von der Umwelt getrennt, mitten im Leben. Man hätte Kontakt mit der Menschheit. Man würde alle Kinder des Bezirks, die Kuchenkrümel oder Lutscher einkaufen, bei Namen kennen. Man hätte mühelos Einblick in das Seelen-, Ehe- und Familienleben seiner Mitmenschen; denn die Frauen, die mit ihren Einholetaschen im Laden Station machen, sind gesprächig und halten nicht hinter dem Berg. Man könnte zwangsläufig und interessiert Anteil nehmen am sozialen Aufstieg seiner Kundschaft, die sich von der Margarine als Brotaufstrich über die Butter bis zum täglichen Ei als Frühstücksbeigabe hinaufarbeitet.

Im Kramladen krabbelt und spült das schiere Leben. Mit jedem Kunden, holt er auch nur ein Achtel Leberwurst zu vierzig, tritt ein neues Schicksal in die Tür. Und bezeichnenderweise scheppert jedesmal die Ladenglocke; schon akustisch wird die Ankunft jedes neuen Kunden festlich eingeläutet. Beim Krämer, da ist der Mensch noch was wert, da wird ihm das Geld noch gewogen …

Wie das schon riecht, wenn man eintritt! Nach saurer Gurke, nach Speck, nach Seife, nach Öl, nach Schokolade, nach Thunfisch, nach Stiefelfett, nach Harzer Käse, nach Landbrot, nach Glibber-Bonbons. Was da alles zusammenweht, um diese kräftige Duftorgie herzustellen! Sonderbar: die Zusammensetzung des kräftigen Kramladen-Aromas mag fast täglich anders sein! Aber der nasale Eindruck ist in großen Zügen immer der gleiche. Das hat sich seit unserer Kindheit nicht geändert. In seiner vielgefügten Gesamtheit ist der herzhafte Duft urromantisch. Ich kann mir nicht helfen – ich trete oft, auch wenn ich eigentlich gar nichts zu kaufen hätte, drüben in unseren Kramladen ein. Es riecht da so herrlich!

Wir leben im Zeitalter der Spezialisierung. Das hat zur Folge, daß richtige, vollbestückte Allround-Kramläden fast schon musealen Charakter gewinnen. Sie sterben aus. Und das ist ein Jammer. Fisch aus dem Fischladen, Stiefelwichse aus dem Schuhgeschäft, Benzin aus der Drogerie, die Wurst vom Fleischer, den Lutschbonbon beim Konfiteur, die Schrippe vom Bäcker, den Käse aus dem Milchladen. Das mag seine volkswirtschaftlichen Vorzüge haben, aber es vermindert die Welt um Buntheit und Reiz.

Im Kramladen ist noch alles zusammen. Ein Blick über die gehäuften Mischwaren auf den Regalen, in den Tonnen, Säcken und Ständen läßt einen neugierig werden und die Fülle des Nützlichen, das diese Erde und dieses Jahrhundert bietet, erst richtig kosten. Und dann kauft man eine grelle Geburtstagspostkarte, ein Viertel Schinken, ein Paar Schnürsenkel, eine Gewürzgurke und einen Stein für das Feuerzeug. Man zahlt zwei Mark zwanzig, erfährt noch einiges Pikante über die junge Witwe Eltermann, die vor drei Wochen aus undurchsichtigen Gründen verzog und inzwischen wieder geheiratet hat. Man tauscht ein paar Klagen über die allgemeine Steuergebarung aus, sieht plötzlich, daß ein hübsches Fäßlein entzückender Rollmöpse eingetroffen ist, kauft auch noch davon ein halbes Dutzend und scheidet mit Händedruck vom freundlichen Krämer. An der Tür scheppert zum Abschied noch einmal die Glocke.

Jüngst kehrte nach zwanzig Jahren ein guter Freund meiner Jugend aus dem Ausland in unsere Stadt zurück. Ich zeigte ihm alles, was da alt oder neu bei uns ist. Er wunderte sich, er bewunderte. Er war besten Willens. Aber es war nicht das Berlin, das er verlassen hatte. Er blieb melancholisch.

Ich nahm ihn mit in unseren Kramladen an der Ecke. Erst da ging sein Herz auf. Er war wieder daheim. Er kaufte gleich ein ganzes Pfund Kommuner Borkenschokolade. Er fand »Naute«, jenes klebrige Gemisch aus Mohn und Honig, und er jubelte. Denn an dem Geschmack hing unsere Kinderzeit. Er erramschte eine mächtige Portion Bratheringe und kaufte sinnlos viel billigster Kernseife. »Woanders«, sagte er, »riecht sie anders.«

Er war wieder in Berlin. Noch im Laden umarmte er mich, daß ich heute noch nach Brathering rieche. Die unverwüstliche, gleichbleibende Romantik einer Gemischtwarenhandlung hatte ihn übermannt, hatte ihn glücklich gemacht.

Laßt, bitte, die Berliner Kramläden nicht aussterben! ×

Strandbad Wannsee: das große Berliner Volksfest

Oh, schmölze doch dies allzu viele Fleisch! Den Fremdling und Besucher aus der Ferne kommt, sieht er zum ersten Male die Massen der Entkleideten am Wannseestrand, ein Schaudern an. Die Menge Mensch – hier liegt sie, aalt sich, sonnt sich, badet, treibt auf kleinstem Raum Sport, sitzt in Badekörben, flirtet, döst, liest und treibt auf viele Weise Zeitvertreib.

Hier sieht man die Adonisse aus der Ackerstraße. Lehrlinge, gut gewachsene Ladenschwengel, selbstbewußte Hilfsarbeiter, junge, braungebrannte Recken, die am Alltag in Fabriken frönen oder in Garagen, verschmierten Gesichtes, unter den Ölwannen der hochtourigen Automobile liegen. Heute ist Sonntag. Jetzt sind sie Mensch. Hier dürfen sie's sein. Und sie sind es immer in Massen.

Am Wannseestrand sind für den Liebhaber der Schönheit auch die Venusse von Mariendorf oder Neukölln zu erblicken, Kinder des Volkes, denen sonst auf dem Hinterhof nur ein gelegentlicher Sonnenstrahl sichtbar wird.

Manche Augenweiden promenieren am kribbelnd überfüllten Strande. Und mancher bessere Berliner Herr weiß, warum er sich das Wochenende hier im Gedränge um die Ohren schlägt. Schönheit ist präsent und präsentiert sich selbstbewußt. Morgen wieder hinterm Ladentisch oder am Laufband der Fabrik. Heute eine kleine Venus am Havelknick.

Natürlich gibt es solche und »so'ne«. Im Freibad Wannsee ist jede Abart der Berliner Menschlichkeit zu erblicken, und manche Ansicht ist mehr rührend als schön.

Mutti sitzt im Unterkleid auf dem geborgten Sande und sortiert die Stullen für die Familie. Vater geht in Socken umher und sorgt sich, wo er das nächste Bier bekommt. Tante Ella, die es mit den Gesetzen der Körperharmonie seit zwanzig Jahren nicht mehr ernst nimmt, hat sich mit dem örtlichen Käseblatt zugedeckt und macht, ein kaum ästhetischer Anblick, ihr Nickerchen. Nicht weit davon – achott-achott! – sitzt die Oma in ihrem guten Schwarzen.

Ein ständiges Kommen und Gehen. Den Berliner – gesellig von Natur, wie er ist – inkommodiert nicht die Widrigkeit der Masse Mensch. Er hat Überfüllung gern. Er mag Tuchfühlung haben. Ihn stört keine Menge, wenn sie nur gutwillig ist, wie er selber. Ihn macht der Nachbar nicht nervös. Er würde eher nervös werden, müßte er Einsamkeit erleiden. Er liebt den »Betrieb«. Und hier, hier im Strandbad Wannsee ist wirklich welcher.

Anfang des Jahrhunderts siedelten da noch die »Wannseeaten«, ein strikter Bund der Naturfreunde, die das Ufer in kleingartengroße Abteilungen zerlegt hatten und ihr sonntägliches Vereinsleben im Freien genossen. Als die Stadt das Parzellengelände am See auflöste und das Massenbad baute, hievten sie schmollend ihre Erdbeerstauden, ihre Gartenmöbel, -geräte und Lauben auf Havelkähne und ließen sich in corpore hinter Spandau neu nieder.

Seitdem gehört dies Stück Strand der größten Allgemeinheit, die überhaupt von einem so vergleichsweise kleinen Stück Natur nutznießen kann. Der Sand mußte importiert werden. Er muß noch heute immer wieder aufgefüllt werden. Weiß der Himmel, wo er hingerät. Aber am Ende der Saison ist die Hälfte der mühsam angekarrten Strandunterlage perdue. Die Berliner haben zwischen den Zehen, in ihren Socken, Haaren, Hosenaufschlägen in jeweils kleinen Mengen den importierten Sand wieder weggetragen.

Wenn im Frühjahr die Massensaison beginnt, steht's in jedem Berliner Blatt, und der Naturfreund in Lichterfelde wie in der Hasenheide beginnt, sehnsuchtsvoll die Motten aus der Badehose zu schlagen. Erst wenn das Strandbad seine Pforten hoch im Herbste schließt, ist hier der Sommer und die Freiluftphase des Jahres vorüber. Und jedes Jahr wieder gibt es liebe Verrückte, die mitten im ärgsten Winter das Eis des Wannsees erbrechen und sich zur Freude der Pressephotographen bibbernd in die Frost-Havel stürzen.

Das Strandbad ist das dauernde, große Berliner Volksfest. Wer seine Nerven hier erholen will, muß gute Nerven mitbringen. Über seinen im Sande hingestreckten Körper hin wird Federball gespielt. Am Wasser quäken die Kinder. Im Wasser kreischen die Großen.

Beschaulich ist es hier nicht. Trotzdem finden Idyllen statt. Spree-Liebespaare suchen gern die Menschenstauungen in der Wannsee-Sonne auf. Man kann nirgends so allein sein, zu zweit, wie in dieser Masse. Einsame kommen, wollen sie nicht mehr einsam sein, hier so leicht in Kontakt und Gemeinsamkeit mit dem Nachbarn und der Nachbarin am Strand. Ein Spritzer im Bad, ein Streichholz für die Zigarette, ein spendiertes Bolle-Eis – der Berliner Casanova hat hier leichte Chance der Annäherung. Am nächsten Sonntag packt man schon gemeinsam die Badehose ein.

Und dann geht's wieder los, hierher. Die S-Bahn speit die Tausende aus, die – eine kompakte Marschkolonne – durch die staubigen Kiefernstraßen pilgern, sich in der Kleiderablage zum reinen Menschen verwandeln und die Sonne wahrnehmen und den lauten Tag genießen.

Bis der Mond über Gatow steht, bis die Lichter der Sterndampfer über dem nicht allzu sauberen Wasser glitzern, bis die abendliche Kühle den Pilgerweg zurück nach Nikolassee ratsam sein läßt.

Fontane würde staunen, was aus diesem einst stillen Teil seines Havellandes geworden ist. Der Berliner Lido ist eine Art Anschauungsunterricht für alle Formen und Erscheinungsarten des Menschlichen im Zeitalter der Massen. Aber typisch und nachdenkenswert: der Berliner Mensch hat kein Unbehagen daran; er bleibt individuell, kregel, vergnügt, lustig gerade in der Menge.

Vielleicht sollten Kulturpessimisten hin und wieder ins Strandbad Wannsee getrieben werden, daß sie lernen: der Mensch kann sich dreist gegenseitig auf die nackten Zehen treten – und trotzdem glücklich sein. Wie hier. ×

Aus der Mode, aus der Hand, aus dem Sinn

Der nachdenkliche Zeitgenosse, befallen von einem herbstlichen Ordnungsraptus, geht eine alte Schreibtischlade an. Die ist überfüllt mit Ablagerungen unserer totalen Schriftlichkeit, sie klemmt vor Schurrmurr und längst angeschimmelter Korrespondenz. Als man in der Lade ordnend zu graben beginnt, fällt uns ein Stift in die Hand, den es vor, sagen wir, dreißig Jahren noch als unausweichlichen Gebrauchsgegenstand für alle Schreibenden gab. Den es aber heute nicht (oder nur zufällig wie hier) mehr gibt.

Was? Ein sogenannter Tinter- oder auch Kopierstift. Der lag einst auf jedem Schreibtisch in mehreren Ausführungen. Die Kinder kriegten ihn mit in die Schule und wurden angehalten, die Schreibspitze ja nicht zu belecken. Sie machte dann bläulich-lila Flecken, und giftig, sagte man den Kleinen, sei das Ding auch. Aber es schrieb verläßlich, und was man damit geschrieben hatte, war nicht radierbar. Es haftete wie Tinte, ohne daß man Tinte ernsthaft bemühen mußte.

Heute ist das Schreibgerät ausgestorben. Einem erstaunten Neffen, der der Ladenausräumung beiwohnte, mußte ich die Funktion des alten Kopierstiftes mühsam erst erklären. Er hatte so ein Ding, da er wie wir alle den erst in den fünfziger Jahren aufgekommenen Kugelschreiber benutzt, nie gesehen.

Er weiß aber auch nicht, was ein Tintenwischer ist. Der gehörte einst unerläßlich zu der Ausrüstung jedes Abc-Schützen. Damit konnte man die Redes- oder die Bremer Börsenfeder, wenn sie von lästigen Ablagerungen bedeckt war und kleckste, reinigen. Das machte Spaß. Einige Kinder in der Klasse (und die wurden füglich beneidet) hatten sogar einen veritablen Hasen- oder Karnickelfuß als Tintenreinigungsinstrument. Da heute kaum einer noch mit Tinte schreibt (oder Tinte hat), braucht er auch keinen Tintenwischer mehr. Der Gegenstand ist verschwunden, weil er gegenstandslos wurde.

Oder: Als uns in diesem schönen Sommer denn doch die Fliegen zu peinigen begannen, ging ich zu meinem Drogisten, der einen aber auch gar nicht mehr persönlich bedient. Wir schreiten mit dem Drahtkorb an seine Kasse. Dort sagt er bestenfalls »guten Tag« und kassiert nur noch. Ich durchbrach die allgemeine Handelsschweigsamkeit und fragte ihn, wo denn die Fliegenfänger stünden? »Jibt's nich mehr«, sagte er maulfaul. Und er hatte recht.

So vieles Brauchbare kommt erst aus der Mode, dann aus der Hand und schließlich ganz aus dem Sinn. Wer hat noch (zum Schutze seiner Schuhe bei Dreckwetter und zum Schutze, gleichzeitig, der Teppiche später in der Stube) – wer hat noch die einst unumgänglichen Galoschen? Sie waren aus Gummi gegossen, außen schwarz, innen, wenn sie fein waren, sogar rot. Man schlurfte mit ihnen durch Schweinewetter und Schnee. Zu Hause legte man sie im Korridor ab und schritt sauberen Fußes über den Perser. Und die Hausfrau hatte einen lieb. – Wissen Sie, wo's noch Galoschen gibt? Es gibt sie, fürchte ich, nicht mehr.

Wie so vieles, das doch ganz brauchbar war, das die Mode aber verdrängte, oder das durch Brauchbareres überholt wurde. Wie man älter wird, merkt man hin und wieder eben auch daran, daß es Dinge, die es einst unwidersprochen gab, gar nicht mehr gibt – schade. ×

Der Schlaf im Theater ist Gewissenssache

Über einige Methoden des Parkettschlafs

Ich habe die immer sehr beneidet, die das können: im Theater unbekümmert und unangefochten schlafen. Ich habe mich auch gewundert über die, die erst die Mühsal, die Kosten und Anstrengungen einer Fahrt ins Theater auf sich nehmen – und wenn sie erst sitzen, siehe, dann wackelt ihr Kopf. Wenige Minuten, nachdem sich das Drama und die Vorstellung davon mühsam entwickelt haben, röcheln diese Parkettschlummerer schon. Mord, Totschlag, Mutterschändung, politische Implikationen, Szenenbelehrung, aber auch Gelächter oder gespieltes Vergnügen schlagen solche sofort und schlankweg aus. Sie schlummern. Sie können es. Sie schlafen selig im Sitzen.

Warum solche überhaupt die Unbequemlichkeiten eines Theaterbesuches auf sich genommen haben, bleibt tatsächlich fraglich. Sie hätten, wenn sie das Deckbett zu Haus über das Haupt geschlagen hätten, sicher leichter, billiger und unbeobachteter schlummern können. Aber diese da, die so schnell und selig in der achten Parkettreihe von Morpheus sich anrühren lassen, sie entledigen sich einer gesellschaftlichen Pflicht. Sie sind ins Theater gegangen. Aber sie entziehen sich, schlummernd, auch gleich den Anfechtungen der Institution. Sie kommen mit geschlossenen Augen über alle Belästigungen des Dramatischen hinweg. Sie genießen kurz die Annehmlichkeiten und die Freuden einer sozialen Veranstaltung. Sie können am nächsten Morgen verbreiten, sie seien »gestern im Theater« gewesen. Daß sie dort die meiste Zeit schlummernd verbrachten, werden sie füglich verschweigen.

Wir, die wir, sei es aus Berufspflicht oder rein aus Unvermögen, vor der Rampe nicht schlafen dürfen oder partout nicht schlafen können – wir verfolgen jene mit Neid und Staunen, je nachdem. In jedem Premierenpublikum gibt es besonders ausgepichte und studierte Parkettschläfer.

Erste Gruppe: Das sind die, die mit sichtbarlich schlechtem Gewissen in den Bildungsschlaf fallen. Wer zu ihnen gehört, zeigt immer wiederkehrende Qualen der Überwindung. Man wehrt sich. Man möchte gar nicht einnicken. Aber man muß es. Erst kriegt man das leichte, das die hinter ihm Sitzenden alarmierende Kopfwanken. Der Schädel pendelt. Der Bildungsschläfer reißt sich vor dem Erreichen des befreienden Tiefschlummers immer noch zurück. Er möchte gar nicht. Er rappelt sich hoch, reißt die Augen auf und richtet sie, schuldbewußt und hilfesuchend, zur Bühne. Aber von dort (meist hat er Pech) kommt ihm Weckendes nicht oder zu wenig. Also ist er geliefert. Wieder wankt sein armer Kopf, fällt nach vorn oder zur Seite. Es ist um ihn geschehen.

Schon will man einem solchen heimlich gratulieren, falls man zu denen gehört, die noch wacker Wache halten. Seine liebe Seele hat Ruh. Aber der strenge Gott des Pflichtbewußtseins sitzt dem Manne im müden Nacken. Eben röchelte er noch selig. Da weckt ihn doch immer wieder das ihm einmontierte schlechte Gewissen: »Kinder, ist ja wieder furchtbar! Im Theater darf man doch, um Himmels willen, nicht schlafen! Hoffentlich hat es niemand gesehen!«

Er ist wach, blickt argwöhnisch um sich, verfolgt, ohnehin schon des dramatischen Zusammenhanges verlustig geworden, mühsam die Szene. Und schläft doch wieder ein. Er ist einer von denen, die sich schwertun. Sie zu beobachten, ist oftmals viel dramatischer oder unterhaltsamer als die Bühnenvorgänge dieses gleichen Abends selber.

Da hat es die Sorte der ganz unbekümmerten Schläfer leichter. Sie kehren sich um die Umsitzenden einen feuchten Schmutz. Wenn's auf der Bühne so recht unergiebig zu werden beginnt, räkeln sie sich gemütlich zurecht. Sie suchen für das nickende Köpfchen eine feste Position und Unterlage. Sie erkämpfen sich von ihrem Nebenmann erst einmal listig die breite Sessellehne. Dann stützen sie das Kinn nonchalant in die Hand, kuscheln sich zusammen und schlummern – eins, zwei, drei – fest und selig ein.

Sie könnte dann auch der Donnerschlag im dritten Akt kaum mehr anfechten. Erst wenn das Licht angeht, sind sie dem wachen Leben zurückgewonnen. Sie sind in den meisten Fällen dann auch nicht viel dümmer als wir. Oft sind sie ausverschämt genug, schon an der Garderobe eine hurtige oder tiefsinnige Diskussion über die Qualitäten des (von ihnen doch verschlafenen) Theaterabends vom Zaun zu brechen. Glückliche Naturen! Aber was wird aus uns, den anderen? Was wird aus uns, die der Schlaf im Parkett meidet? Wir versuchen indessen allerlei Tricks, um den Anfechtungen der Langeweile zu entgehen. Viele Damen entledigen sich ihrer Schuhe. So gewinnen sie ein Gefühl der Freiheit. Ich, zum Beispiel, durchkrame meine Taschen, finde dort alte Billetts, Bonbonreste, Souvenirs froherer Abende oder verstreute Zettelchen. Das beschäftigt.

In Abständen sieht man auf die Uhr. Man rätselt, wie lange die Sitzpflicht noch dauern könnte. Man geht mit sich selber Wetten ein, wie oft von der Bühne die Worte »Seele« oder »Gesellschaft« oder »Fortschritt« oder »Liebe« noch kommen werden. Man überschlägt, wie viel die Kostüme und die Dekors diesmal wieder gekostet haben. Das gibt dem Steuerzahler in uns Beschäftigung und meistens Grund zur Entrüstung. Man lockert unauffällig den Schnürsenkel. Man zählt die Glatzen im Parkett oder die »Rothaarigen«. Man blickt aus nach weiblichen Schönheiten im Auditorium und huldigt, unterbewußt, sündigen Nebengedanken. Man sieht neuerlich auf die Uhr, rutscht herum und lernt wieder einmal, welche Qual, eine wie schwere Arbeit das simple Stillsitzen bedeuten kann, wenn man das, was man da sehen muß, im Grunde gar nicht sehen möchte.

Oh, die Plagen der Schlaflosigkeit, wenn dort oben, wo doch die Kurzweil herrschen und sprühen sollte, die Pest der Langeweile und des aktivierenden Gähnens umgeht! Welche Liebe zur Institution des Theaters gehört doch dazu, das nächste Mal wieder zur Stelle zu sein und sich der Freiheitsberaubung im Parkett neuerlich zu unterziehen.

Wieder hingehen tut man ja doch. Trotz allem. – Herr, gib denen, die schlicht und selig im Theater schlafen können oder dürfen, einen unruhigen Schlaf! Und gib uns, die das nicht können, bitte, keinen Anlaß zum Neid! Sela! ×

Nachruf auf den perfekten Zuschauer

Wenn die Großen im Reiche der Musen fallen, senken sich die Fahnen. Fahren Protagonisten, Schauspieleridole oder auch nur ausgediente Bühnenbeamte in die Grube, flicht ihnen die Mitwelt schnelle Kränze.

Die Feuilletonisten klappen den Bühnenkürschner auf. Sie tauchen die Feder tief in Trauertinte. Sie raffen noch einmal das Bild des verblichenen Szenenkönigs. Ein Abgang wird gebührend beklagt, eine Unersetzlichkeit wird behauptet: seit dieser nicht mehr sei, sei auch die Bühne nicht mehr, die sie war. Nimmer würden wir diesesgleichen sehen. Applaus an der Gruft.

Die Kritiker und besoldeten Rampenschreiber werfen noch drei Hände voll Lob und etwas mit Trauertüll versehene Ehrfurcht in das offene Grab. Unbesungen geht von den Tätern der Kunst kaum einer dahin. Und das ist richtig so, und es soll so bleiben. Die Fahnen sollen sich senken.

Aber wer weint in Zeitungsdruck, wenn ein Stück exemplarischen Publikums verschwindet? Wer nimmt Kenntnis, wenn der Tod von der anderen Seite des Bühnenhauses die Bühne vermindert? Wer klagt um den Abgang eines großen Zuschauers? Treten die Faszinatoren ab, setzt es prompt Nachruf und Trauer. Stirbt ein großer Faszinierter, bleibt nur ein Sperrsitz leer. Morgen sitzt dort ein anderer.

Seit einigen Wochen vermissen wir Premierentiger von Berlin einen solchen Faszinierten, einen wahrhaft Besessenen des Parketts. Sein Name war Wilhelm Richter. Er trat nie hervor. Aber er war immer da. Solange ich denken kann, stand er ein Viertel vor acht in allen premierenschwangeren Vestibülen. Ohne ihn konnte es eigentlich gar nicht losgehen. Er war ein massiger Mann. Er hatte eine Glatze. Er trug immer eine dicke Aktentasche unter dem Arm. Einen Mantel trug er nie, gewiß um die Garderobenkosten einzusparen. Er sprach mit niemandem, aber jeder kannte ihn.

Er war das Hätschelkind der Kassiererinnen, der Intendanten und Kritiker. Wilhelm Richter ist wohl selten unverrichteter Dinge und in falscher Richtung aus einem Premierenvestibül geschritten. Rein kam er immer.

Nie drängte er sich auf. Er stand in Kassennähe und wartete. Er wartete auf irgend jemanden, dessen zweite Premierenkarte vakant war. Er sah die Kritiker an, prüfte, ob deren Gattin diesmal mit von der Partie war oder ob die Bühnenrichter solo erschienen.

War das der Fall, war man auch nach schweigendem Gesetz gehalten, unauffällig zu ihm zu treten. »Sind Sie schon versehen?« fragten wir Herrn Richter. »Nein!« sagte er und empfing mit selbstverständlicher Grandezza den Tribut seiner Beharrlichkeit. Der Abend war gerettet, für ihn – aber auch, so scheint es, jedesmal für die Kontinuität des Berliner Theaterlebens überhaupt. Der Vorhang konnte hochgehen. Herr Richter war präsent.

Er war ein Herr und dabei ein Süchtiger. Er hatte schon alles gesehen, was unsereins sich mühsam aus Theaterbüchern zusammenschaben muß. Er würde einen nie angesprochen haben, saß er dann neben uns im Sperrsitz. Aber er atmete schwerer, wenn künstlerisch Schlimmes auf der Bühne geschah. Und wenn etwas glückte, wenn ein glorioser Moment sich zutrug, dann hatte er einen kleinen, kurzen Grunzton des Glücks. Er reagierte körperlich. Sein Theaterblut stockte oder pulste schneller. Er lebte von und mit der Szene. Ach, wie wenige solcher gibt es!

Ein privates Wort ließ er, auch in Parkettnachbarschaft, nicht aufkommen. Er hatte beruflich mit Theater nichts zu tun. Aber er verkörperte es. Er war Kaufmann, Angestellter, Ortsreisender für eine Tuchfirma gewesen. Soweit man wußte, lebte er schließlich von einer kleinen Pension. Aber er lebte für seine schöne Süchtigkeit. Er hamsterte Theater.

Er wußte alles. Man muß für die Qualität der Berliner Kritik seit seinem Tode sehr fürchten; denn nun kann unsereins nicht mehr in der Pause unauffällig zu ihm treten und ihn, beispielsweise, fragen: »Wer spielte eigentlich 1911, Herr Richter, bei der Uraufführung der ›Maske‹ in Sternheims ›Hose‹?« Er sagte es einem und schnurrte die übrige Besetzung ab. Er zitierte automatisch, was Kerr und Bab dazu geschrieben hatten.

Er war das wandelnde Theaterarchiv. Dieser massige Mann in seinem abgeschabten, blauen Zweireiher hatte alle schönen Stürme des letzten Halbjahrhunderts erlebt. Er war dabeigewesen, ein Parkettveteran mit dem Herzen eines genauen Schwärmers.

Sein Privatleben fand nicht statt, wenn nicht in Bühnennähe. Er wohnte hinter der Kottbuser Brücke am Maybachufer und dort im Hinterhof einer anachronistischen Mietskaserne. Er hatte drei Kammern, direkt unterm Dach.

Die Höhle eines Monomanen. Vor Theaterablagerungen konnte er sich dort kaum bewegen. Er schichtete alles, dessen er habhaft werden konnte: Programme, Zeitungsblätter mit Kritiken, Bühnenbücher, Pamphlete, Illustriertenfetzen, Fachzeitschriften, Nachrufe, Vorbesprechungen, Stücke, Bilder.

Regale voll, Stapel von der Erde geschichtet, Berge von Bedrucktem, kippende Haufen von Papier. Ablagerungen einer Leidenschaft.

Hier hielt er Registratur. Hier versuchte er Ordnung in seine Leidenschaft zu schlagen. Er buchte jeden Abend seit 1906. Er schrieb mit roter Tinte in eine gewaltige Kladde Datum, Stück, Regisseur, Tatort und Autor der Premiere. Er klebte die Programme und alle Kritiken, derer er habhaft werden konnte, auf. Das nun wieder kam in Jahresbände, das heftete er und ließ er binden. Lederrücken mit Golddruck, Jahr für Jahr bis 1928.

Dann wurde ihm dieses Prinzip offenbar zu teuer. Er hortete weiter. Aber nun sammelte er das Aufgeklebte und Registrierte in Jahreskästen, schlug die Kartons mit Seidenpapier innen aus, hatte auch so immer alles greifbar und präsent. Eine geordnete Hekatombe seiner Theatersüchtigkeit. Einer hatte Leidenschaft gesammelt und gehamstert. Alles war greifbar und gegenwärtig, wenn er nur wollte. Er war ein-, war fast zugewachsen in den Reliquien abendlichen Glücks. Ein Leben, völlig eingekapselt in ein schönes Hobby.

Sie nannten ihn »den Verrückten«, seine Kollegen im Geschäft. Ein Bürger war zutiefst ungesellig. Er stürmte von der Arbeit vor die Theater. Sonntags hockte er in Matineen und Konzerten. Er ließ keine Schauspielerbeerdigung aus, keine öffentliche Ehrung, keine Bühnendiskussion oder Nachtvorstellung.

Das – du lieber Himmel! – ist wahrscheinlich wirklich »verrückt« im allgemeinen Sinne des Wortes. Es ist kauzig bis zur Gefährlichkeit. Monomanie ist der Umwelt immer verdächtig.

Aber wo kommt das Theater hin, sterben solche Monomanen vollends aus? Wovon nährt sich die Bühne am Ende, wenn sie nicht immer wieder solche wunderbaren, glücklichen Narren Thalias anzieht, sie fasziniert, einwickelt, beseligt und totalitär ausfüllt? Die Kostgänger des schönen Scheins, die Süchtigen – was wird aus der Szene, wenn die aussterben sollten?

Dieser existentielle Theatermann im Nebenberuf, dieser Wilhelm Richter aus dem Hinterhof am Maybachufer, war eine Balzacsche Erscheinung in Neukölln. Als er kürzlich starb, war er längst über siebzig, der massige, unauffällige Mann in seinem premierengewetzten Kammgarnanzug. Ein Außenseiter in beiderlei Sinn, ein selig verrutschter Bürger.

Aber wenn wir zur nächsten Premiere schreiten werden, wenn wir das Auge über den Kassenraum schweifen lassen, wird alles ganz anders sein, da er nicht mehr da ist. Berlins Theaterleben hat ein Loch an der Stelle, wo er nun nicht mehr steht und wartet, ob wir ihn in den Tempel seiner Träume einschleusen werden mit Hilfe der vakanten, zweiten Karte.

Mir kommt vor, hier hat sich etwas sehr verändert. Mir scheint, hier hat Berlins Theater unversehens bösen Abbruch erlitten. Wilhelm Richter, einer der letzten totalen, enragierten Zuschauer dieser Zeit, ist für immer ausgefallen. Auch wenn (was wir hoffen wollen) proppenvolles Haus ist – dieser eine wird fehlen. Es bleibt so viel mehr leer als nur ein Sperrsitz. Der perfekte Zuschauer kommt nicht mehr. Ein dicker Mann, namens Richter, steht nicht mehr wartend im premierenschwangeren Vestibül. Ein Faszinierter bleibt aus. Es ist alles plötzlich anders. ×

Der Sputnik als Christkind-Ersatz

Am Eingang des Ost-Berliner Weihnachtsmarktes steht ein Leierkastenmann. Er nuddelt so schön, daß ich in die Tasche greife, um ihm mit einem Groschen für sein »Morgen, Kinder, wird's was geben …« zu danken. Aber ich kriege die Hand gar nicht erst heraus.

Der Leierkastenmann ist ein verdutzend junger Bursche. Er trägt einen handfesten Wintermantel, hat einen neuen Velourhut auf dem Haupte. Er unterhält sich, während er sein Instrument betätigt, lässig und desinteressiert, mit einer Gruppe Halbwüchsiger. Die gute, alte Mütze, dahinein man seine milde Gabe werfen könnte, ist gar nicht mehr da.

Er ist kein Almosensammler. Er ist ein staatlicher Angestellter, ist ein Leierkastenverwalter, von der offiziellen Leitung des Weihnachtsmarktes designiert, die Gemütsmusik zu liefern. Er bettelt keineswegs. Er erfüllt eine Funktion. Der Leierkastenmann »neuen Typus«.

Neben ihm hängt in der kalten Dezemberluft ein großes Schaubild: »Der Sozialfrieden in Westdeutschland«. Ich ziehe mir direkt verwunderte Blicke der Plaudergruppe am Leierkasten zu, als ich herantrete und es betrachte: Ein feister Kapitalist, erkennbar an seinem Schweinebauch, seinem Cut und Zylinder, sitzt auf einem Berg altmodischer Geldsäcke. Darunter ächzen die Elendsfiguren der bundesrepublikanischen Arbeiterschaft – ausgemergelt, backenhohl, rachitisch. Die Figurationen des Klassenkampfes – wie unrealistisch, wie überholt, wie überaltert kommen sie doch aus den unbeholfenen Schablonen der Staatskarikaturisten!

Zwei langhaarige, junge Männer in gemäßigtem Zivil treten zu dem Leierkastenfunktionär. Sie tragen rote Armbinden am Mantel: »Freiwilliger Ordner. Hilfskraft der Volkspolizei.« Sie fragen den Mann am Musikkasten, ob alles in Ordnung sei. »Alles in Ordnung!« sagt der. Die beiden nikken ernst. Dann gehen sie in Richtung des lichterübersäten Marx-Engels-Platzes weiter.

Der frühere Lustgarten, sonst liegt er zur abendlichen Stunde leer, dunkel und verlassen da – ein zementiertes Aufmarschgelände, das nur an den staatlichen Feiertagen mit marschierendem Volk gefüllt wird.

Jetzt glitzern die Lichter. Über allem, ungefähr in der einstigen Höhe des abgerissenen Kaiserschlosses, schwebt ein gewaltiges Plakat mit der sprachlich anfechtbaren Botschaft: »Der Sozialismus, das ist der Friede«. Lichterbäume. Lampengirlanden. Die alte Spree entlang ein Satz kolossalischer Kerzen. Musik. Der süßliche Geruch türkischen Honigs. Das Bumsern einer Berg- und Talbahn. Verlorenes Juchzen aus einem altmodischen Karussell. Obgleich es ein Sonnabend-Abend ist, ist der Besuch dünne. Die Fülle, der Übermut, der fröhliche Krach, der zu einem Weihnachtsmarkt gehört, ist abwesend. Ein Volksfest wird absolviert. Dadurch wird es noch nicht zum Volksfest.

Dabei kann sich der wackere Ostsektorbewohner immerhin amüsieren. Er kann, wenn er Fleischmarken aufbringen will, eine Bockwurst (100 g) für 49 Pfennige verzehren. Hat er seine Fleischmarken (was anzunehmen ist) schon vertan, bekommt er die gleiche Wurst für 1,49 DM markenfrei. Er kann sich für 20 Pfennige (allerdings nur bei Vorweis des ostzonalen Personalausweises) Zuckerwatte einhandeln. Er kann in einem Zelt für 50 Pfennige beobachten, wie fortschrittliche Glasbläser aus Thüringen Flaschen blasen.

Er kann an den Ständen der staatlichen »Gesellschaft für Sport und Technik« Kleinkaliber schießen und – auf daß sein Auge sicher und seine Hand fest werde – zwischen den ingrimmigen Schüssen die Plakate studieren, wie wohlgetan es sei, wenn sich Mann und Frau mit dem Gewehr gegen jeden kapitalistischen Übergriff auf die DDR präparierten.

Der Mann kann eine »Fahrt zum Mars« unternehmen. Ein progressiver Schausteller hat offenbar seine alte »Gruselbahn« umgebaut, daß man jetzt interplanetar sich bewegt, während man auf rollendem Sitz über die schleudernde Bahn gejagt wird.

Man kann an eine Schaubude treten. Legt man seine 50 Pfennige an die verlassene Kasse, werden einem pikante Bilder verheißen. Früher sah man in diesen Guckkästen mit Vorliebe erotisch anrüchige Szenen, wie »Was nur der Kammerdiener sah« oder »Ein Blick durchs Schlüsselloch« oder »Die verbotene Verlobung«. Die Zeiten sind hier dahin. Jetzt verheißen die Plakate Sensationen wie »Der Todesmarsch der 11 Natosoldaten in die Iller« oder »Deutsche Patrioten vor dem Karlsruher Schandgericht« oder »Der Aufbau in China«.

Mit monotoner Ordnung und Gleichmäßigkeit sind ganze Budenzeilen aufgebaut, in denen die staatliche Handelsorganisation, die Konsumgesellschaften und die volkseigenen Betriebe ihre Waren anbieten. Taschen aus Kunstleder. Filzpantoffeln. Elektrische Geräte. Töpfereiwaren. Sogar Apfelsinen, zwei Mark das Pfund.

Die Ausstattung ist offenbar nicht den einzelnen Verkaufsorganisationen freigelassen worden. Jede Budenstraße steht unter einem Motto. Auf Plakaten werden fortsetzungsweise Märchen erzählt, russische Wintermärchen, politische Zweckgeschichten, am liebsten Jules-Verne-artige Variationen der großen Sputnik-Geschichte. Der Sputnik hat hier das Christkindlein ersetzt. Er geistert überall. Und über dem Stand der Treptower Fabrik (volkseigen) für Galanteriewaren ist er sogar in gewaltiger Ausführung aufgebaut. Ein kleiner Berliner Bär sitzt wohlgefällig auf dem neuen Russenstern. Nicht weit davon ein Schild mit einer langwierigen Moral- und Nutzanwendung in Holperversen: »Die Kurse sinken, die Sputniks steigen / wir nennen das neue Zeitalter unser eigen …«

Trotzdem scheint der Umsatz an den staatlichen Buden mäßig. Keiner der Verkäufer hat es nötig, anreißerische Reden hinauszuschreien, wie sie zur seligen Tonkulisse anderer Weihnachtsmärkte gehören. Man ist Angestellter. Man sitzt in der Kälte seine Dienststunden ab. Ein Beamtenmarkt. Auch wenn der Wind nicht so unwirsch wehte, würde einen frösteln. Als ich, zurückkehrend, den Leierkastenverwalter passiere, dröhnt es aus den Lautsprechern: »Achtung, Ansage! Die Kollegin Else Lieber aus Velten kann ihren Personalausweis im Mittelzelt der Volkspolizei abholen!« Was mag Else zugestoßen sein, daß sie ihres Ausweises verlustig ging? Oder mußte sie ihn zeitweise abliefern? Ist sie suspekt? Und ist jetzt alles wieder in Ordnung?

Der Leierkastenfunktionär nuddelt (sonderbarer, amerikanischer Import!) die Bing-Crosby-Weihnachtsschnulze von dem »White Christmas«. Vielleicht hat man den Leierkasten im Westen der Stadt gemietet, wer weiß ...? Er plaudert jetzt mit dem Weihnachtsfunktionär, der in einem Bärenfell seinen Dienst am Frohsinn versieht. Ein winziger Steppke an der Hand seines Vaters fragt: »Pappa, is det ooch 'n Sputnik?« – »Nee!« antwortet der, reichlich unwirsch, »det is keener!«

Zwei junge Burschen in James-Dean-Aufmachung schlenkern mit ihren Hosenmädchen in Richtung Westen. »Fahrn wa ma an' Kudamm!« höre ich sie sagen. Ob sie dort besser bedient sein werden, wer weiß. Aber etwas lustiger, bunter, heller, attraktiver dürfte es schon sein als auf diesem kalten, unbelebten, unbeliebten leeren Markt der Politik und des Mißmuts.

Ach, du liebe Weihnachtszeit ...! ×

Das Leben unter der Kapsel

Wir in Berlin lesen die flott geschriebenen Berichte, die politischen Feuilletons, die Grusel- und Stimmungsstücke, die rasch reisende und flüssig diktierende Journalisten aus Berlin heimbringen, teils erstaunt, teils dankbar, teils kopfschüttelnd.

Einer wird in London oder Bonn oder Rom, in Hannover oder Basel von seinem Blatt designiert, in die offene Höhle des Bären zu reisen. Wahrscheinlich liegt sogar eine Einladung vor. Berlin-Reisen werden offiziell gefördert. Die Stadt soll »im Gespräch« bleiben.

So kommen sie denn mit ihrer Schreibmaschine, die reisenden Reporter. Sie haben, wenn sie schon länger im Gewerbe sind, eine Vorstellung der Stadt aus den vielbesungenen zwanziger Jahren, da Berlin so etwas wie die dampfende Genieküche Europas war. Sie suchen das alte »Romanische Café« mit der Seele. Sie erwarten auf den Bühnen die Überfüllung an Talenten und die Ballung dramatischen Sprengstoffs, wie sie einst hierher gehörten. Sie freuen sich auf die Mischung aus literarischer Anarchie und Preußentum, die einst hier zu Hause war.

Sie nehmen an, man werde jene seltsame Mixtur aus »Weltbühne«, Jugendbewegung, Amerikanismus und Fontanegeist wiederfinden, wie er in jenen Jahren Berlin frisch durchwehte, indessen die erste deutsche Republik unversehens vor die Hunde ging. Den alten Prickel, der aus betonter Dekadenz, rabiatem Fortschrittsgeist und märkischer Beharrlichkeit geprägt war, den hoffen sie wiederzufinden. Sie finden ihn nicht. So nicht.

Andere kennen Berlin aus der Nazizeit. Da herrschte – obenhin – der braune Positivismus, das fanatische Tschingdarassassa, der Aufmarsch, der Gleichschritt, die »Durchorganisation«, die große Scheuklappe. Was munter anarchistisch, was frech, was keß und von Temperament und Geburt skeptisch und tiefkritisch am Geist des Berliners gewesen war, schien weggehobelt und mit dem SA-Dolch fortoperiert.

Hinter der Hand nur lebten Witz und Aufsässigkeit weiter. Aber sichtbar wurden sie nicht oder nur selten. Der Zugereiste fand eine Wüste des braunen Konformismus, Fahnen, Marschmusik und eine bedrohliche Abwesenheit von Humor. Das vielstimmige Spree-Athen war eine preußische Karikatur Spartas geworden. Die Stadt war ein organisierter Schrecken. Wer sie damals so kannte, nun zureist und glaubt, davon müßten sich gewiß Reste noch finden, der reist gewiß zaghaft zu. Aber er irrt, gottlob! Davon findet er nichts mehr. Jenes Berlin ist tot.

Oder es gibt welche, die waren zum letzten Male hier, gleich als die Trümmer noch rauchten. Berlin war noch das aktuelle Sodom, die eben erst und radikal ruinierte Metropole. Ihre ausgehungerten Menschen vegetierten in Ruinen. Kein Licht. Kaum Wasser, Brot nur zufällig und grammweise. Ein Geschlecht von Hiobs auf den Straßen, soweit die überhaupt noch begehbar waren. Unter den Trümmern Leichen. An der Reichstagsruine der Schwarzmarkt, international. Russische, amerikanische, britische und französische Uniformierte feilschten untereinander und mit zufällig überlebenden Eingeborenen um Standuhren, Preziosen, Hitlers Mutterkreuze, Zigaretten, Fettrationen, Feuersteine oder Hände voll Mehl.

Die Stadt stank in jeder Beziehung zum Himmel. Sie war die offenbar gewordene Hölle, ein furchtbares und herzumkehrendes Schulbuchbeispiel, wie der Schuld die Sühne auf dem Fuße folgt. Berlin war schrecklich, ein apokalyptischer Ort.

Über dieser gründlich ruinierten Stadt würde, dachte

man damals, kein Gras, kein Halm, schon gar keine Blume mehr wachsen können. Nichts schien so tot wie diese City, dieser Kurfürstendamm, auf dem zerschossene Panzer wie tote Schildkröten lagen und sich höchstens ein paar Hungergestalten an einem liegengebliebenen Panjepferd zu schaffen machten. Mit Küchenmessern schnitten sie an dem Kadaver herum, untereinander in Streit um den besten, scheußlichen Bissen. Sonst Wüstenei und Ödnis.

Wer Berlin so sah, gab die Stadt verloren für immer. Dies war Karthago, irreparabel. Eine Schutthalde ohne lebendige Zukunft.

Die Zureisenden mit dem dreifach verschiedenen Erinnerungsbild von Berlin vor dem inneren Auge erstaunen. Sie alle finden den Ort, den sie kannten, nicht wieder. Der eine nicht die hektisch interessante Siedlung der zwanziger Jahre, der andere nicht die braun organisierte Hölle der dreißiger. Der dritte nicht die totale Ödnis der Jahre nach dem Zusammenbruch.

Was sich jetzt bietet, ist völlig anders und für den Kurzbesucher viel schwerer durchschaubar. Nach außen: Aufbau und eine erstaunliche Vitalität. Die Stadt ist seit 16 Jahren aus der Mitte des Landes geschleudert, eine westliche Diaspora, 150 Kilometer hinter dem Eisernen Vorhang. Drei streng überwachte und jederzeit sperrbare Verbindungsstränge nur geben den Anschluß zu der Welt des Westens, zu der Berlin gehört und gehören will.

Die Bahnhöfe sind nicht mehr. Berlin ist eine Stadt ohne Bahnhof geworden. Nur acht, höchst unfreundliche und strikt kontrollierte Interzonenzüge kommen täglich am Bahnhof Zoo an, nur acht setzen sich in Richtung Westen in Bewegung. Sonst ist der Bahnhof ein natürlicher Treff- und Umschlageplatz jeder großen Stadt. Berlin hat ihn nicht mehr. Der Zuzug an Welt, die Romantik einer Weit- und Weltläufigkeit sind gekappt. Wir leben in einer Stadt ohne Bahnhof, ohne Anschluß an die Schienenstränge dieser Erde. Das erzeugt ein Gittergefühl, ein Bewußtsein der unnatürlichen Separation, ein Dasein in der Kapsel.

Die kurz Zugereisten merken das nicht. Erst wer länger hier siedelt, empfindet diese Behinderung mit der Dauer immer stärker. Die erstaunten Ankömmlinge sehen die Neubauten. Sie bewundern, wie ganze Stadtviertel durch die robuste Arbeitsfreude der Berliner und durch kräftige Hilfe von außen neu und zum Teil schöner wieder aufgebaut worden sind.

Ganze Straßenzüge sind verlegt. Kleine Autobahnen werden in weiser Voraussicht durch den isolierten Stadtkörper gezogen. Ganz neue Horizonte und Stadtansichten ergeben sich plötzlich. Selbst gelernte Berliner wissen zuweilen nicht, wo sie im Augenblick stehen. Alle Aspekte haben sich geändert. Kaum noch etwas erinnert an das Berlin von einst oder an das Berlin von früher oder gar an das nach der kleinen Apokalypse von 45.

Geschäftsstraßen sind entstanden, wo einst keine waren. An den Sektorengrenzen, in der Sektorennähe am Wedding oder am Kreuzberg plötzlich glitzernde Basare und volle Läden, die früher dort nicht hätten existieren können. Jetzt haben sie zu der örtlichen eine neue Kundschaft. Aus dem Osten der Stadt kommen sie herüber und kaufen dort, heißhungrig nach Ware, die Dinge ein, die sie in ihrem eigenen Stadtbezirk nicht bekommen. Sie zahlen den Überpreis des Währungsgefälles. Sie müssen täglich die Angst des Zollgängers bestehen, wenn sie nur von einem Teil der gleichen Straße in den anderen, der schon im Osten liegt, zurückkehren. Sie tun's trotzdem.

Denn es herrschen zwei Währungen. Es herrscht in der gleichen Stadt zweierlei Art von Obrigkeit, die miteinander im dauernden Kriege ist. Es herrscht in jedem der beiden Stadtteile eine ganz verschiedene Moral und Weltsicht, offiziell. Zwei grundverschiedene und ineinander verbissene Propagandamaschinen sind tätig, sich gegenseitig Schlappen beizubringen. Kein Telefondraht führt mehr von hüben nach drüben, seit der Magistrat von Ostberlin die Leitungen kappte.

Die Rundfunk-, die Fernsehstationen in beiden Teilen der Stadt sind schon in der Tonart sofort zu lokalisieren. Es ist, als ob in der gleichen Sprache mit zwei ganz verschiedenen Sprachen gesprochen würde. Jede Seite strahlt ein konträres Weltgefühl aus. Wenn der Berliner, ob in West oder Ost, nur an seiner Radiokiste dreht und ohne hinzusehen eine Stimme Tanznummern oder Sportergebnisse, also doch völlig unpolitische Dinge, ansagen hört – er spürt sofort, er unterscheidet instinktiv, ob er West oder Ost empfängt. Die Diktion, die Sprechweise ist gründlich verschieden und auf Anhieb zu unterscheiden. Mit der gleichen Grammatik werden zwei Sprachen gesprochen.

Der Westberliner kann in den östlichen Teil der Stadt. Er begibt sich ungern dorthin und nicht ohne Notwendigkeit. Schön, er tut Verwandten den Gefallen und besucht sie. Es zieht ihn wohl auch einmal in die Oper oder in das Theater. Er nimmt Besucher aus dem Westen zu einer Rundfahrt durch den »Sektor«. Aber er tätigt all diese Ausflüge innerhalb der doch eigenen Stadt ungern und jedesmal mit einem klaren Gefühl des Risikos. Dort ist er rechtlos. Stieße ihm etwas zu, wäre er dort gefährdeter und weit hilfloser als in der Fremde, sagen wir als in Argentinien. Er kann nicht einmal die Hilfe eines Konsuls anrufen oder auch nur die einer unparteilichen Polizei. Sie gibt es nicht. Der Mann in Not wäre hilfloser in der Fremde als irgendwo im fernen Afrika. Dabei befände er sich vielleicht nur 500 Meter von seinem eigenen Hause entfernt. Die Unsinnigkeit der Verhältnisse ist radikal und von einer politisch fast surrealen Blödsinnigkeit.

Der Zugereiste staunt. Er registriert den Mangel an Lebenslust, die Leere der Straßen, die Ödigkeit der alten, breiten Avenuen im anderen, im östlichen Teil der Stadt. Die Geschäfte, wenn sie überhaupt noch existieren, staatlich! Nirgends die belebende Konkurrenz des Handels und Wandels. Überall nur Verkaufsbeamte mit der Lustlosigkeit von Beamten hinter dem Ladentisch. Die Auslagen, scheußlich und kunstlos wie in alten Militärkantinen. Private Bautätigkeit keine. Man fährt die abstrakte Scheußlichkeit der Stalinallee hinunter, an der äußerlich schon brüchigen Stalinschen Zuckerbäckerarchitektur der »ersten sozialistischen Meile Deutschlands« entlang, anzusehen wie eine östliche Filmgruselkulisse, in deren Wabensystem nun Menschen vegetieren müssen. Grau alles, verhängt, freudlos. Hier scheint jede Zukunft schon vorüber. Der Mehltau des durchorganisierten Daseins über all und jedem. Dies, scheinbar, ist gar nicht mehr Europa. Eine total andere Welt. Und die Trümmer von gestern recken sich noch überall.

Wie kann einer, fragt der Zugereiste mit mitfühlendem Grausen – wie kann einer hier leben? Wie kann, ob nun in West oder Ost, wie kann man überhaupt dies gespaltene Dasein über Jahre und nun schon Jahrzehnte ertragen? Denn auch wer durch Zufall seine Behausung in Westberlin hat – Auslauf hat er keinen oder immer den gleichen. Nach zehn Kilometern spätestens steht er vor einem warnenden Schild: »Sie verlassen jetzt Westberlin«. Dahinter jeweils ein gerodetes Niemandsland, eine Art Todesstreifen von zwanzig bis dreißig Meter Tiefe. Und dahinter wieder ein festes Gewirr von Stacheldraht, oft von Starkstrom durchzogen. Und dahinter, sichtbar oder unsichtbar vom westlichen Ufer, ein Kordon von »Volksarmee« oder »Volkspolizei« auf Wachttürmen, in kleinen Sicherungsbastionen und Anständen, radikal darüber wachend, daß von der DDR niemand nach Westberlin komme oder umgekehrt.

Diese ganz und gar absurde Grenze geht durch Höfe, Ausflugslokale, durch Seen, Flußläufe, Schrebergärten, über nun blockierte Land- oder Hauptstraßen hin. Berlin ist ganz ohne Hinterland. So absurd und unerträglich ist es, als hätte man vor 16 Jahren London oder Paris oder Zürich erst einmal radikal geteilt und dann mit Stacheldraht von ihrer natürlichen Umgebung abgeschlossen, daß nach Richmond oder Versailles oder Herrliberg zu kommen weit schwerer und aussichtsloser wäre als, sagen wir, nach Tokio oder Johannesburg.

Den Zugereisten graust es mitleidig. Und dann klopft er uns meist mutmachend auf die Schulter. Er sagt uns, daß wir hier mutig aushalten sollten. Er läßt uns wissen, daß wir eine »europäische Mission« erfüllen, oder er läßt uns ein anderes großes und ehrenvolles Wort zurück. Und dann reist er wieder heim. Wir lesen später seine Berichte, freuen uns oder ärgern uns, sind vielleicht für einen Augenblick geschmeichelt ob unserer »Interessantheit« wider Willen. Aber meist zucken wir die Achseln und existieren weiter in dem gespaltenen Dasein, in der politischen Kafkawelt, die unser verdammtes Teil seit nunmehr 16 langen Jahren ist.

Denn die tägliche Wirklichkeit hat nichts Heroisches. Die großen und lauten Worte, die von politisch hoher Warte von beiden Seiten gesprochen werden, sie gehen zumeist tonlos über unser tägliches Leben hin. Wenn wir eine Art Überlegenheit zu haben meinen, so besteht sie darin, daß wir besser Bescheid wissen. Uns hat man nie vergessen lassen, wie tiefernst und böse der Zustand unserer Welt blieb.

Der Berliner hat sich nicht, selbstvergessen, in einer Flut neuer und unverhoffter Prosperität dahinschwemmen lassen. Das vielberufene »Wirtschaftswunder« fand in Berlin nicht statt. Wir haben dankbar Anteil an der Hebung der Existenz, das wohl. Aber wir haben die Versuchung nie gefühlt, uns in einen neuen Materialismus zu werfen, wie er sonst den Deutschen oft vorgeworfen wird.

Hier herrscht immer noch im Grunde das »Rucksackgefühl« der ersten Jahre nach dem Kriege, das Gefühl der Unbehaustheit, des Lebens-auf-dem-Sprunge. Wir sehen sie ja täglich, die Hunderte, die Tausende, die vom Osten herüberwechseln, auf der Flucht vor der Unerträglichkeit eines unnachsichtig reglementierten Daseins, die Lehrer, die Ärzte, die Bauern, die alten und die vielen jungen Leute: Sie rükken ein in die Übergangslager. Ihre Habe ließen sie zurück. Ein Koffer schon wäre verräterisch in der Hand gewesen. Sie wollen hier anders und ganz neu beginnen. Nur was sie auf dem Leibe haben, gehört ihnen. Wir sehen sie täglich. Wir können gar nicht vergessen, daß die Bedrohung direkt auf der Schwelle wohnt.

Die Putzfrau, die treu noch zweimal in der Woche aus Pankow herüberkommt, berichtet beiläufig, ob die Kontrollen am Sektorenübergang strikt oder lässig waren heute. Freunde, die noch ein Haus in Karlshorst haben, sind auf Schuhkauf im Westen. Sie schneien herein, setzen sich an unseren Tisch und versuchen gesprächsweise so zu tun, als sei alles wie früher, wenn man einander besuchte. Trotzdem: die Fremdheit ist da, sitzt mit am Tisch, eine verfluchte Fremdheit, die mit den Jahren stärker wird und unheimlicher trennt.

Sie haben es innerlich über, in der Situation der »armen Verwandten« hier zu erscheinen. Was sie früher nie taten, jetzt tun sie es: sie sprechen plötzlich von Fortschritten auch bei ihnen im »Sektor« und tun sich etwas darauf zugute. Sie sind keineswegs für das System, das über sie gesetzt ist und ihnen den Atem abklemmt. Aber jetzt, nach und nach, identifizieren sie sich plötzlich mit Dingen, die unter diesem System schon als Besserung erscheinen. Es gibt jetzt wieder Apfelsinen. Sie sind plötzlich stolz darauf. In den Läden liegt chinesische Seide, wie wir sie im Westen kaum so in den Geschäften haben …

Es ist so verständlich und rührend, wie sie nachgerade eine Ausrede suchen, uns ihr Leben als weniger trist und bedauerlich erscheinen zu lassen. Und von unserer Seite bedarf es allen Taktes, sie nicht merken zu lassen, daß wir es merken und verstehen. Entweder müßten sie fliehen. Aber wohin? In welche Sicherheit? Oder sie müssen sich arrangieren, oberflächlich wenigstens. Diese Freunde haben 12 Jahre unter Hitler in innerer Opposition und aus dem Nein heraus leben müssen. Zwei, drei Jahre konnten sie glauben, nun im Ja existieren zu dürfen. Es ging nicht. Sie leben wieder im Nein. Seit der Blockade, seit dem kriegerischen Würgegriff nach Westberlin im Jahre 1948 wissen sie genau, daß ihnen das andere nicht vergönnt ist. Sie sind von einem Regen in einen anderen gekommen. Aber der Widerwille an der ständig zu bewährenden Negation wächst. Man wird müde. Ein ganzes Menschenalter nur im Protest, im verdeckten, existieren zu müssen, ist nicht zumutbar. Keinem.

Und wie steht man da, wenn andere herüberkommen und einem sagen, sie könnten nicht mehr, jetzt wollten auch sie alles stehen und liegen lassen. Ob man ihnen zurate? Sie fragen, ob sie es riskieren sollen. Sie wollen, bevor sie das Letzte wagen, unsere Meinung.

Was soll man ihnen sagen? Ist ihnen zu raten, den Sprung zu tun? Und wenn es schiefgeht? Was, wenn sie bei der »Republikflucht« gegriffen werden? Und wir hätten ihnen doch zugeredet … Aber wer sind wir auch, ihnen abzuraten, sie zu beschwören auszuhalten und die Zahl der Gerechten in ihrer Zone der Ungerechtigkeit nicht noch zu vermindern? Sind wir befugt, ihnen große Worte hinzuhalten und sie zu beschwören, am Platze zu bleiben, weiter zu leiden und mit dem ständigen, dem bösen Riß im Bewußtsein, weiter im Zustand der ständigen Lüge zu leben? Wer wären wir, ihnen da zu raten! Wir sitzen, vergleichsweise, auf dem Trockenen.

Man schämte sich, wollte man da Verhaltungsmaßregeln austeilen vom sicheren Port.

Der Berliner, so flott, so aktiv er sich auch äußerlich geben mag – er ist jeden zweiten Tag mit Gesprächen wie diesen konfrontiert. Diese Generation der Stadtbewohner ist noch nicht wieder zur Ruhe gekommen seit Beginn der dreißiger Jahre. Und wenn er auch scheinbar sicher im Westen der Stadt sein Domizil hat und durch Fleiß und Hilfe von außen wieder floriert und der alte ist: auch er bleibt unsicher, lebt zwischen Tür und Angel ständig. Sein Bewußtsein signalisiert es ihm täglich.

Anschaffungen werden nach politischen Gesichtspunkten vertagt. Vater meint, es müsse eine neue Zentralheizung her; die alte ist vierzig Jahre alt, brüchig und koksgefräßig. Jetzt sollte es eine Ölheizung sein, trotz aller horrenden Installationskosten. Man kann sicher sein, daß dann Mutter am Tische hemmt und warnt: Müsse es gerade jetzt sein? Man wolle doch abwarten, was aus der letzten Drohung Chruschtschows werde. Oder Ulbricht hat gerade wieder einmal zum Sturm auf Westberlin geblasen. Wer weiß, was werde. Warten wir doch noch! Der Ofen wird's noch einen Winter tun. – Und die Familie, ohnehin den gleichen Einwand bedenkend, stimmt zu. Man vertagt das Notwendige. Man existiert auch im Westen Berlins im Wartezustand. Erst wer länger hier lebt, merkt, wie das hemmt, wie das einengt, wie das behindert.

So viele sind dieses Hinhaltedaseins überdrüssig geworden, des ständigen Lebens in der Kapsel. Berlin ist nicht mehr die Endstation der Karrieren, ist nicht mehr der letzte Umschlageplatz für Begabungen oder neue Ideen. Künstler, Schreiber, Geschäftsleute, Menschen mit Talent und der Lust am vollen Auslauf sind abgebröckelt, haben verlockende Positionen in westdeutschen Städten angenommen. Die magnetische Kraft, die Berlin hatte, hat die Stadt verloren.

Auch das bedrückt und beängstigt heimlich den Berliner. Eine Metropole unter einer Glasglocke kann metropolistisch nicht mehr funktionieren. Von Berlin geht keine große Presse mehr über das ganze Land. In Berlin sind nicht mehr die Verleger zu Hause wie einst. Schon aus Gründen des Transports sind sie in andere Städte gezogen. Das Theater unterschied einst zwischen »Berlin« und »Provinz«. Jetzt kann man nur noch unter einzelnen Theaterprovinzen unterscheiden. Berlin ist eine davon. – Und so auf fast allen Gebieten.

Die Stadt empfindet ihre Reduziertheit täglich und tragisch. Sie hat eine tapfere Angst vor dem Provinzialismus. Und langsam kommt es, verständlicherweise, dazu, daß manche ihrer Bewohner nachgerade meinen, sie verpaßten hier eigentlich die besten Chancen, man überspiele sie jenseits der Elbe, vergesse sie und die Unbilden, die sie hier, stellvertretend fürs ganze Land, tragen. Man bekommt das bittere Gefühl, die anderen »schrieben uns ab«, wie das furchtbare, aber schon gängige Wort in dieser Stadt heißt.

Mag man es »Inselpsychose« nennen oder die Berliner Budenangst, die heimliche, politische Claustrophobie, die nach 16 Jahren des Abgeschnittenseins – wieder nur verständlicherweise – zutage tritt. Das ist psychologisch durchaus natürlich. Aber es ist sehr schlimm. Der Berliner leidet *intra muros* je länger, um so deutlicher darunter. Er spricht nicht viel davon. Er verbirgt es den Zugereisten unter der kessen und frohgemuten Maske des zuversichtlichen Spreebewohners alten Schlages. Aber er verliert das Gefühl der stetigen Beengung nicht. Seine Berliner Budenangst muß er kräftig und schon zu lange herunterschlucken.

Beispiel: Unsere Portiersfrau, eine prächtige Person, die in sechzig Jahren bisher kaum etwas hat bange machen können. Sie wischt die Treppe. Man sagt guten Tag. Ein Möbelwagen steht auf der Straße. Man fragt die Kenntnisreiche, wer denn da ausziehe. Und darauf antwortet sie etwas

Schlimmes, unbewußt: sie sagt uns, der Doktor von gegenüber ziehe nach »Deutschland«. Sie meint die Bundesrepublik. Sie meint Westdeutschland. Aber sie sagt »Deutschland«, als gehöre ihr Berlin in ihrem Bewußtsein schon gar nicht mehr dazu.

Man hört's, klopft ihr auf die Schulter, aber heimlich schluckt man vor Schreck. Die gute Frau hat mit dieser Antwort so etwas wie ein Alarmsignal gegeben. Ihre Geographie ist in den allzu langen Jahren böse und bezeichnend verrutscht. Sie ist – wie sollte sie? – seit 1939 aus Charlottenburg nicht herausgekommen, bestenfalls an den Wannsee oder nach Tegel. Was dahinter liegt, liegt hinter Stacheldraht und ist nicht zugänglich wie in ihrer Jugend noch. Um aber nach Westdeutschland, ins glücklichere, ins behagliche, ins reiche Deutschland zu gelangen, dazu bedürfte es der Reise und des Sprunges über die »Zone«. Und das ist weit, ist für sie unerreichbar. Deutschland ist für sie nicht mehr hier. Es ist das für sie vage Bonner Staatsgebiet, in das reiche Doktoren, wenn's hier eng und unergiebig wird, mit dem Möbelwagen umsiedeln. Zu vielen solchen Umsiedlern hat ihr Schrubberlappen schon nachgewischt.

»Der Insulaner«, heißt es mutmachend und optimistisch im immer wieder gesungenen Liede, »der Insulaner verliert die Ruhe nicht …« Tut er bestimmt nicht. Wenn's brenzlig wird, ist er auf Deck, steht seinen Mann, und Bangemachen gilt nicht.

Aber oft denkt der besorgte Berliner Dauerbürger, ob das allzu lange währende Dasein in der Kapsel nicht doch mehr Kräfte abträgt und fast gefährlicher ist, als es, beispielsweise, die brutale, aber spektakuläre, die alle Welt alarmierende Berlin-Blockade von 1948/49 war. Damals war die Welt von der vielberufenen »anomalen Lage« der Stadt brüskiert, beleidigt und sofort zu Hilfe und Beistand bereit. Die absurde Lage besteht, nach außen weniger kriegerisch und alarmierend, weiter. Aber wie sagte uns die gleiche, wackere Berliner Portiersfrau: »Wissen Se, det leppert sich schon zu lange so hin!« Wie lange kann es noch, wie lange darf es noch so »leppern«?

*

Die Kapsel ist, seit dies kurz vor dem 13. August 1961 geschrieben wurde, auf eine grausame, nun wirklich absurde Art realer geworden. Die Putzfrau aus dem Osten der Stadt kommt nicht mehr. Sie ist unerreichbar. Die Freunde, die Verwandten sind unerreichbar. Einige Tage konnte man noch von Ost nach West hinüberwinken. Dann hat die Vopo auch das inhibiert. Sie hat einen veritablen Todesstreifen um den sowjetisch besetzten Teil Berlins gelegt. Sie hat die Bevölkerung eingegittert. Die Bevölkerung steht unter dem Pauschalverdacht, flüchten zu wollen, wegzulaufen, »mit den Füßen« abzustimmen, wie der Zug in die Freiheit, wie die »Republikflucht« sinnfällig genannt wurde. Daran hat man sie rabiat und mit militärischen Mitteln gehindert.

Wo einst Laubenkolonien an der internen Stadtgrenze zwischen Ost und West standen, ist Brachfeld, verbrannte Erde. Wo einst Straßen dem Verkehr und der Begehbarkeit dienten, steht jetzt in abscheulicher, realer Symbolik die Mauer, Stacheldrahtverhaue darüber, doppelt gestaffelt dahinter. Pankow gittert sich und die Opfer der Diktatur ein. Eine Regierung muß ihr Volk vermauern, damit es nicht davonläuft. Die Mauer, die schändliche, die absurde, ist die furchtbarste Bankrotterklärung, die ein verhaßtes Regime je abgeben mußte.

Die Kapsel, in der die Westberliner mitexistieren müssen, ist dadurch noch enger, noch lästiger, noch abstruser geworden. Die Verminderung der Bewegungsfreiheit ist komplett. Die Einsamkeit dieser Zweimillionenstadt könnte gespenstisch werden, könnte tödlich werden, wenn die Berliner nicht wüßten, daß nun etwas geschehen muß, daß nun die Welt sehen müßte, wie Hinzögern und Nachgeben keinen Vorteil mehr bringen können. Pankow steht mit der eigenen Bevölkerung im permanenten Bürgerkrieg, hat 16 Millionen unter ständigen Belagerungszustand gesetzt.

Wenn es nun noch lange »leppert«, ist ein großes, ist ein europäisches Unglück nicht mehr reparabel. Die Mauer muß weg. Die Kapsel muß weg. ×

Hier geht Kafka

Wir Berliner würden sicher viel reger »rübergehen«, würden viel öfter und lieber zu unseren Freunden in Ost-Berlin fahren, wenn dieser Alpdruck nicht wäre: »Grenzübergang Friedrichstraße«.

Wer nicht per Automobil einreist – und das tun ja nicht alle –, für den ist der »Grenzübergang Friedrichstraße« kaum vermeidbar. Du reist mit der U-Bahn an. Du hast dein »Tagesvisum« schon vor einer Woche eingereicht auf einer der exterritorialen östlichen Amtsstellen in West-Berlin.

Du mußtest anstehen, hattest deinen Antrag, penibel ausgefüllt, in der Hand. Ostberliner Beamte haben diesen Antrag, streng, aber höflich und ganz und gar unzugänglich, geprüft. Nach drei Tagen durftest du dich, nunmehr zur Abholung deines Visums, neuerlich anstellen, durftest warten und nach geraumer Frist dein Tagesvisum endlich aus der Hand der streng unzugänglichen Ost-Beamten entgegennehmen.

Jetzt also fährst du, in deiner Stadt bleibend, in eine andere Welt. U-Bahnhof Kochstraße, letzte westliche Station. Der Zug rumpelt durch zwei totenleere U-Bahnhöfe. Die liegen schon in Ost-Berlin. Hin und wieder ist da ein einsamer Volksarmist zu erkennen in der düsternen, totenleeren Station. Er hält Wache. Sonst alles gespenstisch tot, verdreckt und sinnlos geworden.

Im Zug selber – gemischte Gesellschaft. Die meisten passieren nur unterirdisch, sozusagen für 15 Minuten exterritorial und maulwurfsartig, andersdeutsches Gelände. Sie werden später westwärts wieder auftauchen und kommen in ihre westlichen Wohnquartiere. Die Sensation einer unterirdischen Grenzüberquerung ficht sie gar nicht mehr an. Sie bleiben, Ost-Berlin unterfahrend, sozusagen im Westen.

Wir anderen, mit dem einzigen Ostberliner Zielort »Friedrichstraße«, wo dieser Zug einzig in der »Hauptstadt der DDR« hält, sind da unruhiger. Meist fahren Ostberliner Senioren, Rentner, sichtbar betagte Personen, die den Vorzug haben, dreißig Tage westwärts reisen zu dürfen, mit diesem Gespensterzug unter der Erde heim. Alle sind sie bepackt. Freunde und Verwandte haben sie mit Segnungen westlichen Lebens versehen. Meist haben sie gleich mehrere Tragetaschen Westberliner Kaufhäuser (»drüben« sind die ein Statuszeichen und eine Trophäe) in ihren alten Händen.

Sie schleppen Koffer. Sie sind mit ganzen Kisten westlichen Waschpulvers behangen. Sie haben sich Dinge geholt, Reparaturteile, Leckereien, Kleinkrams täglichen Gebrauches, die drüben immer noch rar und nur sehr zufällig zu bekommen wären. Blumensträuße schleppen sie auch.

Wir fahren »Bahnhof Friedrichstraße« ein. Wir »Grenzgänger« verlassen den Zug. Wir sind vorerst in einem zugigen, scheußlichen, unheimlichen Niemandsland. Wir streben hastig durch eine Höllenpassage.

Erst einmal müssen wir eine steile, scheußliche Treppe überwinden. Man sieht die bepackten Ost-Rentner sich mit ihrer Beute quälen. Man hilft ihnen schleppen. Keuchend erreicht man die Höhe. Dann steht uns ein langer, zugiger, katakombenhaft greuslicher Gang bevor. Hier geht Kafka. Hier eilen die Menschen ächzend.

Am Ende dieser Schwindsuchtsallee müssen wir wieder steil in die Tiefe steigen. Jetzt sind wir an den unterirdischen

Gleisen der alten Stadtbahn, die hier endet. Dies ist immer noch exterritorial, wenn auch schon Ostberliner Hoheitsgebiet. Hier dürfen sich auch noch Leute tummeln, die keinen Visum-Zugang nach Ost-Berlin in der Tasche haben.

Sie tummeln sich zuhauf vor den Verkaufsschaltern des »Intershop«, der hier, preisvergünstigt und westzollumgehend, Waren anbietet (versteht sich nur für DM West), Waren, deren »DDR«-Bürger in ihrer eigenen Währung niemals habhaft werden könnten. Westlicherseits ist der Einkauf hier, wenn er nicht wieder westlich verzollt würde, streng strafbar.

Aber Trauben von Menschen nehmen offenbar das Risiko auf sich. Schlangen stehen nach Zigaretten, Westschnaps, Westseife und verbilligten Parfümerien. Hier wird Schwarzhandel offiziell. Der West-Zoll kann solcher wirtschaftlicher Unterminierung nicht Herr werden. Das nutzt man weidlich. Die Schlangen vor dem »Intershop« haben den Ruch von Unterschlagung, Wirtschaftsvergehen und trübseliger Unredlichkeit. Die sündhaften Trauben vor den schmalen Klappen des Verkaufs ficht das nicht an.

Einer steckt sich gerade Zigaretten, packenweise, in die Socken. Ein anderer parkt eine Whiskyflasche in seiner weiten Mantelkutte. Andere wieder ziehen ganz unbekümmert mit ihrer illegal erworbenen Beute davon. Auf der Rückreise in den Westen sind, hofft man, die Kontrollen rar. Man wird es schon heimbringen, straffrei.

Fragwürdige Typen lungern, wie überall an windigen Grenzen, in den Katakombengewölben. Wir erkennen einen Trupp Pakistanis, die, sicherlich auch illegal, von ihren Menschenhändlern westlich geschleust werden, in dieser Richtung ist ja (der Westen ist frei!) Paßkontrolle nicht nötig. Uns kommt, vorüberhastend, das Elend an.

Da: eine einsame Rolltreppe. Sie endlich hebt uns auf das Niveau des eigentlichen Überganges nach Ost-Berlin. Jetzt plötzlich sind da Uniformierte des anderen Staates zuhauf. Wir erfahren, wo wir uns endgültig anzustellen haben, um endlich Einlaß zu gewinnen in die »Hauptstadt der DDR«. Hier herrscht strenges Reglement.

Wir geben den Ost-Rentnern, denen wir Tragehilfe durch die Katakomben des Grenz-Elends leisteten, ihre Last zurück, werden bedankt und stellen uns, wenn wir sie gefunden haben, in die uns betreffende Sonderschlange für »Besucher aus Berlin-West« ein.

Sozialismus bedeutet Anstehen. Diese alte, hämische Definition leuchtet hier dem, der sie noch nicht kennen sollte, sofort ein. Wir zücken unsere Papierchen. Wir rücken schrittweise nach. Ein machtbewußter, aber fast ekelhaft freundlicher Uniformierter nimmt uns unsere Papiere ab. Er sieht uns an, als wollte er uns durchdringen. Er weist uns an, zu verharren, reicht unsere Unterlagen in einen Verschlag, wo nun, geheimnisvoll und beängstigend, unser Einreisebegehr überprüft wird.

Den Betroffenen, ob er will oder nicht, ergreift Angst. Der Stempel wird im Verborgenen erteilt oder verweigert. Da geht schon wieder Kafka.

Wir haben Glück. Unsere Papierchen erscheinen gespenstisch aus einer zweiten Klappe. Wir dürfen weiterhasten, dürfen uns neuerlich anstellen, um jetzt die Zollformalitäten zu bestehen. Wir haben wieder Glück. Wir passieren diesmal ohne viel Palaver oder Untersuchung. Westliches Druckwerk haben wir, wie wir emphatisch erklären (pfui Teufel!), doch gar nicht bei uns.

Noch einmal anstehen: Diesmal dürfen wir den »Zwangsumtausch« tätigen, das Eintrittsgeld, westlich, in Ostberliner Bereich. Wieder ein langer, zugiger Gang bei Neonlicht und unheimlicher Zugigkeit. Eine Tür öffnet sich, wir sind in Ost-Berlin.

Hinter barrikadenartigen Verschlägen warten unsere

Freunde. Der Druck fällt von uns. Drei, vier Stunden der Freundschaft und vergleichsweisen Belästigungslosigkeit stehen uns bevor. Dann alles, abends, in umgekehrter Reihenfolge zurück. Wieder der schubweise Zug durch die Gespensteröffnung zwischen beiden Teilen Berlins. Oft träume ich, wenn ich sehr schlecht träume, von der »Grenzübergangsstelle Friedrichstraße«.

Ein Segen, daß es sie gibt, sicher! Aber Dante, denke ich manchmal, hätte er sie gekannt, hätte sie unter seine Höllenvisionen aufgenommen. Für Berliner – eine quälende Passage von hier nach dort und zurück. Sie gehört in dieser Stadt zum täglichen Leben. ×

Wachsamkeit und Schweigen

Das Verhalten am 13. August / Kein »Tag der Mauer« / Realistisch zu bleiben ist schwer

Sollte man diesen Tag, sollte man den 13. August zu einem nationalen Gedenktag ernennen? Sollte man ihn von Staats wegen mit Trauerflor behängen und rot im Kalender drucken lassen? Sollte man offizielle Kundgebungen bestellen und die Organisationen in Bewegung setzen? Sollte man einen negativen Feiertag mehr organisieren und bestimmen?

Der deutsche Kalender ist glücklos wie die deutsche Geschichte. Andere Völker haben Anlaß, bei nationalen Feiertagen auf den Straßen zu tanzen und sich das Rückgrat historisch stärken zu lassen. Unabhängigkeitstag. Tage der geglückten Revolution und Staatsgründung. Befreiungstag. Geburtstag des staatsdarstellenden Monarchen. Verfassungstag. Alles Anlässe des Stolzes und der Selbstbestätigung. Feiertage.

Wir kennen dergleichen nicht. Unsere unglückliche

Geschichte schenkte sie uns nicht. Unsere offiziellen Gedenktage sind umflort, haben Bußcharakter, sind keine Freudenfeste des Volkes. Auf unseren Straßen wird nicht getanzt.

Der »Tag der Deutschen Einheit« soll daran erinnern, daß es diese Einheit nicht gibt. Er mahnt, bestenfalls. Er jubelt gewiß nicht. 17. Juni, Tag des mitteldeutschen Aufstands. Einer Volkserhebung wird gedacht, die tragisch endete; Panzer der Tyrannis zermalmten das Herz der Freiheit.

20. Juli, Aufstand gegen Hitler. Noch ein Gedenktag in Moll, der einen ehrenvollen Aufbruch zur Freiheit festhält – und wieder ein tragisches Mißlingen betrauert.

Alles Gedenktage nationaler Verhaltung, der Unerfülltheit, der Sehnsucht, nicht der Erfüllung. Bußtage der Nation, ehrenvoll, aber glücklos.

Sollte man für den 13. August, dieses schmähliche Datum, da Ulbricht aus Angst vor der großen Flucht, vor der völligen Entleerung seines Staatsgebildes, vor der radikalen Abwanderung des Volkes, vor der lächerlichen Vereinsamung seines Regimes von den letzten Untertanen, da er um die noch nicht Geflüchteten sichtbar die Sperrmauer und Minenfelder legte – sollte man dieses Datum offiziell aufs Kalenderblatt setzen und von oben herab Volkstrauer und Beknirschung organisieren?

Man tat es nicht, und man tat gut daran. Daß wir alle zutiefst mißtrauisch sind gegen die Gemütsbewegung auf dem Markt und in der Masse, ist nicht das schlechteste Anzeichen dieser Epoche. Die Deklamation ist uns zuwider und suspekt. Und diese verdammte Mauer sollte uns zu gegenwärtig sein, zu fürchterlich in ihrer unbewältigten Präsenz, zu schmerzlich in ihrer sichtbaren Grausamkeit und Schande, als daß wir den bestallten Rednern erlaubten, sich an ihr zu üben.

Davon geschah, davon geschieht schon zuviel. Wer in Berlin und direkt an diesem ebenso absurden wie realen Mauerwerk der Unmenschlichkeit lebt und atmet, der hatte schon oft den Zweifel und hin und wieder den gerechten Widerwillen gegen die leere Deklamation vor dieser makabren Echowand. Gepflegte Zugereiste werden an die Aussichtspunkte des deutschen Elends geführt. Politiker heben ihren Kurs durch den photographierten Blick über die Mauer.

An den schlimmsten Stellen dieser Spottverbindung aus Zement und Mörtel stehen schon die Postkartenverkäufer, die Andenkentrödler und bieten Souvenirs der Schande feil. Der Buchhandel, das Filmgewerbe nehmen die Okkasion eines großen Themas wahr; nicht immer wird glaubhaft, daß sie das große, das schreckliche Thema zur Darstellung zwang. Der Kommerz spielt da oft die Rolle des Schacherers im Tempel.

Die »Mauer« – man wird die Angst nicht los – kann nach und nach zu einem internationalen Aussichtspunkt werden, für solche, die nur schnell mal ausziehen, das Gruseln zu lernen. Und der Besuch von »My fair Lady« ist in der gleichen Rundfahrt miteinbegriffen.

Kalter Krieg ist verdammenswert. Kalter Krieg liegt nicht in der Anlage und Fähigkeit einer tatsächlich demokratischen Gesellschaft. Hätten die Kalten-Kriegs-Trompeter jenseits der Mauer recht, daß nämlich ganz Westberlin und die Bundesrepublik nur als ein einziger brodelnder Sumpf aus Revanchisten, Alt- und Neufaschisten, Säbelrasslern und blindwütigen Chauvinisten bestände – hätten sie recht, stünde die Mauer nicht mehr. Dann wäre zurückgeschossen worden. Dann hätten sich Winkelriede genug gefunden, die das kläglich aufreizende Bauwerk belaufen und zertrümmert hätten.

Das geschah nicht. Einsicht wurde geübt, und Einsicht ist nicht leicht zu behalten, wenn die Wut so sichtbar gereizt wird, wenn die Bedrohung so augenfällig sich darstellt. Aber man behielt kalten Kopf. Dabei wäre es leichter, wäre es befreiender, mit der Faust auf den Tisch und gegen die Mauer zu schlagen, als die Hand nur immer zurückzuziehen und sich selbst jede Voreiligkeit zu verbieten.

Im Angesicht dieser Realität ist es gewiß nicht leicht, realistisch zu bleiben, die möglichen Folgen ständig zu bedenken. Und die mögliche Folge wäre ein möglicher Krieg. Aber der darf nicht möglich sein. Durch ihn wären auch die vernichtet, die jetzt eingemauert sind und die man retten wollte.

Deutschland findet zur Zeit »drüben« statt. Die besseren Deutschen leben jenseits der Mauer. Denn der ist immer besser, der es schwerer hat, der mehr leidet. Die dort eingemauert sind, die den Wind der Freiheit, die die Farbe, die Heiterkeit, das Lachen, das Glück der Wahl und des eigenen Denkens so entbehren müssen – diese sechzehn Millionen büßen unser aller Vergangenheit und Schuld ab. Man vergesse es nicht!

Ich ging kürzlich mit einem Franzosen in einer der Mauerstraßen Berlins, einem Mann der dezidierten Linken, einem Schriftsteller von hohen Graden. Er sah die Unglaublichkeit, sah die MG-Nester, die Panzersperren, die Drahtverhaue, sah die trübsinnigen Figuren der »Volksarmee« an dieser »Staatsgrenze« mitten in der Stadt, und er erschrak sichtbar. Er sagte etwas fürchterlich Wahres. Er sagte: »Mon dieu, Hitlers Krieg lebt ja noch! Hitler ist ja immer noch nicht gestorben!« Der »antifaschistische Schutzwall« als letzter, böser, weltgefährlicher Wall und Restbestand einer Teufelsmentalität des fortdauernden Faschismus.

Diese Mauer sollte keiner Gedenktage bedürfen, um im Bewußtsein des Volkes zu bleiben. Wenn sie nicht mehr schmerzt, wäre es um das Volk nicht schade. Wer da vergeßlich sein könnte, steht schon außerhalb der Gemeinschaft. Der zählt nicht.

Für die anderen aber ist eine Gedächtnisstütze nicht vonnöten. Rhetorik und Demonstrationen machen nur einen zwecklosen, einen oft peinlichen Lärm, wo Wachsamkeit und Schweigen geboten sind. Der 13. August ist nicht der »Tag der Mauer«. Jeder Tag ist und wird es sein, solange die verdammte Mauer steht. ×

NACHWORT

von Wilfried F. Schoeller

Vor allem Anfänge sind zu besprechen: Texte, in denen der Zauber des Neubeginnens, die Heiterkeit früher Tage, das Experiment nisten. Als wären die erlebten Katastrophen und Ausweglosigkeiten nur für spielerische Übungen vorgesehen gewesen. Friedrich Luft ist durch seine geradezu unnachahmliche Geste ausgezeichnet, sich in der Unwirtlichkeit heimisch zu machen.

Dieser höchst beachtete Friedrich Luft hat die Institution der Theaterkritik nach dem Zweiten Weltkrieg gleichsam wiedererschaffen. Er hat die Nachbarschaft keines seiner Kollegen des abgelaufenen Jahrhunderts zu scheuen – weder die von Alfred Kerr noch die von Alfred Polgar oder Herbert Ihering. Joachim Kaiser und Marcel Reich-Ranicki ernannten ihn zum Sonderfall einer unverwechselbaren Stimme, zum Kritiker der Zeitenwende nach 1945. Er war ein eigener Bildner und ein Könner literarischer Kurztexte. Seine Glossen und Feuilletons ergeben eine selbständige Gattung des poetischen Stenogramms, in der die Trauer um das Geschick des Einzelnen aufleuchtet, um in der Wirrnis der Zeitgeschichte wieder unterzugehen, wie ein kurzzeitiger Stern zu verlöschen.

Die Sammlung seiner besten Prosa, hier in größtmöglicher Dichte angestrebt, markiert Friedrich Luft als einen brillanten Zeitgenossen. Er verstand die Kritik und sein poetisches Amt als Stimme der Demokratie – vor allem in jenen frühen Jahren, in denen er seine Aufgabe formulierte. Er wollte Gehör finden, bemerkbar sein. Fremd waren und blieben ihm die Populisten auf dem Kothurn mit ihrer angemaßten Würde, auch wenn das Populäre gewiss sein eigenes Fach war. Die Zeremonie des Besserwissens war für ihn nicht akzeptabel, noch weniger ihr Verlautbarungsdeutsch.

Friedrich Luft lebte und arbeitete mit einfachen Grundsätzen: der Vorstellung der richtigen Frage und der Technik der verwendbaren Antwort.

Das große Publikum war ihm früh vertraut. Er liebte es als Inbild demokratischer Möglichkeiten, seitdem er im August 1945 sich als Feuilletonchef des amerikanischen Frontstadt-Blatts »Die Neue Zeitung« betätigte und für diese Modellzeitung zweimal in der Woche mit Hunderttausenden von Lesern und vieltausendfachen Leserbriefen rechnen konnte. Das ist keineswegs alles gewesen: mindestens hundertfünfzig Glossen und Miniaturen, Feuilletons, Krakeleien, Kurzbotschaften sind monatlich zu rechnen. Und vor allem der Radiomann des RIAS. Seit Anfang Februar 1946 meldete sich die gerettete Stimme der Selbstversicherung, die sie in dieser demolierten Stadt oft verkörperte, »bis nächsten Sonntag, gleiche Stelle, gleiche Welle, herzlich auf Wiederhören«, mit der oft ungeduldig erwarteten Viertelstunde Radiokultur. Und niemand, der sie in Ost oder West vernahm, gleichviel, war davon nicht beeindruckt. Luft war für seine Hörer ein Bürge gegen die Spaltung der Stadt, der für die historische Wahrheit der einen, einzigen Metropole eintrat: »Deutsche Allgemeine Zeitung«, »Die Neue Zeitung«, »Tagesspiegel«, »Süddeutsche Zeitung«, »Der Monat«, die (damals noch anders beschaffene) »Welt« und die »Weltwoche« waren unter anderen seine Lautsprecher.

»Ein Feuilleton. Weiter nichts.

Hat er Glück, wird's gedruckt und steht am folgenden Tage im Blatt. Darin liest es unter Umständen einer von denen mit den gewichtigen Aktenmappen und den gewaltigen Rucksäcken. Und ist es gut geschrieben, teilt sich dem unversehens auch der kleine Stoß am Herzen mit und eine gute, schnelle Nachdenklichkeit, verursacht von zwei ganz belanglosen Kinderaugen, beschrieben in dreißig Zeilen.« (S. 56)

Als Eckensteher fasst Luft den Erfinder seiner scheinbaren Belanglosigkeiten, sich selbst also, auf. Sie sind Chroniken eines Alltags, der um seine Poesie weiß und um die Kunst, sich viel Zeit zu nehmen für den Tag, die freie Stunde, den bedeutsamen Augenblick. Luft wirkte der Spaltung entgegen, sofern er dazu in der Lage war, auch im Verbund mit sowjetischen Kulturoffizieren, solange das eben ging.

Friedrich Lufts Energie, eine holprige, »unfunkische« Kunst, schien, als er sie im Nachkrieg erproben durfte, den technischen Anforderungen nicht gewachsen. Man ließ ihn ungern vor das Mikrofon, aber dann erwies er sich gerade mit seiner Art des Ausdrucks und ihren denkwürdigen Abschweifungen als Talent zwischen Röhrengewirr und Lautsprechern, als Genie des sprechbaren Wortes. Er beherrschte sein Metier auf eine Weise, die ihm die Herzen der Hörer antrug. Seitdem er in der Radiostation des DIAS (später RIAS genannt) arbeitete, gewann und vermehrte er seine Klientel. Er spürte bald so etwas wie Zuneigung für sein hochgradig gekonntes Geplauder, für seine Streifzüge vor allem durch die Spielpläne der Berliner Theater, für seine Glossen, Feuilletons, Gespräche – für seine Talente zu Neugier, Gönnerschaft und Bewunderung. So gleicht er ein wenig der Figur des Königs Midas, dem schier alles sich in Gold zu verwandeln schien, nur dass es Luft nicht um Geld ging, sondern um eine Angelegenheit der Klugheit, eine Erprobung der künstlerischen Bildung, um Kennerschaft und die Kunst des heiteren Sinns. Es gelang ihm, im Sprechen alle Welt geradezu mühelos zu erreichen.

Dabei erschien er ob seiner sprachlichen Luftgebilde oft als Improvisateur, aber die Pfeiler, die er errichtete, erwiesen sich als haltbar, zuverlässig, tektonisch sicher. Er konnte als kritischer Zeitgenosse mit Jahrzehnten gültiger Aufmerksamkeit für sein Werk rechnen. Und noch in seinen letzten Monaten 1990 hat er unaufhörlich an seinen Sendungen gearbeitet – als ginge es um die Kunst der Wiederherstellung eines verlorenen Zusammenhanges.

Es sagt sich leichthin: Friedrich Luft ist 1911 in Berlin-Friedenau geboren. Auch nur ein halbes Leben will in solche Sätze nicht passen. Bereits die einigermaßen exotische Familiengeschichte weist darauf hin: Der Vater namens Friedrich Wilhelm Julius Luft, Gymnasiallehrer für Französisch und Englisch, die Mutter eine Schottin namens Mary Muir, vermögend, umsichtig bei der Erziehung ihrer Kinder, ausgestattet mit einer bemerkenswerten Lebensklugheit. Der Vater lernte seine spätere Frau auf einer auswärtigen Studienreise kennen und heiratete sie 1907 in Edinburgh. Die Kinder lebten in wohlsituierten Verhältnissen und besuchten allesamt die höhere Schule. Das hat Armut und Hunger nicht daran gehindert, in der Familie Unterschlupf zu suchen, als der Erste Weltkrieg ausbrach.

Der Aufstieg zum Schuldirektor gelang dem Vater wegen seines schottischen Familienanteils nicht, obwohl sein deutsch-nationaler Fanatismus unbezweifelbar war. In die Händel der Demokratie mochte er sich nicht verstricken. Am Weimarer Verfassungstag erkrankte er regelmäßig, um den republikanischen Feiern entweichen zu können.

Als Leser führt Friedrich Luft zunächst ein veritables Doppelleben. Dem Vater zuliebe hält er es mit der völkischen Literatur eines Hans Grimm und für den privaten Bedarf mit Alfred Polgar, Alfred Döblin, Jakob Wassermann, Frank Wedekind und Erich Kästner. Eine direkte Konfrontation mit dem Vater findet in dieser Hinsicht niemals statt.

Zu erwähnen ist, dass Luft aus einer frommen Familie stammte, bei der sich unterschiedliche religiöse Traditionen sammelten, Calvinismus und Katholizismus einander überlagerten. Obwohl in diesem gemischten Rayon die Künste nicht gerade obligatorisch waren, führte ein Seitenweg, den der Vater einschlug, ins Theater. Mit acht Jahren besuchte Friedrich Luft eine Inszenierung des »Wilhelm Tell« durch Leopold Jessner (Premiere 1919), eine provokativ-expressionistische Aufführung, die der Vater leidenschaftlich verurteilte und für die er sich wohl vorab mit einer Trillerpfeife gewappnet hatte. So geriet die erste Begegnung mit der Bühne gleich zum Skandal. Aber es gab auch eine andere Wirkung. »Etwas hatte ich verstanden und gelernt: daß Theater viel mehr aufregen kann, aufrütteln und bewegen, als das einfache Leben. So verstanden: Theater ist eine Art eine Intensivstation des Lebens, Intensivstation der Gefühle, ein Kampfplatz, eine Arena, ein Ort der Auseinandersetzung, der offensiven Klärung, der Klarmachung. Ein herrlicher Platz des Für und Wider. Und ich war von Stund an dafür.« (»Stimme der Kritik«, 21.11.1976, zit. n. Petra Kohse, Gleiche Stelle, gleiche Welle. Friedrich Luft und seine Zeit, Berlin: Aufbau-Verlag, 1998, S. 19.) Er bastelt heimlich einen Radioapparat – wenn er es kann, geht er frohgemut gerne auch ins Kino. Aber sein Platz ist doch vor allem vor der Bühne.

»Ich habe das Theater immer vorgezogen, heute noch daran glaubend, daß auf dem Theater die Umwandlung in Kollaboration, in Zusammenarbeit von Publikum und Schauspieler, Regisseur, Dekoration und so weiter stattfindet, daß da ein produktiver Vorgang gemeinsam stattfindet. Dieser Vorzug ist nach wie vor unübertrefflich, das Theater ist weitaus intensiver, wichtiger und wird auch langlebiger bleiben, als all die elektronischen oder elektrischen Mittel, die wir gefunden haben, es zu ersetzen.« (zit. n. Kohse, S. 20)

Luft reagierte auf die Zuspitzung der sozialen und politischen Lage Anfang der dreißiger Jahre als Zaungast. »Eine Politisierung hat diese Erfahrung nicht zur Folge: ›Ich war kein politischer Mensch. Ich lebte eher in Richtung einer ästhetischen Weltsicht, als daß ich geglaubt hätte, irgendeine Ideologie könnte die Welt retten.‹« 1932 durfte er zum ersten Mal wählen und hatte solches Vergnügen in diesem Jahr dreizehn Mal. »Was rechts von der linken Mitte war, habe ich nicht gewählt.« Er trat für die SPD ein, wählte gelegentlich auch Kommunisten. (Kohse, S. 20 f.)

Luft begann 1932 zu studieren: Für die Eltern vertiefte er sich in die Fächer, die auf den Lehrerberuf des Vaters vorbereiteten, für sich jene, die seine erträumten Möglichkeiten als Schriftsteller beförderten. Beides war nicht gerade erfolgreich; er benötigte reichlich mehr Studienzeit als amtlich dafür vorgesehen, erwies sich als Hockenbleiber. Sein akademischer Lehrer war Max Herrmann, Theaterhistoriker in Königsberg, 1942 in Theresienstadt ermordet. Luft suchte den Anschluss an linke Studentengruppen aufrechtzuerhalten und wollte eine Doktorarbeit über Karl Immermann schreiben. Anscheinend haben ihn seine völkischen Kollegen kaum interessiert, mit Ausnahme jener, die sich in der Nacht vom 10. auf den 11. Mai 1933 den Bücherverbrennungen widmeten. »Ich bin mit hingegangen, habe mir das angesehen und habe natürlich, als am Theater schon geschulter junger Mann, erkannt, welche große, gemeine, infernalische, theatralische Wirkung so etwas hatte. Und man konnte verstehen, wie nun langsam neben einem einer oder der andere abbrach, der sich früher auch negativ zu den Nazis verhalten hatte, wie die plötzlich in den Sog dieses großen Schaugepränges mit hineinkamen und wie sie sich aufgeilten an dieser brutalen Dramatik oder Theatralik, die da betrieben wurde. Nun muß ich aber sagen – vielleicht kommt da meine ästhetische Veranlagung zum Tragen –, daß ich also ziemlich schnell, oder sofort oder von vornherein auf dieses Schmierentheater, das es ja denn doch war, nicht hereinfiel.« (zit. n. Kohse, S. 24)

1934 ging Luft an die Universität nach Königsberg, aber sein akademischer Lehrer Paul Hankamer wurde wegen seiner antinazistischen Gesinnung entlassen. Luft fand sein eigenes Foto wie das anderer Kommilitonen am schwarzen Brett wieder. Seine akademische Laufbahn war zu Ende. »Luft nahm teil an einem Kulturleben, das liberal genug, um gefährdet, doch vorsichtig genug war, um illegal zu sein. Er kannte Künstler und Intellektuelle, und sie kannten ihn. So war er im Sommer 1945 nicht nur zufällig zur richtigen Zeit an der richtigen Stelle, wie er es später, überzeugter Populist, der er war, als eine Art Berliner Traum der Nachkriegszeit gerne darstellte. Er hatte Glück und Talent, bekam eine Chance und nutzte sie.« (Kohse, S. 8)

Ab Anfang 1936 befand er sich wieder in Berlin. Er erhielt von zwei unverheirateten schottischen Onkeln eine monatliche Dotation, mit der er nach eigener Aussage fürstlich zu leben vermochte. So glich sein Status in dieser Zeit dem eines Privatrentiers. Er reiste herum: Frankreich, England, zuletzt in Schottland 1938.

Mit Entschlusskraft versuchte er, Publikationsmöglichkeiten für Zeitungen und Zeitschriften im Dritten Reich zu erwirken, aber fast alle diese Vorsätze schlugen fehl. Nur in kleinem Umfang und sporadisch gelang es ihm, gelegentlich etwas veröffentlichen zu können. Ohne die Hilfe aus Schottland wäre er in große Schwierigkeiten geraten. Parteizugehörigkeit? Ideologische Zustimmung? Demutsgesten vor den Nazis? Alles überflüssig und unnötig dank der spendablen Verwandtschaft. Lufts erster Artikel erschien am 31. Mai 1932 in der »Deutschen Allgemeinen Zeitung«, der werdende Autor betätigte sich auch im »Berliner Tageblatt« und im untergehenden »Querschnitt«. 1939 sammelte er sechzehn humoristische Proben unter dem Titel »Luftballons« zu einem schmalen Büchlein: »Texte, die die kleinen Dinge des Lebens würdigen, die insgesamt begütigenden Charakter haben und deren Renitenz im wesentlichen darin besteht, auf dem Bereich des Bürgerlichen zu beharren.« (Kohse, S. 32) Sie wirken harmlos, haben Titel, als ginge es um leichte Zerstreuungen, behaupten, zu den »Büchern der neuen Linie« zu gehören (womit eine Modezeitschrift gemeint ist). Eine versteckte moralisierende Botschaft ist aller Harmlosigkeit eingeschrieben, und er hat für diese ironisch »Wissenschaft« gemeinte Disziplin ein Fachwort gefunden: die »Lachologie«. Nach dem Krieg erschienen die Glossen fast unverändert wieder neu.

Eine unverkennbare Melancholie liegt über den heiteren Momenten seiner feuilletonistischen Prosa. Er schreibt von Flieder und Holunder und ihren Wohlgerüchen, aber darin eingeschlossen sind Abschiede: »Ein Opfer des Krieges. Ein Werfereinschlag ging in seiner Nähe nieder.« (S. 59) Die Frau, die beim Weinen an Schönheit gewinnt. Die Melancholie des Stadtrandes. Spazierengehen – »welch tröstliche Beschäftigung!« (S. 62) »Die tägliche Kost des städtischen Auges«. (S. 59)

Dazwischen machte sich das Studium des humoristischen Sinns für den 25-jährigen Feuilletonisten bemerkbar. Unmutig registrierte er »die sogenannten Seriösen« mit ihrem strengen Ernst, hinter deren Maßregelungen man noch den Gewohnheitsausdruck regierenden Nazitums argwöhnen darf. Das Pathos unterspielte Luft mit treffsicheren Pointen. Er streifte die Politik nur, berührte sie, um sie zu vermeiden. Das gehört zu seinen literarischen Techniken: Berührung, Streifzüge am Rande, aber mit der Sicherheit der erprobten »Lachologie«. Er versteht sich als Inbild der inneren Emigration, die äußere war ihm nicht möglich.

Im »Berliner Tageblatt« findet sich eine Reihe prominenter Namen: Erich Pfeifer-Belli, Karl Korn, Herbert Ihering, Christa Rotzoll und Margret Boveri, vor dem Siegeszug der Nazis auch Alfred Kerr. Sie alle schrieben für diese Zeitung. Der Chefredakteur Theodor Wolff musste fliehen und fristete fortan ein kärgliches Dasein in Frankreich. Für Luft war es ein seltener Erfolg, dass er die Erlaubnis erhielt, bisweilen für das »Berliner Tageblatt« zu schreiben. Es war ein Aushängeschild der nazistischen Kulturpolitik; als es nicht mehr benötigt wurde, hat man es Ende Januar 1939 eingestellt – zugunsten der Goebbels'schen »Kunstbetrachtung«. Auch die »Deutsche Allgemeine Zeitung«, die gelegentlich Artikel von Luft nahm, war davon betroffen.

Friedrich Luft war früh mit Werner Finck befreundet, also mit jenem Helden des antifaschistischen Kabaretts, der zwischen dem Konzentrationslager und dem sprachlichen Drahtseil pendelte. Luft selbst leistete ebenfalls zeitweilig ein wenig Widerstand; er klebte antihitlerische Zettel an Berliner Litfaßsäulen.

1939 folgte Lufts Mutter dem Rat ihrer Kinder und blieb in Schottland, wie auch seine Schwester Hildegard. Für ihn selbst war der Gedanke an Exil nicht tragfähig. »Man gehört hierhin, die Hauptsprache ist deutsch, auf irgendeine Weise wollte ich ja doch wohl ins Schriftstellerische, in den deutschen Ausdruck hinein.«

1940 heiratete Friedrich Luft die Malerin Heide Thilow. Über sie hielt er engen Kontakt zu der Familie des Verlegers Gustav Kiepenheuer. Noch im gleichen Jahr wurde er zum Militär eingezogen. Die Heiratsurkunde verbindet zwei Berufe auf komische Weise miteinander: Er wird als »Schriftsteller« und als »Kanonier« geführt. Dank der Beziehungen seiner Frau wurde er 1942 zur Heeresfilmstelle versetzt. Er befasste sich beispielsweise mit Drehbüchern für Filme über die Gasmaske bei Menschen und bei Pferden, über Geschlechtskrankheiten, über Bombenabwürfe und anderes mehr: jedenfalls nichts, was man mit dem Dienst an der ideologischen Waffe gleichsetzen könnte. Seine Drehbücher waren harmlos, aber sie hatten einen gewissen Nutzwert. Er erhielt von der Reichsschrifttumskammer einige Freiheiten zum Drehbuchschreiben. Er hatte einen unverfänglichen Mentor; der österreichische Dichter Alexander Lernet-Holenia erzählte ihm von seinen Bekanntschaften mit Rilke, Thomas Mann und Schnitzler, plauderte also über Literatur, die den Nazis keineswegs gefallen konnte.

Am 21. April 1945 starteten die Amerikaner ihren letzten Bombenangriff auf Berlin. Schon ab dem 4. Mai gab es erste Radioprogramme der Alliierten für die deutsche Bevölkerung, am 15. Mai erschien mit der »Täglichen Rundschau« eine Zeitung der sowjetischen Armee für die Deutschen. Friedrich Luft vertraute in diesen ersten Nachkriegsmonaten auch auf die Bildung der sowjetischen Kulturoffiziere, mit denen er früh zu tun hatte. »Sie kannten sich im deutschen Geistesgut bewundernswert aus. Sie glaubten wirklich, sie könnten diese Deutschen wieder zu Deutschen machen, indem sie ihnen ein deutsch-humanistisches Theater wieder und möglichst bald vor Augen stellten. Theater als ein Ort und Mittel der Um- und Rückerziehung zu Werten, die im ›Dritten Reich‹ vor die Hunde und verlorengegangen waren.« (Friedrich Luft, ›Vorwort‹, in: 25 Jahre Theater in Berlin. Premieren 1945–1970, Berlin 1972, zit. n. Kohse, S. 54)

Luft hatte keine Berührungsängste gegenüber den Sowjets. Er kam, der Zufall soll regiert haben, in die linke Kammer der Kunstschaffenden – wie er ja das meiste, das ihm nach dem Krieg passierte, auf Zufall gegründet haben will. Er stellt sich immer wieder als hoher Vertreter der Zufallsschule der Beiläufigkeit dar und nimmt dabei eine besondere Rolle ein: Er gibt sich als Simplicius, den es in die merkwürdigsten Verhältnisse verschlagen hat und der an seinem Platz eben ausführt, was man ihm aufgetragen hat. Er war in vielem ein Pionier des Neubeginnens, aber er stellte sich selbst gern als eine fremde und ferne Figur hin.

In der Kammer der Kunstschaffenden übernahm der Schauspieler Paul Wegener die Präsidentschaft, Fritz Erpenbeck, kommunistischer Autor aus der Moskauer Emigration, verteilte Lebensmittelmarken. Man arbeitete in den Räumen der ehemaligen Reichskulturkammer. Luft gründete mit Kollegen einen Literaturverband, den die Sowjets Anfang November 1945 lizenzieren. Er war mit Walter Karsch, Martin Kessel und Hedda Zinner Mitglied der Aufnahmekommission, ein Jahr später Vorsitzender einer geplanten Zeitschrift »Die Brücke« (mit Peter Huchel), doch fehlten damals weitgehend die Fachkenntnisse, um eine Zeitschrift dieses Formats führen zu können. Nicht oder nur sehr selten beteiligt war Luft an Johannes R. Bechers Kulturbund zur demokratischen Erneuerung Deutschlands.

Wenn es darum ging, dem heimgekehrten Brecht ein eigenes Theater zu verschaffen, war auf Friedrich Luft Verlass. Und auch die Freundschaft zu dem kommunistischen jugendlichen Helden Wolfgang Harich war unverbrüchlich. In der ersten Zeit nach dem Krieg wurde das Kulturvolk sowieso eher nach der Freigebigkeit der alliierten Gastgeber als nach der politischen Gesinnung taxiert. Seit Ende Sommer 1945 arbeitete Friedrich Luft vorwiegend als Theaterkritiker für die »Allgemeine Zeitung«, eine amerikanische Heeresgruppenzeitung. Im Herbst 1946 gab es den Versuch der Sowjets, Luft in die eigenen kulturpolitischen Absichten einzubinden. Harich organisierte ein Treffen mit ihm, dem verehrten Ernst Busch und Schemjakin, dem stellvertretenden Chefredakteur der »Täglichen Rundschau«. Doch Luft blieb, wo er war: Feuilletonchef in der (Westberliner) »Neuen Zeitung« und bei ihren demokratischen Auffassungen. Nach einem Disput zog er ein Manuskript für das sowjetische Radioprogramm zurück und bedauerte die Existenz der Zensur. »Wir seien doch endlich entschlossen, unsere offene Meinung unverschmiert und ganz unbeeinflusst endlich frei und unbekümmert zu sagen. Die Zeit der Beeinflussung und Gängelung einer freien Kritik sei doch endlich vorbei.« Luft wich aus und ging zum RIAS Berlin, in dessen

Präambel es heißt: »Der Sender ist und bleibt Ausdruck des festen Willens Amerikas, für Freiheit und Demokratie und für die Lebensfähigkeit Berlins einzustehen.« Eine mehrfach interessante Position, die Luft vertritt: Er ist gleichzeitig Mitarbeiter der linken Kammer der Kunstschaffenden, Redakteur der »Neuen Zeitung« und ihr Kritiker im RIAS.

Aus einem Text Lufts von Silvester 1945 (»Entfesselte Kritik«): Neun Jahre lang hat das Kritikverbot durch die Nazis angehalten, und es wirkt, als müsse man dieses Amt neu erfinden. Nur an sich selbst kann sich der Kritiker orientieren: »Der Kritiker soll in sich tragen den Traum des vollkommenen Kunstwerkes, das Bild des Richtigen. An diesem Bild wird er die jeweilige Leistung ablesen müssen, an ihm muß er messen die Realitäten des Gebildeten. Subjektiv sind damit Urteil und Messung gewiß. Aber je ernster sie sind, je wissender, desto höher werden sie den absoluten Wert kennen.« Er wollte verschüttete Begriffe wieder »freilegen«.

Luft war als Feuilletonchef der »Neuen Zeitung« in Berlin mit einer gewissen Automatik auch Vertreter amerikanischer Interessen. Aber noch im Mai und Juni 1947 warnte er davor, das Heft aus der Hand zu geben und den Scharfmachern auf beiden Seiten zu überlassen. Er wollte sich nicht damit abfinden, dass »den Nazis unter uns« Raum gewährt werde. (NZ 7. 6. 1947) Luft kümmerte sich lieber um eine journalistische Einheitsfront gegen die Nazis als um den Kampf gegen den sozialistischen Realismus Simonow'scher Prägung. Er steht zwar in amerikanischen Diensten, lässt es aber nicht zu, dass seine politischen Auffassungen missbraucht werden. Selbstverständlich weigerte er sich, im Theater sowieso, zur Parteipolitik anzustiften. Als Ilja Ehrenburgs Stück »Der Löwe auf dem Marktplatz« erstaufgeführt wurde, platzte ihm dennoch der Kragen: »Ein miserables Stück. Eine hundsmiserable Aufführung. (…) So weit kommt es mit einem klaren und hochbegabten Kopf, wie ihn Ilja Ehrenburg nachweisbar besaß, wenn das Unsystem der Befehlsliteratur, der Zweckdramatik, des befohlenen Richtungsgeländers mit Ausschließlichkeit und strengem Ton und Thema vorpaukt.« (NZ 30.10.1948)

Ab Ende 1948 hatte Luft seine Hoffnung auf eine Wendung des ostdeutschen Theaters zum Besseren aufgegeben. Allerdings wird der sozialistische Realismus in den Sektoren der Kunst erst ab 1950 konsequent durchgesetzt. Luft vermeidet die Erwähnung des Fachbegriffs ganz und gar. Ginge es nach ihm, würde der Ausdruck »sozialistischer Realismus« gar nicht existieren.

Noch einige Zeit nach dem Sieg der Alliierten gab es den Anschein einer gemeinsamen Deutschlandpolitik. Im März 1946 änderte sich die Situation schlagartig. Einerseits wollte Truman vergeblich in Polen ein parlamentarisches System aufbauen, andererseits setzte sich die Truman-Doktrin, der praktische Antikommunismus, durch. In Deutschland erfolgte der sogenannte talk back: Der amerikanische General Lucius D. Clay unterstellte sich Ende Oktober 1947 die amerikanische Pressepolitik. Das Neutralitätsgebot für Berichte über die Alliierten wurde aufgehoben. »Die Neue Zeitung« erhielt eine Verstärkung: Die Auflage wurde um zehn Prozent gesteigert, damit auch die Bevölkerung der SBZ deutlicher und vor allem schwungvoller über die amerikanische Besatzungspolitik informiert werden konnte. Ab Mitte März 1947 gab es eine Berliner Lokalausgabe und dafür einen verantwortlichen Redakteur: noch immer Friedrich Luft. Anfang Mai 1947 fand in Ostberlin trotz eines massiven amerikanischen Protests die Uraufführung von Konstantin Simonows Stück »Russische Zustände« statt. Damit begann der Kalte Krieg auf Berlins Bühnen. Luft argumentierte gegen eine Auffassung des »Tagesspiegels«, Kritik am Kommunismus ganz zu unterlassen: »Durch Fortbleiben der Kritik werden das (sic!) Maßstäbe aus der Hand gegeben, die eine freie und unvoreingenommene Kritik eben sich im Vertrauen der Allgemeinheit allein erarbeiten konnte. Auf sie wird gehört, da sie allein in der Lage ist, ungehindert durch die Scheuklappen der Parteipolitik, das Richtige richtig und das Falsche falsch zu nennen. Für beides hat sie jeweils die fundierten Gründe zu geben. Sie vergleicht nicht ängstlich mit dem Kodex des ›fortschrittlichen‹ Parteiprogramms. Sie ist tatsächlich frei, kann kritisch funktionieren und macht sich doppelt glaubwürdig dadurch, daß sie sich nicht ängstlich verzerrt, betritt sie das Parkett eines konträren Stadtsektors. Betritt sie es überhaupt nicht mehr, schreibt sie damit den ganzen Stadtsektor ab, überläßt sie damit die Zuschauer kritischer Ungenauigkeit, läßt sie ihr Publikum im Stich. Sie darf es nicht, es sei denn, sie werde durch offene Gewalt daran gehindert.« (NZ, 25.2.1949, zit. n. Kohse, S. 114)

Knapp vor dem Ende der Berlin-Blockade, die bis Mai 1949 anhielt, wurde Luft mit Kollegen vom State Department zu einer mehrwöchigen Amerikareise eingeladen. Zwei Monate lang kurvte er durch das Land, schickte zwischen Juli und September sieben Reiseberichte und weitere Artikel über das amerikanische Theater an die Redaktion der »Neuen Zeitung«. Bemerkenswerte Eindrücke empfing er auch von Emigranten wie Kurt Weill, Erwin Piscator, Max Ophüls und Lion Feuchtwanger. Seine Reise führte von New York über Washington, Los Angeles nach San Francisco, Utah, Colorado bis nach Chicago.

Friedrich Luft beteiligte sich auch am Kongress für kulturelle Freiheit, der zwischen 26. und 30. Juni 1950 in Westberlin stattfand. Er wurde geleitet durch Melvin Lasky, Arthur Koestler, Ignacio Silone, Theodor Plievier und Jules Romains. Mehr als hundert Teilnehmer fanden sich in Westberlin ein, die Eindeutigkeit war nicht mehr zu übertreffen. Luft hatte jetzt unabänderlich Position bezogen. Wolfgang

Langhoff, Intendant des Ostberliner Deutschen Theaters, fiel Mitte des Monats einer Säuberung durch das ZK der SED zum Opfer. »Ein Schauspiel, nahe der Farce, wenn sich nicht der Ekel in solche Verquickung von Kunst- und Gewaltpolitik so widerlich mischte.«

Luft hatte Brecht im Nachkriegsdeutschland als Dramatiker für unerlässlich erachtet. Ende Oktober 1947 war er erfreut über dessen Aufenthalt im Schweizer Exil. Aber er machte eine Einschränkung: »Solange nicht mit einem seiner neuen Dramen hier auch der Maßstab des Modernen gegeben wird, können unsere Theater nur mit halber Stimme mitreden, was das Zeitgenössische in unserer Dramatik betrifft.«

Als Brecht dann nach Deutschland zurückkehrte, hat Luft diesen Schritt mit einigen Artikeln enthusiastisch begleitet, aber er forderte von dem Dramatiker 1951 auch rigoros, gegen die Zensur der SED anzuschreiben.

Mit der Währungsreform 1949 ging der Berliner Theaterboom zu Ende; nur die Freie Volksbühne garantierte eine übersichtliche und planerisch überzeugende Platzausnutzung. Mit dem Osten war der Bruch vollzogen.

Wer die kurzen Prosastücke Friedrich Lufts in die Hand nimmt, wird davon überzeugt, dass sie nicht veralten können. Es sind Formen öffentlicher Fragen, die er stellt, im Medium vorwiegend heiterer Unterhaltung. Sehnsucht steht an der Stelle der Verlautbarung, die Hautnähe der Luft'schen Sätze ist unverkennbar. Zusammengenommen bilden diese Stenogramme, die wie lockere Übungen im Formulieren erscheinen, einen geistigen Raum, in dem die Gefühle und Stimmungen einander gleichsam berühren.

Der Held seiner kleinen Texte ist der Philosoph und Wanderprediger Urbanus. Unter dessen Namen veröffentlichte Luft sein umfangreichstes Werk: Die meisten Texte ergeben ausschließlich eine Sammlung scheinbarer Beiläufigkeiten, wollen wenig anderes und kaum mehr sein als die Gelegenheiten, die vom Nimbus der Lakonie getroffen sind und einmal in ihrem bescheidenen Textleben aufleuchten, um dann im Gewitter des Alltags wieder zu verschwinden. Sie sind das Ergebnis vor allem einer konsequenten Tätigkeit für den Berliner »Tagesspiegel«, und man muss wohl bedauern, dass die Strecke, die Friedrich Luft mit ihnen ausmaß, nicht so weitschweifig und verschlungen war, wie er es sich selbst vorgestellt hatte. So steckt in diesen zarten Intonationen, die, zusammengenommen, eine Schule der Lachologie ergeben sollen, auch eine Art von Verheimlichung.

Mit Erprobungen längerer Texte wollte er sich kaum abgeben. Er schrieb zwar an einer Autobiographie, aber das Unternehmen kam nicht recht von der Stelle. So zahlte er den Vorschuss zurück und beerdigte den Plan. 1961 erschien, herausgegeben von Henning Rischbieter, der erste Sammelband seiner Theaterkritiken – der zweite, von ihm selbst noch bearbeitete, folgte 1982. Dazwischen gab er, quasi als Wiederholung eines Versprechens, die Feuilletons »Luftsprünge« heraus. Christa Rotzoll hat das Dilemma der Luft'schen Feuilletons sehr genau beschrieben: »Kein Zweifel: Was Friedrich Luft bei Lessing, Fontane, Kerr und Polgar hervorhebt, Stil, Verständlichkeit, Urteil nach persönlichen Maßstäben und die Haltung eines Liebenden zum Theater – das sind vier der wichtigsten Pfeiler von Lufts Selbstverständnis als Theaterkritiker. Vielleicht hat er sie nach ihrem Beispiel gebildet, vielleicht sieht er sie bei ihnen, weil es seine eigenen sind.« Aber der so beschaffene Theaterkritiker hat den Feuilletonisten geradezu aufgezehrt. Bedauerlicherweise gibt es außer witzigen Gelegenheitstexten späterhin die Stimme des Glossisten kaum mehr. Dabei hat er die geradezu unnachahmliche Gabe, seinen Hörern und Lesern die Welt heimisch zu machen bis zur selbstironischen Kleinbürgerlichkeit. So bleibt seine Utopie einer

Ausdrucksmetropole des Zaubers, der von den erhaltenen Texten ausgeht, unerfüllt. Manches vom Theaterkritiker Luft scheint von einem einzigen Zweck bestimmt zu sein: das Theater nicht im Stich zu lassen.

Er hätte Berlin gerne als Erbin der zwanziger Jahre gewürdigt, aber oft konnte er nur in Intrigen und im Provinzialismus stochern. Berlin, das Friedrich Luft so gern an der Spitze Deutschlands gesehen hätte, ist nach dem Zweiten Weltkrieg Frontstadt, und das bleibt es auch noch viele Jahre nach der Gründung der Bundesrepublik und der DDR. Überall sonst sammelt sich allmählich Alltag an, beginnt er sich als Gewohnheitsmasse einzustellen – aber in Berlin noch lange nicht. Erst nach dem Bau der Mauer kann sich im Westteil der Stadt eine Art von Normalität entwickeln, auch wenn diese Normalität der Enklave seltsam und widersinnig erscheinen mag.

Friedrich Luft, der nie Theaterstücke geschrieben hat, fand in seinen kurzen Texten zur List des Tempos: Oft sind sie verkürzt, arbeiten mit rhythmischen Analogien, verstecken sich in einem Haufen von Adjektiven, vermeiden alle Schachtelsätze, erfreuen sich jeder umgangssprachlichen Wendung. Dieser Luftikus ist ein Jongleur, ein suggestiver allzumal; seine Heiterkeit besteht in der Wiederherstellung des Zerstörten, der Widerruf der zerbeulten Sprache, ein Rettungsmanöver des Humanen. Er hat unzählige Gründe gefunden, in Berlin leben zu wollen, und war dazu verurteilt, nur wenige davon realisieren zu können. Vielleicht gilt am meisten, was Petra Kohse über ihn schreibt: »Luft, der als Kritiker Feuilletonist ist, ist als Feuilletonist auch immer: Berliner.« (Kohse, S. 298)

Immer wieder hat sich Friedrich Luft mit Beckett auseinandergesetzt. Dessen Endzeit-Szenarien lassen eine gewisse Verbindung zum ganzen Luft für möglich erscheinen. »So etwas kann man nicht beklatschen. Man setzt sich ihm aus. Man erträgt es, wenn ein großer Zeitgenosse immer wieder wie aus dem Jenseits mit uns zu reden unternimmt. Man nimmt es entgegen, bewundert es und ist vielleicht doch, Becketts unzugänglichen Botschaften lauschend und zuschauend, anders geworden, hat eine Dimension der Existenz erfahren, die uns dann doch anrührt, erschreckt, vielleicht erlöst – die aber sicher schwer vergeßbar ist. Abtun kann das keiner.« ×

TEXTNACHWEIS

I
Prolog

Prolog, im Februar 1946 gesprochen, entnommen der Ausgabe: Friedrich Luft, Stimme der Kritik I, Berliner Theater 1945–1965, Frankfurt a. M. / Berlin / Wien: Ullstein, 1982.

Berlin vor einem Jahr, Neue Zeitung, 10. Mai 1946

Über die Berliner Luft, Neue Zeitung, 11. Oktober 1950

II
Luftballons

Texte entnommen aus: Friedrich Luft: Luftballons, Leipzig u. a.: Beyer, 1939.

III
Tagesblätter von Urbanus

Die »Tagesblätter sind entstanden von März 1946 bis März 1947«. Ohne Autorenangabe erschienen als: Tagesblätter von Urbanus, Berlin: Suhrkamp vorm. S. Fischer Verlag, 1948.

IV
Flaneur und Reisemann

Alle Texte als Artikel und Aufsätze in Zeitungen erschienen, aufbewahrt im Friedrich-Luft-Archiv der Akademie der Künste, Berlin:

Bericht eines Sportfremden aus Olympia-London, Neue Zeitung, 7. August 1948

Möwen fliegen über Edinburgh, Neue Zeitung, 4. Februar 1951

Drei faule Tage im Frühling von Paris, Neue Zeitung, 29. April 1951

Bruchstücke aus einem amerikanischen Reisetagebuch, in der Neuen Zeitung vom 27. Juli bis zum 14. August 1949 veröffentlicht

I: Kaum in New York angekommen, 27. Juli 1949

II: Miniaturen von der Ostküste, 28. Juli 1949

III: Amerika, du hast es anders, 29. Juli 1949

IV: Glanz und Elend in Hollywood, 30. Juli 1949

V: Mormonen, Berge, Küsse im Jasmin, 7. August 1949

VI: In den wilden Bergen von Colorado, 10. August 1949

VII: Auf Stippvisite beim kleinen Mann, 14. August, 1949

Als ich wiederkam, Neue Zeitung, 24. Juli 1949

Die unerträgliche Hölle der Publicity, Die Welt, 9. August 1962

New York zeigt sein Herz, nicht identifizierte Zeitung, 25. November 1963

V
Luftsprünge

»Heitere Glossen von Friedrich Luft«, entnommen der Ausgabe »mit Zeichnungen von Werner Labbé«: Friedrich Luft: Luftsprünge, Köln / Berlin: Kiepenheuer & Witsch, 1962.

VI
Heiterkeit in Einzelheiten

Alle Texte als Artikel und Aufsätze in Zeitungen erschienen, versammelt im Friedrich Luft-Archiv der Akademie der Künste:

Philippika mit Augenzwinkern, Neue Zeitung, 19. Juli 1947

Der Druckfehlerteufel: Ein böser Geist aller Autoren, Morgenpost, 2. Juli 1976

Wer kann noch lesen?, Paderborner Studien, Jg. 75, Heft 1, S. 60–62, 1975

Aber nun wollen wir zur Diskussion schreiten, Die Welt, 11. Mai 1963

Ein modernes Traumbuch, Neue Zeitung, 15. März 1947

Verschämte Meditation auf der Bettkante, Die Welt, 5. März 1965

Palaver unter »aufgehörten« Rauchern, AOK-Gesundheitsblatt Nr. 61, Juli / September 1971

Vom schönen Unfug des Amüsements, Neue Zeitung, 29. Januar 1950

Daran glaube ich, Kristall, Nr. 10, 1955

VII
Berlin

Alle Texte als Artikel und Aufsätze in Zeitungen erschienen, aufbewahrt im Friedrich-Luft-Archiv der Akademie der Künste, Berlin:

Berlin: Es war eine unheilige Nacht, nicht identifizierte Zeitung, um Weihnachten 1964

Zweite Emigration nach innen?, Neue Zeitung, 20. Mai 1947

Uns kann keener – kann uns keener?, Die Welt, 28. März 1959

Brief an einen Schwarzhändler, Neue Zeitung, 20. Januar 1948

Berlin, Uhlandstraße, Die Welt, 23. Februar 1963

Der Süden war Norden, Die Welt, 13. August 1955

Es bellt in jedem Haus, Die Welt, 19. November 1955

Laus im Sprachpelz, Die Welt, 25. Februar 1956

Künste und die Kälte, Die Welt, 18. Februar 1956

Mokka auf dem Trottoir, Die Welt, 20. August 1955

Abschied vom Kramladen, Die Welt, 10. September 1955

Strandbad Wannsee: das große Berliner Volksfest, Die Welt, 20. / 21. September 1958

Aus der Mode, aus der Hand, aus dem Sinn, nicht identifizierte Zeitung, 2. Oktober 1975

Der Schlaf im Theater ist Gewissenssache, nicht identifizierte Zeitung, 14. Januar 1977

Nachruf auf den perfekten Zuschauer, Die Welt, 4. Februar 1962

Brief aus Berlin: Der Sputnik als Christkind-Ersatz, Weltwoche, 13. Dezember 1957

Das Leben unter der Kapsel, Textfassung aus dem 4. Jahresbericht des Bezirks Berlin-Charlottenburg, 1961, geschrieben vor dem 13. August 1961, Nachtrag später

Hier geht Kafka, nicht identifizierte Zeitung, 3. April 1980

Wachsamkeit und Schweigen, Die Welt, 13. August 1962

Die Geschichte der 1985 von Hans Magnus Enzensberger und dem Schriftsetzer, Drucker und Verleger Franz Greno noch im Bleisatz aus der Taufe gehobenen Buchreihe der ANDEREN BIBLIOTHEK ist längst zum Bestandteil unserer deutschsprachigen Lesekultur geworden. Monat für Monat ist seitdem ein Band erschienen.
Seit Januar 2011 wählt Christian Döring monatlich sein Buch aus und gibt es im neuen Verlag DIE ANDERE BIBLIOTHEK unter dem Dach des Aufbau Hauses am Berliner Moritzplatz heraus.

Das Programm der ANDEREN BIBLIOTHEK folgt inhaltlich seit Anbeginn nur einem Maßstab: Genre-, epochen- und kulturraumübergreifend wird entdeckt und wiederentdeckt, die branchenübliche Einteilung in Sachbuch und Literatur hat nie interessiert, nur Originalität und Qualität sollen zählen.

- Jeden Monat erscheint ein neuer Band, von den besten Buchkünstlern gestaltet.
- Die ORIGINALAUSGABE erscheint in einer einmaligen Auflage von 4.444 Exemplaren, limitiert und nummeriert.

Sind die limitierten und nummerierten ORIGINALAUSGABE vergriffen, bieten wir Ihnen unsere EXTRADRUCKE der ANDEREN BIBLIOTHEK, damit Sie alle an den Erfolgen unserer schönen Bücher teilhaben können. Gewohnte beste Inhalte, durchgesehen und aktualisiert, zum moderaten Preis in einer fein bedruckten Ausgabe.
Unser Vorschlag: Werden Sie Mitglied im Club unserer Abonnenten, so erhalten Sie garantiert jede ORIGINALAUSGABE zum Vorzugspreis. Und als persönliches Dankeschön: eine unserer Prachtausgaben im Folioformat.

030 / 28 394-229
info@die-andere-bibliothek.de
www.die-andere-bibliothek.de

Extradrucke der Anderen Bibliothek
№ 405

Über die Berliner Luft – Feuilletons ist als ORIGINALAUSGABE im September 2018 als vierhundertfünfter Band der ANDEREN BIBLIOTHEK erschienen.

Als EXTRADRUCK wurde *Über die Berliner Luft* im Dezember 2018 wiederaufgelegt.
Die Herausgabe lag in den Händen von Christian Döring.
Das Lektorat wurde von Ron Mieczkowski besorgt.
Die Feuilletons wurden von Wilfried F. Schoeller ausgewählt. Für ihre redaktionelle Mitarbeit gilt unser Dank Christina Links.

Die vorliegende Edition entstand mit freundlicher Unterstützung der Akademie der Künste, Berlin, aus deren Friedrich-Luft-Archiv die Vorlagen der Zeitungsartikel und -aufsätze stammen, die Eingang in die Textsammlung gefunden haben. Wir danken Sabine Wolf und Elgin Helmstaedt. Die Herkunft der einzelnen Feuilletons wird im Textnachweis dargelegt. Die Schreibweise Lufts wird grundsätzlich unverfälscht wiedergegeben. Offensichtliche Fehler jedoch wurden korrigiert, verschiedene Schreibweisen vereinheitlicht.

Friedrich Luft, geboren am 24. August 1911 in Berlin-Friedenau, gestorben am 24. Dezember 1990, begleitete zeit seines beruflichen Lebens das Berliner Kulturleben als Feuilletonredakteur und Autor.

Wilfried F. Schoeller, 1941 in Illertissen geboren, war Leiter der Abteilung »Aktuelle Kultur« beim Hessischen Rundfunk. Er publizierte zahlreiche Monografien und gab das Gesamtwerk von Oskar Maria Graf heraus. Er ist Autor zahlreicher Literaturfilme und Hörspiele und war Kurator mehrerer Literaturausstellungen.

Dieses Buch wurde von Kathleen Bernsdorf, Berlin, gestaltet und ausgestattet und in der Skolar Basic, Gneisenauette LT und Avenir gesetzt. Die Herstellung betreute Katja Jaeger, Berlin. Den Satz übernahm Dörlemann Satz, Lemförde. Gedruckt und gebunden wurde bei Kösel, Altusried-Krugzell. Als Inhaltspapier wurde 90 g/m² Munken Premium von der Firma Arctic Paper eingesetzt.

ISBN 978-3-8477-2026-3
AB – DIE ANDERE BIBLIOTHEK GmbH & Co. KG
Berlin 2018